El encanto del cuervo

Novela

Biografía

María Martínez es autora, entre otras obras, de *Tú y otros desastres naturales*, *La fragilidad de un corazón bajo la lluvia*, *Cuando no queden más estrellas que contar*, *Tú, yo y un tal vez* y *Yo, tú y un quizás* (todas ellas publicadas en Crossbooks). Cuando no está ocupada escribiendo, pasa su tiempo libre leyendo, escuchando música o viendo series y películas. Aunque sus *hobbies* favoritos son perderse en cualquier librería y divertirse con sus hijas.

www.mariamartinez.net

María Martínez
El encanto del cuervo

Obra editada en colaboración con Editorial Planeta – España

© 2013, María Martínez

Canción citada en la pág. 216: I Love Rock 'n' Roll, ℗ 1981, The Boardwalk
Entertainment Co, sello de Boardwalk Records, Inc., interpretada por Joan
Jett & The Blackhearts

Diseño de la portada: Booket / Área Editorial Grupo Planeta
Ilustración de la portada: Shutterstock

© 2023, Editorial Planeta, S. A., – Barcelona, España

Derechos reservados

© 2023, Editorial Planeta Mexicana, S.A. de C.V.
Bajo el sello editorial BOOKET M.R.
Avenida Presidente Masarik núm. 111,
Piso 2, Polanco V Sección, Miguel Hidalgo
C.P. 11560, Ciudad de México
www.planetadelibros.com.mx

Primera edición impresa en España: enero de 2023
ISBN: 978-84-08-26740-9

Primera edición en esta presentación: septiembre de 2023
ISBN: 978-607-39-0400-1

Impreso en los talleres de Litográfica Ingramex, S.A. de C.V.
Centeno núm. 162-1, colonia Granjas Esmeralda, Ciudad de México
Impreso en México - *Printed in Mexico*

Para aquellos que creen en la magia

«A la hechicera no la dejarás con vida.»

Éxodo 22,18

Prólogo

David sabía que iba a morir, esa era la única cosa de la que estaba seguro mientras lo arrastraban sobre el barro hacia el interior del bosque, bajo un cielo repleto de estrellas. Sería una muerte cruel, lenta y dolorosa, ya que no estaba dispuesto a darles lo que habían venido a buscar. La llave jamás caería en manos de La Hermandad, esa sombra oscura que acechaba a su linaje desde hacía siglos y que, finalmente, había dado con él.

Lo que nunca habría imaginado era quién estaba tras el robo del grimorio oculto durante más de trescientos años en los archivos secretos de la Santa Sede, solo unos días después de ese extraño incidente en Atlanta, cuando centenares de cuervos habían tomado la ciudad bajo una luna llena teñida de sangre. La misma luna ensangrentada que coronaba el cielo la noche que nació su hijo.

También ella.

Los augurios volvían a repetirse cuatrocientos años después, pero en esta ocasión anunciaban vida y no muerte. Había ocurrido y no sabía cómo. Sin embargo, en alguna parte, esa niña estaba viva y él no había podido cumplir con su deber. Ahora, la responsabilidad de proteger la llave y evitar que el grimorio fuese abierto recaía en su hijo. El nuevo Guardián.

David cerró los ojos con un doloroso nudo en la garganta. Apenas había tenido tiempo de poner a salvo al niño junto a su madre. A ella le había entregado el diario y una carta manuscrita; también el cuchillo y el péndulo. Vivian era el amor de su vida, y una mujer fuerte, que se ocuparía de que el chico supiera la verdad y asumiera su legado cuando llegara el momento. Por esa razón, no temía la muerte. Además, La Comunidad los protegería y cuidaría de ellos.

Aun así, la idea de abandonarlos se le hacía insoportable.

David apretó los párpados e hizo una mueca. Los pies se le hundían en el barro, casi no podía avanzar al ritmo que sus captores le imponían. Uno de ellos lo empujó y un gemido ahogado escapó de su garganta. Debía de tener alguna costilla rota, porque el dolor y la presión que sentía en el pecho amenazaban con hacerle perder el sentido. Se lamió el labio inferior y el sabor de la sangre inundó su boca. Escupió al suelo, mientras taladraba con la mirada la espalda de Mason, que abría la marcha con paso seguro y la cabeza alta bajo la capucha de su capa. ¡Maldito traidor!

Otro empujón lo hizo tambalearse y adentrarse a trompicones en un pequeño claro, cubierto de hierba húmeda y hojas marchitas. Miró a su alrededor. La oscuridad lo engullía todo. Una mano en su hombro lo obligó a detenerse. Inspiró hondo y se enderezó mientras sus captores se alejaban unos pasos. Los estudió, preguntándose qué posibilidades tenía de escapar de allí. Quizá, si no estuviera tan débil, podría enfrentarse a ellos y lograrlo. Tragó saliva y su corazón se aceleró ansioso. Rendirse no era una opción. Debía intentarlo.

De pronto, un círculo de fuego rodeó a David sin que le diera tiempo a mover un dedo. Las llamas sobrenaturales se alzaron hasta su cintura y notó su calor en la piel, a través de la ropa mojada.

Mason se dio la vuelta y se plantó frente a él con una mueca en los labios.

—Lo intentaré una vez más —dijo en tono amenazador—. Dame la llave y dime dónde se esconde la bruja.

David lo miró de abajo arriba y sus ojos se detuvieron en el colgante que pendía de su cuello: una estrella de cinco puntas con un ojo en su interior. El sello de La Hermandad.

—No tengo esa llave, y aunque la tuviera, no serviría de nada. Si es cierto que conoces hasta el último detalle de esa historia, sabrás que nadie puede leer el libro. Solo un descendiente de la bruja puede hacerlo, y ese linaje ya no existe. No hay bruja, Mason. Pierdes el tiempo.

—Existe, lo sé. Rastreé su sangre.

—Mientes. Para eso habrías necesitado...

—¿La sangre de Moira? —replicó Mason. Entornó los párpados y una sonrisa astuta se dibujó en su boca—. ¿Sabías que en esa iglesia donde la quemaron guardaron sus ropas como trofeo? Sí, lo hicieron. En una cripta bajo el altar. Fue sencillo conseguirlas, aunque en aquel momento no encontré nada. Supuse que tu familia había conseguido borrar ese linaje de la faz de la tierra, pero lo acontecido en Atlanta me dio que pensar. Así que volví a intentarlo y... ¡los cristales estallaron! Se convirtieron en polvo. ¿Te haces una idea del poder de esa criatura? Si no supiera que es imposible, creería que es ella que ha regresado de entre los muertos.

—Envidio tu imaginación. ¿Todo esto por un eclipse lunar y unos cuantos cuervos? —se burló David.

Mason chasqueó la lengua.

—Ni con un pie en la tumba puedes dejar a un lado esa

arrogancia, ¿verdad? Con tu ayuda o sin ella, voy a encontrarla.

David resopló exasperado.

—No podrás, ¡porque no existe! —aseveró.

Una tensa sonrisa apareció en los labios de Mason.

—¿Sabes, David? Algo dentro de mí siempre te envidió: la devoción que mis hermanos sienten por ti, el respeto que todos te demuestran, tu poder..., psss. Durante años te he observado en secreto, intentando descubrir qué es eso que te hace tan especial, y he aprendido a conocerte. Por esa razón, sé cuando mientes. —Inclinó la cabeza hacia un lado y silbó—. ¡Aunque ha sido toda una sorpresa descubrir que eres el Guardián; eso no lo esperaba! —La irritación recorrió su cuerpo y un gruñido iracundo salió de su garganta, al tiempo que las llamas cobraban virulencia—. Entrégame la llave y dime dónde está la niña.

—No me dan miedo tus trucos, y tampoco morir.

Mason desvió la mirada hacia los árboles que rodeaban el claro.

—Puede que, si ves morir a otros, cambies de opinión.

Levantó los brazos con las palmas de las manos hacia arriba y del círculo surgieron líneas de fuego que, poco a poco, dibujaron una estrella de cinco puntas. Cada uno de aquellos vértices terminaba a los pies de un árbol. Entonces, David vio algo que detuvo su corazón durante un instante. Un cuerpo atado al tronco en cada punto, amordazado.

—¡Maldita sea, Mason, libéralos! —rugió al reconocer a sus amigos.

—¿Con lo que me ha costado decidir a quiénes invitaba? ¡No!

—Has perdido el juicio.

—Dame lo que quiero y serán libres.

—No puedo darte lo que no poseo.

—Bien, no me dejas opción —masculló mientras chasqueaba los dedos.

—¡No...! —gritó David al ver cómo las llamas rodeaban a Vincent Sharp y comenzaba a arder.

—Habla, o le seguirán los demás.

—¡Juro que te mataré, Mason!

—¿Eso es un no?

Mason chasqueó de nuevo sus dedos y el siguiente en morir fue Jensen Dupree; tras él, su esposa Amber sufrió la misma suerte.

—¿Y bien? —insistió Mason.

David dejó caer la cabeza hacia delante y negó.

—No puedo —gimió con lágrimas en los ojos.

Un segundo después, los gritos ahogados de Ned Devereux se elevaron con las llamas. David contempló los restos calcinados de sus amigos. Todos estaban muertos por su culpa y jamás podría perdonarse por haberlo provocado. Sus ojos se posaron en la última persona que quedaba aún con vida.

—¿Ese grimorio es más importante que Isaac? ¿Vas a asesinar a tu hermano por él?

Durante un segundo, la fría expresión de Mason cambió y lanzó una mirada fugaz al hombre atado al árbol. De inmediato se recompuso. Frío y calculador. Insensible.

—Si te soy sincero, primero había pensado en Aaron, es tu mejor amigo; pero no tengo ni idea de dónde está. Cada vez que aparece una pista sobre esa mujercita suya, sale corriendo.

—Eres un monstruo —exclamó David y se le quebró la voz cuando añadió—: Y un iluso que ha perdido la razón por un poder que no te pertenece, que te supera más de lo que puedes imaginar. ¡No eres digno de él!

Esas palabras hicieron mella en el ego de Mason. Perdió la paciencia.

—Habla o te juro que acabarás suplicándome que te mate —gritó.

Durante un instante, la barrera de fuego se debilitó. David lo notó y aprovechó ese segundo para saltar por encima de las llamas. Sin detenerse, se abalanzó sobre Mason. Lo golpeó en el pecho y la fuerza que brotó de su mano lo lanzó por los aires. Después corrió hacia Isaac, mientras los hombres que acompañaban a Mason se deshacían de sus capas y comenzaban a lanzarle hechizos. Sus manos se iluminaban con potentes ráfagas de luz que a duras penas él pudo esquivar.

Llegó hasta Isaac y le quitó la mordaza.

—No puedo moverme. Las cuerdas... Las cuerdas contienen hierro —dijo Isaac.

David cerró los ojos y tomó aliento. Rozó la soga con las puntas de los dedos y esta se deshizo como ceniza. Isaac quedó libre.

—Vamos —lo urgió.

Isaac asintió con la cabeza.

—Si salimos de esta, espero que me cuentes quién demonios eres.

David apartó la mirada y una luz dorada apareció a lo largo de sus antebrazos. Los brujos los habían rodeado. No pintaba bien.

Mason se abrió paso entre ellos y se colocó al frente.

—¿Qué estás haciendo, hermano? —le preguntó Isaac.

—Cierra el pico.

—Cuando Aaron descubra...

Mason abrió su mano y una luz azulada golpeó a Isaac en el pecho. Este se quedó paralizado, mientras una escarcha roja brotaba de su piel, congelando su cuerpo de dentro hacia fuera. David se lanzó contra Mason y lo alejó de un empujón, pero ya era demasiado tarde. Isaac cayó al suelo y se descompuso como una figura de cristal.

David parpadeó varias veces, sin dar crédito a lo que acababa de suceder. Isaac estaba muerto y no había podido evitarlo. La rabia se apoderó de él. Le dio fuerzas y actuó sin pensar. Corrió hacia Mason y lo embistió con todo su cuerpo. Ambos rodaron por el suelo en una maraña de brazos y piernas.

—¡Arderás en el infierno por sus muertes! —bramó. Agarró a Mason por el cuello y lo alzó del suelo. Luego lo aplastó contra un árbol. Comenzó a estrangularlo—. Me dejaría arrancar la piel a tiras antes que permitir que alguien como tú ponga sus manos en esa llave.

Respiró profunda y repetidamente, decidido a no perder la conciencia. De pronto, notó un golpe seco en el costado y cómo algo húmedo se deslizaba por su cadera empapando su ropa. Movió la mano y atrapó la muñeca de Mason. Se la retorció hasta que este soltó la empuñadura del cuchillo con el que acababa de apuñalarlo.

—Me parece que lo que tú harías o no... ya no importa. Espero que tu hijo sea un poco más inteligente —se rio Mason con la voz entrecortada por el agarre. Una sonrisita siniestra se dibujó en sus labios—. Soy paciente, esperaré a que crezca y herede tu legado; mientras, encontraré a la niña.

—Si yo muero, mi hijo nunca sabrá nada. Me llevaré el secreto a la tumba.

—Vamos, seguro que tienes un plan b. Jamás dejarías que la llave cayera en el olvido.

David le sostuvo la mirada iracundo. Sentía cómo la sangre brotaba de la herida en su costado y resbalaba por su pierna hasta el pie, acumulándose dentro de su bota. El miedo y la rabia le dieron fuerzas. Un destello iluminó su mano hasta convertirla en pura luz. Con la otra le arrancó el colgante del cuello.

—¡Nos vemos en el infierno! —gruñó mientras golpeaba a Mason en el pecho con la mano incandescente.

Después, ambos se desplomaron contra el suelo.

David abrió los ojos preguntándose cuánto tiempo habría pasado inconsciente, y se encontró con un rostro borroso sobre él. Trató de enfocar la vista y, poco a poco, distinguió las facciones de Aaron Blackwell, arrodillado a su lado.

—¿Y Mason?

—Muerto, como todos los demás —respondió Aaron horrorizado—. ¿Qué ha pasado aquí?

—Ha sido culpa mía —declaró sin aliento. Abrió la mano y el colgante quedó a la vista. Aaron miró la joya y parpadeó confundido. Después recorrió con la vista el entorno y una mueca de espanto transformó su semblante—. Yo dejé que les hicieran eso.

Una sensación de vértigo se apoderó de David, iba a perder la conciencia de nuevo, quizá para siempre. Vio la expresión de su amigo, cómo miraba el medallón en su mano y luego a él. Se dio cuenta de que estaba malinterpretando los hechos. Aaron intentó alejarse con el rostro desencajado, pero David consiguió mover una mano y sujetarlo por la chaqueta. No tenía tiempo de explicarle nada, y si las cosas iban a quedar así, antes necesitaba pedirle algo.

—Quiero sentencia y castigo —balbuceó. Sentía un frío glacial en los huesos. Aaron negó con la cabeza—. Me estoy muriendo. Si no recibo mi castigo, lo hará mi familia. Ellos no saben nada. —Apretó los dientes, pensando en su hijo y en el destino—. Conoces nuestras leyes... ¡Por favor!

—¿Por qué, David? Creí que te conocía.

—Me conoces. Por favor, sentencia y castigo —suplicó. Ya no veía ni sentía nada, solo un frío insoportable.

Aaron inspiró hondo y asintió con determinación.

—Por el poder que me concedieron los Antiguos, te acuso de las muertes de Vincent Sharp, Ned Devereux, Jensen Dupree, Amber Dupree, Mason... —Tragó el nudo que tenía en la garganta y repitió—: Mason... Blackwell e Isaac Blackwell. Tu castigo es la muerte.

—Que así sea.

16

1

Abby miró de nuevo el reloj sobre la pizarra y empezó a dar golpecitos con el bolígrafo en el cuaderno al ritmo acompasado del segundero. La última clase del primer día de instituto se le estaba haciendo interminable. Se habían acabado las vacaciones y el nuevo curso había comenzado. Justo el mismo día que ella cumplía diecisiete años.

Por fin sonó el timbre.

Abby guardó sus cosas en la mochila y salió del aula, abrazando contra su pecho el álbum de fotos que sus amigos le habían regalado durante el almuerzo. Después de que soplara una vela torcida sobre una porción de pastel de carne.

—¡Abby, espera!

Abby se giró y vio a Gale cruzando el aparcamiento en su dirección. Bajó la mirada y se sonrojó, apenas podía resistirse a la sonrisa traviesa del chico. Sin embargo, en su vida nada duraba demasiado y encariñarse con alguien siempre le costaba lágrimas y muchas decepciones. Por esa razón, se había obligado a ignorar las miradas furtivas y el flirteo, las insinuaciones y las sonrisas cargadas de intenciones románticas.

—¿Qué ocurre?

—Nada, yo solo... Yo quería... —Tragó saliva y, tras un momento de duda, estiró el brazo con la palma de la mano hacia arriba—. ¡Feliz cumpleaños, Abby!

Abby se quedó mirando la cajita azul que sostenía.

—¿Es para mí?

—Sí.

—¿Qué es?

Gale sonrió de oreja a oreja y sacudió la cabeza.

—¿Por qué no la abres y lo descubres?

Abby se mordisqueó el labio y tomó la cajita. La abrió muy despacio mientras contenía el aliento. En su interior había una pulsera de plata, de la que colgaban unos dijes diminutos con distintas formas.

—¡Es preciosa! —susurró con las mejillas ardiendo. Arrugó la nariz y a continuación le devolvió la caja—. Lo siento, pero no puedo aceptarla.

—¿Por qué no?

Abby lo miró a los ojos, sin saber muy bien cómo explicarle que no podía tomarla y correr el riesgo de que él pudiera malinterpretar su gesto y albergar esperanzas sobre una relación que nunca iría más allá de una amistad.

—Verás, Gale, eres un buen amigo y me gustas, pero solo como eso..., como amigo. No quiero que la pulsera te haga pensar otra cosa.

Gale forzó una sonrisa despreocupada y se encogió de hombros.

—Vale, me queda claro, pero aún quiero dártela.

—No sé si...

—Vamos, solo es un regalo de un amigo a su amiga. Y te dará suerte.

Una tímida sonrisa curvó los labios de Abby. Finalmente extendió el brazo y dejó que Gale le abrochara la pulsera.

—Gracias.

Gale asintió con la cabeza y su sonrisa se hizo más amplia.

—De nada. Llévala siempre contigo, es cierto que da suerte.

El sonido de un claxon los sobresaltó. Abby giró la cabeza y vio a su madre saludándola desde el coche. Se llamaba Grace, y llevaba un año y medio escribiendo artículos para una revista cultural. No ganaba mucho, pero el sueldo daba para pagar el alquiler y las facturas, y que de vez en cuando pudieran permitirse algún capricho. Lo mejor de todo era que a ella parecía gustarle ese trabajo y podía hacerlo desde casa.

Quizá por ese motivo habían dejado de mudarse.

Nunca permanecían en un mismo sitio más de cuatro meses. Su madre siempre acababa encontrando un trabajo mejor o una casa más barata en algún otro lugar, y volvían a marcharse con sus pocas pertenencias. A empezar de nuevo, otra vez. Ella siempre le prometía que aquella sería la última mudanza, el último colegio nuevo, y que la próxima vez todo iría mejor. Sin embargo, nunca cumplía su promesa. Durante quince años la arrastró por todos los estados de Estados Unidos y parte de Canadá, como si fueran una especie de Thelma y Louise. Entonces se trasladaron a Nueva York, su madre empezó a escribir y ella pudo hacer amigos, tener una taquilla decorada y participar por primera vez en un baile de fin de curso; en definitiva, tener una vida normal.

Abby se despidió de Gale y corrió al coche.

—Hola —saludó al subir.

—¿Qué tal el primer día?

—Bien —respondió mientras se abrochaba el cinturón.

Su madre puso el motor en marcha y abandonaron el aparcamiento.

—¿De qué hablabas con Gale? —le preguntó.

Abby agitó la mano y la pulsera tintineó.

—Me la ha regalado por mi cumpleaños.

—Es muy bonita —comentó. Le lanzó una mirada suspicaz—. ¿Estáis saliendo?

Abby dio un respingo.

—¿Qué? ¡No! Solo es un amigo.

—No es que me parezca mal, puedes salir con chicos, pero ya sabes que...

Abby asintió con la cabeza y apartó la mirada del parabrisas para posarla en la ventanilla. Inspiró hondo y soltó el aire muy despacio.

—Pensaba que esta ciudad sería la definitiva —susurró.

—Y puede que lo sea, Abby, pero nunca se sabe y hasta que estemos seguras de que este es nuestro lugar, es mejor no crear lazos que luego serán difíciles de romper. —Hizo una pausa y después añadió, cambiando de conversación—: ¿Sabías que cada una de esas figuritas es un símbolo de buena suerte?

Abby contempló con atención los dijes de su pulsera y tomó entre los dedos un trébol de cuatro hojas. Sintió un escalofrío al acariciar el metal.

—Solo el trébol.

—Ese otro es un elefante hindú; con la trompa hacia arriba impide que la suerte se escape. El búho es uno de mis preferidos. Se cuenta que si encuentras uno y lo miras sin asustarlo, te traerá suerte de por vida y que tu fortuna bendecirá a los tuyos.

—¡Vaya! ¿Cuentan los del zoo? Porque en Central Park no he visto ninguno.

—No, supongo que no. La leyenda se refiere a los que descubres por casualidad. Un encuentro fortuito.

—¿Cómo sabes todas esas cosas? Nunca me has parecido una persona supersticiosa.

Grace miró a su hija un instante y se concentró de nuevo en la carretera con una expresión más seria. Se apartó de la cara un mechón pelirrojo de su larga melena.

—Y no lo soy, ya me conoces. Investigué un poco para un reportaje, nada más. Era interesante —respondió mientras se detenía en un semáforo en rojo.

Abby tomó el búho entre los dedos.

—Pues me vendría bien encontrarme con uno. Como no dé con la forma de caerle bien a la señora Curley, creo que voy a suspender sus asignaturas.

—¿Quieres que hable con ella?

—No te preocupes, un par de herraduras solucionarán el problema. —Tocó la figura con esa forma—. Y si no me dan suerte, siempre puedo atizarle con una y provocarle amnesia.

Grace soltó una carcajada. Alargó el brazo y le dio un ligero apretón en la pierna.

—Pero a ti no te hace falta nada de eso, eres una muchachita muy afortunada que hoy cumple diecisiete años.

—¡Sí! —exclamó Abby. Levantó los puños en un gesto de victoria.

—¿Y eso qué significa?

—¡Compras!

—¡Sí! —gritaron al mismo tiempo.

Rompieron a reír cuando se percataron de que el policía de tráfico esperaba pacientemente a que pasaran el cruce. Los coches de detrás comenzaron a tocar el claxon de forma insistente.

—¡Vale, vale! En esta ciudad todo el mundo tiene prisa —se quejó Grace sin dejar de reír.

A media tarde comenzó a caer una fuerte lluvia, demasiado fría para finales de verano. El tiempo parecía haberse vuelto loco. Desde hacía días, las tormentas eléctricas se desataban sin previo aviso con una violencia huracanada.

De la mano, Abby y su madre corrían entre los charcos que se formaban en la acera, en busca de un lugar donde resguardarse. Al doblar la esquina, se toparon con una pequeña cafetería, repleta de vitrinas llenas de pasteles de distintos tamaños, formas y colores.

Entraron y ocuparon una mesa junto a la ventana. La lluvia caía cada vez con más fuerza, golpeando el cristal. Un grueso manto de nubes había oscurecido por completo la ciudad. Un relámpago iluminó la calle con un fogonazo deslumbrante, seguido de un trueno ensordecedor que retumbó en sus oídos. Las luces parpadearon un momento, pero se mantuvieron encendidas.

—¡Menuda tormenta! El tiempo está loco —dijo la camarera al acercarse a la mesa. Sacó una libreta y un bolígrafo de su delantal—. ¿Qué vais a tomar, chicas?

—¿Capuchino? —sugirió Abby a su madre. Esta asintió—. Dos capuchinos, por favor.

—Tenemos unos deliciosos pasteles de nata y caramelo, ¿os apetece probarlos?

Abby y su madre se miraron un segundo, sonrieron.

—Dos, por favor.

La camarera no tardó en regresar con una bandeja y dejó sobre la mesa un par de tazas, platos y cubiertos.

—Llamadme si necesitáis algo más.

—Gracias.

Comenzaron a comer mientras observaban a través del cristal salpicado de lluvia los contornos de las personas y los coches que iban de un lado a otro.

—Aún no me has dicho qué quieres como regalo de cumpleaños —comentó Grace. Abby se lamió el dorso de la mano, manchado de nata—. ¿No crees que ya eres mayorcita para eso? Usa la servilleta. —Abby le dedicó una mueca burlona y tomó el papel que ella le ofrecía—. Y bien, ¿no hay nada especial que quieras?

—Ya te has gastado una fortuna en la chaqueta que acabas de comprarme.

—Cincuenta dólares no es una fortuna, Abby.

—Para nosotras, sí.

—Me han dado un adelanto por el próximo artículo, podemos permitírnoslo.

Abby abrió mucho los ojos y se inclinó sobre la mesa.

—¿En serio? Eso es genial.

—Cada vez me ofrecen más páginas y es posible que pronto tenga una sección semanal.

—¿De verdad? —inquirió con un asomo de duda. El miedo a volver a mudarse seguía pesando sobre ella.

Su madre movió la cabeza con un gesto afirmativo y se lamió los labios tras beber un sorbo de café. Abby la miró sin parpadear. ¿Eso significaba que seguirían viviendo en Nueva York? Deseó que así fuera, porque no estaba segura de poder soportar otra espantada sin respuestas, más allá de las que siempre le repetía y que ya no resultaban tan creíbles como cuando era pequeña. No quería seguir siendo una nómada, no ahora que empezaba a saber qué se sentía al asentarse en un lugar.

—Sí, de verdad. Así que pídeme lo que quieras.

Abby se mordisqueó el labio, indecisa. Se llevó la mano al cuello y acarició la medalla que colgaba de él.

—Hay algo que quiero.

—¿Y qué es?

—Háblame de mi padre.

Grace se echó hacia atrás con brusquedad.

—Me prometiste que no volverías a preguntarme por él —replicó dolida.

—Eso fue cuando tenía siete años, pero ahora quiero saber, mamá.

—¡Y para qué quieres saber, no lo conociste! —alzó la voz.

Abby pensó en la última conversación que había mantenido con ella sobre ese tema. Recordó lo nerviosa que se había puesto ante su insistencia y cómo la descubrió minutos después llorando en el baño, de una forma tan desgarradora que se asustó. Entonces prometió que no volvería a mencionarlo, pero su deseo de saber algo sobre la persona que la engendró había ido creciendo en su interior con el paso de los años, hasta convertirse en una necesidad física que la ahogaba.

—Por eso, porque no sé nada de él.

—No hay nada que saber, Abby, créeme.

—Mamá, por favor, lo necesito —le rogó con lágrimas en los ojos. Su madre negó sin apartar la vista de la ventana, como si de pronto la lluvia se hubiera convertido en algo fascinante para ella—. ¡Estás siendo injusta, solo piensas en ti! ¿Y qué hay de mí? Yo no tengo la culpa de lo que pasara entre vosotros y me tratas como si fuese la responsable.

Grace arrugó los labios con una mueca.

—Eso no es cierto, Abby, yo no te culpo de nada. ¿De verdad lo crees? —Abby asintió y se frotó las mejillas—. Oh, cariño, no te culpo de nada. Tú eres lo mejor que me ha pasado en la vida.

—Entonces, cuéntame lo que ocurrió.

Hubo un largo silencio. Grace sabía que había sido injusta con Abby al no contarle nada sobre su padre, pero tenía motivos de sobra para haber enterrado ese tema de la forma en la que lo había hecho. Ahora su pequeña ya no era tan pequeña, sino toda una mujer que necesitaba saber quién era. Suspiró apesadumbrada.

—Lo conocí nada más terminar la universidad en Stanford...

—¿Cómo? —preguntó Abby, impaciente.

—De casualidad, supongo que como siempre ocurren estas cosas. Me habían ofrecido un trabajo en prácticas en un periódico de Cleveland. El único requisito era que debía incorporarme al día siguiente. Encontré un vuelo directo a Boston, desde allí cogería otro a Cleveland y todo resuelto, pero esa noche se desató una tormenta de nieve tremenda y cerraron el aeropuerto. Recuerdo que hacía un frío insoportable y yo solo llevaba una cazadora de entretiempo. —Hizo una pausa y sonrió para sí misma—. Entonces apareció tu padre, alto, moreno, tan guapo que era imposible no fijarse en él. Se sentó a mi lado y me ofreció su abrigo. Pasamos toda la noche conversando. Era encantador, inteligente, el sueño de cualquier chica.

A Abby le latía el corazón cada vez más deprisa.

—¿Y qué pasó?

—Que no fui a Cleveland. —Abby abrió mucho los ojos—. ¡No me mires así! Yo también tuve una época loca e impulsiva. Cuando estaba con él, era como si otro yo se apoderara de mí. La felicidad era estar a su lado. —Hizo una pausa y tomó aliento—. Poco después me quedé embarazada, tú naciste y él desapareció. Eso es todo.

Abby parpadeó contrariada.

—¿Desapareció? ¿Quieres decir que... murió? —Por un momento, esa idea la horrorizó causándole un dolor de pérdida que no conocía.

—No murió —susurró Grace, y añadió con firmeza—: Nos abandonó.

Para Abby fue como un jarro de agua fría. Había imaginado muchas cosas, incluso que pudiera estar en la cárcel, condenado a cadena perpetua por algún delito muy grave. Sin embargo, jamás se le pasó por la cabeza que se hubiera desentendido de ella, que le importara tan poco tener una hija como para abandonarla nada más nacer.

—¿Cómo se llama? —preguntó con voz queda.

—Eso es lo de menos.

—¿Cuál es su nombre, mamá? —exigió Abby.

—Se llama Aaron, pero no pienso darte su apellido. No correré el riesgo de que cometas una locura y vayas en su busca.

—¿Nunca has querido saber por qué lo hizo?

—No, y creo que por hoy es suficiente —respondió, adoptando de nuevo una postura tensa—. Hoy es tu cumpleaños y no voy a permitir que nada lo estropee. Tienes un minuto para pensar qué regalo quieres, lo que tardo en ir al baño. —Sacó dinero de su bolsillo y se lo entregó—. Ten, paga la cuenta.

Abby cogió el billete y parpadeó para alejar las lágrimas que se arremolinaban bajo sus pestañas. Triste y desilusionada, se puso en pie y se acercó a la barra.

—La cuenta, por favor.

—Un momento, enseguida voy —gritó la camarera desde algún punto de la cocina.

La puerta repicó al abrirse. Entró un hombre vestido de negro y se acomodó en uno de los taburetes. Abby lo miró de reojo y no pudo evitar demorarse en la cicatriz que lucía en la mejilla. De repente, se dio cuenta de que el hombre también la miraba con demasiada atención y una expresión de sorpresa que no supo descifrar.

La camarera apareció en ese momento.

—¿Has pedido la cuenta, cielo?

—Sí, por favor.

Abby se volvió hacia la pared, cada vez más incómoda porque el hombre no dejaba de observarla.

—Son doce dólares —dijo la camarera.

Abby le entregó el billete y esperó impaciente mientras hacía girar entre los dedos la medalla que colgaba de su cuello desde que podía recordar. Ese gesto solía calmarla. Estiró el brazo para tomar el cambio y la marca de nacimiento que tenía en el codo quedó a la vista. De pronto, el hombre apareció a su lado y, sin previo aviso, la agarró por la muñeca.

—¡Eh, ¿qué hace?! —Se retorció para intentar soltarse, pero aquel hombre no parecía dispuesto a dejarla. Miraba boquiabierto la marca—. Suélteme.

Él recorrió su rostro con los ojos, como si tuviera delante un fantasma.

—Es imposible, pero el parecido es tan evidente que no puede ser una coincidencia —dijo con la respiración agitada.

—¡No sé quién es usted, así que suélteme de una vez!

—¿Oiga, qué está haciendo? —intervino la camarera.

—¡Eh, tú, apártate de mi hija! —gritó Grace.

Corrió hacia ellos. El hombre se giró hacia ella y sus ojos se abrieron cuando pudo ver su rostro. Frenó en seco y se le doblaron las rodillas. Estuvo a punto de caer al suelo. El hombre soltó a Abby y dio un par de pasos hacia Grace.

—¿Michelle? ¿Eres tú?

—Creo que me confunde —respondió ella. Agarró a Abby por el brazo y se dirigió a la salida.

—No me equivoco, eres tú. —Corrió y les cortó el paso—. Y ella es tu hija. ¡Dios mío, te fuiste porque...!

—Le repito que se equivoca de persona. —Lo cortó—. Apártese.

—No me creerá cuando le diga que te he encontrado.

—Déjeme salir o llamaré a la policía.

—¿Por qué le hiciste esto, Michelle? Él no se lo merecía, aún piensa en ti.

Grace parpadeó y, durante un segundo, su mirada se cruzó con la del hombre. Un atisbo de indecisión la iluminó, pero inmediatamente se recompuso.

—¡Por favor, que alguien llame a la policía! —gritó por encima de su hombro y apretó con fuerza la mano de Abby.

Él se cruzó de brazos y una sonrisa torcida asomó a sus labios.

—¿Sabe quién es su padre? —preguntó a Grace. Luego clavó sus ojos en Abby—. ¿Te ha dicho adónde perteneces?

—¡Déjanos en paz o juro que te arrepentirás! —gritó Grace fuera de sí.

—¡Eh, usted, ya ha oído a la señora, déjela en paz! —advirtió una voz masculina tras ellos. El cocinero había salido de detrás del mostrador y de su mano colgaba un cazo bastante grande.

El hombre lanzó una rápida mirada al cocinero. Se puso tenso y apretó los dientes con un tic en la mandíbula. Lentamente, se apartó y las dejó salir.

Nada más pisar la calle, Grace agarró con fuerza la mano de Abby y la obligó a correr, más y más deprisa cada vez. Sus pies se hundían en todos los charcos y el pelo mojado se le pegaba a la cara, impidiendo que viera con claridad.

—¿Qué pasa, mamá? ¿Por qué corremos?

—¡No te detengas, vamos! —la urgió sin dejar de mirar hacia atrás.

—¿Es por ese hombre? Pero si no nos sigue.

—No te pares, Abby.

—Hemos olvidado nuestras cosas en ese café.

—No importa, compraremos otras.

Llegaron hasta el coche.

—¡Sube, rápido! —gritó Grace.

Abby obedeció, demasiado aturdida para discutir. Su madre arrancó el coche, con verdaderos problemas para sincronizar las marchas, el embrague y el acelerador. El motor rugió y se pusieron en marcha con un sonoro chirriar de las ruedas. Avanzaron a toda velocidad, serpenteando peligrosamente entre el tráfico.

—Mamá, ¿qué pasa?

—Nada, cariño, todo está bien —respondió sin apartar la vista del espejo retrovisor—. Cuando lleguemos a casa, quiero que guardes en una maleta lo más imprescindible.

—¿Por qué?

—Debemos marcharnos, esta misma noche.

—¡¿Qué?! Me estás asustando..., ¿quién era ese hombre? ¿De verdad te conoce?

—Ahora no, Abby.

—¡Mamá!

—Ahora no —le gritó.

Grace conducía cada vez más deprisa. En las curvas, el coche derrapaba invadiendo el carril contrario.

—Mamá, vas muy rápido, es peligroso.

—Nos sigue, debo despistarlo.

—Conoces a ese hombre, ¿verdad? —Sus miradas se cruzaron un instante y su madre asintió—. Pero ¡te ha llamado Michelle!

—Es una larga historia y te prometo que te la contaré. Te lo diré todo, pero no ahora, ¿de acuerdo? —Echó un vistazo al retrovisor—. Maldita sea, aún nos sigue.

—¿Qué quiere ese hombre de nosotras?

—No es él quien me preocupa.

—Entonces, ¿quién?

—Cuando lleguemos al apartamento, recuerda, guarda solo lo imprescindible.

—¿Quién, mamá? —insistió Abby.

Grace gimió angustiada.

—He hecho mal. Hace tiempo que deberíamos haber hablado, pero tenía tanto miedo.

Esas palabras sorprendieron a Abby.

—¿Miedo de qué?

—Son tantas las cosas que no sabes... Creí que hacía lo mejor, pero ahora ya no estoy tan segura.

—Mamá, ¿de qué hablas?

—Fui una ilusa al pensar que podría protegerte para siempre. —Miró a su hija con un sentimiento de impotencia que le estrujaba el pecho.

Entonces, una furgoneta salió de la nada en medio del cruce. Grace dio un volantazo a la derecha, luego giró de forma brusca a la izquierda para evitar empotrarse contra otro vehículo, el coche hizo un trompo y chocó contra una farola, rebotó y volvió al centro del cruce, frente a un camión que iba a embestirlas.

Abby chilló y se cubrió la cara con los brazos.

—*Liberabit te!* —oyó que gritaba su madre.

Entonces sucedió algo extraño, sintió una fuerza tirando de ella hacia arriba y atravesó el metal como si estuviera hecho de aire.

Escuchó un fuerte estruendo, varios frenazos y un nuevo impacto, más violento que el anterior. Abrió los ojos, sin entender por qué no sentía el golpe ni dolor. Bajó la cabeza y se le paró el corazón; se encontraba suspendida en el aire, a varios metros de altura entre el cableado eléctrico. No tenía ni idea de cómo había llegado hasta allí. Abajo, el paisaje era dantesco. Varios vehículos habían chocado en cadena y el camión quedó atravesado en medio del cruce. La gente corría de un lado a otro pidiendo auxilio a gritos.

Abby buscó con la mirada el coche de su madre, no lo veía por ninguna parte. Un leve destello azul llamó su atención, aguzó la vista y el mundo se detuvo. Allí estaba, convertido en un amasijo de hierros bajo el camión. Una mano inerte y ensangrentada sobresalía por el parabrisas.

—¡Mamá, no! ¡Mamá!

La cabeza comenzó a darle vueltas y a sus pies todo se desvaneció.

2

Abby abrió lentamente los ojos. La boca le sabía amarga y le dolía la cabeza. Se llevó una mano a la frente y encontró un apósito pegado encima de la ceja. Había demasiada luz, parpadeó molesta y miró a su alrededor. A su derecha, encontró una serie de monitores que emitían diferentes pitidos y zumbidos; contempló el recorrido de los cables que salían de ellos hasta sus brazos y pecho.

Recuperó de golpe el sentido y con él, los recuerdos. Muy nerviosa, empezó a quitárselo todo: las vías intravenosas, los cables que controlaban sus constantes, el oxígeno...

Las alarmas de las máquinas comenzaron a pitar, embotándole los oídos. Una enfermera entró corriendo en la habitación y la sostuvo por los brazos.

—¡Tranquila, pequeña, no puedes hacer eso!

—Suélteme.

—Debes tranquilizarte. No es bueno que te alteres —insistió la enfermera, mientras la sujetaba contra la cama—. Doctor, que alguien llame al doctor.

—¿Dónde está mi madre? Quiero ver a mi madre.

Un hombre irrumpió en la habitación.

—Hola, Abigail, soy el doctor Nixon. Necesito que te calmes para que podamos hablar.

—Quiero ver a mi madre, llamen a mi madre —suplicaba angustiada.

—Abigail, si no te calmas, tendré que pedirle a la enfermera que te ponga un sedante.

Abby dejó de forcejear. La cabeza le daba vueltas y tenía ganas de vomitar. Un sudor frío le empapó la piel en cuestión de segundos, mientras imágenes de lo ocurrido acudían a su mente como flashes.

—Eso está mejor —dijo el doctor. Sacó una linterna del bolsillo de su bata y observó sus pupilas. Le tomó el pulso en la muñeca y la temperatura en la frente—. Parece que todo está bien. ¿Cómo te encuentras?

—Mareada.

—Bueno, eso es normal en tu estado. ¿Qué recuerdas?

—Imágenes sueltas. Sé que sufrimos un accidente, nuestro coche perdió el control y no sé más.

El médico asintió con pesar.

—Así es.

—Por favor, ¿dónde está mi madre? ¿Cómo se encuentra? —insistió ella.

El doctor le sostuvo la mirada un momento antes de desviarla hacia la enfermera. Sin embargo, aquella mirada efímera fue suficiente para comprender que algo muy malo había pasado. Abby empezó a temblar de forma incontrolada.

—La enfermera hablará contigo.

El médico se puso en pie y salió de la habitación.

La enfermera se sentó en la cama y tomó las manos de Abby entre las suyas.

—Siento mucho tener que decirte que tu madre no sobrevivió al accidente. Por suerte, no sufrió. Murió en el acto, espero que eso te consuele.

Abby se quedó mirando a la mujer en silencio, mientras su mente trataba de procesar la noticia. Negó con la cabeza y se llevó una mano al pecho. Algo no funcionaba bien bajo sus costillas. El corazón le iba a mil y no podía respirar.

—No, tiene que haber un error. Mi madre no puede haber muerto.

—Comprendo lo difícil que debe de ser esto para ti, Abigail.

Abby cerró los ojos y se mordió la lengua, con la esperanza de que el dolor la hiciera despertar de esa pesadilla. Cuando los abrió de nuevo, nada había cambiado. La enfermera seguía allí, mirándola con lástima. Un dolor agudo se extendió por su cuerpo y lágrimas calientes comenzaron a rodar por sus mejillas.

—Dígame que no es verdad —le suplicó en un susurro.

—Ojalá pudiera. Era imposible sobrevivir a ese accidente, el que tú sigas viva es un milagro, pequeña. Nadie entiende aún cómo pudiste salir de allí.

Un sollozo escapó de la garganta de Abby. Un sonido cargado de dolor e impotencia.

—Quiero verla. Necesito verla para aceptar que todo esto es verdad.

—Eso no va a ser posible.

—¿Qué quiere decir? —su voz se quebró al pronunciar la última palabra.

—Ingresaste en coma, Abigail, y de eso hace ya dos semanas. No podíamos tenerla aquí una vez que se clarificaron los hechos, ¿entiendes?

—¡No! ¿Dónde está mi madre?

—Como nadie la reclamó, el ayuntamiento se hizo cargo de sus restos. Ahora descansan en el cementerio público.

Abby se desmoronó por completo y los sollozos se convirtieron en un llanto desconsolado. No lograba comprender qué estaba pasando. Nada tenía sentido. Parecía que solo hubieran pasado unos minutos desde que tomaron un capuchino en aquel café, felices y sin problemas; y ahora debía enfrentarse a algo para lo que nadie la había preparado: su madre había muerto y ella estaba sola.

—No debieron llevársela sin mi permiso. Era mi madre, tenía derecho a verla y despedirme de ella.

La enfermera suspiró antes de contestar.

—No había nada de lo que despedirse. El coche se incendió y cuando pudieron llegar hasta ella, ya era tarde. —Hizo una pausa y entrelazó las manos sobre el regazo—. Abigail, necesito saber si hay alguien a quien podamos llamar, que pueda ocuparse de ti. No hemos logrado encontrar a ningún familiar.

—No hay nadie, solo tenía a mi madre.

—¿Estás segura? —Abby asintió con la cabeza y las lágrimas que escapaban de sus ojos se convirtieron en un torrente—. Tranquila, no te preocupes, ya nos ocuparemos de eso más adelante. —Le dio una palmadita en la mano y sonrió. Después se inclinó para abrir el cajón de la mesita que había junto a la cama—. Por cierto, la policía encontró estas cosas junto al coche, las trajeron aquí y pensé que te gustaría recuperarlas. También tengo esto, la guardé con la esperanza de devolvértela cuando despertaras.

Abby contempló las manos de la enfermera: en una tenía el álbum de fotos y en la otra, la pulsera. El corazón le dio un vuelco y se palpó el cuello. Su collar no estaba.

—También tenía un colgante, ¿lo han encontrado?

—Lo siento, no hay nada más.

Abby tomó sus cosas y las abrazó contra su pecho. Luego se recostó hasta tumbarse de lado y se hizo un ovillo. La enfermera se puso de pie y la arropó con ternura.

—Intenta dormir. Si necesitas algo, solo tienes que pulsar ese botón de ahí, vendré enseguida.

Abby cerró los ojos y lloró en silencio. Lo hizo durante

horas, hasta que el cansancio y la medicación la arrastraron a un sueño intenso.

Pasó los siguientes dos días sin moverse de la cama salvo para ir al baño. Su cuerpo se encontraba un poco mejor; sin embargo, su mente se hundía en un pozo profundo y depresivo. Se abrazó a la almohada y cerró los ojos. En el pasillo se escuchaban voces. Había personas discutiendo. Cuando aumentaron de volumen, Abby se sentó en la cama y prestó más atención. De pronto, la puerta de su habitación se abrió. El doctor Nixon entró con una expresión extraña en su semblante. Tras él apareció una mujer de pelo rubio y ojos claros, vestida con un sobrio traje gris, del que colgaba una identificación con su foto. Un hombre la acompañaba.

—Abigail, te presento a la señorita Patrick —dijo el doctor—. Trabaja en el Servicio de Atención al Menor, y ha venido a hablar contigo.

—¿Conmigo? ¿Por qué?

La mujer se acercó a la cama y esbozó una sonrisa.

—Hola, Abigail, ¿qué tal te encuentras?

—Bien, gracias.

—Me alegra saber que te estás recuperando. —Inspiró y su sonrisa se hizo más amplia—. Bien, como ya te ha dicho el doctor, soy la señorita Patrick, aunque puedes llamarme Lauren. Me acompaña el señor Williams, psicólogo y asistente social en el Servicio de Atención al Menor, en el que yo también trabajo.

Abby apretó las sábanas entre sus dedos con un mal presentimiento.

—¿De qué quieren hablar conmigo?

—Nos gustaría hacerte unas preguntas —dijo Lauren. Se sentó a los pies de la cama y sacó de su bolso un portafolios. Lo abrió y comenzó a repasar unos papeles—. Tu nombre es Abigail Novik, ¿no es así? Madre: Grace Novik. Padre: desconocido... —Levantó la vista y miró a Abby a los ojos—. No hemos encontrado información sobre otros familiares, incluso los datos sobre tu madre son confusos e insuficientes. ¿Hay alguien a quien conozcas con quien podamos contactar y que quiera cuidar de ti?

—No.

—¿Nadie? —insistió la mujer, y empezó a tomar notas.

—No. Mi madre era hija única y quedó huérfana de pequeña. Nunca me dijo que tuviera más familia.

—¿Y tu padre?

—No lo conozco, nos abandonó antes de que yo naciera.

—Ya veo... —Continuó escribiendo—. ¿Tu madre tenía algún amigo cercano que quisiera asumir tu custodia? —Abby negó de nuevo. Lauren levantó la vista y la miró con una sonrisa amable—. No hay mucho que podamos hacer entonces.

—¿Y eso qué significa?

—¿Te das cuenta de que no hay nadie en este momento que pueda hacerse cargo de ti? Eres menor de edad y no puedes valerte por ti misma, por lo que el Estado se hará cargo de tu custodia. —Abby empezó a mover la cabeza de un lado a otro, rechazando esa idea—. El hospital nos ha comunicado que van a darte el alta esta tarde. Así que el señor Williams y yo te llevaremos a un centro de acogida, donde te tratarán muy bien, te lo prometo. Mientras, haremos todo lo posible para encontrarte una buena familia.

—No pienso ir a ninguna parte con usted. Tengo mi casa y mi madre guardaba algunos ahorros, no necesito a nadie.

—Abigail, ninguna de estas medidas es discutible. Eres menor de edad y necesitas que alguien cuide de ti.

—Tengo diecisiete años. No soy una niña, puedo ocuparme de mí misma.

—Así son nuestras leyes, Abigail, y solo queremos lo mejor para ti. Así que, por favor, vístete y acompáñanos.

Abby saltó de la cama y se pegó a la pared. Parpadeó para alejar el escozor que notaba en los ojos.

—Ni hablar. No pienso ir a un centro de acogida.

—Vamos, muchacha —intervino por primera vez el asistente social—. Podemos hacer esto por las buenas o por las malas, tú eliges.

—No nos obligues a sacarte a la fuerza, nadie quiere eso —dijo Lauren.

Abby apretó los puños y no se lo pensó. Echó a correr hacia la puerta. Estaba a punto de alcanzarla, cuando sus pies descalzos resbalaron en el suelo. De repente, unos brazos la aferraron por la cintura y la levantaron en el aire. Ella empezó a patalear y a retorcerse.

—¡Suélteme!

—Deja de resistirte, no quiero hacerte daño.

—Abigail, por favor, debes tranquilizarte —le pidió la señora Patrick.

—Suélteme, no pienso ir a ninguna parte.

Abby golpeó con los talones las piernas de Williams y este lanzó una maldición. La sujetó con más fuerza y ella notó que empezaba a faltarle el aire. Sintió una presión en su cabeza y electricidad bajo la piel. La sensación era casi dolorosa y fue creciendo y creciendo hasta convertirse en un zumbido insoportable. De repente, todas las luces de la habitación estallaron, los cristales hechos añicos cayeron como una lluvia al suelo.

—Pero ¡qué demonios...! —exclamó Williams.

—¡Suelte a la chica! —bramó una voz masculina desde la puerta.

Abby miró por encima del brazo de Williams, que aún la mantenía fuertemente sujeta, y se quedó de piedra al ver al hombre de la cicatriz en la mejilla.

—Disculpe, pero ¿quién es usted? —le preguntó Lauren.

El hombre la ignoró y entró en la habitación. Fulminó a Williams con la mirada.

—Le he dicho que la suelte.

Una arcada trepó por la garganta de Abby, aquella pesadilla empezaba a escapar a su comprensión. Todo lo que estaba sucediendo era tan surrealista que, en cualquier momento, sonaría su despertador y todo terminaría. Solo que no fue el despertador lo que sonó, sino algo que prendió un extraño calor en su pecho.

—¡Seth! —dijo una segunda voz, grave y profunda.

El hombre de la cicatriz dio un paso atrás. Se giró hacia la persona que había pronunciado su nombre y se hizo a un lado con un gesto de respeto.

Abby miró al hombre que acababa de aparecer. Tendría unos cuarenta y tantos años. Era alto, tenía el pelo negro y los ojos castaños. Vestía un traje gris de corte impecable y su porte era el de un príncipe. Él la miró una sola vez y después clavó sus ojos en el asistente social. Arrugó el ceño con desagrado.

—Deje a la chica en el suelo, por favor. Le está haciendo daño.

Williams hizo lo que le pedía. Dejó a Abby en el suelo, pero la mantuvo sujeta por el brazo.

Entonces, el recién llegado se dirigió a Lauren.

—¿Quién es usted? —preguntó.

—Mi nombre es Lauren Patrick, y trabajo en el Servicio de Atención al Menor de la ciudad de Nueva York. ¿Puedo saber con quién estoy hablando?

—¿Y qué hace aquí?

Lauren parpadeó perpleja por la forma en la que él había ignorado su pregunta.

—Como ya le he dicho, soy asistenta social y en este momento me ocupo del caso de esta jovencita. Nos disponíamos a acompañarla a un centro de acogida donde...

—Eso no va a ser posible —la interrumpió.

—Perdón, ¿qué?

El hombre sacó un sobre del interior de su chaqueta. Se lo entregó con el brazo estirado.

Ella extrajo los documentos que contenía y comenzó a examinarlos. Poco a poco, su rostro se fue transformando con una mueca de sorpresa.

—Mi nombre es Aaron Blackwell y, como puede ver en esos documentos, soy el padre de Abigail.

La mirada de Abby voló hasta él. ¿Qué acababa de decir? Tragó saliva. No era posible. Debía de haber escuchado mal. Ese hombre no podía ser su padre.

—Señor Blackwell, estas pruebas de ADN demuestran el parentesco, pero no son suficientes. Debe solicitar la custodia y...

Aaron Blackwell sacó otro sobre del interior de su chaqueta y se lo entregó.

—Ahí tiene copias de toda la documentación. Si tiene alguna duda, puede ponerse en contacto con mi abogado. Él la informará.

—Sí, por supuesto —convino ella sin más argumentos.

Abby no dejaba de repetir en su cabeza «pruebas de ADN» mientras contemplaba sin parpadear al hombre. Había dicho que se llamaba Aaron, Aaron Blackwell, y era tal y como lo había descrito su madre. Su mente se negaba a aceptar que fuese verdad, pero la realidad se abría paso a codazos dentro de ella. Un deseo. Un único deseo había pedido en el momento exacto que sopló la vela el día de su cumpleaños, y se estaba cumpliendo.

De pronto, todo comenzó a darle vueltas.

Un velo oscuro cubrió sus ojos.

Y todo desapareció.

Abby supo que había alguien más en la habitación sin necesidad de abrir los ojos. Podía sentir su respiración y el olor a perfume masculino, mezclado con el del tabaco de pipa que flotaba en el aire. Sin saber muy bien por qué, ese aroma la reconfortó.

Fuera llovía y el viento azotaba las ventanas.

Escuchó el frufrú de unas hojas de papel e imaginó de quién se trataba. Tantos años fantaseando con él. Con la idea de que un día aparecería buscándola. Y cuando al final ocurría, nada era como tendría que haber sido.

—¿Ya estás despierta?

Abby giró la cabeza sobre la almohada y miró hacia la ventana. Aún no había amanecido y la habitación seguía sumida en la penumbra. Vio la silueta de su padre recortada contra el cristal. Estaba de espaldas, con las manos en los bolsillos de su pantalón. Lentamente, él se dio la vuelta. Su boca dibujaba una línea recta y sus ojos mostraban un brillo intenso.

—Sí —susurró Abby.

Aaron cambió de pie el peso de su cuerpo y empezó a juguetear con las monedas que llevaba en el bolsillo, algo que hacía siempre que se sentía incómodo. Inspiró hondo y dejó escapar el aire con un suspiro.

—El doctor Nixon asegura que te encuentras bien, por lo que seguir aquí no tiene sentido. ¿Te sientes con fuerzas para hacer un viaje en coche? —preguntó muy serio.

—Un viaje, ¿adónde?

—Vendrás a vivir conmigo.

Abby notó que su corazón comenzaba a latir muy deprisa. Apartó las sábanas y se sentó en la cama. El rostro de su padre resultaba impenetrable, por lo que era difícil saber si la idea de llevarla con él le gustaba o no. Guardó silencio y se limitó a mirarse las manos, demasiado cohibida e insegura en su presencia.

—En el armario encontrarás ropa nueva. No sé qué talla usas, así que espero haber acertado.

—Gracias.

—Por cierto, me he tomado la libertad de pedir que recojan tus cosas del apartamento en el que vivías y cancelar el contrato de arrendamiento.

—Está bien.

—Le diré a la enfermera que venga a ayudarte —convino él.

Al amanecer, ya habían iniciado el viaje.

Abby no podía apartar la vista del conductor. Seth, así era como se llamaba el hombre de la cicatriz en la mejilla. La culpa de todo lo sucedido la tenía solo él y un odio profundo se instaló en su pecho. Si no hubiera aparecido en aquel café, nada habría pasado. O si se hubiera limitado a dejarlas marchar, evitando así la estúpida persecución, su madre seguiría viva y ella no viajaría rumbo a Dios sabe dónde, junto a una persona a la que no conocía y a la que no quería conocer. Ahora ya no.

Miró de reojo a su padre. Llevaban horas dentro del coche y no había pestañeado ni una sola vez. Inmóvil como una estatua, no apartaba la vista de la ventanilla, y ella se obligó a hacer lo mismo. Apoyó la frente en el cristal y se limitó a mirar el paisaje, sumida en el recuerdo de su madre. No tenía ni idea de cómo iba a lograr vivir sin ella, rodeada de extraños.

Aaron observó a su hija a hurtadillas, no se sentía preparado para afrontar la prueba que tenía por delante. Había enterrado el pasado tan profundamente que apenas si le dolía, pero ahora ese tiempo regresaba implacable destapando viejas heridas. Al menos, la chica no se parecía a ella.

Abandonaron la autopista y tomaron una carretera comarcal que serpenteaba entre frondosos bosques. El otoño se encontraba a la vuelta de la esquina y los colores del verano estaban dando paso a los amarillos, marrones y rojizos de la nueva estación. Una fina llovizna comenzó a caer, suave y silenciosa como las lágrimas que resbalaban por las mejillas de Abby. Notó un leve roce en el regazo, bajó la mirada y encontró un pañuelo de tela sobre su muslo. Lo tomó sin mediar palabra y cerró los ojos.

Debió de quedarse dormida durante bastante rato porque, cuando despertó, el cuello le dolía horrores. Había empañado el cristal con el vaho de su respiración. Lo limpió con la mano y estudió el paisaje, intentando averiguar dónde se encontraban. Llegaron a un pueblo de bonitas casas coloniales, con jardines que parecían salidos de un catálogo de paisajismo.

Oyó el tañido de unas campanas y al doblar la calle apareció una iglesia de paredes blancas. Un gran número de personas se reunían en la entrada. Dejaron atrás el pueblo y se adentraron en un bosque interminable de árboles centenarios. Una mansión apareció a lo lejos y Abby tuvo el pálpito de que se dirigían allí. Poco después, cruzaban una verja de hierro forjado. Seth aminoró la velocidad mientras recorrían un camino de adoquines.

Abby contempló desde el coche las altas ventanas y las relucientes columnas blancas que rodeaban la casa de una belleza atemporal. Nunca había visto nada parecido, solo en las películas. Empezó a preguntarse quién era realmente su padre y a qué se dedicaba para poseer una propiedad tan ostentosa. El coche se detuvo y Abby inspiró nerviosa. Vio a un hombre que podaba unos rosales y una mujer que barría las hojas caídas en la entrada. La puerta del vehículo se abrió de golpe y dio un respingo. Seth la sostenía, aguardando a que ella descendiera. Tomó aire y bajó con determinación.

—Bienvenida a Lostwick —dijo Seth.

3

Aaron rodeó el vehículo y fue al encuentro de Nolan Doyle, su jardinero, y la señora Gray, el ama de llaves, que lo esperaban en la entrada junto al resto de empleados.

—Bienvenido, señor —dijo Nolan.

—¿Está todo dispuesto?

—Sí, señor. He preparado la habitación tal y como me pidió, y el camión de la mudanza no tardará en llegar —respondió la señora Gray.

—Nolan, cuando lleguen las cajas, pídale a Damien que las suba, por favor.

—Señor, puedo hacerlo yo.

Aaron le dedicó una pequeña sonrisa.

—No quiero que vuelva a hacerse daño en la espalda. Debe cuidarse.

—Gracias, señor.

La señora Gray no dejaba de dar saltitos, estirando el cuello de un lado a otro.

—¿Ocurre algo, señora Gray? —le preguntó Aaron.

—¿Es ella? —Aaron buscó a Abby con la mirada y asintió—. Es increíble lo mucho que se parece a usted.

—Vengan conmigo, haré las presentaciones.

Juntos se acercaron al coche, donde Abby aguardaba de pie.

—Abby, quiero que conozcas al señor Doyle. Se encarga del mantenimiento de la casa y cuida del jardín.

—Hola, Abby. Puedes llamarme Nolan —dijo con una sonrisa.

—Hola.

—Y ella es la señora Gray, nuestra ama de llaves —continuó Aaron.

—Bienvenida a casa, Abby —exclamó la mujer.

—Gracias —respondió Abby en voz baja.

—Si necesitas cualquier cosa, no dudes en pedírsela. Ellos te ayudarán a instalarte y te enseñarán dónde está todo —le explicó su padre—. Yo tengo asuntos que atender. Te veré más tarde.

Abby asintió con la cabeza y lo observó mientras él se alejaba y entraba en la casa. Una ráfaga de aire frío la azotó y se abrazó los codos con un estremecimiento. Olía a salitre y la humedad se le pegaba a la piel. Debían de encontrarse muy cerca del océano. De pequeña siempre había querido vivir junto al mar y en una casa como aquella. La contempló, pensando que, a veces, los deseos cumplidos eran demasiado crueles.

Abby siguió a la señora Gray dentro de la casa. Si el exterior le había parecido imponente, el interior duplicaba con creces esa sensación. Todo estaba decorado en blanco, desde las paredes a los muebles, pasando por las alfombras. La nota de color la ponía el suelo de madera de caoba, tan brillante que se reflejaba en él como si fuera un espejo.

Tras mostrarle la planta baja, la señora Gray la condujo por las escaleras hasta el piso de arriba, donde se encontraban los dormitorios, que se distribuían alrededor de la baranda que rodeaba el amplio hueco de la escalinata. El pasillo estaba decorado con cuadros y esculturas de distintos materiales.

—Aquí es, esta será tu habitación —dijo la señora Gray, deteniéndose frente a una puerta en la parte más alejada del pasillo. La abrió y dejó que Abby entrara primero—. Tras esa puerta está el baño y esa otra es la del vestidor. —Se acercó a la ventana y descorrió las cortinas para que entrara la luz. Se volvió hacia Abby y la miró con una sonrisa amable en los labios—. ¿Te gusta?

Abby asintió sin dejar de mirarlo todo.

—Nunca he tenido un baño para mí sola. Ni tanto espacio, el apartamento en el que vivía con mi madre era más pequeño que este cuarto.

—Siento mucho tu pérdida —lamentó la señora Gray—. Perder a una madre es muy doloroso y no quiero imaginar lo sola que te debes de sentir, pero te prometo que aquí estarás bien. Si me lo permites, cuidaré de ti lo mejor que pueda.

Abby bajó la mirada al suelo y parpadeó para aliviar el picor en sus ojos.

—Gracias, señora Gray.

—Llámame Helen.

—Vale, Helen.

—Si necesitas algo, estaré en la cocina preparando la cena.

—De acuerdo.

—Y en cuanto a tus cosas, no creo que tarden en llegar. Damien te las subirá cuando regrese del instituto y podrás instalarte.

—¿Quién es Damien? —se interesó Abby.

La señora Gray sacudió la cabeza.

—¡Mi penitencia! —exclamó divertida antes de salir.

Abby esbozó una pequeña sonrisa, Helen le caía bien. Sin nada mejor que hacer, se sentó en el alféizar de la ventana y contempló el jardín. Lo hizo durante unos minutos, o puede que horas, no estaba muy segura porque había dejado de percibir el paso del tiempo. Solo podía pensar en su madre y lo mucho que la echaba de menos, y ese dolor la abstraía de toda realidad.

Llamaron a la puerta.

Abby se secó las lágrimas con el dorso de la mano.

—¿Sí?

—Hola, soy Damien, ¿puedo pasar? Traigo tus cosas.

Abby abrió la puerta y se encontró con un chico que tendría más o menos su edad. Tenía el pelo castaño y los ojos grises, enmarcados por unas pestañas largas y espesas. Cargaba con una caja de cartón, que parecía bastante pesada.

—¿Dónde dejo esto? —preguntó él.

—Ahí mismo, junto a la cama —respondió ella.

El chico cruzó el cuarto y dejó la caja donde ella le había pedido.

Abby le dirigió una mirada dubitativa, sin saber muy bien qué decir; y a él parecía ocurrirle lo mismo, porque estaba allí plantado, mirándola con las mejillas rojas.

—Por cierto, soy Damien.

—Lo sé, acabas de decirlo.

Él se mordió la sonrisa, avergonzado.

—Sí, es verdad.

—Yo soy Abby.

Damien levantó una mano a modo de saludo y se le escapó una risita azorada.

Ella también sonrió nerviosa. Se miró los pies y de nuevo clavó los ojos en él.

—¿Vives aquí? —le preguntó. Él asintió—. ¿Hace mucho?

—Desde siempre.

Abby se puso rígida y se le aceleró el pulso con un pensamiento repentino. Eso significaba que...

—¿Tú y yo somos...? —vaciló un instante. Él frunció el ceño y asintió con la cabeza, animándola a preguntar—. ¿Tú y yo somos hermanos? ¿Aaron es tu padre?

—¡No! Él me acogió cuando quedé huérfano.

—¿Eres huérfano?

—Ajá.

—Lo siento mucho.

—No te disculpes. Mis padres murieron cuando yo solo era un bebé, no los recuerdo. —Sonrió y apoyó la espalda en la pared—. Es un buen hombre.

—¿Qué?

—Aaron, tu padre, es un buen hombre.

Abby forzó una sonrisa. Ella no estaba tan segura de esa afirmación. Un hombre que era capaz de abandonar a una mujer embarazada y su futuro hijo no podía ser bueno. No había nada que justificara su acción.

—Voy a por el resto —anunció Damien.

—Gracias.

Minutos después, Damien dejaba en el suelo la última caja. Abby había comenzado a abrirlas y a colocar su contenido en los muebles. Encontró el juego de escritorio que su madre siempre tenía en su mesa de trabajo, y le quitó el plástico de burbujas que lo protegía. Tomó el tintero entre los dedos y se quedó mirándolo. Recordó cómo su madre se lo quitaba de las manos cada vez que la pillaba jugando con él y siempre le decía lo mismo: Abby, hay cosas que son para jugar y otras para admirar, esta es de las que se admiran. Las lágrimas acudieron a sus ojos y parpadeó para alejarlas. Dejó el tintero sobre el escritorio. Se giró y su mirada tropezó con la de Damien.

—Siento lo de tu madre, nadie debería pasar por algo así —susurró él.

Abby forzó una sonrisa. Abrió la boca para darle las gracias, pero lo único que salió de sus labios fue un suspiro entrecortado.

—Si quieres te ayudo —se ofreció él.

—No es necesario.

—No me importa, de verdad, y tampoco tengo otra cosa que hacer —le aseguró.

Abby lo contempló un instante. Era bastante mono y, aunque parecía ser un chico algo serio, empezaba a caerle bien. No solo por la empatía que sentía al saber que él también era huérfano, sino porque necesitaba tener a alguien cerca y dejar de sentirse tan sola.

—¡Vale! —respondió al fin—. Abre cualquiera de esas y a ver qué encuentras.

Damien obedeció. Sacó un manojo de llaves de su bolsillo y usó una para romper la cinta de embalaje.

—¡Libros! —anunció—. Debe de gustarte leer, tienes un montón.

—¿Y tú cómo lo sabes?

—Acompañé a Aaron a tu apartamento. ¡Y por suerte llegamos justo a tiempo! La casera pretendía deshacerse de vuestras cosas para volver a alquilarlo —respondió mientras colocaba los primeros libros en la estantería.

—¡Vaya, qué amable, ni siquiera esperó a que acabara el mes!

—Nos costó encontrar la dirección, tu madre y tú erais como dos fantasmas...

Abby arqueó las cejas.

—¿Qué quieres decir?

—¡Hola! —gritó una voz cantarina desde la puerta.

Abby asomó la cabeza entre las cajas y sus ojos tropezaron con los de una chica rubia, con el pelo recogido en dos largas trenzas. Era alta y esbelta como una espiga. Abby abrió la boca para responder al saludo, pero la chica se lanzó a su cuello y la abrazó con tanta fuerza que las palabras se le atragantaron.

—Abigail, ¿no?

—Abby.

—¡Qué ilusión me hace conocerte! —exclamó mientras la seguía estrujando. Se apartó un poco y la miró con detenimiento—. ¡Cómo te pareces a mi tío! ¡Sí, no hay duda de que eres una auténtica Blackwell!

Abby parpadeó confusa.

—¿Tío?

—Tu padre —le aclaró Diandra—. Bueno, no es mi tío de verdad, pero como si lo fuera. Así que eso nos convierte casi en hermanas. ¿No es genial?

Damien suspiró con desgana.

—Abby, esta es Diandra.

—Diandra Devereux, tu mejor amiga desde este mismo momento —replicó con un gesto coqueto. De pronto, su expresión se transformó—. Siento muchísimo todo lo que te ha ocurrido, Abby. ¡Qué tragedia! Por favor, cuenta con nosotros para todo lo que necesites. Sabemos mejor que nadie cómo te sientes, ¿verdad, Damien?

Damien puso los ojos en blanco y asintió.

—Nuestros padres murieron —añadió ella.

—¿Tú también has perdido a tus padres? —preguntó Abby perpleja.

—A mi padre. Murió cuando yo solo era un bebé. Mi madre sigue vivita y coleando. Vivimos al otro lado del muro.

Abby frunció el ceño. Tres personas en una habitación y las tres habían perdido a alguien. Demasiado para ser una mera coincidencia. ¿Qué le pasaba a aquella familia?

Damien le lanzó una mirada asesina a Diandra cuando vio que se sentaba en la cama, dispuesta a quedarse.

—¿Qué estabais haciendo? —preguntó Diandra.

—Damien me está ayudando a deshacer el equipaje —respondió Abby.

—Ah... Os ayudaría, de verdad, pero acabo de hacerme la manicura.

—¿No tienes a nadie a quien mortificar, Di? —saltó Damien.

—Sí, a ti —respondió ella con un mohín de burla. Se volvió hacia Abby y le susurró—: Ten cuidado con él, es todo un casanova. Seguro que ya te ha echado el ojo.

Damien agarró un cojín y le atizó a Diandra con él.

—¡Damien, eso ha dolido!

—Pues no digas tonterías.

—¡Alguien se ha picado! —canturreó ella. Damien hizo el ademán de lanzarle otro cojín, pero Diandra se le adelantó y lo golpeó en el estómago—. Muy lento, musculitos.

Abby sonrió para sí misma, ver a aquellos dos peleándose era divertido.

Damien agarró esta vez un libro de la estantería. Entornó los párpados y una sonrisa maliciosa curvó sus labios.

—No, de eso nada —replicó Diandra. Levantó la mano y la movió en el aire, trazando unos símbolos.

—¡Diandra! —la reprendió Aaron desde la puerta.

Ninguno se había percatado de su presencia.

—Lo siento, tío, lo olvidé —se disculpó Diandra con las mejillas encendidas.

Aaron dejó escapar un suspiro entrecortado y relajó los hombros. Contempló las cajas abiertas y el desorden en la habitación, pero en ningún momento miró a Abby. Lo hizo de forma premeditada y, aunque sabía que estaba mal, era algo que aún le costaba.

—Helen servirá la cena dentro de cinco minutos. ¿Te quedas con nosotros? —le preguntó a Diandra. Su expresión seria había desaparecido y ahora le sonreía con afecto.

—¡Por supuesto! —respondió ella.

—Avisa a tu madre.

—Ahora mismo.

Aaron abandonó la habitación.

—Iré a prepararme —anunció Damien, y salió tras él.

Abby no pudo evitar sentir una punzada de celos al ver cómo su padre trataba a esos chicos, mientras que a ella la ignoraba de forma deliberada. Una sensación lúgubre se apoderó de ella; era una intrusa en aquella casa a la que no había pedido ir.

Le entraron unas ganas terribles de salir corriendo y dejarlo todo atrás, pero... ¿adónde iría?

Se dio cuenta de que Diandra la observaba y forzó una sonrisa despreocupada.

—¿Prepararse? ¿Os arregláis para cenar o algo así? —se interesó.

—No, para nada. Damien suele cambiarse de ropa a todas horas, es un presumido.

—Tú y él... ¿estáis juntos?

Diandra abrió mucho los ojos.

—¿Te refieres a juntos... juntos? —Frunció los labios como para dar un beso—. ¿Damien y yo juntos? —repitió. Rompió a reír como una loca—. ¡No! ¿Qué te ha hecho pensar eso?

Abby se sonrojó y se encogió de hombros con una disculpa en la cara.

—Bueno, parecéis muy unidos.

—Porque hemos crecido juntos, Damien es como un hermano para mí. El problema es que se comporta como tal y a veces es un auténtico tostón —dejó escapar un suspiro—. Aun así, no lo cambiaría por nadie.

—La cena está lista —gritó Helen desde algún punto de la casa.

—¿Vamos? —propuso Diandra.

Abby siguió a Diandra hasta el comedor con un nudo en el estómago. Cuando entraron, Aaron y Damien las esperaban junto a la chimenea, conversando. Tomaron asiento en silencio y Helen no tardó en aparecer con un montón de platos que fue dejando en la mesa: ensalada, pollo, puré de patatas, verduras con mantequilla y algo de color naranja en una salsera que olía de maravilla. Con el viaje y los nervios, Abby no se había dado cuenta de lo hambrienta que estaba. Se sirvió un poco de todo y comenzó a cenar sin levantar la vista de su plato.

Entre bocado y bocado, Diandra se puso a parlotear. En cuestión de minutos, hizo un relato detallado de cómo había transcurrido su día en el instituto, solo interrumpido de vez en cuando por los comentarios maliciosos de Damien, que trataba de molestarla.

Abby observó a su padre de reojo. Él no dejaba de sonreír, se le notaba en la cara que los adoraba. En cambio, a ella apenas la había mirado un par de veces. La rehuía. Empezó a sentirse cada vez peor. Aquel hombre que le había dado la vida, para después abandonarla sin miramientos, había criado a Damien y Diandra como si fueran sus propios hijos. Y allí estaba, disfrutando de la cena y la conversación, observándolos orgulloso. Se dijo a sí misma que no debía importarle lo que aquel hombre pensara o sintiera —no es que a ella le entusiasmara estar cerca de él—, pero, en el fondo, sí que le afectaba y no dejaba de preguntarse por qué ellos sí y ella no.

No aguantaba ni un minuto más en aquel comedor y se puso de pie.

—¿Estás bien? —se interesó Damien.

—La verdad es que no. Si no os importa, iré arriba a descansar.

—Te acompaño —intervino Diandra.

Abby forzó una sonrisa y con un gesto de la mano le pidió que no se levantara.

—No es necesario, gracias. Solo necesito acostarme un rato —dijo con una voz que parecía cubierta de telarañas.

—¿Estás segura?

Abby asintió y su mirada tropezó con la de su padre. Por un momento, le pareció ver un atisbo de preocupación en sus ojos, pero todo quedó en ese asomo.

4

Abby regresó a su habitación y se hizo un ovillo bajo las sábanas, rezando para no sentir nada y poder dormir. Con suerte, despertaría en su antigua habitación, oliendo a crepes chamuscadas en la cocina. Sonrió, a su madre siempre se le quemaban. Cerró los ojos y la recordó moviéndose por la casa, con el pelo tan rojo como el fuego recogido en un moño, sujeto por un lápiz. Leyendo en voz alta sus artículos mientras los corregía.

El reloj del pasillo dio las dos y ella aún no había logrado conciliar el sueño. La casa estaba en silencio, solo se oían el viento y los latidos de su corazón. Esa calma le resultaba inquietante, allí todo parecía suspendido e inanimado. Como un mundo aparte dentro de una bola de cristal.

Salió de la cama y vagó por la habitación. Entre los libros que Damien había colocado en las estanterías, descubrió el álbum de fotos chamuscado y pensó en sus amigos. En los últimos días los había olvidado por completo. Sintió el deseo repentino de hablar con alguno de ellos, de escuchar una voz familiar. Buscó un teléfono en la habitación, no había ninguno, y no sabía qué había pasado con su móvil. Salió al pasillo y bajó la escalera sin hacer ruido. En alguna parte de aquella casa inmensa debía de haber un teléfono. Cruzó el vestíbulo y abrió la primera puerta que encontró. Asomó la cabeza y comprobó que se trataba de un estudio. Entró y cerró la puerta con cuidado de no hacer ruido.

Con el corazón a mil por hora fue hasta el escritorio y encontró lo que buscaba. Sin embargo, cambió de opinión en el último momento. Era demasiado tarde para hacer una llamada. Sus amigos debían de llevar horas durmiendo. Pensó que sería mejor escribirles un e-mail, así que apartó la silla y se sentó frente al ordenador. Cruzó los dedos para que no tuviera ninguna contraseña. Movió el ratón y la pantalla se iluminó mostrando una hoja de contabilidad.

Sonrió.

Sin perder tiempo, le escribió a Demi un breve correo, en el que trató de explicarle todo lo ocurrido en los últimos días: el accidente, los días en coma, dónde se encontraba y con quién. Le pidió que no contestara a esa dirección y que esperara sus noticias. De repente, la puerta del estudio se abrió y la sombra de su padre bloqueó la luz que llegaba del pasillo.

Abby se puso en pie a la velocidad del rayo, mientras borraba con un clic el correo.

—¿Qué haces aquí? —preguntó él. Se acercó a la mesa con expresión severa, dejó unos papeles y encendió una lámpara.

—Solo comprobaba mi correo.

—¿Tan tarde? —la cuestionó.

—Lo siento, no podía dormir.

—Te agradecería que la próxima vez me pidieras permiso antes de irrumpir a hurtadillas en mi despacho —señaló él con voz cortante—. Buenas noches.

Abby agarró el pomo de la puerta con la mano temblorosa. El nudo que tenía en la garganta amenazaba con ahogarla. Sin darse cuenta de cómo ocurría, la vergüenza que sentía se transformó en indignación y el dique que había estado conteniendo sus emociones los últimos días se rompió.

—¿Por qué? —preguntó con rabia—. ¿Por qué me has traído contigo? Es evidente que no te gusta tenerme aquí.

Él se movió en la silla, incómodo.

—¿Qué te hace pensar eso?

—¡Todo! Ni siquiera eres capaz de mirarme. Me rehúyes. Me evitas... Tu cara muestra a la perfección tus sentimientos —le soltó. Alzó los brazos exasperada—. No tienes ninguna obligación conmigo, ¿sabes? Podrías haber dejado las cosas como estaban y no haber aparecido nunca.

Él levantó la mirada por primera vez, aturdido por el resentimiento que destilaba la voz de su hija. Quizá no se pareciera físicamente a su madre, pero tenía su carácter y el mismo tono de voz cuando se enfadaba. Demasiados recuerdos enterrados que comenzaban a despertar.

—¿Por qué clase de persona me tomas?

Lejos de amedrentarse, Abby dio un paso hacia él.

—Por la clase de persona que fue capaz de abandonarnos a mi madre y a mí y olvidar que existíamos —respondió con dureza.

Él se puso en pie con el corazón desbocado.

—¿Eso fue lo que ella te dijo?

Abby se sorprendió por la pregunta, pero aún más por la expresión de su padre. Tenía el rostro desencajado y su pecho subía y bajaba muy rápido.

—¿Te dijo que yo os había abandonado? —preguntó él de nuevo. Se llevó una mano a la cara y se masajeó las sienes con los ojos cerrados—. ¿Cómo pudo hacer algo así?

—¿Hacer qué?

—Tu madre no te dijo la verdad.

Abby dio un respingo, aquello era lo último que le faltaba por escuchar.

—¿Estás llamando mentirosa a mi madre? —escupió molesta—. ¿Cómo te atreves? ¡Mi madre no era una mentirosa!

—Abigail.

—¡Abby! —gritó, temblando de pies a cabeza; las lágrimas pugnaban por salir—. Me llamo Abby.

Él inspiró, tratando de serenarse.

—Abby, yo no abandoné a tu madre y mucho menos a ti. Ni siquiera sabía que existías. No hasta hace unos días.

Por primera vez, Abby atisbó sentimientos en él. Se obligó a ignorarlos.

—No te creo...

—¿Y a quién crees? —replicó Aaron con voz ronca. Apretó los puños muy enfadado—. ¿A la mujer que tu madre fingió ser durante diecisiete años? ¿A Grace Novik?

Esas palabras la pusieron enferma. Recordó que Seth la llamó Michelle y empezó a tener dudas. Todo lo que había ocurrido en los minutos previos al accidente había sido muy raro, sobre todo la reacción y las palabras de su madre.

—Si lo que dices es cierto, si no sabías que yo existía, ¿qué eran esos documentos que le enseñaste a la asistenta social?

—Una prueba de paternidad, se la solicité al director del hospital mientras estabas en coma.

—Porque no creías que yo fuera tu hija —repuso con amargura.

—No, Abby, supe que eras mi hija desde el primer instante, nada más verte, y no solo por esto. —Se subió la manga de la camisa y dejó al descubierto una marca idéntica a la que Abby tenía en el interior del codo—. Pero por culpa de tu madre no tenía otra forma de demostrarlo —respondió sin poder disimular su ira. Se tuvo que recordar que era con

Michelle con quien estaba enfadado, y no con la niña asustada que le devolvía la mirada con temple—. Aunque te cueste creerlo, ella fue la que me abandonó a mí. Un día recogió sus cosas y se marchó sin despedirse. Nunca supe qué pasó o por qué lo hizo, y mucho menos que estuviera embarazada.

Sacó una llave del bolsillo de su chaleco y abrió uno de los cajones del escritorio. Cogió un sobre y se lo tendió a Abby.

—Solo me dejó esto.

Abby lo tomó y lo sostuvo entre los dedos. Extrajo el papel que contenía. Estaba amarillento y arrugado, estropeado, como si hubiera sido leído un millón de veces. Lo desdobló e inmediatamente reconoció la letra de su madre.

Mi amor:

Siento despedirme así, pero no tengo fuerzas para hacerlo de otro modo. Me marcho para siempre. Debo proteger algo mucho más importante que tú y yo. Sé que no vas a entenderlo, pero debes confiar en mí. Tú harías lo mismo si estuvieras en mi lugar. Por favor, perdóname.

Te quiero y siempre te querré.

Michelle

—Michelle —susurró Abby. Apretó el papel entre sus dedos—. Me mintió, me mintió en todo.

—Lo siento. —Aaron suspiró y cerró los ojos un instante—. Siento si te he hecho creer que no eras bienvenida. Lo eres. Es solo que... esto está siendo tan difícil para mí como lo está siendo para ti.

Abby le devolvió la carta. Su mundo se desmoronaba por segunda vez: si perder a su madre había sido duro, saber que ni siquiera la conocía y que su vida a su lado había sido una mentira era aún peor. En ese momento no sabía quién era en realidad, no tenía nada más allá de su propio nombre porque ni su apellido era real.

—Debería estar enfadada con ella, pero no lo estoy. —Le temblaba la barbilla; se secó una lágrima con los dedos—. Me hubiera gustado despedirme.

El silencio se impuso en la habitación como una pesada roca.

—Ven conmigo —dijo su padre con voz firme. Tomó unas llaves de la mesa y salió del despacho. Abby lo siguió sin saber qué ocurría—. Coge algo de abrigo, hará frío. Te esperaré en el coche.

—¿Adónde vamos?

—Ya lo verás.

Un par de minutos después, Abby se arrebujaba en el asiento del coche. Sin apartar los ojos de la carretera, su padre pulsó un botón del salpicadero y la temperatura comenzó a subir. Lo miró de reojo, era muy guapo, con la nariz larga y recta, y una boca generosa, como la suya. Tenían el mismo pelo negro, los mismos ojos castaños con motas verdes. Costaba creer lo mucho que se parecían. Ahora entendía la sorpresa de Seth cuando la vio por primera vez.

Enfilaron una larga calle bordeada por árboles centenarios, tan frondosos que apenas dejaban ver el cielo estrellado. Su padre detuvo el coche y bajó. Abby lo imitó y sus ojos se abrieron como platos al darse cuenta de que estaban en un cementerio.

—¿Por qué hemos venido aquí? —preguntó desconcertada.

—Ahora lo verás. Ven —susurró él y comenzó a andar entre las lápidas.

Abby lo siguió sin apartar la vista de su espalda. Una ráfaga de viento le agitó el cabello, se encogió aún más bajo su abrigo y se obligó a apretar el paso. Si no lo hacía, iba a perderlo de vista en aquella oscuridad. Entonces, él se detuvo frente a dos tumbas coronadas por sendas lápidas de piedra gris, una al lado de la otra. Se paró a su lado y forzó la vista para leer las inscripciones. En la de la derecha rezaba un nombre: Isaac Blackwell. Y en la de la izquierda otro hombre descansaba: Mason Blackwell.

Al mirar con más atención, se dio cuenta de la fecha de las muertes, ambos el mismo día, casi diecisiete años antes.

—¿Son tus hermanos?

—No exactamente. Mi madre murió cuando yo era muy pequeño, y poco después mi padre volvió a casarse con otra mujer, la madre de Mason e Isaac, y los adoptó. Pero yo los quería incluso más que si hubiéramos compartido la misma sangre —susurró Aaron. Frunció el ceño, a pesar del tiempo transcurrido, los recuerdos aún eran dolorosos—. Hubo un desgraciado incidente y ambos fallecieron junto a los padres de Damien y el padre de Diandra. Sé cómo te sientes, y lo importante que es despedirse de alguien a quien quieres. Mason e Isaac eran mis hermanos, era mi deber cuidar de ellos y su muerte es algo que nunca superaré. Los echo de menos tanto como el primer día, pero me consuela venir aquí y saber que una parte de ellos permanece en este lugar. —Ladeó la cabeza y miró a Abby, podía ver la confusión en su rostro—. Ven, sígueme.

La guio a un espacio abierto entre los árboles, en el que crecían flores silvestres. Allí se alzaba un ángel de piedra con una losa blanca a sus pies. Abby leyó la inscripción en la lápida: «MICHELLE RISS, 1968-2011». Las lágrimas le nublaron la visión.

—¿Te ocupaste de su funeral? —preguntó, sorprendida.

Él asintió sin apartar los ojos de la tumba.

—Ella debe estar aquí.

En lo más profundo de su autocompasión, Abby se dio cuenta de que Aaron también sufría y lloraba la muerte de su madre.

—La querías, ¿verdad? —Se secó las mejillas con la manga del abrigo. Él no contestó, pero el dolor que reflejaba su rostro lo decía todo—. ¿Por qué nos hizo esto? ¿Por qué se fue y cambió su nombre? ¿Por qué tantas mentiras? ¿Y qué era ese algo que debía proteger?

Aaron se encogió de hombros. Él se hacía las mismas preguntas. Durante años había hecho todo lo posible para olvidar a Michelle, para odiarla, y ahora que sabía lo que le había arrebatado, deseaba sentir ese odio con más fuerza que nunca, pero era incapaz. Aún lo era.

—¿Crees que ese algo era yo? —preguntó Abby.

Él alzó la vista al cielo y las estrellas se reflejaron en sus ojos.

—No lo sé, pero se equivocó al tomar esa decisión. Debió contarme qué ocurría, decirme que estaba embarazada y nunca, nunca, alejarte de aquí. Diecisiete años en blanco son demasiados. Ahora... todo es más complicado.

—¿Por qué?

—Porque no sé por dónde empezar contigo ni qué hacer, es como sostener entre las manos algo tan frágil que puede romperse con solo respirar. Todo esto me ha desbordado.

—Y a mí, pero ¡no me voy a romper!

—Podrías si no lo hago bien —suspiró él.

Abby sacudió la cabeza.

—¿El qué?

Aaron suspiró agotado.

—No lo sé —lamentó sin apenas voz—. Volvamos, hace frío.

Abby lo contempló mientras se alejaba. No entendía lo que su padre había querido decir con aquellas palabras, pero había tantas cosas que no entendía que una más no suponía una gran diferencia, solo que el pálpito que sentía en el corazón no estaba muy de acuerdo.

Se arrodilló junto a la lápida en la que reposaba el ángel y recorrió con los dedos las letras grabadas en el pedestal. Las lágrimas mojaron de nuevo sus mejillas, y no podía dejar de hacerse preguntas. ¿Quién era su madre en realidad? ¿Por qué la había apartado de su padre? ¿Por qué la había estado ocultando durante tantos años?

—¿Por qué, mamá? ¿Por qué me escondías? —musitó.

5

El silencio que normalmente reinaba en la casa se vio roto por una voz aguda que parloteaba sin parar. Abby se levantó de la cama y se asomó al pasillo con curiosidad. La voz ascendía desde el vestíbulo y no podía entender muy bien qué decía. Se acercó a la barandilla y desde allí pudo ver a su padre. Había cambiado su habitual traje oscuro por unos tejanos y un jersey de punto que le hacían parecer mucho más joven. A su lado, una mujer rubia enfundada en un vestido azul muy ajustado gesticulaba sin dejar de hablar.

—Debes hacer algo con ella, Aaron —dijo la mujer—. Lleva tres días encerrada en su habitación, ¿piensa vivir ahí para siempre?

—Sarabeth, mi hija está atravesando una situación difícil, hay que darle tiempo.

—La vida está llena de situaciones difíciles y esconderse nunca ha sido la solución. Sabes que esa niña debe empezar a asumir su nueva vida. No puedes mantenerla en una burbuja para siempre.

—No es lo que pretendo.

—Yo podría ocuparme de ella, tengo más experiencia que tú. Para ti todo este asunto es nuevo y desconocido.

Abby se preguntó quién sería aquella mujer que se entrometía y opinaba de su vida sin siquiera conocerla. No le caía bien, parecía la dueña y señora de todo, y su padre actuaba como si estuviera acostumbrado a complacerla.

—No, Sarabeth, me han arrebatado a mi hija durante diecisiete años y no voy a perder ni un minuto más. Su sitio está aquí, conmigo.

Abby sonrió al escuchar esas palabras y una llama de calor ardió en su pecho. De pronto, notó una mano en el hombro; dio tal respingo que cayó hacia atrás y quedó sentada en el suelo. Diandra la saludó con una enorme sonrisa.

—¿Por dónde has...? —preguntó Abby sin apenas voz.

—Suelo subir por el arco de madera de la parte trasera, da a la terraza —susurró. Se arrodilló junto a la barandilla y observó el vestíbulo.

—¿Quién es? —se interesó Abby.

—Mi madre.

—¡¿Esa es tu madre?!

—Tranquila, no muerde..., solo ladra, un montón. Pero tiene razón, no puedes pasarte la vida encerrada en tu habitación.

Abby se levantó y regresó malhumorada a su cuarto. Diandra la siguió y cerró la puerta una vez dentro. Luego continuó hablando:

—Tienes que salir y relacionarte con gente, ir al instituto. Te ayudará a distraerte y te sentirás mejor. Además, mi madre es la directora, no se va a rendir así como así.

Abby puso los ojos en blanco, ya conocía la experiencia de ser la chica nueva del instituto, la había vivido muchas veces, demasiadas. Y no era para nada fácil, ni le iba a hacer sentirse mejor. Al contrario, lo empeoraba todo. Ya estaba bastante desubicada intentando adaptarse a su nueva casa y su nueva familia como para tener que afrontar más cosas. Sin embargo, Abby sabía que antes o después tendría que abandonar la burbuja, no le iban a permitir esa actitud durante mucho más tiempo.

Pensó en su padre. Al menos debería intentarlo por él.

—De acuerdo, iré al instituto.

—¡Genial! —exclamó Diandra mientras daba saltitos.

Minutos después, ambas bajaban las escaleras preparadas para ir al instituto.

Aaron y Sarabeth continuaban hablando en el vestíbulo.

—Y está lo otro, ¿cuándo piensas contárselo? Porque es evidente que no lo sabe y un descuido podría resultar desastroso —le advertía ella.

Diandra carraspeó de forma exagerada.

—¡Listas para ir a clase! —anunció como si ese fuera el acontecimiento del año.

Aaron sonrió al ver a Abby con su mochila al hombro.

—¿Estás segura de esto? Podemos esperar un poco más.

—Quiero ir...

—¡Por supuesto que quiere! —intervino Sarabeth. Se acercó a Abby con una sonrisa—. Hola, Abby, me alegro de poder conocerte al fin. Soy Sarabeth, la madre de Diandra, y quiero que sepas que puedes contar conmigo para todo lo que necesites. Considérame una amiga.

—Gracias.

Damien apareció en el vestíbulo cargando con su mochila y una bolsa de deporte. En la mano llevaba un balón de baloncesto al que no dejaba de darle vueltas. Se quedó paralizado al ver a Abby preparada para salir. Empezaba a pensar que nunca abandonaría su cuarto. Le dedicó una sonrisa, que ella le devolvió con toda la cara roja.

—Damien —dijo Aaron.

—¿Sí?

—Abby empezará hoy en el instituto y quiero que cuides de ella.

—Sí, por supuesto.

—No necesito que nadie me cuide —replicó Abby avergonzada.

Aaron asintió.

—Entendido, entonces solo dale apoyo moral.

—¡¿Qué?! —saltó Diandra—. Va al instituto, no a que le extirpen el bazo.

Aaron dejó escapar una pequeña carcajada.

—Bien, admito que estoy nervioso y esto se me da fatal. —Miró a su hija y sacudió la cabeza, azorado—. Solo... pásalo bien.

—Vale.

—Entonces iré a por el coche.

—¿Piensas llevarla? ¡¿Quieres hundir su reputación el primer día?! —exclamó Diandra.

Aaron parpadeó desconcertado. Al parecer, que un padre acompañara a su hija al instituto ya no estaba bien visto. Cruzó la mirada con Abby, y ella se encogió de hombros sin dejar de reír.

—No, claro que no. En qué estaría pensando —respondió él, y un ligero rubor cubrió sus mejillas.

El instituto de Lostwick era un edificio de ladrillo rojo con grandes ventanas blancas, tenía dos plantas y estaba rodeado de árboles y césped. Damien aparcó el coche en una plaza libre del estacionamiento, frente a la entrada, demasiado bien situada como para considerarlo una casualidad cuando el resto estaba casi completo.

Abby se bajó del coche con las piernas temblando como si fueran de gelatina y contempló el edificio. No conseguía recordar cuántas veces había pasado por esa misma situación, estar así, parada frente a un nuevo instituto, con nuevos compañeros y profesores; preparándose para sufrir el estigma de ser la alumna recién llegada, deseando encajar y no sentirse sola. Aunque esta vez todo era muy diferente.

—¿Qué te parece? —preguntó Diandra.

—Es bonito.

—¿Bonito? Eso lo dices ahora. —Le guiñó un ojo y sus labios dibujaron una sonrisita burlona—. Este lugar es un centro de tortura. ¡Exámenes, exámenes, no piensan en otra cosa!

—Me gusta estudiar —susurró Abby.

Diandra la miró como si se hubiera vuelto loca.

—¡Oh, Dios, ¿qué estoy haciendo mal?! —gritó de forma teatral.

Abby observó los alrededores, intentando familiarizarse con el lugar. El instituto era mucho más pequeño que los centros a los que ella había asistido hasta ahora. Los alumnos iban y venían o se concentraban en círculos para conversar, aunque la mayoría se apelotonaba frente a la puerta del edificio principal e iba accediendo al interior sin prisa.

—¿Qué hacéis aquí tan temprano? —preguntó una voz.

—Abby tiene que pasar por secretaría para recoger su horario y el número de su taquilla —respondió Damien.

Al escuchar su nombre, Abby se dio la vuelta y se encontró con un grupo de estudiantes que la miraban con curiosidad.

—¿Es ella, la hija de Aaron? —inquirió una chica pelirroja, con una melena repleta de rizos descontrolados.

El chico rubio que la abrazaba dio un paso adelante y le tendió la mano.

—Hola, soy Rowan Davenport. —Esbozó una sonrisa lenta y miró a Damien—. Sí que es guapa.

Un coro de risitas contenidas surgió del grupo, mientras Damien se ruborizaba.

—Sí que lo es, le viene de familia —replicó Diandra. Rodeó los hombros de Abby con el brazo y le dio un ligero achuchón—. Abby, déjame que te presente a nuestros amigos. Ya conoces a Rowan y la que está a su lado es su hermana, Peyton. Y ellos son Josh, Edrick y Holly. Chicos, ella es Abby Blackwell —y añadió, poniendo un énfasis deliberado en sus palabras—: Una de los nuestros.

Uno a uno le fueron dando la bienvenida. Le hacían cumplidos sobre su ropa, su pelo, hasta por lo estupendo que era su padre, al que todos parecían conocer muy bien. Por el contrario, ninguno de ellos mencionó a su madre, ni una sola pregunta al respecto. Algo le dijo que los chicos habían hecho algún tipo de pacto respecto a ese tema.

Poco después, se encaminaron todos juntos a la entrada.

—¿Qué has querido decir con eso de que soy una de los vuestros? —le preguntó Abby a Diandra.

—Pues lo que he dicho, que eres una de nosotros —respondió. Abby frunció el ceño; seguía sin entenderlo. Diandra se tomó un momento—. Nuestras familias han estado aquí desde siempre, nuestros antepasados fundaron Lostwick y eso nos une de un modo especial.

—¿Y cuántas familias son?

—Bueno, están los Blackwell, los Devereux, los Dupree, los Davenport, como Rowan y Peyton. Holly y Edrick pertenecen a la familia Sharp, y los Westwick. —Señaló a Josh con un gesto—. Somos como una gran familia, ¿entiendes?

Abby la miró de reojo y sonrió.

—No seréis una secta, ¿verdad? —bromeó.

—¡Qué cosas tienes! —replicó Diandra entre risas.

De repente, una sensación extraña se apoderó de Abby. Empezó como un escalofrío que le recorrió la piel y penetró en sus huesos. Miró por encima de su hombro y vio un todoterreno negro de cristales tintados entrando en el aparcamiento. El vehículo se detuvo a pocos metros de donde ella se encontraba, y un chico bajó de él. Era muy alto y el pelo oscuro se le rizaba en las puntas a la altura de las orejas.

Tenía la piel dorada por el sol y un cuerpo esbelto que no pasaba desapercibido. Sacó una mochila del asiento trasero y se la echó al hombro mientras se encaminaba a la entrada principal del instituto.

Abby se dio cuenta de que era incapaz de apartar la mirada de él, y conforme se acercaba, pudo ver con más claridad su rostro. El corazón empezó a latirle con fuerza y un impulso que no lograba explicar se apoderó de ella.

—¿Quién es ese? —preguntó a Diandra.

La expresión risueña de su amiga se transformó en una máscara que no dejaba entrever ninguna emoción.

—Nathan Hale. Pasa de él, no dejes que su cara de ángel te engañe.

—No me parece un ángel —musitó Abby casi sin pensar. Al contrario, ese chico encendía todos sus avisos de peligro.

De pronto, sus ojos se encontraron con los de él y el tiempo se detuvo. Eran inaccesibles, afilados y fríos, tan negros que parecían un abismo a punto de tragárselo todo. Él esbozó una sonrisa lenta, demasiado maliciosa como para no tenerla en cuenta. Entonces, cogió la capucha de su chaqueta y se cubrió la cabeza, ocultando su rostro.

—Hazme caso, Abby, es peligroso. No te conviene relacionarte con él —le aconsejó Diandra.

—¿Por qué es peligroso? —preguntó mientras su mirada lo perseguía. Caminaba de una forma tan segura y descarada que era imposible no hacerlo.

Diandra también lo observó alejarse, pero de una forma muy diferente a como lo hacía Abby; su cuerpo destilaba hostilidad.

—Donde haya un lío o una pelea, allí estará Nathan. Es arrogante y vanidoso, y para él no existen las reglas. No se puede confiar en él —respondió taladrándolo con la mirada.

Una chica lo esperaba en la puerta y se abrazó a él como un koala.

—¿Es su novia? —Abby no pudo reprimir la pregunta, a pesar de que estaba demostrando más interés del que debía.

—¿Quién, Rose? No, aunque ya le gustaría a ella. Nathan nunca ha salido en serio con nadie, pero siempre tiene alguna «amiguita» a su alrededor deseosa de complacerlo. Confía en mí, no te acerques a Nathan. Además, él y Damien se odian.

—¿Se odian? —preguntó, incrédula.

—Sí, por lo que es mejor que no tengan ningún motivo que los enfrente. La última vez no acabó muy bien, para ninguno de los dos.

6

Abby pasó por secretaría y, tras recoger el comprobante de asistencia y su número de taquilla, se encaminó con Diandra a su primera clase: historia. El profesor, tras mirar sus datos en la ficha, la presentó a la clase y la invitó a sentarse junto a una chica de pelo castaño y liso a la que pidió que compartiera su libro con ella.

—Hola, soy Abby —dijo al sentarse en su silla.

La chica le dedicó una sonrisa y empujó su libro para compartirlo con ella.

—Pamela.

—Bien, ¿por dónde nos quedamos ayer? —preguntó el profesor ojeando sus papeles—. Ah, sí, hablando sobre la caza de brujas en Europa a finales del siglo quince y principios del dieciséis. ¿Alguien recuerda qué eran los «estatutos de desaforamiento»?

Diandra levantó la mano un par de filas por delante de Abby. El profesor le hizo un gesto para que respondiera.

—Unos estatutos que fueron aprobados en Aragón, España, para luchar con total impunidad contra la brujería. Los jueces estaban autorizados para perseguir a las supuestas brujas sin atender a las leyes. Se las podía someter a todo tipo de torturas, así como condenarlas a muerte sin siquiera abrir un proceso contra ellas.

—Muy bien, Diandra —dijo el profesor, y añadió—: Para que podáis entender el grado de violencia que condujo a dicha situación hay que tener en cuenta que un gran número de las acusaciones de brujería que se presentaban eran una manera de canalizar los conflictos locales y vecinales. Muertes, enfermedades, esterilidad, malas cosechas... se atribuían a un chivo expiatorio elegido por los propios miembros de la comunidad, casi siempre mujeres.

Abby escuchaba embobada, ya había leído sobre el tema y le fascinaba. La puerta de la clase se abrió y Nathan Hale apareció en el umbral. Tal y como había ocurrido en la calle, a Abby se le aceleró el pulso, tanto que el corazón le saltaba en el pecho de forma dolorosa.

—Otra vez llegas tarde, Nathan —le reprendió el profesor.

—Problemas con el coche —respondió. Se acercó a la mesa de este y dejó sobre ella unos folios grapados. El profesor los miró un instante.

—Este trabajo no había que entregarlo hasta el mes que viene.

—He tenido tiempo libre —respondió Nathan mientras se dirigía a su mesa.

Abby alzó la vista cuando él pasó por su lado. Sus ojos negros la repasaron con descaro y una sonrisa oscura curvó sus labios. Solo duró un instante. Después se transformó en una mueca de desprecio, cuando su mirada se encontró con la de Damien.

Por fin llegó la hora del almuerzo y Abby abandonó la clase de español a toda prisa. Fue hasta la cafetería, donde había quedado con Damien y Diandra. Tomó una bandeja y se unió a la multitud que se agolpaba haciendo cola. Miró de reojo la comida, sin saber muy bien por qué decidirse. Tenía buen aspecto, aunque no dejaba de ser la comida de un comedor de instituto, y de eso ella sabía bastante. Bien, tendría que arriesgarse, y el pollo no tenía mala pinta. Abrió la boca para pedir, pero una voz se le adelantó.

—Pizza y una ensalada, por favor.

Abby supo de quién se trataba incluso antes de alzar la vista hacia él. Su voz era algo imposible de olvidar. Aquellos ojos oscuros, que le resultaban tan inquietantes, la miraron con una mezcla de curiosidad y malicia.

—Hola, soy Abby —se obligó a decir para aflojar la tensión que sentía, y sonrió con un revuelo en el estómago. Levantó un poco más la barbilla, no se había dado cuenta hasta ese momento de lo alto que era en realidad, le sacaba una cabeza.

—No deberías hablar conmigo —dijo él en tono confidencial, aunque había mofa en sus ojos. Ladeó la cabeza, como para estudiarla desde un ángulo diferente, y se entretuvo en cada una de sus curvas.

—¿Por qué? —preguntó, inocente.

—A tu novio no le gusta —respondió, mirando por encima del hombro de ella.

Abby siguió su dirección y se encontró con la mirada de Damien fija en ellos dos.

—Damien no es mi novio —contestó. Un ardor se expandió lentamente por sus mejillas.

—Qué pena, hacéis buena pareja. Seguro que tendríais unos niños preciosos. —Dio un paso hacia delante y ella instintivamente se alejó otro paso, chocando con la espalda de un chico. Se inclinó y acercó la boca a su oído. El perfume de ella penetró en su olfato, olía bien, demasiado bien—. No vuelvas a hablarme —añadió con frialdad, dio media vuelta y se alejó a grandes zancadas.

Damien cruzó el comedor a toda prisa hasta llegar a ella.

—¿Te ha dicho algo? —La agarró del brazo para que lo mirara. Abby abrió la boca para contestar, pero su garganta parecía cerrada y se limitó a negar con la cabeza y a sonreír—. No te acerques a él, no es buena gente, y si se mete contigo... quiero saberlo. —La tomó de la barbilla—. ¿De acuerdo?

Ella volvió a asentir y se dejó arrastrar por el brazo de Damien alrededor de su cintura. Rezó para no volver a cruzarse con Nathan en lo que quedaba de día, pero para su desesperación comprobó que sus horarios eran bastante similares. Salió del vestuario, justo cuando el entrenador tocaba su silbato. Cinco chicos, entre ellos Nathan y Damien, saltaron al agua de la piscina y comenzaron a nadar como si les fuera la vida en ello.

—Odio las clases de natación. El cloro del agua me sienta fatal —dijo Pamela, mirando con tirria el agua de la piscina—. ¿Se te da bien la natación?

—Digamos que no se me da mal del todo —respondió. Observó las paredes blancas y verdes, limpias e inmaculadas, nada que ver con su antiguo instituto.

—Los cinco siguientes, en posición —gritó el entrenador.

—Nos toca —dijo Pamela. Se colocó frente a una de las calles y se ajustó el bañador.

—¿Qué hay que hacer? —preguntó Abby situándose al lado de Pam. Miró al entrenador, pero este estaba tan concentrado en los chicos que no les prestaba atención.

—Fácil, es como una carrera de relevos, cuando llegue el nadador que está en tu calle, saltas y continúas, son dos largos, ida y vuelta. Gana el equipo que haga mejor tiempo —respondió Pam. Abby tragó saliva y sacudió los brazos, se le empezaban a dormir por culpa de los nervios. Contempló la enorme piscina y al chico que se acercaba con una rapidez asombrosa, cada brazada marcaba los músculos de sus brazos y su espalda. Era todo un espectáculo verlo nadar. Se preparó para saltar, el chico tocó con la mano el borde a la vez que sacaba la cabeza del agua, cogiendo una bocanada de aire. Sus ojos se encontraron y Abby se quedó muda, instintivamente dio un paso atrás, sin poder apartar la mirada de la cara de Nathan; el agua le chorreaba desde el pelo, lo sacudió para apartarlo de su frente.

—¿A qué esperas? —le espetó él.

Abby reaccionó con un acceso de ira, se encorvó y se zambulló con gracia. Empezó a batir los brazos, ganando cada vez más terreno a los otros nadadores. Dio la vuelta y regresó, poniéndole más ganas. Tocó el borde y su relevo saltó por encima de ella.

—Bien hecho, Blackwell, eres rápida —dijo el entrenador, asintiendo con aprobación—. Le vendrían bien tus brazadas al equipo femenino.

Abby sonrió y agarró la mano que Damien le ofrecía; dejó que la ayudara a salir y que le pusiera una toalla en los hombros.

—Ha sido alucinante —exclamó el chico, frotándole los brazos—. Volabas.

La sonrisa de Abby se ensanchó y notó que se ruborizaba. Él le apartó el pelo de la cara y le dio un ligero apretón en los hombros.

El entrenador hizo sonar su silbato.

—Los del equipo, que se queden; los demás podéis marcharos —gritó para hacerse oír sobre el bullicio.

—Nos vemos en el aparcamiento cuando acabe la última clase —dijo él, y se lanzó a la piscina para continuar con el entrenamiento.

Abby asintió y se encaminó al vestuario. Para su disgusto, Nathan estaba junto a la puerta hablando con un chico rubio, se llamaba Ray, creyó recordar. Se puso rígida, consciente de lo cerca que debía pasar de él. Todo su cuerpo entró en calor de golpe. Clavó los ojos en el suelo, intentando no mirarlo. Imposible, como si de una atracción magnética se tratara, alzó la cabeza. Él la miraba fijamente; mientras asentía a algo que Ray decía, su rostro no mostraba ninguna expresión. Entonces sus labios se contrajeron en una mueca engreída.

—Tampoco me mires —le susurró, y atravesó la puerta batiente que conducía a los vestuarios.

—Idiota —masculló ella, conteniéndose para no salir tras él y estamparle un puño en plena cara.

Las clases acabaron y Abby se alegraba de estar de vuelta en casa. Se encerró en su habitación. Tiró la mochila al suelo y se dejó caer en la cama. Definitivamente odiaba a Nathan Hale, jamás en su vida había sentido algo así por nadie. Era un idiota consumado, engreído y prepotente hasta rayar lo obsceno. «No vuelvas a hablarme, tampoco me mires», le había dicho. Bien, podía estar tranquilo respecto a eso, no pensaba hablarle nunca más, ni mirarlo, para ella había dejado de existir.

Estaba tan tensa y enfadada que pensó en darse una ducha antes de ponerse con los deberes. Cerró los ojos y dejó que el agua caliente resbalara por su cuerpo. Intentó pensar en algo que pudiera relajarla, pero su mente no dejaba de rebelarse y se negaba a abandonar el único pensamiento que la ocupaba desde hacía horas: Nathan. Su mirada afilada e intimidatoria la perseguía, pero no solo porque en el fondo la asustaba y le hacía sentir una creciente sensación de alarma —Nathan era uno de esos chicos que debería llevar colgando un cartel de peligro, y contra el que cualquier padre prevendría a su hija—, sino porque sus ojos eran preciosos, enmarcados por unas pestañas largas y espesas. Sentirlos sobre ella le había provocado escalofríos.

Se envolvió en su albornoz y salió del baño dispuesta a hacer los deberes sin más distracciones. Se paró en seco al encontrar a su padre en la habitación, estaba dejando unos paquetes envueltos en papel de regalo sobre la cama.

—¡Vaya, me has pillado! —dijo él, un poco azorado.

Abby miró los regalos y después a su padre.

—¿Son para mí? —preguntó, sorprendida.

—Sí. —Hubo una pausa—. ¿No piensas abrirlos?

Abby sonrió y algo cortada se acercó a la cama. Tomó el más pequeño y rasgó el papel. Sus ojos se abrieron como platos al ver un teléfono móvil de última generación.

—¡Es genial! —exclamó.

—Pensé que necesitarías uno. Diandra no puede vivir sin el suyo, y creo que Damien tampoco, viendo las facturas —respondió con una sonrisa—. Bueno, abre el otro.

Abby se sentó en la cama y colocó el paquete sobre sus piernas. Arrancó un enorme lazo rosa y rasgó el papel. Se llevó una mano a la boca en cuanto el ordenador portátil quedó al descubierto.

—Lo de la otra noche..., no es que me importara que usaras el mío, es solo que... trabajo con él y guardo datos muy importantes, facturas..., es mejor que tengas uno propio.

—Gracias —susurró Abby con un nudo en la garganta.

Se miraron en silencio unos segundos.

—¿Qué tal el primer día de instituto? —preguntó él, acabando con el peso de la pausa.

—Bien, los profesores son amables y he hecho unos cuantos amigos.

—Me alegro de oír eso. Supongo que tendrás deberes. Nos vemos cuando termines. —Dio media vuelta y se dirigió a la puerta. De repente se detuvo—. Me he tomado la libertad de dejarte unos libros sobre tu escritorio. Son muy antiguos y en ellos se recoge la historia de nuestra familia. Puede que te interesen.

—¡Sí, claro, me interesan! —dijo con sinceridad; deseaba saber cosas sobre sus raíces.

Aaron le sonrió. Abby lo contempló mientras salía, tenerlo cerca le hacía sentir bien. Notaba un calor especial en el pecho, una llamada que surgía desde lo más profundo de su ser. Sin pensarlo, se puso en pie, guiándose solo por su instinto.

—¡Papá! —Lo alcanzó en la escalera. Él se paró en seco y se giró con los ojos abiertos como platos, tan sorprendido que no parpadeaba. Abby se acercó y lo abrazó—. Gracias.

Él la envolvió con sus brazos y la apretó muy fuerte durante unos segundos. Se separó un poco para mirarla a los ojos, pero sin soltarla.

—Me has llamado papá.

—Sí, bueno, lo he dicho sin pensar... —dijo con la voz entrecortada.

—Me gusta. —Esbozó una sonrisa que le iluminó la cara—. Anda, ve a hacer los deberes, pronto cenaremos.

Abby asintió y dio media vuelta, vaciló un momento.

—La otra noche, en el cementerio, eso que dijiste sobre el cristal a punto de romperse y... No, no entiendo qué querías decir.

—Lo sé. Tendremos esa conversación muy pronto, ¿de acuerdo?

Abby asintió con la cabeza. Tenía montones de preguntas, dudas, estaba impaciente por saber qué había pasado entre sus padres, cómo se habían conocido en realidad, cuánto tiempo habían estado juntos, hasta que... su madre se había ido sin despedirse; pero no quería estropear ese momento. Se ajustó el albornoz y terminó de subir la escalera.

—Abby —Su padre la llamó.

—¿Sí? —Se asomó a la barandilla.

Él subió un par de peldaños con las manos en los bolsillos.

—¿Puedo hacerte una pregunta?

—¡Claro!

—¿Recuerdas qué te ocurrió en el accidente? ¿Cómo pudiste salir ilesa de ese coche? Vi cómo quedó.

—No, no consigo recordar qué ocurrió, todo está muy confuso. Es como si mi mente hubiera creado una ilusión para esconder lo que de verdad pasó.

—¿Una ilusión? ¿Qué clase de ilusión?

Abby se encogió de hombros y se abrazó los codos.

—Puede parecer extraño, pero fue como si mi cuerpo se convirtiera en humo, atravesé el coche y quedé suspendida en el aire. Desde donde estaba vi cómo sucedía todo, después me desmayé. —Levantó los ojos del suelo y se encontró con los de su padre fijos en su rostro. Estaba muy serio, fruncía el ceño, preocupado—. Aunque supongo que lo que en realidad pasó fue que, en algún momento, salí despedida del coche y tuve buena suerte al caer. Era mi cumpleaños, quién sabe. —Esbozó una triste sonrisa.

Su padre le devolvió la sonrisa.

—Vístete, cogerás frío —se limitó a decir.

7

Abby nunca había asistido a un oficio religioso, y no porque no creyera en Dios, creía. Nunca había asistido a una misa por la misma razón que nunca había formado parte de un club de lectura o de un grupo de exploradoras o de cualquier otro acto que llevara consigo el tener que relacionarse con una comunidad de personas. «Si no vamos a quedarnos, para qué establecer lazos. Si no lo conoces, no lo echarás de menos», esos eran los mensajes que los años y los viajes continuos de la mano de su madre, cada poco tiempo, habían calado en su mente y en su carácter.

Sentada en el primer banco, flanqueada por su padre y por Damien, Abby se sentía incapaz de levantar los ojos del suelo. Ese domingo, las miradas no estaban puestas en el padre Quinn, que desde el púlpito sermoneaba sobre el altruismo y la generosidad hacia los necesitados; tampoco en el estrafalario sombrero que lucía la señora que tocaba el órgano; todas las miradas estaban puestas en ella. La noticia de que Aaron Blackwell tenía una hija de diecisiete años de la que nadie conocía su existencia se había propagado como la pólvora, sin dejar a nadie indiferente. Las habladurías y suposiciones viajaban a la velocidad del rayo, pero nada de eso parecía importarle a su familia y mucho menos a su padre.

Aún no conocía muchos detalles acerca de él, pero sabía que era un hombre querido y respetado en el pueblo, de eso no había duda. A su llegada a la iglesia, se habían visto asediados por una avalancha de saludos y cumplidos, frenada afortunadamente por el cierre de filas en torno a ellos que había llevado a cabo La Famiglia —así era como había apodado al grupo que formaban sus nuevos amigos junto con sus padres—. Diandra no exageraba respecto a la estrecha relación que mantenían esas familias con la suya. Había podido comprobarlo la noche anterior en casa de los Davenport, en la cena de bienvenida que estos habían organizado para Abby. Era evidente que entre todos ellos existía una complicidad y una lealtad de una solidez inquebrantable que perduraba en el tiempo.

Abby notó un leve rodillazo y al levantar la vista se encontró con la mirada de Damien, que con disimulo señalaba hacia el púlpito; el padre Quinn le estaba dedicando en ese mismo momento unas palabras de bienvenida a modo de presentación para toda la congregación. Abby se las agradeció con una sonrisa y clavó de nuevo la vista en el suelo para ocultar que se había ruborizado. Su padre la cogió de la mano y le dio un ligero apretón; ella se lo devolvió y permanecieron así, unidos. Abby lo miró de reojo, mientras él prestaba atención a las oraciones y, por primera vez, sintió que tenía un hogar de verdad.

Mientras su padre se despedía de algunos amigos y atendía al padre Quinn por algo relacionado con el comedor social, Abby dio un paseo con Damien. Sin apenas darse cuenta, acabaron en el cementerio. Lejos de sentirse incómodos, continuaron caminando entre las lápidas, buscando los escasos rayos de sol que se colaban a través de las ramas de los árboles. De repente, Damien se detuvo. Abby no se dio cuenta hasta que notó que solo oía sus propios pasos, y volvió a su lado. Contempló la lápida que el chico miraba sin parpadear. En ella rezaban dos nombres: Jensen y Amber Dupree. Eran los padres de Damien.

—¿Deja de doler con el tiempo? —preguntó Abby, abrazándose los codos.

—No los recuerdo, podría decirse que ni siquiera los conocí. Murieron cuando yo era un bebé. —Hizo una pausa, pensando en que los únicos recuerdos que tenía de sus padres eran unas fotografías y unos cuantos vídeos—. Y aun así, duele. Así que no, nunca deja de doler —respondió, miró a Abby, le dedicó una sonrisa triste y continuó andando.

—¿Qué les pasó?

—Los asesinaron, alguien en quien confiaban los traicionó y... murieron.

—¡Eso es terrible! —exclamó Abby.

—Sí, lo es. —Cerró los ojos durante un instante y exhaló un suspiro—. ¿Y tú qué tal estás?

Abby se colocó un mechón de pelo tras la oreja y se encogió de hombros. Empezó a temblarle la barbilla, y los labios, y antes de que pudiera darse cuenta, estaba llorando. Por sí misma y por su madre, por Damien y por sus padres, por lo cruel que podía llegar a ser la vida.

—Eh, vamos, ¿qué ocurre? —le preguntó Damien suavemente, limpiándole una lágrima con los dedos. El gesto hizo que el llanto de Abby se volviera más amargo. La tomó por los hombros y la abrazó—. Está bien, no pasa nada, desahógate. Es bueno dejarlo salir.

Abby le hizo caso y se dejó llevar. Abrazada a él, lloró desconsolada. Intentaba fingir que se encontraba bien, aparentar delante de los demás que comenzaba a superar la muerte de su madre. Lo hacía por su padre, para no preocuparlo ni entristecerlo, sabía que él también sufría su pérdida. Y también fingía por ella misma, era más fácil cerrar los ojos e ignorar la realidad, hasta que esta se abría paso y te arrojaba a la cara sin compasión todas las miserias.

—La odio, Damien, la odio tanto como la quiero. No puedo perdonarle lo que me hizo —sollozó sobre el pecho del chico. Él la abrazaba muy fuerte y le acariciaba el pelo con ternura—. Me mintió, siempre me mintió sobre todo, hasta sobre su nombre. Eso hace que mi propia vida también sea una mentira, no tengo identidad, no soy nadie. No hay nada real en mi vida.

Damien la agarró por los hombros y la apartó un poco para verle el rostro.

—Eso no es cierto. Eres Abby Blackwell, y ahora tienes una vida de verdad, con tu padre, conmigo, con amigos. Te queremos, eso es real.

Abby sonrió y un suspiro entrecortado escapó de su garganta.

—A veces creo que, si no dejo de hacerme preguntas, acabaré volviéndome loca. Pero es imposible, me torturan, necesito saber quién era mi madre, por qué nunca quiso que conociera a mi padre...

Damien le cerró los labios con un dedo, mientras siseaba para que guardara silencio.

—Abby, te entiendo, de verdad, pero... la única persona que puede responder a eso ya no está. No tiene sentido que te tortures. Sé que es más fácil decirlo que hacerlo, pero debes intentarlo.

—Lo sé, y voy a intentarlo, te lo prometo.

—Debes hacerlo, trata de perdonarla y quédate con lo bueno.

Abby volvió a asentir. El chico tenía razón, no podía seguir mirando hacia el pasado.

—Te he dejado hecho un asco —dijo ella, un poco avergonzada al percatarse de las manchas en la ropa de él.

—No te preocupes, no todos los días tengo a una chica preciosa abrazada a mí, llorando y moqueándome el jersey —comentó. Una sonrisa traviesa le dibujó hoyuelos en la cara—. Anda, regresemos, seguro que nos están esperando.

Conforme pasaban los días, las cosas no hacían sino mejorar para Abby. Empezaba a adaptarse a las clases, a los profesores, a sus nuevos amigos. La vida en un pueblo pequeño como Lostwick era tranquila, predecible y de rutinas, todo lo contrario a las grandes ciudades donde estaba acostumbrada a vivir. Sin embargo, le gustaba su nueva vida. El recuerdo de su madre era tan intenso como siempre, lacerante y angustioso, las preguntas continuaban torturándola, pero se esforzaba por seguir adelante, centrándose en sus rutinas.

Por la mañana desayunaba con su padre y Damien en la cocina, había conseguido que cambiaran el ostentoso y frío comedor por la encimera de mármol frente al fregadero, algo que en un principio no le hizo mucha gracia a la señora Gray, sobre todo la mañana que Aaron la obligó a sentarse junto a ellos, mientras él servía el café. Seth también pasaba bastante tiempo en casa con ellos, era el asistente de su padre y pasaban mucho tiempo trabajando en el despacho. Abby no lograba olvidar que él era el responsable del accidente. Su corazón estaba dividido; por un lado, su madre había muerto por su culpa, pero por otro lado, de la misma forma, había recuperado a su padre. Así que se limitaba a tolerarlo.

Después del instituto solía hacer los deberes con Damien; si el día acompañaba se instalaban en el porche de atrás, y si no, en la cocina bajo la atenta mirada de Helen. Ir de compras con Diandra era una tarea más del día a día, al igual que salir a tomar un capuchino con Peyton y Holly al café. Cuando llegaba la noche, solía reunirse con su padre en el salón, leían un rato o simplemente veían una película.

La única sombra en su nueva vida tenía nombre propio: Nathan Hale. Solo coincidían en el instituto. Él siempre se sentaba en la última fila del aula, repantigado en su silla, mirando al frente sin fijarse en nada concreto; y no abría la boca a no ser que algún profesor le preguntara directamente. Entonces era cuando Abby podía escuchar su voz. Una voz que le aceleraba el pulso y la respiración.

No conseguía entender qué le pasaba con ese chico. No podía quitárselo de la cabeza, se descubría a sí misma pensando en él, en sus ojos oscuros, y eso la irritaba, cuando lo único que había recibido por su parte eran unas cuantas miradas asesinas y una hostilidad palpable. Ella no era de su agrado y no entendía por qué. La única razón lógica que se le ocurría a su actitud era la profunda enemistad que mantenía con Damien, y no solo con él; también con Rowan, Diandra, Edrick..., con todos, y ella formaba parte de ese grupo.

Unos golpecitos en la pizarra sacaron a Abby de sus pensamientos.

—¡Prestad atención! —dijo el profesor mientras escribía un título en mayúsculas. Se giró hasta quedar frente a la clase—. *El crisol* —anunció, se ajustó las gafas y sonrió—. ¿Cuántos de vosotros habéis visto esta película?

Las manos de media clase se alzaron.

—Bien, hoy la veréis otra vez —añadió el profesor. Se sentó sobre su mesa y continuó hablando—. En esta película se pone de manifiesto todo lo que hemos hablado estos días pasados sobre la caza de brujas en nuestro país. Se muestra la intolerancia de una época donde el fanatismo era la ley que regía la vida de un pueblo. Un fanatismo tan grande que solo era preciso que una persona acusara a otra de brujería; entonces ya no había nada ni nadie que pudiera salvar a la persona acusada. Veréis cómo la envidia o el rencor podían acarrear la muerte de una persona inocente, escondiéndose bajo la ignorancia y el miedo... Necesito que dos de vosotros vayáis a por el proyector... Abby y... Nathan, ¿os importaría pedirle a la señora Newman que nos deje el proyector, por favor?

A Abby se le cayó el lápiz que tenía entre los dedos y se quedó inmóvil, muda del susto. Lentamente se agachó para cogerlo del suelo, lo dejó sobre el pupitre y ladeó la cabeza para mirar al chico. Él se puso en pie, arrastrando la silla bruscamente. Pasó junto a Abby y desapareció por la puerta. Lo siguió con reticencia.

Abby observó a Nathan mientras caminaba por el pasillo unos pasos por delante de ella. Tan erguido y seguro que le resultaba irritante, pero lo que de verdad le molestaba era la forma en la que su pulso se aceleraba cada vez que lo tenía cerca. Llegaron casi a la vez a la secretaría. Nathan empujó la puerta y entró, ella lo siguió y a punto estuvo de tragarse el cristal cuando él soltó la puerta en sus narices. Abby estaba segura de que lo había hecho a propósito, así que, además de idiota, también era increíblemente infantil.

—El profesor Murray necesita el proyector —dijo Nathan a la secretaria.

—Lo siento, lo tiene la señorita Cleaver en su clase de literatura, tendréis que usar el viejo, si aún funciona —le respondió con una sonrisa, abrió un cajón de su mesa y le entregó unas llaves.

Esta vez, Abby se adelantó y salió de la secretaría antes que él, devolviéndole el portazo. Nathan fue más rápido y paró la puerta con la mano a tiempo de que no le atizara en plena cara. Le oyó reír por lo bajo y ella tuvo que morderse el labio para no gritar de frustración. Enfiló el pasillo sin mirar atrás ni una sola vez, él la seguía a corta distancia, lo sabía por el sonido de sus botas sobre el suelo, cada vez más cerca. De repente los pasos se detuvieron y alguien silbó. Abby miró hacia atrás por encima de su hombro; Nathan estaba apoyado contra una puerta, levantó el brazo y las llaves tintinearon en su mano. Puso los ojos en blanco y volvió sobre sus pasos.

Nathan giró la llave en la cerradura y empujó la puerta; se apoyó en el marco sin intención de entrar. Ella hizo otro tanto, permaneciendo quieta y cruzándose de brazos. Él enarcó las cejas y le indicó con un movimiento de la barbilla que entrara.

—¿Y por qué yo? —gruñó Abby.

—¿No querrás que lo haga yo todo? —le espetó. Al ver que ella no se movía, empezó a silbar y también se cruzó de brazos—. Nos castigarán si nos retrasamos, o peor aún, pensarán que hemos estado... «ocupados». Aquí son muy malpensados. —Su boca se curvó con una sonrisa sugerente y traviesa y se le dibujó un hoyuelo en la mejilla.

Abby se ruborizó captando la indirecta, entornó los ojos y se acercó a la puerta con decisión. Frenó en seco cuando él alargó el brazo cortándole el paso; lo miró a los ojos de forma severa y un poco exasperada, pero él no se inmutó, así que, sin pensarlo, se agachó y pasó por debajo.

Aquel sitio era más grande de lo que en un principio parecía, estaba atestado de cajas, viejos ordenadores, una impresora que debía de pertenecer a la prehistoria... Las estanterías de metal se alzaban hasta el techo con carpetas que debían de llevar allí décadas. Buscó torpemente.

—Abby —dijo Nathan desde la puerta; se movió, apoyando el hombro en el lado contrario, y la miró de arriba abajo— es nombre de niña cursi, te va que ni pintado.

Abby tragó saliva y, con toda la calma que logró reunir, se giró hacia él. Sintió una punzada de miedo al encontrarse con su mirada astuta; aun así no pudo evitar fijarse en lo hermosos que eran sus rasgos. Alzó la barbilla, demostrándole que no se dejaba amedrentar.

—Y a ti te va que ni pintado el de idiota. Podrías pensar en cambiártelo —sugirió.

Él sonrió, socarrón, pero su sonrisa no era amable, destilaba otro tipo de sentimientos. Ella imitó su gesto y buscó con la mirada el proyector, deseando con todas sus fuerzas encontrarlo de una maldita vez y salir de allí cuanto antes.

—¿Y arriesgarme a que me confundan con tu novio? —Sacudió la cabeza—. No, gracias.

—¿Qué? —Le costó un par de segundos darse cuenta de lo que él había querido decir, y levantó una ceja, confusa—. ¡Damien no es mi novio... y tampoco es idiota! —dijo con impaciencia. Y añadió—: ¿Sabes? Creí que no querías que volviera a hablarte.

—Y lo sigo queriendo, pero tú no dejas de blablablá...

—Mira, sé lo que pretendes. Intentas molestarme y que me sienta incómoda, pero pierdes el tiempo. No sé qué problema tienes conmigo ni me importa, así que... déjame en paz —le espetó.

Nathan la miró con una expresión contemplativa, sin prisa, torció la boca escondiendo una sonrisa y Abby tuvo la sensación de que se estaba tronchando por dentro. Apretó los puños, con el deseo de estamparle uno en la cara.

—Bien, hagamos un trato —añadió ella—. Yo dejaré de hablarte si tú haces lo mismo.

Vio un carrito cubierto por una funda de plástico, lo destapó y..., ¡bingo!, el proyector. Lo empujó hacia la puerta; Nathan no parecía tener intención de moverse.

—¿Te importa? —preguntó Abby con la garganta reseca.

—Y si no, ¿qué?

Abby empezó a ponerse cada vez más nerviosa. Deseó atropellarlo con el carrito, o mejor aún, deseó que explotara. El chispazo la hizo gritar al tiempo que se llevaba las manos a la cabeza para protegerse de los cristales y las chispas que lanzaba la bombilla del techo. Miró hacia arriba, incrédula, con un susto de muerte.

—Deberías controlarte —dijo él sin inmutarse.

—¿Qué? —graznó—. ¡Ni que lo hubiera hecho yo!

La expresión de él cambió, la estudió con curiosidad, como si algo no cuadrara o no estuviera en su sitio e intentara averiguar qué era.

—¿Piensas dejarme salir? —Alzó la voz enfadada.

Con una lentitud premeditada, él se apartó del hueco de la puerta, retrocedió con una sonrisa en la que no había ni una pizca de humor, y ella salió a toda prisa, sin detenerse, completamente indignada. No esperó a que él cerrara la puerta, ni a que devolviera la llave a la secretaria, quería alejarse de él todo lo posible. No le gustaba, de acuerdo que era guapo y sus hormonas habían reaccionado a eso desde la primera vez que lo vio, pero un instinto aún más primario se impuso. Cuanto más lejos se mantuviera de él, mejor.

Nathan observó a Abby mientras esta se alejaba empujando el carrito. Desde luego era una de ellas, altiva, pedante, pagada de sí misma; sin lugar a dudas, la niñita de su papá. Por el pueblo circulaban decenas de rumores sobre ella y su origen, sobre su madre y por qué aparecía ahora. A él le traía sin cuidado todo aquello, no le interesaba lo más mínimo la historia, y mucho menos sus protagonistas. Era una de ellos, más que suficiente para desear que la atropellara un camión. Ladeó la cabeza y miró la bombilla hecha añicos en el suelo. Negó con un gesto para deshacerse de las preguntas que estaban apareciendo en su cabeza y cerró la puerta. No le interesaba y punto.

8

Abby estaba tumbada boca abajo en su cama, se sujetó la cabeza con las manos y contempló frustrada el cuaderno en blanco sobre la colcha. Debía entregar el trabajo a la mañana siguiente y no conseguía escribir una sola frase con sentido. No dejaba de pensar en Nathan y en el incidente en el almacén. Era un creído, su actitud arrogante y maliciosa la sacaba de quicio, y su sonrisa taimada le ponía la piel de gallina. Arrancó la hoja y la estrujó con rabia, a la vez que hacía un pacto consigo misma: nada de volver a pensar en aquellos ojos oscuros y traviesos.

Apretó los párpados, reafirmándose en su determinación. La imagen del chico volvió a colarse en su mente con una claridad fotográfica: recordaba perfectamente cada detalle, desde las botas negras hasta la camiseta ceñida bajo la chaqueta. Se golpeó la frente contra el cuaderno, necesitaba algo con lo que distraerse y ocupar la mente. Clavó los ojos en los libros que su padre le había dejado. Cogió un tomo muy antiguo, encuadernado en piel marrón con las esquinas algo estropeadas. Le había dicho que allí encontraría muchas cosas sobre su familia, una de las fundadoras de Lostwick, y que sería una buena forma de conocer la historia de aquellas personas de las que descendía.

Abby había pospuesto su lectura, no porque no le interesara, sino porque le daba vértigo todo lo que pudiera encontrar. Apenas unas semanas antes, su familia se reducía a una única persona: su madre, de la que apenas sabía nada; y ahora había varias generaciones a las que conocer, personas con vidas repletas de anécdotas y hechos importantes en los que habían tenido un gran papel. De repente pertenecía a un linaje.

Tomó el libro con cuidado y volvió a la cama, se acomodó entre los almohadones y lo abrió sintiendo un cosquilleo en los dedos. Las páginas eran gruesas como un papiro, de un color marrón muy claro. Las acarició con lentitud y una sonrisa afloró a sus labios al leer el apellido de su familia en la primera página, sobre un árbol genealógico que se remontaba muchos siglos atrás. Leyó los nombres, las fechas de los nacimientos, de los matrimonios y cómo iba creciendo la familia. Pasó las hojas y descubrió la primera mención al apellido Dupree; era el apellido de una de las familias de colonos que habían viajado hasta Maine desde Inglaterra, junto a los Blackwell, los Devereux y...

Un tintineo le hizo levantar la vista del libro. Damien estaba en la puerta, llevaba puesta una gorra roja de béisbol calada hasta las orejas y agitaba con la mano las llaves de su coche. Tenía una enorme sonrisa dibujada en la cara.

—¿Ya has terminado los deberes? —preguntó él.

—No, no estoy muy centrada.

—Pasas demasiado tiempo en esta habitación, necesitas despejarte.

—Suena a invitación —dijo ella.

—No pensaba salir, pero cuando te he visto con ese libro me he dado cuenta de que necesitabas ayuda, desesperadamente.

—¡Ja, ja, no tiene gracia!

La sonrisa de Damien se ensanchó y volvió a agitar las llaves.

—¿Es cierto que aún no tienes el permiso de conducir? —Se miró los pies, intentando no seguir fijándose en el pantalón corto y en la camiseta sin mangas que ella vestía.

—Mi padre habla demasiado —dijo Abby, fingiendo ofenderse.

Él le dedicó una amplia e inocente sonrisa. Sus ojos grises brillaron entreteniéndose en su cara. Estuvo tentado de acercarse y sentarse en la cama con ella, pero la aparición de la señora Gray en el pasillo abortó la idea. Se rascó la nuca y entornó los ojos.

—¿De verdad has suspendido el examen cinco veces?

—No soy muy buena al volante —respondió ella con un mohín; sintió que se ruborizaba y se llevó las manos a las mejillas.

—Eso es porque no tenías un buen profesor. —Le lanzó las llaves y ella las cogió al vuelo—. Vamos, un par de clases con «el maestro» y podrás examinarte la semana que viene.

Abby cerró el libro y lo dejó a un lado. Empezó a sonreír, deseaba con todas sus fuerzas poder conducir. Siempre había soñado con tener su propio coche, la libertad de poder ir a cualquier parte sin depender de nadie.

—¿Estás seguro?

—No, así que... date prisa antes de que me arrepienta —respondió el chico, y dando media vuelta se dirigió a la escalera.

Abby se levantó de un salto, se puso unos tejanos ajustados y una camisa abierta sobre la camiseta, cogió su chaqueta y salió corriendo tras él. Lo alcanzó en el vestíbulo, le dio un tirón a la visera de su gorra y salió disparada por la puerta. Él empezó a reír y corrió tras ella. Cuando llegó hasta el coche, Abby ya se encontraba tras el volante. Se le notaba en la cara la excitación. Un segundo después, él estaba sentado en el asiento del pasajero.

—Bien, cinturón —dijo Damien. Esperó a que ella se lo

pusiera y entonces señaló los espejos con el dedo. Ella obedeció de inmediato y se aseguró de que veía perfectamente por ellos—. Llave en el contacto, pisa el embrague...

—Damien, sé cómo va, tranquilo —dijo, arrugando el ceño.

—Vale... —Sopló por la boca y se acomodó en el asiento.

—Estás nervioso —dijo ella. Aceleró despacio y se encaminó hasta la verja.

—No —respondió—, pero dime una cosa, ¿por qué te han suspendido tantas veces?

Abby se sonrojó y apretó con fuerza el volante, lanzó una rápida mirada a Damien y clavó los ojos en la verja mientras esta se abría.

—Si te lo contara no me creerías —susurró, recordando las cosas extrañas que le habían ocurrido durante las clases. Volvió a mirar a Damien con una sonrisa tensa y, al ver que él no decía nada, añadió—: Me pongo muy nerviosa.

—No tienes que ponerte nerviosa, es fácil, y me tienes a mí. —Le guiñó un ojo e hizo un gesto con la barbilla hacia la reja abierta.

Abby suspiró, intentando aflojar el nudo de su estómago.

—Tiene seguro a todo riesgo, ¿no? —preguntó ella.

Damien se puso tieso y la miró con los ojos muy abiertos.

—Creo que empiezo a arrepentirme.

Abby sonrió, aceleró y con un rápido giro se incorporó a la carretera. Un vehículo salido de la nada tocó el claxon; dio un volantazo y lo esquivó, volviendo de nuevo a su carril. Echó un rápido vistazo a Damien que, si se había asustado, lo disimulaba muy bien, pese a que estaba pálido.

—Te lo dije —replicó, intentando disimular la risa.

Con la atención puesta en la calle y en los controles del

coche, condujo hasta el pueblo. Sus manos ceñían el volante con fuerza y conforme el tráfico aumentaba, empezó a ponerse más y más nerviosa. Encontró los primeros semáforos y su pulso se aceleró rezando para que no pasara nada raro. La luz roja parpadeó, cambió a verde, movió el pie para acelerar y el corazón le dio un vuelco cuando se puso roja de nuevo. Ámbar, roja, verde, ámbar...

Damien se envaró en el asiento, miró al semáforo y después a Abby, confuso. La sorpresa se esfumó de su rostro y dio paso a un gesto de concentración. El semáforo volvió a funcionar correctamente, la luz roja quedó fija.

—Tranquila, lo estás haciendo bien, muy bien —dijo él. Puso una mano sobre su brazo y le dio un ligero apretón.

Abby asintió e intentó forzar una sonrisa. Clavó la vista en la luz roja, preguntándose si todo estaba en su imaginación o si Damien también había visto aquello. Verde, aceleró. Sentía el corazón en la garganta, necesitaba pensar en otra cosa.

—¿Qué pasa entre Nathan Hale y tú? —soltó de golpe.

Damien se puso tenso y giró en el asiento para mirarla.

—¿Se ha metido contigo?

—No, no le caigo muy bien y me ignora —respondió, mintiendo a medias—. ¿Qué es lo que os pasa? Se nota a la legua que no podéis ni veros.

—Simplemente no nos llevamos bien.

—¿Simplemente? A mí me parece que es algo más que simple. Entre vosotros ha tenido que pasar algo muy gordo. ¿Alguna chica? —aventuró.

—No... de momento —apostilló, clavando sus ojos grises en ella.

—Vale, no quieres contármelo, pero si por ser tu amiga voy a convertirme en su enemiga, al menos debería saber el porqué. —Frenó ante otro semáforo y aprovechó para limpiarse el sudor de las manos en el pantalón. Lo miró con recelo esperando que se volviera loco en cualquier momento.

Damien se inclinó hacia ella apoyando el codo en el asiento; la expresión más extraña transformó su cara.

—Créeme, que tú y yo seamos amigos no es lo único que tiene en tu contra.

—¿Qué quieres decir? ¡Yo no le he hecho nada! —exclamó Abby—. Aunque visto cómo me trata, cualquiera diría que sí. Quién sabe, a lo mejor en otra vida.

—Un momento, ¿cómo te trata?

Abby miró al frente y contuvo el aire, consciente de que había hablado demasiado.

Alguien aporreó la ventanilla del pasajero y la cara sonriente de Rowan apareció al otro lado del cristal. Señaló algo por encima de su hombro, Abby miró en la misma dirección y vio un restaurante de grandes ventanas; en cada una de ellas había dibujada una langosta con babero. En la puerta, Holly los saludaba con la mano.

Damien bajó la ventanilla.

—Íbamos a cenar cuando os hemos visto, ¿os apetece acompañarnos? —preguntó Rowan.

—¿Te apetece? —preguntó Damien a Abby—. Helen tiene la noche libre y dudo que haya dejado algo preparado.

—No he terminado el trabajo y tampoco los deberes de mañana —respondió con un mohín. En el fondo lo que quería era continuar la conversación con Damien. Sentía curiosidad por saber qué era eso que Nathan podía tener en su contra.

—¡Venga, olvida esos deberes! Un poco de «abracadabra» y lo tendrás listo —replicó Rowan. Damien carraspeó por lo bajo y le lanzó una mirada reprobatoria—. Quiero decir que seguro que el empollón de Damien te echa una mano con eso. —Una sonrisa maliciosa curvó sus labios—. O las dos manos, si le dejas.

—Eres un idiota, Rowan —dijo Damien dejando caer la cabeza hacia atrás completamente sonrojado, a juego con el rubor que lucían las mejillas de Abby en ese momento. Esta era la segunda vez que Rowan insinuaba el interés que él tenía en la chica. A la tercera, le dibujaría una nariz nueva.

El restaurante estaba a rebosar. La música y el ruido de los cubiertos se coló en sus oídos nada más abrir la puerta. Hacía un calor sofocante y apenas si se podía caminar entre la gente que esperaba en la barra a que quedara una mesa libre. Por suerte, Rowan tenía una reserva. El camarero los acompañó hasta una mesa junto a una de las ventanas. Abby se sentó al lado del cristal empañado, de frente a la barra. Desde allí podía ver todo el local, y se dedicó a examinar el ambiente mientras el camarero tomaba nota.

—¿Y adónde ibais? —preguntó Rowan, mientras rodeaba con el brazo los hombros de Holly.

Damien abrió la boca para contestar, pero inmediatamente la cerró y le dio un trago a su refresco.

—Venga, puedes decirlo —dijo Abby con los ojos en blanco. Él sonrió y la miró de reojo, pero no contestó—. Clases de conducir —dijo finalmente ella.

—¡Vaya, debes de molarle mucho para que te deje su coche! —soltó Rowan de pronto, dio un respingo y se inclinó para frotarse la espinilla; Damien acababa de darle una patada bajo la mesa—. ¿Y qué tal la clase? ¿Y el profe?

—¡Déjalo ya, cariño! —dijo Holly a su novio con un suspiro.

—Ah..., bien, aunque ha sido la primera y acabábamos de empezar cuando os hemos visto —respondió Abby.

El camarero se acercó a la mesa, haciendo malabares con una bandeja en las manos por entre la gente apiñada, y dejó una enorme ración de langosta frente a cada uno. Abby miró su plato con los ojos muy abiertos, era imposible comerse todo aquello de una vez.

Damien aprovechó la interrupción para cambiar de conversación.

—¿Y vosotros qué hacéis por aquí? No salís entre semana.

—El profesor Murray nos ha puesto en el comité de organización del baile de otoño —contestó Holly. Resopló mientras se colocaba el pelo tras las orejas. Apoyó los codos y se inclinó sobre la mesa, mirando fijamente a Damien—. ¿Y a que no sabes sobre qué tema irá el baile de este año? Brujas —respondió con los ojos muy abiertos y sin dejar de asentir con la cabeza—. Opina que puede ser divertido viendo el interés que ha despertado su clase, y lo peor no es eso, ha decidido aplazarlo hasta la noche de Halloween. ¿Se puede ser más friki?

El baile de otoño del instituto de Lostwick solía celebrarse todos los años a mediados de octubre, pero esta vez la directiva del instituto había decidido aplazarlo hasta la noche de Halloween a petición del señor Murray, que era el encargado de su organización. El profesor estaba tan fascinado por todo lo relacionado con la brujería y la magia en la historia que estaba escribiendo un libro sobre el tema y había centrado en él todos los trabajos de su asignatura.

—Es cierto, es una clase muy interesante —dijo Abby. Pinchó un trozo de langosta y se lo llevó a la boca.

—Humm..., ponle salsa picante, verás qué buena —le dijo Rowan con la boca llena. Ella sonrió y le hizo caso, untando el siguiente bocado en la salsa anaranjada.

—Por supuesto que lo es, y lo sería más si no flipara tanto con los tópicos. ¡Y querrá que nos disfracemos con sombreros picudos y escobas! —replicó Holly con un atisbo de mal humor en su voz.

Abby se quedó un poco perpleja por la reacción de la chica.

—No es por llevarte la contraria, pero ¿cómo piensas

disfrazarte de bruja entonces? —comentó, sintiéndose algo tímida. No quería molestar a Holly, y aquel asunto parecía importarle bastante.

Holly apoyó los codos en la mesa.

—¡Pues depende del siglo que escojas, porque estoy hablando de brujas de verdad, no de las de los hermanos Grimm! —replicó entre parpadeos, como si la respuesta a esa pregunta fuera demasiado obvia.

—Holly —dijo Damien lanzándole una mirada reprobatoria.

Ella abrió la boca para contestar, pero lo pensó mejor y guardó silencio dedicándole una sonrisa apenada y condescendiente a Abby.

—¿Y crees que al final habrá que disfrazarse? —preguntó Abby, abanicándose con la servilleta; la salsa picante le estaba provocando sudores. Dio un trago de agua y casi se atraganta al ver quién acababa de entrar en el restaurante.

Nathan Hale se acercó a la recepcionista, iba vestido de negro y había cambiado su habitual sudadera con capucha por una chaqueta de cuero que le sentaba de maravilla. De su mano iba una chica morena de larga melena, y desde luego no era la misma con la que se le había visto en los últimos días. Abby no pudo evitar seguirlos con la mirada, mientras el maître los acompañaba a una mesa.

—Espero que no, porque hay un vestido negro de tul y encaje que me muero por ponerme —respondió Holly.

—Y yo me muero por que te lo pongas —susurró Rowan besándola en el cuello. De repente una sonrisa traviesa se dibujó en su cara. Carraspeó mientras apoyaba los brazos en la mesa con cara de circunstancias—. Vosotros podríais ir juntos a ese baile, ninguno de los dos sale con nadie.

Abby se obligó a apartar la vista de Nathan y a procesar en su mente lo que Rowan acababa de decir.

—¿Qué?

Damien apartó la bebida de su boca y tosió un par de veces.

—¡Cariño, es una idea estupenda! —exclamó Holly. Su novio sonrió como si acabara de descubrir la fórmula de la eterna juventud.

Abby miró de reojo a Damien, que se encontraba igual de cortado que ella, solo había que ver el color de su cara. Él se giró en la silla para mirarla y sonrió, levantando un poco las cejas.

—No es mala idea. ¿Qué dices? ¿Quieres ir al baile de otoño conmigo?

Abby contempló sus ojos expectantes, bajo aquella luz parecían de plata y le devolvían la mirada con calor. Se vio reflejada en ellos, y una realidad abrumadora se apoderó de ella, de verdad le gustaba a Damien. Los chistes de Rowan tenían un trasfondo, el chico sabía de los sentimientos de su amigo porque, evidentemente, habían hablado de esos sentimientos.

—Como no contestes, esta situación va a ser un poco incómoda, incluso humillante —dijo él sin perder la sonrisa.

Abby asintió completamente ruborizada. Damien era encantador, muy atractivo y vivía bajo su mismo techo, era de fiar. Ser su pareja en el baile parecía una buena idea.

—Sí, por qué no; además, estoy segura de que serás un buen chico y me acompañarás a casa después. —Frunció el ceño y añadió a modo de advertencia—: Mi padre sabe dónde vives.

Rowan soltó una risotada.

—Eso ha tenido gracia, y la nueva parejita merece un brindis.

—Rowan —masculló Damien, frustrado—. De verdad, tío, no sé qué he visto en ti para considerarte mi mejor amigo.

—Mi bonita sonrisa —replicó el chico, alzando la copa—.

Y que te acabo de conseguir una cita con la hermosa Abby; debería cobrarte por ser tu amigo.

Brindaron entre risas. Abby apuró su vaso de agua y volvió a abanicarse, buscando al camarero con la mirada. El pobre iba de un lado a otro, con la cara roja y la respiración agitada, casi le dio pena llamarlo.

—Voy a la barra a por una soda, la salsa picante me está matando. —Se puso en pie.

—Tranquila, voy yo —dijo Damien.

Ella le puso una mano en el hombro.

—No, déjalo, quiero ir al baño a refrescarme, el calor aquí es insoportable. —Se quitó la camisa y la dejó en el respaldo de su silla.

—Está bien —aceptó él.

—Al fondo a la derecha, tras la planta de plástico —le dijo Holly con un guiño.

Abby serpenteó por entre las mesas en dirección al baño. El ambiente estaba demasiado cargado y notaba que el pelo se le pegaba al cuello por culpa del sudor. No pudo evitar lanzar una mirada a la mesa de Nathan. Desde que el chico había aparecido en el local, ella se había obligado a ignorarlo, pero ahora la curiosidad por ver qué estaba haciendo se impuso a su orgullo.

En el rincón, bajo una tenue luz, la pareja se encontraba conversando; quizá conversando no era la palabra más adecuada. La chica que lo acompañaba lo devoraba con la mirada, no dejaba de tocarlo, parecía un pulpo con todos sus tentáculos sobre él. Le atusaba el cabello, le acariciaba la mejilla, o dejaba caer la mano con descuido sobre su fuerte brazo. Abby se quedó de piedra cuando casi se sentó sobre él y lo besó en la boca. Si la abría más, acabaría por tragárselo. Sonrió con cierta satisfacción al ver que Nathan la apartaba un poco agobiado. Pero borró la sonrisa de inmediato en cuanto él alzó la cabeza y la miró fijamente. Apartó los ojos de golpe y deseó darse de bofetadas, acababa de pillarla espiándolo.

Abby tragó saliva y continuó andando con la vista fija en la planta de plástico. Sabía que aquellos ojos negros e inquietantes controlaban cada uno de sus movimientos, podía sentirlos en la espalda. Apretó el paso y empujó la puerta que daba al baño, entró a trompicones y casi se lleva por delante a una mujer que salía atusándose el pelo.

—Disculpe —susurró.

Se apoyó contra la pared y dejó escapar de golpe todo el aire de sus pulmones. Fue hasta el lavamanos y se agarró a él mientras intentaba controlar la respiración. Se mojó la cara con agua fría y con las manos húmedas su frotó el cuello. Acercó la cara al espejo y contempló su rostro. O se estaba volviendo loca o el golpe en la cabeza durante el accidente la había dejado tarada. Durante unos instantes se había sentido celosa al ver a esa chica babeando sobre Nathan, sí, el mismo tipo odioso que la detestaba. Y no solo eso, al contemplar cómo se besaban, un hormigueo en sus propios labios había despertado una extraña emoción, como si supiera qué se sentía al besarlo.

Salió del baño, se colocó un mechón de pelo tras la oreja mientras caminaba, completamente consciente de lo que hacía, y evitó volver a mirar a la pareja. Se acercó a la barra.

—Una soda, por favor —dijo al camarero.

Apoyó los codos sobre la madera y esperó. Desde el espejo en la pared, frente a ella, podía ver el reflejo de los clientes en las mesas, también la de su pesadilla. Miró por encima de su hombro, la chica estaba sola y hablaba por teléfono. Ladeó la cabeza y lo buscó disimuladamente.

—¿Te interesa alguien?

Abby dio un respingo y supo quién era incluso antes de darse la vuelta.

—¿Perdona? —Se giró hacia él y lo miró sin titubear, a pesar de que sentía que se estaba ruborizando.

Él dejó asomar una sonrisa de pillo.

—Que si te interesa alguien o soy yo quien te interesa. No quitabas los ojos de mi mesa —dijo, mientras apoyaba los brazos en la barra y llamaba al camarero con un gesto.

El camarero se acercó y dejó la soda que Abby había pedido sobre un posavasos frente a ella.

—Un agua con lima —pidió Nathan sin apartar los ojos de la chica. Los entornó hasta que solo fueron dos ranuras—. ¿Soy yo quién te interesa? —insistió.

Abby se envaró, su cuerpo entero bullía con una emoción extraña e indefinible.

—Tú sueñas —le espetó, cogiendo su vaso, pero no hizo ademán de irse.

—¡Qué pena! —Hizo una pausa para mirarla de arriba abajo, una sonrisa siniestra acechaba en su boca—. Porque tú a mí sí me interesas.

—¿No solo me acosas, también te burlas de mí?

Nathan se inclinó sobre ella, sus ojos volvieron a recorrerla de arriba abajo y se detuvieron en la fina línea de piel que se le veía entre la camiseta sin mangas y sus tejanos. Fue un impulso, alargó la mano y la rozó con los dedos, un roce engañosamente suave. Se estremecieron a la vez, la sensación duró tres segundos, extraña, vibrante y... conocida. Apretó los puños y los músculos de sus brazos se tensaron.

—No he dicho para qué me interesas; si te lo digo, puede que ya no te parezca una burla.

Abby dio un paso atrás. Algo en su mirada y en el tono de su voz le dio miedo, sus palabras le habían sonado a amenaza.

—Creí que teníamos un trato; yo te ignoro, tú me ignoras.

Él se inclinó hacia delante y ella retrocedió.

—Sí. —Nathan miró por encima de ella y una expresión desafiante apareció en su cara—. Pero ver cómo tu «no novio» se desquicia cuando te ve cerca de mí no tiene precio.

El chico acababa de levantarse de la mesa echando chispas. Rowan lo sujetó por la muñeca, pero se deshizo de su agarre y avanzó entre las mesas hacia ellos.

—¡Ya viene! —anunció, divertido.

Abby estuvo a punto de arrojarle el vaso de soda a la cara, pero se quedó atrapada en la fantástica sonrisa que él esbozó cuando volvió a mirarla a los ojos. Sus defensas se reactivaron de inmediato.

—Puedes quitar el «no», Damien y yo iremos juntos al baile de otoño. —Ni siquiera sabía por qué lo había dicho, ¿para darle celos? Como si a él le importara.

La sonrisa desapareció de la cara de Nathan y se envaró.

—Me alegro de que vuestra relación vaya tan bien; ya te lo dije, estáis hechos el uno para el otro —susurró, molesto, y sentirse así por aquella chica le provocó un acceso de ira tan grande que todo su cuerpo comenzó a temblar.

—Apártate de ella, Hale —dijo Damien, agarrando a Abby del brazo y arrastrándola tras él.

—¿Por qué? ¿Temes que compare y se dé cuenta de que a mi lado no tienes nada que hacer?

—Eso no me preocupa lo más mínimo, te tiene calado.

Nathan esbozó una sonrisa tensa y miró a Abby. Un odio furibundo asomó a sus ojos. Ella se estremeció ante el trasfondo oscuro de aquella mirada.

—Si vuelves a acercarte a ella, necesitarás que te reconstruyan la cara —replicó Damien.

—Si no recuerdo mal, quien necesitó algo más que puntos la última vez fuiste tú. Pero tranquilo, tu novia no me interesa, ni ahora ni nunca.

—Déjalo, Damien —dijo Abby, sujetándolo por la muñeca. Los dos chicos estaban pecho contra pecho, eran igual de altos, igual de fornidos, parecían igualados en todo. No quería imaginar cómo sería una pelea entre aquellos dos.

—Eres como tu padre, de la misma calaña —masculló Damien.

—¡Y eso es lo que te mantiene vivo, idiota! —le espetó Nathan, apartándolo con un leve empujón en el pecho.

Damien reaccionó al empellón lanzándose contra él. Rowan apareció a tiempo y lo sujetó por los brazos como pudo.

—No quiero peleas en mi restaurante, chicos —dijo el encargado desde la barra; los miró a los dos como si ya les conociera y aquella situación no fuera nueva para él.

—Tranquilo, ya nos vamos —masculló Rowan, y tiró de su amigo hacia la salida.

Abby los siguió. Antes de salir, lanzó una mirada fugaz sobre su hombro. Nathan seguía en el mismo sitio, el encargado había salido de detrás de la barra y le hablaba al oído mientras le palmeaba el hombro con afecto, pero él no parecía escucharle, tenía la vista fija en ella de una forma tan intensa y perturbadora que le cortó la respiración. Entonces él movió los labios: «Buuh».

9

Nathan abandonó el restaurante por la puerta trasera. Era lo más sensato en ese momento, o acabaría por perder los estribos. Conforme pasaban los años, el odio hacia ellos crecía; la razón era obvia, ahora sabía lo que de verdad pasó. Cuando era pequeño, su madre le había ido contando la historia con cuentagotas, preparándolo poco a poco para lo que estaba por venir y para lo que tendría que soportar: el rechazo, las miradas de reproche, la desconfianza y las comparaciones. Y no tardaron en aparecer. La primera vez que respondió con un golpe a un insulto tenía siete años; tuvieron que darle puntos en una ceja. Pero los otros dos chicos no salieron mejor parados, Rowan perdió un diente y Damien acabó con el brazo en cabestrillo. La última vez, terminaron en el hospital con heridas muy graves. Él no perdió el bazo de milagro, y Damien estaba vivo por obra y gracia de alguna divinidad.

—¡Nathan! —gritó tras él la chica morena que lo acompañaba—. Nathan, espera.

Él no hizo caso y dobló la esquina, accionó el mando a distancia del todoterreno y las luces parpadearon.

—¡¿Quieres parar?! —dijo ella, agarrándolo del brazo.

Él se giró de mala gana y le sostuvo la mirada—. ¿A qué ha venido eso de ahí dentro? Has estado a punto de pegarte con Damien Dupree por esa chica. ¡Jamás me he sentido tan humillada! —exclamó, alzando las manos.

—No digas tonterías, Rose. No es ningún secreto lo que Damien y yo sentimos el uno por el otro, esa chica no tenía nada que ver.

Ella enarcó las cejas y puso los ojos en blanco.

—¿Tonterías? He visto cómo la mirabas, ¡esa mocosa estirada te gusta!

Nathan lanzó una risa brusca, sin asomo de humor.

—Punto número uno: estás rompiendo la primera norma de nuestro acuerdo. Punto número dos: esa niñata no me interesa —dijo en tono impaciente.

Era cierto que Abby no le resultaba del todo indiferente, pero no por los motivos que ella imaginaba. De repente, recordó lo que había sentido al rozarle la piel y se le aceleró el pulso. Apretó los dientes y abrió la puerta del coche. Rose la cerró de un empujón y lo obligó a darse la vuelta.

—Punto número uno: no estoy celosa. —Empujó a Nathan contra el coche y una sonrisa seductora curvó sus labios—. Punto número dos. —Le metió las manos por debajo de la camiseta y le acarició el estómago—: demuéstrame que no te interesa. Vamos a tu casa.

Él la sujetó por las muñecas.

—No.

—Pues vamos a la mía, mi madre trabaja esta noche.

—No voy a pasar la noche contigo, Rose, hoy no.

Lejos de desistir, ella se puso de puntillas y le mordió el labio inferior.

—¿Estás seguro? —Lo besó de nuevo.

—Tengo que volver a casa.

Rose se apartó y suspiró con desencanto.

—Ya, tienes que acostar a mami.

Nathan se puso rígido y le dirigió una mirada penetrante.

—Estás peligrosamente cerca de incumplir la segunda norma de nuestro acuerdo. Esta relación empieza a hacer aguas. —Abrió la puerta del coche y entró de un salto.

—Lo siento, prometo ser buena —dijo Rose con voz mimosa al percibir en su tono la amenaza de ruptura—. ¿Pasas a buscarme por la mañana?

—He quedado con Ray —respondió, mientras arrancaba el motor y aceleraba suavemente.

—Bien, pues comeremos juntos —replicó ella, y le guiñó un ojo a modo de despedida.

Nathan esperó a que Rose subiera a su vehículo, aparcado delante del todoterreno, y cuando se incorporó al tráfico, él hizo lo mismo tomando una dirección opuesta. Unos minutos después, enfilaba el camino que conducía a su casa, a las afueras de Lostwick, en medio del bosque. Un imponente edificio de piedra de dos plantas. Aparcó frente a la entrada y contempló la casa. La luz del interior se filtraba a través de las ventanas del salón. Dejó caer la cabeza hacia atrás y cerró los ojos; no tenía ni idea de por qué se había acercado a la chica Blackwell en el restaurante, ni de dónde había surgido esa necesidad de tocarla. Algo le estaba pasando con ella, se descubría a sí mismo pensando en ella, observándola durante las clases o a la hora del almuerzo. Y esa sensación de calma ilógica que sentía cuando la tenía cerca chocaba con la necesidad de odiarla tanto como los odiaba a ellos. No debería haberla tocado. Ahora se maldecía por haberlo hecho, aún podía sentir el tacto suave de su piel en los dedos, y un agujero en el pecho por estar fallando a la memoria de su padre. Las punzadas de dolor regresaron a su cabeza. Suspiró y bajó del coche, subió la escalinata y empujó el portón decorado con vitrales.

Una música suave surgía del salón, eso no evitó que oyera el tintineo del hielo en el vaso y cómo crepitaba al sumergirse en el líquido; con toda seguridad, ginebra. Se encaminó a la escalera, esa noche no tenía fuerzas para verla. El encuentro con la chica Blackwell y el idiota de Damien le había puesto de mal humor. Se sentía agotado, triste, necesitaba dormir y olvidarse de todo, especialmente de ella.

—¿Eres tú, Nathan? —La voz de su madre sonó débil, pero con ese brillo que solo tenía cuando se dirigía a él.

—Sí, mamá.

Se quitó la chaqueta y la dejó sobre el pasamanos. Sin prisa fue hasta el salón. La encontró recostada en el sofá; con una manta sobre las piernas contemplaba el fuego del hogar, mientras daba un largo trago a su bebida. Ella ladeó la cabeza y lo miró, una sonrisa le iluminó el rostro.

—¡Hola, cielo, llegas pronto! ¿Qué tal está Ray? Dile que venga pronto a visitarme, ese chico me cae bien —dijo con voz somnolienta.

—Claro, se lo diré —contestó, echando un vistazo a la botella en el suelo. Dejó escapar de golpe el aire de sus pulmones, esa noche había bebido bastante. Se acercó y se sentó en el suelo, junto a ella, con la espalda apoyada en el sofá—. ¿Has cenado?

—La señora Clare me preparó algo antes de marcharse —respondió mientras le acariciaba la cabeza—. Qué mayor te estás haciendo, diecisiete años, ya eres todo un hombre. La misma edad que tenía tu padre cuando le conocí; te pareces tanto a él que es casi como estar contemplándolo. Has heredado todos sus dones, tan hermoso y poderoso, mi niño. —Se inclinó y lo besó en el hombro.

Nathan miraba fijamente al frente, respirando hondo.

—¿Por qué seguimos aquí? En esta casa, en este pueblo —preguntó exasperado. Cerró los ojos e inhaló el aire, olía a perfume y alcohol. Desde que recordaba siempre olía igual dentro de aquella casa—. Estaríamos mejor en cualquier otra parte.

Ella apuró la ginebra del vaso e hizo ademán de volver a servirse, pero él le sujetó el brazo y se dio la vuelta colocándose de rodillas para mirarla a los ojos.

—Vayámonos de aquí, mamá.

—No, jamás abandonaré mi casa, aquí conocí a tu padre, aquí me casé y aquí naciste tú. —Hizo una pausa y sus ojos se cubrieron por un velo de lágrimas—. Tu padre está enterrado en esta tierra, esperándome, y no voy a dejarlo solo. Jamás, jamás dejaré que me quiten lo único que me queda.

—Está bien, olvida lo que he dicho —susurró, abrazándola para calmar el temblor que la sacudía—. Es tarde, deja que te lleve a tu habitación.

Ella asintió con mirada ausente.

—¿Te quedarás conmigo hasta que me duerma?

—Sí —dijo él, tomándola en brazos—. Me quedaré hasta que te duermas.

Cruzaron el vestíbulo y, cuando estaban a punto de ascender la escalera, oyeron un golpe seco contra la puerta principal. Ambos miraron en esa dirección.

—¿Han llamado a la puerta? —preguntó su madre. De repente algo golpeó una de las vidrieras.

—Creo que no —respondió Nathan con el ceño fruncido. Dejó a su madre en el suelo, junto a la barandilla, para que pudiera agarrarse y no caer.

Fue hasta la puerta y la abrió; al otro lado no había nadie. Un ruido le hizo mirar hacia abajo, había algo sobre el felpudo. Se agachó y lo miró con atención. Era un cuervo; un poco más adelante, junto a la escalinata, había otro que aún se movía. Nathan imaginó lo que había pasado; aquellos animales debían de haberse desorientado o, atraídos por la luz, habían acabado estrellándose contra la puerta.

—¿Qué es eso? —preguntó su madre.

—Nada, un par de pájaros que se han estrellado contra la puerta.

—Eso es muy extraño —dijo ella acercándose con paso vacilante.

—Eso sí que es extraño —replicó Nathan dando un paso hacia fuera para contemplar el cielo. Una enorme bandada de esos animales se había concentrado sobre la casa, girando en círculos. El ruido de sus alas inundó el silencio de la noche.

Su madre pasó junto a él y alzó la barbilla, se quedó inmóvil, observando con ojos desorbitados la escena. De repente los cerró y se desplomó sobre el suelo.

A la mañana siguiente, Nathan aparcó el todoterreno en la primera plaza que encontró libre en el aparcamiento del instituto. Había pasado toda la noche sin dormir, pendiente de su madre. Estaba preocupado por el desmayo que había sufrido, aunque el doctor había insistido en que se debía a sus «excesos». Paró el motor y con un bufido miró hacia el edificio.

—Odio este sitio —dijo Nathan, recostándose en el asiento. Se ajustó las gafas de sol y volvió a resoplar.

—Genial, ya somos dos —replicó Ray a su lado. Le dio un puñetazo afectuoso en el hombro y se apeó del coche.

Nathan lo siguió y ambos se apoyaron en el maletero. El día había amanecido despejado y el sol calentaba como si estuvieran en verano. Ray cerró los ojos disfrutando del calor sobre la piel. El pelo rubio le caía revuelto sobre los ojos, contrastando con su piel morena por horas y horas al aire libre practicando surf.

—Dicen que anoche estuviste a punto de liarte a golpes con Dupree.

—No fue para tanto.

—Mi información es de primera mano —insistió Ray; ladeó la cabeza y abrió un ojo—. ¿Qué pasó?

—Nada, en serio, iba con su chica y se puso gallito para presumir. —Le dio un codazo a Ray y empezó a andar—.

Deberíamos ir entrando, ya tengo bastantes problemas como para llegar tarde otra vez.

—¿Chica? —preguntó Ray, dándole alcance—. Ni siquiera sabía que saliera con alguien ese afeminado. Por cierto... —Entornó los ojos con actitud interesante—. ¿Quién era la chica que te acompañaba? Mi padre dice que estaba cañón.

Nathan puso los ojos en blanco.

—Creo que voy a tener que escoger otro sitio para mis citas. —Sonrió, se acomodó la mochila y enfundó las manos en los bolsillos de su cazadora.

—Eh, yo no tengo la culpa de que mi padre tenga el mejor restaurante de todo Maine, claro que siempre puedes largarte al chino de la esquina. —Se adelantó un par de pasos para ponerse frente a Nathan y continuó andando de espaldas—. Venga, suéltalo, ¿quién era la chica? ¿Está buena?

—¡Eh, Nathan!

Se giraron hacia la voz. Rose corría hacia ellos dando saltitos, vestida con su uniforme de animadora. Se lanzó al cuello del chico y lo besó en los labios durante un largo segundo. Se apartó con una mirada llena de intenciones puesta en sus ojos.

—Hola, guapo, recuerda que tienes una cita para comer, conmigo —puntualizó, arrugando la nariz con un mohín coqueto. Volvió a besarlo, apretándose contra él—. Estoy ansiosa —susurró, y se alejó contoneando las caderas al encuentro de sus amigas.

Ray, boquiabierto, observó cómo la chica desaparecía por la puerta principal. Se giró hacia Nathan con el ceño fruncido y cara de «no me lo puedo creer».

—¿Estás de broma? ¿Rose? —preguntó molesto. Nathan se encogió de hombros—. ¡Vamos, tío, tú no necesitas un polvo tan fácil como ese!

—¡Y a ti qué más te da con quién salgo! Además, solo quiero que me acompañe a ese estúpido baile.

—Para esa chica eres un trofeo. Cuando te canses de ella, no podrás dejarla así como así. Te sigue los pasos desde primero.

—Haré que ella me deje a mí.

—Estás mal de la cabeza —dijo Ray, mientras sacaba un caramelo de su bolsillo y se lo echaba a la boca. Le ofreció otro a Nathan, pero este negó con la mano—. No soy un experto, pero... ¿qué tenía de malo Emma? Has cortado con una chica de último curso, lista, preciosa, con unas piernas de infarto que estaba loquita por ti, ¿para salir con Rose?

—Ese es el problema, que yo le gustaba de verdad y ya conoces mi norma.

—Nada de establecer lazos emocionales —dijo Ray poniendo voz grave de tipo duro. Suspiró y detuvo a su amigo con una mano en el pecho—. Tienes que cambiar el chip. —Le dio un golpecito con el dedo en la frente—. Vas a acabar solo y amargado, si no lo estás ya.

—Ya has visto a mi madre, no quiero que nadie acabe así por mí. Ella murió el día que lo hizo él.

—Hay un fallo en tu plan maestro, genio. Un día te enamorarás y yo estaré allí para verlo y decir: «Te lo dije». De verdad, ¿por qué te empeñas en parecer tan capullo?

—Puede que... —dejó asomar su sonrisa de pillo— porque lo soy.

—Si tú lo dices. El problema es que yo sé cómo eres. —Algo por encima del hombro de Nathan llamó su atención, y añadió—: Así, lo único que haces es darles la razón a ellos. —Señaló con un leve gesto el aparcamiento.

Nathan miró en la misma dirección y una rabia glacial petrificó su expresión. La «pandilla feliz» acababa de llegar. Diandra abría la comitiva con Holly y Peyton. Tras ellas,

Rowan y Edrick tenían algún tipo de discusión; Damien y Abby iban los últimos, caminando muy juntos. Los observó tras los cristales de sus gafas de sol, mientras marchaban hacia la entrada. Él era la viva imagen de la felicidad, sonriendo de oreja a oreja por algo que ella decía. De repente echó la cabeza hacia atrás y soltó una carcajada que hizo que ella también empezara a reír con ganas. Cerró los ojos, aquel sonido le erizó el vello, devolviéndole la misma sensación que había tenido la noche anterior cuando la había tocado. Conocía cada matiz de aquella risa, a pesar de que era la primera vez que la oía. El dolor regresó y tuvo que masajearse las sienes. La confusión se esfumó cuando volvió bruscamente al presente.

—¿Ella es la chica? —había preguntado Ray.

—Sí, previsible, ¿no? Esa unión debe contar con todas las bendiciones; papá Blackwell estará orgulloso.

—La verdad, no me sorprende, y viven juntos. —Dejó escapar una risa floja—. Y viendo la forma en la que él la mira, esa unión dará muy pronto pequeños retoños. Les preparará papá la cama —continuó Ray. Nathan lo fulminó con la mirada—. ¿Qué? Menuda cara has puesto; si no te conociera, pensaría que estás celoso.

—Si vuelves a insinuarlo, te atizo. De todos ellos, esa engreída es a la que menos soporto.

Ray levantó las manos pidiendo una tregua. Sacudió la cabeza y empujó a su amigo para que continuara andando.

—Entre los NO-MA se dice que es adoptada, una obra de caridad de Blackwell.

—Ya, y tú te lo crees.

—No, solo hay que verla, se parece a él. En La Comunidad se rumorea que esa chica no tiene ni idea de quién es su padre ni de las cosas que han pasado aquí. He oído que la encontró hace un mes, cuando ella perdió a su madre. Por lo visto, no sabe nada de nada. Esperan el momento oportuno para…, ya sabes, hacerle la revelación —dijo en tono misterioso.

—Y qué, eso no cambia nada. ¿Ahora tiene que darme pena la huerfanita? Su familia destrozó a la mía. Mi padre nunca hizo las cosas que ellos afirman y cuando iluminen la mente de esa niñata, me mirará de la misma forma que lo hacen todos —dijo con rabia, de nuevo a punto de explotar.

—Tranquilo, Nat. Lo sé, mi familia está de tu parte; mi padre nunca creyó esa patraña, nunca dudó de tu padre.

—Los quiero a todos lejos de mí, sobre todo a ella.

Empujó la puerta de entrada y la mantuvo abierta para que Ray pasara. Enfilaron el pasillo, en ese momento atestado de chicos que abrían y cerraban taquillas preparándose para la primera clase.

—Pues te deseo suerte —dijo Ray, señalando con la cabeza un punto en el pasillo. Empezó a reír por lo bajo—. Desventajas de no llegar tarde. Nos vemos luego.

Nathan cerró los ojos y se pellizcó el caballete de la nariz, convencido de que le habían gafado. Pensó en darse la vuelta y esperar a que el pasillo estuviera despejado, pero entonces volvería a llegar tarde y no podía permitirse otro castigo que le bajara la nota. Un buen expediente era su pasaporte para una universidad al otro lado del país y no iba a perder la posibilidad de largarse lo más lejos posible de aquel pueblo.

Caminó por el pasillo sin quitarle los ojos de encima a su compañera de taquilla, que parecía tener algún tipo de problema con el candado. Lo agitaba y tiraba de él tan frustrada que no se percató de que él se había detenido a su lado. Abrió la suya, sacó un par de libros de su mochila y los dejó dentro. La oía maldecir y forcejear, y sin querer se encontró a sí mismo sonriendo. De repente, la taquilla de ella se abrió con uno de aquellos tirones, con tanta fuerza que le golpeó en la cara.

—¡Ay, Dios, lo siento! —exclamó Abby—. ¿Te he hecho daño? ¿Estás bien?

Se quedó de piedra cuando el chico se quitó la mano de la cara y pudo ver a quién había golpeado. Que él prácticamente la asesinara con la mirada no ayudó a que la situación mejorase, y a punto estuvo de darse la vuelta y salir corriendo.

—Lo siento mucho, es que no sé qué le pasa a este candado, se atasca, he tirado y... no lo he hecho a propósito, de verdad, ¿estás bien? —se disculpó Abby, intentando que no le temblara la voz. Tenerlo cerca la ponía al borde del infarto. Por un lado le daba miedo y por otro, hacía que su estómago se encogiera con millones de mariposas.

Nathan apretó los dientes y un destello airado iluminó sus ojos negros como la obsidiana.

—¿Lo haces a propósito? —le preguntó con mal carácter.

—¿El qué? —preguntó ella a su vez, confundida.

—Estropearme el paisaje cada vez que me doy la vuelta y te encuentro ahí —le espetó, cerró de un manotazo su taquilla y echó a andar hacia el aula.

Abby necesitó un segundo para volver a moverse. Un nudo en la garganta la ahogaba mientras intentaba contener las lágrimas; parpadeó para alejarlas: imposible. Echó a correr en dirección al baño, tan nerviosa que le temblaban las rodillas bajo el peso de su cuerpo. Pasó entre la gente sin detenerse, ni siquiera cuando Pamela, su compañera de pupitre, la llamó desde la puerta del aula. En aquel momento solo quería desaparecer. Se dijo que no debía importarle nada de lo que Nathan hiciera o dijera, pero no era así, le dolía que la tratara de aquella manera.

Nathan observó el pupitre vacío. Abby no había asistido a la primera clase y parecía que también iba a saltarse la segunda. Se encorvó sobre la mesa y escondió el rostro en sus manos, estaba seguro de que él tenía mucho que ver con esos novillos. Un segundo después de dejarla plantada frente a su taquilla, la había visto pasar corriendo hacia el baño. No estaba seguro, pero habría jurado que iba sollozando. De repente, algo parecido a la preocupación pulsaba en su interior, y no le gustó la sensación. ¿Qué demonios le ocurría con ella? Solo era una Blackwell, alguien a quien detestar.

10

—¿No tienes hambre? —preguntó la señora.

—¿Qué? —Abby parpadeó al ver que había separado las verduras en montoncitos sin darse cuenta de que lo hacía. Dejó el tenedor en el plato y negó con un gesto—. La verdad es que no.

—¿Te encuentras bien, cielo? Estás muy pálida. —Se sentó junto a ella y le puso una mano en la frente para tomarle la temperatura.

—Estoy bien, solo un poco cansada.

—¿Quieres que llame a tu padre?

—¡No es necesario! No pienso estropearle la cena por una tontería.

—De acuerdo, pero avísame si te notas enferma.

Abby asintió. Recogió sus deberes de español, esparcidos por la mesa, y tomó una botella de agua de la nevera.

—Me voy a la cama, buenas noches.

—Buenas noches, cielo.

Abby entró en su habitación y cerró la puerta, el reloj de su mesita marcaba las nueve y veinte. Se puso el pijama e intentó estudiar un rato, pero al cabo de una hora desistió, no conseguía concentrarse. Había demasiado silencio. Su padre estaba en una cena de trabajo, Damien había quedado con Rowan y Edrick para ver una película, y la señora Gray ya debía de estar durmiendo.

Se tumbó en la cama y contempló el techo. No podía quitarse de la cabeza lo sucedido esa misma mañana. Revivía el momento una y otra vez. Cada palabra, cada gesto y su mirada fría. ¡Maldito, Nathan!

Una vez en el baño, se había derrumbado. Humillada y dolida, las lágrimas habían aflorado sin ningún consuelo. Después pasó el resto del día evitando encontrarse con él. Por suerte, los viernes solo compartían un par de clases.

Se colocó de lado y observó la fotografía de su madre que tenía sobre la mesita. Cada día la echaba más de menos. A ella habría podido hablarle de Nathan sin ningún miedo. De sus dudas, de esos sentimientos que estaban despertando, y ella le guardaría el secreto para siempre.

Cansada de lamentarse, tomó el libro sobre los fundadores de Lostwick y continuó leyendo. De repente, un nombre llamó su atención: Nathaniel Hale. Comprobó que aparecía con bastante frecuencia en el relato. Había llegado en el mismo barco que arribó a Plymouth en 1647 con el resto de familias. En las páginas siguientes no dejó de encontrar menciones al apellido Hale y descubrió sorprendida que esas citas también incluían a los Blackwell. Décadas después, los Hale y los Blackwell seguían apareciendo juntos en los acontecimientos ocurridos en Lostwick.

Abby cerró el libro. Tres siglos atrás, las siete familias que llegaron en ese barco fundaron Lostwick y la convirtieron en una colonia próspera. Desde entonces, se habían mantenido unidas, generación tras generación.

Se dejó caer en la cama. No serían una secta, pero lo parecían.

De pronto, oyó un ruido en la ventana. Giró la cabeza y vio a Diandra al otro lado del cristal.

Saltó de la cama y corrió a abrir.

—¿Qué haces ahí? ¿Por qué no usas la puerta como todo el mundo? —Se asomó para ver por dónde había subido y sus ojos se abrieron como platos—. ¿Cómo has conseguido subir?

—Baja la voz, van a oírnos —chistó Diandra. Vio el libro sobre la cama—. Mi familia también posee un diario como ese.

—¿En serio? ¿Puedo hacerte una pregunta? —Diandra asintió—. He leído que los Hale eran una de las familias fundadoras. Entonces, ¿por qué no estaban la otra noche en la cena que dieron los Davenport?

Diandra frunció los labios en una mueca de fastidio.

—Créeme, no quieras hablar de algo tan aburrido ahora. ¡Tengo un plan mucho mejor!

—¿De verdad no puedes contestar a algo tan sencillo?

—¿Si respondo me harás un favor?

Abby asintió, a sabiendas de que prometerle algo así a Diandra podría ser peligroso.

—¡De acuerdo! Hace unos años, los Hale tuvieron algunas diferencias con las otras familias y cortaron sus lazos. Yo ni siquiera me acuerdo, era un bebé.

—¿Y por esa razón no os lleváis bien con Nathan?

—¡Oh no, otra vez ese nombre! Olvida el tema, por favor, y vámonos de fiesta.

—Nos van a pillar —dijo Abby una hora después desde el asiento trasero del taxi.

—Tranquilízate, ¿vale? Tu padre y mi madre están en esa cena aburrida, volverán muy tarde, y Helen duerme tan profundamente que no se despertaría aunque explotara una bomba en su habitación —masculló Diandra a su lado—. Iremos y volveremos sin que nadie se entere.

—Ya has hecho esto otras veces, ¿verdad?

—No irás a decirme que tú nunca has sido mala, aunque solo haya sido un poquito.

Abby negó con la cabeza.

—No tenía amigas que me secuestraran de casa por una ventana —respondió con los ojos en blanco.

—Reconoce que es excitante saltarse las normas de vez en cuando. ¿O temes que Damien se enfade si se entera de que has salido sin él?

Abby resopló molesta.

—Entre Damien y yo no hay nada.

—Le gustas y lo sabes.

Abby ignoró el comentario y miró por la ventanilla.

—No sé cómo he dejado que me convencieras de esto.

—Ya verás, lo vamos a pasar genial.

—Pero si ni siquiera me has dicho adónde vamos.

—A un antro genial, se llama El Hechicero. Tienen música en directo, billar, las bebidas son baratas y no te piden el carné. Además, suelen frecuentarlo muchos universitarios —comentó entusiasmada.

Abby la miró con el ceño fruncido.

—¿Todo esto es por un chico?

—¡Sí! Y es guapísimo, lo conocí la semana pasada en la playa, ¿recuerdas a aquellos tipos de la camioneta con matrícula de Arizona que hacían surf? —Abby asintió, recordaba vagamente haber visto a unos chicos con tablas—. El moreno con el tatuaje en la espalda, ¡amor a primera vista! El problema es que le he dicho que tengo diecinueve años.

—Y si este encuentro evoluciona a algo más serio, ¿cómo piensas decirle que en realidad eres una menor de diecisiete años por la que podría ir a la cárcel?

—Estará tan enamorado de mí que será una anécdota sin importancia.

—Sigo sin entender qué hago yo aquí.

Diandra la miró como diciendo: «¿Estás de broma?».

—Me encanta ese chico, pero no soy ingenua. Nunca vendría a un sitio como este yo sola.

El taxi se detuvo frente a un edificio con aspecto de antiguo almacén.

Diandra le pagó al taxista y se bajaron del vehículo. Al entrar en el local, las recibió un ambiente oscuro y cargado de humo. Estaba abarrotado de gente y les costó llegar hasta la barra.

—¿Dónde está tu chico? —preguntó Abby.

Diandra se puso de puntillas y observó la multitud.

—No lo veo, quizá en alguna de las mesas de billar. Ven, vamos a buscarlo —dijo mientras tomaba su mano para no perderla.

Abby la soltó y negó con un gesto.

—Ve tú, paso de que me estrujen.

—De acuerdo, pero no te muevas de aquí, ¿vale?

Abby alzó la mano con un gesto de solemne promesa y observó cómo Diandra desaparecía entre la multitud. Luego se apoyó en la barra y esperó a que el camarero se acercara.

—Vaya, una cara nueva —dijo este cuando la descubrió. Le dedicó una sonrisa traviesa que dejó a la vista unos dientes perfectos—. ¿Qué te pongo, además de a mil?

Abby sonrió ante su descaro.

—Una Coca-Cola, por favor.

—Marchando una Coca-Cola para la princesa —canturreó mientras cogía un vaso y lo llenaba hasta arriba. Luego lo empujó sobre la madera hacia ella—. A esta invito yo.

Abby le sonrió agradecida y observó a la gente que bailaba. Reconoció a algunos chicos de su instituto. Un par la saludaron desde lejos y ella les devolvió el gesto, bastante más animada que cuando había llegado. Aquel sitio no estaba tan mal.

Entonces, sus ojos tropezaron con alguien que no esperaba y el corazón le dio un vuelco. Nathan estaba en una de las mesas de billar, con esa chica morena que lo seguía a todas partes colgando de su cuello. Como si hubiera notado que alguien lo observaba, él giró la cabeza en su dirección.

Abby se dio la vuelta a toda prisa y ocultó el rostro tras su melena. Resopló nerviosa.

—¿Quieres algo más, preciosa?

Abby levantó la vista hacia el camarero y señaló su vaso para que pudiera ver que aún estaba lleno. El aire no le llegaba a los pulmones. El tipo apoyó los codos en la barra y la miró con atención.

—Tú no eres de por aquí.

—No.

—¿Vives en Lostwick?

—Sí, me mudé hace poco.

—¡Pues bienvenida! Me llamo Nick.

—Encantada de conocerte, Nick —dijo ella mientras le estrechaba la mano que le tendía con un ligero apretón.

—¿Y tú cómo te llamas?

Abby abrió la boca para contestar, pero una voz se le adelantó.

—Se llama «No te importa». Nick, déjala en paz o le diré a tu novia que andas tonteando con niñas.

Abby apretó los dientes, molesta por el comentario.

El camarero se echó a reír y chocó su puño con el de Nathan a modo de saludo.

—Bianca sabe que mi corazón solo le pertenece a ella —respondió. Le guiñó un ojo y añadió mientras se alejaba—: Quédate un rato y echaremos una partida cuando acabe mi turno.

Abby pensó que aquel era el momento ideal para escabullirse, pero, antes de que pudiera moverse, Nathan le cortó el paso. La miró de arriba abajo.

—Bonito vestido.

Abby puso los ojos en blanco y levantó la barbilla de un modo desafiante. No iba a permitir que la amedrentara. También lo miró de arriba abajo con una sonrisita indolente. Vestía de negro, como casi siempre. Un pantalón tejano y una camisa que dejaba a la vista la extraña cruz de plata que colgaba de su cuello. En su mano derecha descubrió un anillo, en el que no se había fijado antes.

—¿Se puede saber qué haces aquí? —preguntó Nathan con la mandíbula tensa.

—Que yo sepa, este lugar es público, puedo estar aquí si me da la gana. Si te estropeo el paisaje, date la vuelta y cambia de vistas.

Nathan apartó la vista un segundo y las duras líneas de su rostro se suavizaron. Muy en el fondo, se sentía culpable por cómo la había tratado esa mañana. Ladeó la cabeza y observó su rostro sin apenas respirar. Se tragó una maldición, no podía negar lo evidente: Abby era preciosa y tenía un extraño efecto sobre él. Aunque ni al borde de la muerte lo admitiría.

—Este no es sitio para ti.

—¿Porque lo dices tú? —saltó ella como un resorte.

—Porque es la verdad. Aquí no encajas. Tú eres un corderito y esto está lleno de lobos.

—¿Como tú? —lo provocó.

Nathan esbozó una sonrisa cargada de picardía. Inclinó la cabeza y se quedó a centímetros de su cara. Ella parpadeó y se puso roja, pero le sostuvo la mirada.

—Ten cuidado, quizá te muerda —le dijo con un gruñido.

Abby se envaró.

—¿Es una amenaza?

La sonrisa desapareció del rostro de Nathan.

—No.

Después dio media vuelta y se alejó.

Abby no apartó los ojos de su espalda hasta que desapareció entre la multitud. Tomó su vaso y bebió con avidez. Ese chico intentaba volverla loca, cambiando de personalidad como lo haría una veleta azotada por el viento; y ahora ya no sabía a qué atenerse cuando se topara con él.

Notó una mano en su hombro y pegó un bote, asustada.

—Eh, tranquila, solo soy yo —rio Pamela a su lado.

Abby se llevó la mano al pecho y rompió a reír.

—¿Qué haces aquí?

—He venido con un chico, pero está más interesado en el *pinball* que en mí. Me marchaba cuando te he visto. ¿Y tú?

—He venido con Diandra, pero creo que me ha dejado plantada por un surfista.

Pamela se aclaró la garganta.

—Te he visto con Nathan.

—Ni siquiera sé por qué se ha acercado a mí.

—Bueno, parecía bastante interesado en vuestra conversación.

Abby sacudió la cabeza, como si fuese la cosa más absurda que hubiera oído nunca.

—Créeme, no soy su tipo.

—¿Estás segura de eso? Porque no te quita la vista de encima.

Hizo un gesto con la barbilla y Abby miró en esa dirección. Sus ojos tropezaron con los del chico y los apartó rápidamente. Dio un trago a su refresco.

—Seguro que espera que me atragante con el limón y no querrá perdérselo.

Pamela se echó a reír por la ocurrencia. Le quitó el vaso de la mano y le dio un sorbo.

—¿Qué os pasa a vosotros dos?

—Ojalá lo supiera, se comporta así conmigo desde que

llegué a Lostwick. Nuestras familias no se llevan muy bien, así que supongo que será por eso.

—Ya, dime con quién andas y te diré quién eres.

—Sí, eso debe de pensar.

De repente, Abby notó que alguien la agarraba por el codo y la sacudía con violencia. Se encontró frente a frente con la chica que salía con Nathan: Rose.

—Si vuelvo a verte cerca de Nathan, haré de tu vida un infierno, ¿entiendes? —le advirtió con una mirada asesina. Después la empujó y la bebida que Abby sostenía se derramó salpicando al chico que estaba justo a su lado.

—Pero ¡qué...! —exclamó él.

—Ha sido ella —la acusó Rose y se marchó sin mirar atrás.

—Lo siento mucho, ha sido un accidente... —empezó a decir Abby.

—¿Un accidente? ¿Sabes lo que cuesta esta chaqueta? Trescientos pavos. ¿Tienes trescientos pavos? —le espetó con malos modos. Abby negó con la cabeza—. Pues busca la forma de conseguirlos. No me pienso ir de aquí sin mi chaqueta.

—De verdad que lo siento, pero no ha sido culpa mía.

—Déjala, ella no ha sido —intervino Pamela.

—Cierra el pico, estoy hablando con tu amiga —gruñó él. Se inclinó sobre Abby—. Y bien, ¿cómo piensas pagarme?

—Vamos, Ty, déjala en paz. Ella no ha hecho nada —intervino Nick al tiempo que dejaba una jarra de cerveza sobre la barra—. Ten, invita la casa.

El chico aceptó la cerveza y le dio un trago, después la alzó a modo de brindis y saludó a Nick con un gesto de suficiencia.

—Aún me debes una chaqueta —le susurró a Abby antes de alejarse.

Abby soltó el aire que estaba conteniendo y apretó los párpados. El corazón le galopaba dentro del pecho.

—¿Estás bien? —preguntó Pamela.

—Sí, no pasa nada. Ese chico da un poco de miedo. Pamela resopló enfadada.

—Rose es idiota, siempre hace cosas por el estilo.

—¡Genial! Parece que tengo un don para atraer a gente con problemas mentales. —Sacudió la mano, pegajosa por el refresco derramado—. Voy un segundo al baño.

—¿Quieres que te acompañe?

—Tranquila, estoy bien.

Abby se abrió paso entre la marea de gente que bailaba. La música sonaba demasiado alta y el ambiente estaba cargado de humo. Aquel lugar comenzaba a agobiarla. Con esfuerzo alcanzó la puerta del baño y la empujó. Una vez dentro, tuvo que esperar unos minutos hasta que uno de los lavabos quedó libre. Abrió el grifo y se enjabonó las manos a conciencia. Al levantar la mirada, se topó con su reflejo en el espejo.

—¿Qué demonios haces aquí, Abby? Aquí no encajas —susurró para sí misma.

Al salir del baño, sus pies tropezaron con algo. Bajó la vista y se quedó muda al ver al chico con el que había tenido el encontronazo en la barra. Estaba sentado en el suelo, con la espalda apoyada en la pared y la cabeza entre las piernas. Parecía agitado, como si le costara respirar. Abby pasó de largo, aliviada porque no la hubiera visto. Sin embargo, aún no se había alejado ni un metro cuando se detuvo. Se dio la vuelta y lo miró. Ese idiota no se encontraba bien, era evidente, y la gente pasaba por encima sin fijarse.

«Debo de estar perdiendo la cabeza», pensó mientras volvía sobre sus pasos.

—¿Te encuentras bien? —le preguntó.

El chico levantó la cabeza y la miró. Su pecho subía y

bajaba muy deprisa. Negó con la cabeza y se llevó la mano al pecho.

—¿Te cuesta respirar? —Él asintió. Abby se agachó a su lado—. ¿Eres alérgico, asmático...?

—Asmático, he olvidado el inhalador en el coche —respondió entre jadeos.

Abby sacudió la cabeza.

—De acuerdo, ¿puedes levantarte?

—No lo sé.

Ella miró a su alrededor, sin saber muy bien qué hacer. La gente continuaba pasando junto a ellos y a nadie parecía importarle.

—Vale, apóyate en mí. Voy a ayudarte a salir.

Con mucho esfuerzo, Abby logró que se pusiera en pie. Después se pasó su brazo por los hombros y le rodeó la cintura con el suyo. A trompicones, consiguió llegar a la puerta trasera del local y llevarlo al aparcamiento.

—Te llamas Ty, ¿verdad? —Él asintió—. De acuerdo, Ty, ¿cuál es tu coche?

—El azul —jadeó al tiempo que levantaba el brazo y señalaba un punto. Abby lo ayudó a llegar hasta un Mustang azul, aparcado a pocos metros, y él añadió—: En la guantera.

—¿Tu inhalador está en la guantera?

Él dijo que sí y ella se apresuró a entrar en el coche. Agarró el inhalador, le quitó la tapa y se lo entregó. Ty aspiró con fuerza por la boca. Lo hizo varias veces hasta que sus pulmones comenzaron a responder y el color regresó a su rostro. Se dejó caer contra el coche y cerró los ojos. Al abrirlos de nuevo, la gratitud brillaba en ellos. Miró a Abby.

—Gracias.

—No hay de qué —dijo ella con una sonrisa.

—En serio, gracias. Antes he sido un capullo contigo y aun así me has ayudado.

Abby sonrió.

—Entonces, ¿estamos en paz? Creo que mi ayuda vale como tres chaquetas.

A Ty se le escapó una risita y sacudió la cabeza.

—Estamos en paz.

—Genial —exclamó ella. De repente, notó un dolor agudo en el ojo—. ¡Ay!

—¿Qué te pasa? —se preocupó Ty.

—Creo que se me ha metido una pestaña. ¡Ay, duele!

Ty se enderezó y le levantó la barbilla con el dedo.

—Déjame ver.

—¡Duele, duele!

—Oye, si no te estás quieta, no podré verla.

—Vale, pero ten cuidado.

—Nena, yo siempre tengo cuidado —replicó en tono travieso.

11

Nathan se acercó a la barra y ocupó un taburete libre. Se pasó las manos por la cara y se revolvió el pelo, frustrado. Volvió a mirar a su alrededor, buscándola de nuevo. No la vio por ninguna parte, probablemente se había largado. Mejor así, tenerla cerca no le hacía ningún bien.

Se inclinó sobre la barra, buscando a Nick. Este apareció a través de la cortinilla con una caja de bourbon, justo cuando Pamela llegaba corriendo.

—No está en el baño —dijo ella.

—¿Has mirado bien? —le preguntó Nick.

Pamela asintió.

—¿Qué pasa? —se interesó Nathan.

—Es Abby, ha desaparecido.

Nathan notó un tirón en el estómago.

—Se habrá marchado a casa.

—¿Sin despedirse? Ni hablar. Dijo que iba al baño y no ha regresado.

Nathan clavó sus ojos en Nick. El camarero parecía tan preocupado como Pamela.

—¿Qué me estoy perdiendo?

—«No me importa» ha tenido un desafortunado encuentro con Ty y ahora ella no aparece.

—¿Ty? ¿Te refieres a...?

—El mismo. Según él, ella le debe una chaqueta de trescientos dólares.

Nathan se puso en pie como si un resorte lo hubiera empujado hacia arriba. Conocía a Ty, un tipo problemático que perdía los estribos con bastante facilidad. Se dirigió al pasillo que conducía al baño, abriéndose paso entre la gente sin miramientos. Empujó la puerta y echó un vistazo dentro sin importarle que algunas chicas lo increparan. Abby no estaba allí. Una voz en su cabeza le decía que aquello no era asunto suyo, que debía traerle sin cuidado lo que le pasara a la hija de Aaron Blackwell, pero no era así.

Salió al aparcamiento por la puerta trasera y una bocanada de aire frío penetró en sus pulmones.

—¡Eh! ¿Qué haces aquí? —le preguntó Ray, que en ese momento descargaba unas cajas de su furgoneta.

—¿Y tú?

—Mi padre me ha pedido que guarde estas cajas en el almacén. Vamos, échame una mano, pesan mucho.

—Ahora no puedo. ¿Has visto a Ty?

—¿El tío del Mustang? —preguntó Ray. Su amigo asintió—. No, ¿por qué?

—Está con Abby.

Ray se rascó la ceja.

—¿Abby? ¿Te refieres a la chica Blackwell?

—Sí.

—¿Y a ti qué te importa eso?

—No me importa, pero creo que ese imbécil no tiene buenas intenciones.

—¿Y?

Nathan le dio un empujón en el pecho.

—¿Desde cuándo eres tan capullo?

Ray alzó los brazos en un gesto de paz.

—Vale, tienes razón, pero busca a otro que lo solucione. No puedes meterte en más líos; si lo haces, te encerrarán. Joder, Nat, estás a prueba.

Nathan ignoró su advertencia y se adentró en el aparcamiento. Recorrió con la vista los vehículos estacionados y no tardó en localizar el Mustang. Mientras se acercaba, vio a Ty. Abby estaba con él. Forzó la vista en la penumbra y vio cómo él le tomaba el rostro entre sus manos y se inclinaba sobre ella. La chica protestaba y parecía resistirse.

Algo despertó dentro de él. Un impulso desconocido que le calentó la sangre. Sin pensar en lo que hacía, corrió hasta ellos, agarró a Ty por los hombros y lo arrojó al suelo.

—No vuelvas a tocarla —le gritó al tiempo que se interponía entre ellos.

Ty se levantó de un bote y lo miró enfadado.

—¿Qué crees que haces, Hale?

—La estabas forzando —le recriminó.

—¿Qué? Yo no le estaba haciendo nada.

—No lo niegues, te he visto intentando besarla.

Ty señaló a Abby con la mano.

—Solo trataba de quitarle una pestaña del ojo.

Ella asintió, pero Nathan no le prestaba atención.

—¿Y esperas que me lo crea?

Abby lo rodeó y se colocó frente a él con las manos en las caderas.

—Lo que dice es verdad, tenía una pestaña en el ojo. Tú..., tú lo has malinterpretado.

Nathan apartó la mirada de Ty y contempló a Abby con el ceño fruncido. La irritación recorrió su cuerpo.

—¿Estás aquí por propia voluntad?

—Sí.

—¿Has venido sola hasta su coche porque querías?

Ella abrió la boca para contestar, pero volvió a cerrarla, dudosa.

—Algo parecido.

Los ojos de Nathan se abrieron como platos.

—¿Tú estás loca? ¿Es que no conoces la reputación de este tío?

Ty suspiró exasperado y sacudió la cabeza.

—¿Esto qué es, una pelea de enamorados? Dios, yo me largo —masculló mientras subía a su coche.

Abby levantó la mano a modo de despedida.

—Gracias.

—No, gracias a ti, y pasa de este tío, es un gilipollas.

Nathan lo fulminó con la mirada e hizo el ademán de saltarle encima, pero Ray fue más rápido y lo retuvo por el brazo. En cuanto Ty se alejó, todos sus sentidos se centraron en Abby. Cerró los ojos un segundo y se tragó una ristra de maldiciones. Se obligó a calmarse.

—Entonces, ¿estás bien? —le preguntó.

—Sí —respondió Abby con las mejillas ardiendo.

—¿Y qué se te ha pasado por la cabeza para venir hasta aquí con él?

—Me lo he encontrado en el pasillo con un ataque de asma, tenía aquí su inhalador y yo... solo lo he ayudado.

A Nathan se le escapó una risa seca, sin sentido del humor.

—Tú no tienes ningún instinto de supervivencia, ¿verdad?

—¿Qué insinúas?

—¿Yo?, nada. Cómo decidas suicidarte es cosa tuya.

—¿Perdona?

—¡Abby! —Diandra apareció en el aparcamiento—. ¿Dónde te habías metido? Me has dado un susto de muerte.

Frenó en seco al ver a Nathan y Ray. Los miró con desconfianza.

—¿Va todo bien, Abby?

—Sí, no pasa nada. Solo estábamos hablando.

Un coche apareció a toda velocidad por la carretera, entró en el aparcamiento y se detuvo con un fuerte frenazo que dejó marcas profundas en la tierra. Damien se bajó del vehículo hecho una furia y fue directamente a por Nathan.

—¿Has llamado a Damien? —le preguntó Abby a Diandra.

—No te encontraba y me he asustado.

—¿Qué le has hecho, Hale? —gritó Damien.

Ray salió a su encuentro y le cortó el paso.

—Eh, tranquilo. No le ha hecho nada.

—Es cierto, Damien —medió Abby—. En realidad, está aquí porque pensaba que me había metido en problemas con otro chico y quería ayudarme.

Damien apretó los puños y su rostro se tiñó de rojo.

—Abby, sube al coche, por favor. Nos vamos a casa. Tú también, Diandra. —Fulminó con la mirada a Nathan—. Esto no cambia nada, Hale.

Abby se acercó a Nathan y lo miró a los ojos.

—Gracias por preocuparte. Te debo una.

Él asintió lentamente y una sonrisa malévola curvó su boca.

—Tranquila, ten por seguro que me la cobraré.

Se la quedó mirando hasta que entró en el coche. Después dio media vuelta y se encaminó al baño. Abrió el grifo y comenzó a lavarse las manos. Ray entró tras él. Se apoyó en la pared y lo miró a los ojos en el reflejo del espejo.

—¿Y ahora qué? —preguntó sin poder disimular su enfado.

—No te sigo —respondió Nathan.

—¡Oh, sí que me sigues!

—Te equivocas —dijo Nathan, encorvado sobre el lavabo—. No ha sido por ella, ¿vale?

—¡Claro que no! —replicó Ray en tono sarcástico—. Joder, Nathan, estabas dispuesto a darle una paliza a ese tío, que podría costarte un largo tiempo aislado, para defender a la hija del hombre que mató a tu padre. —Se revolvió el pelo, exasperado—. Estás en un lío, y lo sabes.

—Oye, estás sacando las cosas de quicio. No es lo que crees.

—Y una mierda. —Ray salió dando un portazo. Un segundo después, volvió asomar la cabeza—. Tu novia está ahí fuera hecha una furia, sácala de aquí o no respondo.

Nathan contempló su reflejo en el espejo.

—¿Qué estás haciendo? —se preguntó a sí mismo.

Desde que esa chica había aparecido, tenía la sensación de que su mundo se había puesto patas arriba.

—Si queríais ir a ese antro, solo teníais que decirlo, os habría acompañado —dijo Damien, todavía enfadado. Observó a Diandra a través del retrovisor.

—Lo siento, ¿vale? Ya está hecho —respondió ella desde el asiento trasero. Bastante mal se sentía ya como para aguantar su reprimenda.

—No vale. Siempre actúas sin pensar en las consecuencias. —Golpeó el volante con rabia—. Podrían haberle hecho daño a Abby.

—Pero estoy bien, no ha pasado nada —intervino ella.

—Esta vez —puntualizó Damien.

—¿Qué quieres decir?

Él negó con un gesto y se puso rígido.

—No vuelvas a acercarte a Hale, no es de fiar.

—A mí no me lo parece —replicó Abby.

—Porque no lo conoces. Si lo hicieras, lo entenderías.

Un repentino escalofrío recorrió la columna de Abby. La frustración se apoderó de ella.

—¿Y por qué no me cuentas qué pasa entre vosotros para que pueda entenderlo de una maldita vez? —Lo miró dolida y cabreada al mismo tiempo—. ¿Sabes qué? Estoy cansada de verme enredada en vuestros líos.

El rostro de Damien se tensó mientras sus dedos apretaban el volante.

—¿Quieres saberlo?

—Damien, no —le advirtió Diandra.

Abby se giró hacia atrás y enfrentó a Diandra.

—¿Y por qué no? ¿Qué es eso que no puedo saber?

—Abby, no nos corresponde a nosotros...

Abby bufó, y negó con la cabeza, harta de tantas evasivas. No era idiota ni estaba ciega.

—Estoy cansada de conversaciones que acaban en silencio cuando yo aparezco, de miradas extrañas sobre mí. Harta de que me habléis con palabras medidas que no consigo entender. Lo he dejado correr porque ya estoy bastante confundida con todo lo que me ha pasado y me da miedo no saber que más podría soportar, pero ya es suficiente. Se acabó. Así que contadme de una vez lo que pasa o dejadme en paz.

—El padre de Nathan es un asesino. Mató a Isaac y Mason Blackwell, a Jensen y Amber Dupree, a Vincent Sharp y a Ned Devereux, ¿te suenan los nombres?

—¿Qué?

—Genial —masculló Diandra. Damien acababa de abrir la caja de los truenos.

Damien continuó hablando:

—Una noche, hace diecisiete años, David Hale los traicionó a todos y los asesinó en un claro en el bosque. Nathan es como él, lo lleva en la sangre. Alguien a quien vigilar y mantener a distancia.

Abby se quedó de piedra. Clavó la vista en la carretera, intentando asimilar lo que Damien acababa de revelarle. El padre de Nathan era un asesino. Ahora comprendía la magnitud de la situación, el odio visceral que Damien y Diandra sentían por él. En Nathan veían al hombre que los había dejado huérfanos.

—¿Y dónde está su padre ahora?

Damien esbozó una sonrisa maliciosa. Miró a Abby a los ojos pensando que, ya puestos, por qué no decírselo.

—Damien, no —insistió Diandra. Nada bueno iba a salir de aquella conversación.

—También murió esa noche —respondió él—. Tu padre vio el fuego y corrió al claro. Ya estaban todos muertos cuando llegó y no pudo hacer nada por ellos. David Hale era el único que continuaba con vida. —Damien apretó el volante hasta que sus nudillos se pusieron blancos—. Y tuvo el descaro de confesar que él era el responsable. Tu padre hizo justicia.

—¿Y eso qué significa?

—Que quien a hierro mata a hierro muere.

Abby notó que el estómago se le ponía del revés. La cabeza empezó a darle vueltas y su mente se llenó de preguntas que comenzaban a obsesionarla. ¿Habría huido su madre por ese motivo? ¿Qué clase de persona era en realidad su padre para tomarse la justicia por su mano? Eso no lo hacía mejor persona que David Hale. ¿Por eso la odiaba Nathan?

—Para el coche. Para el coche ahora mismo —le exigió Abby.

—Tranquilízate, no puedo parar aquí, la carretera es muy estrecha —dijo Damien.

Abby notó cómo la bilis ascendía por su garganta.

—Tengo que salir de aquí. —Abrió la puerta sin pensar que seguían en marcha.

136

—¡Abby! —gritó Damien.

Trató de detenerla y perdió el control del coche, que chocó contra el quitamiedos que los separaba del acantilado. Damien dio otro volantazo. Los arbustos arañaban la carrocería con un sonido estridente. Consiguió volver a la carretera un segundo antes de llegar a la curva. Entonces, una persona apareció frente a los faros delanteros y Damien no logró pisar a tiempo el freno. El cuerpo impactó contra el parabrisas y salió despedido por encima del coche, que quedó parado en medio de la carretera.

El primero en reaccionar fue Damien.

—¿Estáis las dos bien? —preguntó.

—Sí —respondió Abby. Se había golpeado la frente y la palpó con los dedos.

—¿Qué ha pasado? —sollozó Diandra.

—¡Hemos atropellado a alguien!

Damien se quitó el cinturón con dedos temblorosos y bajó del coche, corrió hasta el cuerpo tendido en el asfalto. Se agachó para tomarle el pulso.

—¡Dios mío, es Benny! —exclamó Diandra.

—¿Lo conoces? —preguntó Damien.

—Sí, es el fotógrafo del periódico del instituto. Dios, ¿está muerto?

—No, aún respira. ¿Qué demonios hacía aquí tan tarde?

—Ahí hay un trípode, es posible que estuviera haciendo fotos de la playa —supuso Abby con la voz entrecortada—. Tenemos que llamar a los servicios de emergencia.

—Toma mi teléfono —dijo Diandra.

Abby marcó, pero no había señal. Miró la pantalla y alzó el teléfono por encima de su cabeza.

—No hay cobertura, ni siquiera para llamadas de emergencia.

—El mío tampoco funciona —se quejó Damien.

Diandra se abrazó los codos, nerviosa.

—¿Y ahora qué hacemos? No podemos dejarlo así.

—Podríamos intentar meterlo en el coche y llevarlo nosotros al hospital —propuso Abby.

Damien le tomó el pulso a Benny y notó que se ralentizaba.

—No creo que aguante.

—No podemos dejar que muera, ha sido culpa nuestra —gimoteó Diandra. Temblaba como un trozo de gelatina—. Ha sido culpa mía, si yo no hubiera quedado con ese chico.

Damien suspiró, impotente.

—No podemos hacer nada, es tarde.

La expresión de Diandra cambió, y el miedo dio paso a la determinación.

—Sí que podemos hacer algo.

El tono de su voz hizo que Damien se tensara. Intuía lo que ella estaba pensando y era una locura.

—No.

—¿Por qué no?

—Porque no puedo.

Diandra estalló, presa de los nervios.

—¿No puedes o no quieres? —le gritó.

—¿De qué estáis hablando? ¿Hay forma de salvarlo? —intervino Abby cada vez más desconcertada. Aquellos dos ya estaban otra vez con sus frases codificadas, mientras Benny se desangraba en el suelo.

—La hay —contestó Diandra.

—No —replicó Damien e hizo un gesto casi imperceptible hacia Abby.

—Antes o después lo sabrá, sobrevivirá a la verdad. Benny no, si seguimos dudando. Podemos hacerlo, Damien, lo sé.

—Esto nos supera, nunca hemos intentado nada igual, ni siquiera con los Maestros.

—¿De qué estáis hablando? —insistía Abby.

Diandra bufó y apuntó a Damien con el dedo.

—¿Para qué nos sirve este don si no podemos hacer nada en un momento así?

—Aunque dijera que sí, acabamos de alcanzar la Plenitud, nuestro poder aún es débil e inestable para un hechizo tan fuerte. ¡Solos no podemos!

La respiración de Diandra se aceleró por momentos; clavó sus ojos en Abby con un brillo febril.

—Pero con ella sí.

Abby dio un paso atrás, observando a sus amigos como si no los conociera. O el accidente les había provocado un shock o de verdad estaban locos, porque nada de lo que decían tenía sentido. Trató de alejarse, pero Diandra la cogió de la mano y tiró de ella hacia delante.

—¡Suéltame! Debemos buscar ayuda.

—Abby, por favor, tienes que confiar en nosotros. Arrodíllate junto a su cabeza y coge nuestras manos.

—Di, esta no es la forma —susurró Damien—. Es peligroso.

—Asumiré toda la responsabilidad.

Damien le sostuvo la mirada durante un largo segundo, y terminó cediendo.

—De acuerdo. Abby, arrodíllate junto a Benny y coge nuestras manos —le pidió Damien.

Abby obedeció, demasiado aturdida e impresionada como para oponer más resistencia.

—Bien, ahora tienes que concentrarte en Benny, en su corazón... —le pidió Diandra.

—Esto no está bien, deberíamos buscar ayuda —susurró Abby con el pánico atenazando su garganta.

—Confía en nosotros, aunque solo sea por esta vez —le rogó Diandra.

Abby miró el cuerpo de Benny; apenas respiraba. Asintió, accediendo a aquella locura como un autómata, como si su conciencia se hubiera separado de su cuerpo y este actuara por voluntad propia.

—Bien, cierra los ojos y piensa en Benny, en su corazón. Tienes que desear que siga latiendo. Sientas lo que sientas, oigas lo que oigas, no dejes de desearlo. Nosotros haremos el resto.

Abby obedeció. Pensó en Benny y en su corazón, y deseó con todas sus fuerzas que no dejara de latir. «Late, late, no te detengas...», repetía en su cabeza, pero el único pulso que sentía era el suyo, rápido como el aleteo de un colibrí. Apretó los ojos con más fuerza. El dolor que sentía en la cabeza aumentó hasta un punto peligroso, allí dentro había algo que quería abrirse paso pero que no podía, y empujaba y empujaba taladrando su cerebro con miles de agujas heladas del tamaño de palillos.

De golpe, una luz blanca y cegadora estalló dentro de su cráneo, y el dolor desapareció. Entonces percibió un lento tictac, agonizante; y su cuerpo reaccionó como si supiera lo que tenía que hacer. Siguió el pulso con su respiración, inhalando, exhalando, inhalando, exhalando..., y poco a poco lo fue acompasando al suyo, infundiéndole fuerza y rapidez. Una bruma invadió su cerebro, y su cabeza comenzó a girar inmersa en una espiral. Todo se volvió negro.

Tuvo la sensación de estar en un túnel, una luz amarillenta y titilante se intuía al final. Se dirigió hacia allí a paso rápido; no le gustaba aquella oscuridad que parecía querer asfixiarla.

De repente todo se volvió nítido a sus ojos.

Lo primero que notó fue el fuerte olor a humo y a hierbas aromáticas, y un balanceo bajo sus manos, el de una pesada respiración. Miró su regazo, estaba arrodillada en el suelo junto al cuerpo de una niña que no contaba con más de diez

140

años. Había sido golpeada y se le encogió el estómago ante la visión. Quiso apartarse, pero no pudo, el cuerpo no le respondía. Observó a su alrededor, se encontraba en una cabaña de madera con el suelo de tierra. Había hierbas secas y raíces colgando del techo y las paredes. Infinidad de tarros de barro y latón colmaban una ruda estantería. En el fuego del hogar, un caldero tiznado por el humo y la ceniza hervía con algún tipo de pasta amarillenta que olía a menta. De forma inexplicable, todo aquello le resultaba familiar.

—¿Se va a poner bien?

La voz había surgido al otro lado de la habitación. Giró la cabeza y vio a una mujer vestida con harapos y aspecto de no haberse lavado en muchos días. Tenía el rostro surcado por las lágrimas y un feo golpe en un ojo. Parecía salida de otra época, al igual que aquella cabaña.

—Sí, se pondrá bien.

Abby se asustó, la voz había brotado del interior de su pecho, pero no era suya, ella no había dicho ni una palabra. Intentó moverse; tampoco podía. Entonces se dio cuenta de que su conciencia estaba dentro de otra persona, una mujer. Veía lo que ella veía y sentía lo que ella sentía. Y en ese momento estaba concentrada en el corazón de la pequeña, guiándolo, exhausta, para que no dejara de latir; algo que le estaba costando más que en otras ocasiones. La culpa era de aquel hombre que calentaba su cuerpo junto al fuego sin apartar los ojos de ella. Lo miró de soslayo, las sombras ocultaban su rostro, pero sabía que era hermoso, dorado por el sol. Contempló sus manos, unas manos fuertes a la vez que delicadas. Trató de apartarlo de su pensamiento y centrarse solo en la niña.

Cerró los ojos e inspiró el olor de la tierra, la diosa, la madre de toda vida, e invocó de nuevo su poder. Una brisa caliente le azotó el rostro, arremolinándose a su alrededor. La tierra comenzó a vibrar bajo su cuerpo. Mientras, afuera, los aullidos de los lobos inundaban la noche. Sintió el poder flu-

*yendo por sus venas y lo derramó dentro del pequeño cuerpo
inerte, llenándolo de vida. Dejó escapar el aire de sus pulmones y el soplo entró en la niña provocándole un espasmo.*

La pequeña abrió los ojos de golpe.

—¿Qué ha pasado? —preguntó con su voz infantil.

Abby parpadeó intentando orientarse; la luz y el calor
habían desaparecido, y en su lugar la oscuridad y el frío le
aterían los miembros. El asfalto mojado se le clavaba en las
rodillas de forma dolorosa y no dejaba de temblar.

—¿Qué ha pasado? —Oyó que alguien preguntaba.
Giró el cuello, aún desorientada, y vio a Diandra sostenien-
do a un Benny muy confundido.

—Tranquilo, hemos tenido un accidente, pero todos
estamos bien. Tú estás bien —respondió Diandra sin apartar los ojos de Abby. La miraba como si no la reconociera y
en su lugar hubiera un fantasma.

Damien apareció en su campo de visión y le dedicó una
sonrisa tensa.

—Vamos, levanta, estás empapada.

Abby dejó que la ayudara a ponerse en pie y, cuando sus
miradas se encontraron, pudo ver el mismo desconcierto
que en Diandra. Había pasado algo, algo que los había dejado muy impresionados, solo que no sabía qué. Damien le
cubrió los hombros con su chaqueta y la abrazó de forma
protectora.

—¿Cómo lo hemos hecho? —le preguntó ella al oído—.
Estaba casi muerto y ahora...

—Lo has hecho tú, Abby —dijo él, y la apretó con fuerza contra su pecho.

—¿Yo? —El pánico le cerraba la garganta, apenas podía respirar.

—Hay muchas cosas sobre nosotros..., sobre ti, que no
sabes. Espero que no seas muy escéptica.

12

—¡Estáis locos si de verdad pensáis que me voy a creer eso! Tengo..., tengo que salir de aquí —dijo Abby, con las manos en la cabeza, y se dirigió a la puerta.

—Es la verdad, Abby, tú misma lo has visto esta noche —replicó su padre.

Ella ignoró sus palabras y trató de abrir la puerta del estudio; tiró una vez tras otra, pero se mantuvo cerrada.

—Dejadme salir, no pienso seguir oyendo ni un disparate más.

—No son disparates, cariño —intervino Sarabeth. Se acercó a ella y le puso las manos sobre los hombros, pero Abby se apartó como si la hubiera rozado un hierro candente—. Sé que es difícil creer algo así, pero es cierto, es lo que somos, lo que eres.

—Solo tienes que mirar dentro de ti con la mente abierta y lo verás —intervino Diandra.

—Ahora sí que estoy segura de que sois algún tipo de secta. ¿Wiccanos? ¿Pertenecéis a ese grupo, sois wiccanos?

—¡No! —exclamó su padre—. Jamás nos mostraríamos así, es peligroso, y ellos...

—Estáis para que os encierren.

Aaron inspiró, armándose de paciencia.

—Siéntate, por favor, deja que te explique.

—No quiero que me expliques nada, ya he oído bastante. ¿Cómo podéis creer de verdad algo así? Por Dios, no sois niños —les espetó mirándolos de hito en hito.

—Entonces, ¿cómo explicas esto? —dijo Seth.

Se había mantenido en segundo plano hasta ese momento, pero aquella situación había que atajarla de raíz y ninguno parecía dispuesto por miedo a traumatizar a la chica. Él veía las cosas de otra forma. Se colocó delante de ella y alzó las manos. Una cortina de agua apareció entre ellos, pequeños peces se agitaban en su interior. Alargó un brazo y la atravesó, atrapando un pez. De repente, el pececito se transformó en una serpiente enorme.

Abby gritó y se pegó a la pared con un susto de muerte.

Seth sacudió la mano y todo desapareció.

—Abby —la llamó su padre—, todas las historias y leyendas tienen un origen real. La nuestra se remonta al principio de los tiempos, en la Biblia ya se hablaba de nosotros, y no tiene nada que ver con lo que hayas podido leer en los cuentos o visto en las películas. ¿Recuerdas lo que te dije en el cementerio sobre mis miedos y dudas? Por favor, tienes que escucharme.

Abby se despegó de la pared y se encaminó muy despacio hasta el sofá. Su rostro no reflejaba nada, era como si estuviera en shock. Se sentó con la mirada perdida. Y escuchó.

«Bruja», la palabra resonaba en su cabeza, aplastándola bajo el peso de los sentimientos que provocaba en su interior. No sabía si romper a reír por lo absurda que era la idea o echarse a llorar porque una parte de ella sabía que era cierta. Desde un principio había sospechado que en aquella casa se escondían secretos, solo que no imaginaba que serían tan sobrenaturales. Ella era una bruja de verdad, con magia en su interior. No como las de los cuentos, con escoba, gato negro y una cara llena de verrugas, sino de las que aparecían en los libros de historia: mujeres con un don, que dominaban la alquimia y la medicina, que ayudaban a sus vecinos y, en recompensa, terminaban en la hoguera o en la horca.

En 1647, siete familias procedentes de los condados de Essex y Suffolk habían abandonado Inglaterra huyendo de la caza de brujas que allí se había desatado con una violencia demencial. Emigraron a América en busca de nuevas oportunidades, y de un lugar donde poner a salvo a sus hijos. Los miembros de aquellas familias eran en realidad auténticos brujos, descendientes de los linajes más antiguos y poderosos de Europa, y entre ellos se encontraban los Blackwell.

Formaron una pequeña colonia al sur de Maine a la que bautizaron con el nombre de Lostwick. Allí prosperaron, manteniendo ocultos sus orígenes y secretos, y acogieron a todos aquellos que necesitaban lo mismo que ellos, a otros brujos que buscaban protección y una vida tranquila.

Durante mucho tiempo, su padre habló sin parar, intentando explicarle todo aquello que consideraba que debía saber y comprender para aceptar quién era ella, cuáles eran sus raíces, sus antepasados. Le había revelado que la magia era algo con lo que se nacía, o eras un brujo o no lo eras, no se podía aprender; formaba parte del ADN y se heredaba generación tras generación. Un brujo podía reforzar su poder aprovechando la energía de otros seres vivos, de la tierra o las fuerzas de la naturaleza. Ayudarse del potencial de las plantas y los minerales para hacer conjuros que eran atesorados en grimorios donde se encerraban encantamientos tan poderosos que podían duplicar el poder de un brujo solo con pronunciar sus versos. Conocimientos muy importantes ya que a veces eran lo único de lo que disponía un brujo. La magia se estaba diluyendo generación tras generación en algunas familias; las uniones con humanos eran en parte responsables de que eso ocurriera.

—Abby —dijo Aaron agachándose frente a su hija—. Abby, dime algo, por favor.

Ella levantó los ojos del suelo y lo miró, se encogió de hombros y sacudió la cabeza como si hubiera recibido la peor noticia de su vida.

—¿Y qué quieres que diga?

—Lo que sea, cualquier cosa. —La tomó de las manos y su expresión alarmada se acentuó—. Estoy preocupado por ti, necesito saber qué piensas.

Ella dejó escapar un suspiro entrecortado, y miró de reojo a los demás. Diandra y su madre estaban sentadas en el sofá, cogidas de la mano, y la observaban muy inquietas. Damien se encontraba junto a la puerta, apoyado en la pared, y no dejaba de mover una de sus piernas, incapaz de ocultar sus nervios e impaciencia. El único que no parecía afectado en absoluto era Seth.

—Tengo preguntas —dijo Abby con un hilo de voz.

—Es un comienzo —respondió él y se sentó a su lado en el sofá—. Si no os importa, me gustaría quedarme a solas con mi hija.

Nadie objetó nada y abandonaron el estudio.

—Bien, pregunta todo lo que quieras, intentaré darte las respuestas que necesitas.

—Suponiendo que crea algo de lo que me has contado, ¿por qué no me lo dijiste cuando llegué?

—¿De verdad crees que era el momento? Estabas pasando por demasiadas cosas como para soltarte semejante bomba. Habrías pensado que estaba loco.

Abby asintió, en eso tenía razón. De hecho, en ese mismo momento pensaba que de verdad lo estaba. Pero había pasado algo que no podía ignorar: habían atropellado a Benny y el chico estaba muerto cuando se arrodilló junto a su cuerpo, obligada por sus amigos en aquella locura, pero minutos después caminaba como si no hubiera pasado nada. Solo el coche destrozado y las marcas de su cuerpo atestiguaban que había sido real.

—He visto con mis propios ojos a ese chico ponerse en pie, después de estar casi muerto, y aún me cuesta creer que haya pasado de verdad —dijo con la vista en su regazo. Algunos fragmentos de la noche eran confusos, apenas recordaba nada de lo ocurrido una vez se había arrodillado junto al cuerpo del chico. Lo único que recordaba era el extraño sueño, y solo en parte.

—No debisteis hacerlo. Fue una temeridad, demasiado peligroso.

Abby tragó saliva y empezó a tirar de un hilo que colgaba del bajo de su camiseta. Otro hilo en su cabeza se fue desatando, y una parte de ella comenzó a creer.

—¿Qué fue exactamente lo que hicimos? No..., no lo recuerdo.

—Traerlo del otro lado, llegó a estar muerto unos instantes.

Ella abrió los ojos como platos. No conseguía asimilar nada, ni un solo pensamiento.

—¿Damien y Diandra le devolvieron la vida?

Aaron esbozó una sonrisa compasiva.

—Fuiste tú quien trajo de regreso a Benny. Tú sola supiste qué hacer. —Abby se llevó una mano al pecho y su respiración se convirtió en un jadeo. Él continuó—: Damien y Diandra trataron de reparar todas las lesiones internas que el chico tenía, lo hicieron hasta agotarse por completo, y aun así no lograron evitar su muerte. Sin embargo tú... impediste que su alma lo abandonara del todo y le devolviste el aliento. Creo que ni yo lo hubiera logrado solo, aun sabiendo cómo ha de hacerse. —Tomó aire y se pasó la mano por la cara, intentando encontrar las palabras adecuadas—. No imaginas lo difícil que es conseguir algo así, ni el poder que se necesita. Además es muy arriesgado. Cuando intentas rescatar un alma, corres el riesgo de que sea la tuya la que quede atrapada. Y no solo eso: si ya ha cruzado, puedes traer de vuelta el alma equivocada.

Abby se puso en pie y se acercó a la ventana. Ladeó la cortina y contempló la oscuridad; el cielo estaba inundado de estrellas, pronto desparecería sobre la densa capa de niebla que comenzaba a elevarse.

—¿Cómo pude hacer algo así? ¿Cómo sabía lo que tenía que hacer?

Aaron tragó saliva, parecía que Abby comenzaba a creer o al menos estaba considerando la posibilidad de que todo fuera cierto. Era más de lo que había esperado en un principio, y se animó a sí mismo a ser completamente sincero. Se acabaron las mentiras.

—No lo sé, lo has hecho de forma natural. A lo largo de los siglos ha habido brujos muy poderosos capaces de realizar ese tipo de magia; en nuestros libros se habla de ellos, y de ahí hemos aprendido nosotros. Tu magia no es común, parece antigua. Tu poder es inmenso, lo sentí la primera vez que te vi.

Abby se giró para verle el rostro con una expresión mezcla de incredulidad y curiosidad.

—¿Lo sentiste?

—Sí, podemos sentir la magia en otras personas, o en lugares donde se haya practicado recientemente. Deja un rastro. Es una sensación parecida al hormigueo que sufre el cuerpo después de una pequeña descarga eléctrica.

Abby recordó haber tenido esa sensación de forma constante desde que llegó a Lostwick. Aún la tenía, solo que se estaba acostumbrando.

—Cuando te vi la primera vez —continuó su padre—,

me sorprendió la fuerza de tu poder, por eso estaba tan desconcertado, y mi miedo fue mayor al darme cuenta de que no sabías nada sobre tu origen. Eres una bruja que acababa de alcanzar su Plenitud...

—¿Plenitud?

—Nacemos con nuestros poderes, y estos se van desarrollando mientras crecemos, hasta cumplir los diecisiete años. Es una edad importante para un brujo, alcanzamos la madurez, una especie de edad adulta mágica, y esos poderes se multiplican haciéndose más fuertes y en un principio inestables; por eso es importante aprender a controlarlos desde pequeños; si no, podemos convertirnos en un peligro para los demás y para nosotros mismos. El miedo, la ira, son detonantes. ¿Recuerdas lo que pasó en el hospital el día que fui a buscarte?

Abby asintió. Recordaba perfectamente cómo habían explotado todas las luces de la habitación, y algo parecido ocurrió en el almacén cuando fue con Nathan a buscar el proyector. Se llevó las manos a las mejillas, ella había deseado que aquellas personas desaparecieran, y en ambos casos las fuentes de luz habían estallado.

—Fuiste tú la que hizo que explotaran —dijo él—. Normalmente es necesario concentrarse en lo que quieres hacer. Para que algo estalle, debes visualizarlo y desear que explote, imaginar que se desintegra. Y lo más importante, saber que eres capaz de hacerlo. Por eso muchos brujos nacen y mueren sin saber que lo son, no conocen su potencial ni cómo alimentarlo; nunca emerge, pero en ti es diferente, está ahí, a flor de piel. ¿Recuerdas haber hecho algo parecido de pequeña? Cosas inexplicables a las que no encontrabas sentido.

—No —parpadeó, pensativa—. Solo lo del hospital, y lo único que recuerdo es lo asustada que estaba.

—Creo que algo parecido ocurrió durante el accidente, tu instinto de supervivencia te hizo salir de ese coche.

—No fue una ilusión —susurró para sí misma.

Aaron negó con un gesto.

—Sentimientos descontrolados pueden hacer aflorar la magia, son catalizadores muy poderosos que desbloquean nuestra mente.

Abby intentaba mantener la entereza, la cabeza despejada, pero estaba aterrada, haciendo equilibrios al borde de un abismo que amenazaba con absorberla en cualquier momento.

—¿Eso significa que podría hacerle daño a alguien sin pretenderlo?

—Esa posibilidad existe, por eso es importante que aprendas a conocer y a controlar tu poder.

—¿Me enseñarás tú a controlarlo? —preguntó con ansiedad.

Aaron sonrió.

—¡Por supuesto! Aunque también te asignaré un Maestro, es mucho lo que debes aprender. Seth es el mejor, es un brujo poderoso y con la paciencia suficiente como para no haber asesinado a ninguno de los chicos, todavía. —Sonrió para sí mismo, pero la sonrisa se borró de su cara al ver la expresión de Abby—. Sé lo que piensas de él, y no deberías culparlo. Le debo mucho, sobre todo el haberte encontrado.

Abby desvió la mirada y se ruborizó. A veces tenía la sensación de que su padre sabía en cada momento lo que estaba pensando, como si pudiera leerle la mente.

—Así que no es tu asistente ni tu chófer.

—Seth es un amigo, me ayuda en todo y me protege. También tenemos nuestros enemigos.

Abby se cruzó de brazos con un estremecimiento.

—Enemigos..., ¿qué quieres decir con enemigos?

—Cazadores de brujos.

—Cazadores de brujos —repitió Abby con un estremecimiento.

—Sí, pero no debes preocuparte por eso, hace muchos años que no sabemos nada de ellos. Y juntos estamos a salvo, somos muchos en La Comunidad.

—¿Cuántas familias de brujos hay en Lostwick?

—La Comunidad la forman diecinueve familias, te presentaré a todos sus miembros en la próxima reunión. Aunque a la mayoría ya los conoces de la iglesia.

—¿Y hay más comunidades en otros lugares?

—Sí, aún quedan brujos en Salem, Ipswich o Wells; no somos muchos y procuramos mantener el contacto. —Se puso en pie y fue hasta ella. La tomó de las manos—. Hay otra cosa que debes saber, y es muy importante. La Comunidad sobrevive gracias a que nadie sabe lo que somos, mantener el secreto y ser discretos ante los NO-MA es vital.

—¿Quiénes son los NO-MA?

—Personas no mágicas. —Le costó no echarse a reír al ver la expresión de su hija—. Sé que no es original, pero es que *muggle* ya estaba cogido.

Abby soltó una risita.

—Es un chiste horrible.

—No son mi fuerte, pero te he hecho sonreír —dijo él. La miró a los ojos y suspiró—. Deseaba tanto que tuviéramos esta conversación. Tenía miedo de cómo podrías reaccionar.

—Aún considero la posibilidad de salir corriendo. —Lo dijo en serio, frunció el ceño y retiró las manos de las de su padre—. Una parte de mí se resiste a creer que esto sea posible; ni siquiera sé cómo sigo aquí, hablando de esto como si nada.

—Lo es, todo es real —susurró él; extendió la palma de la mano frente a su rostro, y una flor roja y exuberante tomó forma en ella. Abby se quedó boquiabierta, mirando la flor sin dar crédito. Muy despacio, alargó la mano para tocarla, pero al rozarla se transformó en una mariposa que levantó el vuelo—. A tu madre le encantaban las mariposas.

Abby se puso tensa con un pensamiento perturbador.

—¿Mi madre sabía quién eras? Me refiero a... si sabía que eras un brujo.

—Sí —respondió como si dudarlo fuera un insulto.

Abby apoyó la mano en la pared para mantener el equilibrio cuando el mundo se inclinó. Se llevó la otra mano al cuello, echando de menos su medalla. Cuanto más intentaba respirar, más se le cerraba la garganta.

—Quizá se marchó por eso, se asustó, tuvo miedo y pensó que me protegía de este mundo —empezó a hablar muy deprisa, nerviosa. De repente todo el estrés que había acumulado en las últimas horas se apoderó de ella—. Eso..., eso decía en la nota, ¿no? Que debía proteger algo. Ese algo pude ser yo. Puede que todo esto la superara.

—Tu madre también era una bruja, nunca he conocido a nadie como ella, era única.

—¿Qué? ¿Ella también?

—Sí, lo era. No sé por qué se fue, ni sé por qué nunca te dijo nada. Está claro que huía de algo que le preocupaba. Quizá tú fueras la causa, quizá ella sabía algo que nunca me dijo. Ojalá tuviera las respuestas que necesitas, pero lo cierto es que yo apenas la conocía; creí que sí, pero no era así. No tenía familia, apenas un pasado, y nunca hablaba de él. La conocí en el aeropuerto de Boston, por una casualidad, supongo que como ocurren estas cosas...

Abby sollozó.

—Ella usó esas mismas palabras cuando me habló de ti.

—¿En serio? —dijo él emocionado. Abby asintió—. Algo muy intenso surgió entre nosotros. Vino a vivir conmigo, estaba convencido de que sería para siempre... ¡El día que se marchó yo había organizado una cena, iba a pedirle que se casara conmigo! —Hizo una pausa—. El resto ya lo sabes.

Aaron besó a Abby en la frente, fue hasta el sofá y se desplomó completamente agotado. Y añadió:

—Creo que va siendo hora de olvidar de una vez por todas el pasado, al menos de intentarlo. Es la única forma de que podamos seguir adelante.

Ella se cruzó de brazos y asintió, en eso estaba completamente de acuerdo con él. Ambos necesitaban empezar de nuevo, superar la muerte de Grace o de Michelle o como quisiera llamarse, sus mentiras y secretos. Debían asumir que quedaban preguntas que jamás obtendrían respuestas, y vivir con ello. Se tenían el uno al otro y jamás volverían a sentirse solos mientras permanecieran juntos. Por su parte, sabía que un nuevo mundo se abría ante ella, un mundo diferente al que había conocido hasta ahora, y que por muy irreal y fantástico que pudiera parecer, era al que pertenecía. Era una bruja, rodeada de brujos, no debería costarle mucho acostumbrarse.

—Sin más secretos, ni mentiras... —musitó Abby.

—No. Así que hazme la pregunta, es la única que queda por formular. —La miró a los ojos y sonrió al ver su cara de sorpresa—. Ya sabes cuál. Hazla sin miedo, necesitamos confiar el uno en el otro.

Abby frunció el ceño, ahora sí que estaba segura de que él podía leerle la mente. Empezó a retorcerse los dedos, nerviosa, sin saber muy bien adónde mirar.

—¿Mataste a David Hale?

—Sí.

Ella se estremeció. Sabía que era cierto y, aun así, su respuesta breve y rotunda, sin excusas, la cogió por sorpresa.

—¿Porque asesinó a esas personas?

—No, porque él me lo pidió. Quería ser castigado.

—¿Qué? ¿Y por qué no lo entregaste a la policía? Lo que hiciste no te hace mejor que él.

—Abby, las muertes que tuvieron lugar aquella noche no fueron naturales, fueron causadas por la magia. No era asunto de los NO-MA. Nos regimos por nuestras propias leyes, y administramos nuestra propia justicia. Cuando mi padre murió, yo ocupé su lugar en el Consejo de Ancianos, y como tal, mi trabajo es cuidar de mi Comunidad, en todos los sentidos. Hice lo que no me quedó más remedio que hacer. David estaba a punto de morir, solicitó su castigo en aquel mismo instante porque sabía que si moría sin recibirlo, la vergüenza pasaría a su familia.

—Entonces, David Hale también era un brujo.

—Sí, uno de los más poderosos que he conocido nunca, casi tanto como tú, y también era mi mejor amigo. Me salvó la vida en más de una ocasión, siempre estaba ahí, a mi lado. —Un rictus de dolor contrajo su rostro—. Es lo más difícil que he hecho nunca, su muerte pesa sobre mí a pesar de lo que hizo.

—¿Y Nathan...?

Aaron asintió.

—Sé lo que ha hecho por ti esta noche, y le estoy agradecido por su preocupación, pero no quiero que te acerques a él. Lo digo muy en serio, Abby. Ese chico es conflictivo y tiene mal carácter, demasiado agresivo y con un poder desmesurado e inestable. —Se restregó los ojos—. Y bastantes problemas tengo ya intentando que Damien y él no se maten.

—¿Crees que llegarían a tanto? —preguntó ella con miedo.

—Hace un año casi lo consiguen, acabaron en el hospital destrozados. Tuvimos que achacar las heridas a un accidente de tráfico.

—¿Quién empezó?

—Eso es lo de menos, no disculpo a ninguno de los dos. Damien ha convertido a Nathan en su obsesión, y sé que Nathan nos odia con toda su alma, su madre se ha encargado de ello.

—Pero esta noche ha pensado que yo estaba en problemas y quería ayudarme.

—Bueno, quizá eso signifique que... no todo está perdido con él.

—Eso espero.

—Yo también, Abby. Yo también —suspiró. Se frotó el mentón y disimuló un bostezo—. Es tarde. Deberíamos dormir.

Subió las escaleras, despacio, sentía el cuerpo muy pesado. Rodeó la baranda y encontró a Damien sentado en el suelo, junto a la puerta de su dormitorio. Tenía en las manos una taza con una infusión caliente. Sonrió y alzó la taza.

—Pensé que te vendría bien —dijo él.

Abby le devolvió la sonrisa, abrió la puerta y lo dejó pasar, cerrándola tras ella una vez dentro. Tomó la taza que le ofrecía y fue hasta la ventana, se sentó en la repisa y disfrutó del calor que empezaba a sentir en las manos. Sorbió pero no reconocía el sabor.

—¿Qué es? —preguntó—. Está bueno.

—Algo que te calmará los nervios.

—¿Nervios? Me siento como si estuviera en un sueño, no siento nada, no pienso en nada... y temo despertar. ¿Esto también calma eso?

Damien arrugó los labios en una mueca de pesar.

—Yo crecí sabiendo lo que soy. Si te soy sincero, no tengo ni idea de cómo te sientes. Puedo imaginarlo, pero ¿recuerdas lo que pasaba con los semáforos mientras conducías?

Abby levantó la mirada del suelo con un respingo y la clavó en Damien. Asintió muy despacio.

—Supongo que ahora puedes hacerte una idea de lo que ocurría. Lo provocaba tu inseguridad —explicó él.

Abby se quedó en silencio, pensando.

—¿Estás enfadada conmigo? —preguntó él de pronto.

—¡No! —respondió ella. Frunció el ceño—. ¿Debería?

—No lo sé. No debí decirte la verdad de esa forma tan brusca, pero estaba muy enfadado y reaccioné sin pensar. —Se llevó las manos a la cabeza y entrelazó los dedos sobre ella, mientras paseaba de un lado a otro de la habitación—. Y después dejé que Diandra nos convenciera de esa locura, sabiendo que era muy peligroso.

—Me alegro de que lo hicieras, ambas cosas. No habría soportado por más tiempo ese ambiente de misterio que os traíais. Y dejar que ese chico muriera..., en serio, me alegro de que me lo dijeras. —Dio un sorbo a la taza y se relamió—. Y tú sí que deberías estar enfadado conmigo, tu coche está destrozado por mi culpa.

—Eso no me importa, solo el que tú estés bien. —Se detuvo frente a ella y la miró con el ceño fruncido, estudiándola—. Lo estás, ¿verdad?

—Sí, pero ahora que sé la verdad, me siento más confundida que nunca. ¿Una bruja? —preguntó en tono sarcástico, y se cubrió los ojos con la mano—. Y no solo por parte de padre, mi madre también lo era.

—No lo veas como una maldición, sino como todo lo contrario. ¡Mola ser un brujo! —Una sonrisa lobuna asomó a su cara, que desapareció inmediatamente bajo un velo de preocupación.

—Voy a necesitar tiempo para asimilar tantas cosas. ¿Benny está bien? —preguntó ella.

—Sí, llamé al hospital hace un rato, le habían dado el alta —respondió en tono ausente. La miró de reojo y tragó saliva—. En cuanto a Nathan...

—No ha pasado nada, Damien.

—Lo sé. Pero tienes que saber que es una mala persona. No confíes en sus buenas acciones, todo es falso. Si se ha acercado a ti, es porque está tramando algo.

Abby pensó en sus palabras, probablemente Damien

tenía razón. Nathan la había despreciado desde el primer día. Había sido desagradable y hasta cruel. Y de repente, sin venir a cuento, decide preocuparse por ella. Sospechoso.

—Vale, tendré cuidado. Pero no conviertas lo de esta noche en algo personal, olvídalo.

Damien se sentó junto a ella en la ventana y le quitó la taza de las manos. Después la miró a los ojos y le acarició la mejilla con el pulgar.

—¡Que no lo convierta en algo personal! —repitió y dejó escapar el aire de sus pulmones con una risita resignada—. Está bien, finjamos que no sabes lo que siento por ti y por qué todo lo que tiene que ver contigo se convierte en algo personal para mí. —Hizo una pausa, y un destello de inquietud apareció en su mirada—. Y si eso te hace sentir mejor, te diré que no lo haré. Pero te estaría mintiendo, Abby. Seguiré vigilando a Hale de cerca.

—No lo hagas, por favor.

—Es tarde y ha sido una noche difícil. Deberías dormir.

—Damien...

—Buenas noches.

Damien abandonó la habitación bajo la mirada cansada de Abby. Cuando la puerta se hubo cerrado, ella se abrazó las rodillas y miró a través de la ventana. La niebla, que se había arremolinado alrededor de la casa, confería al entorno una apariencia espectral.

Estaba agotada. No obstante, se sentía incapaz de dormir, tenía los nervios destrozados y un insoportable dolor de cabeza amenazaba con quedarse para siempre si no dejaba de pensar en toda la locura acontecida en las últimas horas. No le quedaba más remedio que asumir la evidencia: era una bruja, por más increíble que le resultara la idea, y esa noche había salvado la vida de una persona. Eso debería hacerla feliz, estar orgullosa de sí misma, pero lo único que sentía era un miedo tan fuerte que le provocaba náuseas.

Un golpe en la ventana le hizo dar un respingo; se llevó la mano al pecho con un susto de muerte. Le costó un segundo darse cuenta de que era la rama del árbol la que arañaba el cristal. Había comenzado a soplar un fuerte viento y las ráfagas arrastraban la niebla deshaciéndola en jirones. El golpeteo de su corazón acelerado cobró fuerza; abajo había algo. Forzó la vista y vio lo que parecía una silueta entre la niebla. El viento arrastró otro de aquellos jirones fantasmales y el cuerpo de un hombre quedó a la vista en medio del jardín. Miraba hacia su ventana, pero la oscuridad y la capucha de la chaqueta que le cubría la cabeza no le permitieron ver su rostro.

El hombre se movió, sacó las manos de sus bolsillos y dio media vuelta. Un destello llamó la atención de Abby. El susto dio paso a la sorpresa, un anillo en su mano derecha. Era él, ¿qué estaba haciendo allí? Vaciló. Solo había una manera de averiguarlo, y quería esas respuestas. Quería saber por qué la había ayudado, qué pretendía con aquellos cambios de personalidad y por qué la estaba vigilando.

Se lanzó escaleras abajo, intentando no hacer ruido. Salió a la calle y corrió descalza hasta el punto del jardín donde acababa de ver a Nathan. Giró sobre sí misma, buscándolo con la mirada. Algo se movió cerca de la verja, corrió hacia allí, cruzó la puerta de acceso lateral y salió a la carretera. Se alejaba colina arriba.

—Eh —gritó. Las piedras se le clavaban en los pies y empezó a temblar de frío—. Te he visto —volvió a gritar, pero él no miró atrás ni una sola vez y desapareció en la oscuridad.

Abby se dio cuenta de que era imposible que le diera alcance. Regresó a su habitación y se metió en la cama a sabiendas de que llevaba los pies sucios tras haber andado descalza por la carretera. Estaba tan cansada que no tardó en quedarse dormida.

El viento silbaba por entre los maderos que crujían bajo el peso de la nieve en el tejado. Se sentó junto al fuego y acercó las manos al calor de las llamas. La puerta se abrió de golpe y una fuerte racha de aire helado le agitó el cabello. Él entró cargando con unos troncos y la cerró con rapidez. Dejó la madera junto a la chimenea y se agachó para calentarse las manos.

Se frotó los brazos y volvió a extender las manos. Ella ladeó la cabeza y le dedicó una sonrisa. Se miraron fijamente un instante. Ella percibía su respiración, y ese sonido le aceleró el pulso. Desviaron la vista a la vez, demasiado encandilados como para hacer un comentario insulso sobre el tiempo que llenara el silencio. Él se ocupó atizando el fuego y ella comenzó a cortar un poco de queso y unas rebanadas de pan.

Comieron en silencio sin más sonido que el aullido de los lobos y el crepitar de las llamas. Por su expresión ella sabía que él estaba pensando en su familia, en ese hijo que había dejado y en su mujer muerta.

Avivaron el fuego y se dispusieron a dormir. Ella se tumbó en su jergón y él extendió su capa cerca del fuego. Se tumbó de cara a la puerta y, sujetando la empuñadura de su espada contra el pecho, cerró los ojos. Ella lo observó mientras se sumía en un sueño profundo. Era el primer brujo con el que se encontraba en mucho tiempo, y si algo había aprendido en sus años de vida era que un hombre como aquel no aparecía de la nada en su puerta sin ningún motivo. Estudió al hombre de arriba abajo: era atractivo, muy fornido y su poder era inmenso. Se le aceleró el pulso por la presencia masculina. Cerró los ojos y se dio la vuelta, de espaldas a él. Sintió el grimorio bajo su cuerpo, lo apretó a través de la colcha y se hizo un ovillo. Protegería aquel libro con su propia vida si fuera necesario.

Abby abrió los ojos de golpe, y de forma frenética empezó a rebuscar bajo las sábanas. No estaba allí, no estaba.

Arrojó las almohadas al suelo y arrancó la colcha cada vez más asustada; no lo encontraba. El despertador sonó y el corazón le dio un vuelco. Necesitó unos segundos para darse cuenta de que todo había sido un sueño demasiado real, que en realidad no había perdido nada y que debía tranquilizarse.

Se sentó abrazándose las rodillas. Había soñado con la misma cabaña y la misma mujer que había visto en su visión unas horas antes, mientras le salvaba la vida a Benny. Cerró los ojos, la imagen del hombre acostado junto al fuego aún era nítida en su mente, aunque no conseguía ver su rostro, siempre oculto por una sombra.

13

Nathan abrió un ojo y miró el móvil que vibraba sobre la mesita. Todavía medio dormido, se giró bajo las sábanas y se tapó la cabeza con la almohada, tratando de ahogar el ruido. El sonido se detuvo, gruñó de placer y volvió a sumergirse en su sueño. Nueve metros de ola bajo un amanecer de película. Un minuto después el móvil vibraba de nuevo. Lanzó la almohada al suelo y alargó el brazo buscando a tientas el teléfono.

—¿Qué? —contestó de mala gana, al tiempo que se cubría los ojos con la mano.

—¿Dónde estás? —preguntó Ray al otro lado.

—Hasta hace un minuto, haciendo surf en Waimea. Gracias por fastidiarme un sueño estupendo.

—¿Aún estás en la cama? ¡Son casi las ocho!

—¿Y qué?

—Es domingo, tenemos prácticas. —Ray bufó—. Joder, todas las semanas igual. No puedes faltar otra vez, el Maestro te sancionará.

—Paso...

—De eso nada.

—No necesito clases desde hace mucho, puedo hacer esos hechizos dormido.

161

—Ya sé que eres el jodido dios de la magia —lo cortó Ray—. No me hagas ir a buscarte.

—Ray, no...

—No me toques las narices, te quiero aquí en menos de una hora —gruñó, y colgó el teléfono.

Nathan se pellizcó la nariz y se despidió de Waimea hasta la noche. Hizo un leve gesto con la mano y las cortinas se abrieron dejando que la luz del sol inundara la habitación. Se incorporó y fue hasta la ventana. Nubes negras avanzaban hacia el interior desde el mar; antes de mediodía descargarían sobre la ciudad. Nubes tan negras como las que se habían instalado sobre su cabeza. Nubes con rostro, pequeño y bonito, enmarcado por una larga melena oscura y un nombre: Abby.

Aún se maldecía por haber ido hasta su casa y espiarla desde el jardín. Pero cuando regresaba a casa había visto el vehículo de Damien destrozado en la cuneta y esa imagen había activado un resorte en su cerebro, un instinto ancestral que aún necesitaba interpretar. Lo que sí había dilucidado, sin lugar a dudas, era la relación entre ella y Dupree. Había ido hasta allí, a pesar del riesgo que corría si lo descubrían, porque necesitaba asegurarse de que ella estaba bien. Y vaya si lo estaba: los dos tortolitos dieron muestra de su amor junto a la ventana, perfectamente sanos. ¿Por qué lo alteraba tanto que esos dos estuvieran juntos? Damien le había amargado la vida desde siempre. Odio no definía con exactitud lo que sentía por él, se quedaba corto. Y ella era la hija del hombre que había asesinado a su padre.

Unos golpes sonaron en la puerta.

—¿Sí?

La puerta se abrió y una mujer morena de unos sesenta años asomó la nariz.

—¿Puedo pasar? —preguntó la señora Clare.

—¡Claro! —exclamó Nathan yendo a su encuentro—. ¿Desde cuándo necesitas pedir permiso?

162

—Bueno, ya eres un hombre, podrías estar con una chica.

—¿Y darte la ocasión de recordármelo el resto de mi vida? No, gracias.

La mujer sonrió, sacudiendo la cabeza.

—Traigo la colada —dijo ella, portando un gran cesto con ropa limpia y planchada.

Nathan le quitó el cesto de las manos y lo dejó sobre la cama.

—No deberías cargar con tanto peso —la reprendió.

—Eres un buen chico; lo sabes, ¿verdad? —dijo ella, palmeándole la mejilla con afecto.

Él sonrió y se apoyó contra la cómoda con los brazos cruzados.

—No se lo digas a nadie, tengo una reputación que mantener.

La señora Clare le devolvió la sonrisa. Conocía a Nathan desde que él era un bebé y ella entró al servicio de su madre. Prácticamente lo había criado y sabía que, bajo aquella imagen de chico duro y atormentado, había una persona dulce y cariñosa. Demasiado joven para todo lo que había soportado. Crecer sin padre, con una madre alcohólica, en una comunidad donde sus miembros lo consideraban un paria. La vida no estaba siendo fácil para él. Capa a capa, había fabricado una coraza dura e insensible, arrogante y conflictiva, tras la que se protegía de todos y de todo. Solo unos pocos tenían el privilegio de conocer al chico que se escondía tras ese muro, y ella era una de las afortunadas. Lo miró con ternura.

—¿Sabes? Está preparando el desayuno —le susurró al pasar por su lado, y entró en el baño para dejar unas toallas.

Nathan la siguió, se apoyó con los brazos en el marco de la puerta y la miró de forma suspicaz.

—¿En serio? ¿Y está...?

—¿Sobria? —Asintió con un gesto—. Anoche no probó ni una gota y a las diez estaba en la cama. Ha dormido sin pesadillas y lleva una hora en la cocina preparando docenas de tortitas con vainilla, tus preferidas.

Nathan frunció el ceño, no recordaba cuándo fue la última vez que su madre se levantó para hacerle el desayuno, debían de haber pasado años. De repente dio media vuelta y salió corriendo. Bajó las escaleras de tres en tres e irrumpió en la cocina. Su madre acababa de dejar un plato repleto de tortitas sobre la mesa, cubiertas de caramelo.

—¡Buenos días! ¿Has dormido bien? —le preguntó ella con ojos brillantes. Nathan rodeó la mesa, la alzó del suelo y giró con su madre en los brazos—. Pero ¿qué haces? —Rompió a reír con fuerza—. ¡Vamos, déjame en el suelo! ¡Déjame en el suelo!

Él la dejó sobre el piso y contempló las tortitas.

—Tienen una pinta estupenda y seguro que saben aún mejor.

—Pues a qué esperas, se van a enfriar.

Nathan abrió el armario, sacó un plato y un par de cubiertos del cajón, y se sentó a la mesa. Se sirvió media docena de tortitas y les añadió más caramelo. Empezó a engullir como si llevara días sin comer. Su madre se sentó a su lado con una taza de café y le acarició la cabeza. El pelo le había crecido y se le rizaba a la altura de las orejas y en la nuca.

—¿Estás bien, cariño? Pareces cansado.

—Estoy bien —respondió él.

—¿Y qué tal en el instituto?

—Bien —dijo con la boca llena.

—¿Alguna chica? —aventuró, y lanzó una mirada inquieta a la ventana. Cada sombra le hacía levantar el rostro al cielo con un vuelco en el corazón.

Nathan se atragantó y empezó a toser. La miró con los ojos muy abiertos.

—¿Por qué lo preguntas?

—Nunca has traído una amiga a casa. Supongo que yo tengo algo que ver en eso, presentar a tu madre alcohólica a una chica que te gusta...

—Mamá, no hay ninguna chica.

—Seguro que en alguna parte hay una jovencita preciosa esperándote.

—Pues que siga esperando.

—Eso decía tu padre, hasta que me conoció.

Vivian rompió a reír al ver cómo Nathan se ruborizaba. Su mirada voló al calendario que colgaba de la pared y frunció el ceño.

—¿Por qué no estás vestido aún? Hoy tienes prácticas. Es domingo.

—No voy a ir.

—¿Por qué no? Este último año de formación, tras la Plenitud, es el más importante. Ve arriba y prepárate.

—¡Mamá! —empezó a protestar—. Ya no hay nada que ese Maestro me pueda enseñar... y tengo un arco nuevo, pensaba ir a probarlo antes de que llegue la tormenta.

—Jovencito, no me repliques —dijo muy seria. Escondió las manos bajo la mesa, habían comenzado a temblarle—. Ve arriba y vístete. Ya.

Nathan la miró malhumorado, y ella arqueó las cejas, dispuesta a no dejarse convencer. Se dio cuenta de que iba a ser imposible que cediera, así que la besó en la mejilla y se puso en pie.

—Nat —lo llamó ella antes de que abandonara la cocina—. Sé que no necesitas esas prácticas, pero sí relacionarte con La Comunidad. Fuera de esas familias... —cerró los ojos un instante, intentando que no le afectara pensar en los Blackwell y las otras cinco familias— hay más brujos en este pueblo; los necesitas y ellos te necesitan.

Nathan asintió, le dedicó una sonrisa y salió de la cocina. Subió hasta su habitación arrastrando los pies, no le entusiasmaba la idea de pasarse las próximas dos horas sumergido entre grimorios, recitando conjuros y destrozando troncos con la mente; bueno, esa parte quizá sí, sin duda era la mejor. Las clases de defensa y ataque eran las únicas que soportaba con cierto interés.

El domingo empezaba a ser una tortura para Abby y aún no era mediodía. Se había levantado a las siete para asistir a su primera clase de magia. Tras desayunar, Damien, Diandra y ella habían acompañado a Seth en su coche hasta una casa a las afueras. Su padre le había explicado que en el pueblo había un total de veinticuatro chicos entre los cinco y los diecisiete años, descendientes de brujos. Todos ellos estaban obligados a asistir a una especie de clases prácticas en las que aprendían a manejar su poder sin riesgos. Los chicos estaban divididos en cuatro grupos de seis miembros y cada uno de ellos lo dirigía un Maestro, un brujo adulto de los más poderosos de La Comunidad. En el grupo de Abby también estaban Rowan y su hermana Peyton, y Liam, un pequeño que no contaba con más de siete años, al que le asignaron como compañero.

La clase empezó con el habitual discurso que Seth les daba a los nuevos alumnos.

—Los brujos siempre se han ayudado de la naturaleza para aumentar su poder o contener el de otros: las hierbas, los minerales, los metales... son conductores que ayudan a nuestra magia a fluir. Poseen virtudes que en algunos casos llegan a ser milagrosas; en otros, pueden resultar letales, por eso se debe tener mucho cuidado y saber en cada momento qué se está usando y para qué. Sobre todo para el brujo que no es capaz de hacer magia sin su ayuda. —Clavó sus ojos en Liam y le sonrió mientras le revolvía el pelo. Entonces

166

fijó de nuevo su atención en Abby y dio un golpecito sobre la página abierta del grimorio—. Casi todas las familias de brujos poseen un Libro de Invocación, un grimorio que ha pasado de mano en mano, generación tras generación. En él se guarda todo el conocimiento mágico de un brujo, o de una estirpe completa: fenómenos astrológicos, encantamientos, hechizos, convocación de entidades sobrenaturales, fabricación de talismanes... El contenido es diferente en cada uno porque depende del poder y los conocimientos de aquel o aquellos que lo han escrito. De ahí que en nuestra comunidad sea tan importante el papel del Maestro. Cuando nuestros antepasados emigraron y se instalaron en este país hace más de tres siglos, se dieron cuenta de que la única forma de sobrevivir era unir fuerzas, compartir conocimientos y ayudarse los unos a los otros. Los más viejos y fuertes formaban a los jóvenes, porque estos algún día deberían pasar sus conocimientos a las futuras generaciones. Y así nació el papel del Maestro. Cada Maestro conoce el contenido de todos los libros habidos en su comunidad e intenta enseñar a los nuevos brujos a manejar su poder con prudencia e inteligencia. Puede que tú no necesites parte de la sabiduría que encierra tu libro o el de ellos porque esa magia sea innata en ti, que no necesites más allá de tu propio deseo, pero también puede que algún día debas enseñar a otros no tan poderosos y para eso has de conocer cada conjuro, invocación, hierba o metal... y su uso. Presta atención a todo lo que digo, estas clases son muy importantes.

Abby asintió y, adoptando un gesto de concentración, no apartó sus ojos de Seth. La clase no fue mal. Cuando Abby se convenció de que todo aquello iba en serio, y empezó a ver por sí misma cómo los chicos hacían magia ante sus ojos, no le quedó más remedio que abrir su mente y aceptarlo de una vez por todas. Entonces algo en su cerebro se desbloqueó, y por primera vez sintió algo vivo dentro de ella abriéndose paso. Su magia. Seth era un buen profesor, ella aprendía rápido y, a pesar del muro que los separaba, el entendimiento entre ellos se mantuvo sin problemas durante las dos horas que duraron las prácticas. Al acabar, había conseguido un hechizo perfecto de inmovilidad sobre su compañero.

Después asistieron a la iglesia como todos los domingos. Abby fue incapaz de prestar atención, no dejaba de repetir mentalmente los versos de los conjuros, ni de recordar las hierbas con las que había trabajado, las cantidades exactas de cada una, o si se cortaban o se machacaban hasta convertirlas en polvo. Su mente hervía incapaz de desconectar; algo latente y dormido dentro de ella estaba despertando, lo sentía.

El oficio acabó y los chicos acordaron ir a comer todos juntos a un restaurante próximo a la playa. Durante el viaje en coche, Abby notó que Damien trataba de guardar las distancias; sabía que lo hacía para no presionarla. Lo que sentía por ella había quedado claro un par de noches antes y no quería que se sintiera intimidada por sus atenciones. Ella se lo agradecía desde lo más profundo de su corazón. Damien era inteligente, atractivo, dulce y comprensivo. Tenía todas las cualidades para que una chica cayera rendida a sus pies, pero ella no sentía ni el más mínimo hormigueo cuando estaba con él, y ahora tenía miedo de que eso pudiera distanciarlos. Lo necesitaba como amigo y, quizá, con el tiempo, podría corresponderle.

Cuando aparcaron junto al restaurante, el cielo ya estaba cubierto en su totalidad por una espesa capa de negros nubarrones. El rumor de los truenos les llegaba desde el mar, iluminado a lo lejos por unos relámpagos que anunciaban la tormenta del siglo.

—¡Qué frío hace! —exclamó Rowan al bajarse de su coche. Se frotó las manos mientras daba saltitos y acogió bajo su brazo a Holly. Con paso rápido fueron a resguardarse al interior del local.

—Toda esta electricidad es malísima para mi pelo, se me encrespa mucho —dijo Diandra cubriéndose la cabeza con su chaqueta. Le dio un golpecito en el hombro a Abby, que contemplaba el océano embobada—. ¿Vamos adentro? Tengo hambre.

—Voy enseguida, necesito tomar el aire un rato —respondió, esbozando una sonrisa insegura.

—¿Estás bien?

—Sí, un poco nerviosa, intento acostumbrarme a esta sensación que tengo. Desde que he empezado a usar la magia me siento extraña.

—No te preocupes, es normal, supongo. —Se quedó pensativa un momento—. La verdad es que no me acuerdo de qué sentí al principio, tenía cinco años cuando empecé a practicar. —Le sonrió con afecto—. No te quedes aquí mucho rato, ¿vale?

Abby asintió y la observó mientras se alejaba. Damien salió a su encuentro, intercambiaron unas palabras y Diandra entró en el restaurante. Él se quedó parado, dudando entre si acercarse o no. Al final le dedicó una sonrisa en la que no pudo ocultar su preocupación, y siguió a Diandra al interior.

Segura de que la observaban desde la ventana, caminó hasta la orilla. El aire frío le hizo sentirse mejor; inspiró el olor a sal del agua y cerró los ojos sin importarle que el viento azotara su rostro salpicándolo de arena. Las gaviotas volaban bajo y se resguardaban entre las rocas. Sus graznidos, mezclados con los truenos y el romper de las olas, le embotaban los oídos. Incapaz de permanecer quieta o de volver al restaurante, recorrió la orilla. La hierba de la playa se doblaba por las rachas de aire produciendo un sonido sibilante, triste como un aullido.

Unas gotas de lluvia comenzaron a caer y corrió hasta la primera línea de árboles que delimitaba el bosque, buscando cobijo bajo sus ramas. No se detuvo allí y se adentró en la arboleda. Las hojas caídas habían formado un manto marrón rojizo que olía a humedad y putrefacción en el que se le hundían los pies. Al cabo de un rato, un trueno estalló sobre su cabeza y la lluvia arreció, convirtiéndose en una cortina espesa que no le dejaba ver más allá de unos pocos metros a su alrededor. Los troncos de los árboles se transformaron en sombras borrosas. Giró sobre sí misma intentando averiguar el camino que había seguido. Creyó reconocer un arbusto con forma de seta y tomó esa dirección. Minutos después, y para su pesar, se dio cuenta de que estaba perdida.

Continuó andando, calada hasta los huesos, convencida de que pronto daría con la costa, y que una vez en la playa solo tendría que seguir la orilla hasta encontrar el restaurante. Un movimiento a su derecha llamó su atención. Entre la cortina de agua pudo adivinar el cuerpo de una persona.

«Gracias a Dios», pensó. Fue a su encuentro, trastabillando entre la maleza y las ramas caídas. Estaba a punto de gritar para llamar su atención cuando lo reconoció. Su primer impulso fue darse la vuelta y salir de allí a toda prisa. Pese a saber que era lo más sensato, no se movió. Nathan estaba de espaldas a ella, y solo vestía unos tejanos y una camiseta de color crudo. Estaba empapado, aunque ni el agua ni el frío parecían importarle. Se agachó para coger algo del suelo y, al levantarse, Abby vio que era una flecha. Entonces se percató del arco en su otra mano. Tomó la flecha con la mano derecha, alzó el arco y tensó la cuerda a la altura de su cara. La soltó, un silbido cruzó el aire y a continuación sonó un golpe seco. Abby atisbó una diana de papel pegada al tronco de un árbol, y vio que había acertado de lleno en el centro.

Nathan se inclinó de nuevo y cogió otra flecha de un carcaj

clavado en el suelo. Esta vez Abby no se fijó en el arma, sino en cómo se flexionaban sus brazos y la espalda, cómo cada uno de sus músculos en tensión se marcaba bajo la camiseta mojada. Era la primera vez que tenía una idea clara de cómo era el cuerpo de Nathan, ya que en la piscina había hecho todo lo posible para no mirarlo. Notó que le ardían las mejillas.

—¿Te gusta lo que ves? —preguntó Nathan. Con extrema lentitud ladeó la cabeza y miró a Abby por encima del hombro. Una sonrisa burlona se dibujó en su cara mientras la observaba de arriba abajo.

Abby se quedó muda, en parte por la vergüenza de haber sido descubierta observándolo, agazapada tras un árbol, y por los pensamientos que acababa de tener.

—¿Tímida? Quién lo iba a decir —añadió él. La miraba fijamente, con dureza y sin pestañear, tratando de esconder la sorpresa que le había causado encontrarla allí. Se había prometido a sí mismo alejarse de ella todo cuanto le fuera posible. Ya podría estar entre las fauces de un león o a punto de ser atropellada por un autobús, él iba a mirar hacia otro lado. Pero allí se encontraba, como un maldito dolor de cabeza del que no podía desprenderse—. ¿Te ha comido la lengua el gato? —Ella no contestó, estaba tan roja que le sorprendió que la lluvia no se evaporara al entrar en contacto con sus mejillas ruborizadas—. ¿Vas a quedarte ahí pasmada?

Abby se recompuso, levantó la barbilla y dio media vuelta, dispuesta a marcharse antes de perder algo más que la dignidad, porque estaba considerando seriamente lanzarle una piedra. Su orgullo se impuso a su dignidad y se giró hacia él con un rictus de furia.

—Mira, sé que no te caigo bien, pero no es necesario que seas tan borde conmigo —le espetó con el pulso desbocado.

Nathan se echó a reír, pero no parecía contento. Su mirada se oscureció.

—¿Y qué sugieres?

Ella abrió la boca y de pronto no supo qué decir. La abrió y la cerró mientras fruncía el ceño con disgusto.

—Que me ignores —le soltó—. Sí, eso, ignórame, porque es lo que yo pienso hacer contigo. —Se puso en jarras.

—Lo haría si pudiera, pero es bastante difícil cuando estás ahí comiéndome con los ojos.

—¿Que yo qué? —gritó con los ojos muy abiertos—. ¡Venga ya, no me interesas lo más mínimo! Yo no soy la que va a tu casa a espiarte tras la ventana.

Nathan se puso tenso y la apuntó con el dedo.

—Te lo tienes muy creído. Quién dice que no estaba allí por otro motivo —replicó, admitiendo sin ningún pudor que había estado en su casa observándola.

Abby tragó saliva, no le había pasado desapercibida la amenaza implícita en el gesto y en el tono de su voz. No se dejó intimidar y sacudió la cabeza con rabia.

—Sé qué es lo que tienes contra mí, lo que pasó entre nuestras familias —dijo de repente. Se fijó en que él apretaba los puños y los dientes, pero no se detuvo, iba a decirle lo que pensaba, cansada de aquella guerra sin sentido—. Pero eso ocurrió hace mucho, éramos unos bebés, y yo ni siquiera estaba aquí. Hasta hace unas semanas no te conocía, ni a ti ni a ninguno de ellos. No, no podemos cargar con el pasado de nuestros padres hiriéndonos así. ¿Qué esperas, que nuestros hijos hereden este odio?

—Tú no sabes nada. Nada. —Sus ojos negros como el ónice la taladraban—. Mi padre nunca hizo lo que aseguran.

—Eso no lo sé, yo no estaba allí para verlo, ni tú tampoco.

Nathan notó que su respiración se aceleraba; una expresión de rabia glacial esculpía su rostro, marcando el músculo de su mandíbula.

—Pero mi madre sí, ella vio cómo tu padre lo asesinaba a sangre fría.

Abby sabía que era cierto. Aaron había acabado con la vida de David Hale, pero también tenía muy claro que él jamás hubiera tomado una medida tan drástica sin motivos.

—Tu padre...

—¡Que no se te ocurra nombrarlo! —la cortó Nathan en un tono alarmantemente siniestro.

—Te lo repito, ni tú ni yo estábamos allí para saber qué ocurrió, solo sabemos lo que nos han contado. Entiendo que es difícil aceptar que él pudiera hacer algo así...

—Mi padre no hizo nada —gritó por encima del viento. Cerró los ojos intentando controlarse. Estaba a punto de perder los nervios y no se fiaba de sí mismo, y menos con ella de diana de su enfado.

—Es posible..., es posible que todo se reduzca a malentendidos, pero reconoce que jamás sabrás la verdad y que sin pruebas...

—¿Estás llamando mentirosa a mi madre?

—Yo no he dicho eso, solo digo que es su versión, y que podría estar influenciada por sus sentimientos...

De repente, Nathan levantó el arco a la vez que colocaba la flecha en la cuerda, la tensó y disparó, todo en apenas un segundo. Abby apenas tuvo tiempo de gritar mientras cerraba los ojos. Volvió a abrirlos al no sentir nada; ladeó la cabeza, temblando violentamente. La flecha estaba clavada en el tronco del árbol a pocos centímetros de su cara, aún se movía. Lo miró aterrada.

—He fallado a propósito, pero si dices una palabra más, no volveré a fallar —dijo con frialdad, resoplando para recuperar el control—. Soy como mi padre, ¿no es eso lo que pensáis todos vosotros? Entonces sabrás que hablo en serio.

Abby dio un paso atrás.

—¡Estás loco, completamente loco! —le gritó.

Dio media vuelta y echó a andar. Las piernas le temblaban y el corazón amenazaba con estallarle dentro del pecho. Por el rabillo del ojo vio que él tiraba el arco al suelo y empezaba a caminar tras ella, cada vez más deprisa. El miedo la golpeó de lleno, temiendo que él se lo hubiera pensado mejor y quisiera hacerle daño. Su instinto de supervivencia tomó el control: echó a correr con todas sus fuerzas. Pensó en usar la magia, pero estaba tan frenética que no conseguía concentrarse en nada. Perdió pie y trastabilló, las ramas le azotaban el rostro y se le clavaban en la ropa. Oía sus pasos acercándose. Dirigió la mirada hacia atrás y vio que estaba a punto de darle alcance. Las zancadas de Nathan eran más largas y rápidas, más ágiles. De pronto notó que la agarraba de la cintura y la alzaba del suelo.

Nathan sujetó a Abby con fuerza. Giró sobre sí mismo con ella entre los brazos, para frenar su velocidad y detenerse sin acabar cayendo y rodando por el suelo. La tenía apretada contra su pecho tratando de inmovilizarla, algo que le estaba costando porque ella no dejaba de retorcerse.

—¡Suéltame! —gritó Abby. Consiguió clavarle un codo en el costado. Él se dobló hacia delante, pero la mantuvo sujeta—. ¡Que me sueltes!

Al final Nathan la soltó y ella se vio libre del doloroso abrazo. Pero en lugar de aprovechar el momento y huir, se dio la vuelta y lo enfrentó.

—Pero ¿qué pasa contigo? —chilló, y lo empujó en el pecho con ambas manos—. ¿Qué demonios pasa contigo? —Volvió a empujarlo cuando dio un paso hacia ella.

Se miraron fijamente, con la respiración entrecortada por el esfuerzo de la persecución, temblando bajo la lluvia que seguía cayendo sobre ellos fría como el hielo.

—Quieres matarme, ¿eh? —le espetó furiosa—. ¿Eso es lo que quieres?

Nathan apretó los puños, a un tris de explotar. Con Abby perdía el control, en todos los sentidos; su mente dejaba de funcionar con claridad. ¡Había disparado su arco contra ella! ¿Cómo podía haber llegado tan lejos? Porque una parte de él quería matarla, lo deseaba. Quería que desapareciera para dejar de sentirse así.

Las nubes comenzaron a arremolinarse sobre ellos en forma de espiral. En el centro un cono empezaba a tomar forma como si de un momento a otro un tornado fuera a descender. Ninguno parecía darse cuenta de lo que estaban provocando.

—¿No tienes bastante con odiarme como lo haces? —inquirió Abby.

—¿Odiarte? —replicó Nathan con la misma rabia. Soltó una risa desquiciada—. No hay nada en este mundo que desee más. Lo intento desde el primer día que te vi, con todas mis fuerzas. Quiero odiarte, necesito odiarte... —Hizo una pausa para tomar aire, su corazón latía aceleradamente. De repente su expresión se tornó más feroz—. Pero no lo consigo.

Se lanzó hacia delante, la tomó del rostro sin darle tiempo a reaccionar y la besó, guiándose solo por el instinto y la necesidad. Abby se resistió. Forcejeó para apartarlo, pero bajo su piel una llama comenzó a arder y sus labios se abrieron con un temblor. Se dejó llevar y deslizó las manos por su torso hasta la espalda. Nathan la rodeó con los brazos y sus besos aumentaron de intensidad.

—Abby —gritó alguien a lo lejos.

—Abby. —Esta vez reconoció la voz de Diandra. Se acercaba muy rápido.

Nathan se obligó a romper el contacto. Separaron sus cuerpos sin dejar de mirarse a los ojos, conscientes de que había ocurrido algo para lo que ya no había vuelta atrás. Sus corazones retumbaban entre ellos con fuerza, pero acompasados, como si fueran uno solo. ¿Qué acababa de pasar? Unos minutos antes casi la mata, y ahora...

—Abby —gritó Damien. Por el tono de su voz parecía preocupado. Aparecería junto a ellos en cualquier momento.

La mirada de Nathan se oscureció.

—¿Qué hay entre tú y él? —preguntó muy serio.

—Nada —respondió sin aliento.

Nathan la contempló, bajó la vista un segundo, como si meditara la respuesta, y volvió a contemplarla con atención. Abby le sostuvo la mirada y tragó saliva; se lamió las gotas de lluvia de su labio inferior. Él desvió la vista a ese punto mientras su pecho subía y bajaba, cerró los ojos un instante, dio media vuelta y se alejó desapareciendo entre la espesura.

Abby oyó que volvían a llamarla.

—Aquí —chilló.

14

Nathan abrió los ojos y apagó el despertador un segundo antes de que este sonara. Se pasó las manos por la cara y se quedó tendido sobre la cama con la vista clavada en el techo. No tenía ni idea de cómo iba a afrontar ese día en el instituto, temía el momento de volver a verla y la idea de quedarse en casa empezaba a parecerle la mejor opción; solo que no podía sin conseguir otro castigo.

Se quitó la ropa y se metió en la ducha. Apoyado contra la pared mientras el agua caliente caía sobre su espalda, recordó el beso. Había cruzado el límite, no tenía intención de hacerlo, ni siquiera sabía si en realidad sentía algo por ella. Pero ahora, tras haberla tenido en los brazos, estaba seguro de que sí y no tenía ni idea de qué hacer con esos sentimientos. Ella le gustaba, su cuerpo experimentaba sensaciones nuevas cuando pensaba en ella, emociones que nunca había sentido antes. Se maldijo a sí mismo por haber perdido el control, estaba traicionando a su padre.

Se vistió con un tejano oscuro y un jersey gris de pico, bajó hasta la cocina a toda prisa y se sirvió un zumo mientras engullía un bollo de leche. La señora Clare apareció con un montón de botellas entre los brazos y empezó a vaciarlas en el fregadero. Un intenso olor a alcohol inundó la cocina.

—¿Y eso? —preguntó él, arrugando la nariz.

—Me lo ha pedido ella —susurró la señora Clare.

—Así, sin más. —Frunció el ceño—. No lo entiendo, deja de beber de la noche a la mañana después de tantos años.

—¿No te alegras?

—Sí, pero no deja de sorprenderme. ¿Crees que le pasa algo?

La señora Clare se encogió de hombros y negó con la cabeza.

—Vas a llegar tarde —dijo una voz tras él. Se giró y vio a su madre, que dejaba un montón de carpetas sobre la mesa.

—Hola, mamá —saludó. Se acercó a ella y la besó en la mejilla—. ¿Qué es todo esto?

—Contabilidad. Va siendo hora de echarle un vistazo a las cuentas. —Sonrió y dio un par de palmadas—. ¡Vamos, date prisa o llegarás tarde!

Nathan volvió a besarla y salió a toda prisa tras coger otro bollo de un bote sobre la encimera.

Aparcó frente al instituto justo cuando sonaba el timbre de entrada, corrió hasta la puerta principal, esquivando con la habilidad de un contorsionista a todo el que se le ponía por delante. Llegó hasta su taquilla y comprobó con una mezcla de alivio y desilusión que ella no estaba por ninguna parte. Rose se le acercó por la espalda sin que se percatara de ello y lo abrazó.

—Hola, ¿dónde has estado todo el fin de semana? —preguntó con un atisbo de enfado.

—Por ahí —respondió él. Cerró su taquilla, sujetó a Rose por las muñecas rompiendo el abrazo y se giró hacia ella—. Llego tarde.

—Por ahí —repitió Rose—. ¿Estás pasando de mí, Nathan? Porque ayer te llamé como unas veinte veces y no me has devuelto ni una sola llamada.

—Empiezas a comportarte como una novia celosa —dijo él molesto.

—Pues no me des motivos —susurró con un mohín y lo atrajo para darle un beso. Él la apartó y miró a ambos lados del pasillo—. ¿Qué te ocurre? ¿Desde cuándo te preocupa que nos vean besándonos? Todos saben que nosotros estamos juntos.

—Rose, a ver si lo entiendes de una vez, tú y yo no estamos juntos, nunca te dije que hubiera un nosotros. Fui muy claro respecto a eso y a ti te pareció bien —aclaró en voz baja.

—Bueno, sí, pero estamos bien juntos, salimos por ahí, quedamos a cenar y nos acostamos. Si eso no es salir juntos...

—No, no lo es; y después de esto, ninguna de esas circunstancias volverá a repetirse. Se acabó.

—¿Se acabó? —preguntó sorprendida—. Vale, lo siento, no volveré a quejarme, cumpliré las normas de nuestro «acuerdo». No irás a romper conmigo por una tontería así, ¿verdad?

Él dio un paso atrás, no pensaba retractarse a pesar de que se sentía mal por dejarla. Siempre le ocurría lo mismo. Salía con chicas por las que no sentía nada; al poco tiempo, cuando ellas comenzaban a querer algo más, él se agobiaba y cortaba la relación. Nunca se había esforzado por llegar a algo más serio, simplemente porque sabía que no era la adecuada. Había llegado a pensar que jamás sentiría algo de verdad por alguien, hasta ahora.

Rose lo fulminó con la mirada.

—¿Ya tienes a otra? ¿Y quién es? —Al ver que él no contestaba, le dio un empujón que lo estampó contra las taquillas—. ¡Eres un capullo! —Dio media vuelta y se alejó hecha una furia—. ¿Y tú qué miras, friki? —le soltó a Pamela al pasar junto a ella y le dio un empujón.

Pamela chocó contra la taquilla y se quedó mirando la espalda de Rose; deseó que un rayo le cayera encima. Recogió el libro que se le había caído al suelo y entró en clase, y se dirigió a su pupitre a la velocidad del rayo.

—No puedes imaginarte lo que acabo de presenciar —le dijo a Abby mientras apartaba la silla y se sentaba.

—¿El qué? —La sonrisa de Pam también le hizo sonreír—. ¿Te ha tocado la lotería?

—Nathan Hale acaba de cortar con Rose en el pasillo, tenías que haberla visto, echaba humo.

Abby notó que se le aceleraba el pulso.

—A lo mejor solo era una pelea, no tienen por qué haber cortado —aventuró. No quería parecer interesada, pero se moría por saber qué había pasado.

¿Estaría relacionado con el beso entre ellos? El beso, no podía pensar en otra cosa, lo había rememorado cientos de veces. Nathan había intentado matarla y ella solo podía pensar en volver a verlo. Se pasó una mano por el cuello, nerviosa.

—Han roto. Él le ha dicho «se acabó» y ella le ha respondido «eres un capullo». Ha dado media vuelta y se ha ido hecha una furia. No me malinterpretes, pero lo he disfrutado, esa chica es una arpía.

—¿Tan mal te cae?

—Desde que llegué a este pueblo he tenido que aguantar sus insultos y sus aires de diva. No, no me cae bien. Por cierto, ¡bienvenida a La Comunidad! —dijo con una sonrisa cómplice.

Abby giró la cabeza tan rápido que le crujió el cuello.

—¿Tú también? —preguntó.

Pamela asintió con una enorme sonrisa y guardó silencio; el profesor se acercaba a ellas repartiendo unos cuestionarios.

La puerta del aula se abrió y Nathan entró. Sus ojos se clavaron inmediatamente en Abby, sus miradas se encontraron y el tiempo quedó suspendido. Ambos apartaron la vista a la vez, fijándose en las luces que habían empezado a parpadear como locas. Abby inclinó la cabeza, temiendo ser ella la que lo estaba provocando por culpa de los nervios. Demasiadas emociones en las últimas horas. Cerró los ojos cuando él pasó junto a su pupitre. No pudo evitar captar su olor y un millón de mariposas revolotearon en su estómago y aceleraron aún más su corazón descontrolado.

El resto de la mañana transcurrió como si el destino, burlón y caprichoso, hubiera decidido jugar con ellos. A segunda hora tenían clase de química, tocaba experimentar con cohetes de agua. El profesor entró en el aula, cargado con una caja de material y quejándose por un error en el envío de este: no había suficiente como para trabajar en grupos de tres tal y como habían hecho hasta el momento, y se vio obligado a aumentar dichos grupos a cinco alumnos. Nathan y Ottis, un chico que hablaba por los codos, acabaron sentados a la misma mesa que Abby.

De repente todas las puertas parecían haber encogido y ellos no hacían otra cosa que cruzarse bajo ellas, haciendo todo lo posible por no tocarse o mirarse directamente. A la hora del almuerzo, Abby se quedó paralizada al comprobar cómo Nathan y Ray iban directos hacia ella, la última en la cola. Al percatarse de su presencia él pareció dudar, intentó excusarse con que había olvidado algo, pero Ray lo obligó a continuar, jurando que se moriría si no comía algo inmediatamente. La espera se hizo interminable, la fila avanzaba lenta como una tortuga, y a cada paso que Abby daba, sentía a Nathan justo detrás, a veces tan cerca que notaba el roce de su cuerpo contra la espalda. Cada vez que eso ocurría, un estremecimiento la recorría de arriba abajo.

Nathan apenas prestaba atención a lo que Ray decía, algo sobre un programa de surf que había descubierto en la televisión por cable. La única presencia de la que era consciente era la de Abby. No lograba definir la sensación, pero cuanto más tiempo pasaba cerca de ella, más le costaba tenerla lejos después, era como si un hilo invisible tirara de él, impidiendo que se distanciaran. Se dio cuenta cuando ella agarró su bandeja y se alejó en dirección a la mesa que compartía con sus amigos. Aquella ambigüedad que se había establecido entre su mente y su corazón lo estaba agotando.

Tras la última clase, volvieron a coincidir junto a las taquillas. Abby guardó sin prisa sus libros y, para su sorpresa, Nathan también se estaba tomando su tiempo. Normalmente solía hacerlo a la velocidad del rayo y desaparecía aún más rápido. Holly apareció trotando por el pasillo, lanzó una mirada de disgusto a Nathan y se detuvo junto a Abby.

—Los chicos aún están en la piscina, tienen entrenamiento hasta tarde —dijo con un suspiro—. ¿Quieres que te lleve yo a casa?

—Claro —respondió Abby.

—Vale, tengo que pedirle a Rowan las llaves del coche. ¿Vienes? —preguntó sin apartar los ojos de la espalda de Nathan. Entonces su móvil sonó, lo sacó de su bolsillo y le echó un vistazo a la pantalla. Lanzó un bufido—. Es mi madre, solo será un segundo. —Se alejó en busca de un lugar con menos ruido.

Abby soltó un suspiro y miró a Nathan de reojo. Parecía como si ambos hubieran hecho un pacto de silencio sobre lo ocurrido el día anterior. Se habían limitado a ignorar el beso como si no hubiera sucedido.

Se cambió la mochila de hombro, dispuesta a pelearse

de nuevo con aquel maldito candado que no había forma de abrir ni de cerrar.

Nathan se demoró en guardar sus libros. Dos voces discutían en su cabeza: una le urgía a que se marchara y se alejara de ella cuanto le fuera posible, la otra le pedía que aclarara de una vez por todas qué estaba pasando entre ellos. Era evidente que la chica no le había contado nada a nadie. ¿Por qué? Necesitaba una respuesta a esa pregunta.

—Deshazte de tu amiga, te espero al final del aparcamiento. —Cerró su taquilla y se dirigió a la salida sin mirar atrás.

Abby se quedó allí plantada, intentando digerir lo que acababa de pasar. Nathan iba a esperarla en el aparcamiento... ¿para qué? Empezaron a sudarle las manos. Le devolvió una sonrisa temblorosa a Holly, que hacía muecas mientras hablaba con su madre. El tiempo pasaba y tenía que tomar una decisión.

Abby abandonó el edificio con un nudo en el estómago. Había mentido a Holly con descaro, convenciéndola de que se quedara a esperar a su novio. Holly no había puesto demasiadas objeciones, ella y Rowan eran como dos siameses que nunca se separaban, y cuando no les quedaba más remedio que estar el uno sin el otro, pasaban ese tiempo hablando por teléfono.

Llegó al aparcamiento intentando no pensar en lo que estaba haciendo. Iba a encontrarse a escondidas con el chico que, tras dispararle con un arco en un arranque de ira, la había besado de una forma que con solo recordarlo le hacía desearlo más. Sí, definitivamente estaba mal de la cabeza. Si al día siguiente la encontraban muerta en alguna cuneta, lo tendría bien merecido. Ella solita se lo habría buscado.

Apenas quedaban coches en el aparcamiento y entre

ellos no estaba el todoterreno. Se cruzó de brazos, buscándolo con la mirada, y por un momento se convenció de que todo se debía a una treta para burlarse de ella por haber acudido. Entonces, alguien sobre una moto negra cruzó el aparcamiento y se detuvo junto a ella. Reconoció a Nathan por la ropa, aceptó el casco que le ofrecía y sin pensarlo más subió detrás antes de arrepentirse. Dudó sin saber dónde colocar las manos para sujetarse. Como si le hubiera leído el pensamiento, él echó las manos hacia atrás y la cogió de los brazos obligándola a que le rodeara la cintura.

Nathan aceleró y se incorporó a la carretera maniobrando con habilidad. Minutos después tomó un sombrío camino cubierto de hojas y redujo la velocidad al cruzar un pequeño puente de piedra sobre un arroyo. Cuando llegó a la verja de entrada a la casa, no se detuvo, sino que giró a la derecha y recorrió el seto que la rodeaba hasta una entrada trasera. Aparcó frente a un edificio anexo a la vivienda, una casita pequeña que casi parecía una réplica de la principal.

Abby se bajó y se quitó el casco, se sacudió el pelo que se le había quedado aplastado y miró en derredor, incapaz de fijar la vista en él.

—¿Es tuya la moto? —preguntó cuando el silencio se le hizo insoportable. Estiró el brazo y le devolvió el casco.

Él lo tomó y lo colgó del manillar.

—Es de Ray, un amigo —respondió él.

—¿Dónde estamos? —Contempló la casita, rehuyendo su mirada. Aún se sentía intimidada.

—En mi casa. Lo que has visto delante es la vivienda principal, esta se construyó en su día para el servicio. Hace mucho que ya no se usa para eso y yo la he convertido en mi espacio privado —respondió con voz serena.

—Es bonita.

—Ven conmigo —dijo él, y echó a andar hacia la casa antes de que uno de los dos se arrepintiera de estar allí.

Abby lo siguió con un nudo en el estómago. Entró tras él y se encontró en una estancia revestida de arriba abajo con madera. Cuando Nathan había dicho que la había convertido en su espacio privado, no imaginaba hasta qué punto. Un enorme televisor de plasma ocupaba una de las paredes; frente a él vio una mesa baja con tres modelos diferentes de consolas y varias cajas de videojuegos. También había un futbolín y una mesa de billar, una diana de dardos electrónica y varias tablas de surf apoyadas en la pared. Junto a una ventana, un escritorio en el que se entreveía un ordenador portátil rodeado de libros y cuadernos llamó su atención.

Abby se acercó a la mesa sabiendo que él la examinaba de pies a cabeza sin apenas parpadear. Se descolgó la mochila y la dejó sobre la silla, después hizo lo mismo con el abrigo. Deslizó los dedos por encima del grimorio abierto; sus páginas eran ásperas y en ellas había dibujados unos símbolos que le resultaban conocidos, aunque no tenía ni idea de dónde podría haberlos visto antes.

—Soy bruja —susurró, lanzándole una mirada fugaz.

—Lo sé —dijo él. Estaba apoyado en la pared y se había subido las mangas hasta los codos.

Abby se pasó la mano por el cuello; de golpe tenía mucho calor.

—Yo no hasta hace dos días.

—Vaya, debe de haber sido toda una sorpresa —comentó él en un tono más seco de lo que pretendía.

Ella levantó la vista del libro y lo miró, obligándose a no apartar la mirada. Sonrió sin gracia.

—Ayer casi me matas. ¿Me has traído para acabar el trabajo? —preguntó en el mismo tono.

—Si crees eso, ¿por qué has venido? —preguntó él a su vez, taladrándola con una mirada desafiante. Ella no contestó y se limitó a sostenerle la mirada—. ¿Por qué no le has contado a nadie lo que pasó?

—¿Y cómo estás tan seguro de que no lo he hecho?

—Porque sigo aquí, y no tengo una cadena de hierro al cuello.

—No lo hice porque también habría tenido que explicar lo del beso. —Se sonrojó, y no fue la única en la habitación. Los sentimientos se arremolinaban en su interior, la inseguridad y el miedo dieron paso a la curiosidad, y a otro tipo de anhelo que no supo identificar—. ¿Es cierto que has roto con Rose?

Nathan se pasó una mano por la cara para borrar una sonrisa.

—Las noticias vuelan.

—¿Qué hacemos aquí? —Soltó la pregunta sin dar más vueltas.

—Es un sitio tranquilo.

—¿Para qué?

Él se irguió y dio un par de pasos hacia ella, devorándola con la mirada. Abby no se movió y dejó que se acercara. El instinto la urgía a salir corriendo, pero estaba atrapada bajo aquellos ojos negros, ahora a apenas unos centímetros de los suyos.

—Para hablar sobre ese beso. Ayer abrimos una puerta muy peligrosa y desde entonces solo pienso en una cosa —dijo Nathan en tono áspero. Alzó la mano y le acarició la mejilla con el dorso de la mano. La deslizó hasta su cuello—. Necesito saber si merece la pena cruzarla.

—¿Por qué? —preguntó ella en apenas un susurro. Notaba su cálido aliento en el rostro y le costaba concentrarse, alucinada por el efecto que él tenía sobre ella.

Nathan se inclinó sobre ella y con la otra mano la obligó a echar la cabeza hacia atrás para que lo mirara a los ojos.

—Porque tengo mucho que perder —respondió con el pulso acelerado.

—No eres el único que perdería —dijo Abby, consciente de lo mucho que estaba declarando con aquella frase, y de que le estaba dando pie a continuar más allá.

—Por eso mismo debo estar seguro antes de arriesgarme.

—¿Arriesgarte a qué?

Él esbozó una sonrisa que dibujó hoyuelos en su cara, una sonrisa oscura y sugerente.

—A dejarte entrar en mi vida.

—¿Y si yo no te quiero en la mía? —jadeó ella.

—Un adiós bastará —susurró, y sin obedecer a otra cosa que a su deseo, la besó.

Tras el impacto inicial, la sensación de sorpresa por el estremecimiento, ambos respondieron con avidez. El beso se tornó vehemente, hambriento. Ella enredó los dedos en su pelo y él la sujetó por la cintura pegándola a su cuerpo, nada le parecía suficientemente cerca. Sus manos se deslizaron por debajo de su camiseta siguiendo el camino que marcaba su columna.

Abby hizo otro tanto y le rozó el estómago. Tuvo una sensación ardiente y familiar cuando él deslizó la mano a través de su cadera, por dentro de su pantalón. Volvió en sí con un jadeo agónico, todo estaba sucediendo demasiado rápido.

—¡Espera, espera! —dijo sujetándole el brazo. Se lamió los labios, le ardían—. No sé si..., no sé...

—¿Qué? —susurró él. Apenas si podía controlar la respiración. Jamás se había sentido así por nadie.

—Debemos frenar, no estamos preparados para esto. —Dejó caer los brazos. Si seguía tocando su piel, podía cambiar de opinión.

—¿Preparados? —Frunció el ceño con cautela.

—No llevo ningún tipo de protección. —Le dio vergüenza reconocer que nunca había estado con nadie, por eso había soltado esa tontería.

Él esbozó una sonrisa burlona, maliciosa.

—Bueno, no pensaba llegar tan lejos, pero si es por eso... —Alargó la mano hacia el cajón del escritorio—. Yo sí tengo.

—¿Qué? ¡No! —Le sujetó la mano, completamente sofocada.

—¿No? Entonces... —Movió la cabeza sin entender, solo que lo entendía a la perfección, pero estaba comportándose como un idiota porque un atisbo de culpabilidad se coló en su mente como una sombra. Una vocecita en su interior, la voz de su conciencia, y no le gustó lo que decía: «Blackwell y Hale, no puede ser».

—¿Puedes dejar de comportarte así? —Se zafó de él, colorada y rabiosa—. ¿Para eso me has traído aquí? ¿Disfrutas avergonzándome?

Cogió su mochila y el abrigo y fue hasta la puerta decidida a marcharse. Giró el pomo y abrió la puerta, pero esta volvió a cerrarse con fuerza. Abby tiró de nuevo, pero la mano de Nathan la sujetaba por encima de su cabeza.

—¡Déjame salir!

—Lo siento —dijo él, inclinándose hasta apoyar la frente en el hueco de su nuca—. Lo siento mucho, no te vayas.

Abby sentía su aliento en la piel. Él tenía las manos apoyadas en la puerta a ambos lados de su cabeza, y cuando se giró para mirarlo, quedó atrapada entre sus brazos como si fueran una prisión. Una hermosa prisión de piel dorada.

—Perdóname, no quiero ser así, contigo no —susurró Nathan. Levantó la vista del suelo y la clavó en ella.

—¿Y por qué debería creerte? ¿Por qué no debería pensar que esto es un juego para ti? Tienes motivos para hacerme eso y más. Se llama venganza.

Nathan suspiró y le acarició los labios con el pulgar. Una leve sonrisa se dibujó en su cara.

—No quiero jugar contigo, ni me estoy vengando.

Quiero otra cosa —susurró, acariciándole la mejilla con la nariz.

Abby cerró los ojos.

—¿Y qué quieres?

—Quiero empezar desde el principio, conocerte, solo eso. Déjame conocerte —musitó en su oído—. Hola, soy Nathan, encantado de conocerte. —Depositó un beso en su cuello, notó cómo ella sonreía, otro beso en su mandíbula y un tercero más largo e intenso en sus labios.

—¡Nathan! ¿Estás ahí?

Nathan se puso tenso de golpe y su respiración se aceleró aún más, esta vez por otro motivo.

—Es mi madre —susurró—. ¡Mierda! Dijo que estaría fuera hasta la cena. —Se pasó las manos por el pelo—. Vale, no te enfades, pero... es mejor que no te encuentre aquí. Lo entiendes, ¿verdad? Si por casualidad sospechara quién eres...

—Claro, lo entiendo, ¿y por dónde salimos? Está ahí mismo, en la entrada.

—Nathan, cariño, ¿estás ahí? ¿Podrías ayudarme a llevar este macetero a la escalera principal?

—Ven, no hagas ruido —dijo él, cogiéndola de la mano.

La condujo hasta la pequeña cocina de la que disponía la casa. Allí había una puerta con un pestillo, lo abrió y la urgió a que avanzara por un oscuro pasillo. Los ojos de Abby se abrieron como platos al salir a un espacioso recibidor que daba pie a una ostentosa escalera. La luz que atravesaba las vidrieras del portón y las ventanas lo iluminaban con un sinfín de reflejos multicolores. Se oyeron unos pasos que se aproximaban, Nathan tiró de Abby y la obligó a agacharse tras un sillón que servía para que las visitas esperaran a ser atendidas. Contuvo el aire mientras una mujer cruzaba el vestíbulo y subía las escaleras. La situación le parecía de lo más cómica, y tuvo que taparse la boca con la mano para contener una risotada. De repente se vio de nuevo arrastrada por el agarre de Nathan. Cogidos de la mano, se escabulleron por la puerta principal y corrieron hasta el todoterreno.

—Sube —dijo Nathan, le cogió la mochila del hombro y la echó en el asiento de atrás. Subió al coche de un salto, lo puso en marcha y aceleró, saliendo de allí a toda prisa.

—¿Esa era tu madre? —preguntó ella, lanzando una última mirada a la casa a través del espejo retrovisor.

—No, esa era la señora Clare. Trabaja para mi madre desde que yo era pequeño, ella prácticamente me ha criado.

15

Se mantuvieron en silencio, mientras circulaban por la carretera que serpenteaba frente a la costa. Nathan tomó un pequeño desvío, un tramo frondoso y deshabitado, y detuvo el coche al final de un camino de arena. Se giró en el asiento hacia Abby. Alargó la mano y le colocó el pelo tras la oreja para poder verle el rostro. Ella alzó la vista de su regazo y esbozó una sonrisa nerviosa.

—No entiendo qué me pasa contigo —dijo él. La cogió de la mano y sin soltarla la dejó reposar sobre su muslo, jugueteando con sus dedos. Relajó la espalda en el asiento y contempló el océano—. No dejo de pensar en ti desde hace semanas, tengo una sensación extraña cuando te tengo cerca, y desde ayer, desde que te besé... todo ha cambiado... —Suspiró y guardó silencio, no encontraba las palabras para explicar sus emociones.

—Si te sirve de consuelo, yo tampoco sé por qué siento por ti lo que siento. Aunque aún tengo ganas de pegarte —susurró con un atisbo de enojo.

Eso le arrancó una sonrisa a Nathan.

—Y yo de besarte otra vez. —Volvió la vista hacia ella, con una expresión triste. Sonrió de nuevo al ver que ella se ruborizaba. No podía dejar de mirarla, intentando casi a la desesperada comprender cómo, cuándo y dónde habían aparecido aquellos sentimientos tan intensos hacia ella. Hubo una pausa en la que intentó ver más allá de la sombra que acababa de apagar el rostro de Abby—. No confías en mí. Lo entiendo...

—No es eso, es que... mi padre... Bueno, tú y él.

—Tú no eres tu padre —señaló muy serio.

—Lo sé, pero ahora que conozco la historia... no tiene sentido que yo te guste, tenía sentido que me odiaras. —Dejó escapar un suspiro sarcástico—. Eso sí que lo tenía.

—Bueno... —Nathan se rascó una ceja—. Yo te gusto, sientes algo por mí, ¿no? —Ella asintió—. Y sientes algo por mí a pesar de que me he comportado contigo como un imbécil y que crees que mi... padre era un asesino. —Abby tragó saliva y volvió a asentir—. Es lo mismo. No puedo evitar lo que siento a pesar de las circunstancias.

—Ayer llegué a temerte de verdad. —Lo miró de reojo—. Una parte de mí te sigue temiendo.

—Lo siento, no sé por qué lo hice, y no he dejado de arrepentirme desde entonces, te lo juro. —Se llevó su mano al pecho—. No me temas, yo jamás te haría daño.

—Y después me besaste —dijo ella, y se humedeció los labios. Nathan asintió. Lo que sentía por aquella chica era distinto de lo que hubiera sentido por cualquier otra persona—. ¿Y ahora qué? —preguntó con voz temblorosa e insegura.

Nathan le gustaba mucho, en secreto había soñado con aquel momento, pero no era idiota y sabía perfectamente lo que estaba en juego si seguían adelante.

Nathan esperó unos segundos antes de responder. Meneó la cabeza. Sentía tantas emociones contradictorias...

—No lo sé, no tengo ni idea.

Abby tragó saliva y contempló sus manos entrelazadas.

—Que tú y yo estemos juntos puede hacer daño a muchas personas —dijo sin apenas mover los labios. Nadie lo iba a entender, demasiado dolor y rencor entre sus familias como para aceptar de un día para otro que los enemigos eran ahora enamorados.

Él soltó una risa amarga y se pasó la mano por la cara, escondiendo una mueca.

—¿Daño? Mi madre se moriría.

—Y mi padre sería capaz de mudarse a otro país.

Se miraron fijamente. Él sonrió con cierta tensión, con ese aire de chico malo que a ella le cortaba la respiración.

—No se lo permitiría.

Por el modo en que lo dijo, Abby sabía que hablaba en serio. Apartó la vista de él y la clavó en el paisaje al otro lado de la ventanilla. Aquella situación empezaba a desbordarla. No quería causar problemas a nadie, por fin tenía una familia, un hogar, no quería estropearlo; pero qué sentido tenía todo si no podía estar con él. Lo había sabido desde el primer momento en que sus labios se habían unido, no podría vivir sin sentirlos de nuevo.

—¡Eh, Julieta! —dijo él dándole un golpecito en el hombro para llamar su atención.

Abby frunció el ceño. Por un momento tuvo un mal pensamiento: ¿él se había equivocado de chica en un lapsus? Sacudió la cabeza.

—¿Cómo me has llamado? —Su voz sonó acusadora.

Nathan enarcó las cejas, captando la indirecta. Sonrió satisfecho, por primera vez se sentía cómodo con los celos de una chica. Le pasó el dedo por el cuello, tenía la piel suave y olía de maravilla.

—Julieta, te he llamado Julieta. No me digas que no te sientes un poco shakespeariana. —La estudió un momento—. Porque yo sí que me siento un poco Romeo. Familias enfrentadas, amor imposible..., ¿te suena?

Abby soltó una tímida carcajada. La comparación tenía su gracia, pero no dejaba de ser una comparación odiosa por la realidad que contenía. Se puso sería y lo miró a los ojos.

—*Romeo y Julieta* es una tragedia, los dos murieron.

—Nosotros somos más listos.

—No fueron los únicos que murieron en esa historia —dijo, estremeciéndose.

Pensó en el resentimiento de Damien hacia Nathan, en la muerte de sus padres y en que ahora ella podía ser el detonante de una fatalidad entre ellos. Y estaba convencida de que no exageraba al pensar así. Abrió la portezuela y salió fuera. La brisa otoñal le agitó el pelo; se lo apartó de la cara y empezó a caminar hacia la orilla. Se paró junto a la marca de agua que las olas espumosas dejaban en la arena y se cruzó de brazos contemplando el inmenso océano.

Nathan le dio unos segundos y fue tras ella. La rodeó con sus brazos y, obligándola a que apoyara la espalda contra su pecho, la besó en la coronilla. Clavó la vista en un pequeño velero que navegaba a favor del viento, saltando entre el oleaje.

—¿De verdad no estás jugando conmigo? —preguntó Abby.

—¡No! —respondió de inmediato—. Nunca he buscado esto; al contrario, he hecho todo lo posible por evitarlo. Pero ha pasado y me gustas, me gustas mucho. Escucha, Abby, hay mil razones por las que no debería volver a verte. —Notó que ella se estremecía y la estrechó con más fuerza—. Y solo una por la que seguir haciéndolo. Con esa me basta. Necesito estar contigo, quiero estar contigo.

—Y yo contigo; no entiendo por qué, pero lo siento así.

—Luego no hay otra opción. No tenemos más remedio que intentarlo, averiguar adónde nos lleva todo esto.

Abby se giró hacia él y apoyó las manos en su cintura,

notaba su piel firme y caliente a través de la ropa. Tuvo que mirar hacia arriba para verle el rostro.

—Mi vida no ha sido fácil, no puedes hacerte una idea de por lo que estoy pasando desde que mi madre murió. Estoy al límite de lo que puedo soportar.

Él le acarició el cuello sin saber qué decir. Conocía de primera mano esa sensación, y que no había palabras en el mundo que borraran el miedo a volver a sufrir.

—Me dan miedo las consecuencias —añadió Abby.

—Y a mí, pero no volver a tenerte así no es una alternativa. —Le guiñó un ojo y le apartó el pelo de la cara con las dos manos. Besó levemente su sonrisa.

—Así que no podemos estar juntos y tampoco separados —suspiró ella, apoyándose en el pecho de Nathan.

Él se encogió de hombros y le acarició la espalda, unidos en un dulce abrazo.

—Dime que sí —susurró él sobre su pelo—. Dime que estamos juntos.

Abby se apretó contra él, sintiendo el calor de su cuerpo, absorbiéndolo con el suyo.

—Sí —respondió; notó el gemido de alivio que él soltó. Alzó la cabeza—. Pero nadie debe saberlo, será un secreto, nuestro secreto. No quiero que tu madre... o que mi padre...

—De acuerdo.

—Y se acabaron los encontronazos con mis amigos, sobre todo con Damien. Lo pasaré muy mal si os peleáis otra vez.

—Lo intentaré —respondió entre dientes. Ella frunció el ceño y le tiró del jersey—. Está bien, me mantendré alejado.

—Gracias —dijo con alivio. Se apoyó de nuevo en su pecho y aspiró su olor.

—¿Puedo besarte ya? Me muero por hacerlo —le susurró él junto al oído. Le colocó las manos a ambos lados del cuello y con los pulgares se lo echó atrás para mirarla. Se entretuvo en sus ojos castaños moteados de verde, después en sus labios, y lentamente se inclinó y la besó.

Abby se dejó llevar y disfrutó de la sensación. Él la levantó del suelo y apoyó su frente en la de ella; una sonrisa sugerente le iluminaba el rostro.

—Me vuelves loco.

Abby se ruborizó. El calor ascendió hasta sus orejas, las sentía arder a pesar del aire frío que soplaba desde el mar. Lo abrazó mientras él enterraba el rostro en el hueco de su cuello.

Permanecieron así un buen rato, abrazados, contemplando el mar. Abby notaba el corazón de él latiendo con firmeza contra su espalda, era tan agradable...

—Tengo que volver, es tarde y pronto empezarán a buscarme —dijo ella con tristeza. No quería separarse de él, pero debía volver a casa para evitar preguntas y tener que responder con más mentiras. Se dio la vuelta entre sus brazos y el pecho le dio un vuelco al mirarlo.

Nathan la observó, le acarició el cabello y después los hombros. Inspiró profundamente y frunció los labios con un mohín.

—Vale —refunfuñó—. ¡Vámonos! —La cogió de la mano y dieron media vuelta de regreso al coche.

El sol comenzaba a ponerse en un cielo teñido de violeta. Las gaviotas picoteaban sobre la arena y se acurrucaban para pasar la noche protegiéndose de las rachas de viento. Frente a ellos, el frondoso bosque se cubría de jirones de niebla; pronto sería absorbido por el manto blanco y húmedo.

Salida de la nada, una nube oscura cubrió el cielo, a la vez que un sinfín de graznidos les embotaban los oídos. Centenares de cuervos volaron sobre sus cabezas, moviéndose como si fueran uno solo, yendo y viniendo como una marea oscura dotada de vida propia.

—Nunca los había visto comportarse así —dijo Nathan, y apretó a Abby con gesto protector cuando los animales empezaron a volar en círculos sobre sus cabezas—, pero desde hace unos días...

—Puede que vaya a haber tormenta, los animales las presienten y últimamente hay muchas.

—Es posible —respondió Nathan sin apartar la mirada del cielo.

Entonces Abby vislumbró una sombra entre los árboles, una silueta inmóvil que los observaba. Creyó ver otra un poco más atrás. Una sensación opresiva se apoderó de ella, como si el cuerpo le pesara una tonelada. De repente las figuras se desvanecieron.

—¿Has visto eso?

—¿El qué? —preguntó él.

—Había alguien entre los árboles, nos estaba observando.

Nathan se encogió de hombros, quitándole importancia.

—Por aquí viene mucha gente, incluidos los mirones que intentan pillar a alguna pareja dándose el lote. No te preocupes, conmigo estás a salvo. —Le rodeó la espalda con el brazo.

Abby sonrió y trató de relajarse disfrutando de su compañía, pese a que la sensación de intranquilidad no la abandonó hasta que dejaron atrás la playa. Estaba segura de haber visto algo, y no era un mirón, ni nadie que estuviera dando un paseo. Ella creía haber visto un animal, puede que dos. Eran parecidos a un perro, solo que más grandes, y le habían puesto los pelos de punta.

Nathan acompañó a Abby hasta un lugar apartado y poco frecuentado cerca de la casa de ella, donde nadie pudiera verlos. Se despidieron tras una decena de besos y abrazos, y regresó a casa. Aparcó en la entrada, se tomó unos segundos antes de salir y contempló su sonrisa en el espejo. El estómago le bailaba presa de un millón de mariposas, se pasó las manos por el pelo y soltó un suspiro. Aún quedaban muchas horas antes de ver de nuevo a Abby en el instituto, e iban a ser toda una tortura.

Descendió del coche y se encaminó hacia el portón. Este se abrió antes de que pudiera rozarlo y su madre apareció a través del umbral.

—¿Dónde estabas? —preguntó, preocupada.

—Por ahí, con Ray. —Entonces vio a su amigo por encima del hombro de su madre, en el vestíbulo, haciendo señas como un loco—. Quiero decir que había quedado con Ray, pero tenía que ayudar a su padre y al final he ido a dar una vuelta... solo. —Apretó los labios sin dejar de sonreír. Se le daba fatal mentir a su madre. Miró a Ray, que en ese momento levantaba los pulgares; al menos habían coincidido en la misma versión.

—¿No estabas con una chica? —inquirió ella, cruzándose de brazos. Lanzó una mirada inquieta al cielo, a los cuervos que no dejaban de sobrevolar la casa. Desde que los había visto, el miedo se había instalado en su pecho.

Nathan se puso tenso, preguntándose si su madre sospechaba algo. Aunque eso era imposible, a no ser que los hubiera visto salir juntos a hurtadillas, y de ser así, ella no tenía ni idea de quién era Abby. Nadie le había hablado de la reciente aparición de la hija de su mayor enemigo; él era innombrable entre aquellas paredes.

—No —mintió sin dudar—. No estaba con una chica. —Entornó los ojos—. ¿Desde cuándo te preocupa eso?

—No me preocupa, solo era curiosidad. —Se miró las manos y las entrelazó, tratando así de que dejaran de temblar. Miró de nuevo al cielo, aquellos malditos cuervos no dejaban de dar vueltas sobre sus cabezas y aumentar de número—. ¿Y sabes si ha venido alguien nuevo a vivir al pueblo? Alguna familia con una hija de tu edad.

—No, no lo sé. —Frunció el ceño y miró hacia arriba—. Estás muy rara. ¿Qué ocurre, mamá?

Ella se llevó una mano temblorosa a la mejilla y forzó una sonrisa.

—Nada, simple curiosidad, llevo demasiado tiempo desconectada del mundo. Pasa, cenaremos dentro de diez minutos. —Dio media vuelta y entró en la casa—. ¿Te quedarás a cenar con nosotros, Ray?

—Sí, lo que quiera que sea huele de maravilla —respondió el chico, sonriendo.

Nathan observó a su madre. Era evidente que algo le preocupaba, pero sabía que presionarla no serviría de nada. En eso eran muy parecidos. Entró tras ella y clavó su mirada inquisitiva en Ray. Movió los labios sin emitir ningún sonido: «¿Le has dicho algo sobre Abby?».

—Ni loco —musitó el chico, ofendido.

Tras la cena, Nathan le devolvió a Ray las llaves de la moto y lo acompañó fuera. Intentó mostrarse como siempre, pero en el fondo estaba deseando que su amigo se marchara para poder pensar en todo lo que había ocurrido.

—Iremos juntos a la fiesta del próximo viernes, ¿no?

—Sobre eso... hay algo que quiero decirte. —Nathan se despeinó con la mano, mientras guiñaba los ojos—. Voy a llevar compañía —contestó, a pesar de que no sabía si eso sería posible. Pero es que necesitaba contárselo a su amigo.

—¿Quién? —preguntó Ray, sorprendido. Alzó una ceja, dolido, como si su novia acabara de dejarlo plantado.

—Abby Blackwell...Voy a salir con ella —respondió.

A Ray se le cayeron las llaves de la mano. Tras el susto inicial, adoptó una expresión agria. Nathan se cruzó de brazos sin apartar la vista de su mejor amigo. Que se quedara callado y pensativo no era buena señal. Ray sacudió la cabeza.

—Definitivamente has perdido el juicio. Estás jodido,

¡qué digo jodido! —Alzó las manos con impaciencia—. ¡Estás cavando tu tumba!

—Ray...

—No va a funcionar, es imposible que funcione y lo sabes.

—Ray...

—Cierra la boca, vas a oír lo que tengo que decirte. Nat, eres mi hermano. —Se golpeó el pecho con el puño—. Te quiero, tío, y tienes que hacerme caso por una vez en tu vida. ¡Pasa de ella! —Alzó la voz.

—No —dijo categórico.

—¿Y qué piensas hacer? ¿Recogerla en su casa con un ramillete y pedirle permiso a papá Blackwell para volver tarde?

—De momento lo mantendremos en secreto hasta que pensemos qué hacer.

Ray soltó un gruñido de desaprobación.

—En este pueblo no existen los secretos. Antes o después alguien lo sabrá y entonces su familia caerá sobre ti.

—Se suponía que debías decir: «Te lo dije» —repuso Nathan algo abatido, recordando las palabras que Ray le dijo días atrás cuando casi le profetizó que, a pesar de lo mucho que hiciera para evitarlo, un día se enamoraría y él estaría allí para restregárselo.

—Te lo dije —murmuró Ray. Y con más fuerza agregó—: Espero no tener que repetirte esa frase cuando Blackwell se entere de que te has liado con su hija. No lo aceptará, pensará que tramas algo y habrá consecuencias.

Nathan se encogió de hombros. Lo que Aaron Blackwell pudiera pensar le importaba menos que nada. Dejó vagar la mirada sin saber qué más decir.

—Nos vemos en la fiesta —dijo Ray; se subió a su moto y dio media vuelta para marcharse.

—Ray —lo llamó. Se puso derecho y enfundó las manos

en los bolsillos de su pantalón. Su amigo lo miró por encima del hombro—. Vas a portarte bien, ¿no? Quiero decir que... vas a ser amable con ella, ¿verdad?

Ray esbozó una sonrisa que acabó transformándose en una sonora carcajada. Se llevó una mano al pecho fingiéndose ofendido. No era tan cerdo como para tratar mal a la chica.

—¿Por quién me tomas? —Hubo un largo silencio, en el que se evaluaron con la mirada. Ray apenas necesitó unos segundos para darse cuenta de lo pillado que estaba su amigo, ya lo intuía, pero no esperaba que fuera algo tan intenso, y añadió—: ¿Tanto significa ella para ti?

—No te haces una idea —respondió.

16

El viento gélido le quemaba el rostro. Se secó las mejillas y abrió los ojos. Él mantenía la cabeza gacha y los brazos a ambos lados del tronco del castaño, evitando así cualquier intento por su parte de escapar. La capa que llevaba sobre los hombros ondeaba por el viento con violentas sacudidas, la capucha tan calada que solo se adivinaba su barbilla.

—¿Perteneces a La Orden? ¿Ellos te han enviado a por mí?

—Y a por tu libro —respondió él.

—Entonces supongo que tu nombre no es Brann.

—Sí lo es, eso es cierto, aunque muy pocos lo conocen. Me llaman El Lobo.

Los ojos de ella se abrieron como platos, conocía ese apodo. Había oído hablar del sicario que así se hacía llamar porque siempre iba rodeado de esas bestias como si fueran sus guardianes. Un brujo cazador de brujos, un traidor. Trató de forcejear y liberarse, pero el hierro la tenía sometida. Alzó la barbilla, orgullosa, y lo miró fijamente.

—Llevas aquí meses, ¿por qué tanto tiempo, cuando podías...?

—Ya sabes por qué.

—Me mentiste, confié en ti y me mentiste —dijo ella con rabia, y un rayo aparecido de la nada cayó sobre el árbol.

El caballo coceó asustado, con el pelo humeante, relinchó y de su nariz surgieron columnas de vaho. Se alzó sobre las patas traseras antes de huir al galope.

—Hay cosas más importantes que nuestros sentimientos —dijo él en apenas un susurro—. Deberes que cumplir por mucho que nos duela hacerlo.

—Y yo soy uno de tus deberes —replicó airada. Intentó moverse pero el hechizo la mantenía inmóvil. Se maldijo por no haber estado alerta; otro hechizo mucho más humano y que nada tenía que ver con la magia la había despojado de su cautela. Lo amaba.

Él se inclinó un poco más sobre ella, olía a cuero y a sudor fresco.

—Los poderes de los dioses no deben estar en manos de los hombres, es peligroso para el mundo. Mi deber es mantenerlo a salvo.

—Pero ¡yo no hago daño a nadie!

—Lo sé. —Le acarició la mejilla. Ella la apartó para evitar su roce—. Pero el peligro lo supone tu propia existencia, todo lo que sabes, aquello que posees. Y se le ha de poner fin.

Abby abrió los ojos, completamente despierta. Estaba aterrada, con el corazón latiendo a mil por hora, y no dejaba de tiritar bajo un sudor frío que le empapaba la piel. Se tocó las mejillas, estaban húmedas por el llanto. Se levantó de la cama y fue al baño. La imagen que le devolvió el espejo la dejó sin aliento; por un momento le costó reconocerse, como si de pronto hubiera envejecido diez años. Se mojó la cara y se secó, evitando mirarse.

Llevaba toda la semana teniendo esos sueños extraños, siempre de la misma forma. Entraba en el cuerpo de aquella mujer, oía, veía y sentía a través de ella, como si fueran sus propios sentimientos. Por eso sabía que ella amaba a aquel hombre más que a nada, pero también que aquella noche había descubierto algo que le hacía temerle como al propio diablo. Y continuaba sin poder ver su rostro, siempre sumido en las sombras, un rostro que empezaba a obsesionarla. Los sueños se reducían a escenas sueltas, retazos que la mayoría de las veces no tenían correlación en el tiempo, ni le aportaban datos como para entender qué estaba sucediendo o de qué hablaban, lo único que percibía con claridad eran las emociones. Se pasó las manos por la cara, y trató de apartar el sueño. Era una estupidez darle tanta importancia a una pesadilla; solo era eso, un mal sueño.

En la habitación sonó el despertador. El insistente timbre terminó de devolverla a la realidad y las mariposas regresaron a su estómago con esa sensación de anhelo que la embargaba cuando pensaba en él, en que pronto le vería. Se duchó deprisa, y se vistió con un pantalón ajustado y un jersey de cachemira blanco, se aplicó un poco de rímel y brillo de labios, y fue hasta la cocina. Allí encontró a Damien; sentado a la mesa, devoraba un tazón con cereales. La miró por encima de la caja y sonrió.

—Buenos días —dijo ella. Agarró otro tazón del armario y se sentó frente al chico, se sirvió leche y un puñado de copos de maíz.

—¿Nerviosa?

—¿Por qué iba a estarlo? —preguntó a su vez, a la defensiva. Se dio cuenta un segundo después del tono que había usado, y sonrió a modo de disculpa. Su relación con Nathan la tenía un poco paranoica, no conseguía sacudirse de encima la sensación de que todos sospechaban de ella. Nunca se le había dado bien mentir y, mucho menos, simular que no pasaba nada.

—Dentro de poco tienes el examen para conseguir el permiso de conducir, ¿no?

—Ah, sí —respondió, llevándose una mano al pecho. Una sonrisa boba apareció en su rostro—. Estoy tranquila, de verdad. Ahora que sé por qué pasaban esas cosas raras, tengo más confianza en mí misma.

—¿No pensarás hacer trampa? —dejó caer Damien como si tal cosa.

Abby frunció el ceño y le tiró la servilleta.

—¡No, jamás usaría la magia para eso! —Empezó a reír y la leche se le escurrió por la barbilla.

—Si quieres podemos aprovechar el fin de semana para practicar. —Le devolvió la servilleta para que se limpiara.

—¿Piensas dejarme tu coche nuevo? —preguntó entre parpadeos inocentes. Aaron acababa de comprarle a Damien un precioso Hummer H1 de color rojo, por el que estaba muerta de envidia—. ¿Ese al que sacas brillo todas las mañanas?

Él la contempló un instante, de una forma tan intensa que Abby se sonrojó y apartó la mirada.

—Sí —respondió. Esperó a que ella levantara la vista y añadió—: Estás distinta.

—¿Por qué dices eso?

—Porque es verdad, lo percibo, estás diferente y... más guapa.

—No tienes que hacerme la pelota para que te ayude con el español, solo pídemelo —dijo con los ojos en blanco, fingiendo no haberse dado cuenta de su coqueteo.

Él dejó escapar una carcajada, más resignada que divertida.

—¿Me ayudarás con las traducciones? —preguntó, observándola. Tenía muy presente que había esquivado su intento.

—Ya sabes que sí, bobo. —Dejó el bol en el fregadero y fue en busca de su mochila.

Media hora más tarde, Abby cruzaba la puerta principal del instituto. Llevaba toda la mañana fantaseando con el encuentro con Nathan, preguntándose qué se habría puesto, le encantaba cómo vestía; no tardó en descubrirlo. Dobló la esquina y allí estaba él, frente a su taquilla, vistiendo unos tejanos desgastados y una camiseta gris. Se quedó inmóvil, observándolo, no se cansaba de hacerlo. Era alto y delgado, con el cuerpo de un atleta, y su piel era cálida y suave; lo sabía porque era incapaz de no tocarlo cuando lo tenía cerca. Se estaba enamorando de él irremediablemente, lo sentía en ese punto en su pecho que latía desbocado y en el deseo ardiente que surgía de sus entrañas con solo sentir el roce de sus labios; y no llevaban juntos ni una semana. Días de tortura en los que apenas habían pasado unos minutos a solas. No entendía cómo podía extrañarlo tanto cuando apenas le conocía. Aunque por otro lado, las sombras se negaban a abandonarla, y no podía evitar pensar en todo lo que podría salir mal entre ellos.

Echó a andar hacia él con un nudo en el estómago. Se sintió morir cuando Nathan cerró su taquilla y empezó a alejarse sin percatarse de su presencia. Quiso llamarlo, pero eso atraería la atención sobre ellos. Peyton venía tras ella y Damien le pisaba los talones. Era una sensación horrible tener que contenerse y no poder dar rienda suelta a sus deseos. Pasó al lado de Holly y Rowan, que se besaban junto a una de las columnas, y sintió envidia. ¿Podría ella besar a Nathan así alguna vez?

Abrió la taquilla y cogió lo que necesitaba para las dos próximas clases. Una pequeña nota cayó a sus pies. La recogió del suelo y la abrió: «Piscina, vestuario. N.». Sonrió y un hormigueo le recorrió el cuerpo. Guardó la nota en su bolsillo y, con toda la calma que pudo aparentar, terminó de recoger sus cosas. Se recolocó la mochila y enfiló el pasillo. Sus compañeros se arremolinaban en la puerta del aula, pero pasó de largo rezando para que nadie se percatara de su presencia. Empujó la puerta abatible que conducía a las instalaciones deportivas y corrió por el pasillo cada vez más ansiosa; frenó con disimulo al ver al conserje empujando el carrito de las toallas en su dirección y le sonrió al pasar por su lado.

Asomó la cabeza a la piscina y echó un vistazo, estaba desierta. Entró y se apresuró a bordearla, el olor a cloro le hizo cosquillas en la nariz. Se dirigió a los vestuarios, dos puertas, una a cada lado del pasillo. Se detuvo un instante, preguntándose en cuál estaría, si en el masculino o en el femenino. De repente se vio arrastrada por un fuerte abrazo, y sin saber cómo se encontró de espaldas a la pared en una pequeña habitación sin ventanas, apenas iluminada por la luz que se colaba bajo la puerta cerrada.

—Hola —susurró Nathan, y le plantó un beso en los labios.

Abby cerró los ojos y se derritió ligeramente. Enredó los dedos en su pelo, que aún lo tenía húmedo y olía a jabón.

—Hola —respondió casi sin aliento. Él la escrutó con sus ojos oscuros y brillantes, y no pudo evitar ruborizarse—. ¿Dónde estamos?

—En esta habitación guardan todo lo relacionado con el mantenimiento de la piscina. Es difícil que alguien nos pille aquí, siempre está cerrada con llave. —Tragó saliva y le acarició el rostro, después el cuello—. Solo tenemos un par de minutos antes de que empiecen las clases.

—Pues no perdamos el tiempo —dijo ella. Metió un dedo en el bolsillo de su pantalón y lo atrajo hacia su cuerpo, le deslizó las manos por el torso. Se puso de puntillas y buscó sus labios, mordisqueándolos. Era la primera vez que hacía algo así, pero con él esos gestos le salían sin pensar, con una sensación de familiaridad indebida.

—Para o no respondo —susurró Nathan sobre su boca.

Sonrió con los ojos cerrados, intentando controlar su respiración—. No tienes idea del efecto que ejerces sobre mí.

—¿Y qué efecto es ese? —preguntó ella, dejando escapar una risita azorada. Él permaneció serio, sus ojos ardían fijos en sus labios. Que la mirara así le provocó una sensación cálida que le encogió el estómago.

—Quiero respetarte.

Abby se llevó una mano al corazón.

—Respetarme. Eso ha sonado muy antiguo, ¿no crees? ¿Y si no quiero que me respetes?

Nathan esbozó una sonrisa sexy y perspicaz.

—No juegues con fuego si no quieres quemarte —dijo en un tono tenso, y le acarició el labio inferior con el pulgar—. Escucha, ¿crees que podrías librarte de tus «niñeras» esta noche? Hay una fiesta y me gustaría que me acompañaras.

—¿Una fiesta? ¿Dónde?

—En El Hechicero.

—Pero allí podrían vernos juntos —dijo preocupada.

—No, esta noche no. Es una fiesta privada. ¿Recuerdas a Nick, el camarero? —Abby asintió—. Hoy es el cumpleaños de Bianca, su novia, será una reunión a puerta cerrada y solo irán mis amigos, nadie por quien debamos preocuparnos.

—Lo intentaré.

—Consíguelo —Sonó a súplica. Entrelazó los dedos con los de ella y se llevó las manos al pecho—. Quiero estar contigo algo más que estos pocos minutos cada día.

—Yo también —repuso.

—Bien. Detrás de tu casa hay un sendero que conduce a la playa; síguelo, estaré allí a las nueve y media. Y esperaré todo el tiempo que haga falta.

Abby, envuelta en el albornoz, se plantó delante del armario. Contempló la ropa que colgaba de él y, con desgana, fue empujando las perchas una a una. No tenía ni idea de qué ponerse. Optó por unos pantalones ajustados, una camiseta violeta y un abrigo de estilo marinero. De noche la temperatura solía bajar bastante, así que buscó un gorro de lana y un pañuelo para el cuello. Miró el reloj, era la hora.

Bajó las escaleras al trote y entró en el estudio de su padre sin llamar.

—¿Qué tal estoy? —preguntó. Dio una vuelta sobre los tacones de sus botas.

Su padre levantó la vista de unos documentos que estaba revisando y sonrió de oreja a oreja.

—Preciosa —respondió.

Abby fingió levantar el bajo de un pomposo vestido y dobló las rodillas con una reverencia.

—Gracias. —Se acercó a su padre y le dio un beso en la mejilla—. Me marcho ya, Pamela debe de estar esperándome desde hace rato. —Apretó los labios dibujando una línea recta, convencida de que él acabaría notando que mentía.

—¿Seguro que no quieres que te acerque?

—¡No! Iré andando hasta su casa, no está tan lejos, y llevo el móvil. —Se palmeó el bolsillo y puso cara de pena—. Por si quieres controlarme, aunque eso me haría quedar como una pringada y sería un estigma social para el resto de mi vida, pero... —se encogió de hombros— lo soportaré.

Aaron se cruzó de brazos y la observó un instante. Rompió a reír.

—¡La diosa me libre de hacer algo así! —exclamó de forma teatral—. Sé que puedo confiar en ti, pero ten cuidado, ¿vale?

Abby asintió y salió del estudio sintiéndose fatal por mentir de aquella forma a su padre. También había involucrado a Pamela al pedirle que la encubriera, y la chica había aceptado sin dudar y sin hacer preguntas. En ningún momento le aclaró que era con Nathan con quien iba a salir, sino con alguien a quien había conocido en la biblioteca. De momento estaba mintiendo a dos personas que apreciaba, y se sentía miserable por ello. Pero si convertirse en una mentirosa era el precio a pagar por estar con él, lo haría encantada a pesar de los remordimientos.

Se estremeció bajo el abrigo; hacía frío y apretó el paso en dirección a la casa de Pamela. La chica vivía a tan solo un kilómetro y medio de allí, en dirección al pueblo. Cuando se hubo alejado lo suficiente, para que nadie la viera, cambió de rumbo y se adentró en el bosque. A esas horas, la densa arboleda le ponía la piel de gallina. Las hojas secas crujían bajo sus pies con un sonido inquietante que reverberaba en el silencio. Algo se movió tras un arbusto, se volvió hacia el ruido y le pareció ver una sombra que se movía paralela a ella. El miedo era un potente estímulo y te hacía ver cosas que no estaban allí en realidad, lo había comprobado en su propia piel en más de una ocasión. Cuando vivía en Nueva York, una noche estuvo a punto de llamar a la policía, convencida de que una caja tras un cubo de basura era un tipo siniestro que llevaba horas observando su casa. Así que trató de relajarse, sería algún animal en busca de comida. De repente eso le hizo pensar en los dos grandes perros que creía haber visto cerca de la playa.

Se lanzó hacia delante con pasos más presurosos y la respiración agitada; una nube de vaho se formaba a su alrededor con cada exhalación. No tardó en localizar el sendero gracias a la luz de la luna que iluminaba un paisaje envuelto en una bruma fantasmal. El malestar que sentía fue cediendo poco a poco a medida que descendía hacia la playa, reemplazado por una euforia que le recorría el cuerpo en forma de pequeñas sacudidas. Atisbó la luz de los faros de un coche entre los árboles, y el corazón le dio un vuelco. Allí estaba él, apoyado en el capó y con las manos en los bolsillos. Se irguió en cuanto la vio aparecer y se acercó a ella esbozando una enorme sonrisa.

Abby corrió y se lanzó a sus brazos. Él la recogió en el aire y la estrechó muy fuerte.

—Has venido.

—¿Acaso lo dudabas? —preguntó ella.

—No las tenía todas conmigo —dijo él encogiéndose de hombros. Abby lanzó una mirada fugaz hacia atrás, a la oscuridad; la notó estremecerse—. ¿Pasa algo? —preguntó, sondeando la penumbra.

—No, todo está bien. —Se puso de puntillas y lo besó en los labios.

—¡Estás helada! Vamos, sube al coche. —Abrió la portezuela y la sostuvo hasta que ella se acomodó en el asiento, la cerró con suavidad y rodeó el vehículo.

Unos segundos después estaban en marcha. A la velocidad a la que circulaban apenas tardarían veinte minutos en llegar hasta El Hechicero. Nathan tomó la mano de Abby y la sujetó sobre su pierna. Se relajó de inmediato y soltó un suspiro. La miró de reojo y se le encogió el corazón, llevaba toda la semana soñando con un momento como aquel. Por fin solos, sin tener que contenerse a la hora de mirarla o tocarla. Sonrió abiertamente al comprobar que ella no despegaba los ojos de él.

—¿Qué? —preguntó, encogiéndose de hombros.

—Tengo curiosidad por saber cómo son tus amigos.

—Ya conoces a dos de ellos: Nick y Ray —respondió Nathan.

—Nunca he hablado con Ray —replicó, recordando al chico rubio. Siempre la miraba de una forma extraña—. ¡Un momento, dijiste que nadie me conocía! ¿Ray estará en la fiesta? ¿Sabe que tú y yo?

Nathan hizo un gesto afirmativo con la cabeza.

—Tuve que decírselo, y no debes preocuparte por él, está de nuestra parte.

Abby notó cómo el rubor ascendía por sus mejillas. Que Nathan y Ray hubieran estado hablando de ella le causó un revoloteo en el estómago. Estuvo tentada de preguntarle qué habían hablado exactamente, palabra por palabra, pero se contuvo. Clavó la vista en la carretera; se le estaba durmiendo el brazo, no le importó. Sentir los dedos de él jugueteando con los suyos era demasiado placentero.

—No tenemos que ir a esa fiesta si no quieres —dijo Nathan al cabo de unos segundos, mientras la observaba con atención.

—Quiero ir, de verdad. Además... —Rozó el anillo que él llevaba en el dedo, el relieve de lo que parecía un símbolo celta. Contempló su mano pálida sobre la piel morena de la de él y pensó en lo mucho que le gustaría no tener que esconderse para un gesto tan sencillo como aquel—. No sabemos cuándo volveremos a tener otra ocasión como esta... de hacer algo normal.

Nathan esbozó una sonrisa dura y apretó con fuerza el volante. Durante un segundo estuvo tentado de pisar a fondo el acelerador y no parar hasta estar a miles de kilómetros de allí. Lo único que necesitaba se encontraba dentro del coche, sentada a su lado, y desaparecer con ella le parecía el mejor de los planes.

—Esta situación no es para siempre —le dijo con la intensidad de una promesa, y su mirada se volvió grave.

Abby reprimió el acaloramiento causado por esa mirada. El aire chisporroteaba entre ellos y se preguntó si era su imaginación o él también lo sentía. Apoyó la cabeza en la ventanilla y miró las estrellas. Unos minutos después, Nathan estacionaba en el aparcamiento de El Hechicero. Él la tomó de la mano con firmeza y se dirigieron hacia la puerta principal. El tipo que el viernes anterior vendía entradas en la taquilla estaba sentado en un taburete junto a la puerta. Con la espalda apoyada contra la pared, daba largas caladas a un cigarrillo y dejaba escapar el humo por entre sus labios, haciendo pequeños círculos que se deshacían arrastrados por la brisa. Los saludó con la cabeza.

Nada más cruzar la puerta, Abby se paró en seco. La sala había cambiado su decoración. Farolillos de papel iluminaban todo el local. Guirnaldas de flores, también de papel, colgaban por el techo en un elaborado entramado. En las pantallas, imágenes paradisíacas de playas, olas, y chicos practicando surf, se sucedían al ritmo de Sick Puppies. Había mucha más gente de la que ella esperaba encontrar; reconoció algunos rostros, compañeros de instituto de último curso con los que Nathan solía reunirse durante el almuerzo y que, según él, no suponían un peligro para el secreto de su relación. Nathan le rodeó los hombros con el brazo y, suavemente, la empujó hacia la barra. Casi todo el mundo tenía la mirada puesta en ellos y en más de un rostro se adivinaba la sorpresa. Algunos chicos se acercaron a saludar a Nathan, otros levantaban la mano llamando su atención. Abby se dio cuenta de inmediato de lo popular que él era entre sus amigos, incluidas las chicas; así lo atestiguaba el babeo incesante. Ray apareció de pronto cortándoles el paso, sonrió a Nathan y lo golpeó en el hombro con afecto. Entonces se giró hacia Abby.

—¡Hola! —Tomó aire y la miró a los ojos—. Creo que debo presentarme oficialmente. Soy Ray, el mejor amigo de este idiota —dijo, tendiéndole la mano.

Abby se la estrechó con su mano temblorosa y no pudo evitar reír al comprobar que Nathan se había puesto rojo.

—Tú sí que eres idiota —replicó Nathan. Le dio un ligero empujón y Ray rompió a reír, masajeándose el pecho.

Bianca resultó ser una escultural chica rubia, con el pelo lleno de rastas, un piercing en la oreja y otro en el labio inferior. Tenía la piel morena y unos brazos fuertes y musculosos que cortaban la respiración. Era algo mayor que Abby, ya había terminado sus años de instituto y se había convertido en una especie de windsurfista profesional, afición de la que en gran parte tenía la culpa Nathan por haberle metido el gusanillo unos años antes. Por lo visto era tan buena que tenía patrocinadores que costeaban sus viajes por medio mundo, y un novio, Nick, que se derretía con solo mirarla. Abby y ella estuvieron casi una hora hablando de la costa californiana: Bianca pasaba ahora gran parte de su tiempo entre Santa Mónica y San Francisco, y Abby también había vivido en esas dos ciudades. Resultó que tenían muchas más cosas en común de las que creían. Su pasión por el cine, las series paranormales y los libros románticos. A las dos les encantaba el chocolate y solían rebañar el helado con galletas.

Nick puso otro par de cócteles sobre la barra, saltó por encima de ella sin molestarse en rodearla y besó a Bianca en los labios antes de salir corriendo hacia la mesa de billar, donde tenía lugar una ruidosa partida en la que se estaba apostando algo más que el orgullo de los jugadores.

—Debes de gustarle mucho —dijo Bianca, lanzando una mirada fugaz por encima de su hombro. Sonrió y dio un sorbo a su copa.

Abby imitó su gesto y se encontró con Nathan apoyado sobre su taco de billar. Tenía los ojos entornados, fijos en ella. Él le dedicó una sonrisa torcida y ella se ruborizó hasta las orejas. Se inclinó sobre la barra y hundió el dedo en su bebida, agitando los trozos de hielo.

—¿Por qué lo dices?

—Nunca ha traído a nadie aquí.

Abby la miró perpleja.

—Llevas mucho tiempo sin venir por el pueblo, ¿verdad? En las semanas que llevo viviendo en Lostwick lo he visto con dos chicas diferentes, puede que tres —comentó sin poder disimular los celos y ese atisbo de dudas que aún quedaba en su interior.

Bianca sonrió, aunque era evidente que quería echarse a reír.

—No me has entendido. Nat nunca, nunca —recalcó—, ha traído a una chica a uno de mis cumpleaños, ni a una de nuestras escapadas a la montaña, ni a las barbacoas. Ni siquiera a hacer surf a la playa un domingo. Siempre ha mantenido su vida personal muy separada de la... otra. —Sacó la sombrilla del vaso y mordió un trozo de plátano ensartado en ella—. Nunca he conocido a una de sus novias, por eso sé que tú le gustas mucho. Eso y que es la primera vez que va a perder un montón de pasta en una partida, y no parece que eso le preocupe. Está más interesado en ti que en las bolas. —Rompió a reír.

—Parece que le conoces muy bien —dijo Abby, volviendo a sonrojarse.

—Hemos crecido juntos. Mi abuela trabaja en su casa desde siempre, por lo que he pasado más tiempo en la mansión Hale que en mi propia casa.

—¿La señora Clare es tu abuela?

—Sí, la misma.

—Él también me gusta —admitió Abby en un susurro.

Bianca sonrió, apoyó los codos en la mesa y se sujetó el rostro, mirando de lado a Abby.

—Es curioso el destino, ¡os ha unido a vosotros, precisamente a vosotros! —exclamó incrédula—. Pero supongo que alguien como él necesita a alguien como tú, quizá así todo vuelva a su lugar... o quizá no... —Se quedó pensativa un instante. Que los Blackwell y los Hale acabaran dejando de lado sus diferencias a través de la relación entre Abby y Nathan era prácticamente irrealizable—. Vuestra relación va contra viento y marea, pero nunca había visto a Nat tan bien, así que es posible que lo vuestro funcione.

Abby se quedó perpleja.

—Un momento, ¿sabes quién soy? —preguntó con el ceño fruncido, y se encogió insegura sobre el taburete.

—Sí, Abigail Blackwell, también sé lo que eres. —Posó su mano sobre la de ella para tranquilizarla cuando Abby hizo el ademán de levantarse—. Y lo que Ray es. Tranquila, ya te he dicho que he crecido con Nathan, mi familia conoce su secreto, también su historia, y yo jamás traicionaría a Nat, es lo más parecido a un hermano que he tenido nunca. Y ya que hablamos claro, Nick también lo sabe, y siempre será una tumba. La familia de Ray lo acogió y le dio una oportunidad cuando salió del reformatorio, los adora; mataría por ellos si tuviera que hacerlo.

Los ojos de Abby se abrieron como platos. Nick había estado en el reformatorio; se preguntó por qué motivo habría acabado allí.

—Así que estás rodeada de amigos leales —añadió Bianca. I Love Rock 'n' Roll comenzó a sonar—. ¡Oh, me encanta esta canción! —exclamó, dando un salto del taburete, y le gritó a un chico que había tras la barra que subiera el volumen—. Ven, baila conmigo —le dijo a Abby. La cogió de las manos y tiró de ella hasta levantarla.

—No, me da muchísima vergüenza, no sé bailar.

—¡Genial, así yo no pareceré tan torpe!

Bianca empujó a Abby hasta el centro de la sala y, sin soltarla, la hizo girar con una pirueta. Comenzó a contonearse, mientras ponía morritos y hacía unas muecas que pretendían ser sensuales. Abby rompió a reír, era imposible no hacerlo con ella. Se dejó arrastrar y mecer por la música y el vaivén que imponía Bianca. Había más gente bailando a su alrededor y nadie parecía fijarse en ellas; se dejó llevar. Necesitaba divertirse, dejar de contenerse, olvidarse por un rato de quién o qué era y dar rienda suelta a sus emociones. Por un momento sintió que estaría bien perder la cabeza.

Sin saber cómo, Abby se encontró junto a Bianca gritando a pleno pulmón la letra de la canción y sacudiendo la melena como una estrella del rock. Jamás imaginó que sería capaz de moverse sobre unos tacones como lo estaba haciendo en ese momento, y mucho menos sin ningún complejo. Por un instante su mirada se encontró con la de Nathan, que la observaba entre la multitud de una forma tan intensa y penetrante que le hizo estremecerse con un calor insoportable. Sonreía como un lobo ante una presa. Sin dejar de mirarlo, continuó bailando, para él.

De pronto Nathan echó a andar hacia ella, se abría paso sin esfuerzo, cada vez más serio conforme se acercaba. No se detuvo cuando llegó a su lado, sino que la alzó del suelo y se la echó sobre el hombro. Abby gritó por la sorpresa y empezó a reír con ganas, mientras se balanceaba como un saco sobre él. Nathan fue hasta el taburete donde había estado sentada un momento antes, cogió su abrigo y se abrió paso hasta la salida.

—¿Qué haces? ¡Suéltame! —le ordenó. Él no contestó, pero pudo notar cómo reía, las leves sacudidas de su cuerpo bajo ella.

17

En la calle el aire frío los recibió colándose a través de sus ropas. Nathan la dejó en el suelo y, como si se tratara de una muñeca, le puso el abrigo, cogió el gorro de lana de uno de los bolsillos y se lo deslizó por la cabeza; después hizo lo mismo con el pañuelo, anudándolo a su cuello.

—¿A qué ha venido eso? —preguntó ella, y le dio un empujón en el pecho.

—¡Au! —se quejó, esbozando una mueca.

—¿Acaso eres un cavernícola? —Se puso en jarras e intentó parecer enfadada. Él arqueó las cejas y trató de abrazarla, pero ella se zafó con el corazón latiendo apresuradamente—. ¿Y bien? Porque empezaba a pasármelo de maravilla.

Nathan se encogió de hombros y su mirada se volvió grave.

—Bailas muy bien, estabas tan... sexy que si sigo allí cinco segundos más le atizo a alguien. ¡No te haces una idea de lo que he tenido que oír! —Dio un paso hacia ella y le rodeó la cintura con el brazo.

Abby se dejó atrapar, todo el cuerpo le vibraba con una sensación extraña y fascinante.

—¿Celoso? No sé si me gusta esa faceta tuya.

—¿Sorprendida? Yo también, y no me gusta lo que siento, creo que sería capaz de dejar manco a cualquier tipo que te toque, aunque solo sea por accidente.

Abby no pudo evitar reír, a pesar de que no estaba muy segura de si hablaba en serio o en broma. La forma en la que sus ojos negros la observaban le dijo que no bromeaba.

Nathan estrechó a Abby contra su pecho. Su aliento le entibiaba la piel; bajó la cabeza y le acarició el cuello con la nariz. Olía de maravilla. Carraspeó, intentando reprimir el deseo que le estrujaba el estómago.

—Aún es temprano, no hace mucho frío y es la primera noche sin bruma en mucho tiempo, ¿te apetece ver las estrellas conmigo? —Hizo un gesto hacia el cielo.

Abby le lanzó una mirada coqueta.

—¿Romántico? Creo que a esta faceta tuya sí que podría acostumbrarme.

Nathan le quitó el cabello de la frente y le acarició la mejilla.

—Entonces tendré que perfeccionarla —susurró. Le besó los labios, apenas un roce provocador. Sonrió al ver cómo ella permanecía de puntillas con los ojos cerrados, esperando más—. Vámonos de aquí. —La cogió de la mano y la llevó hasta el coche.

Abby se sentó encima de la manta que Nathan acababa de extender sobre la arena. La luna iluminaba el paisaje con una luz pálida y suave. El negro océano convertido en un espejo reflejaba las estrellas, miles de puntitos titilantes que se mecían al son de la marea, tan lenta y perezosa como la brisa que se movía en ese momento. Nathan se sentó junto a ella, muy cerca. Ninguno de los dos pronunció palabra alguna durante un buen rato. Se dedicaron a contemplar la belleza del paisaje que se abría a sus ojos, a disfrutar del placer de sentir sus cuerpos juntos.

—¿Tienes frío? —preguntó Nathan. Abby se había estremecido.

—Un poco —respondió, y añadió rápidamente—: pero no quiero que nos vayamos.

—¿Quién está hablando de irse? —inquirió él con una sonrisa pícara.

Recorrió el entorno con los ojos, buscando algo. Abrió un poco los brazos, y con las palmas de las manos extendidas las acercó despacio hasta unirlas. El sonido de algo arrastrándose llegó hasta los oídos de Abby. Durante un segundo se le aceleró el corazón, asustada. Entonces vio de qué se trataba y una sonrisa iluminó su rostro. Varios troncos y ramas se apilaron frente a ellos bajo su mirada sorprendida. Ladeó la cabeza y sus ojos se encontraron con los de Nathan, que brillaban con suficiencia y un punto de chulería con el que ella se derretía.

—Te toca —dijo él. Meneó la cabeza con una suave risa al ver cómo ella se encogía de hombros sin comprender—. Préndelos, ¡no querrás que lo haga yo todo!

Abby se puso colorada y se mordió el labio.

—Es que aún no sé cómo hacerlo, apenas he dado clases con Seth y...

—Déjate de excusas, no necesitas clases para esto. Mira la madera. —Rodeó los hombros de Abby con el brazo y acercó la boca a su oído; bajó la voz hasta convertirla en un susurro—. Sabes cómo hacerlo, está dentro de ti. Mira la madera, imagina la chispa, cómo crece la llama en tu interior, tienes que desear que arda.

Abby cerró los ojos con la respiración convertida en un jadeo. Sentir su aliento tan cerca, su voz áspera, le provocó una sensación deliciosamente ardiente, y no era la de una pila de leña precisamente.

—No puedo concentrarme contigo haciendo eso —musitó.

—¿El qué? —preguntó, besándola en el cuello.

—Eso —suspiró, incapaz de que su mente lograra pensar en nada que no fuera él.

Percibió su sonrisa y el suspiro de resignación que dejó escapar mientras se alejaba unos centímetros de ella. Respiró hondo un par de veces y abrió los ojos, fijó la vista en la madera y deseó que ardiera. La llamarada la cogió por sorpresa y dio un respingo hacia atrás. Con los ojos abiertos como platos, empezó a reír.

—¡Lo he conseguido! —exclamó.

—Por supuesto, eres capaz de eso y de mucho más, solo necesitas creer que puedes hacerlo. Para dominar la magia, primero tienes que dominarte a ti mismo, debes perder el miedo y creer en ti —dijo él con los brazos descansando sobre las rodillas. Contempló el fuego y acercó las manos al calor.

Abby ladeó la cabeza para mirarlo, las llamas le daban a su piel un aspecto parecido al del oro y estaba guapísimo.

—Cuando estoy cerca de otros brujos siento un hormigueo en la piel, pero cuando estoy contigo, ese hormigueo se convierte en..., en... —dijo ella. No encontraba la palabra adecuada.

—Un chisporroteo, como si dos cables con corriente hicieran contacto —terminó de decir él.

—¡Sí!

—A mí me pasa lo mismo cuando estoy contigo, nunca había notado algo parecido con nadie.

—¿Es por nosotros? ¿Por lo que sentimos el uno por el otro?

Él negó con la cabeza y apartó la vista de las llamas para mirarla; tenía las mejillas sonrosadas y le brillaban los ojos.

—No, nuestra piel funciona como un radar, percibimos la magia a través de ella; el hormigueo depende del poder del brujo. En algunos casos apenas la noto, pero contigo la sensación es tan intensa que abruma, es imposible de ignorar.

—Colma cada uno de tus sentidos —susurró Abby, porque así era como ella se sentía cuando estaba con Nathan. Ese chisporroteo dominaba cualquier otra sensación, hasta el punto de que creía que podría saborearlo. Nathan asintió y le rozó la mejilla. Hizo una breve pausa para recapacitar y preguntó—: ¿Quieres decir que los demás se sienten así cuando perciben mi magia?

Nathan movió la cabeza.

—No, la percepción también depende de lo fuerte que seas. La mayoría de los brujos sienten un ligero hormigueo cuando están con otros, siempre igual, con la misma intensidad, sin que influya el poder del brujo que tienen cerca. Una débil luz de señalización y ya está. —Hizo una pausa y se recostó sobre los codos—. Pero cuanto más fuerte es un brujo, más sensible es a los estímulos, se vuelve más perceptivo y la escala de sensaciones también se amplía. —Sonrió—. No sé si me entiendes.

—Sí, creo que sí, pero de ser así, si intento traducir en fuerza lo que siento, eso significaría que...

—Que estás ante un brujo muy, muy poderoso, y que yo tengo delante a la brujita más fuerte con la que nunca me he topado. —Sus ojos brillaron con malicia—. ¿Lo ves? Estamos destinados.

—Te lo tienes muy creído, ¿no? —dijo ella a modo de broma, convencida de que intentaba impresionarla.

—No, solo digo la verdad. No todos los brujos son iguales ni tienen el mismo poder. La magia puede ser muy peligrosa por el poder que encierra. Hay quienes necesitan la ayuda de conjuros, hierbas o minerales para conseguir un simple filtro, y quienes son capaces de provocar tempestades, dominar la naturaleza e incluso evitar una muerte segura, como tú.

Abby se abrazó las rodillas, incómoda. Ese episodio, más los sueños que estaba teniendo, le causaban una extraña inquietud.

—¿Sabes lo que hice?

—Sí, pasé por allí minutos después, no fue difícil sacar conclusiones, y nadie salvo tú podría haber hecho algo así. Diandra y Damien no son tan fuertes, ni siquiera juntos. —Frunció el ceño, preocupado—. No debiste hacerlo, no es un juego que tomar a la ligera, tienes que tener cuidado.

—Ni siquiera sé cómo lo hice. ¿Alguna vez has hecho algo parecido?

—Solo una vez; con siete años salvé a mi perro después de un atropello, también lo hice sin pensar. Nunca se lo había contado a nadie. De hecho, lo había olvidado.

—¿Ni siquiera se lo contaste a tu madre?

El rostro de Nathan no reveló nada, pero su mirada sobre el fuego se volvió fría y oscura.

—Mi madre estaba muy enferma, no quería preocuparla. De hecho, siempre ha estado enferma.

—¿Y cómo está ahora? —preguntó Abby.

—Sigue recuperándose, a veces creo que no lo superará nunca. Demasiados recuerdos a su alrededor, y que los Ancianos me vigilen no la ayuda. No es fácil vivir así y sonreír, para ninguno de los dos.

Abby se giró para mirarlo a la cara. Su padre le había hablado de los Ancianos. Eran una especie de gobierno de brujos que asumían los tres poderes; pronto los conocería a todos, en la próxima reunión, momento que su padre aprovecharía para presentarla ante La Comunidad. Le acarició la mejilla, la barba incipiente. Lo hizo con ternura y la expresión de él se relajó bajo su mano, sonrió y ladeó la cabeza para besarla en la palma.

—¿Por qué te vigilan los Ancianos? —preguntó ella.

—Siempre lo han hecho, me temen. Todos creen que mi padre tenía magia negra, y que yo la he heredado; creen que por eso mi poder es tan grande. Acarreo el estigma de mi padre, soy alguien de quien no fiarse. —Una sonrisa irónica torció sus labios—. De pequeño me costaba controlarme, perdía los nervios con facilidad cuando «ellos» se metían conmigo. Cuando eso ocurría, alguien siempre salía herido. La última vez casi mato a una persona, y eso que apenas usé una pequeña parte de mi poder... Resumiendo, me encerrarán una temporada si vuelvo a pasarme.

—Esa persona es Damien, ¿verdad? —susurró.

Nathan asintió con la mirada perdida.

—Siempre consigue sacarme de quicio, sabe cómo hacerlo —masculló. Abby bajó la vista hacia su regazo, y él añadió—: Lo siento, es lo que hay, jamás seremos amigos, pero cumpliré mi promesa y me mantendré alejado de él. No importa cuánto me provoque.

—Mi padre dice que te ha convertido en su obsesión, alguien a quien culpar.

Nathan arqueó las cejas.

—¿Hablas de mí con tu padre?

—Fue la noche que me salvaste en El Hechicero. Me dijo que te estaba agradecido por haberme ayudado, pero que no quería que volviera a acercarme a ti.

Él se incorporó y arrimó su cuerpo al de ella, y le echó el pelo tras el hombro, peinándola con los dedos.

—Me encanta que seas una hija tan obediente —dijo con sarcasmo. Una sonrisa tierna curvó sus labios.

Abby también sonrió. Cerró los ojos mientras infinidad de sensaciones placenteras descendían en espiral desde su cuello hasta sus piernas. Se le aceleró el pulso.

—¿Y por qué crees que somos así? ¿Qué hace que un brujo sea mucho más fuerte que otro?

Nathan le acarició el cuello y dejó que sus dedos vagaran hasta el hueco de la clavícula.

—Por la sangre, por la herencia que recibimos a través de ella. Por eso hay linajes que acaban desapareciendo y otros se hacen más fuertes. Las uniones con humanos debilitan la sangre, pero si se mantiene pura, el poder se incrementa con cada vástago. Si a eso le sumas que uno de tus padres, o los dos, desciende de una de las primeras estirpes de brujos, cuando la magia era energía en estado puro, el resultado son seres como tú y yo.

—¿Y crees que ese es mi caso?

—Claro, qué si no. En tu caso es posible que lo hayas heredado de tu madre; tu padre es muy fuerte, aunque no como tú. O quizá la mezcla de ambos, pero qué más da. Lo importante es quién eres tú y lo que puedes hacer.

Abby sonrió. Nathan daba la impresión de no preocuparse mucho por buscar respuestas y averiguar el porqué de las cosas, y se preguntó qué habría de verdad tras esa fachada de indiferencia y chulería.

—Tú aseguras que soy muy fuerte, pero yo no me siento así.

—Eso no es malo; estar muy seguro de uno mismo puede hacerte bajar la guardia, cometer errores.

—¿Y tú por qué eres tan fuerte?

—La familia de mi madre pertenece a una casta muy antigua, casi todas las uniones han sido entre brujos y la sangre se mantiene más o menos intacta. Pero ella asegura que es el linaje de mi padre el que me da la fuerza, dice que su descendencia es pura desde sus inicios, inicios que se remontan a la magia original cuando el mundo se creó. A mí me da igual lo que crean, no me preocupa si es pura, si es blanca o es negra, soy como soy y me gusta. —La abrazó con más fuerza y apoyó la barbilla en su hombro, rozándole con la nariz la mejilla.

—¿Te gusta ser el chico malo, un mujeriego y un *broncas*? —lo cuestionó ella.

Nathan torció el gesto y dejó de acariciarla, echó el torso hacia atrás apoyándose en las manos y la miró muy serio.

—¿Crees que es eso lo que soy?

Abby se dio la vuelta y se puso de rodillas frente a él, quedando entre sus piernas estiradas.

—¡No! Pero es así como te muestras ante los demás.

Nathan entornó los ojos y la contempló en silencio unos segundos. La recorrió de arriba abajo, aprendiéndosela de memoria. La luna se reflejaba en su piel y la hacía aún más pálida, preciosa como el alabastro, en contraste con su pelo castaño, casi negro. Podía sentir el corazón de ella latiendo deprisa a la par que el suyo, sincronizados. La realidad se abrió paso como una luz brillante. Se había enamorado de ella como jamás pensó que lo haría de nadie.

—Ante ti, no —susurró. Con inesperada rapidez, la agarró del abrigo y tiró hacia él. Abby le cayó encima, otro movimiento y se colocó sobre ella. Sonrió—. No quiero seguir hablando de esto, no es este el recuerdo que quiero llevarme de esta noche.

Abby tragó saliva. Sentir su peso sobre ella era una sensación de lo más excitante. Sin pensarlo, lo agarró del cuello de la cazadora y lo atrajo para besarlo.

Una hora después, Nathan detenía el coche a unas decenas de metros de la casa de Abby. Sabía que era arriesgado, que podían verlos, pero era demasiado tarde como para dejarla en el sendero y que cruzara sola el bosque.

Contempló su propio rostro serio en el espejo retrovisor. No quería ponerse de mal humor por lo complicada que era su relación, no ahora que tenía que despedirse de ella después de haber pasado las mejores horas de toda su vida. Tumbados junto al fuego, se habían besado entre caricias y susurros hasta sentir los labios entumecidos. No habían pasado de ahí, de los besos, pero el placer que había sentido no tenía comparación con nada que hubiera experimentado antes yendo más allá. Con ella se estremecía y el deseo cobraba un nuevo significado.

Ahora tenían que despedirse, ocultos, escondiéndose, mirando por encima del hombro cada cinco segundos. Quería hacer algo tan sencillo como acompañarla a la puerta de casa, darle un beso bajo el umbral y decir: «Hasta mañana, paso a buscarte», y no podía.

La miró a los ojos y sonrió con tristeza, la misma que reflejaba la mirada de Abby. De repente se llevó las manos al cuello y se quitó la cruz.

—Era de mi padre; este colgante ha estado en mi familia desde siempre, ahora quiero que lo tengas tú. —Miró el intrincado diseño, la cruz celta armada en un círculo con un nudo en el centro.

—No puedo aceptarlo.

—Claro que puedes. Además, así te acordarás de mí cada vez que lo mires.

—No necesito eso para acordarme de ti —dijo Abby, moviendo la cabeza.

—Si lo llevas contigo, yo siempre sabré dónde encontrarte y que estás bien —explicó mientras se lo ponía al cuello.

—¿Cómo?

Nathan sonrió. Se inclinó sobre Abby y abrió la guantera, sacó una pequeña navaja y, sin dudar, se hizo un corte en la mano.

—Pero ¿qué haces? —preguntó, impresionada por el gesto.

Él no contestó, untó el dedo índice en la sangre y dibujó una pequeña triqueta bajo la clavícula de Abby, mientras musitaba las palabras adecuadas. Entonces volvió a tocar la herida y depositó una gota en el colgante.

—Necesito una gota de tu sangre —dijo él, mirándola a los ojos.

Una voz interior le dijo que aquello no era una buena idea, que se estaba precipitando. Ella le tendió la mano sin dudar. Nathan tomó su dedo índice y con la punta de la navaja le hizo un pequeño corte. Una gota roja y brillante brotó de él. La miró un segundo; si lo hacía no habría vuelta atrás, pero quería hacerlo aunque fuera egoísta. Llevó el dedo de Abby hasta el colgante y lo presionó contra él; la sangre de ambos se unió sobre la superficie. Cerró los ojos y formuló el conjuro en su mente. Las marcas de su sangre fueron absorbidas por el cuerpo de Abby. El colgante flotó un par de segundos iluminado por una luz blanca, la luz se apagó y cayó de golpe sobre la piel, tan caliente que casi quemaba.

—Hecho —añadió él—. Mi sangre está en ti y el medallón es el talismán que mantiene la magia del hechizo, ahora...

Ella gimió, al notar la conexión que acababa de establecerse entre ellos, sonrió y sostuvo el colgante entre los dedos.

—Un lazo de sangre —susurró.

Nathan frunció el ceño, sorprendido. Apenas hacía unos días que ella sabía que era bruja, aún no podía controlar con seguridad un simple fuego. ¿Cómo era posible que conociera un hechizo que solo unos pocos podían realizar con éxito? Bien hecho, ese hechizo establecía una unión tan fuerte que podías rastrear tu propia sangre en la otra persona, te permitía sentir sus emociones y su energía a varios kilómetros.

—¿Seth ya te ha enseñado lo que es un lazo de sangre?

—¡No! —respondió. Se le aceleró la respiración, se sentía extraña. Apretó el colgante en su mano.

—¿Y cómo sabes que es eso lo que he hecho? —preguntó sin poder disimular su contrariedad. Los lazos, los amarres, ese tipo de cosas había que aprenderlas, practicarlas, conocer las palabras exactas que dieran fuerza al hechizo.

Abby parpadeó y negó con la cabeza. Se miraron fijamente. Entonces, Nathan recordó que a él tampoco se lo había enseñado nadie.

—No tengo ni idea, simplemente lo sé —respondió ella algo aturdida y temblorosa.

Nathan la abrazó. Estuvieron así unos minutos sin decir nada, pensativos. Finalmente Abby alzó la mirada para verle la cara y esbozó una sonrisa tristona.

—Tengo que irme.

—Humm, no —ronroneó él, apretándola más fuerte, mientras se preguntaba si existiría algún conjuro para detener el tiempo. Si no, debería crear uno. Sonrió.

Abby vio encendida la luz del salón, cruzó el vestíbulo y se asomó a la puerta. Su padre estaba recostado en el sofá. En el televisor, las secuencias de *El hombre tranquilo* se sucedían sin volumen. Él ni siquiera miraba la pantalla, estaba concentrado en sus manos. Ella entró y se acercó a él, que continuaba absorto. Se quedó muda al ver la fotografía entre sus dedos. Su madre y su padre, tumbados sobre la hierba en lo que parecía un pícnic, riendo a carcajadas.

—Aquel día hacía un frío insoportable, la hierba estaba helada, pero se empeñó en comer en el bosque..., dos días después, ambos teníamos la gripe —dijo Aaron.

Abby rodeó el sofá y se sentó a su lado. Su padre se incorporó un poco y dejó sobre la mesa la copa de vino que sostenía.

—¿Lo has pasado bien? —preguntó él.

—Sí —respondió; miró la fotografía con un nudo en el

estómago. La cogió con timidez cuando él se la ofreció. Hacían una pareja preciosa, tan guapos. Era imposible no apreciar el brillo de sus ojos y la felicidad de sus rostros. No pudo evitar emocionarse mientras la miraba—. Sigues pensando en ella, ¿verdad?

—Cada día.

—¿Y nunca has tratado de rehacer tu vida? No sé, conocer a otras mujeres. Creo que no tendrías problemas con eso —musitó, y sintió cómo le ardían las mejillas.

—He conocido a otras personas, pero nadie con quien deseara pasar mi tiempo.

—Pero llevas mucho tiempo solo, te mereces ser feliz.

—Te tengo a ti, así que ya no estoy solo. ¡Y soy muy feliz así, gracias! —Su cara se iluminó con una sonrisa.

—Sabes perfectamente lo que quiero decir.

—¿Intentas hacer de casamentera conmigo?

—No —negó con una tímida carcajada.

—No te preocupes por mí, en serio, estoy bien. —Le acarició el brazo y tomó la copa para dar un sorbo a su vino. Miró a Abby—. ¿Y yo debo preocuparme por ti? ¿Hay algún amigo especial?

—¡No, no hay ningún chico! —respondió de inmediato. Su corazón se aceleró hasta niveles de taquicardia. Se mordió el labio y regresó al tema que le interesaba—. ¿Es cierto que os conocisteis en el aeropuerto de Boston?

Su padre asintió, distraído en la imagen que evocó su mente. Michelle sentada en una silla, abrazándose los codos por el frío. Y su sonrisa de agradecimiento cuando él se quitó el abrigo y le cubrió los hombros con él.

—Sí, yo tenía que coger un vuelo a Houston, pero cayó una gran nevada y cancelaron todos los vuelos. Estaba a punto de coger un coche para regresar a Lostwick cuando la vi. Apenas llevaba ropa de abrigo y le ofrecí el mío. Empezamos a hablar y me contó que había encontrado un trabajo en Cleveland, y que lo perdería si no se presentaba en el periódico a primera hora de la mañana.

—Y lo perdió —dijo Abby.

—Y lo perdió. Me cautivó desde el primer instante, así que en cuanto supe que no tenía familia y tampoco un lugar al que regresar, le propuse que viniera aquí, a Lostwick. Ella aceptó. Parecía feliz aquí, se adaptó de inmediato, hizo amigos y empezó a trabajar en el periódico local. Todos la adoraban, sobre todo mi hermano Isaac; creo que la convirtió en su amor platónico. —Sonrió con la mirada perdida al recordar las cenas con Michelle y sus hermanos en ese mismo salón—. Era reservada y no solía hablar sobre su vida anterior. Yo intuía que para ella no había sido fácil, y nunca la presioné a ese respecto. Fueron los mejores ocho meses de mi vida... hasta que desapareció.

Abby no apartó los ojos del pálido rostro de su padre en ningún momento, sentía tanta pena por su tristeza...

—¿La buscaste? —preguntó mientras ponía su mano sobre la de él, intentando reconfortarlo con aquel gesto.

—Durante años, contraté detectives, usé la magia... Lo dejaba todo cada vez que surgía una pista, pero nunca me condujeron a tu madre. Un día dejé de buscar, tenía una comunidad que me necesitaba y una vida que intentar vivir. También a Damien, a él le hacía falta un padre, y yo lo había acogido con todas las consecuencias. —Hizo una pausa—. Pero nunca la olvidé, y si hubiera sabido que tú existías, nunca habría abandonado esa búsqueda. Puedes tenerlo por seguro.

—Lo sé, papá. No dejo de preguntarme quién era ella en realidad.

—Yo también, pero créeme, dudo que algún día lo sepamos. Tu madre y tú sois una hoja en blanco para el mundo, se dedicó a conciencia a borrar cualquier huella de estos diecisiete años. He llamado a los colegios a los que has asistido, a todos los lugares y personas que recuerdas, y nadie sabe nada; muchos ni os recuerdan.

—Entonces no le demos más vueltas, será lo mejor —dijo Abby—. Es tarde, y la película hace rato que terminó. Deberíamos dormir.

Su padre le acarició la mejilla y le sonrió con ternura.

—Ve tú, yo subiré en cuanto acabe mi copa de vino. Nunca he desperdiciado un buen chardonnay.

Abby asintió, lo besó en la mejilla y se puso en pie. Antes de salir lanzó una mirada fugaz a su padre; volvía a contemplar la fotografía.

18

Las cuerdas le quemaban las muñecas. El corazón se le salía del pecho y la bilis le subió por la garganta. Trastabilló, y hubiera caído de bruces si unos fuertes brazos no la llegan a sostener a tiempo.

—Iré andando —dijo ella, alzando la barbilla, orgullosa, cuando Brann hizo ademán de cogerla. Vio cómo él apretaba los labios, la única parte de su rostro que podía ver bajo aquella capucha; asintió y le hizo un gesto con la mano para que continuara avanzando.

El dolor penetrante que le recorría el costado se intensificó. Se le doblaron las rodillas, estaba demasiado cansada y, hasta ahora, lo único que la había mantenido en pie eran el orgullo y la rabia.

—Puedo andar —masculló. Brann acababa de cogerla en brazos y cargaba con ella como si no pesara nada.

—Irás en la carreta, y si no, yo mismo te llevaré en brazos hasta Chelmsford —dijo con un tono de voz que no daba lugar a réplica.

—Hasta el final, ¿no es así, Brann? Cumplirás tu misión.

Los rasgos cincelados de Brann se contrajeron con una expresión despiadada.

—*Solo necesito una palabra; dímela, Moira* —*dijo con voz ronca. Contuvo una maldición al ver que ella negaba de forma obstinada. Alcanzó el carro que traqueteaba entre las piedras tirado por un par de bueyes. La sentó en la parte de atrás y aprovechó para mirarle las muñecas, las giró en ambos sentidos y un gruñido de disgusto escapó de sus labios. Arrancó un trozo de su camisa y le envolvió la palma de la mano; la herida con forma de estrella aún sangraba*—. *Puedo aflojarlas un poco.*

Ella volvió a negarse y sus ojos se posaron con angustia en la bolsa que el brujo llevaba atada a la cintura. A través de la tela podía adivinar el contorno del libro encuadernado en cuero. Sus hojas de papel de vitela eran tan antiguas como la sangre que corría por sus venas, la de sus antepasados. Brujas muy poderosas que habían volcado en él todos sus secretos.

La catedral apareció a lo lejos y, conforme se acercaban, la ansiedad se apoderó de ella. Un madero de unos tres metros de alto se levantaba frente al edificio, rodeado de una pira de ramas y leños. Dos monjes descargaban más madera de un carro y, al pasar junto a ellos, le sonrieron con malicia dejando a la vista unos dientes ennegrecidos. De repente dos hombres vestidos de soldados salieron de la catedral sin mediar palabra, la agarraron de los brazos y la sacaron de la carreta arrastrándola al interior del edificio.

Abby se sentó de golpe en la cama, empapada en sudor. El grito aún resonaba en sus oídos y en su cabeza. Un dolor insoportable le recorría el cuerpo; la sensación de fiebre le hacía tiritar. De forma frenética se miró las muñecas, se levantó la camiseta y buscó en su costado la herida. Tardó unos segundos en darse cuenta de que estaba despierta y que nada de aquello había sucedido de verdad. Jadeando, se levantó de la cama y fue hasta el baño, abrió el grifo y se mojó la cara. Se miró la mano izquierda, le dolía como si la tuviera en carne viva y, por un momento, creyó ver los trazos ensangrentados de una estrella de cinco puntas enmarcada en un círculo en la palma de su mano. La cerró en un puño y apretó con fuerza. Aquellos sueños, cada vez más reales, iban a volverla loca.

Era domingo; en menos de una hora, Seth pasaría a buscarla para otra de sus clases. Se vistió con unos vaqueros y una camiseta y bajó a la cocina. Preparó café, se sirvió una taza y salió al porche. El sol despuntaba sobre los árboles, hacía frío, pero esa sensación la reconfortaba. Aún le parecía notar el cuerpo envuelto en sudor. Cerró los ojos al primer sorbo de café; iba a necesitar más de una taza para afrontar el día. Apenas dormía durante la noche con tantas pesadillas, y los días se sucedían entre flashes que no la dejaban olvidar el horror que le provocaban. El móvil en su bolsillo vibró una vez. Lo miró y una sonrisa le iluminó la cara. Un SMS de Nathan parpadeaba en la pantalla.

«¿ESTÁS BIEN?»

«SÍ, TRANQUILO», tecleó. Sabía que el mensaje se debía a que él podía sentir su miedo; probablemente la intensidad de su pesadilla también lo había despertado a él.

«¿OTRA PESADILLA?»

«SÍ, NO ES NADA, YA ESTOY BIEN.»

«¿CUÁNDO VAS A CONTARME DE QUÉ VA TODO ESTO?»

«TE ECHO DE MENOS», tecleó, cambiando de tema.

«YO TAMBIÉN. ME MUERO POR VERTE.»

Abby sonrió y pasó los dedos por la pantalla. Un simple mensaje y sus mejillas se encendían y en su estómago revoloteaban miles de mariposas. Un coche paró en la entrada; enseguida unos pasos crepitaron en la gravilla rodeando la casa hacia la entrada de la cocina.

«SETH ESTÁ AQUÍ. NO ME OLVIDES, ¿VALE?»

«ESO ES IMPOSIBLE», respondió al instante.

Veinte minutos después, estaban en clase. Seth era un

hombre delgado de unos cuarenta años, tenía el pelo rubio y siempre lo llevaba muy corto. Su rostro continuaba siendo atractivo a pesar de la cicatriz que le desfiguraba la mejilla. Abby se preguntó qué clase de accidente le habría provocado aquel tajo en la cara. Se removió inquieta cuando él se acercó, dejó sobre la mesa un frasquito de cristal vacío y tomó el grimorio que su padre le había entregado como legado de familia, el Libro de Invocación de sus antepasados. Empezó a pasar páginas con rapidez, detuvo el dedo sobre una y lo abrió del todo dejándolo sobre la mesa. Abby miró la hoja y pudo leer un título escrito con tinta: «Atrapavisiones».

—No quiero nada sobre la mesa salvo los ingredientes. Atrapavisiones. Tenéis veinte minutos para prepararlo —dijo Seth. Se inclinó sobre Abby y añadió—: Lejos de lo que muchos creen, la videncia no es un don común en un brujo. Incluso el que lo posee no lo puede dominar a su antojo, por lo que debemos recurrir a ciertas «ayudas». Aunque esta poción es ineficaz si la mente del brujo no es lo suficientemente fuerte. —Golpeó la página del libro con el dedo—. Yo lo comparo con un oráculo. Si tu deseo sobre lo que quieres saber es fuerte y formulas la pregunta adecuada, la visión te mostrará aquello que anhelas; si no, es posible que tengas suerte y te dé lo que necesitas. Para una visión sobre alguien en particular, es aconsejable añadir algo que contenga el ADN de la persona, facilita...

—Tienes que echar un pelo, como en... —intervino Liam, inclinándose sobre la mesa.

—En serio, Liam, si vuelves a mencionar esa serie de libros en mi clase, voy a empapelarte con uno de ellos —masculló Seth, mientras lo fulminaba con la mirada.

El niño cerró la boca de golpe y apoyó los codos en la mesa sujetándose la barbilla con las manos. Abby sonrió y le hizo un guiño.

Seth suspiró, se puso derecho y metió las manos en los bolsillos de su pantalón.

—Tómate el tiempo que necesites. —Hizo un gesto con la barbilla hacia el grimorio—. Ahí encontrarás la fórmula con las cantidades exactas. Si no entiendes algo, pregúntame —dijo a Abby.

Dio media vuelta y se acercó a una de las ventanas; se quedó inmóvil contemplando el exterior. Siempre hacía eso, y aunque parecía que no prestaba atención a lo que ocurría a su espalda, ellos sabían que Seth no perdía detalle de nada de lo que sucedía en aquella habitación.

Abby encendió las velas y las colocó en el orden correcto. La oscilación de la llama era un indicativo de si el hechizo estaba funcionando o no. Inspiró el olor a cera derretida, y cerró los ojos con una agradable sensación. No olía como la cera de las velas que se compraban en las tiendas normales, aquellas tenían un ligero toque a rancio y a grasa, y su aspecto era tosco, amarillento. Parecían hechas a mano.

Apretó el colgante dentro de su mano y empezó a ojear el grimorio; se había acostumbrado a hacer aquel gesto. Leyó el nombre de una decena de hierbas, de la mitad no había oído hablar nunca y mucho menos conocía su aspecto. Se guardó el colgante bajo la ropa, en contacto con su piel.

—Puede que esto te ayude —le dijo Liam, y empujó su herbario sobre la mesa hacia ella—. Los dibujos no son gran cosa, pero se distingue bien cada planta.

Abby le agradeció el gesto con una sonrisa. Ojeó el libro y poco a poco fue identificando cada una de las raíces y plantas que necesitaba. Raíz de mandrágora y hojas de saúco. Cogió el cuchillo y comenzó a cortar la raíz. Mientras lo hacía, y sin saber cómo, su cerebro viajó hasta la vieja cabaña de la mujer con la que soñaba todas las noches.

Había algo en el olor de la cera y las hojas que le recordaron ese lugar. Empezaron a inundarle la mente de imágenes y sonidos que, sospechosamente, reconocía pese a ser la primera vez que las veía y los oía. Casi sin darse cuenta se vio arrastrada a aquella casita de una sola habitación; el olor acre del humo de la chimenea la recibió. El ambiente estaba impregnado de canela y clavo, algo de comino. «Estoy en casa», pensó de repente. Sintió algo raro en la boca del estómago, un pequeño brote de ansiedad. El suave tacto de la mesa se volvió áspero como el de un tablón sin pulir; la vasija de cristal ahora era de barro cocido. Alzó la mano y un trozo de raíz de mandrágora voló hasta ella, la agitó imperceptiblemente y tres hojas de saúco flotaron hasta su palma. Cortó la raíz y limpió las hojas, las pasó por encima de la llama de la vela, lo justo para que se tostaran un poco y perdieran la savia. Hierba del diablo; la miró con disgusto, estaba demasiado seca y sus propiedades mermadas. Iba a necesitar un par de hojas de caléndula incana para compensar, aunque eso apenas la mejoraría. Se levantó y fue hasta el estante, cogió las hojas y al paso tomó una ramita de ajenjo. Acónito sería perfecto.

Volvió a la mesa sin darse cuenta de que todos habían dejado lo que estaban haciendo y la miraban sorprendidos. Tomó un mortero y echó dentro el ajenjo, la caléndula y la raíz de mandrágora.

—No cortes la verbena con cuchillo, hazlo con las manos o perderá la mitad de sus propiedades; el metal altera su equilibrio —reprendió a Liam sin alzar la vista del mortero donde machacaba las hierbas, girando la maza en círculos.

El niño ladeó la cabeza y miró a Seth, que no perdía detalle de nada. Seth asintió y continuó observando a Abby con el ceño fruncido, con un atisbo de preocupación y asombro que no pasó desapercibido a los demás. Damien se levantó con intención de acercarse a ella, pero Seth se lo impidió alzando una mano.

Abby terminó de preparar todos los ingredientes, tocó el agua con el dedo índice y esta ardió unos segundos. Con mucho cuidado, disolvió en el líquido el polvo que había conseguido. Vertió el brebaje en el tarro. Lo sostuvo en su mano izquierda y colocó la derecha sobre el colgante: «Invoco el poder ancestral. Ven, futuro, e ilumina mi presente, que así sea y así será», susurró de forma imperceptible. Las llamas de las velas aumentaron un palmo su tamaño, iluminando la estancia, y de nuevo empequeñecieron hasta apagarse.

—¿Por qué le has puesto ajenjo? —preguntó Seth con voz tranquila, tratando de no mostrar más emociones de las habituales en él.

Algo le estaba pasando a la joven, como si no fuera ella misma. Era imposible que conociera el ritual que acababa de llevar acabo, él mismo lo desconocía en esa variante. Había escogido las hierbas, incluso las más difíciles, con la seguridad de alguien acostumbrado a usarlas. Las había cortado o machacado con destreza sin seguir los pasos que marcaba el grimorio. Iba contra toda lógica que supiera hacer algo así y aún más que aquel brebaje funcionara.

—Abre la mente a la vez que la protege de aquello que no espera —respondió ella. El deje de un extraño acento vibró en su tono.

—Pero es veneno para un brujo.

—El saúco no dejará que la sangre lo absorba.

—¿Y la caléndula? Ninguno de nuestros Libros de Invocación dice nada de eso.

—Compensa la esencia que le falta a la hierba del diablo. Le hubiera puesto acónito, pero no he visto por ninguna parte. Y esos grimorios son para niños. —Sonrió con condescendencia.

—¿Y cómo sabes esas cosas?

—¿Dudas de mí? —lo cuestionó, alzando las cejas con

un mohín de niña caprichosa. Le lanzó el frasquito—. Compruébalo tú mismo.

Seth dudó un instante. Miró a Abby a los ojos, no eran los de una bruja adolescente, insegura e inexperta. Tras aquella mirada se escondía la seguridad y suficiencia de un sabio. Abrió el frasco y la miró a los ojos una vez más. Con decisión puso una gota en su dedo y se lo llevó a la boca.

El efecto fue inmediato. Apretó los dientes, apenas podía controlar la sensación de vacío que notaba bajo los pies, era demasiado intensa. Todo se volvió negro y la imagen llegó sin previo aviso, nítida y tan real como nunca antes había experimentado. La grabó en su cerebro. Abrió los ojos, ella estaba de espaldas rellenando otro frasco. Movió el brazo a una velocidad casi sobrenatural, agarró el cuchillo que estaba a su derecha, sobre una mesa, y lo lanzó contra Abby.

Diandra y Peyton gritaron. Damien se lanzó hacia delante sin pensar que el cuchillo podía herirlo, mientras Rowan saltaba sobre Seth, convencido de que el hombre había perdido el juicio. De repente todos se quedaron inmóviles, atónitos. Abby, con el brazo extendido, frenaba el cuchillo. El arma giró sobre sí misma y en un visto y no visto cruzó la distancia que lo separaba de Seth. Quedó suspendida a unos milímetros del pecho del brujo, temblando con la misma intensidad que la mano que la contenía.

—Baja el cuchillo, Abby —dijo Seth, tragando saliva. Ella lo taladraba con una mirada furibunda y la respiración agitada—. Sabía que no iba a pasar nada, no tenía intención de hacerte daño.

—A mí me ha parecido todo lo contrario —respondió ella. Movió la mano y el cuchillo presionó contra el pectoral de Seth.

—Esa ha sido mi visión, sabía que no iba a hacerte daño.

Ella dejó escapar una risa que sonó a suspiro.

—Todos quieren hacerme daño —replicó en un peligroso tono de advertencia.

Los chicos apenas respiraban, temiendo que cualquier movimiento pudiera influir en el desenlace.

—¿De qué estás hablando, niña? —inquirió Seth. Abby hizo un nuevo gesto y el cuchillo atravesó su grueso jersey de lana—. Baja el cuchillo, Abby, soy tu Maestro.

La puerta se abrió y una fría corriente irrumpió en la habitación.

—¡Abby, baja ese cuchillo! —gritó Aaron desde el umbral.

Abby parpadeó como si despertara, volviendo en sí. Miró a su padre, después a Seth y el cuchillo. Bajó el brazo y el arma cayó al suelo. Se llevó las manos a las sienes. Recordaba todo lo que había pasado, lo que había estado a punto de hacer de forma consciente y premeditada, solo que no era totalmente ella.

—¿Qué demonios ha pasado aquí, Seth? —preguntó Aaron. Su rostro estaba pálido como un cirio. Seth no contestó, miraba fijamente a Abby sin siquiera parpadear—. ¿Abby? —llamó la atención de su hija. Esta lo miró de reojo, avergonzada. De repente salió corriendo sin que nadie pudiera detenerla.

19

Nathan dejó caer la cabeza sobre la mesa muerto de aburrimiento. Samantha, una de las chicas de su grupo, estaba teniendo bastantes problemas con un simple conjuro de regresión: no conseguía traer de vuelta a su compañera a la que había hecho retroceder hasta los dos años, y que ahora lloriqueaba desconsolada por una estúpida muñeca de trapo. Se golpeó mentalmente la frente contra la madera y emitió un gruñido; por un instante estuvo tentado de traer él mismo de vuelta a aquella mocosa. Ray le dio un codazo. Levantó la vista y se encontró con su amigo apuntándose a la cabeza con una pistola imaginaria. «Pam», leyó en sus labios. Ray se dejó caer hacia atrás, «fulminado por el disparo», y a punto estuvo de estrellarse contra el suelo. Tuvo que hacer malabarismos sobre la silla a la vez que mantenía en el aire dos tarros de cristal llenos de un extraño líquido marrón. Nathan rompió a reír por lo bajo. Ray era una de las personas más patosas que conocía, menos en el agua; sobre una tabla era invencible.

—Hale, Baker, ¿algún problema? —preguntó su Maestro.

Ambos negaron con su expresión más inocente.

De repente, Nathan frunció el ceño. Una punzada en el pecho le hizo envararse. Algo iba mal. «Abby», pensó, sintiendo un vuelco en el corazón. Lo notaba en la piel, no percibía con claridad sus emociones, no funcionaba así. La sensación era como cuando tienes un presentimiento muy fuerte, solo que en este caso, y gracias al lazo, el presentimiento era sin lugar a dudas una certeza. Se masajeó el esternón con los dedos. Ella no estaba en peligro, pero sí tan alterada como para ponerse en esa situación sin darse cuenta. Sacó su teléfono del bolsillo y con disimulo le echó un vistazo por si tenía alguna llamada de ella. Nada. Empezó a mover las piernas sin poder ocultar su nerviosismo, mirando en derredor con la respiración cada vez más acelerada. Necesitaba salir de allí e ir a buscarla.

—Señor, creo que estoy enfermo, necesito salir —dijo a su Maestro.

El hombre levantó la cabeza del libro que estaba leyendo y se fijó en él. Era cierto que el muchacho no parecía encontrarse bien, estaba pálido y había empezado a sudar. Asintió con la cabeza dándole permiso para abandonar la habitación. Nathan salió corriendo a la velocidad del rayo.

—Baker, acompáñalo —dijo el Maestro a Ray.

Ray se puso en pie de un salto y salió tras Nathan. Cuando consiguió darle alcance, su amigo ya estaba abriendo la puerta del todoterreno.

—¿Qué te pasa? De pronto parece que hayas visto un fantasma.

—Algo le pasa a Abby —respondió. Sacó el teléfono de su bolsillo y marcó el número de la chica. Lo tenía apagado.

Ray masculló una maldición.

—Lo tuyo con esa chica empieza a rayar la paranoia.

—¡No estoy paranoico! —le espetó Nathan, impaciente—. Sé que no está bien porque le hice un amarre —confesó mientras subía al coche.

Ray lo sujetó por el brazo.

—¿Qué tipo de amarre? —preguntó. Nathan apartó la mirada—. ¿Qué tipo de amarre? —volvió a preguntar, esta vez con malos modos.

—Un lazo de sangre.

Ray enarcó las cejas sorprendido e inmediatamente su expresión se tornó furibunda. Cuando creía que Nathan no podría hacer ningún disparate más, iba el idiota y se superaba con otro mayor de lo que podía imaginar. Puso los ojos en blanco.

—Definitivamente has perdido el juicio. —Se pasó la mano por la cara y le lanzó una mirada implacable—. ¡Los lazos de sangre no se pueden romper! ¿Sabes que vas a pasarte el resto de tu vida convertido en su perro? ¡Oh, por supuesto que lo sabes, no hay nada que tú no sepas hacer o conozcas respecto a la magia!

—Ray, tú no lo entiendes.

—Claro que no, es imposible que entienda semejante estupidez. ¿Y qué piensas hacer cuando lo vuestro termine, lumbrera? —preguntó con voz firme y severa, mientras le daba la espalda en dirección a su moto—. Sabes que no durará.

Nathan apretó los puños, tratando de no dejarse llevar por la ira. Deseaba en lo más profundo de su mente salir tras Ray y atizarle hasta que retirara cada palabra, pero otra cosa le urgía mucho más. Arrancó el coche y salió marcha atrás a toda velocidad, incorporándose a la carretera de un volantazo. Apretó el acelerador, se inclinó sobre la guantera y sacó la pequeña navaja. Sujetó el volante con la rodilla y se hizo un corte en el dedo índice. Se abrió de un tirón la camisa; los botones saltaron estrellándose contra el salpicadero y el parabrisas, y mientras lanzaba miradas fugaces a la carretera, se dibujó cinco puntos en el pectoral izquierdo. Las cinco puntas de una estrella invertida, símbolo mágico que daba vida a las palabras. Apretó la yema del dedo para que la sangre brotara y las unió. Un lazo de sangre requería sangre, un pequeño sacrificio a la diosa, la madre de todo. Se hizo un nuevo corte en la palma de su mano. Bajó la ventanilla y convirtió su mano en un puño, apretó y unas gotas de la esencia roja cayeron sobre la tierra.

—Que la sangre encuentre el camino —susurró.

De repente una pálida luz brotó de su piel y el dibujo fue absorbido por su cuerpo a través de los poros.

Una estela azulada que solo él podía ver trazó un recorrido en un mapa imaginario con el aspecto de un holograma. La estela se detuvo en un punto que Nathan reconoció de inmediato, una pequeña cala donde antiguamente los pescadores varaban los botes para que la resaca no los arrastrara y el mar no se los tragara con el fuerte oleaje. Aún quedaban en pie algunas cabañas de madera roídas por la carcoma, donde los marinos guardaban los aparejos. Condujo a toda velocidad, derrapando en las curvas y acelerando en las rectas con la temeridad de un suicida. Tomó el desvío y continuó hasta donde el camino le permitió avanzar con el coche. Se apeó, sin molestarse siquiera en cerrar la puerta, y echó a correr. Los guijarros del sendero que descendía hacia la cala crujieron bajo sus pies. Un suspiro entrecortado escapó de su garganta cuando divisó a Abby sentada sobre las rocas. Abrazada a sus rodillas, se mecía de delante atrás, mientras el viento sacudía su larga melena. Estaba a punto de gritar su nombre cuando ella giró el rostro hacia él. Se puso en pie nada más verlo y descendió con paso inseguro de las rocas; en cuanto sus pies se posaron sobre los guijarros echó a correr a su encuentro.

Nathan se percató de que había estado llorando; se detuvo y abrió los brazos para recibirla. La chica se precipitó entre ellos con tanta fuerza que casi lo tira de espaldas. Estaba helada y tiritaba. Se quitó la cazadora y se la colocó sobre los hombros, envolviéndola con ella.

—¡Hola! ¿Qué haces aquí? ¿Cómo me has encontrado? —preguntó Abby, con una mezcla de sorpresa y alivio. Lo había echado tanto de menos. Él dibujó una media sonrisa y se tocó el pecho con el dedo. Abby recordó el lazo y se ruborizó—. Claro. Pues funciona de maravilla.

—Sí. —La sonrisa que curvaba sus labios se desvaneció, y añadió—: Lo que quiera que te haya pasado antes lo he sentido.

—No ha pasado nada —susurró con una sonrisa insegura. Escondió el rostro en el pecho de Nathan e inspiró su olor. No quería preocuparlo, o quizá lo que no quería era parecer loca de remate delante de él. De pronto vio la herida—. ¡Tu mano! —exclamó, tomándola entre las suyas.

—No es nada. —Sacudió la cabeza, quitándole importancia.

Nathan la tomó por los hombros y la obligó a que levantara la cabeza. Apretó los labios e intentó disimular que no le impresionaban sus ojos brillantes y enrojecidos por el llanto, y que su aspecto comenzaba a asustarlo.

—Cuéntamelo. —Su voz sonó suplicante; le acarició la mejilla y le sonrió con ternura animándola a hablar.

—He lanzado un cuchillo contra Seth; bueno, él me lo lanzó primero, pero yo conseguí pararlo y le devolví el ataque. —Bajó la mirada cuando advirtió que el rostro de Nathan empezaba a tornarse verde. Todo su cuerpo se había puesto rígido y podía notar la definición de sus músculos tensos bajo la ropa. Se estaba controlando a duras penas para no interrumpirla, así que continuó hablando—: No sé qué me detuvo, deseaba atravesarle el pecho, quería... matarlo. Me costó mucho no hacerlo.

Nathan no se dio cuenta de que estaba conteniendo el aire hasta que notó el primer síntoma de asfixia. En sus ojos ardía la ira y su expresión era feroz.

—¿Me estás diciendo que ese tipo ha intentado hacerte daño a propósito?

—No estoy muy segura, porque él dijo que lo había hecho para ponerme a prueba.

—¿A prueba? —preguntó en tono sarcástico—. Necesitas concentrarte para encender un fuego. De acuerdo que eres la bruja más fuerte que he conocido, pero si no sabes controlar tu poder, estás tan expuesta como un niño, y tú aún no sabes —recalcó—. ¿En qué demonios estaba pensando ese idiota? Podría haberte hecho daño. —Cerró los ojos un instante. Su respiración se había convertido en un jadeo, estaba a punto de perder los estribos y no quería, no en ese momento.

—Supe defenderme. Lo detuve, y ni siquiera necesité pensar en ello... Vi sus caras, eran ellos los que tenían miedo de mí. —Se apartó de él y se abrazó los codos, mientras su mirada se perdía en el horizonte.

Nathan metió las manos en los bolsillos de sus tejanos y dio unos cuantos pasos hasta colocarse junto a ella, contemplando el basto océano. Todo tenía un extraño color gris, el agua, la arena, los guijarros..., hasta el cielo compartía el mismo tono triste y apagado.

—¿Qué ha ocurrido antes de que Seth te lanzara ese cuchillo? —preguntó con más calma. Soltó un suspiro inquieto al ver que ella se contemplaba los pies, cohibida—. No voy a juzgarte si es eso lo que te preocupa.

El silencio reinó entre ellos unos segundos. Solo se oía el batir de las olas y los graznidos de las gaviotas arremolinadas sobre lo que parecía un banco de peces a pocos metros de la orilla. Abby se sentía exhausta, le temblaban las manos y las rodillas con un frío interior que le calaba los huesos. Miró de reojo a Nathan, él seguía con la vista al frente, paciente y pensativo, y de repente, la necesidad de contárselo todo, de compartir su miedo y locura con él, se le hizo insoportable.

—Atrapavisiones, ni siquiera sabía lo que era hasta hoy.

La mitad de sus ingredientes los conocía porque me sonaba el nombre, ni idea de cuál era su aspecto. He empezado a seguir los pasos del grimorio, a cortar raíces..., pero el olor de esas velas me mareaba —dijo con mirada ausente. Su mente divagaba y no estaba segura de si Nathan entendía lo que le estaba contando. Continuó—: De pronto me sentí extraña, como cuando tengo esos sueños..., y mi mente se iluminó. Sabía lo que debía hacer, al igual que sabía que el conjuro del libro era débil e insuficiente para que una mente pudiera abrirse a las visiones. Me enfadé por la ineptitud del brujo que lo escribió, porque no se debe jugar con la magia, es peligrosa. Y me enfadé cuando Seth me cuestionó, le planté cara y lo hice con soberbia. Sé que era yo la que actuaba, pero no era completamente yo. Vi el cuchillo venir hacia mí y no dudé; en lo único que pensaba era que todos querían hacerme daño. —Se cubrió las mejillas con las manos—. Creo que me estoy volviendo loca.

Nathan guardó silencio tras escuchar la explicación de Abby. Una idea le rondaba la cabeza, pero no estaba seguro de nada. Se giró hacia ella y le acarició la espalda, le rodeó los hombros con el brazo y la atrajo hacia sí de forma tierna y protectora.

—Háblame de esos sueños.

—¿No vas a decir nada sobre lo que acabo de contarte? —preguntó ella sin estar segura de si su impasibilidad era buena señal o no.

Al ver su reacción, Nathan sacudió la cabeza. La tomó del rostro y la miró con tal intensidad que ella se ruborizó.

—No te estás volviendo loca ni te pasa nada malo. Esa sensación de saber cosas y no tener ni idea de por qué las conoces también la he sentido yo muchas veces, desde siempre. La primera vez que cogí un arco hice diez dianas seguidas; sabía cómo aprovechar el viento, los grados de inclinación para evitar la resistencia del aire, y nadie me había enseñado. Sé pelear en varias disciplinas y te aseguro que mi madre no es la responsable. Espadas, dagas, pon cualquier arma blanca en mi mano y verás lo que sé hacer. Puede que los recuerdos de mi estirpe vivan en mi sangre, y que los de tus antepasados vivan en la tuya, que se transfieran como el ADN. Quién sabe, es muy difícil, pero quizá es posible entre parientes con un fuerte poder.

»También es posible que todo esté en tu subconsciente. Tu madre era bruja, tendría su propio grimorio de Invocación, puede que de pequeña dieras con él y lo leyeras, incluso que ella te enseñara y después te hiciera olvidarlo por algún motivo; o que todo se deba a la sangre..., no lo sé.

Ella arrugó los labios en un mohín, estaba preocupada y las suposiciones no la ayudaban. Toda su vida había estado rodeada de preguntas sin respuesta y empezaba a estar harta de que así fuera. Él percibió sus pensamientos, y cesó en su empeño de convencerla de que todo era normal.

—Vale, es raro que nos sucedan estas cosas —admitió—, pero siempre he sido diferente a los demás, puede que me haya acostumbrado o no me importe. Sin embargo, estoy seguro de que hay una explicación, y yo la encontraré si eso te hace sentir mejor. Lo que sí sé es que a ti no te pasa nada malo, ni siquiera lo pienses. —Se encogió de hombros, quitándole importancia al asunto.

Abby miró a Nathan con ojos brillantes, él también había experimentado algo similar, y allí estaba, tan tranquilo y completamente cuerdo. Quizá ella estaba exagerando. Había tantas cosas que desconocía de su nuevo mundo que establecer una línea entre lo que era normal o no le sería imposible. En cambio, Nathan siempre había sabido quién era, cómo era el mundo siendo brujo; debía confiar en él. Era increíble lo mucho que tenían en común, lo parecidos que eran.

—¿De verdad nunca te has cuestionado por qué sabes

las cosas que sabes? —preguntó con una mezcla de alivio y sorpresa.

—Soy muy curioso y me gusta aprender, muchos de mis conocimientos son de los grimorios que mi padre poseía. El conocimiento da control y el control es fuerza —respondió. Una sonrisa maliciosa curvó sus labios. Su mirada parecía conocer todos los secretos del universo—. Y otras, simplemente, las sé, y no, nunca me he cuestionado nada, ni me han preocupado mis habilidades; al contrario, me alegro de tenerlas. Hace tiempo que dejé de buscarle un porqué a todo; en un mundo de magia muchas cosas no tienen explicación. La magia en sí misma no la tiene. Deja de preocuparte y abandona ese deseo de saberlo todo. No somos bichos raros, somos especiales. Míralo de esta forma.

—¿Otro ejemplo de que estamos predestinados? —inquirió ella ruborizándose.

—¿Aún lo dudas? —preguntó a su vez con una mirada cálida e intensa. Se inclinó y su boca rozó la de ella—. Ahora háblame de esos sueños que tienes.

Abby no sabía por dónde empezar, se sentía indefensa con solo pensar en el miedo que le provocaban las pesadillas. Tan reales que el olor, los colores, las emociones y el dolor perduraban un buen rato en su mente después de despertar. Nathan percibió su incomodidad; entrelazó los dedos con los de ella y le besó los nudillos.

—Aquí hace frío, ven, hablemos en el coche.

La acurrucó bajo su brazo y la guio por el sendero hasta el coche. Le abrió la puerta y esperó a que entrara antes de cerrarla con un golpe suave y rodear el todoterreno para sentarse frente al volante. Arrancó el motor y puso la calefacción; enseguida empezó a hacer calor y ella se desprendió de la chaqueta.

En aquel habitáculo cerrado, el ánimo de Abby mejoró; pero seguía incapaz de hablar, sentir la mirada del chico sobre ella la cohibía. ¿Pensaría que estaba loca?

De repente, él se coló entre los dos asientos delanteros con la habilidad de un contorsionista y acabó repantigado en la parte de atrás. Sus labios se curvaron con una sonrisa traviesa y le hizo un gesto a Abby para que lo imitara. Ella frunció el ceño y él soltó una risotada.

—No es lo que imaginas —dijo Nathan, divertido por su reacción.

—¡Y tú qué sabes lo que estoy pensando! —le espetó ella con una mirada coqueta.

Nathan contuvo el aire y una oleada de calor lo invadió.

—Ven antes de que cambie de opinión respecto a mis intenciones; me matas cuando me miras así —dijo con voz ronca.

Abby sonrió, se dio la vuelta en el asiento y lo siguió. Él abrió los brazos y ella se dejó caer entre ellos recostándose sobre su pecho. Nathan la abrazó y permanecieron así unos minutos, en silencio, mientras los cristales se empañaban por el vaho de sus respiraciones. La música sonaba a un volumen muy bajo, casi un susurro. Abby pensó que allí se sentía segura y en paz. Entre sus brazos no podía ocurrirle nada y se relajó por completo.

—Empecé a tener esos sueños la noche que atropellamos a Benny —comenzó a decir. Hizo una pausa y él la estrechó con más fuerza—. Sueño con una mujer, una bruja llamada Moira, y con un hombre que siempre está junto a ella. Creo que se aman, o al menos así lo siento yo. Ella lo ama.

—¿Qué aspecto tiene? —preguntó él en voz baja.

—No lo sé, eso es lo curioso, estoy dentro de ella. No la veo desde fuera, sino desde su interior. Siento lo que ella siente, veo y oigo a través de sus sentidos y mi tacto son sus manos. Por eso sé que quiere a ese hombre, pero también sé que no soy ella, porque siento su conciencia junto a la mía. ¿Entiendes lo que quiero decir? —Alzó la cabeza para mirarlo a los ojos y él asintió. Volvió a descansar la mejilla contra su pecho—. A él tampoco consigo verle nunca; su rostro, quiero decir. Va cubierto con una capa con capucha que lo mantiene oculto. Y no poder verlo comienza a obsesionarme, tengo la sensación de que ese detalle es importante. —Se quedó callada.

—Continúa —dijo Nathan al cabo de unos segundos, acariciándole la espalda con los dedos.

—Por las ropas y su aspecto, la época en la que viven debe de ser más o menos en torno al año mil seiscientos o mil setecientos. Los sueños se suceden con un orden en el tiempo, aunque solo son escenas de las que apenas puedo sacar nada en claro más allá de las sensaciones que me provocan, y ahora me aterran.

—¿Por qué?

—Él también es un brujo, se llama Brann. Al principio parecía su amigo, ella le ofreció techo y comida a cambio de trabajo hasta que remitieran las nevadas. Pero algo pasó, los sueños cambiaron y ella empezó a sufrir, se sentía traicionada, le temía, y él le dijo algo sobre que debía cumplir con su deber porque ella era un peligro por el simple hecho de existir. Moira posee un libro que él quiere. Anoche, ella viajaba junto a ese hombre y un monje, rodeados de más encapuchados. Iba atada y herida. Se dirigían a un pueblo llamado Chelmsford. Él parecía preocupado por ella, atento, quería aflojarle las ligaduras, pero ella se negó. Es extraño, pero esta vez el miedo no se lo provocaba él, sino otra cosa que la aterraba hasta la locura. Llegaron a ese pueblo y junto a la catedral unos monjes preparaban una hoguera, amontonaban leña. —Se estremeció y se le secó la garganta; apretó en su puño la camisa de Nathan—. Preparan esa pira para nosotras, van a quemarnos. Tengo miedo porque durante los sueños noto hasta la brisa que roza mi piel. Temo el próximo sueño. No quiero vivir cómo nos queman, sé que no es real, pero no quiero sentirlo.

Nathan contuvo el aire. No le había pasado desapercibido el plural que había utilizado en las últimas frases para referirse a ella y a la bruja de su sueño.

—No sé explicarlo, es algo visceral que no logro comprender —continuó Abby cada vez más agitada—. Podríamos escapar, lo sé, pero no quiere, se siente derrotada, sobre todo cuando piensa en él. Noto la emoción del sacrificio, quizá el de su propia vida... Se ha resignado —dijo al borde de las lágrimas.

—Abby, son pesadillas, nada más. Nadie te va a quemar en ninguna parte, por muy real que te parezca.

Abby negó con la cabeza.

—Me gustan las películas de terror y he tenido muchas pesadillas en mi vida. Tan reales que me hacían mirar debajo de la cama al despertarme; después me reía por sentirme tan estúpida. Pero estas son diferentes, lo son...

Nathan la acunó.

—¿Sabes lo que creo? Que has desarrollado algún tipo de trauma. Te han pasado muchas cosas en este mes y medio; puede que no las estés asimilando tan bien como crees. Y en la clase de historia llevamos semanas hablando de la caza de brujas, de torturas y hogueras. Quizá te estás sugestionando.

—¿De verdad crees que puede tratarse de eso?

—Sí, y seguro que desaparecen en cuanto recuperes el control sobre tu vida, sobre quién eres y... superes lo de tu madre. Cuando me hablas de ella percibo rencor. —Le acarició la cabeza con suavidad, la notaba tensa sobre su cuerpo—. Y estar conmigo no te ayuda en nada.

—¿Por qué dices eso? —preguntó Abby. Alzó la cabeza y se encontró con sus ojos oscuros fijos en ella.

Él esbozó una sonrisa, pero esta no ocultó cierta incertidumbre.

—Estar conmigo te obliga a mentir, a esconderte y a fingir; necesitas estabilidad y yo no puedo dártela.

Abby frunció el ceño y la expresión en los ojos de él la deshizo. Era muy triste.

—No me gusta lo que insinúas.

—Ni a mí, pero haré cualquier cosa, lo que sea necesario, para que tú estés bien. —Dejó caer la cabeza hacia atrás y suspiró, mientras se pasaba una mano por la cara.

Abby clavó una rodilla entre las piernas de él y se impulsó hacia arriba apoyándose en los brazos. Su larga melena cayó como una cortina entre ellos. Nathan se la recogió tras las orejas con un gesto lleno de ternura. Se miraron a los ojos y ella esbozó una sonrisa que hizo que él se derritiera.

—Entonces deja de decir tonterías y bésame.

Nathan obedeció; la tomó del rostro, posó su boca sobre la de ella y la besó profundamente. La presión de sus labios era cálida y sensual. A Abby se le aceleró el corazón, el roce de su cuerpo le provocaba descargas eléctricas bajo la piel y deslizó una mano por entre su camisa rota. Sus dedos temblorosos le rozaron la cálida piel, desde el ombligo hasta el pecho, memorizando cada línea, cada músculo. Se acomodó a horcajadas sobre él y deslizó la otra mano por su costado.

Nathan fue el primero en separarse. Con la respiración agitada sujetó a Abby por las muñecas y se lamió el labio. La contempló sobre su cuerpo, devorándola con una mirada oscura y hambrienta mientras el aire chisporroteaba entre ellos. Carraspeó un poco para intentar aflojar la tensión y el anhelo de su cuerpo. Hora de parar.

—Tengo una idea —dijo él acariciándole el pelo—. Ya estamos en un lío por haber desaparecido de la forma en que lo hemos hecho. ¡¿Y si pasamos juntos lo que queda de día?! Sé de un sitio, a una hora de aquí, donde es imposible que alguien nos conozca: hamburguesas, recreativos... y mi compañía —aclaró, arqueando las cejas con suficiencia y una sonrisa lobuna que le iba a la perfección.

Abby dudó unos instantes. Sabía que su padre probablemente la estaría buscando, que estaría preocupado, pero en ese momento no quería verlo, ni a él ni a nadie. No podría soportar su mirada escrutadora ni sus preguntas, aún no. Por otro lado, lo último que deseaba en el mundo era separarse de Nathan; apenas podían verse con tranquilidad y lo echaba de menos cada minuto del día.

—Suena a plan irresistible —dijo ella, aceptando su proposición.

20

Estaba a punto de anochecer cuando Abby se despidió de Nathan en el sendero. Caminando a través del bosque, el corazón se le retorcía en el pecho. Cuanto más tiempo pasaba con él, más necesitaba, a menos le sabía, y no parecía que la situación tuviera una solución fácil. Lo más sensato era mantenerlo en secreto. Si lo que había entre ellos dos llegaba a saberse, alguien sufriría.

Se entretuvo un rato haciendo crujir con los pies el manto de acículas secas de los pinos. Hacía frío y ya no llevaba la chaqueta de Nathan, porque presentarse en casa con el abrigo de un chico después de haber pasado casi todo el día fuera no era lo más prudente. Y en aquel momento prefería sentir el cuerpo helado y entumecido que enfrentarse al hecho de que todos estarían preocupados por ella. Tras el espectáculo que había montado esa mañana, debían de pensar que estaba loca de remate.

Continuó andando con aire triste y apenado; sabía que cuando llegara a casa el panorama no iba a ser agradable. La primera discusión con su padre, más la correspondiente reprimenda con su pertinente castigo, se atisbaban en el horizonte. De nada servía retrasar lo inevitable, así que aceleró el paso antes de que oscureciera por completo, bajo la atenta mirada de los cuervos. Abby empezaba a acostumbrarse a su presencia. Ya no le parecían tan siniestros, al contrario, se habían convertido en su compañía cuando vagaba sola por los bosques, siempre atentos y vigilantes. Miró hacia arriba y vio cómo levantaban el vuelo desde las ramas. Siempre se movían a la par, como si todos compartieran el mismo pensamiento. Ascendieron en espiral, danzando como un enjambre.

De repente un escalofrío le recorrió la nuca y su sexto sentido se puso en marcha con la sensación de que la observaban; no era la primera vez que experimentaba esa inquietud. Estaba convencida de que algo o alguien la seguía desde hacía días. Miró hacia atrás solo para comprobar que allí no había nadie. Pensó que estaba paranoica y el miedo le hacía imaginar cosas, pero había visto aquellos perros o lo que quiera que fueran tras ella, manteniendo las distancias... de momento. Tenía miedo, aunque no iba a contarle nada a nadie, ni siquiera a Nathan; bastantes cosas raras le estaban ocurriendo como para añadir una más.

Otro ruido algo más cerca le provocó un vuelco en el estómago. Forzó la vista tratando de ver más allá de las sombras, escrutando con atención el terreno, y por culpa de esas sombras no pudo ver la figura encapuchada que la observaba fijamente, ni a las bestias surgiendo sigilosas tras esta. De pronto, los cuervos empezaron a graznar frenéticos; el batir de sus alas se intensificó, giraban cada vez más rápido en una oscura espiral. Abby sintió algo hostil en ellos. Se estremeció cuando cayeron en picado, acercándose rápidamente: ¡iban a arremeter contra ella! Apenas tuvo tiempo de encogerse y cubrirse los oídos con las manos, pero no sucedió nada. La rodearon y giraron a su alrededor sin hacerle el más mínimo daño. Abby dejó caer los brazos lentamente en medio de aquel torbellino. Si lo de esa mañana había sido raro, aquello lo era aún más. Justo en ese momento se lanzaron hacia delante como una flecha negra, perdiéndose entre los árboles en busca de la figura que acechaba a la bruja.

Abby se quedó inmóvil, asustada y sorprendida, con la mirada fija en el lugar por el que los cuervos habían desaparecido. Tardó un segundo en recuperarse de la impresión, y echó a correr, alejándose de allí lo más rápido posible.

En pocos minutos llegó a casa. Se detuvo un segundo frente a la puerta principal y entró a sabiendas de que era ridículo e inútil alargar más tiempo aquella situación. Se dirigió al despacho, pero las voces que surgían de dentro la hicieron detenerse antes de llamar.

—Estoy tan contrariado como tú. No sé qué le ha podido pasar: posesión, regresión, recuerdos, herencia genética, *déjà vu*. No lo sé, encaja en todos y en ninguno —decía Seth—. Pero solo he conocido un caso parecido al de Abby. Ya sabes de quién te hablo.

—No. No tomaré ese camino —replicó de forma tajante su padre.

—Ese chico es un misterio. Su poder, sus habilidades...

Abby contuvo la respiración y acercó el oído a la puerta.

—Jamás creeré que David Hale tuviera magia negra; por lo tanto, su hijo tampoco. No haré más daño al chico. Encontraremos las respuestas en otra parte.

—Como tú digas.

Abby oyó pasos que se acercaban y corrió a la escalera.

—¡Abby!

La chica se paró con un pie en el aire, lentamente se giró y miró a su padre a los ojos, muy avergonzada. Se contemplaron unos instantes. De repente, él echó a andar hacia ella, la tomó de los brazos y la estrechó contra su pecho.

—¡No sabes lo preocupado que estaba por ti!

—Lo siento —susurró Abby al borde del llanto. Al sentir su abrazo, el nudo de temor que le oprimía el pecho se le aflojó.

Él se apartó un poco para verle la cara.

—¿Dónde has estado?

—En la playa, caminando. Necesitaba estar sola y pensar —respondió, obligándose a no apartar la vista. Los mentirosos no miraban a los ojos—. Lo siento mucho, sé que no estuvo bien.

Aaron volvió a asentir y esbozó una sonrisa con la que daba a entender que no estaba enfadado, solo preocupado, y en ese momento tan desconcertado que no sabía qué hacer ni qué más decir. Deseaba hablar con su hija de lo ocurrido, que ella le explicara todo aquello que pudiera ayudarlos a averiguar qué le estaba pasando. Y Abby debió de leerlo en su cara porque añadió:

—Estoy bien. He oído lo que decíais. —Hizo un gesto con la barbilla hacia la puerta del estudio. Seth estaba apoyado contra el marco, cruzado de brazos—. No, no estaba poseída, era yo en todo momento, aunque me sentía extraña. Y no sé por qué puedo hacer esas cosas, es posible que sean... «recuerdos».

—Yo también lo creo, y no es algo de lo que haya que preocuparse; incluso es positivo. Tu aprendizaje irá más rápido —dijo Aaron. Sonrió para aligerar la preocupación de Abby, y también la suya.

Aaron volvió a centrarse en Abby y le frotó los brazos con ternura.

—¿Estás bien? No tienes buen aspecto —dijo su padre. Abby sonrió, huyendo de sus propios pensamientos—. Podemos hablar de esto en otro momento, no hay prisa. Iremos solucionando los problemas conforme aparezcan, ¿de acuerdo? Así que no vuelvas a huir de esa forma. Si algo te preocupa o te asusta, ven a mí, juntos lo arreglaremos.

Abby asintió y bajó la vista. Pensó en los sueños, en las pesadillas, en la idea de que alguien o algo la seguía, en los cuervos... Deseó que todos esos trozos de su vida empezaran a agitarse, a unirse entre sí y a formar algo sólido y con sentido que pudiera ayudarla para que la idea de que su cordura estaba en peligro dejara de atormentarla. El muro de contención que había fabricado para protegerse se resquebrajaba sin tiempo a poder levantar más defensas. Abrió la boca y se humedeció los labios secos. Quizá si le contaba todo aquello a su padre, juntos podrían desentrañar el misterio. Alzó la mirada y la idea se desvaneció; la observaba con tanta preocupación que no se atrevió a aumentarla aún más. Además, seguro que él reaccionaría de un modo demasiado protector, la vigilaría, no la dejaría sola en ningún momento, y sus pocas oportunidades de verse con Nathan se reducirían hasta desaparecer. No quería imaginar la soledad que sentiría sin él.

—Creo que voy a ir arriba, necesito una ducha y dormir un poco —susurró.

—Por supuesto, ve.

Abby terminó de subir las escaleras sintiéndose cada vez peor. No le gustaba mentir, y mucho menos a su padre. Tampoco quería guardarse para sí esas cosas extrañas que le ocurrían cuando estaba sola, esa sensación de ser acechada y vigilada que tanto le asustaba. Pero lo haría. Pensó en Nathan, por él lo haría.

Entró en su habitación y cerró la puerta, fue hasta el baño y abrió el agua caliente de la ducha. Mientras buscaba un pijama limpio, le llegó el dulce olor del pastel de zanahoria que Helen preparaba en la cocina; el estómago se le reveló con un gruñido. Sonaron unos golpes en la puerta. Suspiró, pensando que sería Damien. Seguro que el chico estaba tan preocupado por ella como lo habían estado los demás y querría asegurarse de que se encontraba bien.

Abrió la puerta y se quedó de piedra al encontrar a Seth en el pasillo. Completamente sonrojada, se hizo a un lado para que pudiera pasar. Él negó con un leve gesto.

—Solo quiero disculparme por lo ocurrido esta mañana, no debí lanzar ese cuchillo, no estuvo bien —dijo Seth. Se pasó una mano por el cabello—. En contra de todo lo que puedas pensar, no quiero hacerte daño, jamás te lo haría; y aunque sé que soy la última persona a la que recurrirías, recuerda que puedes contar conmigo para cualquier cosa, lo que sea, sin preguntas. Es una promesa que te debo.

—No me debes nada, ya te he perdonado por lo que ha ocurrido.

—No por todo. Aún te debo una vida, eso no me lo has perdonado —declaró en voz baja, giró sobre sus talones y se dirigió a la escalera.

Abby, incapaz de moverse por la impresión, observó cómo desaparecía por el pasillo. Cerró de nuevo la puerta y se sentó frente a su escritorio. Quizá estaba siendo injusta con el hombre; parecía preocuparse por ella, y en sus palabras había atisbado remordimientos. Y si lo pensaba fríamente, él no era responsable del accidente, no más que su madre. La casualidad y la fatalidad se habían aliado ese día en contra de todos, y puede que ya estuviera escrito desde hacía mucho.

Encendió el ordenador. Tal vez también se estaba equivocando a la hora de ignorar cada cosa extraña que ocurría a su alrededor, fingiendo que no pasaba nada, que todo era normal. Se centró únicamente en su relación con Nathan, convirtiéndolo en su único pensamiento. A continuación repasó la conversación entre su padre y Seth, y buscó información sobre regresiones, recuerdos del pasado, incluso investigó el nombre de la bruja.

No encontró nada que pudiera aplicarse a ella. Y según

Seth, el único que podía tener alguna respuesta al respecto era Nathan. Pero Abby sabía que el pobre chico se encontraba tan perdido como ella. Apagó el ordenador y escondió el rostro entre las manos. ¿Qué esperaba encontrar? Solo eran eso, pesadillas.

Tras la ducha, cenó en su cuarto, hizo los deberes que tenía atrasados y se metió en la cama, pero era incapaz de dormirse. La idea de volver a soñar con aquella mujer le revolvía las tripas. Tomó un libro y se acurrucó bajo el edredón. Leyó dos páginas y poco a poco los párpados se le fueron cerrando.

Rodeada de una negrura absoluta, se dejó caer en el suelo húmedo y mugriento. Le llegaban los gemidos de una mujer al otro lado de la pared. Justo enfrente, los sollozos de otra se prolongaron durante horas. No eran brujas, podía sentirlo, no era tan fácil atrapar a una. Aquellas infelices, como la mayoría de mujeres que la Iglesia había asesinado en nombre de Dios, eran inocentes del delito del que se las acusaba. Culpadas por practicar la brujería y copular con el diablo, irían a la hoguera y arderían en ella hasta morir.

Unos pasos sonaron en el corredor. Poco a poco, la tenue luz de una antorcha iluminó la celda por debajo de la puerta. Esta se abrió y dos soldados irrumpieron en la pequeña cámara; tras ellos iba el hombre encapuchado. Los soldados salieron y se apostaron a ambos lados de la puerta. Brann se acercó muy despacio a ella.

—Necesito que me entregues tus ropas y te pongas estas —dijo con voz pastosa. Se sentó al lado y apoyó los brazos en las rodillas—. Moira, dímelo, solo dilo.

—No. —Declinó la petición de forma rotunda, hizo una pausa y añadió—: ¿Dónde está mi libro?

—Lo tienen ellos. Esta misma noche partirán hacia Roma para ocultarlo.

—Los secretos que contiene no son para hacer el mal.

—El mal no reside en ese libro ni en ningún otro, el mal está en aquellos que lo desean, en los pecados que lo alimentan; el mal está en el hombre y ese mal puede conducirnos al fin si acaba poseyendo lo que tu grimorio esconde. —Se pasó las manos por el pelo—. Moira, me quedo sin tiempo, evítate este sufrimiento, pídemelo —susurró roto por dentro.

—No. —Ladeó la cabeza y miró a Brann—. ¡Oh, no te pongas triste! Has cumplido con tu obligación, eres un hombre de palabra. —Le tocó la cara con los dedos y en un visto y no visto él atrapó su mano antes de que la retirara, llevándosela al corazón.

—Nunca ha habido mentira en mi corazón, es tuyo y siempre lo será. Lo que nos une no puede romperse. —Se llevó la mano a los labios y la besó. Se demoró en el contacto, atesorándolo. Se puso en pie y salió de la celda sin mirar atrás.

21

Abby abrió los ojos de golpe, con la respiración silbándole en la garganta. Temblaba y el dolor que sentía en el pecho era tan intenso que no podía moverse. Alzó la mano hacia el techo blanco, pero ella solo veía la espalda de Brann alejándose, saliendo de la celda sin mirar atrás. Paralizada, quería gritar su nombre, pedirle que no se alejara, que no la abandonara.

Saltó de la cama disparada hacia la ventana, la abrió y aspiró el aire frío y húmedo de la mañana; necesitaba borrar de su cerebro el olor nauseabundo de la mazmorra. Era la cuarta noche que soñaba con la misma escena y que despertaba con la misma agonía. Se secó con la mano una única lágrima y apretó los dientes, decidida a ignorar lo difícil que era todo aquello para ella. Así los demás tampoco lo notarían.

Miró el reloj de la mesita. Si no se daba prisa, llegaría tarde otra vez. Corrió a la ducha; no tenía tiempo de secarse el pelo, así que se lo enjugó con una toalla y simplemente lo peinó con los dedos. Se vistió con unos tejanos ajustados y una camiseta roja. Se miró al espejo y se dijo a sí misma que no estaba mal. Damien hizo sonar el claxon por segunda vez. Abby terminó de guardar sus libros en la mochila, cogió el abrigo y se lo puso mientras bajaba la escalera a toda prisa.

—¿Y el desayuno? —preguntó Helen, cuando la vio cruzar el vestíbulo.

—Tomaré algo en la escuela —respondió, la besó en la mejilla y continuó corriendo.

Damien y Diandra la esperaban con el coche en marcha. Subió detrás y soltó un gran suspiro en cuanto cerró la portezuela. Damien aceleró.

—¡Menudas ojeras! —exclamó Diandra, girándose en el asiento.

—Sí, últimamente no duermo muy bien —respondió. Diandra rebuscó en su bolso y sacó una polvera.

—Ten, ponte un poco de esto, las disimulará.

—Abby no necesita eso, está guapa incluso con ojeras —dijo Damien, y le guiñó un ojo a través del espejo retrovisor. Ella sonrió mientras enrojecía.

—Sí, si te gusta salir con alguien con aspecto de cadáver —comentó Diandra—, y si el tema del baile fueran los vampiros o los zombis, pero no, es la brujería. —Volvió a girarse en el asiento y clavó sus ojos azules en Abby; después los posó en Damien—. Porque vosotros dos vais a ir juntos, ¿no?

Damien y Abby se miraron un instante en un incómodo silencio. Abby se había olvidado por completo del baile de Halloween y también de que se había comprometido a ser su pareja. El recuerdo de una conversación con Diandra días antes pasó de forma fugaz por su mente, algo sobre ir a elegir un vestido el miércoles por la tarde. Se puso rígida, ¡era miércoles! Se sintió culpable por ignorar de esa forma a sus amigos. Ni siquiera era capaz de prestar atención a una conversación, pero tenía demasiadas cosas en la cabeza que la abstraían sin ni siquiera darse cuenta.

Pensó en Nathan y en que no habían hablado sobre ese tema, aunque tampoco serviría de nada ya que la simple idea de asistir juntos era imposible. ¿Iría Nathan a ese baile? Sí, por supuesto que sí, era por una buena causa. ¿Y quién sería su acompañante? ¿Se lo habría pedido a alguien? Una punzada de celos le atravesó el pecho. Se dio cuenta de que Damien aún la observaba a través del retrovisor, esperando una respuesta.

—¡Claro! Si él aún quiere ir conmigo —respondió.

Los ojos grises de Damien se iluminaron y las líneas de su cara se suavizaron en una sonrisa.

—No querría ir con nadie más —contestó.

—¡Genial, lo pasaremos de miedo, será una noche inolvidable! —exclamó Diandra batiendo las palmas—. ¿Tienes ya tu tarjeta?

Abby parpadeó con cara de póquer.

—Tarjeta...

—La tarjeta de crédito de tu padre —aclaró con el ceño fruncido—. No habrás olvidado que quedamos en ir a comprar nuestros vestidos esta tarde, ¿verdad?

—No, por supuesto que no —respondió Abby dedicándole su sonrisa más inocente, y empezó a devanarse los sesos intentando recordar un lugar o una hora que pudiera dar credibilidad a su respuesta.

Diandra adoptó una expresión comprensiva.

—No te acordabas.

—Ni siquiera sabía que hoy era miércoles, lo siento —se disculpó en tono compungido.

—Te perdono, y no te preocupes por la tarjeta, pagaré yo y ya me lo devolverás después.

Abby asintió completamente ruborizada y se reclinó en el asiento mientras miraba por la ventanilla. En pocos minutos llegaron al instituto. Se bajó del coche y recorrió con la vista el aparcamiento. Era lo primero que hacía cada mañana. Él aún no había llegado. Rowan aparcó junto a ellos, abrió el maletero y comenzó a sacar unas cajas de cartón que fue pasando a los chicos.

—¡Son geniales, y los he conseguido a mitad de precio! —explicó a sus amigos.

Edrick se asomó a la caja y soltó un silbido.

—¡Vaya, parecen de verdad!

Diandra también se asomó y contempló con una mueca de asco las cabezas reducidas de plástico.

—Son repugnantes —protestó. Se puso en jarras y fulminó a Rowan con la mirada—. ¿Te has gastado el dinero del presupuesto en estas cosas? —El muchacho asintió entusiasmado—. ¿Y qué tiene esto que ver con la brujería? Que por si no lo sabías, es el tema del baile.

—Ya, pero también es Halloween. Sangre, zombis y cabezas asquerosas. —Tomó una de la caja y la agitó en el aire.

—¡Devuélvelas! —ordenó Diandra apartando aquella cosa de un manotazo.

—No —replicó el chico.

—Que las devuelvas o te vas a enterar.

—No.

Abby dejó de prestar atención a la disputa. Tomó aire con una inspiración lenta y temblorosa, mientras el todoterreno negro avanzaba con lentitud en la cola de vehículos que entraban en el aparcamiento. Tuvo que esforzarse para disimular y no mirarlo fijamente, tenía miedo de que Damien o Diandra o cualquiera de sus amigos se dieran cuenta de su repentino interés en Nathan, pero cuando lo vio descender del coche le fue imposible no hacerlo. Con su más de metro ochenta y cinco y un cuerpo que rozaba la perfección, Nathan era como el sol abriéndose camino entre las nubes; hermoso y brillante, inundaba de luz cuanto le rodeaba. Sus ojos se cruzaron una fracción de segundo y su corazón se aceleró de forma frenética. A pesar de la distancia, Abby pudo sentir el calor de su sonrisa escondida y el cosquilleo en la piel de una mirada tentadora. Una punzada de deseo y rabia le atravesó el estómago; tenerlo tan cerca y no poder acercarse era una tortura.

Nathan se puso las gafas de sol y pacientemente esperó a que Ray sacara sus cosas del maletero, incluido el monopatín que llevaba consigo a todas partes. Cruzó el aparcamiento sin mirar a Abby, haciendo un esfuerzo sobrehumano para no dejarse llevar por el impulso de ir hasta ella, sacarla de allí en brazos y besarla hasta quedarse sin aire.

—¡Hola, Nathan!

Nathan se obligó a dejar sus pensamientos y a mirar a la dueña de aquella voz. Emily acababa de saludarlo con una enorme sonrisa y se alejaba agitando los dedos mientras le lanzaba miradas coquetas por encima del hombro. Torció la boca esbozando una leve sonrisa y se limitó a devolverle el saludo con un gesto de cabeza.

Atravesó la puerta principal y se dirigió al pasillo donde se encontraba su taquilla. Conforme avanzaba su respiración se aceleró, dobló la esquina y allí estaba Abby, delante de su taquilla, a unos siete metros de distancia. Parecía que acababa de salir de la cama, llevaba el pelo revuelto con unas ondas que daban la sensación de cobrar vida propia flotando alrededor de su cabeza; estaba preciosa. Avanzó sin prisa, mientras la devoraba con los ojos, hasta detenerse junto a ella. Apretó con fuerza su mochila, para no dejarse arrastrar por el deseo de tocarla, y empezó a sacar sus libros.

—¿No vas a darme los buenos días? —susurró.

Abby lo miró de reojo con los labios apretados.

—¡Hola, Nathan! —dijo con sarcasmo, imitando a Emily.

Nathan tuvo que contener una carcajada que quedó reducida a hipido. Se frotó la mandíbula.

—¿Celosa? No sé si me gusta esa faceta tuya —replicó, divertido.

Abby lo fulminó con la mirada. Miró a su alrededor para asegurarse de que nadie les prestaba atención. En ese mismo momento Emily dobló la esquina y sus ojos se posaron en Nathan como dos imanes. Al pasar junto a ellos sonrió y volvió a agitar los dedos, coqueteando. Abby sintió cómo le ardía la piel, vio la lata de refresco en la otra mano de la chica y, simplemente, lo pensó. La lata se abrió de golpe y el líquido salió con la presión de un géiser, como si alguien lo hubiera estado agitando durante un buen rato. Emily quedó empapada de cola, le escurría desde el pelo hasta los hombros, y comenzó a gritar porque le había entrado en los ojos.

Nathan miró a Emily y después a Abby sin dar crédito.

—¿A qué ha venido eso? —susurró, tratando de no reír a carcajadas.

La gente se arremolinó alrededor de Emily. Unos le ofrecían pañuelos, otros reían. Abby aprovechó para poder mirar a Nathan a los ojos.

—Ella se lo ha buscado por tontear con quien no debe.

—No debes enfadarte con ella, para el resto del mundo se supone que estoy disponible —replicó Nathan.

—Pero no lo estás.

—Ni tú tampoco —señaló con un atisbo de celos—. Recuérdale eso a Damien la próxima vez que intente cogerte de la mano. —Sacudió la cabeza; sabía perfectamente cómo se sentía Abby, porque él sentía lo mismo incluso cuando no podía verla. Imaginarla en esa casa viviendo con él era aún peor, cuando los sentimientos de Damien por ella eran más que evidentes—. Podemos acabar con esto cuando desees —dijo de repente, muy serio.

—¿Qué quieres decir?

—Que terminaré con esta farsa si es lo que quieres. Pídemelo y te besaré aquí mismo, delante de todos.

Abby tragó saliva y se le aceleró la respiración, nada deseaba más. Miró a su alrededor y vio a Damien al fondo del pasillo hablando con Rowan; no dejaba de lanzar miradas fugaces hacia ella, alerta. A su lado, Diandra hablaba por teléfono a la vez que Holly le daba instrucciones mientras ojeaba un cuaderno. Bajó la vista a sus pies, demasiadas personas a quienes harían daño.

—No podemos hacerlo —respondió.

—Lo sé, pero tampoco quiero que te pongas así. —Hizo una pausa, mirando fijamente el interior de su taquilla—. No te sientas insegura porque una chica coquetee conmigo, para mí no hay nadie salvo tú. Soy tuyo, Abby.

Abby contempló la delicada flor que acababa de tomar forma ante ella, encima de su cuaderno de historia. Alzó la mano y acarició los pétalos con un leve roce por miedo a que desapareciera.

—Vale, ahora sí que quiero que me beses... —musitó ella con la voz ahogada por la emoción.

Nathan empujó la puerta de su taquilla, el único obstáculo que los separaba, y se miraron fijamente. Su vista descendió hasta los labios de la chica; deseaba besarla y que todos supieran que estaban juntos. Inclinó su cuerpo sobre ella muy despacio. «Al infierno con todo», pensó, iba a hacerlo sin importarle las consecuencias.

—Pero no debemos —suspiró ella—. Quizá todo esto sea un error —terminó de decir en un hilo de voz.

Nathan la agarró por el codo a la vez que proyectaba una ilusión que los ocultara, a sabiendas de que Damien y los otros brujos podrían notarlo, y la introdujo en el aula vacía que tenían a su espalda.

—¿A qué ha venido eso? —inquirió. Parecía enfadado y asustado al mismo tiempo.

—Es que no entiendo cómo puedes querer estar conmigo. La mitad de las chicas de este instituto matarían por salir contigo. Pululan a tu alrededor como abejas, sin cortarse un pelo, y yo debo fingir que no pasa nada, que ni siquiera te veo cuando me cruzo contigo por los pasillos.

—Pero a mí eso no me importa, yo solo te quiero a ti.

—¿Estás seguro de eso? Porque, no sé..., con una de ellas tu vida sería mucho más fácil, ¿no crees? —dijo, furiosa y afligida.

—Yo no quiero a otra. ¿Acaso crees que para mí es fácil fingir que no me importas?

—A veces creo que sí. —Se miró los pies, consciente de que le había hecho daño—. Vamos, míranos, esto no es una relación normal. Tenemos que escondernos como si estuviéramos haciendo algo malo. Nuestras vidas no son compatibles, las cosas malas pesan más en la balanza... Tu madre, mi padre, quizá en lo más profundo de tu corazón me guardes rencor por lo que mi familia le ha hecho a la tuya. Que estés jugando conmigo explicaría muy bien qué haces aquí.

Los ojos de Nathan se abrieron como platos.

—¿A qué viene esto, Abby? Jamás te he dado motivos para que pienses eso. No..., no te guardo ningún tipo de rencor. —Se pasó la mano por el pelo, frustrado; sus inseguridades también comenzaban a aflorar—. Puede que el problema lo tengas tú, crees que mi padre mató a todas esas personas. Puede que seas tú la que no confía en mí. ¿Me tienes miedo? ¿Crees que soy capaz de hacerte daño?

Abby tragó saliva, aturdida bajo la mirada dolida del chico.

—No, yo no pienso esas cosas sobre ti.

—Pues es lo que acabas de decir —replicó él con aire despectivo.

—No..., no pretendía decir eso, es solo que no tiene sentido que me quieras, no así —sollozó, desviando de nuevo la mirada a sus pies.

Nathan respiró hondo, tratando de calmarse y pensar

con claridad. Él también había tenido sus dudas, cuando se quedaba a solas en su habitación y no hacía otra cosa que pensar en ella. El miedo a perderla despertaba sus inseguridades.

—Pero te quiero, con sentido o sin él —susurró. La tomó por los hombros y la abrazó muy fuerte—. Y haré lo que haga falta para que me creas.

—Yo también te quiero —admitió Abby, hundiendo la nariz en su pecho.

—Entonces soy el tipo más afortunado del mundo.

Ella echó la cabeza hacia atrás para mirarlo, y sonrió vacilante. Se sonrojó avergonzada.

—Soy una idiota —susurró—. Lo siento mucho.

—No te disculpes. —Sacudió la cabeza—. Nunca te disculpes por decirme lo que piensas.

Abby le sonrió con un vuelco en el pecho, se puso de puntillas y le rozó los labios con los suyos.

A la mañana siguiente el día amaneció completamente despejado, la luz dorada del sol entraba a raudales por la ventana calentando la habitación. Abby se desperezó bajo las sábanas con un bostezo, sentía el cuerpo ligero y descansado. Para su sorpresa, había dormido del tirón y sin una sola pesadilla, a pesar de que la tarde anterior había sido terrorífica. Solo a ella se le podía haber ocurrido juntar a Pamela y Diandra para ir de compras. Eran como el agua y la electricidad, mejor mantenerlas separadas. Al menos había encontrado algo bonito que ponerse para el baile.

Contempló el vestido rojo que colgaba de la puerta. Era precioso y bajo aquella luz pudo ver con más claridad cada detalle que lo decoraba. La tela era fina y suave, una caricia en la piel, así lo había sentido al deslizarlo por su cuerpo en el probador. Se llevó las manos a la cara y ahogó un grito eufórico en la almohada.

Fue hasta el baño sin perder la sonrisa y se miró en el espejo. Las horas de sueño le habían devuelto el color a su piel y las manchas azules que rodeaban sus ojos habían desaparecido. Se sonrió a sí misma y a su buen aspecto. De repente, un recuerdo le estrujó el estómago y los nervios le provocaron retortijones; se llevó una mano al vientre y se dobló hacia delante. Después de clase se examinaría para conseguir el permiso de conducir, y la idea la intimidaba tanto que apenas si podía controlar el temblor de su cuerpo.

Tuvo que prescindir de su café en el desayuno y tomó una infusión relajante, receta especial que Helen le había preparado. Besó con afecto a la mujer, que parecía leerle el pensamiento y siempre sabía lo que iba a necesitar.

Miró su reloj. Diandra no tardaría en aparecer para ir todos juntos al instituto, y pensó en esperarla afuera aprovechando el maravilloso día. Salió al exterior y contempló el cielo azul; inspiró el aire frío llenando sus pulmones del olor a escarcha que cubría la hierba. Se sentó en la escalinata, cerró los ojos y se echó hacia atrás para sentir el calor del sol sobre el rostro. De manera instintiva, su cuerpo se puso en tensión, la invadió un presentimiento, una extraña inquietud. La sensación de ser observada volvió con fuerza y miró a su alrededor con la piel de gallina. El corazón le dio un vuelco cuando avistó una sombra oscura que, poco a poco, fue adoptando la silueta de una persona, pero antes de que pudiera ver de qué o quién se trataba, la figura se desvaneció como si estuviera hecha de humo.

La puerta se abrió y Damien apareció cargado con su bolsa de deporte y la mochila.

—¿Lista? Diandra quiere que la recojamos en casa. Más cajas para la decoración —explicó encogiéndose de hombros.

—Sí —respondió Abby. Se puso en pie mirando en derredor, aquella visión había sido demasiado real como para pensar que solo se trataba de su imaginación. La sensación de inquietud se negaba a abandonarla, apenas era una vaga premonición que no conseguía discernir, pero que la asustaba hasta la médula.

—¿Va todo bien? —preguntó Damien, mirando en la misma dirección que ella. Al ver que no respondía, se acercó y le puso una mano en el hombro; la chica dio un respingo, ahogando un grito con la mano—. ¡Eh! ¿Qué pasa?

—Nada.

Damien dejó caer la bolsa al suelo y tomó a Abby del rostro; la miró a los ojos con el ceño fruncido.

—No te creo —dijo muy serio—. A estas alturas deberías saber que puedes confiar en mí. Si me dijeras que has asesinado a alguien, te ayudaría a esconder el cadáver sin hacer preguntas.

Abby sonrió con ternura ante el comentario, y acarició con los dedos la mano en su cara.

—Vamos a llegar tarde —susurró.

22

Nathan corría sobre la arena como si su vida dependiera de ello; llevaba cerca de una hora manteniendo aquel ritmo intenso. La ropa de deporte se le pegaba al cuerpo empapada en sudor, al igual que el pelo oscuro que se le rizaba por la humedad a la altura de las orejas. Los músculos de las piernas le ardían y empezaba a sentir en ellos unas punzadas que le avisaban de que iba siendo hora de parar si no quería tener calambres al día siguiente. No le importó, ese dolor le obligaba a no pensar en otras cosas. Ray trotaba tras él con la respiración quemándole la garganta. A pesar del frío solo llevaba una sudadera gris y un pantalón corto; la nota discordante la ponía el gorro de lana multicolor que lucía calado hasta las orejas.

Llegaron hasta el límite donde finalizaba la arena y comenzaba la pared escarpada del acantilado, que se adentraba como una cuña de roca en el agua. Dieron media vuelta e iniciaron el regreso sin cruzar una palabra ni aflojar el paso. Solo cuando abandonaron la playa y se adentraron en el bosque en dirección a la casa de Nathan, Ray decidió que ya se había castigado bastante. Vale que necesitaban mantener su buena forma física, el surf era un deporte que requería de agilidad, fuerza y buen equilibrio, y ellos se lo tomaban muy en serio, pero lo que Nathan estaba haciendo esa tarde se parecía más a algún tipo de expiación o tortura que a una sesión de mantenimiento.

—¡Eh, tiempo, tiempo! —gritó Ray tras Nathan. Se paró y se inclinó hacia delante con las manos en las rodillas.

—¿Qué pasa? —preguntó Nathan volviendo sobre sus pasos.

—Si quieres matarte, pégate un tiro, es más efectivo que esto —contestó el chico entre resuellos. Y añadió, levantando las cejas—: ¿Qué te pasa? Estás muy raro, más que de costumbre, quiero decir.

Nathan se pasó las manos por el pelo húmedo y frotó las palmas contra el pantalón; después se secó el sudor de la nariz con la manga de la sudadera.

—Abby se examinaba esta tarde —respondió al fin.

—¿Y por eso estás así?

—Me hubiera gustado acompañarla. —Hizo una pausa y miró a su amigo a los ojos—. Esta semana apenas la he visto un par de veces. Anoche pasé frente a esa tienda de ropa de fiesta que hay en la calle Salem. Ella estaba allí, supongo que... comprando un vestido para el baile.

—Ya veo —dijo Ray, intuyendo el torbellino de ideas que preocupaban a su amigo. Se apoyó en un árbol, cruzándose de brazos sin apartar la mirada de él.

—No hemos hablado sobre este tema, pero no hay que ser muy listo para saber quién será su acompañante. ¡Me revienta que vaya con él! —comentó cada vez más alterado. Empezó a moverse de un lado a otro con las manos en las caderas—. Debería ir conmigo, con nadie más. Empiezo a estar harto de esta situación.

—¿Y qué piensas hacer? No me gusta verte así, Nat.

Nathan sacudió la cabeza de un lado a otro con la vista fija en el suelo.

—No lo sé —suspiró, tratando de unir cabos en su cabeza que pudieran ayudarlo.

Ray se ajustó el gorro y se frotó los brazos; empezaba a hacer frío y el aire húmedo por la niebla que se estaba formando acrecentaba la sensación. Se acercó a Nathan mientras le quitaba el envoltorio a otro caramelo, y con un gesto le sugirió que debían seguir caminando.

—Abby me cae bien, es guapa, simpática..., pero ya sabes lo que opino al respecto.

—¡No voy a dejarla, Ray, eso no es discutible! —replicó Nathan de forma rotunda. La frustración era evidente en el tono de su voz—. Buscaré otra solución.

—Mírate, tío, estás hecho una pena.

—Me siento aún peor —admitió, con las manos en los bolsillos—. Si solo pudiera pasar con ella algo más que un rato, sin miedo a que nos vieran. Pero siempre está tan vigilada... Y con mi madre más de lo mismo, nunca me ha controlado y ahora...

—Caminas frente a un abismo, un empujón y caerás irremediablemente en él, algo que ocurrirá en cuanto Aaron Blackwell o cualquiera de los que conocen tu pasado os descubran juntos.

—Si así puedo estar con ella, me tiraré yo mismo.

Ray resopló, y una idea cruzó por su cabeza.

—¿Y si te digo que puedo ayudarte? —comentó Ray en tono misterioso.

—¿Qué quieres decir?

—Podrías arreglar las cosas para escaparos este fin de semana a un lugar bonito y romántico. A las chicas les gustan esas cosas, y yo te cubriría con tu madre.

—¿Crees que no lo he pensado? Pero dudo que Abby pueda desaparecer durante tanto tiempo sin levantar sospechas. Y aunque pudiera, no pienso llevarla a un hotel, a ella no, no quiero que piense que soy..., que busco..., ya sabes, que solo se trata de sexo.

—No estaba pensando en eso...

—Tampoco iré a Dover —lo atajó, pensando en la casa que su familia tenía en el interior—. Mi madre sabría de inmediato que estoy allí.

—No es lo que tengo en mente.

—¿Entonces? —preguntó algo exasperado.

—¿Recuerdas la cabaña que mis padres poseen en el lago Crescent?

—Claro, me encantaba ese sitio, pero creía que la habían vendido.

—No, son demasiado sentimentales para deshacerse de ella. Hace unos meses que la reformaron y es el sitio perfecto si no quieres que nadie te encuentre. Podría dejarte la llave. Diremos que vamos juntos al campeonato de surf; mis padres me dejarán ir porque creerán que voy contigo, y tu madre no hará preguntas porque me adora. —Esbozó una sonrisa maliciosa—. Soy el hijo que siempre quiso. —Nathan le dio un empujón—. Es un plan estupendo, ¿no crees?

Nathan empezó a sonreír y su cara se iluminó con un atisbo de esperanza. De repente lanzó un gruñido y saltó sobre Ray, abrazándolo por el cuello.

—¡Eres el mejor, el mejor! —Le quitó el gorro y le revolvió el pelo.

—¡El pelo no, el pelo no!

Ray se dio la vuelta intentando zafarse del abrazo de oso de su amigo. Sus carcajadas resonaban en el silencio del bosque. Jugando como dos niños, se daban puñetazos sin dejar de empujarse. Forcejearon y Ray trató de ponerle la zancadilla a Nathan.

—Hay una condición —consiguió decir Ray entre risas—. Espera a oírla antes de decir que sí.

—¿Qué condición? —preguntó Nathan, frunciendo el ceño.

—Mi hermana estará aquí en Halloween; quiere ir al

baile y yo paso de acompañarla, ya he invitado a Cindy Patrick. La diosa Cindy Patrick —recalcó con un guiño—. Así que tú acompañarás a Tessa.

—¿Qué? ¿Estás de broma? Tu hermana es mayor que yo, no querrá ir conmigo.

—Sí querrá. Nunca lo admitirá porque para ella eres un crío y te conoce desde que llevabas pañales, pero sé que le gustas.

—¿Y qué opina de esto ese novio suyo?

—El idiota prefiere ir de escalada al Gran Cañón antes que venir a casa con ella para conocer a mis padres. Esos dos no llegan juntos a Navidad. ¡Venga, di que sí! ¿Sabes cuánto tiempo llevo intentando salir con Cindy? Es mi oportunidad; si no la acompañas tú, tendré que hacerlo yo.

Nathan se encogió de hombros y asintió sin estar muy convencido.

—Vale, lo haré, pero espero por tu bien que la cabaña merezca la pena y que tus padres no aparezcan por allí para una escapada romántica.

—No te preocupes por eso, tú preocúpate de que tu chica pueda huir de casa un par de días. Mañana te llevaré la llave al instituto y nos pondremos de acuerdo para qué decir en casa. El domingo pienso volver con un trofeo bajo el brazo.

Tras despedirse de Ray, Nathan regresó a casa de mejor humor. Después de la cena intentaría hablar con Abby y contarle lo que tenía en mente. Se moría por poder pasar ese par de días con ella. Dos días en los que podrían estar a solas sin preocuparse por nada ni por nadie.

Cruzó el vestíbulo y se dirigió a la cocina. La señora Clare salteaba unas verduras con movimientos ágiles de muñeca. En el horno, un salmón de varios kilos se asaba lentamente.

—¿Qué se celebra? —preguntó Nathan con curiosidad. Sobre la mesa había comida para toda una semana.

—Tu madre tiene invitados. Ha organizado un club de lectura, parece que comenzarán a reunirse aquí todos los jueves.

—¿Un club de lectura? ¿Y eso?

—Creo que intenta recuperar viejas amistades, volver a integrarse.

Nathan sacó pan del armario y unas lonchas de pavo de la nevera, lo puso todo sobre la encimera y empezó a prepararse un sándwich.

—¿No crees que está un poco rara? —preguntó.

—Yo diría que empieza a ser la de siempre —respondió la mujer mientras apagaba el fuego y se disponía a lavar unas zanahorias. Se detuvo un momento y se giró para mirar al chico—. Se está esforzando, quiere ser la madre que no ha sido en todo este tiempo, y solo lo conseguirá si tú la apoyas.

Nathan asintió, haría cualquier cosa para que su madre se recuperara del todo. Había sufrido demasiado durante mucho tiempo y merecía algo mejor que una vida de recuerdos y rencor aderezada con ginebra.

Engulló el sándwich de pie, con dos tragos de leche que bebió directamente de la botella. Abandonó la cocina a toda prisa. La señora Clare odiaba que no usara un vaso, y estaba a punto de lanzarle una bolsa de guisantes congelados. Tronchándose de risa regresó al vestíbulo. La música de Mendelssohn flotaba en el aire, surgía de un rincón de la casa prohibido desde hacía mucho tiempo. Se detuvo en el primer peldaño de la escalera y se inclinó sobre la baranda para poder ver el pasillo que discurría paralelo a esta. La puerta del estudio de su padre estaba entreabierta; una tenue luz salía de la habitación iluminando la pared. Caminó sin hacer ruido y con cuidado se asomó al interior. La chimenea estaba encendida. Librerías de nogal atestadas de libros antiguos, primeras ediciones y manuscritos amarillentos se alzaban hasta el techo ocupando las paredes. En un rincón, un armario que siempre había estado cerrado con llave tenía las puertas abiertas. Nathan pudo ver en su interior lo que parecía una colección de antiguos grimorios. Empujó la puerta con decisión y entró. Su madre se encontraba inclinada sobre un escritorio de patas torneadas con relieves hechos a mano.

Vivian levantó la cabeza, sorprendida. Inmediatamente miró el reloj sobre la repisa, y su cara se contrajo en una mueca de sorpresa. Llevaba horas sumergida en la lectura de aquellos libros y no se había dado cuenta de lo tarde que era. Volvió a mirar a Nathan y sonrió.

—Cómo pasa el tiempo, es tardísimo. —Esbozó una sonrisa despreocupada, aunque el rubor de sus mejillas indicaba que la habían descubierto en una tarea que debía ser secreta; se quitó las gafas y se puso en pie. Rápidamente empezó a recoger los libros, las anotaciones, envolvió uno de ellos en una vieja tela manchada y lo metió todo en el armario, cerrando otra vez sus puertas. Guardó la llave en uno de los bolsillos de su pantalón y regresó a la mesa.

—¿Qué haces aquí? —preguntó Nathan, sorprendido. Sus ojos vagaban por la habitación absorbiendo cada detalle. Con una punzada de melancolía, imaginó a su padre moviéndose entre aquellas paredes, leyendo en la butaca junto al fuego.

—Bueno, iba siendo hora de dejar que el aire entrara en esta habitación, y yo necesito un lugar donde recibir a los clientes; qué mejor sitio que este.

Nathan dio unos cuantos pasos hasta colocarse en el centro del despacho. En cierto modo se sentía un intruso allí. Su madre nunca había permitido que nadie entrara tras la muerte de su padre, ni siquiera a la señora Clare para limpiar de vez en cuando. Nathan había conseguido colarse un par de veces de pequeño. Dejó de intentarlo cuando su madre hechizó la puerta. Entonces, simplemente, se limitó a sentarse contra la madera imaginando a su padre trabajando al otro lado. Poco a poco, también dejó de hacer eso.

—¿Qué clientes? —preguntó con el ceño fruncido.

—He hablado con un par de antiguos contactos, voy a recuperar el negocio de tu padre.

—¿Abrirás de nuevo la galería?

—Y la tienda; la semana que viene llegarán las primeras antigüedades.

—¿Por qué? —inquirió, cada vez más estupefacto.

—Bueno, nuestra fortuna ha ido mermando y no durará para siempre. Esta casa tiene muchos gastos y tú pronto irás a la universidad. —Hizo una pausa y suspiró—. Y yo necesito sentirme útil. Además, no creo que tu padre esté muy contento viendo cómo he dejado que lo que él levantó con tanto esfuerzo se destruya poco a poco.

—¿Y lo del club de lectura?

—Ya se reunía aquí antes de que tú nacieras. Por cierto, he recuperado mis acciones en el club de campo, ahora están a tu nombre.

Nathan cambió de pie el peso de su cuerpo; se miró las zapatillas, incómodo. No estaba acostumbrado a los cambios ni a las sorpresas dentro de casa, y últimamente parecían algo a la orden del día.

—¿Algo más que yo deba saber? —masculló.

—Iré a la próxima reunión del Consejo, voy a solicitar mi puesto entre los Ancianos.

Nathan palideció; su madre odiaba a cada uno de los miembros del Consejo. Hacía años que no asistía a las reuniones de La Comunidad, y por ese mismo motivo no entendía por qué quería formar parte de un sistema que los había despreciado, marginado y tratado como a delincuentes. Marcándolos con el estigma de los traidores.

—Los Hale no somos bienvenidos en el Consejo, dudo que te acepten.

—No voy a solicitarlo como Vivian Hale, sino como Venturi. Es mi derecho de nacimiento y me corresponde como tal un asiento entre ellos. He hablado con tu tío y apoyará mi petición. También hablará con otros que nos deben algunos favores. Va siendo hora de que esta familia tenga voz y voto en las decisiones que se toman en La Comunidad. Voy a recuperar el honor de esta familia como sea. Y ese puesto será tuyo algún día.

Nathan levantó la cabeza de golpe y adoptó su semblante más peligroso.

—Olvídalo —dijo con voz gélida. Su mirada se convirtió en un pozo negro y brillante.

—Algún día ocuparás el lugar de los Venturi, pero será el corazón de un Hale el que realmente lo ocupe, ¿entiendes? Lo haremos por tu padre.

—No, voy a dejar el pasado donde está. Y tú deberías hacer lo mismo. ¿Por qué ahora, mamá? ¿Qué ha cambiado?

—Nunca he cuidado de ti como debía, ahora lo haré, te protegeré con mi vida si es necesario. Eres lo único que me queda.

—No necesito que hagas eso por mí, no lo quiero.

—Nathan...

—¡No! —Alzó la voz, esta vez con malos modos.

—Está bien, no hablemos de este asunto ahora, no quiero discutir contigo. —Le sonrió con ternura y se acercó hasta él para acariciarle la mejilla—. ¿Dónde has estado? —preguntó. De repente frunció los labios en un mohín—. ¡No hace falta que lo digas, apestas!

Nathan dejó escapar una leve risa; en el fondo era incapaz de enfadarse con ella.

—Iré a darme una ducha. —La besó en la mejilla y dio media vuelta.

Vivian observó a su hijo mientras abandonaba el estudio. Ya no era un niño, sino todo un hombre a pesar de sus diecisiete años. Había madurado en todos los aspectos. Su altura y corpulencia le hacían parecer más mayor y su interior había perdido cualquier resto de inocencia bajo el peso de muchas responsabilidades, y de eso solo ella tenía la culpa. Volvió a la mesa y se dejó caer en el sillón con los ojos clavados en el armario. Había un motivo mucho más importante para que acudiera a esa reunión, algo que las señales anunciaban y que ella debía averiguar si era cierto antes de que fuera tarde. Y si ya lo era, si era tarde, buscaría la forma de solucionarlo sin importar el cómo. Sacó el péndulo del cajón del escritorio y se lo guardó en el bolsillo.

Mientras el agua caliente resbalaba por su cuerpo, Nathan trató de no pensar en la conversación que había mantenido con su madre. Empezaba a tener la extraña sensación de que no la conocía, y quizá fuera así. Su madre se sumió en una profunda depresión tras la muerte de su padre, poco después de que él naciera. Sabía que la mujer que conocía tan solo era el fantasma de la que un día fue, y a pesar de lo mucho que la señora Clare le había hablado de ella, de la clase de mujer que había sido, de su fortaleza y su carácter, Nathan no podía imaginar a esa persona. Él únicamente veía a alguien frágil y deshecho que vivía a la sombra del pasado. Pero ahora eso estaba cambiando. La mujer que había abajo parecía fuerte, resuelta y decidida, tenía carácter y aparentaba ser la clase de persona que no se dejaba amedrentar por nadie, dispuesta a usar cualquier medio que le permitiera alcanzar sus propósitos. Ahora ya sabía de quién había heredado el carácter.

Salió del baño con una toalla cubriéndole las caderas. En una hora debía estar en El Hechicero para una partida muy importante en la que podía ganar mucho dinero, y antes tenía que intentar hablar con Abby. Cogió el teléfono móvil de su escritorio y se dejó caer en la cama, marcó el número de la chica y esperó. Una melodía sonó al otro lado de la ventana. Alguien susurró una maldición.

Nathan se levantó de la cama con el corazón a mil por hora. Una parte de él estaba convencido de que era imposible, pero la otra... Abrió la ventana y se asomó. Su habitación se encontraba en la parte de atrás de la casa, sus vistas eran el espeso bosque más allá de la valla que delimitaba la propiedad. Se quedó mudo cuando vio a Abby trepando por la celosía cubierta de hiedra. Por suerte, las luces de atrás nunca se encendían y el cielo cubierto de nubes mantenía la luna oculta. La oscuridad era absoluta.

Se inclinó y alargó el brazo, consiguió asirla por la muñeca y tiró de ella hacia arriba. Un segundo después la metía dentro de la habitación y cerraba la ventana. Se apresuró hasta la puerta y corrió el pestillo.

—¿Qué haces aquí? —susurró sin dar crédito a lo que veía.

Ella se encogió de hombros completamente sonrojada.

—Últimamente no necesito motivos para hacer una estupidez.

—¡Estás loca! —Una sonrisa le iluminó la cara. Cruzó la habitación, la tomó del rostro y la besó.

—Quería enseñarte esto, no podía esperar a mañana —dijo Abby. Cuando pudo recuperar el aliento, sacó su nuevo permiso de conducir del bolsillo trasero de su pantalón.

—Felicidades, y bienvenida al mundo de las cuatro ruedas y la velocidad.

Abby sonrió, con las manos en las caderas de Nathan. Entonces se percató de que solo iba vestido con una toalla, tenía la piel caliente y el pelo húmedo. Se puso colorada y apartó la vista intentando ignorar el calor que le recorría el cuerpo.

—Deberías vestirte —musitó.

—O tú desvestirte —replicó Nathan con una sonrisa lobuna. Le encantaba tomarle el pelo. La besó de nuevo y movió la cabeza sin dar crédito a que estuviera allí, colándose en su habitación. Se dirigió al baño—. No hagas ruido —dijo en voz baja antes de cerrar la puerta.

Un par de minutos después salía completamente vestido, oliendo a jabón y perfume masculino. Abby estaba sentada sobre la cama ojeando un cómic. Se puso en pie nada más verlo.

—Yo también tengo algo que enseñarte —comentó Nathan sentándose frente a su ordenador. La pantalla se iluminó con la página de inicio del buscador y tecleó tres palabras: «Lago Crescent, Raymond». Decenas de enlaces aparecieron en la pantalla. Pinchó en una fotografía y se giró hacia Abby.

—¿Te gusta?

Abby miró la imagen en la que se veía la orilla de un lago de aguas cristalinas rodeado de bosque.

—Es precioso.

Él sonrió, la cogió de la muñeca y tiró de ella hasta sentarla en su regazo.

—Los padres de Ray tienen una cabaña en ese lago. Podríamos ir este fin de semana, tú y yo solos, durante dos días, sin preocuparnos de nada ni de nadie. —Arqueó las cejas y sonrió.

—¿Hablas en serio?

—Me gusta vivir al límite —respondió. Ella le miró con severidad—. Hablo muy en serio, ven conmigo —le rogó.

—¿Y cómo? Es imposible que pueda irme de casa tanto tiempo sin una explicación convincente.

Nathan le apartó el pelo tras el hombro y le acarició el cuello, se inclinó y la besó en la clavícula.

—Pensaremos algo —susurró con los labios sobre su piel. Notó que ella se estremecía y la abrazó con fuerza—. Ven conmigo.

Abby asintió con los ojos cerrados. Volvió a asentir, esta vez más convencida mientras susurraba un sí. Una emoción cálida y apremiante la invadió; ladeó el rostro buscando la boca del chico.

De repente él se puso tenso y se llevó un dedo a los labios. Unos pasos se acercaban por el pasillo; a continuación alguien llamó a la puerta.

—Nat, ¿estás ahí? —preguntó Vivian al otro lado.

Los chicos se pusieron en pie a la velocidad del rayo.

—¿Podrás bajar por donde has subido? —susurró Nathan a Abby tomándola de la mano.

—Sí, supongo que sí.

—¿Nat, estás ahí? —insistió Vivian, golpeando la puerta con más fuerza.

—¡Un segundo, mamá, me estoy vistiendo! —Sonrió, y tomó a Abby del rostro, le dio un beso fugaz y abrió la ventana. La ayudó a salir, sujetándola por el brazo hasta que se agarró de forma segura a la celosía—. Ten cuidado, te veo abajo. Y no te muevas hasta que vaya a buscarte.

Abby, agarrada a la celosía, miró hacia abajo y un hilillo de sudor le bajó por la espalda. Subir le había parecido buena idea, y no había sido difícil, pero bajar..., bajar no lo iba a ser tanto. No recordaba haber tenido nunca fobia a las alturas, pero el nudo que le oprimía la garganta y el hecho de que el suelo no dejaba de girar abajo indicaban lo contrario. A su derecha, el tejado de la vivienda anexa a la casa quedaba a un par de metros por debajo; si se balanceaba, quizá podría alcanzarlo. Lo intentó, o creyó intentarlo, porque no se movió ni un centímetro.

Oyó cómo la gravilla crujía bajo unos pasos rápidos y seguros. El corazón se le aceleró y empezaron a sudarle las manos, convencida de que iban a descubrirla.

—Abby —susurró Nathan.

—Estoy aquí.

Nathan miró hacia arriba.

—¿Qué haces ahí?

—No puedo bajar —admitió, muerta de vergüenza.

Nathan echó la cabeza atrás y disimuló una carcajada. Se pasó la mano por la cara, tronchándose por dentro.

—Está bien. Suéltate, yo te cogeré.

—¿Qué? ¡No! Está muy alto, te... aplastaré.

—Confía en mí —dijo Nathan mirando a ambos lados. Se colocó debajo y extendió los brazos—. Salta.

—¿Estás loco? No saldrá bien, acabaremos los dos en el hospital.

—Tranquila, usaré la magia, tu peso será el de una pluma.

—¿Y por qué no te hechizas tú y subes hasta aquí? O conviértete en Hulk o algo así. —Miró insegura hacia abajo y tuvo la sensación de que el suelo cada vez estaba más lejos. O eso, o se estaba mareando.

—No seas tan miedica y salta de una vez.

—No soy miedica —masculló. Tragó el nudo de miedo que atenazaba su garganta y miró al cielo; si contemplaba el suelo no reuniría el valor—. No me dejarás caer, ¿verdad?

—Jamás.

Abby cerró los ojos y se soltó sin pensarlo más. La sensación de vacío bajo su cuerpo disparó su adrenalina y tuvo que apretar los labios para no gritar. De repente se encontró en los brazos de Nathan, que la sujetaba con firmeza apretándola contra su pecho. Lo miró y su fantástica sonrisa la hizo sonreír también; sus labios se curvaron hasta que los nervios le hicieron reír a carcajadas. Nathan siseó para que callara y le plantó un beso en los labios cerrándole la boca. Sin soltarla, echó a andar hacia la cancela trasera.

—¿Dónde está tu coche? —preguntó él, dejándola con cuidado en el suelo. La tomó de la mano y continuó andando.

—Aún no tengo coche.

—¿Y cómo has llegado hasta aquí?

—Le pedí a Pamela que me acercara.

Nathan se detuvo un segundo y levantó una ceja mientras la miraba.

—¿Pamela sabe que tú y yo...?

—No. Le dije que necesitaba que me llevara hasta Riverside y lo hizo, desde allí crucé el bosque hasta aquí.

—¿Y te llevó sin preguntas?

—Sí, bueno, sabe que hay un chico, y que de momento no puedo decirle nada. —Se encogió de hombros—. No le importa, es una buena amiga.

Nathan rio en voz baja, y su risa acarició a Abby como un beso. Se inclinó sobre ella y le rozó la nariz con el dedo.

—Ya tienes coartada para este fin de semana. Convéncela de que te ayude a escaparte.

—¿Y qué le digo?

—Eso lo dejo de tu cuenta. Es tu amiga, sabrás qué decirle.

—¿Y si no me queda más remedio que contarle la verdad?

Nathan se encogió de hombros y suspiró.

—Pues espero que esté dispuesta a guardar el secreto. —Colocó las manos a ambos lados del cuello de Abby y sus ojos brillaron desafiantes—. Quiero arriesgarme, necesito estos dos días contigo o me volveré loco de tanto echarte de menos.

Abby apoyó la frente en su pecho con el corazón desbocado. Ella también necesitaba ese tiempo con él, solo en su compañía se sentía completa.

—Está bien, hablaré con ella. —Notó que Nathan sonreía; la estrechó muy fuerte y la meció durante unos segundos.

—Será mejor que te lleve a casa. Espera aquí, iré a por el coche —susurró él, aunque no conseguía dejar de abrazarla.

23

—¡¿Nathan?! ¡¿Nathan Hale es el chico con el que te has estado viendo?! —Pamela se llevó una mano a la boca sin dejar de lanzar miradas alucinadas a Abby—. ¿Desde cuándo estáis juntos?

—Creo que fui el motivo de que rompiera con Rose —respondió—. ¡Quieres prestar atención a la carretera!

Pamela dio un volantazo y volvió al asfalto.

—¡Lo sabía, sabía que le molabas a ese chico! ¡Aquella noche en El Hechicero, la forma en la que te miraba y la paliza que le dio al tipo ese! Nunca te quita los ojos de encima. Pero... un momento... ¿Por qué os escondéis?

Hubo un silencio incómodo por parte de Abby.

—¿De verdad no lo sabes?

Su amiga puso cara de póquer y negó con la cabeza.

—¿Saber qué? —Enarcó las cejas con un gesto que era pura inocencia.

Abby se dio cuenta de inmediato de que era imposible que Pamela supiera nada sobre los asesinatos; solo los Ancianos y las familias implicadas estaban al tanto. Se tomó un segundo para pensar qué decir.

—Conociendo la fama de casanova y chico problemático que arrastra Nathan, mi padre tomaría medidas si supiera que salgo con él. Ya me advirtió al respecto la noche de la pelea. Prefiero que de momento las cosas sigan así, hasta que encuentre una solución.

Pamela sacudió la cabeza.

—Lo entiendo y puedes contar conmigo, guardaré tu secreto.

—Gracias, Pam, me alegro tanto de habértelo contado..., necesitaba poder hablar con alguien de todo esto.

Pamela sonrió, alargó la mano y le dio un ligero apretón a Abby en el brazo.

—Espero que Nathan te trate como mereces. No necesito contarte todo lo que se dice de él, eso ya lo sabes. Ten cuidado, ¿vale?

—No está jugando conmigo, si es eso lo que te preocupa. Le importo, lo sé. Es difícil de explicar pero, para él, salir conmigo es lo último que debería hacer.

Pamela intuyó que había mucha más información tras aquellas palabras de la que podía imaginar, pero no quiso preguntar. Deslizó las gafas de sol hasta la punta de su nariz para ver por encima de ellas a su amiga.

—Espero que tengas razón y no sea un psicópata que quiera hacerte trocitos y dárselos de comer a los tiburones. Mi conciencia no me dejaría dormir el resto de mi vida.

—No hay tiburones en el lugar al que vamos.

Pamela arrugó el entrecejo, fingiendo no sentir curiosidad.

—¿Ardillas, tal vez? —aventuró—. Son muy voraces esos animalitos, podrían limpiar tus huesos tan rápido como un banco de pirañas. —Abby se encogió de hombros, pero su sonrisa la delató. Pamela también sonrió—. Fin de semana romántico en el interior; humm, suena bien.

—Vamos al lago Crescent —indicó con una enorme sonrisa. El corazón le dio un vuelco y comenzó a latirle desbocado. A lo lejos se adivinaba el contorno de El Hechicero, y un punto negro en el aparcamiento que tomó forma conforme se acercaban. Nathan estaba apoyado en su coche con los brazos cruzados sobre el pecho. Vestía un tejano oscuro, una camiseta térmica gris y una cazadora.

—No me extraña que te la juegues de esta manera, ¡está tan bueno! —dijo Pam con un suspiro, contemplando cómo el chico avanzaba con pasos largos y seguros hacia el coche. Abby le dio un manotazo en el brazo—. ¡Qué, es cierto! Es sexy, guapo y tiene un lado oscuro que pone; pero solo tiene ojos para ti. Si a mí me sonrieran así, me derretiría.

Abby empezó a reír, se inclinó sobre la chica y le dio un beso en la mejilla.

—Gracias, te debo una. —Meneó la cabeza—. Te debo muchas. Eres una buena amiga.

—Estaremos en paz si me compras un regalo, pero, ¡por favor!, que no sea un animalito disecado de una de esas tiendas de recuerdos —rogó Pam con un guiño.

—Hecho —respondió Abby, riendo por la ocurrencia.

—Llámame mañana y dime a qué hora debo venir a buscarte, ¿vale?

Abby asintió agradecida y se bajó del coche.

Pamela tocó el claxon un par de veces y desapareció por la carretera en dirección a Lostwick.

—¿Estamos a salvo? —preguntó Nathan, rodeando con sus brazos la cintura de Abby.

—Nos guardará el secreto —respondió ella. Se giró y sonrió a aquella sonrisa traviesa y encantadora que se posó sobre sus labios con un beso. Deslizó las manos por su espalda hasta la cinturilla del pantalón y notó algo voluminoso en el bolsillo de atrás—. ¿Qué es esto? —preguntó, sacando el paquete. Lo abrió y se quedó de piedra al ver el fajo de billetes.

—Algo que me debían —contestó él. Ayudó a Abby a

subir al todoterreno y un segundo después estaban en marcha.

—¿Lo has ganado apostando? —inquirió ella con el ceño fruncido. Nathan asintió, sonriendo como un zorro. Agitó el dinero y lo tiró sobre el salpicadero—. ¿Cuánto hay ahí?

—Setecientos —contestó. Se encogió de hombros con indiferencia, pero su mirada no podía disimular que se sentía orgulloso de la cantidad.

—¿Por qué apuestas?

—Por el dinero, por qué si no. Es más rápido y sencillo que servir mesas en un local de mala muerte. Y no uso la magia, sin ventaja —aclaró muy serio.

—Pero tú no lo necesitas. Quiero decir que... tu familia no aparenta tener problemas de dinero.

—No, por suerte mi familia tiene suficiente pasta, pero no la quiero, no quiero su fortuna. —Abby hizo una mueca con la que manifestó que no comprendía su postura, y aclaró—: No es tan complicado, quiero ganarlo yo, quiero que sea mío, por eso juego por dinero. Porque pronto me largaré de aquí y lo necesitaré para estudiar y llevar la vida que siempre he deseado. Haré lo que quiera y cuando quiera, sin deberle nada a nadie, ni siquiera a mi madre.

—¿Vas a irte? —preguntó ella, intentando disimular que se le había parado el corazón.

—En cuanto acabe el instituto. Si me admiten en Stanford y consigo una beca, me largaré a la otra punta del país, lejos de aquí, donde nadie me conozca. Haré surf y tomaré el sol sin preocuparme de nada.

—Para hacer todo eso se necesita mucho más que setecientos dólares —dijo Abby acomodándose en el asiento.

Nathan clavó la vista en la carretera, torció la boca y arqueó las cejas con un gesto de suficiencia.

—¿Cuánto tienes? —preguntó ella a sabiendas de que estaba siendo demasiado indiscreta.

Él la miró de reojo, alargó el brazo y la tomó de la mano; se la llevó a los labios, meditando si debía contestar mientras le daba un largo beso en los nudillos. Tras una profunda expiración, contestó:

—Suficiente para marcharnos sin preocuparnos por nada en mucho tiempo. ¿Qué dices? ¿Quieres fugarte conmigo? California no está mal.

—¿De eso va este viaje? ¿Vas a secuestrarme? —preguntó ella a su vez, esbozando una sonrisa sugerente.

—No me tientes —dijo en tono áspero mientras aceleraba.

Sus penetrantes ojos negros la recorrieron de arriba abajo, con una profundidad que no tenía límites. Apenas insinuó una sonrisa, suficiente para que su rostro cobrara la malicia de un demonio y la hermosura de un ángel.

—¿Tan seguro estás de que iría contigo?

—Siempre podría persuadirte, puedo ser muy convincente si me lo propongo.

Abby se sonrojó hasta las orejas. La piel le ardía por dentro y por fuera, y algo comenzó a revolotear en su estómago: la certeza de que iban a pasar casi dos días solos en una casa en el bosque. De repente eso empezaba a preocuparla. No es que no lo hubiera pensado antes, Nathan despertaba en ella muchas emociones, entre ellas el deseo, porque era imposible negarlo, lo deseaba. Sus besos, sus caricias, provocaban en ella anhelos y fantasías que jamás imaginó. Pero nunca había estado con un chico, no tenía experiencia, ni siquiera sabía si estaba preparada para algo así. En cambio, era absurdo pensar que él seguía siendo virgen, y de golpe empezó a inquietarle qué esperaría Nathan de ella.

Una hora después, enfilaban un oscuro camino cubierto de hojas que terminaba frente a una casa de madera y piedra de dos plantas que se había construido sobre una base para evitar el desnivel. La fachada presentaba amplios huecos acristalados que inundaban la casa de luz bajo un tejado a dos aguas.

Abby se quitó el cinturón mientras se inclinaba hacia el parabrisas.

—¡Es preciosa!

—Espera a verla por dentro —dijo Nathan. Sacó una llave de su bolsillo y se la entregó a Abby—. ¿Por qué no vas abriendo y echas un vistazo? Mientras, yo sacaré el equipaje.

Abby salió del coche y corrió a la casa. No se dio cuenta de que contenía el aire hasta que empujó la puerta y vació sus pulmones de golpe. El interior olía a madera y pintura; toda la planta baja era un espacio abierto con enormes ventanales. La cocina, el salón y la entrada solo se distinguían por la disposición de los muebles. Una enorme chimenea presidía la estancia; a sus pies un sofá de piel cubierto por una colcha, y una alfombra, le daban un toque aún más acogedor. A la derecha había una escalera que llevaba a la planta de arriba, pero lo que de verdad llamó la atención de Abby fueron las vistas. La casa estaba en primera línea de playa, en una pequeña cala del lago. Salió al exterior, a un porche trasero acristalado unido a una amplia terraza. Sus ojos se abrieron como platos al ver el paisaje que se divisaba desde allí. Abrió las puertas de cristal, cerró los ojos e inspiró llenando sus pulmones de olor a madera y agua dulce, tan diferente al aroma de los bosques de la costa.

Volvió adentro, completamente maravillada. Oyó un ruido y miró hacia arriba. Subió las escaleras y encontró todo el equipaje en el pasillo. Nathan salía de una de las habitaciones; se pasó una mano por el pelo mientras esbozaba una sonrisa de disculpa.

—Ray me dijo que habían estado reformando la casa, me aseguró que ya habían terminado y que todo estaba en orden... —Se puso rojo, y en lo único que podía pensar era que mataría a Ray por ponerle en semejante aprieto. Lo último que quería era que Abby pensara que la había llevado allí para aprovecharse de las circunstancias.

—¿Qué pasa?

—Te juro que no he preparado nada de esto...

—¿El qué? —insistió ella un poco preocupada.

—Solo hay una habitación, las otras dos están desmanteladas y llenas de cubos de pintura y herramientas. Pero no pasa nada, yo dormiré en el sofá.

Desde donde se encontraba, Abby podía ver los tres dormitorios a través de las puertas entreabiertas. Dos de ellos estaban atestados de herramientas, pequeños andamios y cubos de pintura. Se asomó al tercero, olía a madera recién cortada y a barniz. Había una cama enorme vestida con un edredón de pluma y varios almohadones, una cómoda, un par de sillones junto a una mesita auxiliar y una chimenea cubierta por una puerta de cristal. Se giró hacia Nathan, parecía realmente incómodo.

—No tienes que dormir en el sofá —dijo Abby. Nathan levantó los ojos del suelo, sorprendido—. Podemos compartir la habitación, no te preocupes, de verdad.

—¿Estás segura? Porque a mí no me supone ningún problema dormir abajo. No quiero que te sientas... forzada a compartir la cama conmigo.

—Estoy segura.

—Vale —susurró con una tímida sonrisa. Dormir con ella iba a ser toda una prueba de autocontrol, pero estaba dispuesto a ser el hombre más casto del planeta. Cogió las maletas y las dejó junto a la cama. Se volvió hacia Abby con las manos en los bolsillos de su chaqueta—. Bien, ¿qué te apetece hacer?

24

Raymond era un pueblo precioso de algo más de cuatro mil cuatrocientos habitantes asentado a orillas del lago Sebago. Ese día, sus calles estaban atestadas de turistas, cazadores y pescadores que aprovechaban los últimos resquicios de buen tiempo. Abby y Nathan pasearon por sus muelles ajenos a las personas que les rodeaban, conversando sobre cosas sin importancia que no les recordaran el mundo del que trataban de huir por unas horas.

—No imagino qué se debe de sentir al vivir así —dijo Nathan entrelazando sus dedos con los de ella—. ¿En cuántas ciudades has vivido?

—Hace años que perdí la cuenta. No solíamos quedarnos más de cuatro o cinco meses en un mismo lugar. Normalmente, mi madre buscaba ciudades y pueblos grandes, supongo que para pasar más desapercibidas. El lugar donde más tiempo estuvimos fue Nueva York, casi año y medio. Por primera vez tuve amigos de verdad y pude ir a un baile de fin de curso, tuve mi primera fiesta de pijamas…, incluso pude hacer planes para las vacaciones.

Se quedó callada, recordando con un atisbo de tristeza todos aquellos momentos. Tomó aire de forma entrecortada y añadió con una sonrisa:

—Pero ahora tengo más de lo que he soñado jamás: una familia que me quiere, amigos, y sobre todo a ti. El mejor novio del mundo.

Nathan le rodeó los hombros con el brazo.

—Un novio que se muere de hambre. Sé que no suena muy romántico en este momento, pero me muero por un burrito.

A media tarde decidieron regresar a la cabaña dando un pequeño rodeo para que Abby pudiera ver algo más del lugar. Pese a haber vivido en la mayor parte del país, ella nunca había estado en la zona de los lagos de Maine. Su madre siempre evitó la costa noreste. Lo más cerca que habían estado de allí era Nueva York, y solo porque le resultó imposible decir no a ese trabajo que iba a salvarlas de la ruina más absoluta. Ahora Abby sabía por qué nunca habían pasado de allí. Ir más arriba las habría acercado demasiado a Lostwick.

Intentaba no hacerlo, pero le resultaba imposible no plantearse una y otra vez las mismas preguntas. ¿Qué había empujado a su madre a marcharse tal y como lo había hecho? ¿Por qué tantas mentiras? ¿Por qué la alejó del que debería haber sido su mundo? No tenía ni idea de las respuestas, y conforme pasaba el tiempo, menos esperanzas albergaba de conocerlas. La única persona que podía darle sentido a todo estaba muerta.

—¿En qué piensas? —preguntó Nathan.

Sentado sobre un árbol caído observaba a Abby con atención. La chica estaba de pie, contemplando las aguas azuladas del lago, casi negras por la noche que se abría paso. Llevaba un rato absorta en sus pensamientos y él no había querido interrumpirla, en parte porque no sabía si debía, y porque observarla se estaba convirtiendo en uno de sus pasatiempos preferidos, ya fuera en el instituto durante las clases que compartían o durante el almuerzo, o cuando sin apenas darse cuenta acababa oculto en alguna sombra al otro lado de la calle del café donde ella solía pasar algunos ratos con sus amigas. O las veces que haciendo caso omiso a la cautela, había entrado en el jardín de los Blackwell para ver su silueta a través de la ventana de su dormitorio.

Abby se giró y esbozó una sonrisa de disculpa.

—Pensaba en mi madre.

Nathan se levantó, se acercó a ella y la rodeó con sus brazos.

—Lo que buscas no está aquí dentro —dijo, apoyando su frente en la de ella, y presionó levemente para que supiera que se refería a su cabeza.

—Lo sé, pero no puedo evitar pensar en ello, en el millón de hipótesis que se me ocurren que podrían explicar por qué hizo todo lo que hizo.

—Te entiendo, pero obsesionarte buscando esas respuestas no va a ayudarte. A veces no queda más remedio que pasar página y continuar, por muy duro que sea.

—Lo sé, pero será difícil. Murió el día de mi cumpleaños.

Nathan arrugó el ceño con una mueca de pesar.

—¡Una coincidencia horrible! Lo siento, Abby.

—Sí, el uno de septiembre. A partir de ahora va a ser un día un poco agridulce.

—¿Has dicho el uno de septiembre? —preguntó Nathan con los ojos como platos. Ella asintió, y él no pudo contener una risotada, asombrado—. ¡Mi cumpleaños es el uno de septiembre!

—¿Te estás quedando conmigo?

—¡No, mira! —Sacó su cartera del bolsillo trasero del pantalón y le enseñó su permiso de conducir.

Abby miró la fecha, y después a Nathan, a los ojos. Sonrió al ver que él enarcaba las cejas con una mirada enigmática. Se estremeció por la coincidencia y una llama prendió en su pecho.

—¿Otra señal del destino? —preguntó, derritiéndose bajo aquellos ojos negros.

Él sonrió como un lobo, mientras volvía a guardar la cartera.

—¿Cuántas más necesitas para convencerte de que fui hecho para ti? —inquirió, rodeando de nuevo la cintura de Abby con las manos. La estrechó hasta que el aire no pudo circular entre ellos. Su cuerpo era pequeño, suave y perfecto, hecho para reposar entre sus brazos—. Trata de pasar página, Abby.

—¿Tú lo has conseguido? ¿Has conseguido pasar página?

Él se encogió de hombros y esbozó una leve sonrisa.

—Lo intento, aunque es difícil. Todo lo que me rodea se empeña en recordarme el pasado, un pasado que ni siquiera conozco pero que pesa sobre mí hasta asfixiarme. —Hizo una pausa y suspiró—. Yo tenía dos meses cuando mi padre murió. No lo conocí, no sé nada de él, y tienes razón, no estaba allí para saber qué pasó. Mi apellido es una carga demasiado pesada si vives en Lostwick.

—Y pese a eso, nunca has dudado de él, de tu padre.

—No, no me importa lo que digan los demás. Le siento dentro de mí; sé la clase de persona que era y no era un asesino.

Abby apoyó las manos en el pecho del chico. A pesar de las varias capas de ropa que llevaba, sentía cada línea de su torso.

—¿Por eso quieres irte de Lostwick, para pasar página?

—Es la única forma que tengo de lograrlo. Tengo que alejarme de todo lo que me recuerde estos años en los que he sido un paria sin haber hecho nada para merecerlo.

Abby miró hacia otro lado.

—¿También tienes que alejarte de mí?

Él inclinó la cabeza y soltó un suave gemido. Le acarició

el cuello, deslizó los dedos hasta su barbilla y la alzó para que lo mirara a los ojos.

—No, tú eres lo único bueno que me ha pasado. No iba por buen camino, me estaba convirtiendo en un idiota sin sentimientos, y tú estás cambiando eso.

—¿Y qué vamos a hacer? No podemos estar así para siempre.

—No te preocupes por eso, pensaré en algo. Encontraremos la forma de estar juntos, aunque la solución sea desaparecer para siempre. —Movió la cabeza mientras miraba al cielo y tragó saliva antes de añadir—: No dejaré que te aparten de mí. No puedo perderte.

Abby cerró los ojos y enterró el rostro en su pecho.

—Si no nos dejan otra opción, lo haría, me iría contigo, dejaría a mi padre... Aunque no quiero llegar a ese extremo —musitó.

Él la estrechó con ternura, como si fuera el objeto más frágil y valioso del universo.

—Encontraremos la forma de estar juntos y no hacer daño a nadie, te lo prometo. Ahora olvídate de eso, ¿vale? —Levantó las cejas con un ruego. Abby asintió—. Bien, porque estamos aquí, solos, y deberíamos aprovecharlo.

—¿Y en qué estás pensando?

—Se me ocurren muchas cosas, como... besarte y volver a besarte, y después seguir besándote y...

—¿Besarme otra vez? —intervino ella con una sonrisa coqueta.

—No lo había pensado, pero ya que lo dices. —Clavó los ojos en sus labios y el tono de su voz se tensó—. Sí.

Se inclinó muy despacio y posó sus labios sobre los de ella. El latigazo lo dejó sin aire en los pulmones. Abby se llevó la mano a la boca.

—¿Qué ha sido eso? —preguntó. Había sonado como un chispazo, y así lo había sentido. Al entrar en contacto sus labios, una fuerza extraña había surgido de ella y descargado sobre Nathan.

—Dímelo tú, ha salido de ti —respondió él, lamiéndose los labios. Una sonrisa traviesa se dibujó en su cara al ver la expresión estupefacta de Abby, y aclaró—: Es tu magia.

—¿Mi magia?

—Sí. No la estás usando, ¿verdad? No la liberas.

—Cuando uso la magia pasan cosas raras, cambio, las pesadillas aumentan. Me asusta un poco, prefiero no hacerlo.

—Tienes mucho poder, estás nerviosa y preocupada y eso te hace acumular tensión. Necesitas liberar toda esa adrenalina o acabarás haciendo que algo explote. Así no vas a subirte al coche, y mucho menos entrar en la casa —declaró, cruzándose de brazos.

—¡Venga ya! ¿Estás de broma? —Le apuntó con el dedo en un gesto infantil.

—Ya has visto lo que ha pasado. ¿O vas a decirme que eso lo ha provocado mi encanto...?

Abby se sonrojó, no descartaría del todo esa opción. Cuando Nathan la besaba o la acariciaba, una llama ascendía en sus entrañas y su calor la consumía con tanta intensidad que la abrumaba. El tacto de su piel o su olor la transportaban a un estado de deseo desconcertante; pero él tenía razón, y ella lo sabía, a veces tenía la vaga ilusión de que sus dedos desprendían una tenue luz azulada, pequeños rayos que chisporroteaban de un dedo a otro como una bola de plasma. Y eso siempre ocurría cuando la ansiedad la dominaba, ya fuera por las pesadillas o por el miedo a que la separaran de Nathan o a tener que usar la magia en las prácticas. Y sí, también cuando él la besaba y su corazón se desbocaba sin control, cortándole la respiración, entonces sentía esa presión en el pecho que se extendía por el resto de su cuerpo empujando hacia fuera.

—Ven, vamos a solucionarlo —dijo Nathan tomándola de la mano.

—¿A solucionarlo?

—Sí, no quiero que me electrocutes cada vez que intente besarte.

Abby bajó la cabeza avergonzada y caminó sin protestar, preguntándose a qué se referiría Nathan con lo de solucionarlo. Avanzaron entre los árboles durante unos minutos; entonces él se detuvo y estudió el entorno. En ese punto del bosque no había tanta maleza, parecía como si recientemente se hubieran talado algunos árboles enfermos. Había gruesas ramas y troncos limpios de corteza apilados en varios montones.

Nathan hizo un gesto con la mano y uno de los troncos se elevó en el aire con la ligereza de una pluma, flotó unos metros y lo depositó frente a Abby, que lo miraba embelesada con una sonrisa de admiración. La sonrisa se desvaneció de sus labios cuando Nathan señaló con la barbilla el tronco.

—¿Quieres que yo...?

—Sí, adelante.

—Nunca he hecho que un objeto levite. Bueno, sí, unas hojas —admitió, y empezó a hablar atropelladamente mientras daba pasos hacia atrás—, pero ni siquiera era consciente de lo que hacía, fue espontáneo y no he vuelto a intentarlo.

—¡Eh, tranquila! —dijo él, cogiéndola otra vez de la mano—. Tienes que descargar esa tensión y la única forma es usando tu poder. Si fueras una simple humana, podrías solucionarlo corriendo unos cuantos kilómetros y te desharías de toda esa adrenalina, pero en nuestro caso solo funciona a medias y en unas pocas horas estarías igual. Confía en mí, sé de lo que hablo, estás saturada y empeorará.

—Pero es imposible que levante ese tronco del suelo, es enorme.

Nathan le tomó el rostro entre las manos y le dedicó una sonrisa indulgente.

—Es muy fácil y yo te voy a ayudar —susurró. La rodeó hasta colocarse a su espalda, apoyó las manos en su cintura y se inclinó para hablarle al oído—. ¿Recuerdas cómo hiciste arder la hoguera en la playa? —Ella asintió—. Pues debes hacer lo mismo, solo que ahora tienes que desear que se eleve, tienes que visualizarlo en tu mente.

Abby soltó el aire de sus pulmones de forma entrecortada; suspiró de nuevo, tratando de controlar la respiración. Miró fijamente el tronco y deseó moverlo... Nada. Lo intentó otra vez, entrecerrando los ojos como si así pudiera conseguir que su concentración fuese mayor, pero el tronco continuó en el suelo sin moverse un ápice.

—No puedo hacerlo, es imposible —se quejó. Intentó darse la vuelta, pero Nathan se lo impidió sujetándola con más fuerza.

—Para ti no hay nada imposible, créeme, te falta confianza y estás demasiado asustada, nada más.

—No puedo evitarlo, tendrías que ver cómo me miran durante las prácticas. Desde lo que pasó con Seth... —guardó silencio con un nudo en la garganta.

—Pero ninguno de ellos está aquí, solo tú y yo, y yo no te temo, al contrario, confío en ti. Puedes hacerlo. —Abby movió la cabeza, negándose a continuar. Nathan le rozó la mejilla con los labios—. La magia es un don, no puedes renegar de lo que eres solo porque ellos son más débiles y no comprenden lo que posees. ¡Eres una bruja, usa tu magia!

Abby hizo un puchero. Nathan parecía tan seguro de ella, convencido de que era capaz de cualquier cosa que se propusiera, que se obligó a intentarlo.

—Soy una bruja —repitió ella con los ojos cerrados.

—Sí, lo eres. Así que ahora eleva ese tronco.

Nathan no perdió de vista el tronco, sintiendo en su propia piel la inquietud que destilaba la de Abby, cómo intentaba poner en marcha su cerebro. El problema era que no debía usar la cabeza, sino el corazón, debía apartar la lógica, librarse de cualquier duda o pensamiento racional y liberar sus impulsos. La rodeó con el brazo y posó la palma de su mano abierta sobre el pecho de ella, encima de su corazón.

—Tienes que usar esto.

Abby apretó los párpados y respiró hondo, inhaló varias veces y deseó que aquel maldito tronco se alzara del suelo. Sintió un hormigueo en la piel, notó cómo el pelo se le electrificaba y flotaba ingrávido; esa sensación era nueva.

—Abre los ojos —oyó susurrar a Nathan, y a pesar de no poder verlo, lo notó sonreír.

Abrió los ojos lentamente; la sorpresa la dejó helada un instante. Después, una amplia sonrisa cargada de orgullo se dibujó en su rostro. El tronco flotaba a un par de metros de altura. Entonces se percató de que no era lo único que levitaba. Troncos, ramas, piedras, hojas... estaban suspendidos en el aire, tan estáticos e inanimados que parecían una pintura. Ladeó la cabeza y miró a Nathan, él la observaba encantado y torció la boca con un gesto malicioso, sexy, que hizo que ella se derritiera. De repente todo se vino abajo, soltó un grito y apenas tuvo tiempo de cubrirse la cabeza con los brazos mientras cerraba los ojos. Los abrió al no sentir ningún golpe, ni tampoco el sonido de los objetos al estrellarse contra el suelo. Nathan los controlaba, la tomó del brazo y la apartó; un tronco enorme flotaba sobre su cabeza. En ese momento, dejó que cayeran con todo su peso.

Se miraron un instante, él estaba muy serio, aunque su mirada desprendía un brillo socarrón y enseguida dibujó una sonrisa en sus labios. Abby se cubrió la cara con las manos y empezó a reír con ganas. Sabía que ese instante en el que había perdido la concentración podría haberle costado caro, pero lo había conseguido y se sentía bien, mejor que bien.

—¡Lo he logrado! —exclamó con ojos brillantes. El rubor le coloreaba las mejillas, sentía la adrenalina recorriendo su cuerpo de forma frenética.

—Sí, aunque has estado a punto de aplastarnos a ambos. La próxima vez intenta mantener el hechizo hasta el final.

Abby le dio un golpe en el pecho.

—Ha sido culpa tuya, tonto. Si no me miraras así cuando intento concentrarme.

—¿Así, cómo? —preguntó, adoptando de nuevo la misma mirada sugerente. Le puso un mechón tras la oreja.

—Esa mirada —respondió, tragando saliva. Deslizó las manos por su pecho, lo agarró de la nuca y lo atrajo hacia ella.

—¡Espera, espera! —La detuvo por los brazos, con la respiración agitada, antes de que sus labios entraran en contacto—. No voy a besarte hasta asegurarme de que no me vas a dejar frito.

Abby dio un paso atrás, sin saber muy bien si enfadarse o reír. Optó por la segunda opción al ver su cara.

—¿Y qué sugieres? ¿Que haga flexiones mentales con los troncos?

—No, eso es para niños, pasaremos a algo más serio. Tienes que aprender a defenderte, yo lo considero mucho más importante que hacer filtros y encantamientos.

—¿Defenderme? ¿De quién? Mi padre dice que hace tiempo que los brujos no corren peligro en Lostwick, ni en ninguna otra ciudad.

—Eso no significa que el peligro no exista, y debes saber defenderte... o atacar.

Abby se estremeció al recordar la noche en la que aquel tipo la atacó en El Hechicero. Si pensaba en ello, aún podía sentir sus manos y su aliento sobre ella. Sintió náuseas.

—Vale. Enséñame.

Nathan sonrió, encantado. Sin apartar los ojos de Abby alzó la mano con la palma hacia arriba. Una pequeña luz apareció sobre ella, que fue creciendo hasta convertirse en una esfera que giraba sobre sí misma a gran velocidad. Era de un blanco traslúcido y parecía estar hecha de humo y electricidad. De repente, el tronco volvió a elevarse, Nathan lanzó aquella cosa, y en el aire no quedó más que una nube de polvo.

—¡Vaya, eso ha sido impresionante! —exclamó ella con una profunda inspiración.

—Inténtalo tú.

Abby miró al chico con serias dudas, él puso los ojos en blanco y frunció el ceño, impaciente. «Está bien, soy una bruja y puedo hacerlo», pensó. Puso la palma de la mano hacia arriba y la contempló fijamente, imaginó la esfera. Dio un respingo cuando la luz apareció en su mano. Miró a Nathan y después otra vez su mano, una sonrisa nerviosa iluminó su cara. La esfera empezó a crecer y a crecer y a crecer...

—¿Qué hago?

—Tienes que lanzarla.

—¿Lanzarla? ¿Adónde? —preguntó ansiosa. La bola tenía el tamaño de un balón de fútbol y giraba muy deprisa lanzando destellos.

—A cualquier parte —la urgió Nathan. La chica acababa de generar una fuerza asombrosa y no sabía controlarla, debía deshacerse de ella antes de que le explotara en la mano. Ella agitó el brazo y la esfera osciló emitiendo chasquidos—. A cualquier parte menos a mí —aclaró medio en broma dando un salto atrás. No quería intervenir, quería que lo solucionara ella sola, pero si no lo lograba en cinco segundos tendría que hacerlo.

Abby asintió con determinación, cada vez más nerviosa. Buscó con la mirada un objetivo, vio la roca e imaginó que lanzaba una piedra. La esfera escapó de su mano con la velocidad de un proyectil. Cerró los ojos y se cubrió los oídos al escuchar la explosión. Los abrió casi con miedo y encontró la roca reducida a un montón de arenisca.

—¡Sí, lo he hecho, lo he hecho! —gritó entusiasmada, y se lanzó al cuello del chico, abrazándolo muy fuerte. Él la estrechó y soltó de golpe el aire que había estado conteniendo sin darse cuenta; bajo la ropa estaba sudando a mares—. Enséñame más.

Nathan la apartó un poco para verle el rostro; ella tenía las mejillas arreboladas y le brillaban los ojos.

—Creí que habías dicho que no te gustaba usar la magia —la cuestionó, arrugando los labios en un mohín.

—Contigo es divertido, y es más fácil. —Pestañeó expectante, esperando a que él sugiriera un nuevo reto, pero lo que hizo fue acariciarle los labios con el pulgar.

—Casi ha anochecido, deberíamos volver —susurró.

—Enséñame más cosas.

—No hay nada que te pueda enseñar, sigues sin entenderlo. Todo está dentro de ti —susurró él, y volvió a acariciarle los labios, muy despacio.

Abby se estremeció.

—¿Intentas averiguar si aún soy peligrosa? Solo hay una forma de saberlo —lo retó, imaginando por su mirada qué estaba pensando. Él sonrió ante la invitación—. ¿Tienes miedo?

Nathan negó, moviendo la cabeza. Apartó los mechones oscuros de la cara de Abby y, lentamente, incapaz de detenerse, acercó su boca a la de ella y la besó con el pulso atronándole en las venas.

El primer gruñido sonó tras ellos, abrieron los ojos de golpe y se giraron en redondo. Frente a ellos, un lobo de ojos amarillos no les quitaba la vista de encima. La maleza se agitó con un ruido deslizante y de entre las sombras surgieron más de aquellos animales. Formaron un semicírculo frente a ellos.

—Nathan —susurró Abby muerta de miedo.

—Chsss..., no te muevas —dijo con un hilo de voz, sin perder de vista a los lobos.

—Podemos usar la magia para ahuyentarlos —musitó. El corazón le golpeaba el pecho con fuerza.

El lobo que estaba al frente, el que parecía el líder, estiró sus labios por encima de unos dientes afilados, y volvió a gruñir lo que parecía una amenaza. Abby tuvo la sensación de que había entendido cada palabra.

—Son demasiados —respondió Nathan. Con movimientos lentos y controlados, consiguió esconder a Abby tras su espalda, sin dejar de apretar su mano.

Los animales se fueron acercando muy despacio, observándolos con cautela mientras olisqueaban el aire. Abby soltó un gritito cuando uno de aquellos animales llegó a su altura y la miró a los ojos.

—No creo que quieran hacernos daño —susurró él sin perderlos de vista, girando sobre sus pies a la vez que los animales se movían alrededor de ellos.

Nathan contó doce, sus pelajes iban desde el negro más absoluto al blanco níveo. Estaba desconcertado, nadie había visto lobos en esa zona, ni siquiera se habían oído rumores, y una manada tan grande era imposible que pasara desapercibida. Los lobos continuaron avanzando, dejando a los chicos atrás, se situaron formando una línea, una barrera entre ellos y el bosque. Comenzaron a gruñir con el lomo erizado y la vista fija en algún punto en las sombras; se movían inquietos, amenazantes, lanzando dentelladas al aire. Nathan notó un pequeño empujón en la pierna; el corazón le dio un vuelco cuando su mirada se encontró con la de un lobo de piel rojiza, vio en ella entendimiento y algo parecido al aprecio. El animal le olisqueó la mano y le dio un ligero lametazo con su lengua áspera.

De repente el animal se inclinó hacia delante con las

orejas agachadas y gruñó. Lanzó un aullido agudo y profundo, y se lanzó a la carrera con el resto de la manada tras él. Corrieron entre los árboles sin dar tregua a la figura encapuchada que los acechaba, evitando cada uno de sus ataques. Ramas de gran tamaño se desprendían de los árboles cortándoles el paso. Rocas que impactaban contra sus cuerpos con la velocidad de un proyectil. Ninguno se detuvo para socorrer a los caídos, la presa era más importante. Los graznidos de los seres alados resonaron sobre sus cabezas. El alfa de la manada miró hacia arriba mostrando los dientes; el precipicio estaba cerca, si su presa conseguía llegar hasta allí, los cuervos tendrían que encargarse.

Nathan apretó con más fuerza la mano sudorosa de Abby, la chica temblaba de forma compulsiva. Se miraron preguntándose si había sido real.

—Larguémonos de aquí —sugirió. Dio media vuelta y, sin dejar de mirar hacia atrás, corrió hasta el coche manteniendo siempre a Abby por delante de él. Aún sentía el aliento de la bestia en sus dedos.

25

Abby salió del baño con el pelo húmedo tras la ducha y vistiendo un pantalón corto y una camiseta de tirantes con los que solía dormir en casa. Se sentía un poco incómoda, demasiado desnuda, y era absurdo, Nathan ya la había visto en bañador durante las clases de natación. Pero claro, ni de lejos la situación era la misma. Él estaba agachado frente a la chimenea recién encendida, atizando la madera. Solo llevaba un pantalón de pijama que se anudaba a la cintura. Abby lo observó mientras se movía, las líneas de su espalda, la longitud del cuello, el pelo oscuro como la noche; su piel dorada que bajo la luz de las llamas parecía ámbar.

Nathan dejó el atizador a un lado y se quedó contemplando el fuego, aún sentía la lengua áspera del lobo en su mano. Su mirada inteligente estaba grabada en su cerebro. No encontraba una explicación racional para lo que había pasado, una manada de lobos de ese tamaño no pasa desapercibida para la gente, y en el lago Crescent había mucha gente. Si supieran de las bestias, habría anuncios por todo el pueblo y el bosque estaría más que vigilado. Pero no era eso lo que le preocupaba, sino la reacción de los animales, su actitud amenazante, pero a la vez protectora, como si entre aquellas sombras hubiera habido algo oculto que los acechara. Juraría que los estaban protegiendo, y eso escapaba a su lógica; como otras tantas cosas en su vida.

Se había acostumbrado a aceptar los sucesos extraños que le ocurrían, sin más. Sabía hacer cosas que nadie le había enseñado, manejaba con destreza armas como arcos, espadas o cuchillos desde el primer instante que caían en sus manos. Técnicas de lucha imposibles de aprender viendo una película. Dominaba hechizos, encantamientos que no aparecían en los grimorios y que ni su maestro conocía, dominaba la materia y la naturaleza como si fuera el creador de ambas, y no sabía por qué. Ahora las respuestas habían dejado de interesarle, era como era, poderoso y peligroso, a veces inestable. No le importaba.

Ladeó la cabeza y vio a Abby en el umbral del baño; no pudo evitar que su mirada la recorriera de arriba abajo, sonrió y apartó la vista, con el corazón latiendo cada vez más deprisa y un nudo en el estómago. Se puso en pie y recorrió la habitación con los ojos, sin saber muy bien adónde mirar, pero sin pretenderlo, acabaron sobre la cama. Abby también la miraba, completamente ruborizada.

—Puedo dormir en el sofá si te sientes incómoda, no voy a enfadarme si lo has pensado mejor —dijo un poco tenso.

—No, no he cambiado de opinión, la cama es lo suficientemente grande para los dos. —Se frotó los brazos, sentía un calor asfixiante, aunque no sabía si era por el fuego de la chimenea o por el que le recorría el vientre.

Él se acercó y le acarició la mejilla. Le puso un dedo bajo la barbilla para obligarla a que le mirara y cuando ella levantó la vista, le dedicó una sonrisa comprensiva, tranquilizadora.

—En esa cama no va a pasar nada que tú no quieras que pase —susurró—. Trazaremos una línea si lo deseas, pero me gustaría abrazarte mientras duermes, me conformo con eso, no tengo prisa para dar el siguiente paso.

—¿De verdad? —preguntó algo insegura.

—De verdad —repitió con solemnidad.

Había tanta sinceridad en los ojos del chico que Abby se sintió conmovida. Lo abrazó, sintiendo su piel desnuda sobre la de ella. Enterró el rostro en su cuello con un tierno beso, lo acarició con la nariz en el hueco que tenía bajo la nuez y suspiró. Él la apartó un poco, lo justo para verle la cara, y le colocó un largo mechón de pelo tras la oreja.

—¿Estás bien? Aún tiemblas.

—Esos animales me han dado un susto de muerte, y todo ha sido tan raro...

—Sí, últimamente pasan demasiadas cosas raras.

—Primero los cuervos, ahora los lobos, y creo que este no ha sido el primer encuentro con ellos, pero sí la primera vez que se han dejado ver.

Nathan se movió ligeramente hacia atrás y la miró con atención, arqueando las cejas.

—Explícame eso.

—¿Recuerdas la primera vez que estuvimos juntos en la playa? —Nathan asintió y Abby continuó—: Creí ver algo entre los árboles, parecían perros. Unos días después, en el bosque, tuve la misma impresión.

—¡Vaya! —musitó, pensativo. Casi no respiraba—. ¿Por qué no me habías dicho nada?

Abby tragó saliva, nerviosa. Frunció los labios en un mohín mientras sus dedos jugueteaban con la cinturilla del pantalón de Nathan.

—Bueno, entre las pesadillas y mis «trances», no quería añadir otro motivo para que pensaras que me falta un tornillo.

—Yo jamás pensaría eso de ti —dijo con una suave risa.

—Vale, porque estoy casi segura de que somos nosotros

los que los atraemos —admitió. Nathan sacudió la cabeza sorprendido. Abby sonrió al ver su reacción—. Deja que te lo explique. Encontré un libro en la biblioteca de casa, uno que hablaba sobre habilidades de brujos. ¿Sabías que había brujos capaces de hablar con los animales, que podían dominarlos? Bueno, no los dominaban exactamente, sino que se establecía una especie de comunión entre la bestia y el hombre. ¿Sabes que existió una bruja a la que literalmente le saltaban los peces a su regazo?

—Sí, he leído algo sobre eso, y si hubieras investigado más sabrías que esa habilidad desapareció de nuestra sangre hace siglos.

—Puede que no, en las últimas semanas tú y yo nos estamos convirtiendo en la excepción que confirma todas las reglas. Quizá nosotros podamos, piénsalo, esos cuervos siempre aparecen donde estamos. Y los lobos... ha sido como si nos estuvieran... ¡protegiendo!

Nathan rio para sí mismo, le acarició el pelo colocándole algunos mechones sobre los hombros.

—Es posible, y parece algo interesante en lo que profundizar. Pero no esta noche. Ha sido un día muy intenso y estoy muerto. ¿Qué lado de la cama prefieres? —preguntó él.

Abby se encogió de hombros.

—Me da igual, no tengo preferencias.

Se metieron bajo las sábanas. Abby no podía evitar estar tensa, sentía el cuerpo rígido como una barra de hierro. Se quedó boca arriba, con los brazos sobre el pecho, muy quieta. Nathan la miró y no pudo evitar reír por lo bajo.

—¿Duermes así siempre? —preguntó.

—Sí —mintió Abby. En realidad solía ponerse espatarrada boca abajo o de lado.

Nathan se pasó la mano por la cara, haciendo verdaderos esfuerzos por no romper a reír con fuerza. Se habían besado y abrazado en infinidad de ocasiones, la pasión entre ellos era evidente y el deseo, imposible de disimular. Ella solía responder a sus besos y caricias con descaro y provocación, con ardor, y a él le encantaba. No solo le encantaba, se desmoronaba beso a beso bajo ella. Dentro de su coche habían llegado a saltar chispas, por eso su actitud no dejaba de resultarle graciosa.

—Ven, pongamos fin a esto —dijo él, y estiró el brazo hacia ella.

Abby lo miró sorprendida y tragó saliva, preguntándose a qué se refería. Quizá había cambiado de opinión y sí que esperaba algo más.

—Voy a abrazarte, quiero que veas que no pasa nada, ¿vale? Que no hay diferencia... con otros momentos —aclaró él.

Abby se deslizó bajo las sábanas con una tímida sonrisa, apoyó la cabeza sobre su pecho y dejó que la rodeara con los brazos. Tenía la piel caliente y olía a gel de ducha. Poco a poco se fue relajando y, dejándose llevar, deslizó una pierna sobre las de él.

—Eso está mejor —dijo Nathan besándola en el pelo. Notó que ella sonreía. Dejó escapar un suspiro y miró al techo, se sentía adormecido, tranquilo..., feliz. El momento era perfecto y notó cómo el sueño le vencía.

—¿Quién va a ser tu pareja para el baile? —preguntó Abby de pronto.

—Tessa Baker —respondió él con un bostezo.

—No me suena, ¿va a nuestro instituto?

—Es la hermana de Ray.

—¿Y por qué nunca la he visto? —quiso saber Abby sin poder disimular cierta desconfianza.

—No vive en Lostwick. Tessa es mayor que Ray, y estudia en la Universidad de Washington —contestó con un ronroneo. Se le cerraban los ojos.

—Así que es universitaria, y... ¿es guapa? —No pudo reprimir la pregunta y se odió por haberla formulado. Se estaba comportando como una novia suspicaz.

—¿Y qué importa eso? —preguntó él a su vez. Ladeó la cabeza intentando verle el rostro.

—Solo es curiosidad.

—¿Estás celosa? —Sonó más a una afirmación que a una pregunta.

—¡No!, ¿por qué iba a estarlo? —Cerró los ojos con disgusto. Ray era alto, rubio y de piel morena, sus ojos tan azules como un zafiro, por lo que Tessa sería una de esas chicas con aspecto de diosa del Valhalla. Ahogó un gruñido.

—Estás celosa, Abby —dijo él con una risita.

—¡No lo estoy! —Negó con ganas de discutir. En realidad estaba enfadada, enfadada porque él iría con otra chica al baile, enfadada por sentirse tan posesiva—. ¿O es que debería? —replicó con suspicacia. Apretó los puños, sintiendo de nuevo el chisporroteo en sus dedos.

De repente Nathan la tomó por los hombros y la hizo girar situándose sobre ella.

—¿Debo yo estarlo de Damien? Vas a ir con él, ¿no? Ni siquiera has intentado cambiar de pareja, ¿a que no? Vas a ir con un tipo que está enamorado de ti, que vive contigo, que puede verte cuando quiere, y al que detesto. Creo que aquí el único que tiene motivos para estar celoso soy yo. —Estaba furioso y aun así su voz apenas fue un susurro.

—¿Y lo estás, estás celoso? —preguntó ella; necesitaba un sí como el aire para respirar, necesitaba oír que era lo único importante para él. Tragó saliva cuando él apartó la vista de sus ojos y la posó en sus labios.

—Sí —admitió sin dudar. Su boca entreabierta expresaba deseo y el cuerpo le temblaba bajo una fina película de sudor.

—Lo siento, siento haber sido tan mezquina y egoísta.

Esto no es fácil para ninguno de los dos. —Le puso las manos a ambos lados del cuello y le acarició la mandíbula con el pulgar—. ¿Me perdonas? —musitó.

Al ver que él no decía nada y que su mirada continuaba siendo severa, ladeó la cara y sonrió, de la forma en la que sabía que le haría rendirse, siempre lo hacía. Nathan tomó una bocanada de aire y, con la misma codicia, se inclinó sobre ella. La besó con urgencia, profundamente, mientras Abby deslizaba las manos por su espalda; el roce le provocaba descargas eléctricas en cada centímetro de piel. El beso se volvió más intenso, apremiante. Sin pensar hundió una pierna entre las rodillas de ella presionando con las caderas. Le acarició el estómago mientras deslizaba la boca por su cuello y la mano ascendía hasta la curva de su pecho. Sabía que si continuaba, ella no lo detendría, podía sentir su entrega, pero también su incertidumbre y su nerviosismo, no estaba preparada. Enterró el rostro en su cuello y se quedó quieto, casi sin aliento. Se apoyó en los codos para mirarla y le sonrió. Abby le devolvió la sonrisa con una mezcla de desencanto por haberse detenido y expectación por lo que podía pasar después, pero él le rozó la nariz con la suya y se dejó caer a su lado, tumbado boca arriba. Se pasó una mano por el pelo y suspiró.

—¿Qué pasa? —preguntó desconcertada.

—Deberíamos dormir si queremos madrugar y aprovechar el día —dijo en voz baja.

Abby se sonrojó de inmediato y se tapó con la sábana.

—Sí —musitó algo cortada, y se giró en la cama, dándole la espalda al chico.

—No te estoy rechazando —susurró Nathan en tono desesperado. Apretó los párpados un instante, intentando mantener a raya su deseo. Ella giró el rostro hacia él y la miró a los ojos—. No quiero que te precipites solo porque nos hemos comportado como dos idiotas por ese estúpido baile. No hay prisa y me importas demasiado para ir más allá sin que estés preparada —declaró.

Abby se giró, deslizándose bajo las sábanas, y acomodó la cabeza en su pecho, le besó la piel desnuda y lo rodeó con el brazo. No sabía qué contestar a eso, solo podía demostrárselo, y volvió a depositar un tierno beso en su cuello. El chico suspiró mientras la abrazaba de forma protectora, estaba tan exhausto que en pocos minutos se sumió en un sueño profundo.

Abby permaneció despierta, se sentía segura y tranquila acurrucada junto a él; se relajó escuchando el sonido de su respiración bajo ella y poco a poco se durmió.

Mientras el carro avanzaba dando tumbos, los graznidos de los cuervos resonaban por todas partes; los soldados espantaban a los que se posaban sobre la jaula, pero estos volvían a descender una y otra vez, amenazantes. Dejaron de prestar atención a los cuervos y sus ojos se posaron en el cielo estrellado, en la enorme y pálida luna que comenzaba a teñirse de sangre. Moira también miró hacia arriba y sus labios se curvaron en una sonrisa; su madre le ofrecía un regalo, un deseo antes de morir, y ella sabía qué anhelaba más que nada.

La multitud se apartó cuando el carro se detuvo, unos rezaban, y otros, al grito de ¡Bruja!, le lanzaban improperios y le arrojaban restos podridos de comida que ni los cerdos hubieran querido. Los soldados la arrastraron hasta la pira donde los clérigos la esperaban entonando oraciones. El verdugo, un poco más alejado, calentaba el aceite que vertería sobre la madera para que el fuego se alimentara con rapidez. Moira contempló aquel caldero y el estómago se le contrajo con náuseas; sintió las arcadas ascendiendo por su garganta y se obligó a ignorarlas. Había deseado que la infección y el veneno que le corrían por la sangre acabara con su vida antes, y en su fuero interno aún esperaba el milagro. No quería morir, no de esa forma.

Le quitaron los grilletes y la subieron al pequeño cadalso donde se erigía un madero, la ataron con las manos hacia atrás, alrededor del tronco. Inmediatamente los soldados comenzaron a apilar más leña, pero ella no los miró ni una sola vez. Sus ojos buscaban entre la multitud; la ansiedad se apoderó de ella y comenzó a temblar. Tenía que mirarlo a los ojos una vez más, tenía que ver su cara y él debía ver su fin.

—Brann —gritó.

El cielo estrellado se cubrió, centenares de cuervos graznaban enloquecidos girando en círculos sobre ella. El gentío se movía inquieto, las oraciones se elevaron y muchos huyeron de allí asustados.

—Brann —volvió a gritar, mientras el verdugo vertía aceite sobre la madera.

La alta figura encapuchada salió a través de la puerta de la catedral, cruzó la línea que los clérigos habían formado en torno a ella y se detuvo a pocos metros, a sus pies. Moira pudo ver su medallón colgando del cuello de él y los ojos se le humedecieron con lágrimas. A través de ellas observó al verdugo acercándose con la tea en la mano, la lanzó sobre la leña y esta prendió. Su respiración se convirtió en un jadeo, apretó los labios para no gritar, no iba a hacerlo, y clavó sus ojos en el hombre que le había dado la vida para quitársela y al que aun así no culpaba.

«Déjame ver tu cara una última vez», pensó, y como si él la hubiera escuchado, tomó la capucha con ambas manos y la echó hacia atrás dejando a la vista su rostro, enmarcado por una larga melena oscura. Alzó la mirada del suelo y la posó en Moira. Sus ojos resaltaban como oro negro sobre una piel dorada, que iluminada por las llamas se asemejaba al ámbar. Se miraron fijamente hasta que el primer grito resonó en cada rincón, mezclándose con el aullido de los lobos que tomaban las calles.

Abby se incorporó de golpe empapada en sudor, apenas podía respirar, las lágrimas rodaban por sus mejillas sin control. Tosió por los restos de humo en su garganta y gimió por el dolor que sentía en las piernas. Alguien la tomó del rostro y le apartó el pelo de la cara, mientras le decía algo, pero no podía entender qué.

—Abby, ¿qué te pasa? ¿Estás bien? —preguntó Nathan, asustado por su aspecto. Estaba pálida como un cirio y no dejaba de temblar. Mantenía los ojos cerrados y los labios apretados con un rictus de dolor.

Abby trató de volver en sí, había sufrido otra pesadilla, la más aterradora de todas, pero solo era un sueño y ya había despertado. Entonces, ¿por qué no conseguía abrir los ojos?

—Abby, dime algo, lo que sea —oyó decir a Nathan, y su cuerpo se estremeció, alejándose por puro instinto de él.

—Era mi colgante, era mi colgante y lo tenía él —gimoteó con las manos aferrando la cruz de su cuello.

—Abby, mírame.

Ella negó. No podía abrir los ojos porque entonces vería su rostro. Se llevó las manos a las sienes intentando deshacerse de las imágenes en su cabeza. No era más que un sueño. Se repitió eso hasta que consiguió tranquilizarse un poco y abrir los ojos. Nathan la observaba arrodillado en la cama frente a ella. Se obligó a mirarlo, recordándose que él era real y que Brann no lo era, que su sueño no lo era.

—Gritabas mucho —dijo él—. Has llegado a asustarme. ¿Estás bien?

Abby asintió, iba a desmoronarse de un momento a otro, convencida de que algo no funcionaba bien en su cabeza.

—¿Otra pesadilla? —aventuró Nathan. Estaba sorprendido de la intensidad de esos sueños; por más que ella hubiera tratado de explicárselos, había tenido que verlo por sí mismo para comprender el estado de terror en el que Abby se sumía.

Ella volvió a asentir.

—He visto su cara, la he visto mientras me quemaban en esa hoguera y ha sido horrible —sollozó. Él se inclinó sobre ella muy despacio, y se dejó abrazar por sus fuertes brazos. El olor de su cuerpo borró cualquier resto de los hedores de su sueño, y se relajó un poco.

—¿Tan feo era? —susurró Nathan a su oído, intentando hacer una broma que consiguiera aflojar su tensión. Ella negó con la cabeza y volvió a estremecerse, apretándose contra él.

—Eras tú.

Nathan esperó pacientemente a que la chica se tranquilizara y pudiera contarle qué había soñado. Mientras ella relataba lo que había visto, él apenas conseguía estarse quieto. Cerró los ojos y se pellizcó el caballete de la nariz. Cabeceó con incredulidad.

—¿Estás bien? —preguntó Abby, aún demasiado pálida y temblorosa.

—Si ignoro el hecho de que te atormento..., no, esa no es la palabra, te asesino en sueños. Sí, estoy perfectamente —respondió, más nervioso de lo que quería aparentar.

—No puedes darle importancia, solo ha sido una pesadilla, no...

Él alzó una mano para interrumpirla. Se puso en pie.

—No solo es una pesadilla, yo veo más allá. La culpa es mía...

—¡No! —exclamó ella. Se bajó de la cama y fue hasta él.

—Sí, creo que en el fondo me tienes miedo, desconfías de mí... y que tus sueños son una manifestación de ese miedo.

—¿Qué? ¡No! —Lo abrazó por la espalda y apoyó la mejilla en su piel—. Yo no te tengo miedo, ¿cómo puedes pensar eso?

—Después de cómo te he visto, tan asustada, puedo

pensar cualquier cosa. No quiero verte sufrir de ese modo otra vez, no puedo, y si la razón soy yo...

Abby lo obligó a girarse y enlazó los brazos alrededor de su cuello. El muchacho la contempló, en aquel momento ella parecía demasiado frágil y pequeña; tomó aliento.

—No seas testarudo y métete esto en la cabeza. No te tengo miedo, no desconfío de ti; te quiero. No son más que pesadillas...

—Sí, pero... —Abby le tapó la boca con la mano.

—No son los únicos sueños que tengo contigo. Hay otros muy distintos. —Bajó la voz hasta convertirla en un tímido susurro. Depositó un tierno beso bajo su cuello y añadió sin despegar los labios de su piel—: Y te aseguro que no es miedo lo que me haces sentir.

A Nathan se le disparó el pulso con aquel susurro. La abrazó y pudo sentir que el corazón de ella latía tan rápido como el suyo. Se quedaron así, sin hablar, un rato. Al final volvieron a la cama, se acurrucaron juntos, cada uno en los brazos del otro, envueltos aún en un calor intenso, hasta que cerca del alba se quedaron dormidos.

26

Era miércoles por la noche y Nathan estaba de un humor de perros, tal y como siempre le ocurría cuando se celebraba una reunión entre La Comunidad y el Consejo de Ancianos. Odiaba esas reuniones, en las que debía sentarse sumiso y respetuoso ante aquellos que lo juzgaban y vigilaban como si fuera un reo con la condicional. Esta vez, al menos, no se había metido en ningún lío que tuviera que justificar, ni en el que su tío tuviera que dar la cara por él, recurriendo a la pura estirpe y al honor y al respeto que el apellido McMann inspiraba entre los distintos clanes de brujos, y que Nathan había heredado por parte de madre. Pero esa noche iba a ser más difícil que cualquier otra, y su familia volvería a ser la protagonista, el centro de atención. Su madre llevaba diecisiete años sin asistir a una reunión, nadie la esperaba, y el golpe de efecto que guardaba bajo la manga iba a asegurar que nadie olvidara esa noche.

Se sentó en la cama con una toalla en las caderas, apoyó los codos en las piernas y se inclinó hacia delante cubriéndose el rostro con las manos. Estaba siendo una semana infernal, y tenía pinta de terminar peor de lo que había empezado. Desde que se despidiera de Abby, el domingo anterior, apenas habían compartido unos minutos a solas a la hora del almuerzo, escondidos en el que se había convertido en su espacio secreto, la habitación junto a la piscina. Estaba preocupado por ella, convencido de que las pesadillas que sufría eran por su culpa. La relación que mantenían no era buena para ninguno de los dos; en sus sueños él era un asesino que le había mentido, manipulado y conducido a una muerte atroz. Y quizá ese fuera el reflejo de la realidad que estaban viviendo. Mentía por él, se escondía por él y vivía en constante tensión por el precio que tendrían que pagar si eran descubiertos. Así que de alguna forma sí que la estaba empujando a un fin trágico. Era prácticamente imposible que su relación terminara bien, él lo sabía y ella también, aunque era menos doloroso engañarse.

Por segunda vez le había dado la opción de acabar con todo, de romper y que cada uno continuara por su lado. Solo de pensarlo se sentía morir, pero lo haría, la dejaría si era lo mejor para ella. Abby en un principio se había enfadado por la insistencia de él en ese tema, y le repitió mil veces durante el viaje de vuelta a Lostwick que la única cosa que nunca consideraría en su vida era la ruptura. Al final Nathan prometió que jamás volvería a insinuar algo parecido y dejaron estar las cosas.

Esa noche la vería en la reunión, y necesitaba prepararse para ignorarla, nadie debía advertir ni la más mínima mirada entre ellos.

Terminó de vestirse y abandonó su habitación mientras se ajustaba la correa del reloj. Esperó a su madre con el motor en marcha. La puerta de la casa se abrió y Vivian apareció bajo el umbral; descendió la escalinata sin prisa. Nathan la observó embobado, se bajó del coche con los ojos como platos y le abrió la portezuela. Ella agradeció su gesto cortés con una sonrisa y una caricia en la mejilla. Rodeó de nuevo el todoterreno y se sentó frente al volante sin apartar los ojos de ella. Nunca le había visto ese vestido negro tan ajustado, ni los zapatos con diez centímetros de tacón con los que se movía de maravilla. El abrigo rojo a juego con el carmín de sus labios también era nuevo. Estaba, simplemente, espectacular.

—¿Pasa algo? —preguntó Vivian a su hijo al ver que no se movía.

—¡Vaya!

—Vaya —repitió ella ante un nuevo silencio, frunció el ceño y entrelazó los dedos sobre su regazo—. Espero que esa boca abierta y tu expresión de lelo se deban a que estoy guapa.

Nathan sonrió, sus ojos brillaban con orgullo.

—Guapísima.

Vivian sonrió y no pudo evitar sonrojarse. Nathan se parecía tanto a su padre que por un momento pensó que lo tenía delante. Le atusó el pelo y le acarició la mejilla.

—Anda, vamos, no quiero llegar tarde. —Se acomodó en el asiento y clavó sus fríos ojos verdes en el parabrisas—. Hoy no —añadió.

Nathan aparcó en un hueco libre cerca de la entrada a la residencia que se había acondicionado muchos años antes a las afueras de Lostwick para las reuniones. Ayudó a su madre a salir del coche y, ofreciéndole su brazo, caminaron juntos hasta la casa de dos plantas, más parecida a un modesto pabellón de caza inglés que a una típica edificación de los primeros colonos adinerados de la zona. El propietario había sido un brujo excéntrico que se había trasladado a Maine en mil ochocientos cuarenta. Descendiente de un noble irlandés, había muerto sin familia treinta y cinco años después, legando todas sus posesiones a La Comunidad.

Su tío Russell, hermano de su madre, les esperaba junto a la puerta. Saludó a Nathan con un apretón de manos y una sonrisa paternal, y besó a Vivian en las dos mejillas.

—¿Están todos? —preguntó Vivian a su hermano.

—El último acaba de llegar —contestó Russell haciendo un gesto casi imperceptible con la barbilla.

Vivian miró por encima de su hombro y vio a Aaron Blackwell bajando de su vehículo, acompañado como siempre de Sarabeth Devereux y su hija Diandra, y el hijo de los Dupree. Una quinta persona llamó su atención, una jovencita de larga melena oscura y aspecto tímido.

—¿Quién es?

Russell se inclinó sobre su hermana con disimulo.

—Según parece es la hija de Aaron, la tuvo con esa mujer, la periodista. ¿Cómo se llamaba?

—Michelle Riss —respondió Vivian en un tono de voz glacial.

—Esa. Por lo visto la chica ha venido a vivir con su padre tras el fallecimiento de su madre. Debe de haber toda una historia detrás, por los cuchicheos que circulan ahí dentro. Supongo que sabremos más esta noche, cuando la presente al Consejo —comentó Russell. Tomando a su hermana del codo, la obligó a apartar la mirada de los recién llegados.

—¿Cuánto tiempo lleva en Lostwick? —preguntó Vivian, incapaz de disimular el creciente malestar que se estaba apoderando de ella. Las señales, su presentimiento, todo tomaba forma.

—Algo más de un mes.

Vivian miró a su hijo mientras cruzaban el vestíbulo.

—¿La conoces?

—¿A quién?

—A esa chica, a la hija de Blackwell.

Nathan se encogió de hombros sin interés.

—Va a alguna de mis clases, pero nunca he hablado con ella —contestó. Fingió indiferencia y continuó andando bajo la atenta mirada de todos los presentes.

La presencia de Vivian estaba despertando un gran revuelo. Los rumores sobre ella y su encierro habían sido la comidilla durante años y los comentarios sobre su salud y cordura habían crecido hasta convertirse en historias cargadas de mucha imaginación. Aunque muy pocos sabían la verdad, el auténtico porqué de su ausencia social durante tanto tiempo.

Entre saludos y cumplidos se fueron abriendo paso a través de los asistentes. Visto desde fuera, todo indicaba que allí se celebraba algún tipo de fiesta; desde dentro era la forma de mantener unidos y en contacto a los pocos clanes de brujos que habitaban en la zona. Todos parecían encantados con su presencia, a excepción de las familias originales; su resentimiento era palpable tras la sorpresa inicial.

Llegaron hasta la sala donde se reunía el Consejo. Solo los miembros y algunas personas más, de cierta influencia, podían entrar en aquella habitación donde se tomaban decisiones, se juzgaban delitos o se formulaban peticiones; si bien los asuntos realmente importantes o que debían ser tratados con cierta confidencialidad se resolvían a puerta cerrada. Todos los ojos se posaron en ellos.

Sin perder la sonrisa, y como si nunca hubiera faltado a una reunión, Vivian fue hasta el sillón que siempre había ocupado.

—Señores —dijo en voz alta a modo de saludo, e inclinó la cabeza ante la otra mujer que formaba parte del Consejo—. Nora.

Vivian se sentó cruzando las piernas con elegancia a la altura de los tobillos y entrelazó las manos en su regazo; no pudo evitar mirar el lugar que su marido había ocupado durante años. Russell se colocó tras ella, con la mano sobre el respaldo. En ese momento, Aaron Blackwell entró en la sala con su hija, seguido de Sarabeth. Como líder del Consejo, ocupó su lugar en el centro. Sus ojos se cruzaron un instante con los de Vivian; ninguno de los dos dijo nada.

—Me alegro de veros a todos aquí —dijo Aaron con una sonrisa, y su mirada voló sin pretenderlo hacia Vivian; ella le observaba fijamente con el rostro inexpresivo—. Por suerte, son pocos los temas a tratar en este cónclave y todos ellos positivos, así que pronto podremos disfrutar de la comida y de un tiempo de buena conversación, incluso de una partida de ajedrez —comentó, dedicándole una venia a un hombre de avanzada edad que se sentaba a su derecha. El hombre respondió con otra venia aceptando la proposición—. Bien, empecemos. ¿Quién solicita la palabra?

El padre de Sarabeth, un hombre fornido y con el pelo cubierto de canas, se puso en pie. No se dejaba ver a menudo, pasaba largas temporadas en el sur, donde su salud no se resentía tanto como por el clima frío y húmedo de Lostwick.

—Creo que deberíamos ser considerados y atender primero aquello que ha traído a la señora Hale hasta aquí. Debe de ser importante si ha salido de su encierro de tantos años y ocupa un lugar que no le corresponde, ¿no lo cree el Consejo así?

Hubo gestos y murmullos de asentimiento, la curiosidad se había adueñado de todos ellos. Nathan, desde una de las esquinas donde se había colocado intentando pasar desapercibido, se puso tenso y se irguió con los puños apretados, clavando una mirada asesina en el hombre. Vivian esbozó una sonrisa taimada, sus ojos verdes recorrieron la sala y con premeditada lentitud se puso en pie.

—Gracias, Orson, es todo un detalle por tu parte —lo tuteó Vivian—, pero no hay nada que tratar respecto a mí, estoy aquí porque mi linaje y mi apellido me lo permiten, al igual que todos vosotros.

Un tic contrajo la mandíbula de Orson y su mirada se recrudeció.

—Si la memoria no me falla, ese honor fue declinado

por su parte a favor de Russell hace diecisiete años, cuando tuvo lugar la trágica muerte de su esposo. Y no es recuperable —dijo Orson con tacto, aunque el comentario destilaba veneno. No podía hablar abiertamente sobre lo que pasó entonces, ese tema solo lo conocía el Consejo y aquella reunión estaba abierta a otros brujos que nada sabían al respecto.

—Oh, tranquilo, no estoy aquí como McMann.

—Entonces, no lo entiendo, ya que el apellido Hale tampoco tiene posición en este Consejo —intervino Nora.

—Sí, por supuesto —replicó Vivian y, mirando por encima de su hombro, dedicó una sonrisa a su hermano—. Pero tampoco estoy aquí como Hale.

—¡Oh, por favor, dejémonos de juegos! Es evidente que lo que se dice es cierto, no está cuerda —espetó Orson.

Nathan reaccionó al desprecio; se lanzó hacia delante, la magia se arremolinaba en sus manos dispuesto a atacar. Una mano lo detuvo agarrándolo por el hombro, y se giró de malos modos para ver quién lo sujetaba. El padre de Ray le hizo un gesto para que se calmara y continuó con la mano sobre él.

—Orson —dijo Aaron, y esa única palabra hizo que el hombre se sentara—. Te importaría explicarte, Vivian —añadió con paciencia.

—Estoy aquí como única descendiente de mi madre y de la familia Venturi, fundadora de una de las comunidades más antiguas del Nuevo Mundo. Mi abuela ya era uno de los Ancianos antes de casarse con mi abuelo. Su lugar me pertenece.

—Tiene razón —dijo un hombre enjuto y con gafas, con aspecto de ratón de biblioteca—. El Consejo, desde hace siglos, siempre ha estado formado por trece miembros, ese círculo lo completaban los Venturi, pero desde que Paola murió al dar a luz a la madre de Vivian, nadie lo ha ocupado. Es legítimo lo que pide.

Hubo murmullos que se alargaron hasta que Aaron los acalló con un gesto.

—Bien, aun así, y después de tanto tiempo, creo que debería someterse a votación. La estabilidad de este Consejo es vital y los cambios pueden afectar a ese equilibrio.

—¡Por supuesto, debemos votar! —dijo Orson con soberbia.

—Eso sería un insulto a mi hermana y también a mí —intervino Russell—, no olvidéis que esa misma sangre corre por mis venas.

—Russell, por favor —dijo Vivian, tranquilizando a su hermano—. No tengo ningún inconveniente en que se someta a votación.

Las manos se alzaron una tras otra, y la decisión de que Vivian ocupara un lugar en el Consejo se tomó con siete votos a favor y cinco en contra. Vivian sonrió para sí misma, Russell había hecho bien su trabajo. Nathan observó toda la escena con disgusto, no estaba de acuerdo con la decisión de su madre, al igual que tampoco entendía en qué iba a cambiar aquello el pasado de su padre. Honor, respeto, reconocimiento, en los últimos días ella había repetido esas palabras hasta la saciedad, y Nathan llegó a pensar que su madre trataba más de convencerse a sí misma que a él por tanta insistencia. La observó detenidamente, su rostro no mostraba regocijo por haber conseguido su propósito, ni siquiera prestaba atención al asunto que se trataba en ese momento. Había otro tipo de emoción en su expresión, sus ojos estaban fijos en un punto en la sala; él miró en esa misma dirección intentando averiguar qué era aquello que tanto llamaba su atención, y se quedó helado al comprobar que era a Abby, sentada en un banco en la primera fila, a quien observaba con demasiado interés y hostilidad.

Apenas media hora después, la reunión del Consejo había finalizado y La Comunidad al completo se encontraba repartida en las habitaciones que componían la planta baja, charlando animadamente en grupos, mientras los más pequeños correteaban de un lado a otro.

—Si me disculpáis, necesito refrescarme un segundo —anunció Vivian.

Nathan y ella se habían retirado a un rincón junto a Ray y los padres de este para hablar con tranquilidad alejados de las miradas curiosas.

—Te acompaño —dijo Nathan de inmediato.

—Tranquilo, cariño, solo voy un momento al baño —susurró.

Le acarició la mejilla a su hijo con ternura y desapareció entre la gente. Subió la escalera y giró a la derecha, avanzó por el pasillo, pasó de largo al llegar al baño y se detuvo frente a una puerta blanca. Miró a un lado y a otro, no había nadie a la vista. Entró en la habitación y cerró la puerta tras ella, se acercó a la mesa a toda prisa, mientras sacaba de su bolso un mapa doblado y el péndulo. Pensó un momento en las palabras que debía pronunciar, las que había encontrado en el diario, no podía equivocarse. Puso el péndulo, que contenía la antigua sangre de la bruja, en el centro del mapa que había conseguido de la zona. Lentamente, para que no oscilara, lo alzó un palmo y recitó los versos. El colgante comenzó a girar, primero despacio, para ir ganando velocidad con mucha rapidez. La fuerza de la atracción la cogió desprevenida y la cadena se le escapó de las manos. La punta del péndulo se clavó en la mesa, atravesando el mapa. Vivian lo levantó con cautela, y miró el punto perforado. Inspiró profundamente hasta llenar sus pulmones de aire y lo soltó muy despacio, el péndulo marcaba el lugar exacto de la casa.

De vuelta a casa, Nathan no dejaba de lanzar miradas fugaces a su madre. Ella no había dicho ni una sola palabra y no apartaba la vista de la ventanilla. Había cambiado en las últimas semanas, tanto que apenas la reconocía. La forma en la que se había desenvuelto durante la reunión, el encanto con el que sonreía y respondía a los cumplidos, la forma en la que encandilaba a cuantos se habían acercado para saludarla, lo habían dejado sorprendido. Irradiaba confianza y seguridad, no quedaba nada de la mujer débil y deprimida que conocía. A pesar de lo mucho que se alegraba de aquellos cambios, no podía evitar sentirse descolocado, era como tener a una extraña ante los ojos.

—Buenas noches, mamá —dijo Nathan a su madre, frente a la puerta de su habitación, y la besó en la mejilla. Continuó andando mientras se quitaba la chaqueta.

—¿Por qué no me dijiste que la hija de Blackwell estaba en Lostwick? —preguntó ella muy seria.

Nathan se detuvo con un vuelco de estómago, se pellizcó el caballete de la nariz y se giró muy despacio.

—No pensé que fuera importante, y a ti no es que te guste hablar de ellos, precisamente —respondió, y conforme lo hacía, se dio cuenta de que no había preguntado sobre por qué no le había contado que Aaron tenía una hija, sino por el hecho de que estuviera allí. Frunció el ceño con un interrogante, pero descartó la idea de inmediato. Estaba paranoico y eso le hacía ver mensajes donde no los había.

—Ya —replicó Vivian. Forzó una sonrisa que se desvaneció inmediatamente mientras observaba con atención a su hijo, intentando leer en su rostro.

Nathan se removió inquieto por el examen. Bufó llevándose la mano al pelo.

—No te lo dije porque solo me acuerdo de que existe si me la cruzo en clase, no es alguien en quien piense cuando estoy en casa, ¿vale? —dijo a la defensiva.

Vivian sonrió.

—Me alegro de oírlo, no olvides lo que su familia nos

hizo. —Giró el pomo de la puerta y la empujó—. Nathan —lo llamó volviendo al pasillo, el chico se detuvo y la miró por encima del hombro—. He pensado que quizá no sea tan mala idea vivir en otro sitio, podría gestionar mis asuntos aquí desde cualquier otro lugar, y tú llevas tanto tiempo pidiendo que nos marchemos... Tienes razón, esta casa es demasiado grande para los dos. Creo que ha llegado el momento de cambiar de aires —comentó sin apartar sus ojos de los de él, y, sin más, entró en el dormitorio cerrando la puerta tras ella.

Nathan maldijo con la sangre hirviendo en sus venas. Se pasó las manos por el pelo y por la cara de forma compulsiva, sin dejar de moverse. No iba a ir a ninguna parte, no ahora. Se frotó las manos contra los pantalones, le picaban, casi no podía soportarlo. Estaba tan enfadado que apenas era capaz de controlarse. Las alzó a la altura de su cara, los dedos empezaban a iluminarse y corrió hasta el baño para meterse bajo la ducha fría. La última vez que se sintió así le pegó fuego al antiguo granero.

27

Damien aparcó en la plaza que había reservado y, lanzando un suspiro, se recostó en el asiento con la mirada clavada en Abby; estaba preciosa con su vestido rojo y esos cristalitos que le decoraban el pelo. Ella se inclinó hacia delante y contempló a través del parabrisas la fachada del instituto. Estaba iluminada con cañones de luz que proyectaban sobre el ladrillo rojo dibujos de calaveras y gatos negros. Dos fantasmas enormes se elevaban a ambos lados de la entrada impulsados por chorros de aire caliente.

—¡Ha quedado genial! —exclamó.

Damien también se inclinó y observó el conjunto, las calabazas iluminadas que bordeaban el camino hasta la entrada, las telarañas artificiales que colgaban de los árboles con arañas de goma. Hasta había un ataúd rodeado de lápidas del que salía una momia cuando alguien se acercaba demasiado.

—Va a ser una fiesta estupenda —señaló, miró a Abby y le guiñó un ojo—. ¿Dispuesta a pasar una noche inolvidable?

Abby asintió dibujando una enorme sonrisa y descendió del coche. Damien le ofreció el brazo y juntos entraron en el edificio. Se quedaron boquiabiertos con la decoración del interior. El pasillo que conducía al gimnasio estaba irreconocible, transformado por completo en un auténtico túnel del terror. Las luces estroboscópicas parpadeaban iluminando rincones estratégicos donde se habían colocado maniquís disfrazados de vampiros, zombis y brujas. Cortinas de telaraña colgaban de las paredes y murciélagos del techo. Empujaron las puertas del gimnasio y fue como cruzar a otra dimensión.

Abby no dejaba de sonreír, jamás había estado en una fiesta como aquella. Avanzaron entre la gente y vieron a Diandra agitando la mano desde la mesa del ponche. Lograron llegar hasta ella y el resto del grupo. Rowan y Holly parecían estrellas de una película de los años veinte, ambos vestidos de blanco y negro y perfectamente conjuntados. Peyton iba acompañada de un chico que Abby había conocido durante la reunión de La Comunidad; él le puso un vaso con ponche en la mano a la vez que alzaba el suyo a modo de saludo. Ella se lo agradeció esbozando una tímida sonrisa. Edrick llegó de la mano de su novia, una NO-MA que nada sabía de su condición de brujo, así que, cuando estaban con ella, todos debían andarse con cuidado para no cometer ninguna indiscreción.

La música sonaba a un volumen tan alto que tenían que gritar para hacerse oír. Abby apuró su segunda copa de ponche y dejó de prestar atención a las conversaciones. Observó a la gente que bailaba, a los grupos que se habían formado en torno a las mesas y en las gradas o alrededor del DJ; ni rastro de Nathan por ninguna parte.

—No tardará en cruzar las puertas, acabo de verle aparcando fuera —dijo una voz cerca de su oído.

Abby se giró de golpe y se encontró con la espléndida sonrisa de Pamela.

—¡Hola! —consiguió decir Abby en cuanto su corazón volvió a latir. Se abrazaron un instante—. Estás guapísima.

—Tú también —dijo Pamela—. Bueno, por lo que me han contado, este año parece que se han superado, esto ha quedado fantástico.

Abby asintió y se llevó el vaso a los labios; lo miró con una mueca de disgusto al contemplar que estaba vacío.

—¿Te apetece uno? —preguntó. Su amiga asintió y fueron juntas hasta la mesa—. ¿Dónde está tu pareja? —curioseó, mientras servía en los vasos aquel líquido rosado con demasiado azúcar.

—Pinchando música. Si llego a saber que iba a ser el DJ de la fiesta, no hubiera aceptado su invitación. Aunque Cam no deja de mirarme, así que puede que la noche no acabe tan mal después de todo.

Abby rompió a reír y dio un sorbo a su bebida. Hizo un nuevo reconocimiento del lugar, cada vez más nerviosa. La puerta se abrió y se le detuvo el corazón. Ray entró de la mano de una chica pelirroja y, tras él, Nathan caminaba con el porte de un príncipe. Llevaba un traje negro que le sentaba de maravilla a juego con la camisa; la nota de color la ponía una corbata gris perla. Entonces reparó en su acompañante, una chica de larga melena rubia y lisa, de ojos grandes y verdes como esmeraldas, embutida en un vestido negro muy ajustado. A pesar de que se había preparado para ese momento, no pudo evitar sentir un ramalazo de celos; notó el calor ascendiendo por sus mejillas y un hormigueo en los dedos.

Entonces su mirada se encontró con la de él y la temperatura de su cuerpo aumentó, esta vez por un motivo que no tenía nada que ver con los celos. Nathan sonrió, sus ojos brillaron un instante y Abby se estremeció con la sensación de que una pluma le acariciaba los brazos. El corazón comenzó a latirle apresuradamente.

—Será mejor que intentes disimular un poco o alguien acabará por darse cuenta de que entre vosotros pasa algo

—dijo Pamela cogiéndola del brazo. La obligó a darse la vuelta y la arrastró hasta el centro de la multitud.

Abby trató de disfrutar de la fiesta, y se obligó a ignorar a Nathan y su acompañante en la medida que podía. Algo difícil teniendo en cuenta que cada vez que dejaba vagar su mirada, esta se encontraba con la de él como si estuvieran conectadas por algún tipo de lazo invisible. Notó un golpecito en su hombro, se giró y se encontró con Rowan y su despampanante sonrisa.

—¿Bailas? —preguntó, frunciendo los labios en un mohín sugerente. Antes de que Abby pudiera responder, la tomó de la mano, tiró de ella y le rodeó la cintura con el brazo—. Aprovecha, bailar con un experto como yo no es algo que te ocurra todos los días. —La hizo girar entre sus brazos, la inclinó hacia atrás y volvió a alzarla.

Abby rompió a reír mientras se dejaba llevar. Rowan era encantador y su suficiencia y amor por sí mismo, más que un defecto que aborrecer, eran parte de su gran encanto una vez que le conocías.

—¿Sabes? Hay alguien que se muere por bailar contigo, pero es tan tonto que creo que va a pasarse la noche mirándote embobado antes que atreverse a hacer algo al respecto —dijo Rowan al oído de Abby. Ella desvió la mirada, nerviosa, y su primer pensamiento fue para Nathan—. O puede que no sea tan tonto —añadió con una sonrisa maliciosa al ver cómo Damien se abría paso entre la gente hacia ellos.

De repente Rowan la hizo girar de tal forma que acabó entre los brazos de Damien sin que ninguno de los dos tuviera tiempo de reaccionar. Sus cuerpos chocaron y los reflejos de Damien impidieron que ella cayera hacia atrás, al sujetarla por la cintura. Se miraron un instante, algo cortados.

—¿Me concedes este baile? —preguntó él, alzando su mano derecha.

Abby asintió y puso la palma de su mano sobre la de él. Los brazos fuertes del chico la estrecharon y la hicieron girar y mecerse en un baile lento y elegante. Sus ojos grises no se apartaban de su cara, y la mano apoyada en la espalda la presionaba contra él. Tomó aire y trató de relajarse; solo estaban bailando, aunque era evidente que para él significaba algo más. Intentó no pensar en ello, ni en quién podía estar viendo aquella escena.

Nathan aceptó la invitación de Tessa y se dirigió con ella a la pista de baile, no porque le apeteciera bailar entre la marea de cuerpos sudorosos, sino porque necesitaba moverse y aflojar la tensión de su cuerpo. La cogió de la mano y la atrajo hacia él, la hizo girar y volvió a atraerla provocando su risa.

—Siempre me has parecido un enano encantador —dijo Tessa.

—Bueno, ya no soy tan niño, te saco una cabeza, y la que ahora parece una cría eres tú.

Ella ladeó la cabeza con un gesto coqueto.

—¿Sabes? Si tuvieras un par de años más, hasta me plantearía salir contigo.

Esta vez fue Nathan el que rompió a reír con fuerza.

—¿Estás flirteando conmigo, Tessa? —Sus labios esbozaron una sonrisa sexy y perspicaz, seductora, tan natural e innata en él que era imposible pensar que se comportaba así de forma premeditada.

Tessa quedó atrapada en aquella sonrisa. El amigo de su hermanito había crecido, convirtiéndose en un hombre muy atractivo. Se sonrojó mientras él la guiaba en un nuevo giro.

—¿Funciona? —preguntó ella entre parpadeos inocentes.

Nathan la miró detenidamente; su piel dorada, el pelo rubio como la cebada y unos ojos color esmeralda que acaparaban toda la atención. El resto era igual de hermoso: figura perfecta, largas piernas, y un cerebro de astrofísica; el sueño de cualquier tipo hecho realidad. Arrugó la nariz y frunció los labios con una disculpa, mientras negaba con la cabeza.

—Supongo que he llegado tarde. Es guapa —dijo ella, indicando con la barbilla a alguien entre la multitud.

Nathan se puso tenso.

—¿Qué? ¿De qué estás hablando?

—Qué no, quién. Hablo de la chica Blackwell, estás coladito por ella —replicó rápidamente. Había visto a Abby por primera vez un par de días antes, en el café, cuando su madre le había explicado quién era y la forma en la que había aparecido.

Pasaron unos segundos de absoluto silencio en los que Nathan intentaba pensar qué decir para solucionar un momento tan tenso. Finalmente soltó un bufido cargado de rabia.

—¡Voy a matar a tu hermano! —masculló, convencido de que Ray se había ido de la lengua.

—Ray no me ha dicho nada, se graparía los labios antes que contar uno de tus secretos. Me he dado cuenta porque no le quitas los ojos de encima; incluso cuando hablas conmigo y parece que me prestas atención, solo estás pendiente de ella. Al principio me ha costado creerlo, pensé que me estaba confundiendo o que era a otra chica a la que observabas. Pero no, es a ella —dijo sin dejar de sonreír. Le acarició el hombro sobre el que tenía la mano apoyada—. ¡En menudo lío te has metido!

—No lo sabes tú bien —admitió. Lanzó una rápida mirada hacia el lugar en el que Abby y Damien bailaban. El chico parecía un oso sobre ella; la mano que en un principio reposaba a media espalda había descendido considerablemente, y debía de tener algún problema de afonía porque no dejaba de inclinarse sobre su oído.

—Y con todas las chicas que hay en el mundo, ¿por qué ella? —inquirió Tessa.

—¿Crees que algo así se elige? ¿Que he tenido opción? —preguntó él con expresión sombría, y continuó hablando sin esperar respuesta—. He hecho todo lo que he podido para alejarme de ella, todo, pero desde que la vi por primera vez se metió en mi cabeza. Fue extraño porque tuve la sensación de que había encontrado algo muy valioso que había perdido y que ni yo mismo conseguía recordar.

—Debes de estar pasando un infierno. Que te guste la hija del hombre que mató a tu padre es un poco retorcido.

Él sonrió sin una pizca de humor.

—Lo es, y hay momentos en los que me siento muy culpable, pero después, cuando consigo estar con ella unos minutos, mi conciencia es lo último que me importa.

Tessa se quedó con la boca abierta.

—Un momento, ¿estáis juntos? ¿Esto ha ido más allá de tu cabeza? —preguntó, sin dar crédito. Nathan asintió y sus ojos se posaron una vez más en la pareja. Damien desplegaba todas sus dotes de cortejo sobre Abby—. Y por lo que veo, al menos habéis tenido cabeza como para mantenerlo en secreto —añadió Tessa. Él volvió a asentir furioso y afligido a la vez—. ¿Y qué piensas hacer?

Nathan se encogió de hombros y una sonrisa lúgubre oscureció su rostro.

—Morirme de celos mientras el idiota de Dupree no le quita las manos de encima —dijo con sarcasmo; un tic le contrajo la mandíbula. De repente su expresión cambió y un brillo siniestro asomó a sus ojos—. O aclarar este asunto de una vez por todas.

Nathan soltó a Tessa y dio media vuelta.

—¿Qué vas a hacer? —preguntó ella con un brote de pánico. Lo agarró por el brazo pero él se soltó dando un leve tirón y continuó andando—. ¡Ray! —Llamó a su hermano.

El chico estaba un poco más adelante; levantó la vista de su acompañante y siguió la dirección a la que apuntaba el brazo de Tessa. Vio la espalda de su amigo abriéndose camino entre la gente y, un poco más allá, a Damien demasiado cerca de Abby. Su mente se iluminó como si un rayo hubiera entrado en ella y se lanzó hacia delante para detenerlo antes de que cometiera una estupidez. Gritó su nombre, consciente de que no iba a alcanzarlo a tiempo; no sirvió de nada.

Abby se quedó de una pieza, y su corazón se detuvo por un momento. Nathan venía directo hacia ella con una expresión demoníaca.

—Quítale las manos de encima —dijo Nathan con sus ojos del color de la obsidiana fijos en Damien.

Damien se dio la vuelta y un rictus de furia transformó su cara al descubrir a Nathan.

—¿Qué? —preguntó—. ¿Estás buscando problemas?

—Tenemos que hablar —dijo Nathan a Abby ignorando a Damien deliberadamente; no buscaba pegarse con él.

—Ella no tiene nada que decirte —masculló Damien, interponiéndose entre ellos.

—Esto no va contigo —le espetó, y clavó sus ojos en Abby—. Se acabó, estoy harto.

—¡Déjala en paz! —Damien trató de empujar a Nathan, pero este paró su brazo apartándolo de un manotazo.

—No me toques —musitó con un odio nauseabundo, y centró de nuevo su atención en ella—. Abby, no me importa que lo sepan, lo prefiero a esta tortura.

Abby apenas podía respirar y mucho menos hablar, estaba tan impresionada que no conseguía reaccionar.

—Definitivamente has perdido el juicio —dijo Damien con una carcajada sin nada de humor—. Apártate de ella.

—No, el que debería apartarse eres tú, mis asuntos con ella no te incumben.

Damien se puso pálido y apretó los puños.

—Abby no tiene ningún asunto contigo.

—En eso te equivocas. —Levantó las cejas con suficiencia y una sonrisa peligrosa curvó sus labios. Un halo oscuro lo rodeó por completo, su alma de brujo era la de un demonio en ese momento.

Damien se lanzó hacia delante dispuesto a partirle la cara.

—¡Basta! —intervino ella colocándose en medio; miró a Damien—. Solo quiere conversar, conmigo. —Enfatizó la última palabra con dureza. El chico abrió la boca para hablar, pero se había quedado tan estupefacto que no consiguió decir nada. Abby apartó la vista de él y se plantó delante de Nathan con el corazón desbocado, tratando de entender—. ¿Qué estás haciendo? —susurró.

—Verte con él es una agonía, mucho más de lo que puedo soportar. Se acabó, me da igual que se enteren, ¿vale? Al infierno con todo, quiero que todos sepan de una vez que estamos juntos.

—Nathan —musitó Abby mirando a su alrededor. Todo el mundo se había detenido para observar la escena. La música continuaba sonando a un volumen muy alto, pero nadie parecía escucharla.

—No me importa lo que piensen los demás, mi madre o tu padre, no hacemos nada malo. —Su voz imploraba con el corazón en un puño. Le tendió la mano—. Ven conmigo.

Abby miró la mano que Nathan le ofrecía; luego, las caras de asombro de sus compañeros: susurraban entre ellos y eso la estaba lanzando hacia un brote de histeria. Por un lado deseaba coger su mano, pero por otro estaba tan asustada por lo que podría ocurrir después que no era capaz de tomar una decisión.

—Abby —rogó Nathan, y un atisbo de incertidumbre asomó a sus ojos. El momento se alargó unos segundos; lentamente bajó la mano—. Está bien —susurró, con la sensación de que algo se desgarraba en su interior. Dio media vuelta y echó a andar en dirección a las puertas mientras sus compañeros se hacían a un lado para abrirle camino.

Abby era incapaz de moverse, sintió sus ojos llenándose de lágrimas mientras se preguntaba qué demonios estaba haciendo allí parada dejándolo ir como una idiota. Notó que alguien la cogía del brazo, bajó la vista y vio la mano de Damien sobre la suya. Entonces lo miró a los ojos y percibió en ellos desaprobación, rabia, condescendencia y al final perdón. Eso le hizo reaccionar, no necesitaba el perdón de nadie porque no había hecho nada malo.

Se soltó y echó a correr, apartando a la gente sin miramientos. Llegó hasta Nathan, lo agarró de la muñeca y tiró de él obligándolo a girarse, y sin apenas darle tiempo a sorprenderse, se lanzó a su cuello y lo besó con las lágrimas nublándole la vista. Él la rodeó con los brazos, apretándola muy fuerte, y le devolvió el beso con ganas. La alzó del suelo y enterró el rostro en su cuello. Su risa de alivio vibró sobre la piel de Abby entibiándole el cuerpo, y se sintió increíblemente viva. Él la dejó en el suelo con cuidado, torció la boca con una sonrisa que prometía el mundo y la tomó de la mano.

—Vámonos de aquí —dijo Nathan en tono áspero, y juntos salieron del gimnasio, dejando tras ellos un montón de rostros con la mandíbula desencajada.

Damien no podía dar crédito a lo que estaba viendo, perdió los nervios y se lanzó hacia delante con intención de intervenir, pero Diandra lo detuvo.

—Déjalo estar —dijo ella.

—No puedo, ¿has visto lo que acaba de pasar? Ese malnacido... voy a matarlo por lo que le ha hecho.

—Nadie la ha obligado a hacer nada, se acaba de ir con él por voluntad propia. ¡Abre los ojos, Damien, por lo que acabo de oír puede que lleven juntos semanas! Deberíamos volver a casa y contárselo a Aaron, es mejor que lo sepa por nosotros.

Abby y Nathan salieron al exterior cogidos de la mano, corrieron sobre el césped y no pararon hasta llegar al aparcamiento. Las personas con las que se iban encontrando se giraban para mirarlos estupefactos. Llegaron hasta el todoterreno y Nathan ayudó a Abby a subir, después rodeó el coche y se puso frente al volante. Se quedaron un instante en silencio, con los ojos clavados en el parabrisas, la respiración acelerada y un extraño frenesí acompañado de un subidón de adrenalina recorriéndoles el cuerpo. Nathan se aflojó la corbata y se desabrochó un par de botones de la camisa.

—¿Qué hemos hecho? —preguntó Abby con una risa floja cargada de incredulidad.

—Lo que debimos hacer desde un principio —respondió él, lanzando la corbata al asiento de atrás. No había dudas en el tono de su voz, solo resolución—. Lo que debimos hacer —repitió. Se inclinó sobre ella y le dio un beso, rápido pero apasionado. Le sonrió como un lobo y puso el coche en marcha.

Salieron del aparcamiento a toda velocidad, abandonaron el pueblo y tomaron la carretera que bordeaba la costa. Nathan puso música y cogió a Abby de la mano, entrelazaron los dedos.

—¿Tienes hambre? Porque yo me comería cuatro kilos de hamburguesas.

Abby asintió y volvió a reír, sonrojándose al pensar en la escena que habían montado en el baile. No se arrepentía, aunque estaba nerviosa por lo que vendría después; temía las consecuencias, pero iba a defender sus sentimientos y sus ideas por encima de todo. Y tendrían que entenderlo, cada uno de aquellos que condenara su elección, porque nada ni nadie iba a apartarla del chico al que amaba.

En apenas veinte minutos se detuvieron en el aparcamiento de El Hechicero. Nathan se quitó la chaqueta y se la echó por los hombros a Abby. Tras la precipitada huida ella había olvidado su abrigo en el guardarropa y no pensaba volver a por él. Cruzaron la puerta sin soltarse de la mano y por un momento pensaron que se habían equivocado de lugar. La decoración de Halloween parecía sacada de un telefilme gore de serie B. Abby reprimió una mueca de asco al pasar frente a lo que parecía un caldero lleno de sangre con ojos flotando en su interior.

—¿Y vosotros de qué vais disfrazados? —les preguntó un tipo con una máscara de Jason, el protagonista de *Viernes 13*, sobre la cabeza. Los miraba de arriba abajo sin entender a qué personajes podrían pertenecer aquellas ropas de fiesta.

—La pareja que siempre acaba escapando al final —respondió Nathan sin inmutarse.

Abby se llevó la mano a la boca para contener una sonora carcajada.

—Ah..., ¡mola! —dijo el chico asintiendo con la cabeza.

Muertos de risa llegaron hasta la barra. Nathan encontró un único taburete libre, se sentó en él y alzó a Abby por la cintura para sentarla sobre sus piernas. Nick salió a través de la puerta con cortina que daba paso a la cocina; llevaba una botella de bourbon en una mano y una hamburguesa en la otra, lo dejó todo frente a Freddy Krueger.

—Déjame adivinar... —empezó a decir Nathan. Frunció el ceño, pensativo, y aventuró—: ¿*La noche de los muertos vivientes?*

Nick, disfrazado de zombi, levantó la vista y sus ojos se abrieron como platos. De repente frunció el ceño, aquellos dos estaban juntos, abrazados, y sin esconderse en una noche en la que el local estaba atestado de gente.

—Vale, ¿qué me he perdido? —preguntó. Se echó un trapo sobre el hombro y apoyó las manos en la barra.

Nathan besó a Abby en el cuello y se encogió de hombros. Nick rompió a reír.

—No sé si aplaudiros o ir sacando el traje que uso para los funerales.

Abby alzó el brazo dispuesta a darle un manotazo. Nick fue más rápido, atrapó su mano al vuelo y se la llevó a la boca dándole un beso en la palma.

—Si alguien os causa problemas por esto, solo decidme quién; del resto yo me ocupo —dijo muy serio—. ¿Hamburguesas para dos? —preguntó, recuperando la sonrisa.

Nathan se limitó a asentir y entre ellos hubo un momento de comunión en el que sus miradas lo expresaron todo. Lealtad.

—¿Ha dicho lo que creo que ha dicho? —quiso aclarar Abby con un estremecimiento. Nathan asintió y su sonrisa se ensanchó al ver la cara de susto de la chica—. ¿Y lo dice en serio?

Nathan volvió a afirmar y se rio por lo bajo.

—¿Y te parece bien? Bianca me dijo que había estado en un reformatorio.

—Sí, me parece bien. Nick, Ray, Bianca..., mis amigos. Ellos son mis hermanos, mi familia, no hay nada que no harían por mí o yo por ellos. Abby, no somos los buenos, ¿vale? Yo no soy el chico perfecto de la peli. Lo siento, es lo que hay y creía que lo sabías. No suelo poner la otra mejilla y quien me la juega lo paga caro. Lo que ves es lo que hay.

—Me gusta lo que veo —susurró ella.

A veces, en la vida, uno debía ser así para sobrevivir. Y para ella, él podría ser un demonio, confesarle un asesinato y no le importaría, nada sería tan importante como sus labios sobre su boca. Lo besó.

28

Nathan llevó a Abby hasta su casa, se había acabado lo de despedirse a escondidas y mirar por encima del hombro. La quería, estaban juntos y defendería ese hecho ante el mismísimo Aaron Blackwell, líder del Consejo y asesino de su padre. Paró el motor dispuesto a acompañarla hasta la puerta, pero ella se lo impidió; trató de convencerlo de que era mejor que cada uno se ocupara de sus respectivos padres, que forzar la situación no iba a ayudarlos, al contrario. Aceptó sus condiciones a regañadientes, pero solo porque al final ella le confesó que temía que llegaran a las manos en un arrebato. El tema era lo suficientemente serio y complicado como para considerar que alguno pudiera perder los estribos, y a él no le quedó más remedio que aceptar, cuando no fue capaz de jurar, ni por su gato, que no iba a usar la violencia pasara lo que pasara.

Se tomó su tiempo en volver a casa; necesitaba asumir el control de sí mismo, más que nunca, antes de enfrentarse a su madre. Debía prepararse para hacerle daño, porque iba a hacérselo. Iba a herir sus sentimientos, su orgullo, y la decepcionaría.

Aparcó frente a la entrada y se quedó sentado durante

unos segundos, ordenando sus pensamientos, pensando respuestas a las preguntas que estaba seguro ella le haría. Se bajó del coche y con las llaves en la mano fue hasta la puerta, sin prisa. El frío nocturno se coló a través de la tela de su camisa, erizándole la piel. Entró y cruzó el vestíbulo en dirección al estudio de su padre. Sabía que ella estaría allí, últimamente pasaba las noches en esa habitación, trabajando o enfrascada en la lectura de esos manuscritos antiguos de los que no sacaba la nariz nada más que para comer. Empujó la puerta entreabierta, la encontró sentada frente al fuego con las manos entrelazadas sobre el regazo. Apenas ladeó la cabeza para mirarlo cuando se percató de su presencia y volvió a contemplar el fuego.

—Mamá, tenemos que hablar —dijo Nathan, dispuesto a acabar con aquello cuanto antes.

Esta vez, Vivian se giró por completo. Sus ojos eran tan fríos como el hielo cuando lo contemplaron.

—Sí, debemos hablar de qué es lo que hay exactamente entre Abigail Blackwell y tú —replicó en tono airado.

Nathan se quedó petrificado junto a la puerta.

—¿Lo sabes?

—¡Por supuesto! Te conozco, Nathan, y la otra noche pude darme cuenta de que me mentías cuando te pregunté por ella. Tenía mis dudas y necesitaba confiar en ti, pero vuestra romántica escena de esta noche, delante de todo el instituto, me ha confirmado lo que me negaba a creer. ¿Cómo has podido traicionar a esta familia de esa forma? ¿Tan poco te importa la memoria de tu padre? —le recriminó con aspereza.

—Yo no he traicionado nada, mamá. No estoy haciendo nada malo.

—No quiero que vuelvas a verla —exigió; estaba enfadada y demasiado dolida para contemplaciones.

Nathan avanzó hasta el centro del estudio.

—No me pidas eso.

—No te lo pido, Nathan, te lo ordeno. No te acerques a esa chica si no quieres que me entrometa.

A Nathan se le heló el corazón. Apretó los puños para controlar el acceso de rabia que estaba sufriendo.

—No voy a dejarla, me da igual lo que digas. Se acabó el odio, la venganza. Ella no tiene la culpa de lo que pasó, ni yo tampoco...

Vivian hizo un gesto de exasperación con la mano y se puso en pie.

—Confía en mí, no puede ser, esa relación está abocada al desastre.

—No lo está si nos dejáis vivir nuestra propia vida.

Vivian habló en tono severo.

—Soy tu madre, lo he sacrificado todo por ti. ¿De verdad vas a herirme por una chica que solo te traerá problemas?

—No me hagas elegir, por favor —suplicó Nathan, llevándose las manos a la cabeza. Enredó los dedos en su pelo y soltó un suspiro.

Vivian le lanzó una mirada feroz, y tuvo ganas de abofetearlo por ser tan tozudo.

—¿Y qué hay de su padre? ¿Crees que dejará que estéis juntos? Jamás permitirá que te acerques a su hija.

Los ojos de Nathan relucieron cargados de agresividad.

—Lo que él piense me trae sin cuidado. Estoy dispuesto a marcharme de aquí, y ella vendría conmigo sin dudar. —Sonó a amenaza, aunque no era esa su intención.

—¿Te irías? —preguntó Vivian con una mezcla de miedo e incredulidad.

—Sí, si no hay otra opción.

—Hay otra opción, que os separéis antes de que sea tarde.

Nathan bufó desesperado.

—¿Y crees que no lo hemos intentado? Hemos tratado de odiarnos, de alejarnos el uno del otro, pero nos queremos.

—Os queréis —repitió ella con voz envenenada—. Solo tienes diecisiete años, ¿qué sabes tú del amor?

—Tú misma me has contado un millón de veces que mi padre y tú os enamorasteis a mi edad.

—No es lo mismo.

—¿Por qué?

Lo miró con dureza y un brillo furioso cruzó por sus ojos. Sacudió la cabeza, impaciente.

—Porque su padre asesinó al tuyo, a ti te dejó huérfano y a mí viuda. Porque su padre arruinó nuestra familia, nos marginó y marcó para el resto de nuestras vidas. Traicionó a tu padre después de que él pasara toda su vida protegiéndolo, y porque no vio su corazón puro más allá de la mentira que tenía ante los ojos. Honor, respeto..., ¡nos lo arrebató todo! —gritó, encolerizada.

Nathan inhaló una gran bocanada de aire con la que trató de serenarse y recuperar el ritmo de su respiración, haciendo acopio de paciencia.

—Abby no es responsable de eso, apenas lleva dos meses aquí y hasta entonces no sabía nada de la historia. Ella no tiene la culpa de nada.

Vivian sacudió la cabeza con rabia y un vacío horrendo se abrió en su interior. Tenía las mejillas enrojecidas y ardía de rabia, pero su aspecto era el de una mujer de hielo.

—Ella es la única culpable de todo. Por ella perdí a tu padre y no permitiré que también me arrebate a mi hijo.

Nathan frunció el ceño, sin dar crédito.

—¿Qué estás diciendo? Tantos años de rencor y soledad te han hecho perder el juicio.

—Ten cuidado con lo que dices, Nathan, no olvides que soy tu madre.

—¿Y qué quieres que piense? ¿Estás oyendo lo que dices? —Alzó las manos con frustración.

Vivian le lanzó una mirada de advertencia.

—Estoy más cuerda que nunca, así que escúchame atentamente, hijo. No puedes estar con esa chica. Ella será la causa de tu muerte como lo fue de la de tu padre.

Nathan empezó a negar antes de que ella terminara de hablar. No estaba dispuesto a ceder. Aguantaría el chantaje emocional, las amenazas, el enfado y la rabia de su madre. Antes o después la tormenta pasaría y acabaría por convencerse de que su relación con Abby estaba más allá de las rencillas familiares.

—Dirías cualquier cosa para convencerme. —La sangre le palpitaba en las sienes.

—¡Aléjate de ella!

—¡No lo haré sin una buena razón, y las que me has dado hasta ahora no me sirven! —replicó, afianzándose en su postura.

—¿Quieres una razón? —preguntó ella fríamente. Sacó una pequeña llave de uno de sus bolsillos, fue hasta el armario y lo abrió. Tomó un libro con tapas de cuero, viejo y desgastado. Lo tiró a los pies de Nathan—. Ahí tienes tu razón. Siéntate, la noche va a ser larga. —Volvió hasta el sillón que había ocupado unos minutos antes y le pidió a Nathan con un gesto que hiciera lo mismo en el otro sillón frente a la chimenea—. Brann O'Connor, así se llamaba el hombre que escribió ese diario que tienes en las manos.

Nathan dio un respingo al escuchar ese nombre, ya lo conocía. Ella continuó hablando.

—Brann ha sido uno de los brujos más poderosos de todos los tiempos, y fue el cazador de brujos más importante que La Orden tuvo jamás, un gremio que se encargaba de mantener a raya toda magia que pudiera suponer un peligro para los humanos y el anonimato de los brujos. Su última misión fue la de cazar a una bruja, la única descendiente viva de un clan tan antiguo como el propio mundo. Se decía que no había nacido nadie tan poderoso como ella, dominaba todos los elementos, la materia, la naturaleza y a sus seres, en especial a las aves. Decían que poseía un grimorio escrito por sus antepasados que contenía los secretos del universo, incluida la forma de controlar a la mismísima muerte, y que La Hermandad estaba tras ese libro y tras ella, ya que era la única que podía llevar a cabo los hechizos.

»Brann cazó a la bruja antes de que La Hermandad diera con ella, la entregó a la Iglesia y fue quemada. Dio el grimorio al Vaticano después de sellarlo con un hechizo, pero no la llave con la que abrirlo, consciente de su poder y de que no podía confiar en nadie. Con la bruja muerta y él custodiando la llave, creyó que el contenido del libro ya no era un peligro, y desapareció sin que nadie volviera a saber nada de él. Brann cambió su nombre por el de Nathaniel Hale. —Nathan apartó los ojos del fuego y miró a su madre—. Sí, te llamas así por él —aclaró, y le dedicó una leve sonrisa que desapareció de inmediato ante su fría mirada. Continuó—: Brann se instaló en Lostwick haciéndose pasar por un simple campesino. Escribió ese diario para sus descendientes, para que su legado no se perdiera y siempre hubiera un Guardián, un cazador; y se aseguró de que así fuera con un hechizo que lanzó sobre su propia sangre. Ese hechizo obliga a sus herederos a proteger la llave con su propia vida si fuera necesario, y a hacer cualquier cosa, repito, cualquier cosa, para evitar que los hechizos de ese grimorio se pronuncien. Comenzando por el exterminio del clan de la bruja. Durante siglos no se volvió a saber nada de La Hermandad, tampoco de ningún descendiente de la bruja, y los Hale vivieron tranquilos. Hasta hace diecisiete años...

—Mi padre...

Nathan contuvo el aire. No le había pasado desapercibido el plural que había utilizado en las últimas frases para referirse a ella y a la bruja de su sueño.

—No sé explicarlo, es algo visceral que no logro comprender —continuó Abby cada vez más agitada—. Podríamos escapar, lo sé, pero no quiere, se siente derrotada, sobre todo cuando piensa en él. Noto la emoción del sacrificio, quizá el de su propia vida... Se ha resignado —dijo al borde de las lágrimas.

—Abby, son pesadillas, nada más. Nadie te va a quemar en ninguna parte, por muy real que te parezca.

Abby negó con la cabeza.

—Me gustan las películas de terror y he tenido muchas pesadillas en mi vida. Tan reales que me hacían mirar debajo de la cama al despertarme; después me reía por sentirme tan estúpida. Pero estas son diferentes, lo son...

Nathan la acunó.

—¿Sabes lo que creo? Que has desarrollado algún tipo de trauma. Te han pasado muchas cosas en este mes y medio; puede que no las estés asimilando tan bien como crees. Y en la clase de historia llevamos semanas hablando de la caza de brujas, de torturas y hogueras. Quizá te estás sugestionando.

—¿De verdad crees que puede tratarse de eso?

—Sí, y seguro que desaparecen en cuanto recuperes el control sobre tu vida, sobre quién eres y... superes lo de tu madre. Cuando me hablas de ella percibo rencor. —Le acarició la cabeza con suavidad, la notaba tensa sobre su cuerpo—. Y estar conmigo no te ayuda en nada.

—¿Por qué dices eso? —preguntó Abby. Alzó la cabeza y se encontró con sus ojos oscuros fijos en ella.

Él esbozó una sonrisa, pero esta no ocultó cierta incertidumbre.

—Estar conmigo te obliga a mentir, a esconderte y a fingir; necesitas estabilidad y yo no puedo dártela.

podía creerlo, ¡estaba vivo! Cruzaron unas palabras, y entonces... —apretó los dientes y resopló por la nariz con un arrebato de ira— lo asesinó a sangre fría —masculló—. Tras aquello todos dijeron que tu padre pertenecía a La Hermandad y que los había asesinado, y que Aaron aplicó sentencia en ese mismo momento.

—¿Fue un malentendido? ¿Pensaron que él estaba involucrado con La Hermandad? —preguntó incrédulo.

—Es posible, no lo sé a ciencia cierta.

—¿Y por qué demonios no hablaste entonces? —quiso saber, desconcertado.

—Porque le hice una promesa a tu padre, y para protegerte a ti. Tú eres ahora el Guardián, el cazador de la bruja, nadie puede saber quién eres, ¿lo entiendes? Si alguien que conozca la historia descubre que existe un Guardián con vida, vendrá a por ti, a por la llave. Por eso he callado todo este tiempo, para protegerte. Pensé que con la muerte de tu padre llevándose sus secretos a la tumba, la pesadilla habría terminado, pero ya veo que no, que nos persigue...

—¿Y dónde está esa llave?

—No lo sé, nunca la he visto y no sé el aspecto que tiene. Tu padre nunca me habló de ello.

Nathan se pasó la mano por el pelo, despeinándose con brusquedad. No quería creer en nada de aquello, se negaba a aceptar que fuera verdad, pero una parte de él, cada vez más grande, la estaba aceptando como tal.

—¿Cómo se llamaba la bruja? —preguntó él, con el corazón a mil por hora.

—Moira Wise.

La vida abandonó el rostro de Nathan. De repente se puso en pie y lanzó el libro contra la mesa. Empezó a moverse de un lado a otro.

—¿Pretendes que crea esa historia? —inquirió con una

mirada asesina. Su madre asintió—. Vale, supongamos que te creo, ¿qué tiene que ver esto con Abby?

—Ya lo sabes.

Nathan soltó una carcajada sin pizca de humor, los nervios estaban haciendo estragos en él. Fue hasta la chimenea y se apoyó en la repisa, agarró la piedra e hizo fuerza, a la vez que se controlaba para no desintegrarla.

—¿De verdad crees que ella es la descendiente de esa bruja? Y qué coincidencia que sea la hija de Aaron Blackwell, ¿no? —replicó con ironía.

—El destino es caprichoso y teje sus hilos a su conveniencia. Esa chica es la descendiente de la bruja, las señales apuntan a ella. Las tormentas, los cuervos, tú mismo has visto a esos animales estrellándose contra la puerta de nuestra casa. Todo empezó cuando ella llegó aquí. Y no solo eso, tu padre tenía un péndulo con la sangre de Moira, servía para rastrear su sangre, lo usé la noche de la reunión. ¿Sabes qué lugar marcó? —preguntó en tono mordaz, y vio para su alivio cómo su hijo palidecía aún más.

—Aunque así fuera, si Abby es la descendiente, si ese hechizo del que me hablas me controlara, hubiera tenido la necesidad de matarla desde el primer día, y te aseguro que no es lo que siento.

—Puede que haya un motivo para eso, pero he estudiado cada palabra de ese diario, Nathan. En cuanto ella suponga un peligro real, tu sangre lo notará y te obligará a matarla. El destino es implacable, ya lo estás comprobando, regresa una vez tras otra. Alguien en algún lugar sabe la verdad, alguien tiene ese grimorio y vendrá a por ella. Cuando eso ocurra, tendrás un único camino. Olvídala o acabará contigo.

—Te lo estás inventando. —Rechinó los dientes.

—Entonces, ¿por qué me crees? Lo veo en tu cara, me crees y eso te asusta —le espetó sin paciencia.

—Algo no encaja.

Vivian puso los ojos en blanco, maldiciéndose por haber dotado a Nathan de un carácter tan obstinado.

—¿No encaja o no quieres que encaje?

—¿Pretendes que acepte sin más que el destino y un juramento del que nunca he oído hablar han hecho que mi camino y el de Abby se crucen para que pueda asesinarla? ¿Para que esa Hermandad o cualquier otro desquiciado no abra un libro que contiene los secretos del universo? ¡Es de locos!

—Es posible, pero ¿vas a arriesgarte? Pienso que no, creo que a pesar de las piezas que no encajan, sabes que todo es verdad. Conozco hasta el último de tus gestos —dijo con ternura. Nathan apartó la mirada, se pasó la mano por los ojos y se pellizcó la nariz—. Confía en mí, estáis destinados a ese final. Lee el diario, Nathan, ahí están todas las respuestas.

Nathan abandonó el despacho y subió hasta su habitación, cerró la puerta de golpe sin importarle que la madera pudiera romperse, miró el diario en su mano y lo arrojó contra la cama. Se llevó las manos a la cara e inspiró hondo para tranquilizarse, pero el arrebato de ira brotó de él como un géiser. Volcó la mesa con una sola mano. Barrió con el brazo todo lo que había sobre la cómoda, incluidas las fotografías de su padre, empujó la estantería y esta cayó con estrépito sobre la alfombra. Se giró buscando un nuevo objetivo sobre el que descargar su rabia y se encontró con su reflejo en el espejo del baño. Se quedó inmóvil, contemplándose fijamente, mientras su respiración acelerada hacía subir y bajar su pecho. Gritó con todas sus fuerzas y de su mano salió una luz blanca que impactó en el espejo, haciéndolo añicos. Tenía que salir de allí antes de reducir a escombros la habitación, y en ese momento era lo único que deseaba, destruirlo todo.

Cogió el diario y bajó la escalera a toda prisa, salió a la calle antes de que su madre pudiera detenerlo, rodeó la casa y fue hasta el garaje. Los fluorescentes parpadearon varias veces antes de encenderse; fue directo hasta la moto, rezando para que funcionara. Quitó la lona y una Triumph Thunderbird 900 de 1995 quedó a la vista. Su padre la había comprado poco antes de que él naciera.

Nathan la había cuidado como si fuera su mayor tesoro; nunca se le pasó por la cabeza conducirla, la idea de estropear algo que había sido de su padre le preocupaba demasiado. Había convertido sus pertenencias en objetos de un altar imaginario que nadie debía mancillar. Pero esa noche todo estaba cambiando para él, incluido lo que sentía hacia ese hombre que le había dado la vida. De hecho, ni siquiera sabía qué sentía. Guardó el diario en su espalda, bajo la cinturilla del pantalón. Subió a la moto, giró la llave en el contacto y el motor rugió al acelerar. Contempló el anillo de su padre; lo giró en el dedo, un par de vueltas. Sin pensar, se lo quitó y lo dejó sobre el banco de trabajo.

El aire frío de la noche le caló hasta los huesos; no llevaba chaqueta, ni casco, pero no le importó, el viento helado se transformaba en miles de agujas sobre su piel, y agradeció el dolor. Cualquier sensación era mejor que la desesperación que lo ahogaba. Sin saber cómo, acabó parando frente a la cala donde solía ir con Abby, apagó el motor y caminó hasta la orilla. Toda su vida volvía a desmoronarse, pero esta vez no podría recuperarse jamás, lo sentía en ese agujero que había en su pecho, en la frialdad que comenzaba a llenarlo. La coraza de la que había conseguido desprenderse gracias a Abby envolvía de nuevo su cuerpo. Sacó el diario y se sentó en la arena. Lo abrió con un estremecimiento, rozó las páginas con la mano y la tinta se iluminó para que pudiera leer las palabras. Hoja a hoja bebió la información hasta grabarla a fuego en su cerebro. Cuando por fin lo cerró, el sol despuntaba en el horizonte.

Diecisiete años de su vida acababan de desmoronarse como un castillo de naipes, cuatrocientos se alzaban sobre sus hombros como una fortaleza de piedra, aplastándolo bajo su peso. Todo era cierto, cada palabra, y lo había sabido desde mucho antes de leer el diario.

Los sueños de Abby cobraron sentido. No eran pesadillas las que le hacían despertarse gritando, sino sus recuerdos. Una parte de ella sabía que eran reales, por eso experimentaba esa agonía y un miedo tan atroz. La magia que poseía, su poder, los conocimientos sobre hierbas, pociones y hechizos, no necesitaba aprenderlos porque estaban en su sangre, la esencia inmortal de la antigua bruja moraba en Abby. Eso no lo sabía por el libro, simplemente lo sabía como sabía otras tantas cosas. Al igual que estaba seguro de que si lograra encontrar en alguna parte un retrato de Moira, sería el rostro de Abby el que vería en él. Y si estaba en lo cierto, solo había una razón que explicaba lo que a él mismo le ocurría desde que era niño, esas habilidades innatas que poseía, su poder; Brann y él eran, en cierto modo, uno solo. Por ese motivo era su rostro el que Abby había reconocido.

Contempló el diario. Por lo que había leído, Brann había sido un tipo al que temer y respetar. Lo habían encontrado abandonado a las puertas de una iglesia cuando era un bebé, y los monjes se habían ocupado de él, de ahí sus profundas convicciones religiosas. Quizá eso también explicaba que se hubiera convertido en un cazador de brujos. Creía ciegamente que ciertos poderes, mal utilizados, podían desencadenar grandes catástrofes de las que la humanidad no podría recuperarse, y erradicar esos poderes desde su raíz era la forma más efectiva de evitar el desastre. Moira era, con diferencia, la mayor amenaza a la que se había enfrentado, y la había llevado a la hoguera sin ningún remordimiento; a pesar de que por sus palabras ella parecía importarle.

Nathan enterró la cara en sus manos. La pregunta se repetía como un eco en su cabeza, y la respuesta era sí. Si sobre su sangre había un hechizo formulado por Brann, haría daño a Abby sin poder evitarlo en cuanto ella se convirtiera en un peligro, no se podía engañar a la magia, no a ese tipo de magia. La realidad lo aplastó contra el suelo sin apenas dejarle respirar; debía alejarse de ella cuanto le fuera posible, y aun así no serviría de nada, la distancia no evitaría que conociera el riesgo, el lazo de sangre que los unía se encargaría de ello.

Notó un pequeño empujón en el hombro, ladeó la cabeza muy despacio y se encontró con el lobo de ojos amarillos del lago Crescent. Nathan no le quitó la vista de encima mientras el animal se tumbaba a su lado y cerraba los párpados al sentir los primeros rayos de sol calentando su piel. Un movimiento a su espalda captó su atención, miró por encima del hombro y vio a cuatro más sentados sobre los cuartos traseros, oteando el horizonte sin fijarse en él; sonrió para sí mismo. «Así que por esto lo llamaban domador de lobos», pensó. Movió la mano, lentamente, y la posó sobre el lomo del animal. El lobo ni siquiera abrió los ojos; un ligero gruñido de reconocimiento vibró en su pecho y se recostó contra su pierna. Se preguntó por qué aparecían ahora o si siempre habían estado ahí, a su alrededor, sin ser vistos.

—No tengo opción, ¿verdad? —preguntó Nathan al animal.

El lobo abrió los ojos y ladeó la cabeza. Por un momento, su mirada se volvió tan humana como la suya.

29

«NO IRÉ A RECOGERTE.»

Abby leyó el mensaje de Nathan con un nudo en el estómago. Lo sucedido tras llegar a casa aún la reconcomía, había discutido con su padre como jamás pensó que lo haría, y las puyas de Damien no ayudaron mucho a que la conversación fluyera en buenos términos. Defendió con uñas y dientes su relación con Nathan y nada de lo que dijeron la hizo, ni la haría nunca, cambiar de opinión. No necesitaba que nadie le dijera qué clase de persona era Nathan, ella ya lo conocía.

Releyó el mensaje creyendo que el pecho se le hundiría por la falta de aire. ¿Tan mal le había ido con su madre? Ni siquiera quería pensar en la posibilidad de que algo hubiera salido mal. Había conocido a Vivian Hale la noche de la reunión, y la había mirado con un odio profundo, casi asesino, que le hizo creer que, si llegaban a encontrarse a solas, no estaría a salvo.

Bajó la escalera sin hacer ruido y salió a la calle por la puerta principal. Suspiró al ver su regalo junto a la escalinata; su padre iba a dárselo después del baile, un precioso coche azul. Dudó si debía cogerlo, no parecía correcto tras

360

la discusión, pero ya que Nathan no iba a pasar a buscarla, las opciones se reducían considerablemente. O iba al instituto con Damien, algo a lo que no estaba dispuesta, o cogía su nuevo coche, si es que su padre no se arrepentía y lo mandaba de vuelta al concesionario. Miró hacia arriba, hacia las ventanas de la planta superior. Nadie miraba. Agarró el lazo rojo del techo y lo arrancó de un tirón. La puerta estaba abierta y la llave puesta; solucionó con un poco de magia la apertura de la verja principal.

Fue de las primeras en llegar al instituto. Bajó del coche y, apoyada contra la puerta, esperó con el corazón desbocado a que el coche negro apareciera en el aparcamiento. Notaba las miradas curiosas sobre ella, los susurros; lo ocurrido en el baile ya debía de ser de dominio local. Trató de que no le afectara, que la gente hablara si quisiera, a ella le daba igual. Cuando todos se acostumbraran a verlos juntos, dejarían de ser el tema de conversación.

—¡Buenos días! —dijo Pamela nada más bajarse de su coche.

Abby sonrió y le quitó un pellizco al dónut que la chica comía. No había desayunado nada y su estómago protestó al notar el olor del azúcar. Tomó de buena gana la mitad que Pam le ofreció.

—¿Qué tal fue anoche? —preguntó Pam. Sacó un pintalabios de su bolsillo y se retocó el carmín.

—¿Qué parte? —preguntó Abby a su vez, lamiéndose los dedos.

Pamela rio por lo bajo.

—Con tu padre, con Nathan ya intuyo que fue bien, y no quiero detalles que me hagan morirme de envidia. —De repente alzó las manos al cielo—. ¡Fue tan romántico! —exclamó—. Casi me muero de la impresión.

—Parece que todo el mundo habla de ello —susurró Abby mirando a su alrededor. Cada par de ojos de las decenas de estudiantes que cruzaban el patio a esa hora estaban fijos en ella.

—¿Y qué pensabas? Dudo que la gente deje de hablar de eso en mucho tiempo; este baile va a pasar a la historia del instituto.

Abby se puso roja como un tomate y ladeó la cabeza intentando atisbar el coche de Nathan. Se estaba retrasando y eso empezaba a ponerla nerviosa. Damien llegó al aparcamiento con Diandra, Rowan y Holly. Se dio la vuelta para evitar sus miradas y apoyó los brazos sobre el techo.

—¿Tan mal fue? —preguntó Pamela, dándole un apretón cariñoso en el brazo mientras lanzaba una mirada fugaz y enojada a los chicos.

Abby se encogió de hombros.

—Peor. Mi padre estaba muy disgustado, y Damien completamente desquiciado. Creen que... —Hizo una pausa—. No, están convencidos de que Nathan me está engañando, que es alguno de sus trucos para hacerles daño a través de mí. Mi padre me prohibió tajantemente que volviera a hablar con él. Le dije que si me obligaba a algo así, me marcharía.

—¿Y lo harás? ¿Te marcharás?

—Que me pongan a prueba. No dejaré a Nathan por nada del mundo, y menos ahora. Lo quiero, Pam, muchísimo.

—Lo sé, y él a ti, solo hay que verle la cara cuando te mira —reconoció la chica. Se enderezó y miró por encima de sus gafas de sol hacia la entrada del aparcamiento—. Y hablando del rey de Roma, ¿no es ese? El de la moto.

Abby se fijó en el vehículo que se acercaba y reconoció a Nathan bajo la cazadora y el casco. Echó a andar en su busca y el corazón le dio un ligero vuelco cuando se quitó el casco y desmontó; su cuerpo fornido se movía con la agilidad y la languidez perezosa de un felino. No admirarlo era imposible.

De repente una nube oscura se cernió sobre ella. Nathan acababa de darle la espalda y se alejaba a grandes zancadas mientras ocultaba su cara bajo las gafas de sol y la capucha de su cazadora. Ese gesto le dio mala espina.

—¿Qué le pasa? —preguntó Pamela, que acababa de darle alcance.

—Ni idea —respondió Abby, guardando las manos en los bolsillos de su abrigo para que no se viera el temblor que las sacudía.

—Puede que no te haya visto —comentó Pamela. Se encogió de hombros quitándole importancia al asunto.

—Me ha visto —admitió, ladeando la cabeza con una mirada desconcertada.

Cuando Abby entró en clase, el corazón le martilleaba el pecho. Tensa y nerviosa clavó sus ojos en Nathan, el chico estaba sentado en su sitio y miraba a través de la ventana, ignorando de forma premeditada lo que ocurría en el aula. Abby sabía que todas las miradas estaban puestas en ellos, las conversaciones se habían interrumpido y los estudiaban con cierta expectación. Un segundo después empezaron los susurros, y ella se dirigió a su mesa a punto de perder los nervios. Su mirada se cruzó con la de Damien, y en su rostro pudo leer la frase que más temía: «Te lo dije». Dejó la mochila sobre el pupitre y se sentó; se dio la vuelta para echarle un último vistazo. Nathan seguía inmóvil sin apartar los ojos del cristal. Tuvo el impulso de levantarse e ir hasta él, aquella situación era ridícula.

—Todo el mundo a su sitio —dijo el profesor tras ella, antes de que diera un solo paso.

Abby tuvo una mañana horrible. Después de la primera clase, no volvió a coincidir con Nathan en ninguna otra asignatura. Lo buscó durante la comida, pero no lo encontró por ningún lado, era como si la tierra se lo hubiera tragado. A partir de ese momento, su humor empeoró bastante. No conseguía centrarse y los nervios a flor de piel convertían su magia en algo poderosamente inestable, apenas logró llegar hasta el final del día sin provocar un desastre.

El timbre vibró y Abby recogió sus libros a toda prisa. Se asomó a la ventana para asegurarse de que la moto seguía en el aparcamiento, no iba a dejar que se largara sin averiguar qué había cambiado. Bajó corriendo los peldaños, dobló la esquina y a punto estuvo de llevarse por delante a un chico de primero.

—Lo siento —susurró cuando lo sujetó por los hombros para que no cayera de espaldas.

De soslayo vio a Nathan que desaparecía por el pasillo en dirección a la salida. Apretó el paso, esquivando a sus compañeros. Cuando llegó a las puertas y vio el atasco de estudiantes, bufó exasperada. Contuvo el aire y se lanzó hacia delante, abriéndose paso sin miramientos. Una vez fuera, tardó un segundo en localizarlo; se dirigía como una exhalación al aparcamiento.

—¡Nathan! —lo llamó con la respiración entrecortada. Él fingió no escucharla y continuó andando, pero ella le dio alcance, lo agarró del brazo y lo obligó a detenerse—. ¿Qué es lo que te pasa? —preguntó con cierta hostilidad.

—Nada —respondió, mirando a cualquier parte menos a ella.

—¿Nada? Llevas todo el día evitándome. Yo diría que sí pasa algo.

—No te estoy evitando —contestó. Trató de dar media vuelta para llegar hasta su moto, pero Abby se lo impidió cortándole el paso.

—¿Qué pasa? —insistió ella con cierta agonía. Se vio reflejada en sus gafas de sol e intentó suavizar su expresión para no parecer tan agresiva.

Nathan inspiró hondo, haciendo acopio de valor. Sentía que iba a desmoronarse de un momento a otro, era incapaz de mirarla, sus ojos asustados eran como puñales en su pecho. Tensó la mandíbula.

—Vale, pensé que te darías por aludida y que captarías el mensaje, pero ya veo que no —replicó, irritado—. Se acabó, hemos terminado, eso es lo que pasa.

—¿Qué? —inquirió sin dar crédito, abrumada por un repentino pavor.

Él resopló con las manos en las caderas.

—En serio, Abby, ¿necesitas que te lo diga por escrito? —Acercó su nariz a la de ella—. Hemos terminado —dijo lentamente. Una sonrisa maliciosa curvó sus labios—. ¿De verdad has creído en algún momento que iba en serio? No ha significado nada, solo era un juego, un juego que yo he ganado.

—¿Un juego? —repitió desafiante, negándose siquiera a considerar que pudiera estar hablando en serio.

—Vamos, ¿creíste que me importabas? —la cuestionó en tono burlón—. Lo planeé desde el principio. Ligarme a la hija de Blackwell y quitarle la chica a Damien era demasiado tentador. Misión cumplida, ya no me interesas. —Ladeó la cabeza y arqueó las cejas con chulería.

De repente Abby le arrancó las gafas de sol de la cara y las tiró al suelo.

—Anoche me enfrenté a mi padre, los desafié a todos por ti, les dije que me iría contigo si me obligaban a dejarte. Ahora mírame a los ojos y dime que era un juego —replicó, sacudida por una oleada de rabia.

Por un momento Nathan desvió la vista, y Abby vio que flaqueaba en su postura.

—Nunca me has interesado —masculló él, obligándose a mirarla. Tragó saliva.

—No te creo, he sentido tus besos, la forma en la que me

miras o abrazas, cómo te preocupas por mí. Nunca has fingido. Todo esto es por tu madre, ¿no? ¿Con qué te ha amenazado?

Nathan se puso una mano en la nuca y contempló el suelo con un destello de inquietud.

—Mi madre no tiene nada que ver —masculló.

Abby no se lo tragaba, ya había visto la forma en la que esa mujer la miraba. Vivian destilaba animadversión hacia los Blackwell.

—Déjame que hable con ella, seguro que si le explico...

Él levantó la cabeza de golpe.

—No te acerques a mi madre —le espetó, apuntándola con el dedo a modo de aviso.

—¿De qué tienes tanto miedo? No eres un niño, no puede decirte con quién debes estar.

—¿De verdad eres tan corta? No te quiero, no me gustas, planeé cada paso hasta llegar aquí. Asúmelo y déjame en paz.

—¿Qué pasó anoche? ¡Cuéntamelo!

Extendió las manos hacia él con una sonrisa comprensiva.

—¡Déjame en paz!

La cogió por las muñecas y la apartó. Si lo tocaba, si lo abrazaba, no podría seguir adelante.

Abby se frotó la muñeca, le había hecho daño al agarrarla. Frunció el ceño, confusa y sobrepasada por la situación. Respiró hondo.

—Por algún motivo intentas que te odie, pero jamás conseguirás que lo haga.

Nathan soltó una breve y triste carcajada.

—Soy especialista en conseguir que una chica me odie y pase de mí —dijo con amargura.

—Creí que iríamos juntos a California —susurró, frustrada. Las lágrimas le quemaban, pero no derramó ni una.

—Déjalo ya, Abby, no quiero hacerte daño. —Su expresión se ablandó un instante al mirarla a los ojos; bajó la vista y se pellizcó el caballete de la nariz.

—Ya me lo estás haciendo.

—Más aún, no quiero humillarte. —Miró en derredor. Todo el mundo estaba pendiente de ellos y pensó que al final no tendría valor para dejarla, y menos de ese modo. Tomó aire y se recompuso con una mueca de disgusto.

—Por favor, habla conmigo, cuéntame el problema y solucionémoslo —susurró Abby, sacudida por un escalofrío de aprensión.

Nathan le lanzó una mirada fría y retadora.

—Te he avisado, no quería llegar a esto, en serio. —Se encogió de hombros y movió la cabeza con resignación—. A ver si después todavía quieres solucionarlo.

—¿Después de qué?

Él no contestó, ya había dado media vuelta. Observó cómo cruzaba el césped de regreso al edificio, pero no fue hacia la entrada, sino hasta un pequeño grupo de chicas vestidas de animadoras que conversaban junto a la pared de ladrillo rojo.

Abby se quedó pálida al descubrir entre ellas a Rose y se le encogió el estómago con un espasmo doloroso. Él le dijo algo, y ella dudó un par de segundos, pero enseguida lo siguió hasta la sombra del árbol más cercano. Empezaron a hablar, ella se había cruzado de brazos y por su actitud parecía bastante molesta. A Abby se le cayó el alma a los pies cuando él le apartó un mechón de pelo de la cara y le acarició la mejilla. Rose empezó a sonreír y se acomodó de forma coqueta contra el tronco. Nathan apoyó las manos en el árbol, a ambos lados de la cabeza de Rose, y se inclinó sobre su oído. Ella reía y él le susurraba; y mientras, Abby solo notaba la humillación que crecía en su interior. Aturdida y al borde de las lágrimas, era incapaz de apartar la mirada de ellos. Rose dijo algo y Nathan soltó una carcajada muy masculina y sexy, alzó la mano y acarició con el pulgar los labios de la chica.

Abby apartó los ojos, furiosa, le dolía al respirar. Por el rabillo del ojo, los vio caminar en su dirección. Rose iba colgada de su brazo y había enfundado la otra mano en el bolsillo trasero del tejano de Nathan. No fue capaz de moverse ni de apartarse de en medio del camino de cemento que conducía al aparcamiento.

—A las siete entonces —oyó Abby decir a Rose en tono coqueto.

—Allí estaré —respondió él.

Abby cerró los ojos, estaba segura de que aquel sonido había sido el de un beso. «Cerdo», pensó, y lo repitió una vez tras otra.

—¿Aún quieres solucionarlo? —preguntó Nathan justo detrás de ella, y en su tono había un atisbo de burla.

Se volvió sin ninguna emoción para encararse con él, con un nudo tan apretado en la garganta que le dolía. Nathan la taladraba con una mirada oscura e indescifrable. Lo miró a los ojos durante un largo segundo.

—No, ya no —respondió ella con frialdad. Le dio la espalda y caminó hasta su coche sin levantar la vista del suelo, no quería que nadie la viera llorar.

Con una sombría determinación, Nathan dejó que Abby se marchara, y a cada metro que ella se alejaba, una parte de su corazón moría. Fue hasta su moto; el vehículo rugió cuando lo puso en marcha. Salió del aparcamiento, miró a ambos lados y luego aceleró a la derecha. Pronto salió del pueblo; los árboles pasaban como rayos, en una imagen borrosa. A través del espejo retrovisor vio un coche acercándose muy rápido. El sonido insistente del claxon le hizo aminorar la marcha hasta detenerse. Ray se bajó del Jeep de su padre hecho una furia y fue a su encuentro.

—¿Qué ha pasado hace un momento? Porque te juro

que le he pedido a Ryan que me diera un puñetazo para asegurarme de que estaba despierto.

—¿Te refieres a...?

—A Abby, sí —lo cortó—. ¿Tú eres idiota? No sé ni por qué me molesto en preguntar; después de lo de hoy, no me quedan dudas.

—Tú mismo decías que no iba a durar.

—Vale, sí, pero imaginaba un final muy distinto, la verdad. ¿Cómo has podido hacerle eso? No sé qué te habrá hecho ella a ti, pero te has pasado, y mucho.

Nathan se abrió la chaqueta y sacó el viejo diario de un bolsillo interior. Estiró la mano, ofreciéndoselo a Ray.

—¿Qué es eso? —preguntó el chico.

—Tengo que contarte algo —dijo Nathan—. ¿Tienes tiempo para encerar un par de tablas?

—Para eso siempre tengo tiempo —respondió Ray, mucho más preocupado.

Cuando Nathan necesitaba hablar de algo importante con Ray, siempre hacía lo mismo, buscaba una tarea que lo mantuviera ocupado, que no le obligara a mirar a su amigo a los ojos. Así le resultaba más fácil decir aquello que de otra forma jamás podría.

Ray cerró el diario y se rascó la cabeza mientras dejaba escapar con un soplido el aire de sus pulmones. Apoyado en la caseta de madera junto al muelle del que disponía su casa, miró a Nathan, que, con las mangas de la camisa subidas hasta los codos, lijaba la pintura de una vieja tabla.

—¿Y no piensas decirle nada a ella? —preguntó con un nudo en el estómago; aún le costaba creer que algo de lo que le había contado Nathan fuera cierto, incluso después de haber leído el diario.

—No, es lo mejor para Abby.

—No creo que te corresponda a ti decidir eso. Cree que se está volviendo loca con esos sueños, deberías decirle la verdad.

—¿Qué quieres que le diga? Que aunque no tengo nada en lo que basarme, estoy convencido de que somos las reencarnaciones de Moira y Brann, que mi destino es matarla y que no hay nada que pueda hacer para evitarlo. Que ahí afuera podría haber gente que está buscándola para que descifre unos hechizos que pueden poner el mundo patas arriba —dijo con desesperación.

Ray se levantó con un suspiro y se colocó justo al otro lado de la mesa.

—Sí —respondió, convencido.

—Creo que es mejor para ella que piense que está loca y que yo soy un cerdo.

—Si sigue recordando, solo es cuestión de tiempo que lo averigüe. Antes o después sabrá la verdad.

Nathan dejó de lijar y miró a su amigo con cierta agresividad.

—Pues espero que sea después, necesito tiempo para encontrar una solución.

—Si todo esto es verdad, sabes que no la hay, por eso la has alejado de ti de esa forma, ¿no?

—No se me ocurría qué otra cosa hacer; cuanto más lejos esté de mí, mejor. Si me odia, si huye de mí, es posible que tenga alguna posibilidad —masculló Nathan, mientras se limpiaba las manos en los pantalones.

—Si tú eres este tipo —golpeó con el dedo el diario—, si sois la misma persona, no creo que la tenga. ¡La entregó para que la quemaran! —exclamó Ray, alzando las manos—. Bueno, la entregaste... ¡Joder, no sé qué decir, si tú, él, vosotros!

—Sé que las posibilidades son mínimas, y la visión de Abby..., de Moira... —bufó; de repente él también se sintió tonto sin saber muy bien a quién referirse— es mucho peor que la que se relata ahí, te lo aseguro.

—¿Por qué tú no tienes recuerdos?

—Ni idea —contestó. Hizo una pausa, pensativo—. Aunque en cierto modo sí los tengo, los he tenido siempre. Las habilidades, los hechizos, toda esa información en mi cabeza que yo no he puesto ahí, son eso, recuerdos. —Sonó a pregunta.

—Pero tú no sueñas como ella, no tienes esas visiones tan reales del «pasado».

Nathan sacudió la cabeza.

—No.

Ray fue hasta una pequeña nevera y sacó un par de refrescos, le lanzó uno a su amigo y abrió el otro; dio un largo trago.

—Me contaste que Abby cree que su madre la hechizó para que no desarrollara sus poderes, y que al morir ese amarre se rompió. —Dio otro trago dejando que su mirada vagara sin rumbo fijo—. ¿Has pensado que quizá... tú?

Nathan se puso tenso y dejó caer la lija que acababa de coger sobre la mesa. Apoyó las manos en la madera y se inclinó hacia delante.

—Lo he pensado, pero con diez años yo ya era más fuerte que ella. Aunque me hubiera hechizado, el amarre se habría roto en cuanto mi magia superó la suya. Además, habría tenido que saber exactamente qué recuerdos debía ocultar y ella no tenía la menor idea sobre Abby. No lo supo con certeza hasta la reunión del Consejo. —Soltó una risita nerviosa y se pellizcó el puente de la nariz—. Cada vez que pronuncio su nombre me siento morir.

Nathan regresó a casa y subió hasta su cuarto sin hacer ruido, no tenía ganas de ver a nadie, y menos a su madre. Se cambió de ropa; aún tenía tiempo de salir a correr un rato, necesitaba quemar la adrenalina que le corría por las venas, apagar la sensación de descontrol que pulsaba por salir a través de sus manos. Maldijo cuando notó las primeras gotas de lluvia sobre el cristal de la ventana. Cogió una toalla y fue hasta el sótano de la casa, donde se encontraba el gimnasio. Sacó una botella de agua de un armario y la puso junto a la cinta; tendría que conformarse con correr unos cuantos kilómetros sobre ella.

Al cabo de una hora le dolían los pies, las rodillas, sentía fuego en los pulmones y en cada músculo de su cuerpo. Se secó el sudor de la cara con la toalla y se quitó la sudadera. Aumentó la velocidad de la máquina y apretó el paso. Con el mando a distancia subió el volumen del equipo de música hasta que estuvo más alta que sus propios pensamientos, vació la mente y se perdió en las notas.

—¿Qué haces aquí? —le preguntó su madre desde la puerta.

—Correr.

—Eso ya lo veo. ¿Qué tal en el instituto?

—Bien —respondió sin apartar la mirada de la pared.

—¿Tienes deberes?

Nathan detuvo la cinta, agarró la toalla y se secó de nuevo el sudor de los ojos.

—¿Por qué no me preguntas de una vez lo que de verdad te preocupa, mamá?

Ella se llevó una mano al cuello, se sentía muy incómoda. Nathan ladeó la cabeza buscando sus ojos.

—He roto con Abby, no le he dado ninguna explicación sobre el porqué, y la he humillado delante de todo el instituto. He sido tan capullo que aunque le pida perdón de rodillas por ser el mayor idiota de todo el universo no me perdonará jamás. —Frunció los labios y entrecerró los ojos con un gesto de dolor—. Eso es lo que querías saber.

Nathan nunca había creído posible odiarla, pero en aquellos momentos se sintió al borde de hacerlo.

Vivian guardó silencio y le sostuvo la mirada sin parpadear hasta que él dio media vuelta y se marchó. Se apoyó contra la fría pared, suspiró y se llevó las manos a las mejillas, cerró los ojos con fuerza. Jamás había visto a su hijo en el estado en el que se encontraba; estaba sufriendo, mucho. No tenía ni idea de hasta qué punto esa chica era importante para él, pero no podía ablandarse por sus sentimientos y su dolor. A veces la vida te mostraba un único camino y debías recorrerlo sin más. Sin vacilación.

30

Habían pasado tres semanas, tres largas semanas desde que Nathan dejara a Abby, y la chica las superó a fuerza de determinación y orgullo. Los primeros días habían sido horribles, nadie parecía dispuesto a olvidar lo ocurrido, los rumores se extendieron con versiones inverosímiles, historias disparatadas que todos creían con demasiada facilidad. Aún se quedaban literalmente boquiabiertos cuando la veían aparecer por los pasillos; se arremolinaban en corrillos para chismorrear sin ningún disimulo. Encontró notas de burla en su taquilla, dibujos obscenos con su nombre en el baño. Las risas maliciosas de las amigas de Rose dejaban a las claras quiénes estaban detrás de todo.

Abby se esforzaba por pensar de forma lúcida y objetiva. Ignorando la rabia que corría por sus venas, había soportado las burlas y los desprecios, las mentiras acerca de su promiscuidad, las miradas de lascivia y las invitaciones de medio equipo de fútbol al asiento trasero de un coche.

Tenía constantemente la impresión de que el universo se desplomaba bajo sus pies. Un enorme agujero negro que amenazaba con engullirla, donde solo había dolor y rabia, humillación y más rabia. En muchas ocasiones pensó que no podría soportarlo, que no lograría sobrevivir un día más sin explotar, pero entonces se cruzaba con Nathan en clase o a la hora del almuerzo, con Rose sentada en sus rodillas, y el odio que sentía le daba fuerzas. Nunca había sido una persona débil, de las que se limitan a lamentarse y llorar por los rincones por una vida injusta. Su madre no la había educado así. Si te caes, te levantas, esconder la cabeza nunca ha servido para nada, salvo para engañarse a uno mismo. El problema era que estaba dejando el bosque reducido a astillas, los nervios y la rabia hacían estragos en su autocontrol, su magia se descontrolaba con facilidad y necesitaba descargarse continuamente.

Nada más salir del instituto iba a correr por la playa hasta que sentía cada centímetro de su cuerpo entumecido. Después, se adentraba en la arboleda, donde nadie pudiera verla, y aprendía a controlar su poder. Cada vez le costaba menos, apenas necesitaba un leve pensamiento de aquello que deseaba para que ocurriera sin más.

Contempló fijamente el agua del charco. La umbría impedía que el bosque se secara después de la lluvia, los arbustos y el suelo estaban salpicados de gotas de humedad que brillaban bajo los escasos rayos de sol que conseguían colarse a través de las ramas.

—Congélate —susurró sin apartar la vista del charco, y se produjo el sutil cambio en su interior.

Sonó un leve crepitar y el agua se congeló de fuera hacia dentro. Abby exhaló el aire de sus pulmones y una densa nube de vaho se formó a su alrededor. Sonrió. Era tan sencillo...

—Elévate.

La placa de hielo se elevó en el aire a la altura de sus ojos. Contuvo el aire, con la sensación de que el más mínimo movimiento rompería el hechizo.

—¿Estás viendo eso? —preguntó sin dar crédito.

El pequeño cuervo dio un salto desde el tronco y planeó hasta pararse en el trozo de hielo. Lo picoteó y enseguida dejó de prestarle atención, posándose en el suelo. Abby se había acostumbrado a la presencia de las aves, una vez que estuvo segura de que no querían hacerle daño. Aparecían siempre que estaba sola y, en cierto modo, se sentía a gusto entre ellas.

Su teléfono móvil sonó en el bolsillo de su chaqueta. El ruido estridente le hizo perder la concentración y el agua helada cayó al suelo haciéndose añicos como el cristal. El cuervo levantó el vuelo y sus graznidos se perdieron entre los árboles.

—Lo siento —gritó Abby mientras se ponía en pie y sacaba el teléfono. Una risita ahogada escapó de su garganta.

—¿Dónde estás? —preguntó Pamela al otro lado en cuanto descolgó.

Abby miró su reloj e inmediatamente se llevó la mano a la cabeza y se golpeó la frente. Había quedado con ella para ir de compras y ya llegaba con media hora de retraso.

—Lo siento, espérame, no te vayas, ¿vale? Estaré ahí en lo que tardas en tomarte un café.

—Soy bastante rápida, ya puedes darte prisa —refunfuñó Pamela.

—No te muevas de ahí. —Cortó la comunicación y echó a correr en dirección a casa.

Veinte minutos después se había duchado, vestido y conducía a toda prisa hacia el centro comercial. El aparcamiento estaba lleno y tuvo que estacionar en un espacio estrechísimo. Cruzó las puertas y el aire caliente del interior impregnado de olor a detergente de pino y algodón de azúcar la golpeó en la cara. Arrugó la nariz, la mezcla la mareaba. Se dirigió a las escaleras mecánicas y subió a la primera planta. Encontró a Pamela sentada en una de las mesas exteriores de la cafetería, ojeando un catálogo de ropa de baño.

—Lo siento muchísimo —dijo con la respiración agitada mientras se dejaba caer en la silla.

—Tranquila, he aprovechado el tiempo —susurró Pamela, inclinándose hacia ella. Lanzó una mirada coqueta al chico que limpiaba las mesas—. Hemos quedado para salir el próximo jueves. ¿A que es mono?

Abby miró por encima de su hombro e hizo un rápido reconocimiento del tipo en cuestión.

—No está mal, ¿va a nuestro instituto? No me suena.

—Está en último curso —respondió con una enorme sonrisa—. ¿Te apetece salir con nosotros? Seguro que no le importa.

Abby arrugó el ceño.

—Paso, el tres nunca ha sido un buen número y menos en una cita.

—Seguro que no te costaría mucho encontrar a alguien para esa noche, pero si no te apetece, no voy a obligarte —dijo Pamela poniéndose en pie—. ¿Y bien, por dónde quieres empezar?

—Necesito algo de ropa, nada más.

—Conozco un sitio que te va a encantar.

Entraron en una tienda situada en la planta baja, con metros y metros de escaparate con maniquís con ropa fabulosa, bolsos, zapatos y todos los complementos imaginables.

—Me encantan estas franquicias en las que encuentras de todo sin tener que moverte —dijo Pamela, pegándose unos vaqueros a las piernas para comprobar el largo. Los dejó en el pechero y fue hasta una mesa con camisetas.

—Sí, pero hay tantas cosas que no sé por dónde empezar.

—Si me dices qué buscas exactamente, podría ayudarte —comentó Pamela. Cogió una minifalda tejana y se la mostró a Abby. Esta se encogió de hombros y sonrió—. ¡Vaya, vaya! —Rodeó el perchero y cogió un pantalón pitillo muy ajustado.

—Podría quedar bien con unas botas altas —dijo Abby, y su sonrisa se ensanchó.

—¿Con tacón?

—Incluso carmín rojo si lo combino todo con esa camisa —dijo Abby en tono malicioso, señalando una blusa roja con transparencias.

La sonrisa de Pamela se ensanchó.

—¡Me gusta! Pero tengo una pregunta, ¿por qué?

—¿Por qué qué?

—Ya sabes a qué me refiero. Desde que rompiste con el «innombrable» has cambiado, es como si hubieran abducido a mi amiga y hubieran puesto a otra en su lugar, igual por fuera, pero distinta por dentro. —Se cruzó de brazos, apoyando la cadera con descuido en la pared mientras Abby escogía unas camisetas ajustadas—. ¿Sabes? Lo normal sería que estuvieras hecha polvo, llorando por los rincones y haciéndole vudú a un muñeco con su cara. Pero te pasas el día estudiando grimorios, te has convertido en una obsesa del deporte y ahora quieres un cambio de *look* de lo más sexy. En serio, me preocupas, ¡ni siquiera me hablas de él! Deberíamos estar poniéndole verde hasta que le pitaran los oídos, decorando su bonito coche con una llave e inventando rumores sobre sus gustos sexuales. —Esbozó una sonrisa que era pura maldad.

Abby rio por la bajo, ya había pensado en esas cosas, las había considerado seriamente, pero ella no era así. Esa actitud solo serviría para alargar un proceso, el del olvido, y aunque sabía que le iba a ser imposible olvidarse de Nathan y de lo que sentía por él, al menos debía intentarlo.

—Aunque no lo parezca tengo mi orgullo. No soy de las que se quedan en casa llorando como si mi vida se hubiera terminado solo porque un chico me ha plantado frente a todo el instituto, liándose con una arpía que trata de ridiculizarme en cuanto tiene ocasión. No pienso darles esa satisfacción —dijo mientras cogía el montón de ropa que había seleccionado y se dirigía a los probadores.

—No pretendía molestarte —se disculpó Pamela.

—Lo sé, ¿te cuento un secreto? —Pamela asintió a pesar de que Abby estaba tras la cortina y no podía verla—. Estoy hecha polvo, porque me enamoré como una tonta de Nathan, y pensé que él también me quería, que iríamos juntos a la universidad y que lo nuestro sería para siempre. Y me equivoqué, y no sé si conseguiré olvidarle, pero voy a intentarlo. Llevo unas semanas horribles, todos cotillean sobre mí, se burlan y me humillan. Estoy harta y voy a hacer algo al respecto, no quiero ser débil.

Terminó de enfundarse un vestido de punto burdeos, se dio la vuelta delante del espejo y le gustó lo que vio.

—¿Y cómo piensas hacer eso? —preguntó Pamela. Sentada en un banco admiró las botas que acababa de probarse.

Abby descorrió la cortina y salió fuera.

—Si Nathan puede ser un cerdo sin sentimientos, yo seré una auténtica zorra a la que tampoco le importe nada —susurró para que la dependienta no la oyera.

Pamela abrió los ojos y se llevó las manos a las mejillas.

—¿Vas a acostarte con todos los tíos del instituto? —preguntó sin dar crédito.

—No me refiero a ese tipo de zorra. —Frunció el ceño, ofendida, y puso los ojos en blanco—. Puede que me haya dejado llevar, lo que quiero decir es que se acabó el ser buena.

—Vale, por un momento me has dejado alucinada. —Se quitó las botas y se las pasó a Abby para que se las probara. Con aquel vestido estaba segura de que le quedarían genial—. Tienes razón. Si te fijas, las chicas más populares del instituto, además de guapas, son asquerosamente bordes, y todo el mundo babea por ellas.

Abby rompió a reír, se puso en pie y fue hasta el espejo. Giró para verse desde distintos ángulos.

—Estás genial —dijo Pamela—. En serio, estás fantástica. —Abby suspiró mientras observaba su reflejo—. Cuando ese idiota te vea, se va a arrepentir de haberte dejado escapar.

—No hago esto por Nathan, lo hago por mí.

Abby sacó las bolsas con su compra del coche y se dirigió a la entrada principal de la casa. Haciendo malabarismos, consiguió sacar las llaves del bolsillo y abrir la puerta. Subió hasta su habitación, se cambió de ropa y fue a la cocina a por un vaso de leche. Nada más entrar, se topó con el cuerpo de Damien tumbado en el suelo, bajo el fregadero. Intentó dar media vuelta antes de ser descubierta. Desde el baile había intentado no encontrarse a solas con él. Sabía que era una actitud cobarde, pero se sentía muy avergonzada por cómo se había comportado.

—¿Te importaría darme la tenacilla? —dijo el chico, alargando una mano con la palma hacia arriba.

Abby dio un respingo al sentirse descubierta; soltó un suspiro y se acercó. Con cara de póquer, se quedó mirando la caja de herramientas. Sabía lo que era un destornillador, una llave inglesa, pero no una tenacilla.

—Hummm..., ¿qué aspecto tiene? —preguntó. Oyó que Damien reía por lo bajo.

—La primera por la derecha.

Abby la localizó y se la puso en la mano.

—¿Qué estás haciendo? —preguntó ella.

—Se ha roto la tubería, pierde agua; intento arreglarla.

—Ah, ¿y por qué no usas la magia? Es más cómodo.

—Me gusta hacer estas cosas, no se me dan mal. Y no es bueno depender de la magia, no siempre es posible usarla y hay que tener otros recursos.

Abby se recogió el pelo tras las orejas y se cruzó de brazos.

—Ya... Bueno, tengo que hacer deberes. Suerte con eso —indicó, y dio media vuelta.

—Abby —dijo Damien, saliendo de debajo del fregadero. Se quedó sentado en el suelo con la espalda apoyada en el armario. Ella se giró, tragando saliva. Se obligó a mirarlo a los ojos—. ¿Cuándo vas a hablar conmigo de lo que está pasando?

—¿Qué quieres decir? No está pasando nada.

—Pero me evitas y te escondes de mí. Me tratas como si fuera el culpable de algo, y por lo que sé, yo no soy el malo de esta historia. Yo no soy el que te ha hecho daño —explicó sin rodeos. Lanzó la llave que sostenía en la mano a la caja de herramientas y se puso en pie—. Abby, vivimos juntos, y en lo que a mí respecta somos familia. No podemos seguir así.

Abby se removió incómoda.

—Lo sé.

—Pues habla conmigo. Si en algún momento has sentido que te juzgaba o que estaba enfadado contigo, lo siento. Solo me preocupo por ti, no quiero que nadie te haga daño.

Abby dejó escapar un suspiro y sintió que la tensión de su pecho se relajaba un poco.

—Yo también lo siento, lo siento mucho. Todo. Mentiros, distanciarme...

—Perdonada —dijo sin vacilar, y le dedicó una sonrisa—. Pero, por favor, no vuelvas a alejarte de nosotros. Diandra, yo..., te queremos.

Abby asintió, un tanto ruborizada.

—Creí que tendría que suplicar un poco más.

Damien soltó una carcajada y sacudió la cabeza.

—Pensaba ponértelo algo más difícil, en serio, pero soy un blando. —Hizo una pausa y una sombra oscureció sus ojos—. Solo dime una cosa, ¿vale? ¿Qué viste en él?

Abby negó con la cabeza. Profundizar en el tema no era el mejor paso para arreglar las cosas entre ellos. Era mejor no responder a ciertas preguntas.

—Damien, no creo que...

—No te estoy juzgando, intento entenderlo, nada más.

—Está bien. No es lo que vi, sino lo que sentí, desde el primer momento. Se coló dentro de mí y no sé cómo; lo único que sé es que se convirtió en el aire que necesitaba para respirar. No sé cuándo ni cómo me enamoré, sucedió, no lo pensé. Y quién puede controlar los sentimientos. Decidir de quién se enamora y de quién no; si así fuera, nadie sufriría por amor, ¿no?

Damien meditó sus palabras. En eso la chica tenía razón; él mismo estaba enamorado de quien no debía, de ella, que lo hacía sufrir porque no era correspondido. Era imposible ir en contra de los dictados del corazón y, aunque se ahogaba en su propia bilis solo de imaginarla con Nathan, para él, aquel tema estaba olvidado. Asintió y la miró a los ojos.

—¿Amigos? —preguntó, tendiéndole la mano a Abby.

Ella miró la mano y después al chico; con paso vacilante se acercó. Alargó su mano para tomar la de él, sus dedos se rozaron y poco a poco dejó que se deslizara sobre su palma. Se sonrieron, y entonces Damien tiró de ella y la abrazó con fuerza. Abby se dejó, permitió que aquellos brazos fuertes la rodearan, agradecida por el gesto. Necesitaba recuperar a su amigo.

31

El tatuador se limpió una gota de sudor con la manga de su camisa y frunció el ceño mientras con pulso firme terminaba de sombrear el dibujo. Dejó la pistola sobre el carrito y limpió los restos de tinta negra, tomó una gasa, la empapó en antiséptico y de forma meticulosa la pasó por todo el dibujo.

—Esto ya está —dijo el tipo, admirando su trabajo. Le echó un vistazo al dibujo y comparó—. Creo que es lo mejor que he hecho hasta ahora. Es una pasada.

Nathan se puso en pie, movió el brazo en círculos y lo flexionó un par de veces. El dolor aún era intenso y tenía el hombro agarrotado por haber pasado tanto tiempo inmóvil, lo rotó para aflojar la tensión y fue hasta el espejo de cuerpo entero de la pared. Observó el enrevesado dibujo que nacía en el hombro y se extendía hasta la mitad del bíceps y la parte superior de su espalda y el pectoral derecho. Una mezcla de nudos entrelazados con cruces, pentagramas y círculos. Era un tatuaje mágico que ocultaba un propósito, aunque aún no sabía cuál.

—Bueno, ¿qué te parece? —preguntó el tatuador.

—Perfecto —respondió Nathan con una sonrisa torcida.

Terminó de vestirse y pagó al tipo en efectivo. El roce de la ropa sobre el tatuaje le hacía ver las estrellas; habría podido eliminar el dolor desde el primer momento, pero había algo reconfortante en esa sensación.

—Aún no me creo que lo hayas hecho —dijo Ray una vez en la calle.

—¿Y por qué no? Llevas mucho tiempo intentando convencerme para que me haga uno, desde que te tatuaste esas bandas en los brazos.

—Sí, pero... lo que te has hecho es más grande que una banda —replicó Ray, y le quitó a Nathan el papel que asomaba de uno de sus bolsillos. Lo desplegó y observó el dibujo—. Es alucinante, ¿y todo esto lo viste en ese sueño, en ese recuerdo?

Nathan asintió y se encogió bajo su cazadora. Un par de noches antes había tenido un sueño, su primer «sueño». En él estaba durmiendo sobre un jergón de paja en una cabaña de madera. Se había despertado por culpa del calor. A su lado, el cuerpo desnudo de una mujer morena de larga cabellera dormía boca abajo. Él también estaba desnudo y, aun así, no le importó salir al exterior, bajo un cielo estrellado como nunca había visto otro. Descalzo había caminado hasta el río para refrescarse, y al agacharse junto al agua, esta le había devuelto su reflejo y también la imagen del tatuaje en su cuerpo. Cuando despertó, Nathan sabía que no había sido un sueño corriente, sino un recuerdo. Enseguida supo que el pasado también quería abrirse paso dentro de él.

—Sí. Lo vi en un sueño.

—¿Y qué ha cambiado para que empieces a recordar?

—He pasado la noche investigando en los grimorios que mi padre conservaba y no he encontrado nada sobre encantamientos ni la forma de romperlos, nada que tenga que ver directamente con atar recuerdos de ese tipo. Pero sí leí algo sobre recuerdos reprimidos por traumas, que despiertan gracias a ciertos detonantes.

—Vale. Suponiendo que sea así, ¿cuál crees que fue el detonante de ella?

—El accidente. Benny muriéndose delante de ella pudo provocarle un shock lo suficientemente fuerte como para que sus defensas se vinieran abajo.

—Defensas o un encantamiento —dijo Ray. Nathan no contestó, solo le dedicó una mirada tormentosa—. ¿Y cuál crees que ha sido tu detonante?

Nathan apretó el paso sobre la acera y se encogió aún más bajo su abrigo. Cerró los ojos y empezó a respirar hondo. «La culpabilidad», pensó con un estremecimiento helado recorriéndole la columna.

—¿Sabes? —continuó Ray, dándole alcance—, creo que es bueno que recuerdes, puede que consigas averiguar por fin qué es esa llave y dónde está escondida. ¿Sigues pensando en destruirla?

—Sí. Ese libro solo puede abrirse con la llave; sin la llave ya no sirve y Abby jamás podrá leerlo. Entonces dejará de ser un peligro —dijo Nathan con vehemencia. Su mirada y sus sentidos sondeaban el espacio que lo rodeaba como si en cada esquina se escondiera una amenaza. De repente se detuvo y lo miró a los ojos—. El problema es que puedo pasarme meses soñando antes de lograr algo. Abby tardó semanas en conseguir atar cabos y llegar hasta mí. Es mucho tiempo.

Ray frunció el ceño, incapaz de morderse la lengua por más tiempo.

—Y sabiendo que no controlas una mierda esos sueños, te has hecho un tatuaje que has visto de pasada en tu recuerdo sin saber para qué sirve. ¡Genial, a lo mejor te has hecho un amarre tú solo!

—Sé que es importante. —Hizo una pausa en la que un

atisbo de duda apareció en su rostro—. Solo que aún no sé por qué.

—Tendría gracia que hubieras atado tu propia magia —se burló Ray.

Nathan frunció el ceño con disgusto y sus pupilas negras se dilataron por completo ocupando casi todo el ojo. Las nubes se oscurecieron y taparon el sol de golpe. Una corriente de aire se agitó entre ellos ascendiendo desde las piernas de Nathan hacia arriba; papeles y hojas flotaron a su alrededor en un ambiente en calma, llamando la atención de varios transeúntes. Lejos de sentirse impresionado, Ray sonrió con malicia, ya estaba acostumbrado a las demostraciones de poder de Nathan.

—¿Qué te parece si aprovechamos tu despliegue de facultades y hacemos unas cuantas olas para probar mi tabla nueva? —preguntó Ray con una sonrisa enorme.

La expresión mortalmente seria de Nathan se borró de su cara poco a poco, sustituida por una sonrisa aún más amplia que la de su amigo.

Tres horas más tarde, Ray arrastraba su tabla por la arena completamente exhausto. Se volvió un momento hacia el océano y buscó a Nathan con la mirada. Lo localizó sobre una ola, bastante lejos de donde se encontraba como para que pudiera oírle. Resignado a esperar bajo un cielo que amenazaba tormenta y un frío que le atería los huesos, colocó sin prisa la tabla en el soporte del Jeep. Al mirar por encima del coche, vio a una mujer corriendo por la playa hacia él. Apoyó los brazos en el techo y la observó con una sonrisa socarrona. Era alta y delgada, pero con unas curvas de infarto enfundadas en unos *leggings* y una sudadera negra. La sonrisa desapareció de su cara, transformándose en cierto bochorno por sus pensamientos, en cuanto vislumbró bajo el gorro rojo de lana los rasgos de Abigail Blackwell.

De repente se agachó para que no lo viera. La chica le caía bien, y se sentía horriblemente mal por todo lo que le estaba pasando a raíz de su ruptura con Nathan: los chismorreos y las bromas malintencionadas. En el instituto todos eran unos idiotas de primera.

Abby reconoció el Jeep de Ray. Recorrió con la vista los alrededores y con alivio comprobó que no había nadie. Continuó corriendo, mientras pensaba en el trabajo que debía entregar en menos de una semana. Entonces lo vio. Apenas era una silueta desdibujada en la distancia, pero hubiera reconocido el cuerpo de Nathan de cualquier forma. Sintiéndose al borde de un abismo, pensó en dar media vuelta y regresar por donde había venido, pero una voz orgullosa en su cabeza le dijo que no debía hacerlo: demuéstrale que no te importa.

Se colocó los auriculares y echó a correr en dirección a él, desafiándose a sí misma. Se ajustó el gorro y se forzó a ir más deprisa. El aire limpio entraba en sus pulmones con una dulce fragancia a corteza de árbol, mezclada con el olor áspero del océano. Intentó centrarse en su respiración y en el sonido de las olas rompiendo contra la orilla y no en el chico. Imposible. Nathan cargaba con su tabla bajo el brazo con pasos largos y seguros. Había anudado la parte de arriba de su traje de neopreno a la cintura, y lucía todo el torso desnudo a pesar del frío de principios de diciembre. El pelo oscuro y mojado se le había pegado a la frente y se lo apartó con la mano peinándolo hacia atrás. Abby se obligó a apartar la mirada, pero no pudo. La sensación de *déjà vu* se apoderó de ella anulando cualquier sentido; sus ojos se clavaron en el tatuaje, en el intrincado dibujo que le recorría parte del brazo, el hombro y el pecho. La imagen de su mano acariciando ese dibujo cruzó su cerebro como un destello: el tatuaje bailaba bajo la tenue luz de las llamas de un fuego, se inclinó lentamente y posó sus labios en una pequeña estrella bajo la clavícula.

Los ladridos de un perro que perseguía a las gaviotas sacaron a Abby de su ensoñación, se dio cuenta de que casi se había detenido y que Nathan la miraba muy serio y de forma inquisitiva. Apartó la mirada completamente ruborizada, el rostro del chico era el más seductor y atormentado que jamás había visto. Una descarga eléctrica recorrió todas las terminaciones nerviosas de su cuerpo. Se enderezó y echó a correr, fingiendo que nada había pasado.

Nathan dejó escapar un violento suspiro. Por encima del hombro vio que Abby se alejaba. Solo con tenerla delante se le olvidada quiénes eran y la maldición que pesaba sobre ellos, y lo único que deseaba era volver a estrecharla entre sus brazos. La echaba tanto de menos que sentía un dolor físico en el cuerpo tan intenso como el emocional. Pero no podía bajar la guardia, porque si lo hacía y volvía a ella, dejarla de nuevo le sería imposible, fueran cuales fueran las consecuencias, y no podía permitirse ese lujo. Apartó la vista y la posó en el dibujo de su hombro. Ella ya lo había visto antes, su cara de sorpresa no dejaba lugar a dudas.

La idea de que ambos no eran simples descendientes cobraba cada vez más peso. A lo largo de los más de tres siglos que habían pasado desde las muertes de Moira y Brann, ¿cuántas generaciones habrían nacido y desaparecido en ambos linajes? La respuesta era: muchas. Y en ninguna de ellas las señales habían plagado el cielo como lo habían hecho la noche en la que Abby y él nacieron, apenas separados por unas pocas horas. Otra coincidencia más.

De repente, la necesidad de saber que había ignorado durante toda su vida se apoderó de él. Al menos debía estar seguro de si sus sospechas eran solo eso, sospechas, y si no, si estaba en lo cierto, quizá podría encontrar la forma de forzar sus recuerdos y encontrar la llave. Necesitaba recuperar a Abby para siempre. Y en ese instante se le ocurrió una idea tan surrealista que podría funcionar.

—Date prisa, tenemos que ir a un sitio —le dijo a su amigo.

Dos horas después, Nathan estaba haciendo acopio de paciencia para no estampar a Ray contra el parabrisas del Jeep. Con la vista perdida en la ventanilla escuchaba su monólogo sobre por qué era mala idea ir a ver al viejo Trussoni.

—Ese tipo hace tiempo que perdió la chaveta. Yo hasta tengo dudas de que sea humano de verdad —dijo Ray.

—No es humano. Es un brujo, como tú y yo.

—No, ese tipo es algo más, todos lo saben. A mí me pone los pelos de punta.

—Pero ¡si lo habrás visto un par de veces en toda tu vida!

—Porque soy listo. Ese hombre se pasa los años sin salir de su casa, y nadie va a visitarlo. No le gustan las personas. Hazme caso, no se te ha perdido nada allí.

—Ray, ya sabes lo que dicen de él...

—Sí, que está loco, y que colecciona cadáveres en el sótano.

—Venga ya, eso es una leyenda urbana que nos contaban los mayores para asustarnos en Halloween. Sabes a qué me refiero, dicen que ese hombre tiene un don, conocimientos, y hay cosas que yo necesito saber.

Ray suspiró, acababan de llegar. Paró el coche frente a una casa vieja con aspecto de estar a punto de derrumbarse si aspirabas el aire con demasiada fuerza. El porche se inclinaba desvencijado hacia la derecha, la maleza cubría cada centímetro del jardín y del caminito de cemento que conducía a la entrada. Restos secos de plantas trepadoras apenas dejaban ver la fachada de madera carcomida.

—Pone los pelos de punta —susurró Ray, mirando por la ventanilla—. ¿Estás seguro de esto? A lo mejor está muerto y te encuentras su cadáver en un sillón. O a su fantasma atormentado vagando por las habitaciones, atrapado para siempre. O está zampándose unos sesos en su jugo como Hannibal Lecter.

—¡Quieres dejarlo ya! —le espetó Nathan. Se bajó del coche.

—Yo me quedo aquí, si no te importa —dijo Ray desde su asiento—. Alguien tendrá que contar cómo la palmaste.

Nathan puso los ojos en blanco, y le enseñó un dedo. Echó a andar hacia la puerta de hierro oxidado de la propiedad mientras oía a Ray tronchándose de risa dentro del coche antes de subir el volumen de la música. El suelo de madera del porche crujió con estrépito nada más poner el pie encima. Por un momento pensó que no aguantaría su peso, y se quedó quieto. Ejerció un poco de presión con los talones. Al ver que no cedía, continuó hasta la puerta. Llamó con los nudillos y esperó. Nada. Llamó de nuevo. Se estremeció al oír un ruido, pero solo era un gato que acababa de saltar desde la baranda hasta un destartalado columpio con las telas roídas y desteñidas por el sol. Se maldijo por estar tan nervioso, no era un niño pequeño para siquiera considerar las historias que se contaban sobre el hombre que vivía en aquella casa.

Nathan apenas lo había visto un par de veces, ambas de noche. Cuando Bianca, Ray y él se retaban a asomarse a las ventanas intentando pillar al viejo Trussoni en alguna de sus «orgías sangrientas». Todos los niños en Lostwick habían oído hablar de él, y era casi tan famoso como Boogeyman o Pennywise. Nadie sabía cuánto tiempo llevaba viviendo en el pueblo, ni cuántos años tenía realmente. Cuando Nathan era pequeño, los mayores ya lo describían como un hombre mayor, enjuto, con el pelo cubierto de canas y unas manos nudosas de uñas largas que se asemejaban a garras. Y esa seguía siendo la descripción que aportaban aquellos que aseguraban haberlo visto últimamente.

La puerta se abrió con un chasquido, seguido de un lento chirriar.

—Hola —dijo, esperando encontrar al otro lado a la persona que había abierto.

Allí no había nadie. Lanzó una mirada fugaz al Jeep y entró. Apenas había luz en el interior, las ventanas estaban cerradas y pesadas cortinas amortiguaban los escasos rayos de sol que se colaban por las juntas.

—Hola —repitió.

Avanzó por un pasillo enmoquetado y con estanterías que se levantaban a ambos lados repletas de libros y viejos periódicos. Si el exterior era lamentable por lo abandonado y roto que estaba todo, el interior era bien distinto. Todo estaba limpio y en orden y olía a incienso, también a algo ácido que no supo identificar; le recordaba al abono para plantas. Llegó hasta dos puertas correderas que daban a un amplio salón, allí tampoco había nadie. Escuchó un ruido y siguió esa dirección. Encontró lo que parecía ser una biblioteca. Se asomó con cautela. Un escritorio de roble ocupaba toda una pared, vitrinas atestadas de libros se alzaban en un equilibrio precario. Las ventanas estaban abiertas y la luz bañaba cada rincón. Había plantas por todas partes, sobre la mesa, en la repisa de las ventanas...

Nathan miró con atención las plantas; eran... raras. Entonces cayó en la cuenta de que se trataba de bonsáis. Se acercó hasta un diminuto arbolito y se agachó para verlo más de cerca. Los nudos del tronco, las ramas, parecían las de un árbol centenario. Sonrió, fascinado.

—Es un Palmatum común —dijo una voz tras él.

Nathan dio un respingo y se enderezó, dándose la vuelta. Un hombre al que no había visto al entrar le daba la espalda y podaba unas ramas de otra de aquellas miniaturas.

—Lo siento, la puerta se abrió, entré..., no pretendía...

—Tranquilo, ¿quién crees que te dejó entrar? —replicó el hombre. Giró sobre sí mismo con pasitos cortos y miró a Nathan a los ojos. Esbozó algo parecido a una sonrisa. Tiró unas tijeras diminutas sobre la mesa y se dejó caer en el sillón cerca de la ventana, de espaldas a la intensa luz que se colaba a través de los cristales, por lo que su rostro quedó envuelto en sombras—. Siéntate, joven. ¿Quieres tomar alguna cosa..., té, café...?

—No, gracias, estoy bien.

—Yo me tomaría un té. Hay un poco preparado en la cocina, ¿te importa?

—No, claro que no, ahora mismo se lo traigo —respondió, preguntándose cuándo y cómo compraba aquel hombre si no salía de casa. Nunca, nadie, lo había visto en una tienda.

—Sírvete otro, no está bien dejar que un hombre beba solo.

Nathan asintió y buscó la cocina; segundos después regresaba con un vaso en cada mano. Le entregó uno al señor Trussoni y a continuación se sentó en la silla frente a él, sujetando su té con ambas manos.

—Señor Trussoni, perdone la intromisión, pero... necesito hablar con usted de algo muy importante.

—¿Te han dicho que eres igual que tu padre, joven Hale? El mismo pelo, los mismos ojos...

Nathan se sorprendió de que conociera su nombre, y aún más a su padre.

—¿Conocía a mi padre?

—Por supuesto, solía visitarme de vez en cuando. Le gustaba jugar al ajedrez, era un magnífico estratega. Echo de menos su compañía en ese sentido. También solía venir en busca de respuestas.

Nathan levantó la vista del vaso, aún más pálido que cuando entró. Las preguntas se agolpaban tras sus labios. Quería saber por qué su padre visitaba a aquel hombre, de qué hablaban, qué preguntas tenía. A pesar del deseo de conocer a su padre a través de los ojos de Trussoni, se contuvo. Estaba allí por otro motivo.

—¿Cómo sabe que estoy aquí por eso? —preguntó. El hombre se limitó a sonreír, la luz incidía sobre su pelo despeinado y canoso confiriéndole el aspecto de un halo alrededor de la cabeza—. Señor Trussoni...

—Un momento, hijo, esta conversación tiene un precio —aclaró el hombre. Nathan se puso en pie y sacó su cartera del bolsillo—. No ese tipo de precio, no hablo de dinero.

—¿Entonces?

—De una promesa. Cuando llegue el momento, necesitaré que hagas algo por mí. Así que si no estás seguro...

Nathan volvió a sentarse, muy despacio, sin apartar la vista del viejo.

—Podría pedirme muchas cosas... —aventuró con desconfianza—. Una promesa de ese tipo es muy peligrosa.

—Tranquilo, no te pediré nada que vaya en contra de tus principios o las personas que quieres. Te lo aseguro.

—Está bien. Le prometo que haré lo que me pida. ¿Cuándo?

El señor Trussoni sonrió, la expresión de su cara se transformó, y Nathan habría jurado que ahora era unos cuantos años más joven.

—Cuando llegue el momento. Quién sabe, un mes, un año, puede que una semana. —Hizo un pausa y dejó el vaso sobre la mesa. Unió las puntas de sus dedos—. Adelante, pregunta.

Nathan se removió en la silla, inquieto.

—¿Cree en la reencarnación?

—Suponiendo que hablamos de brujos en todo momento. Sí, sí creo en la reencarnación, he conocido casos, pero es difícil que ocurra.

—Esto le va a parecer raro... ¿Pueden dos personas que se han conocido en una vida pasada volver a encontrarse casi cuatro siglos después, con el hilo de sus vidas unido hasta el punto de que hayan podido nacer el mismo día?

—Sí, podrían.

—¿Y cómo es posible algo así? ¿Qué hace que eso ocurra?

—¿Tú qué crees? El sentimiento más fuerte del mundo, aquel por el que han caído reinos, se han levantado castillos, por el que el mundo gira inexorablemente. El amor, el más puro y verdadero amor capaz de vivir más allá de la muerte. Un enorme sacrificio en nombre de ese amor podría tener tanto poder como para conseguir anclar esas almas a este mundo y devolverlas a la vida.

—¿Me está diciendo que dos personas que se amaron y murieron hace más de trescientos años pueden haber regresado a la vez para volver a encontrarse, solo por ese amor que sentían?

—Sí, eso mismo. ¿No te parece una cuenta pendiente lo suficientemente importante como para que un alma no cruce al otro lado?

—¿Cuenta pendiente?

—Acabo de hablarte de un sacrificio, hijo. Si ese amor fue sacrificado, si aquellos que se amaban no pudieron estar juntos hasta el fin de sus días, la madre naturaleza podría haberles dado el mayor de los regalos: una nueva oportunidad. La magia no tiene límites, solo el hombre, jovencito. No se debe cuestionar lo que es posible y lo que no.

—Señor Trussoni, ¿y esas personas regresan con los recuerdos de su vida anterior? Quiero decir que, ¿si en el pasado yo hubiera sido un herrero y ahora me hubiera reencarnado, recordaría mi vida, cada detalle de ella?

—Los recuerdos son un arma de doble filo. Nuestra mente es frágil como las alas de una mariposa, por eso se protege tras gruesos muros llamados ignorancia, negación, escepticismo... La perfección de una reencarnación está en poder vivir una nueva vida sin los vestigios de la anterior, la unión de ambas exigiría una gran fuerza mental que no todos poseen, la locura sería el siguiente paso. Imagina a ese herrero con unos veinte años de edad hace tres siglos, con seguridad ya estaría casado y con algún hijo a cuestas. Hoy en día sería un universitario, enganchado a esas maquinitas de juegos y con una novia animadora con ansias de ser actriz. ¿Cómo podría vivir con normalidad coexistiendo ambas conciencias en su interior? La primera apenas sería una sombra de imágenes, sueños que interferirían en la segunda, pero que podría dominarla sin control.

—Pero y si, por algún motivo, esos recuerdos despiertan.

—Si despiertan es porque los muros que protegen la mente se han debilitado, incluso roto, podría ocurrir por diversos motivos: un fuerte shock, por ejemplo. Es peligroso que ocurra, sobre todo cuando no sabes el porqué de lo que te está pasando. Imagina al mecánico que en otra vida fue un templario, sueños de batallas, sangre... tan reales que las heridas duelen, y duelen porque están ahí, en el alma. Se necesitaría de una gran fuerza para no acabar convencido de que estás loco.

—¿Y qué habría que hacer entonces?

—Es complicado, la única forma sería recuperar por completo la antigua conciencia, pero no es fácil. La mente hay que estimularla en la dirección correcta; si no, se pierde. Objetos personales, lugares, una carta escrita por uno mismo, tu propia historia contada a través de otros labios..., cosas así ayudarían a los recuerdos hasta abrirlos por completo. Entonces ambas conciencias se fundirían en una sola.

El silencio pesó entre ellos unos segundos. Nathan notaba la mirada del hombre sobre él.

—Señor Trussoni, ¿se puede matar al amor verdadero? ¿Se le puede hacer daño a la persona que ha sido capaz de traerte de vuelta?

—Por supuesto, jovencito. A veces la muerte es la mayor prueba de amor que uno puede dar.

Nathan bufó y se echó hacia atrás en el respaldo; se pasó la mano por la cara con disgusto.

—Eso no tiene mucho sentido.

El señor Trussoni sonrió con indulgencia.

—¿Y qué lo tiene en el mundo de la magia?

Nathan le sostuvo la mirada, los pensamientos embotaban su mente, y aunque en cierto modo él ya sabía que se trataba de una reencarnación, conocer los porqués que podrían provocar esa situación le habían dado cierto alivio, solo que eran tan místicos como la propia magia, pero no por ello dejaban de ser ciertos. La única persona por la que volvería de la muerte sería ella, Abby. Imágenes de su último sueño se colaron en su mente, juntos, abrazados en ese camastro. Carraspeó y se puso en pie.

—Gracias, no quiero molestarle más. Me ha sido de gran ayuda.

—Eso espero, es evidente que estás muy preocupado por algo. Por suerte, la curiosidad me abandonó hace años; cuando dejas de sorprenderte, todo pierde interés y tus asuntos son tuyos.

Nathan meneó la cabeza y empezó a sonreír. Desde luego, el hombre no era el «coco», más bien todo lo contrario. Sin embargo, podía sentir su aura. Bajo aquella apariencia de abuelo entrañable se escondía un hombre con mucho poder, del que su instinto le decía que nunca le diera la espalda, porque podría arrancarle el corazón con su propia mano.

—¿Quién es usted? —No pudo reprimir la pregunta.

—Alguien a quien le gusta estar solo y cultivar bonsáis, nada más —respondió, y su sonrisa se ensanchó—. ¿Y tú, quién eres tú?

Nathan se encogió de hombros.

—Creí que había dicho que ya no sentía curiosidad por nada. —El viejo imitó su gesto y también se encogió de hombros. Sonrió. Nathan añadió—: Solo alguien con una segunda oportunidad. —Dio media vuelta, hacia la salida.

—Señor Hale —dijo Trussoni. Nathan volvió el rostro para mirarlo a los ojos—. No olvide su promesa.

—Descuide, no lo haré.

32

Abby se tapó la cabeza con la almohada cuando sonó el despertador. Estaba cansada y sentía cada músculo del cuerpo entumecido. La carrera por la playa de la tarde anterior le estaba pasando factura; también el encuentro con Nathan. Seguía impresionada por el tatuaje de su cuerpo e intentaba adivinar qué le habría llevado a hacerse algo así. Recreó la imagen en su mente, su torso desnudo decorado con tinta de un color azul noche muy brillante. Debía reconocer que no le resultaba desagradable, al contrario, lo encontraba sexy. Se maldijo por estar pensando de nuevo en él, y apretó la almohada contra su cara como si así pudiera desterrarlo de su mente para siempre.

El despertador volvió a sonar y se incorporó con un gruñido. Era jueves y aún le quedaban muchas horas por delante hasta el fin de semana. Movió una mano y las cortinas se deslizaron dejando entrar los rayos de sol; el día estaba despejado y eso la animó un poco. Fue hasta el armario, en busca de unos pantalones. Resopló con disgusto; desde que Helen se había tomado unos días para visitar a su hermana, la colada no era algo que estuviera al día.

Acabó por ponerse el vestido de punto que había comprado unos días antes en el centro comercial. Bajó la escalera dando tirones al bajo, no recordaba que fuera tan corto ni ceñido. Entró en la cocina y se quedó de piedra al encontrar a Pamela allí, desayunando con Damien.

—¿Qué haces aquí?

Pamela tragó el trozo de bollo que masticaba.

—Mi abuela necesita el coche y me he dicho, ¿qué alma samaritana llevará a esta pobre chica al instituto? Y he pensado en ti, pero mira por dónde, Damien se ha ofrecido a llevarnos, ¿a que es un encanto? —dijo la chica a Abby—. Me muero por subir a ese cochazo —comentó, clavando sus ojos en el chico.

Él sonrió ante el halago y miró a Abby; de repente se quedó mudo, contemplándola de arriba abajo.

—¡Vaya, estás increíble! —dijo sin pensar. Carraspeó apartando la vista y añadió—: ¿Café?

Media hora después llegaban al instituto, con la música a todo volumen, mientras Pamela y Damien se desgañitaban con el estribillo de una canción. Abby descendió del vehículo muerta de risa, y una ráfaga de brisa que olía a lilas la recibió. Miró hacia arriba, pero ni una sola hoja se movía en los árboles. En los últimos días, pequeñas demostraciones como esa, que no podía controlar, se sucedían constantemente. Tomó aire tratando de aflojar el nudo que sentía en el estómago, cerró la puerta y tomó su mochila de la mano de Damien. El chico parecía encantado con la compañía, y ella, en el fondo, también agradecía su cercanía de los últimos días. Desde el baile se habían distanciado mucho, sobre todo por parte de ella. Le resultaban insoportables las miradas de reproche aderezadas con el sentimiento de traición que le dedicaban él y el resto de chicos de su clan. Incluida Diandra, que a pesar de que había intentado mostrarse compresiva, no lograba atravesar la barrera invisible que las mentiras habían levantado entre ellas. Por suerte eso estaba cambiando.

De repente Abby se puso tensa; el todoterreno se detuvo junto a ellos, solo un coche los separaba.

—Recuerda lo que me dijiste sobre dejar de ser buena. Ahora sería un buen momento para empezar. Además, estás preciosa —le susurró Pamela.

Abby la miró agradecida. Estiró la espalda y alzó la barbilla; la brisa volvió a soplar y agitó su pelo. En ese momento sus ojos se encontraron con los de Nathan, pero esta vez no desvió la mirada como había hecho siempre. Mantuvo el contacto unos segundos y apartó los ojos con desdén y un inusitado calor de triunfo en el pecho. En ese momento Rose bajó del coche vestida con una de las chaquetas del chico. A Abby le hirvió la sangre y echó a andar alejándose de ellos, flanqueada por Pamela y Damien, que parecía encontrar cualquier oportunidad para tocarla o rozarla mientras caminaban. Ella se dejó, consciente de la mirada de Nathan fija en su espalda a tan solo unos pasos por detrás.

—¡Fijaos en quién se ha disfrazado esta mañana! —La voz de Maggie, la mejor amiga de Rose, se elevó con ese timbre agudo que hacía que todo el mundo se fijara en ella.

El grupo congregado alrededor de la chica soltó unas risitas, pero esta vez Abby no se encogió tratando de desaparecer, ni se sonrojó avergonzada. Sus ojos volaron rápidos hasta la rubia de bote con un brillo felino. Un destello los iluminó y la blusa de Maggie se abrió de golpe dejando a la vista su ropa interior. Soltó los libros azorada para cubrirse con los brazos mientras sus amigas trataban de taparla y apartaban a los chicos que, con el móvil en las manos, habían empezado a hacer fotografías.

Damien miró a Abby, sorprendido, los ojos tan abiertos que no parpadeaban. De repente rompió a reír con fuerza.

—¿A qué ha venido eso? —consiguió decir.

—Se lo estaba buscando desde hacía tiempo —respondió Abby, lanzando una mirada furiosa por encima de su hombro. Sus ojos se encontraron con Rose. La chica se había quitado la cazadora de Nathan y tapaba con ella a su amiga. Percibió un odio profundo en ella y eso le hizo sentir un vacío en el estómago. No entendía qué era aquello tan terrible que podía haberle hecho, pero si el problema tenía por nombre Nathan, aún lo entendía menos; Rose había ganado, tenía el premio para ella solita.

—Me encanta esta nueva bruja —susurró Damien, inclinando la cabeza sobre ella para que nadie más pudiera oírle, y le puso una mano en la espalda. Al ver que Abby no decía nada, la deslizó hasta la cintura, ciñéndola sin aparentar ningún ánimo de posesión, respiró hondo y sonrió encantado.

—Pues me alegro, porque la antigua no va a regresar —respondió, mirando hacia atrás, y tal y como había hecho en el aparcamiento, sostuvo sin vacilar la intensa e inescrutable mirada de Nathan que la devoraba de arriba abajo. Los ojos del chico se detuvieron un momento en la mano de Damien y relampaguearon. «Como si le importara», pensó ella con desdén.

Tras la comida, Abby se dirigió a su taquilla para dejar un par de libros. Aún faltaba un buen rato para que comenzara la siguiente clase, pero el ambiente del comedor, sumado a las miradas fijas en ella, había acabado por agobiarla.

—Hola, tú eres Abby, ¿no? —le preguntó una voz.

Abby se giró y se encontró con una chica más joven que ella, probablemente de primer año.

—¿Te conozco? —preguntó.

—No, pero si eres Abby, tengo un mensaje para ti.

—¿Un mensaje? ¿De quién?

—De una chica, se llama Pamela, me ha dicho que te encontraría aquí, y que te dijera que si podías ir al gimnasio a buscarla. Creo que no se encuentra bien —informó la chica. Y añadió con una expresión de pesar—: Lo cierto es que tenía mala cara.

Abby tragó saliva con un nudo en la garganta.

—Gracias —murmuró, mientras cerraba la taquilla y echaba a correr por el pasillo.

Llegó a las puertas del gimnasio sin aliento, las empujó y entró sin detenerse.

—¡Pam! —gritó, buscando con la mirada a su amiga. Con el corazón a mil por hora giró sobre sus talones y el mundo se le vino encima. Pamela no estaba allí, pero sí su peor pesadilla de las últimas semanas. Rose miró a Abby con una sonrisa que le puso el vello de punta, se cruzó de brazos y la sonrisa desapareció. En su lugar, una mueca de desprecio transformó su cara en una amenaza.

—Que nadie nos interrumpa —ordenó Rose a las amigas que la escoltaban.

Las chicas le dedicaron a Abby una sonrisa burlona y salieron afuera, a custodiar las puertas.

—Tu amiga la friki no está aquí, cariño —dijo Rose a Abby. Ladeó la cabeza como para mirarla desde otro ángulo—. Tú y yo tenemos que hablar y dejar algunos puntos claros.

—No tengo nada que hablar contigo.

—¿Crees que porque te vistas como una zorra y te pasees por ahí como dueña y señora de todo él va a volver contigo? Si crees eso es que eres idiota. —Su voz era como cubitos de hielo.

—¿Esto va en serio? —inquirió Abby mirando en derredor, buscando la cámara oculta. Así que todo aquello era por Nathan.

—Muy en serio. Olvídate de Nathan, él está conmigo.

—¿Qué? Nathan no me interesa, hace un mes que no hablo con él.

—Me alegro de que digas eso, en serio —replicó Rose; forzó una sonrisa cargada de falsedad—. Me daría tanta pena ver cómo te arrastras tras él. No le interesas, nunca le has interesado. Siento decirte esto así, pero te utilizó, lo hizo para darme celos. Tuvo la absurda idea de que estaba con él para pasar el rato y se sintió inseguro, ¡a veces es tan mono! ¿No crees? —Se encogió de hombros henchida de felicidad y dio un par de pasos hacia Abby—. Por eso se lio contigo, nada más, pero ahora estamos juntos y nada de eso importa. Es agua pasada —suspiró.

—Y si es así, ¿por qué estás aquí contándome todo esto? Te estás tomando demasiadas molestias, ¿no?

Rose la fulminó con la mirada y soltó una risita burlona cargada de afectación.

—No, lo cierto es que ha sido él quien me ha pedido que hable contigo —respondió con soberbia—. Está cansado de que lo persigas, de encuentros en la playa...

Abby palideció. ¿Le habría contado Nathan el encuentro del día anterior? Por lo visto sí, y había tenido el valor de decir que lo estaba persiguiendo.

—... las miradas —continuó Rose—, y estos esfuerzos ridículos disfrazándote de..., ¿de qué te has disfrazado? —preguntó señalando su ropa—. Hazme caso, no te pega y estás ridícula. Ni aunque dejaras de ser una estrecha pasaría de mí para salir contigo.

—¿Estrecha? —la cuestionó Abby roja de ira.

—Eso fue lo que me dijo, que eras una estrecha, demasiado inocente para él.

Sintió las palabras de Rose como una bofetada. Las dudas sobre si había llegado a conocer a Nathan de verdad, en algún instante, aumentaron.

—¿Quieres hacerme un favor, Rose? Déjame en paz —le espetó, y se encaminó con paso decidido hacia la puerta.

—Lo haré si tú dejas en paz a Nathan —replicó tras ella. Cogió a Abby de la muñeca con violencia y la obligó a girarse.

—¿Sabes una cosa? Creo que estás demasiado preocupada por Nathan y por mí. Si tan enamorado está de ti, no deberías —le espetó Abby, dando un tirón para soltarse.

—No me provoques, niñata, puedo convertirme en tu peor pesadilla.

—Y tú no vuelvas a amenazarme. Si crees que voy a permitir que me sigas acosando, estás muy equivocada —dijo Abby con voz firme, y dio media vuelta. Sentía cómo la luz blanca trataba de aflorar en sus manos; el deseo de destrozar algo se hizo insoportable. Inspiró hondo.

—¿Y qué piensas hacer, decírselo a tu papá? —indicó Rose con burla. Abby continuó caminando, ignorándola—. O se lo vas a decir a tu madre... —hizo una pausa cargada de intención— muerta. Seguro que se está retorciendo en la tumba al ver la hija tan patética que tiene.

Abby se paró en seco. Había nubarrones de tormenta en sus ojos cuando se giró y miró a Rose. Algo crujió en su interior, sintió que una parte de ella se rompía. La sensación de que un líquido cálido y viscoso se expandía por su pecho la sobrecogió, se colaba a través de sus huesos, de su piel; corría por sus venas a una velocidad endemoniada. El suelo empezó a vibrar, las gradas y las puertas temblaban mientras el zumbido se intensificaba. Un hielo sobrenatural cubrió los cristales.

—¿Qué está pasando? —preguntó Rose, asustada, temiendo que estuvieran sufriendo un terremoto.

—Nunca has perdido a nadie. No sabes lo que se siente; si lo supieras, no te sería tan fácil hacer daño —dijo Abby con calma. En su voz vibró un extraño acento—. Pero hay otras formas de aprender lo que es el dolor.

El viento empezó a soplar donde ella estaba, moviéndose alrededor suyo. Su larga melena se alzó junto a su cara. La piel de sus brazos y su cara resplandecía con una luz blanca y brillante. Rose se abrazó los codos y dio un paso atrás mirando a Abby estupefacta.

—¿Tú estás haciendo esto?

Abby movió una muñeca y Rose salió despedida hacia atrás, golpeándose contra el suelo. Otro movimiento de su mano la alzó del suelo un par de metros. Las gradas temblaron con más fuerza, y el viento aumentó azotando sus cabellos como látigos sobre la piel.

—Bájame de aquí —gritó Rose.

Abby no contestó y se limitó a levantarla mucho más arriba manteniendo las manos alzadas.

Damien, Diandra, Rowan y Holly abandonaron la cafetería a toda prisa y corrieron rastreando el intenso olor a magia.

—Viene del gimnasio —dijo Damien mientras marcaba en su teléfono móvil el número de Abby con un mal presentimiento. No había señal.

Al llegar a las puertas, Josh y Edrick ya estaban allí junto a las amigas de Rose. Todos habían sentido el rastro de la magia, el poder descomunal que emanaba de aquel sitio.

—Dicen que Abby está dentro con Rose —informó Edrick—. ¿Podéis sentirlo?

Todos asintieron. Damien empujó las puertas.

—Están atascadas, ya lo hemos intentado —indicó Maggie, mirando a su alrededor, muerta de miedo—. Parece un terremoto, pero no suelen durar tanto, ¿no? ¿Y de dónde ha salido todo ese hielo?

—No lo sé, pero deberíais iros, nosotros intentaremos sacarlas de ahí dentro.

Maggie y sus amigas salieron de allí a toda prisa sin ni siquiera despedirse.

—A eso le llamo yo amistad —dijo Holly, fulminándolas con la mirada.

Tras un par de intentos, uniendo sus mentes, consiguieron que las puertas se abrieran. Una vez dentro, estas volvieron a cerrarse por sí solas.

—Abby —gritó Damien intentando hacerse oír a través del fragor que se había desatado. Ella ni siquiera lo miró, su atención estaba puesta en el cuerpo que flotaba en medio del gimnasio a varios metros de altura, azotado por un viento sobrenatural que le estaba congelando los miembros—. Tenemos que pararla —dijo a los demás.

Trató de agarrarla por un brazo, pero cuando su mano estaba a punto de tocarla, una fuerza invisible lo lanzó de espaldas. Rowan también lo intentó y su cuerpo se estrelló contra un banco. Una pared invisible se levantaba a su alrededor.

—Es demasiado fuerte —gritó Diandra.

—Hay que hacer algo, parece que un ciclón está asolando el instituto. Los NO-MA se van a dar cuenta —indicó Peyton.

—Puede que si lo intentamos entre todos consigamos pararla. —La voz de Edrick se alzó por encima del bramido que surgía de la tierra y los gritos de Rose.

Damien asintió, de acuerdo con la sugerencia de su amigo. Les resultaba imposible acercarse hasta Abby y debían encontrar la forma de pararla. La chica parecía poseída en algún tipo de trance y amenazaba con destruir todo el gimnasio, y con él, a Rose, de la que no apartaba los ojos.

—¿Cómo puede ser tan fuerte? —inquirió Josh con un atisbo de miedo.

—Formemos un círculo, es la única forma de poder canalizar todo nuestro poder —dijo Damien.

Rodearon a Abby, se cogieron de las manos y se concentraron en la fuerza que salía de ella a borbotones; podían ver el aura de su magia brillando en cada centímetro de su piel. Lanzaron palabras al viento, pero nada. Entonces las puertas volvieron a abrirse, Nathan las cruzó y él mismo las mantuvo abiertas con su mente, tratando de hacer frente al deseo de Abby de mantenerlas cerradas. Damien reaccionó como siempre que se trataba de Hale. Rompió el círculo y fue directo hacia él.

—Fuera, esto no es asunto tuyo —le espetó.

—Sí, ya veo cómo lo estáis controlando. Apártate antes de que destroce el edificio —dijo, señalando a Abby con la barbilla.

—¿Y qué vas a poder hacer tú?

La silueta de Nathan se difuminó con un halo oscuro, y el blanco de sus ojos casi desapareció envuelto en oscuridad.

—Creo que te haces una idea, ¿verdad, Dupree? —lo retó. El tono siniestro de su voz no anunciaba nada bueno.

—Déjalo, Damien —intervino Diandra, y se giró hacia Nathan con apremio—. ¿De verdad puedes pararla?

—Soy el único que puede, créeme. —Diandra asintió y Nathan continuó—: Bien, voy a intentar traspasar la barrera de Abby y que fije su atención en mí. Cuando lo haga, tenéis que estar preparados para bajar a Rose, la cogéis y salís de aquí. ¡Y que uno de vosotros le borre todo esto antes de que el recuerdo perdure! —dijo con aire despectivo.

Nathan se paró frente a Abby. Ella bajó la vista un momento y lo miró, para volver a colocar sus ojos sobre Rose y estamparla contra el techo con una nueva sacudida. Él tomó aire y se preparó para derribar la defensa que había levantado, deseando más que nada que aquello no fuera el detonante que obligara a su sangre a tomar medidas demasiado drásticas. Se concentró en la barrera, era tan densa que penetrarla parecía imposible. Con la frente perlada de sudor por el esfuerzo, logró traspasar la pared.

—Abby, mírame —dijo en tono severo. Movió una mano para tocarla, pero no lo hizo. Ella bajó la vista hacia él—. Tienes que bajar a Rose de ahí. —Abby negó con la cabeza y la frialdad de su gesto y sus ojos traspasaron el corazón de Nathan—. ¿Qué ha pasado?

—Solo quiero que me deje en paz, pero ella no parece entenderlo —respondió con marcado acento escocés.

—Deja que se vaya, yo hablaré con ella y no volverá a acercarse a ti. —Abby esbozó una leve y maliciosa sonrisa. Negó con la cabeza—. Abby, mira a tu alrededor, mira lo que has provocado. Si no paras, el edificio se vendrá abajo; nos harás daño a todos, no solo a Rose.

Abby clavó los ojos en Nathan, pudo ver verdadera preocupación en ellos. Después miró en derredor y vio a sus amigos. Parpadeó como si despertara y bajó los brazos lentamente, pero nada cambió.

—No puedo pararlo —dijo con la respiración acelerada.

—Deja que te ayude —le pidió Nathan cogiéndole las manos. Cerró los ojos y trató de canalizar el poder de Abby hacia él. Era demasiado intenso y lo sentía colmando como lenguas de fuego su interior. Apretó los dientes y aguantó lo justo para encontrar el lazo que la mantenía unida a Rose.

—¡Ahora! —gritó a la vez que lo cortaba.

Rose se precipitó al suelo. Los chicos se concentraron en ella y consiguieron detenerla antes de que se estrellara. Damien y Rowan la sujetaron por los brazos y la sacaron semiconsciente del gimnasio a toda prisa. Nathan no soltó las manos de Abby hasta que todo volvió a la normalidad: el suelo dejó de temblar, la escarcha se evaporó de los cristales y el viento disminuyó hasta desaparecer.

Él sudaba a mares por el esfuerzo, al contrario que ella, que se estremeció completamente helada. Nathan tuvo el impulso de atraerla a su pecho y abrazarla muy fuerte; resistió el deseo y dejó que sus manos resbalaran de las suyas.

—¿Le he hecho daño a alguien? —preguntó, aterrada.

—No, pero podrías habérselo hecho. —Se pasó las manos por el pelo, angustiado. De repente estalló—: ¡No puedes perder el control de esta forma! ¿No te das cuenta de lo que podría haber pasado? ¡Tienes que aprender a controlarte!

—Lo estaba haciendo, pero quiso herirme con el recuerdo de mi madre y...

Nathan apretó la mandíbula, culpándose por no haber puesto fin a los esfuerzos de Rose por mortificar a Abby, pero estaba convencido de que eso la mantendría alejada de él. Si lo culpaba también de la obsesión de la chica, sería más fácil. Se había equivocado, y lo único que había logrado era ocasionarle más daño.

—Hablaré con ella, te prometo que no volverá a acercarse a ti.

—Como si te importara —le espetó ella con una rabia glacial—. Todo es culpa tuya, ¿por qué le dijiste todas esas cosas sobre mí? —preguntó al borde de las lágrimas; se mordió el labio para retenerlas dispuesta a no mostrar debilidad—. ¿No tenías bastante con lo que ya me has hecho que necesitabas hundirme aún más?

Nathan se pasó las manos por la cara, preguntándose qué demonios le habría dicho Rose. Los latidos de su corazón resonaban entre ambos. La miró fijamente un momento y sacudió la cabeza.

—Siento mucho haberte herido, pero no volverá a pasar, ninguno de los dos volverá a acercarse a ti. Te lo prometo —dijo en tono solemne.

—Espero que cumplas tu palabra, porque lo único que quiero es olvidarme de que existes. Ahora vete con tu adorable novia, seguro que ella es todo lo que tu madre desea para ti —le dijo con rabia. No quería demostrarlo, pero los celos la consumían.

Abby se dirigió a la salida intentando mantener la poca dignidad que le quedaba. Nathan cerró los ojos para dominarse, pero no pudo. Alargó la mano y la sujetó por la muñeca, obligándola a girarse. Sus ojos tan oscuros como el ónice la taladraron. Todo en él parecía controlado, ilegible, pero no era sí.

—¡Maldita sea, Abby, todo esto no es por Rose, ni por mi madre! —dijo sin apartar los ojos de los de ella—. Es por ti, por lo que eres, por quiénes somos. Cuanto más lejos estemos el uno del otro, mejor. Estamos condenados al desastre y es lo que intento evitar.

Ella lo contempló atónita y se abrazó los codos para contener un profundo y repentino escalofrío.

—¿De qué estás hablando?

—De tu magia, de tu poder, de por qué sabes las cosas que sabes sin más, de los *déjà vu*. —Cerró los ojos un momento e inhaló con fuerza el aire electrificado del gimnasio. El mundo le latía en los tímpanos al mirarla de nuevo—. De tus sueños. No lo son, Abby, son recuerdos de quien fuiste una vez. Moira, Brann, todo fue real, ellos lo fueron, ocurrió de verdad.

Abby frunció el ceño, moviendo la cabeza como si así pudiera impedir que aquellas palabras entraran en ella.

—No necesitas mentirme con cuentos para convencerme de que me aleje de ti, no quiero nada tuyo.

—¡Ojalá fueran cuentos! —exclamó frustrado—. Pero no lo son, existe un diario que pertenece a mi familia, lo escribió un antepasado mío. En ese diario se describe cada uno de tus recuerdos, hasta el último detalle. También guarda un secreto y un compromiso sellado con magia que me obliga a cumplir con un destino que no deseo. ¿Sabes quién escribió ese diario? —preguntó, a lo que respondió sin pausa—: Brann O'Connor.

—¿Me tomas el pelo?

—Mi madre me lo dio la noche del baile, lo había ocultado por mi protección, pero descubrió quién eras y que estábamos juntos, y no tuvo más remedio que hablarme de él.

—Tu madre... —dijo Abby en un tono despectivo. Después de todo, aquella locura podía tener sentido; esa mujer estaba dispuesta a cualquier cosa para quitarla de en medio.

—Escúchame atentamente. —Trató de cogerla de los brazos, pero ella se deshizo del agarre; que la tocara era más de lo que podía soportar—. Todo es cierto, Moira poseía un grimorio muy peligroso, muchos lo perseguían y Brann fue enviado para hacerlo desaparecer y acabar con la única persona que podía leer sus hechizos, esa era Moira. Y bien sabes que cumplió con su deber. El grimorio fue cerrado con magia y enviado al Vaticano. La única llave quedó en poder de Brann y este desapareció con ella sin que nadie más volviera a saber de él. Hizo un encantamiento muy poderoso sobre su sangre, cada uno de sus descendientes se convertiría en el custodio de la llave y cargaría con la misión de borrar de la faz de la tierra a cualquiera con una gota de la sangre de Moira por sus venas. Mi padre murió por eso, ¿entiendes? Miembros de La Hermandad descubrieron que era el último Guardián, robaron el grimorio y vinieron a por la llave. Murió, y eso evitó que acabara con tu vida una vez que descubrió que existías. Ahora me toca a mí, el legado es mío y no puedo rechazarlo.

—Pero entonces mi padre...

—No es tu padre —la atajó Nathan de inmediato—, el mío lo habría sabido en algún momento, crecieron juntos. De serlo no estaría vivo —puntualizó en un tono demasiado siniestro—. Debe de ser tu madre, quizá por eso huyó, probablemente lo sabía.

—Es mentira, todo es mentira. —Lo empujó en el pecho cuando él intentó acercarse de nuevo a ella. Los ojos le brillaban por las lágrimas. Nathan había perdido el juicio, estaba loco.

—No, no lo es, y lo sabes, lo sientes al igual que yo. Pero lo peor no es eso, no sé cómo, pero... no somos simples descendientes. La historia va a repetirse con los mismos protagonistas.

—Lo que insinúas no es posible.

Nathan soltó un juramento para sí mismo, no sabía cómo hacer entender a Abby que nunca había hablado más en serio. Cerró con fuerza los puños.

—Lo es, si no por qué es mi cara la que ves en tus recuerdos, y por qué es a ti a quien veo yo en los míos... Por qué sé que tienes una mancha con forma de corazón al final de la espalda, y... hay mucho más, Abby. —Su mirada se volvió demasiado íntima y la apartó con un suspiro ahogado.

—¿Tú también sueñas?

—Ahora sí —admitió, tragando saliva.

Abby empezó a dar pasos hacia atrás, alejándose de él.

—No te creo —susurró. Se tapó los oídos con las manos y cerró los ojos, deseando que desapareciera. Cada palabra que salía de sus labios era una punzada dolorosa en su pecho. Las lágrimas descendieron por sus mejillas. De pronto sintió que el pecho se le encogía y que apenas podía respirar.

Él le tomó la cara entre las manos, obligándola a que abriera los ojos.

—Que no me creas no lo hace menos real. No hay casualidades, ni coincidencias; el destino y la magia han cruzado nuestros caminos por un único motivo. Mi linaje tiene la obligación de destruir al tuyo, por eso no puedes estar cerca de mí. Ya lo hice una vez..., qué impediría que lo volviera a hacer.

—Dios mío, estás diciendo que vas a matarme porque un hechizo te obliga. ¡Estás loco! —gritó, y comenzó a retorcerse como si sus manos sobre ella le quemaran. Lo apartó, empujándolo una vez tras otra cada vez que él trataba de acercarse.

—Abby, piensa lo que quieras sobre mí, pero métete

esto en la cabeza. —Consiguió arrinconarla contra la pared y colocó los brazos a ambos lados de su cuerpo para contenerla entre ellos—. Ya sea porque los mismos que asesinaron a mi padre nos encuentren o porque tú acabes haciendo algo estúpido que suponga un peligro para los demás, no podré evitarlo y tendré que pararte los pies. Así que ten cuidado, ¿vale? Lo de hoy no puede repetirse y, hazte un favor..., tampoco confíes en nadie.

Abby apretó los labios, lo miró a los ojos un segundo, y después su mirada voló a la salida.

—Empezando por ti —le espetó. Lo apartó de un empujón y echó a correr hacia las puertas.

—Abby... —gritó Nathan, y corrió tras ella, pero no pudo darle alcance.

La normalidad había vuelto al instituto una vez que se constató que no había peligro en ninguna parte y los pasillos estaban llenos de personas entre las que ella desapareció.

Mientras recorría los pasillos en dirección al aula, pensó que no sería capaz de soportar la última clase. Las palabras de Nathan resonaban en su cerebro, la conversación se sucedía en un bucle continuo del que no podía deshacerse. Tanto tiempo deseando una explicación a las cosas tan extrañas que le sucedían y ahí la tenía, real, tangible, a la vez que increíble.

Por fin sonó el timbre; recogió sus libros a toda prisa, quería salir de allí cuanto antes y regresar a la seguridad de su casa antes de que le diera un infarto. El corazón no dejaba de latirle desbocado, sus pulsaciones no paraban de aumentar, y el dolor intermitente de su pecho amenazaba con hacerse crónico. Su magia pugnaba por salir al exterior a través de cada uno de sus poros, apenas si podía controlarla, y cada vez que tocaba algo o alguien, pensaba que iba a electrocutarlos.

—¿Dónde está el fuego? —preguntó Pamela, dándole

alcance en el pasillo. Abby ni siquiera se volvió—. ¡Ey, espera! —La agarró por el brazo para detenerla—. Puedes contármelo, lo sabes, ¿no?

Abby la miró y a punto estuvo de echarse a llorar. Apretó los labios y negó con la cabeza.

—Lo entiendo —susurró Pamela.

Juntas salieron al exterior. Nathan estaba a pocos metros de la entrada, y por su cara era evidente que la esperaba para asegurarse de que no había hecho ninguna tontería, como lanzarse por una ventana o colgar del techo a nadie más. Diandra la llamó desde dentro, abriéndose paso entre los estudiantes, y Damien venía hacia ella desde el edificio de la piscina. De repente se sintió atrapada, necesitaba salir de allí. Entonces el corazón le dio un vuelco.

33

—¡No puedo creerlo, es Gale! —exclamó Abby con los ojos muy abiertos. Se llevó una mano a la boca para poder cerrarla.

Pamela la miró de reojo, y después contempló el aparcamiento del instituto con interés.

—¿Gale? ¿Qué Gale? ¿Te refieres al Gale de Nueva York? ¿Tu Gale de Nueva York? —preguntó, y tomó aire para recuperar el aliento tras la batería de preguntas. Abby ya le había hablado de él y de sus amigos de Nueva York en alguna ocasión.

—Sí —respondió Abby, tan impresionada que era incapaz de moverse.

Pam siguió la mirada de su amiga y se encontró con un chico de cabello castaño claro con gafas de sol apoyado sobre un Camaro.

—¿El tío bueno del Camaro? —inquirió. Abby asintió. Pam chasqueó la lengua y sonrió mientras estudiaba al chico de arriba abajo—. En serio, un día tienes que decirme cómo haces para que tíos así se cuelen por ti.

Abby no contestó, y echó a andar al encuentro de Gale, acelerando el paso conforme se acercaba. El chico la divisó entre el resto de alumnos y dio un paso hacia ella esbozando una enorme sonrisa mientras se quitaba las gafas. Alzó la mano para saludarla. Para Abby fue como si le hubieran dado el pistoletazo de salida y corrió lanzándose a su cuello.

—¡Gale! —exclamó, abrazándolo muy fuerte con la barbilla en su hombro.

Por un instante, Gale se quedó petrificado por la sorpresa; ni en mil años habría imaginado un recibimiento igual. Tras el desconcierto inicial, la rodeó con sus brazos y la apretó contra su pecho.

—Si hubiera sabido que me recibirías así, habría venido mucho antes —dijo él.

El tono de su voz, su timbre familiar, hizo que Abby volviera a abrazarlo.

—Me alegro tanto de verte —admitió ella, y tuvo que morderse los labios para no romper a llorar. No se había dado cuenta hasta ese momento de lo mucho que echaba de menos su antigua vida, a sus viejos amigos; tener delante un rostro conocido que no tuviera nada que ver con Lostwick o los brujos que vivían allí. Cuando todo era normal y mucho más sencillo, cuando su mayor problema era convencer a su madre de que una pizza sin *pepperoni* no era una pizza completa.

Gale la apartó un poco para verle el rostro.

—Ey, ¿estás bien? —inquirió un tanto preocupado.

Abby asintió y una lágrima resbaló por su mejilla.

—Es que me alegro tanto de verte... ¡No sabes cuánto! —Cerró los ojos un momento largo y notó que él le limpiaba la lágrima con el pulgar. Sonrió y lo miró ladeando la cabeza—. ¿Y qué haces tú aquí?

—Tenía un par de días libres y... —Se encogió de hombros.

—Y malgastas dos días de vacaciones para venir a verme. —Frunció el ceño a modo de reprimenda.

—Yo no diría que los estoy malgastando —replicó con una tímida sonrisa. La tomó de las manos y la empujó con suavidad hacia atrás; la miró de arriba abajo—. Estás guapísima, este sitio te sienta muy bien. —Abby se sonrojó—. Bueno, ya que estoy aquí, espero que me enseñes todo esto. —Hizo un gesto con la barbilla que lo abarcaba todo—. Y dejarás que te invite a cenar, ¿no?

Abby asintió moviendo la cabeza muy rápido, los ojos le brillaban y por un momento dejó de pensar en otra cosa que no fuera Gale.

—Pero antes de eso, me acompañarás a casa y te presentaré a mi padre.

—¿Tengo que pedirle permiso o algo así? —preguntó un poco inquieto.

—¡No, pero le he hablado tantas veces de ti, de Demi, Laura y Elliot, que querrá conocerte!

—Me parece bien.

Abby volvió a abrazarlo, como si necesitara tocarlo para saber que era real y que estaba allí.

—¿Te importa si una amiga viene con nosotros? —preguntó ella. Gale negó despreocupadamente. Abby se giró hacia la entrada—. Pam —llamó a la chica y le hizo un gesto con la mano para que se acercara.

Nathan apretó con fuerza su mochila, mientras no perdía detalle de la escena que se desarrollaba frente a él. Abby abrazaba a aquel chico con demasiada familiaridad, era evidente que ya se conocían. Vio con el rabillo del ojo a Damien, que tampoco le quitaba los ojos de encima al recién llegado. Se fijó en su expresión, estaba celoso... al igual que él. Durante un instante, la mirada de los dos chicos se encontró, y por primera vez hubo cierto entendimiento. Era increíble lo que los celos podían unir.

—¡Menudo coche! ¿Quién es ese? —preguntó Ray, que acababa de aparecer a su lado.

Nathan dio media vuelta y miró a su amigo.

—Ni idea, pero tú lo vas a averiguar por mí. —Le dio un golpecito en el hombro y se alejó en dirección contraria a la de Abby.

Ray entró en la casa sin llamar, tirando las llaves con descuido sobre la mesa.

—Se llama Gale Harkness, es de Nueva York, su padre es vicepresidente de no sé qué empresa y está aquí, únicamente —remachó la palabra mientras se dejaba caer en el sofá, junto a Nathan—, para ver a Abby. Iban al mismo instituto, y estaban a punto de salir juntos cuando ella tuvo el accidente y vino aquí. —Puso los pies sobre la mesa y entrelazó las manos en la nuca—. Pamela no se ha cortado en detalles. También me ha dicho que esta noche irían a El Hechicero en plan doble cita, y que es posible que esta no sea la última vez que le veamos por aquí.

Nathan se removió en el sofá, con el cuerpo en tensión y sin apartar la vista del televisor. Su mandíbula no dejaba de moverse mientras apretaba los dientes con fuerza. Así que el tipo era el casi novio de Abby, desde luego ella no había mencionado ese detalle.

—Levántate, nos vamos —dijo de repente, poniéndose en pie. Agarró su chaqueta y se encaminó a la puerta.

—¿Adónde? Si acabo de llegar.

—A El Hechicero —respondió.

Ray parpadeó.

—No, de eso nada. Se supone que debes mantenerte alejado de ella hasta que encuentres la forma de no querer asesinarla.

—Yo no quiero asesinarla —le espetó, molesto. Subió al coche y lo puso en marcha.

—Aún —puntualizó Ray. Se abrochó el cinturón de seguridad y se cruzó de brazos, malhumorado—. No entiendo qué pretendes con esto, en serio.

—Quiero asegurarme de que ese tipo es trigo limpio, ¿vale? No me dirás que no es raro que aparezca de pronto. Quién sabe, ¿y si pertenece a La Hermandad? —alegó a la defensiva.

Ray inspiró hondo, armándose de paciencia. Sus labios se curvaron hacia arriba, pero aquello apenas podía considerarse una sonrisa.

—Ese Gale no pertenece a ninguna Hermandad. Si así fuera y estuviera aquí buscando la llave o a Abby para abrir ese libro, tú lo habrías notado y ya tendrías un cuchillo presionando sobre el bonito cuello de ella.

—¿Puedes dejar de hablar así? Me sacas de quicio cuando nombras cuchillos, muerte y Abby en la misma frase.

Ray alzó las manos en un gesto de paz.

—Vale, pero deja de buscar excusas para meterte entre ellos. Ese chico está aquí porque Abby era su chica; quizá quiera recuperarla y eso a ti ya no te incumbe.

Nathan adoptó una expresión desdeñosa.

—¡No era su chica! —masculló, apretando el volante hasta que sus nudillos se pusieron blancos.

Ray bufó y se inclinó para subir la música.

—Diga lo que diga vas a hacer lo que quieras. Así que adelante, vamos, estoy deseando ver cómo te regodeas en tus propios celos. Porque solo se trata de eso, Nat, de que estás celoso.

Ninguno de los dos dijo nada más durante el resto del viaje. Ray no estaba dispuesto a malgastar saliva tratando de convencer a su amigo de que estaba haciendo todo lo contrario a lo que se había propuesto. Que estaba pensando con el corazón y no con la cabeza, de que así no la protegía, sino que la ponía en peligro porque su propia presencia era una amenaza para ella. Como si él mejor que nadie no supiera lo que entrañaba el contenido del diario.

Y Nathan jamás admitiría que se estaba dejando llevar por sus instintos más primarios. Se moría por coger al tal Gale y mandarlo de vuelta a Nueva York; y esperaba por el bien del chico que los abrazos se hubieran limitado al saludo de esa tarde. No confiaba en poder aguantar otra dosis de carantoñas entre ellos. Pero lo que más le reconcomía era que Ray había dicho la verdad. Clavó la mirada en el parabrisas preguntándose qué demonios estaba haciendo, pero no dio la vuelta.

Los jueves era el día de más afluencia a El Hechicero, esa noche las bebidas y la comida estaban a mitad de precio. Nathan gruñó un «hola» al portero y entró sin más, saltándose la larga cola que esperaba frente a la taquilla. Mientras su cuerpo se abría paso entre la gente con la agilidad y el porte de un león, sus ojos recorrían feroces los rostros. Llegó hasta la barra y Nick se quedó de piedra al verlo.

—¿Qué haces tú aquí? No sueles venir los jueves —preguntó, enarcando una ceja.

—¡Sorpresa! —respondió, forzando una sonrisa mordaz sin una pizca de humor—. ¿Dónde está?

—¿Dónde está quién? —preguntó a su vez Nick con indiferencia. Empezó a frotar con un trapo húmedo la barra. Ray le hizo una seña para que no continuara por ese camino, haciéndole saber que Nathan no estaba en su mejor día. Nick lo ignoró, nunca se había dejado impresionar por el mal carácter del chico.

—Ya sabes quién.

—Ah, lo siento, no he visto a Rose.

Nathan soltó de forma violenta el aire por la nariz.

—Sabes que no hablo de Rose. —Se pasó una mano por la cara y suavizó su expresión—. Solo dime si ha venido, ¿vale?

—Creí que era agua pasada —replicó Nick, clavando sus ojos en los de Nathan. El chico estaba hecho una pena, y eso lo ablandó un poco—. En la mesa siete —confesó—. Nat —lo agarró por la muñeca cuando este dio media vuelta—, supongo que sabes que viene acompañada. —Nathan asintió con los labios apretados—. No quiero peleas.

Nathan se movió entre la gente, manteniéndose en la oscuridad, sin dejar de preguntarse qué hacía allí, amparándose en las sombras para vigilar a Abby y a su «cita». Regodearse en sus propios celos tal y como había dicho Ray; jamás había caído tan bajo. Apoyó el hombro en una columna junto a la pared, bajo uno de los altavoces que vibraba peligrosamente por los sonidos graves de la música. Localizó la mesa siete y enseguida vio a Pamela y a Ethan, un chico de último curso que trabajaba de camarero en el centro comercial. El muchacho tenía las manos en las caderas de Pam, mientras le susurraba algo al oído. Pasó de ellos y continuó buscando. La sangre se le congeló en las venas. Abby estaba inclinada hacia delante sobre la mesa, sujetando un taco de billar. El tal Gale la rodeaba con los brazos, inmovilizando con la mano derecha la parte de atrás del taco y con la izquierda la mano de Abby sobre el tapete, enseñándole a formar un círculo con los dedos para que deslizara el palo. Él tiró del taco hacia atrás y golpeó la bola blanca, que impactó en el triángulo formado por el resto de bolas. Rebotaron y varias cayeron con fuerza en las troneras. Abby soltó una carcajada y se enderezó para abrazar al chico, dando un saltito, entusiasmada. Nathan hizo un breve inventario de sus sentimientos, y ninguno era bueno en aquel momento.

—Ya es suficiente, Nat. Larguémonos —dijo Ray. Se había deslizado hasta su lado y lo agarraba del codo—. Vamos —le ordenó a su amigo, señalando hacia la puerta con el dedo.

Nathan ladeó la cabeza y miró a Ray muy agobiado.

Quedarse allí no tenía sentido, ni siquiera debería haber ido. Asintió, de acuerdo con la sugerencia, pero antes de irse se volvió para echar una última mirada a la mesa de billar. Abby se alejaba en dirección a los lavabos.

—En un minuto —dijo mientras echaba a andar tras ella.

—¡Nat, esto no está bien! —gritó Ray por encima del volumen de la música, pero su amigo se perdió entre la gente sin hacerle caso.

Abby terminó de lavarse las manos, y soltó un bufido cuando encontró el dispensador de toallas de papel vacío. Se las secó en los pantalones y, tras un rápido vistazo al espejo para comprobar que su aspecto no era un desastre, abandonó el aseo. Se quedó de piedra al reconocer la voz de Nathan, irónica, clara e inconfundible a pesar del ruido.

—¿Enseñándole a tu amigo los lugares más pintorescos de la zona?

Abby se giró con un vuelco en el corazón. Nathan estaba apoyado contra la pared, con los brazos cruzados sobre el pecho. Su postura era relajada, pero no sus ojos, que la contemplaban de una forma que le erizaba el vello. El recuerdo de lo sucedido esa mañana era demasiado intenso, se había esforzado por olvidar la conversación, toda la sarta de disparates que él le había dicho. No pudo, y aún la atormentaba con un extraño desasosiego.

—Eso no es asunto tuyo —contestó, fulminándolo con la mirada.

—Que no me dijeras que habías dejado un novio en Nueva York sí que es asunto mío.

—Gale nunca ha sido mi novio.

—Pues con tantos abrazos nadie lo diría —comentó sin poder disimular lo celoso que se sentía.

—¿Me estás acusando de algo? Por casualidad, ¿me estás llamando mentirosa? —preguntó de malos modos, con los brazos en jarras. Nathan no contestó, pero su mirada hablaba por sí misma—. Aquí el único mentiroso eres tú, no has dejado de mentirme desde el día que te conocí —le espetó a pleno pulmón. La rabia le hizo enrojecer como un tomate.

De repente, Nathan se enderezó y la agarró de un brazo tirando de ella a la fuerza hasta la puerta trasera, mientras ella se retorcía gritándole que la soltara. Una vez fuera, la puso contra la pared e inclinó la cabeza hasta que sus ojos quedaron a la altura de los de Abby.

—Solo te he mentido una vez, y fue cuando te dije que no te quería y que todo había sido un juego. Todo lo demás es cierto, hasta la última palabra.

Abby parpadeó al comprender lo que acababa de revelarle. Nunca había dejado de quererla. Estaba afectada por los sentimientos contradictorios que despertaba en ella y sabía que se le notaba en la cara, por eso intentó apartarse. Él se lo impidió.

Con el corazón desbocado se obligó a enfrentar sus ojos.

—¿Te das cuenta de lo difícil que es lo que me pides? No puedo creer esa locura sin más.

—¿Si hace tres meses te hubiera dicho que eras una bruja me habrías creído? —inquirió él, torciendo la boca en una sonrisa mordaz.

—No es lo mismo.

—Lo es —replicó, impaciente—. ¡Maldita sea, Abby! No fui yo quien empezó con los sueños, ni quien lanzaba cuchillos y hablaba en trance con un acento extraño. Eras tú, y sabes que digo la verdad. Te prometí que averiguaría por qué te pasaban esas cosas y lo he hecho. También te prometí que haría cualquier cosa para que estuvieras bien, a salvo, y es lo que intento hacer apartándome de ti.

—Pero ¡es de locos!

—¿Crees que yo me lo tomé mejor? Si no te gusta la respuesta, lo siento, no hay otra. —Respiró hondo para tranquilizarse, y le puso una mano en el cuello—. Abby, cada palabra es cierta y lo sabes, está en tus recuerdos por mucho que intentes ignorarlos, pero al final lo recordarás. Incluso quién eres en realidad. Ojalá estuvieras loca de verdad, al menos eso podría manejarlo.

—No quiero seguir oyéndote —replicó. Intentó escabullirse de entre los brazos del chico.

Él la tomó por los hombros volviendo a sujetarla contra la pared.

—Solo te dejaré en paz si me crees y me prometes que harás todo lo posible para controlarte y no hacer nada peligroso.

Los ojos de Abby destellaron con ira y taladraron a Nathan.

—Lo prometo. Ahora prométeme tú que te mantendrás alejado de mí.

Nathan asintió con la cabeza una única vez, y ella se marchó. Al volver adentro, no pudo evitar buscarla con la mirada. Gale se había acercado a ella con expresión preocupada y en ese momento le acariciaba el brazo con demasiada confianza. Ocurrió incluso antes de que lo pensara: una de las camareras que pasaba por su lado tropezó y volcó su bandeja cargada de bebidas sobre el chico.

34

Abby observó a través del parabrisas del Camaro de Gale el hotel donde el chico se hospedaba. Tuvo que apretar los labios para no echarse a reír. Era la construcción más cursi que había visto nunca. Paredes blancas de madera con las ventanas y las puertas de color rosa y amarillo pastel. Se levantaba en medio de un frondoso jardín rodeado por una valla blanca que contenía a un numeroso ejército de enanos con gorro rojo, cervatillos de porcelana y una fuente decorada con palomas. Se bajó del coche y la estudió con más atención. Del porche pendían maceteros con plantas colgantes y un pequeño columpio con corazones tallados mecido por la brisa.

—En el anuncio no había foto —dijo Gale a modo de excusa, intuyendo los pensamientos de Abby.

Ella apretó los labios; al final no pudo contenerse y rompió a reír.

—Pero ¿qué clase de sitio es este? —preguntó.

—Una casa de huéspedes, solo que... —Hizo una pausa y se alborotó el pelo, un poco avergonzado—. Sus clientes habituales suelen ser recién casados en luna de miel, o parejas que buscan un sitio romántico para celebrar sus aniversarios. Te juro que cuando llegué y lo vi, me quedé muerto. Pero ya había transferido el dinero de la reserva.

Abby rio con más fuerza.

—Espera a ver la habitación, hay querubines pintados en las paredes —comentó Gale, y ella soltó una nueva carcajada que la obligó a doblarse por la cintura y a sujetarse el estómago.

—Venga, vamos. Me cambio de ropa y volvemos, quiero la revancha. ¡Es increíble cómo juega tu amiga al futbolín! —exclamó muerto de risa mientras empujaba la puerta principal.

Guardaron silencio al cruzar el vestíbulo, y se lanzaron escaleras arriba antes de que alguien los viera. Gale estaba seguro de que a la dueña de la casa no le haría ninguna gracia que dos menores se encerraran en una de sus habitaciones.

Una vez en el cuarto, Abby miró alucinada las paredes. Su amigo no había exagerado respecto a los querubines; una bandada de cupidos volaba entre nubes sobre el papel pintado, apuntando con sus diminutos arcos a unos corazones flotantes. Una enorme cama con dosel, vestida de satén blanco, presidía la estancia. Los almohadones de color gris perla y rosa pastel hacían juego con las cortinas y las alfombras. Lámparas doradas y una chimenea decorada con volutas y hojas de acanto completaban el cuadro. En cierto modo, hasta era bonito, tenía un aire romántico, antiguo, que le hacía pensar en las novelas de Charlotte Brontë.

—Aún no entiendo cómo esa camarera me ha caído encima —dijo Gale, despegando la camiseta de su cuerpo con leves tirones—. Tendré que darme una ducha. ¿Te importa?

—No, adelante —respondió Abby, y se llevó una mano a la nariz para taparla con los dedos como si fueran una pinza—. O acabarás atrayendo a todos los insectos del pueblo, apestas a azúcar.

Gale sonrió y desapareció tras la puerta. Abby paseó por la habitación, incapaz de quedarse quieta. Ahora que no tenía que disimular ante sus amigos, dio rienda suelta al torbellino de pensamientos que embotaban su mente. Ella sí que entendía cómo la camarera había derramado un par de litros de refresco sobre su amigo. Había sentido la magia y también su procedencia. Desde luego que no esperaba un comportamiento tan infantil por parte de Nathan, las pataletas no iban con él.

Se masajeó las sienes, obligándose a recordar sus sueños. Los «recuerdos» estaban fragmentados en su mente, y se agitaban de un lado a otro como chispazos intentando unirse. Se llevó la mano al colgante; en sus pesadillas pertenecía a Moira, pero era Brann quien lo llevaba al cuello. Él se lo quitó o la engañó para hacerse con el medallón..., no tenía ni idea, no lo recordaba. Ahora ella lo había recuperado gracias a Nathan, el supuesto descendiente de Brann. Se cubrió la cara con las manos, no tenía idea de qué hacer. Había levantado muros para circundar el terror que la invadía, y ahora debía dejarlos caer y enfrentarse a él de golpe.

Se humedeció los labios secos y trató de reflexionar con lógica sin dejarse dominar por la histeria. Un sollozo de frustración surgió de su garganta, era inútil que tratara de engañarse. Todo era cierto, demasiadas coincidencias como para ignorarlas. Formaba parte de un juego mortal y maquiavélico sobre el que no tenía control, y lo único que de verdad cobraba relevancia para ella eran las palabras de Nathan en el bar: «Solo te he mentido una vez, y fue cuando te dije que no te quería».

Gale salió del baño completamente vestido, aunque descalzo. Se sentó junto a Abby, sacó unas zapatillas de la bolsa y comenzó a calzárselas.

—Me gustaría volver —dijo de repente, poniendo una mano temblorosa sobre la rodilla de la chica—. Y lo haré si tú quieres.

Abby miró la mano, y después sus ojos de un color miel oscuro.

—No vives precisamente en el pueblo de al lado, para volver de vez en cuando —dijo ella, soltando una carcajada sombría.

—No me importa, en avión tardaría mucho menos que en coche.

—Gale, las cosas han cambiado bastante desde la última vez que hablamos. Yo he cambiado —respondió Abby, temiendo una declaración romántica.

—Lo sé, puedo verlo en tus ojos, están más tristes —susurró. Le rodeó los hombros con el brazo y la atrajo besándola en la sien.

Ella se dejó, necesitada de ese abrazo protector. Entonces él deslizó los labios hasta su mejilla, y tampoco se movió.

La puerta de la habitación se abrió de golpe y Nathan apareció a través de ella como una nube oscura de tormenta. Abby se puso en pie como si un resorte la hubiera empujado hacia arriba, y casi estuvo a punto de tirar a Gale de espaldas.

—¡Sal fuera! —le dijo Nathan a la chica.

—Pero... ¿quién eres tú? —acertó a preguntar Gale tras el sobresalto.

—Eso no te importa —le espetó Nathan, y centró de nuevo su atención en Abby—. Sal fuera, tenemos que hablar.

—No le hables así —ordenó Gale, apuntándole con el dedo a modo de aviso mientras se acercaba para plantarle cara—. Largo de aquí.

Abby logró ponerse en medio y detuvo a Gale con una mano en el pecho.

—No pasa nada, le conozco, y solo quiere hablar. Espera aquí, ¿vale? —le pidió. Salir fuera con Nathan no era lo más sensato, pero no hacerlo podría provocar que los chicos llegaran a las manos. Y eso no iba a permitirlo. Gale no tenía ni una posibilidad frente a Nathan. Lo sabía.

—¡No! —negó en tono rotundo Gale. No le gustaba el aspecto amenazador del chico, ni sus formas.

—Por favor, solo será un momento —insistió ella con mirada suplicante.

Gale asintió sin estar muy convencido y sin apartar ni un segundo la vista del intruso.

Abby siguió a Nathan y salió al pasillo, cerrando la puerta tras de sí.

—¿Qué haces aquí? ¿Te has propuesto seguirme toda la noche? —le espetó.

—¿Qué demonios estás haciendo en esa habitación con él? —bramó él a su vez sin miramientos.

—Es evidente, ¿no crees? Intento seguir adelante y rehacer lo poco que queda de mi vida —contestó en tono amargo.

—¿Con ese?

—A ese, como tú dices, lo conozco mucho más que a cualquiera de aquí. Durante un año fue mi mejor amigo y, si no hubiera acabado en este pueblo asqueroso, se habría convertido en algo más —explicó, intentando parecer orgullosa, y entornó los párpados.

—Pues si ese «algo más» se atreve a ponerte una mano encima, se las verá conmigo, y no le va a gustar lo que pase después.

Todo en él era amenazantemente siniestro en ese instante y no hablaba en broma. Abby lo sabía, y reaccionó con rabia, celos y el deseo irrefrenable de herirle, de hacerle sentir mal.

—No tienes ningún derecho a inmiscuirte en mi vida, ya no. ¿Por qué tú puedes salir con quien te dé la gana y yo no? ¿Cuántas veces lo has hecho tú con Rose desde que rompiste conmigo?

—Ninguna —respondió sin dudar, y era completamente sincero.

Enterarse de aquello aturdió a Abby un momento. Tras un mes no le había puesto ni una mano encima a «*miss caliente*».

—Da igual, esto no es asunto tuyo.

La expresión de Nathan se suavizó; alzó las manos en un gesto de súplica.

—No quieres estar aquí, no quieres a ese chico.

—¡Márchate!

—No.

—¿Y qué piensas hacer, eh? —Sabía que lo estaba provocando.

—Quédate aquí con él y lo verás —dijo, recuperando la actitud amenazante mientras daba media vuelta.

—Ir de matón conmigo no te va a funcionar, a mí no me impresionas. —Usó la palabra para hacerle daño porque sabía que le dolería. Pero ella también se sentía tan dolida y asustada porque el destino y las circunstancias los habían apartado a ambos. Ser mezquina la aliviaba.

Nathan se giró con un rictus de furia que deformaba su cara, respirando con rapidez y los brazos rígidos a los costados.

—¿Matón? ¿Es así como me ves ahora?

—¿Y qué es esto que estás haciendo si no?

—Evitar que te arrepientas el resto de tu vida. Yo sé lo que es estar con alguien que no te importa, créeme, no quieres eso —respondió, y desapareció escaleras abajo.

Nathan subió hasta su coche, aparcado a unos metros de la casa de huéspedes. Le hervía la sangre, la imagen de Abby a punto de besar a ese chico se había grabado a fuego en su cerebro. Ni siquiera soportaba la idea de que la tocara; besarla iba más allá de su propio dominio y aún no entendía qué le había obligado a detenerse antes de partirle la

430

cara. Transcurrieron diez minutos y su tensión fue en aumento. La percepción del lazo de sangre que había usado unos minutos antes para encontrarla aún persistía en él, y podía notar las sensaciones de Abby en su propia piel. La nube oscura de rabia que la rodeaba en ese momento.

De repente la puerta del pequeño hotel se abrió y Gale apareció con la cabeza baja. Llevaba una bolsa de viaje colgada del hombro, y cruzó la calle hasta el Camaro aparcado enfrente. Nathan vio un destello en su mano y pudo distinguir la pulsera de plata que Abby había llevado desde que la conoció. No le fue difícil llegar a la conclusión de que era un regalo del chico, y que ahora se había convertido en una despedida. La tensión de su cuerpo se relajó mientras el Camaro se alejaba; suspiró y dejó caer la cabeza hacia atrás, aliviado, aunque aún no sabía muy bien de qué.

Esperó unos minutos, pero Abby no salió. Se bajó del coche y regresó a la habitación. No debía, pero tenía que asegurarse de que ella estaba bien.

—¿Has olvidado algo? —preguntó Abby. Sentada aún en la cama, se giró y se encontró con Nathan ocupando el umbral—. ¿Qué haces aquí? Ya se ha marchado.

—Lo sé.

Pasaron unos segundos en los que ninguno dijo nada. Abby rompió el pesado silencio.

—Así va a ser siempre, ¿no? Mientras viva en este pueblo contigo será así. Nunca volverás conmigo pero tampoco dejarás que haya nadie más —susurró, intentando que no le temblara la barbilla.

—Sí.

—¿Por qué me haces esto?

Nathan apretó los párpados y soltó el aire que contenían sus pulmones con una brusca exhalación.

—Porque no soporto la idea de que estés con nadie más —respondió.

—No puedes pedirme que pase el resto de mi vida sola —le rogó.

—Lo sé, pero al menos no te vayas con el primero que pase. Siente algo por él. Cuando eso ocurra, si te enamoras de otro que de verdad te merezca, lo aceptaré y te dejaré en paz. —Le dolió pronunciar cada palabra, pero era sincero.

Un nuevo silencio más largo que el anterior, y ninguno parecía dispuesto a marcharse. De algún modo, ambos sabían que aquella sería la última vez que estarían tan cerca el uno del otro. Era inútil e infantil seguir con los reproches y las amenazas, lo único que estaban consiguiendo era herirse.

—¿De verdad me harías daño? —preguntó Abby con un escalofrío.

Nathan levantó la vista sorprendido.

—¿Me crees? —preguntó a su vez. Abby asintió y esbozó una mueca de pesar que llenó sus ojos de lágrimas—. No podría evitarlo aunque quisiera. Intento averiguar qué es esa llave para destruirla, pero mis recuerdos son insuficientes. Estoy buscando la forma de romper el hechizo, pero no sé cómo... Así que si te conviertes en algún tipo de peligro, si La Hermandad te descubre y viene a por ti, te haré daño y eso me mataría a mí también —respondió.

—¿Y por qué iban a venir a por mí, si ya tienen el grimorio?

—Porque solo una Wise puede leer los hechizos y llevarlos a cabo. Te necesitan, aunque primero necesitan la llave para abrirlo, pero mientras no la encuentre... lo siento.

—Bien, entonces tendré cuidado, estaré alerta y... no sé qué más puedo hacer. —Parpadeó para alejar las lágrimas y tragó saliva.

—No te preocupes, voy a marcharme. Cuanto más lejos esté de ti, más a salvo podré mantenerte. No voy a conformarme así como así con este destino.

Abby notó cómo se le partía el corazón una vez más. Quiso preguntarle que cuándo se iría, adónde, que si volvería. Reunió las pocas fuerzas que le quedaban y por primera vez desde que él había entrado en la habitación, ladeó la cabeza y lo miró a los ojos. No era el momento de ese tipo de preguntas, sino el de una despedida.

—Vale, entonces va siendo hora de que nos digamos adiós de una vez y para siempre.

Tomó su bolso y se puso en pie, se acercó a Nathan con timidez sin apartar la vista de sus ojos de un negro líquido, y se detuvo al pasar por su lado. Se puso de puntillas con un nudo en la garganta y rozó con los labios su mejilla.

—Adiós —susurró sobre su barba incipiente, demorándose en el momento.

Nathan cerró los ojos al sentir su aliento, el pulso se le aceleró a medida que se daba cuenta de la presencia del cuerpo de la chica rozando el suyo. Sin pensar en lo que hacía, solo en el impulso, movió la cabeza muy despacio, acariciando con su mejilla la de ella. Entonces sus labios se encontraron, apenas un roce, suave, tímido. Seguido de otro un poco más intenso. Y sin apenas darse cuenta, sus bocas se unieron con avidez, dando rienda suelta al hambre y la necesidad que sentían el uno por el otro. Incapaces de renunciar a ese instante, apretaron sus cuerpos como si soltarse significara precipitarse a un abismo. Manos que se deslizaban sobre la piel, roces que provocaban sensaciones indescriptibles.

—Abby —susurró Nathan sobre sus labios. Trató de apartarla, intentando adivinar sus deseos.

Abby no dijo nada, no podía, pero sabía lo que deseaba sin ninguna duda. Empezó a desabrocharle los botones de la camisa y se la apartó de los hombros. Sus ojos se posaron en el tatuaje, deslizó la mano sobre el dibujo, recorriendo con las puntas de los dedos las líneas. Ya lo había hecho antes, con la misma intimidad. Alzó la mirada y se encontró con sus ojos de un negro imposible fijos en su cara. Se puso de puntillas y volvió a besarlo, tirando hacia abajo de la camisa. Nathan la ayudó sacando los brazos, cogió la prenda y la arrojó a un lado. Él le sacó la camiseta y dirigió los labios hasta su cuello. De repente la levantó del suelo y ella le rodeó la cintura con las piernas, fue hasta la cama y se dejó caer con ella encima. Las luces de las lámparas desaparecieron y una vela prendió, iluminando la habitación con una tenue y titilante luz que se reflejaba en sus ojos mientras se miraban. Y fue perfecto, como tener el cielo entre los brazos, pero con la amargura de un adiós.

Abby abrió los ojos de golpe, ladeó la cabeza sobre la almohada y vio a Nathan de espaldas sobre la cama y con el rostro vuelto hacia ella. Dormía profundamente y su respiración tranquila hacía subir y bajar su pecho desnudo con lentitud. Abby se giró, colocándose de lado con una mano bajo el rostro, y con la otra acarició la mandíbula de Nathan. Posó un tímido dedo en sus labios y después se lo llevó a la boca, devolviendo así el beso. Lo quería tanto, iba a echarlo tanto de menos, que su corazón jamás podría recuperarse. Sabía que iba a aferrarse a los recuerdos, sobre todo al de esa noche, y que viviría el resto de su vida solo para él, para no olvidar ni una caricia, ni una sensación, ni un «te quiero» susurrado desde lo más profundo del corazón.

Se levantó y se vistió, intentando no hacer ruido; con los zapatos en la mano se dirigió a la puerta. Agarró el pomo y lo giró, la puerta chirrió un poco y se volvió para asegurarse de que él no se había despertado. Tarde. Sus ojos negros se abrieron y se posaron en ella, pero no dijo nada, ninguno dijo nada. Se contemplaron con una intensidad dolorosa durante unos instantes. Finalmente, Abby salió de la habitación y cerró la puerta con decisión. Mientras abandonaba el hotel y recorría la calle oscura y desierta, sacó el teléfono móvil de su bolso y marcó el número de Pamela. Los tonos se sucedieron hasta que una voz preocupada contestó al otro lado.

—¿Dónde estás?

Entonces, Abby rompió a llorar.

35

Abby puso en marcha otra cafetera y esperó sentada sobre la mesa mientras se llenaba con un agónico goteo. La casa se encontraba en silencio. Era domingo y todos habían acudido a la iglesia. Abby fingió estar enferma, otro ataque agudo de jaqueca, y tras convencerlos de que estaba bien y que era algo que le sucedía a menudo desde pequeña, había conseguido quedarse a solas en la casa para continuar su búsqueda de información sobre Moira Wise. Llevaba un par de semanas tratando de averiguar cualquier cosa. Lo había intentado con internet, la biblioteca, incluso había escrito a un catedrático de la Universidad de Oxford, experto en la caza de brujas en Europa, y nada, ni una sola mención a esa bruja en ninguna parte. Y no sabía dónde más buscar.

Rellenó la taza y regresó a su habitación. Mientras subía la escalera alguien llamó a la puerta. Hizo caso omiso, no tenía ganas de ver a nadie y menos tan temprano. Volvieron a llamar. Lanzó un gruñido y regresó sobre sus pasos. Abrió la puerta principal y encontró a Pamela apoyada contra la pared. La chica esbozó una sonrisa inocente de oreja a oreja bajo sus enormes gafas de sol de pasta rosa.

—¡Hola! ¿Interrumpo algo? Ya veo que no —se respondió a sí misma mirando con una mueca el pijama de Abby. Entró sin que la invitara—. ¿Qué haces? —preguntó una vez dentro.

—Nada. Estaba en la cama, tengo jaqueca —respondió mientras comenzaba a subir la escalera de vuelta a su habitación.

—¿Te burlas de mí? Una bruja solo tiene jaqueca si quiere, hay muchos remedios que te la quitarían en segundos. Puedo prepararte uno si quieres. —Se dejó caer en la cama, apoyándose en los codos.

—Ya he tomado algo, tranquila —mintió sin dudar—. ¿Qué haces aquí?

—El profesor Murray está en mi casa y bastante tengo con verle en clase como para compartir con él mis fines de semana.

—¿Y por qué está el señor Murray en tu casa?

—Por mi abuela, ella le está ayudando con ese libro sobre brujería que escribe para la universidad. Mi abuela es como una enciclopedia, no hay nada sobre brujas, estirpes y grimorios que ella no sepa. En serio, no te haces una idea de la cantidad de información que guarda en su cabeza.

Abby se quedó muda y sus ojos volaron de la ventana a su amiga. La idea cruzó un instante por su mente, la debilidad se apoderó de ella, no podía con todo aquello sola, definitivamente no podía. Necesitaba compartirlo con alguien, liberarse de la carga que soportaba, hablar de sus miedos, de sus secretos. Necesitaba ayuda, y quién mejor que Pamela, su amiga que siempre había estado ahí, mintiendo por ella sin hacer preguntas, guardando sus secretos más íntimos.

—¡Pam, voy a contarte algo tan increíble que puede que creas que estoy loca o que soy estúpida!

Pamela escuchó a Abby sin interrumpirla ni una sola vez, su rostro mostraba la concentración de alguien que intenta por todos los medios no abrir la boca de par en par mientras ve un elefante rosa volando sobre su cabeza, y Abby le agradeció de todo corazón el esfuerzo. Le habló de todo lo que le había contado Nathan sobre el diario, la llave y el destino de ambos sujeto a ese hechizo letal, y sobre la certeza de que todo aquello era verdad. También le habló de la muerte de David Hale, de las circunstancias que llevaron a todos a pensar que él pertenecía a esa Hermandad. Y que si ella continuaba con vida era porque él había muerto esa noche; su intención era encontrarla y asesinarla a pesar de ser solo un bebé.

—Te creo —dijo Pamela tras un largo silencio después de que Abby terminara de contar su historia—. Es tan surrealista y descabellado que tiene que ser cierto.

—¿De verdad?

—¡Sí! Pero necesitamos asegurarnos antes de empezar a tallar tu lápida o la de Nathan.

Abby se estremeció con sus palabras.

—¿Y cómo vamos a hacer eso?

—Buscando información sobre Moira y ese tal Brann, pero no ahí. —Señaló la pila de libros—. Por lo que me has contado, esa información debe de ser clasificada, alguien tuvo mucho cuidado a la hora de borrar pistas.

—Pero ¿quién?

—No sé, probablemente los propios Hale, la Iglesia..., es lo que debemos averiguar, y sé por dónde empezar. Dentro de dos horas mi abuela saldrá de casa para su partida semanal de Scrabble. Te espero allí entonces, buscaremos en sus libros.

Puntual, Abby llamó a la puerta de la casa de Pamela, una construcción vieja y algo destartalada de una sola planta en medio del bosque. Su amiga había llegado a aquel lugar apenas medio año antes, cuando sus padres habían tenido que dejarla al cuidado de su abuela por cuestiones de trabajo. La chica abrió y Abby la siguió al interior. El papel pintado de las paredes lucía amarillento en las zonas cercanas a las ventanas, el sol lo había descolorido, y hacía años que necesitaba un cambio. Las maderas del suelo crujían bajo sus pies. Abby miró a su alrededor encantada. Si hubiera tenido que imaginar la casa de una bruja, habría sido como aquella.

Pamela condujo a Abby hasta un salón en el que solo había una mesa de comedor con unas cuantas sillas, un aparador y unas estanterías con libros mezclados con revistas de punto y croché.

—Bien —dijo Pamela con las manos en las caderas—. ¿Por dónde quieres empezar?

—No sé, cualquier cosa me serviría. Sobre La Hermandad, sobre Moira y Brann, esa llave...

—De acuerdo, empecemos, tenemos dos horas hasta que regrese mi abuela.

Abby abordó una librería que había junto a la ventana. Estaba llena de libros, algunos tan viejos que sus tapas arrugadas y cuarteadas parecían a punto de romperse si los abrías demasiado. Cogió unos cuantos de ellos y los llevó hasta la mesa, sacó de la mochila un cuaderno y un par de lápices y abrió el primero.

—Esto es como buscar una aguja en un pajar —se quejó al cabo de una hora, sin haber encontrado ni una sola pista sobre su búsqueda.

—Aquí hay algo, pero es sobre esa Hermandad que dices que asesinó a David Hale —dijo Pamela enderezándose en la silla.

Abby se levantó a la velocidad del rayo y rodeó la mesa.

—¿Qué dice? —preguntó con voz ansiosa.

—Según esto, eran una especie de secta que perseguía secretos tales como la inmortalidad o la eterna juventud. Ansiaban dominar todos los aspectos de la magia, y se valían de cualquier medio para conseguirlo: robaban, asesinaban o secuestraban a otros brujos de gran poder. —Alzó la vista del libro y miró a su amiga—. ¡Vaya, era gente a la que tener miedo!

Abby notó que le flojeaban las piernas y que la mente se le nublaba. De repente una serie de sonidos e imágenes como flashes la invadieron. Túnicas negras, una estrella de cinco puntas con un ojo en su interior, una sala de piedra circular con tronos de madera, un murmullo quedo, un canto, antorchas y una cabaña ardiendo... Tuvo que agarrarse a la mesa para no caer.

—¿Estás bien? —inquirió Pamela algo preocupada. Su amiga se había puesto pálida; hasta sus labios, normalmente tan rojos como una cereza, estaban blancos.

—Sí, tranquila. ¿Qué más dice?

—De importancia, poco más. Se supone que hace algo más de un siglo La Hermandad fue descubierta y sus miembros, aniquilados por La Orden.

—¿Has dicho La Orden?

—Sí, eso pone aquí. ¿Por qué? ¿Sabes qué es?

—Más bien, quiénes son. En uno de mis recuerdos, Moira acusaba al brujo de pertenecer a La Orden. Nathan también los nombró de pasada, se supone que eran cazadores de brujos y que Brann llegó a ser uno de sus líderes.

—Brujos cazadores de brujos, más bajo no se puede caer —masculló Pam.

—¿Dice algo más sobre esa Orden? Cuanto más sepamos...

Pamela tomó aire y volvió a contemplar las páginas; las fue pasando mientras sus ojos las recorrían a toda velocidad.

—Aquí —dijo de pronto, y comenzó a leer en silencio. Abby esperó, retorciendo sus dedos de impaciencia—. Vale, por lo que aquí dice, eran eso, una sociedad secreta. Se creó para luchar contra La Hermandad. Localizaban los posibles objetivos de sus enemigos y los hacían... desaparecer. Eso fue lo que debió de ocurrir con Moira. Si La Hermandad iba tras su diario, Brann se ocupó de ella antes de que la atraparan los otros.

—Eso no lo sé. En mis recuerdos, Brann le decía a Moira que ella era peligrosa para el mundo por los conocimientos que poseía y que por eso debía..., ya sabes. Nada más.

Pamela cerró su libro y bufó mientras dejaba caer la cabeza contra la tapa.

—No tenemos nada más, y no podemos preguntarle a mi abuela directamente, sospecharía.

—¿Entonces?

—Solo nos queda una opción, y crucemos los dedos, porque dudo que podamos encontrar a nadie más. Iremos a ver al profesor Murray.

A la mañana siguiente, Abby se levantó temprano. Apenas había podido dormir, los sueños habían regresado con mucha más fuerza y nitidez que los primeros. Al haber bajado la guardia respecto a ellos, estos parecían ansiosos por mostrarse.

Había soñado con una sala circular de piedra. En la pared había antorchas que iluminaban el pequeño espacio y el olor de la brea que las empapaba junto con la humedad del lugar convertían el aire en irrespirable. Moira estaba en el centro, con las muñecas atadas y sin poder apartar los ojos de un pequeño bulto que se agitaba, envuelto en un trozo de tela sobre una especie de altar. Dos hombres con túnicas la golpeaban mientras la obligaban a que posara sus ojos en el grimorio que uno de ellos sujetaba abierto. Un tercero amenazaba con una daga al bulto, y aquello provocaba un miedo indescriptible en Abby, incluso mayor que el que había sentido antes de morir en la hoguera. Despertó empapada en sudor y el corazón desbocado, pero con una nueva determinación. No volvería a bloquearlos, iba a recordar, independientemente del precio.

Necesitaba fusionar sus dos conciencias, convertirse en la bruja que supuestamente era y, casi con seguridad, las preguntas hallarían respuestas.

A la hora de la comida, no fueron a la cafetería. Comieron un sándwich a toda prisa mientras se dirigían al despacho del profesor Murray. Llamaron a la puerta y una voz al otro lado les dio permiso para entrar. El profesor se encontraba frente a su mesa, con una ensalada a medio comer y un libro abierto en el que estaba subrayando algunas frases.

—Abigail, Pamela —pronunció sus nombres con sorpresa—. ¿Puedo ayudaros en algo?

—Hola, señor Murray. La verdad es que sí, si no le importa, claro.

—Claro que no, ¿de qué se trata?

—Del trabajo que propuso para subir nota. Abby y yo hemos pensado hacerlo juntas, y nos preguntábamos si podría ayudarnos. Verá, es que hemos elegido unos personajes en particular, sobre los que hemos oído hablar, y no encontramos información por ninguna parte.

—¿Y qué personajes son esos?

—Unos supuestos brujos: Moira Wise y Brann O'Connor.

—¿Brann qué? El primer nombre lo conozco, pero el segundo...

—El Lobo, pertenecía a La Orden —aclaró Abby, recordando uno de sus sueños.

—El Lobo —susurró Murray. Entrecerró los ojos y las contempló con curiosidad—. No me extraña que no hayáis encontrado información sobre ellos; no existe esa información, y los únicos que la poseen la guardan con celo. He enviado instancias para que me dejen visitar los archivos del Vaticano pero no he obtenido respuesta. ¿Cómo conocéis vosotras esos nombres?

—Bueno, suelo escuchar sus entrevistas con mi abuela. Su clase ha conseguido que el tema me fascine y ahora estoy deseando leer ese libro que está escribiendo.

El profesor esbozó una sonrisa encantada y vanidosa. Los halagos de Pam habían hecho mella en él, y parecía relajarse y dispuesto a hablar.

—Sentaos. No es mucho lo que sé, así que solo os servirá como información complementaria, tendréis que cambiar el enfoque de vuestro trabajo. —Esperó a que ocuparan las dos sillas frente a su mesa—. Bien. Esto es lo que sé. Moira Wise figura en la historia como la bruja más poderosa de todos los tiempos, más que cualquiera de su linaje, y este era con diferencia el más antiguo e importante de los que han existido. Moira era especial, porque tenía todas las habilidades posibles. ¿Sabéis lo raro que era eso? Los brujos y sus dones eran tan distintos entre sí como lo son los humanos. Unos tenían más dominio sobre unas habilidades y otros sobre otras, y así se mantiene el equilibrio. Pero Moira era una excepción. Se decía que poseía hechizos que doblegarían a la propia muerte y con los que se podía conseguir la inmortalidad, conjuros y encantamientos creados por el clan Wise durante siglos, todo ello recogido en un grimorio. La bruja que rescataba almas condenadas de la muerte, así la llamaban.

»En aquella época, la caza de brujas estaba en un punto álgido, el fanatismo de algunos religiosos rayaba la demencia, y se les dejaba hacer. Era una forma de que otros asesinatos parecieran justificados, como el de Moira. Los espías del Vaticano supieron que La Hermandad, un grupo de brujos que ansiaba la supremacía, buscaba a la bruja, y tomaron medidas antes de que eso ocurriera. Enviaron al mejor de sus sicarios, al Lobo, o Brann, ¿es así como lo habéis llamado? —Abby asintió, la pregunta iba dirigida a ella—. ¿Y cómo...?

—Mi abuela —intervino Pamela.

—Ese detalle se le pasó por alto comentármelo. Bueno, no importa. —Continuó con la historia—. El Lobo también era un brujo. Que se recurriera a los humanos para un trabajo así era absurdo, una guerra perdida incluso antes de comenzarla...

—¿Y por qué un brujo iba a traicionar a otro de esa forma? —lo interrumpió Abby—. ¿Lo lógico no hubiera sido que él la protegiera?

—El Lobo también era un guerrero, en La Orden todos lo eran; su forma de pensar era más táctica y fría. Considéralo de esta forma, una muerte a cambio de muchas. La Orden eliminaba a aquellos que suponían un peligro para la seguridad y el anonimato del resto. En aquel momento debió de ser la vida de Moira a cambio de la de... ¿cuántos? Cientos de brujos en Europa a los que La Hermandad podría haber sometido tras apoderarse de la magia de Moira. ¿Y después qué? ¿Los humanos?

»Brann era un hombre a quien no subestimar. Si Moira era poderosa, Brann no lo era menos. Su vida siempre fue un misterio, abandonado nada más nacer en una abadía y criado por los monjes, pero educado con brujos, convirtiéndose en una especie de paladín de la Iglesia. Sobre él se sabe muy poco, y después de que diera caza a Moira Wise, y entregara el grimorio a la Santa Sede, desapareció sin más.

Abandonaron el despacho del profesor Murray, mezclándose en los pasillos con el resto de estudiantes que se dirigían a sus aulas para la primera clase de la tarde. Un par de chicos las saludaron y Abby tuvo que obligarse a sonreír, pero lo único que esbozó fue una mueca frustrada.

—¿Estás bien? —le preguntó Pamela.

Abby desvió la mirada hacia su amiga y tomó aire temblorosamente. Se encogió de hombros y en ese momento se dio cuenta de que estaba cubierta de un sudor frío que le pegaba la ropa al cuerpo.

—Es que no ha servido de nada hablar con el señor Murray. Yo sé más que él sobre este asunto.

—¿Y quién lo ponía en duda? Eres la protagonista del «asunto». Con esta conversación nos hemos asegurado de que a Nathan y a ti no se os ha ido la pinza, y que ese diario que le entregó su madre es de verdad.

—¿Y ahora qué? ¿Esperar a que esa Hermandad venga a por mí? ¿Que lo haga Nathan?

—No te agobies, ¿vale? Déjame pensar en esto, ya se me ocurrirá algo, se nos ocurrirá algo. Al fin y al cabo, eres la bruja más poderosa de todos los tiempos, alguna ventaja nos dará ese detalle.

—¿Yo?

—Sí, tú, y tienes que empezar a asumir quién eres de verdad. Quizá sea lo único que tienes para salir bien parada de esta locura, tus recuerdos. Tienes que recordar quién eres.

—Lo estoy intentando, he dejado de bloquearlos.

—Vale, entonces tratemos de tener paciencia. Solo se me ocurren dos posibilidades que podrían ayudaros. Destruir la llave o anular el hechizo que obliga a Nathan a matarte. ¿Estás segura de que él no sabe nada sobre esa llave?

—No sabe nada, en el diario no menciona qué aspecto tiene, ni dónde está oculta. Puede que ese secreto tuviera que conocerlo a través de su padre, pero ya sabes qué pasó. —Hizo una pausa, pensativa—. También podríamos intentar encontrar el grimorio de Moira.

—¡Tu grimorio! —exclamó Pamela con disgusto—. Deja de hablar como si fuerais dos personas distintas, no lo sois, o al menos no del todo. Y ese es el mayor disparate que se te ha ocurrido nunca. ¿Vas a intentar encontrar a los brujos que te buscan? Si no he entendido mal el problema, en cuanto uno de esos brujos esté cerca de ti, el radar asesino de Nathan se pondrá en marcha. No, la única posibilidad es encontrar la llave y destruirla. Nathan y tú tenéis que recordar, y cuanto antes.

—Pero ¿cómo?

—Quizá no sea buena idea que él y tú os separéis. Puede que estar juntos sea vuestro detonante para recordar.

—¿Estás segura de eso?

—No, pero es lo único que se me ocurre. Deberías hablar con él.

—No sé si es buena idea. Él está convencido de que es peligroso que estemos juntos. Cree que cuanto más lejos nos encontremos el uno del otro, si llega el momento, más tiempo tendré de huir.

—Abby, me has pedido ayuda y es lo que intento, ayudar. Pero no tienes por qué seguir al pie de la letra todo lo que digo; lo que hagas me parecerá bien. Si crees que no es buena idea, pensaremos en otra cosa. Solo espero que se nos ocurra algo antes de que sea tarde, empiezo a asustarme.

—Tienes razón. Hablaré con él después de clase.

Cuando sonó el timbre que daba por finalizada la última clase, Abby recogió sus cosas a toda prisa y salió al pasillo con Pamela siguiéndole los pasos. Nathan no había asistido a ninguna de las asignaturas que habían tenido esa tarde. Y Abby empezó a preocuparse con una terrible premonición, preguntándose si, finalmente, había cumplido su promesa. «Quizá esté enfermo», había dicho Pamela durante el último cambio de asignatura, pero Abby estaba segura de que ese no era el motivo. Sacó su teléfono móvil y marcó el número del chico. Sonó y sonó hasta que la comunicación se cortó.

Alcanzó la salida justo cuando Ray se subía a su moto y se colocaba el casco.

—Ray —lo llamó. El chico se puso derecho y miró por encima de la masa de estudiantes. Abby alzó la mano buscando su atención—. Necesito hablar con Nathan, pero no ha venido a clase y...

—Abby, ¿no se supone que él y tú...?

Abby desvió la mirada algo avergonzada. Presumir que Ray no estaba al tanto de la situación era absurdo, así que ni se molestó en disimular.

—No creo que esa sea la solución, Pamela y yo hemos estado investigando...

—¿Pamela? —la cortó él con el ceño fruncido.

—Sí, yo también necesito alguien con quien compartir esto, al igual que él hace contigo. Es una carga demasiado grande para uno solo, ¿no crees? Y contárselo a mi padre no creo que sea una alternativa.

Ray asintió y sonrió con una disculpa en los ojos por cuestionarla.

—No, no lo es. Cuando los padres intentan comprender y ayudar con ciertas cosas, suelen estropearlas mucho más.

—Necesito hablar con él, Ray, es importante. Le he llamado por teléfono pero no lo coge. Puede que, si me dejas tu móvil, creerá que eres tú y...

—Lo siento, Abby, pero no es posible.

—¡Por favor!

—No es porque no quiera. Se marchó ayer. No se llevó el teléfono, nada. Solo algo de ropa y todo el dinero que tenía guardado. No quiere que le encuentren.

—¡Se ha marchado!

—Sí, pero no porque se haya rendido, Abby. Se ha ido porque está desesperado, no puede quedarse aquí, cruzado de brazos esperando a que algo pase.

—¿Y adónde ha ido?

—Eso no lo sé, no me lo ha dicho porque sabe que le

seguiría a cualquier parte. —Sonrió con tristeza por lo bien que su amigo le conocía.

—Pero eso significa que va a ponerse en peligro. Si no quiere que le acompañes, es porque lo que va a hacer es peligroso.

—Lo sé, pero no podemos hacer nada; ¿por dónde empezaríamos a buscar? Si ni siquiera sabemos qué busca él.

—Si le sucede algo, yo... —Se llevó la mano a la boca para contener un sollozo y apretó los párpados reteniendo las lágrimas que amenazaban con anegar sus ojos.

Ray la tomó por los hombros y la atrajo para abrazarla.

—Tranquila, si me entero de algo serás la primera a quien llame. Mientras tanto, cuídate, ¿vale? No hagas nada estúpido y no te pongas en peligro. Él te quiere y me encargó que cuidara de ti. Si te ocurre algo, él no me lo perdonaría.

Abby asintió, trató de sonreír, pero le temblaba demasiado la barbilla por culpa del llanto que trataba de reprimir, y la sonrisa quedó reducida a una tensa línea que apenas se curvaba en los extremos.

—¿Podrías llamarme de vez en cuando? Un par de veces, por la tarde y antes de dormir; un mensaje me valdría. Así sabré que todo marcha bien —rogó Ray.

—Claro, lo haré.

—Bien. Ten cuidado, por favor, y confía en él. Lo solucionará.

36

Abby tomó su teléfono de la mesa y tecleó un mensaje, lo envió y segundos después Ray respondía. Ella estaba manteniendo su promesa: un par de veces al día contactaba con el chico para que supiera que todo iba bien.

Ya había pasado una semana desde que Nathan se marchara, y no tenían noticias. La preocupación empezaba a hacer mella en ellos. Ray se mostraba irascible y le estaba pasando factura en el instituto, donde las peleas estaban a la orden del día. Ella no estaba mucho mejor, apenas podía dormir, tampoco comía. Todo aquello comenzaba a afectarla, no conseguía concentrarse, olvidaba con facilidad las cosas, y su mente vagaba sin rumbo fijo, perdiéndose constantemente en pausas en blanco.

Abrió el cuaderno y trató de recordar las pautas del trabajo. Necesitaba su diccionario de español. Se levantó y fue hasta la estantería, lo localizó entre un atlas ilustrado y una carpeta donde guardaba todos los recortes de los artículos que su madre había escrito. Tiró para sacarlo, pero no pudo, estaba encajado; coló los dedos como pudo e hizo presión. Poco a poco fue cediendo, mientras sus dedos se ponían blancos por la presión. Salió de golpe y Abby cayó hacia atrás, trastabillando. Bufó cuando vio que unos cuantos libros seguían al diccionario en su caída al suelo. Se arrodilló y empezó a recogerlos.

Sus ojos se posaron en un recetario, o eso parecía. Era un bloc normal y corriente, forrado con unas fotografías de recetas de cocina, protegido por un plástico adhesivo transparente. Le sonaba haberlo visto entre las cosas de su madre, pero no recordaba haberla visto usándolo. De hecho, cocinar... bien no era una de sus cualidades. Lo cogió del suelo y le echó un vistazo. Las páginas del interior estaban llenas de recortes; recetas sacadas de las revistas. Miró con disgusto una de las esquinas, se había estropeado. Trató de pegar el plástico otra vez, pero era tan viejo que se partía bajo su mano.

Entonces algo llamó su atención. El forro no estaba pegado sobre la tapa del bloc, sino sobre las hojas. Con el dedo trató de despegarlo un poco más y comprobó, para su asombro, que debía de haber al menos una treintena de páginas manuscritas ocultas bajo él. Con el corazón latiendo cada vez más deprisa lo despegó por completo, y fue hasta la primera página. Era la letra de su madre. Comenzó a leer.

Sus ojos volaban sobre los trazos de tinta sin apenas tiempo a asimilar lo que estaba leyendo. Sin soltar el bloc, se levantó y corrió a la mesa, cogió su móvil. Ni siquiera era capaz de marcar la numeración rápida para llamar a Pamela. Le temblaban tanto las manos que se equivocó al menos tres veces. Por fin la chica respondió al otro lado del auricular.

—Pam, tienes que venir, ya. Sé por qué se fue mi madre de Lostwick. Lo sé todo —dijo casi sin aliento.

—¿Qué? Espera... ¿De qué estás hablando?

—He encontrado un cuaderno, lo escribió ella, está lleno de anotaciones. Ella era..., pertenecía a..., ¡no te lo vas a creer! Vino a Lostwick a propósito, no conoció a mi padre por casualidad, necesitaba..., necesitaba acercarse a Mason porque... Después empezó a tener esas visiones, al principio no las entendía, se asustó y...

—Abby, para... No entiendo nada de lo que dices —dijo Pamela, tratando de captar algo con sentido entre la explosión de información que Abby estaba soltando en apenas unos segundos—. Para un momento y escucha. Si no te tranquilizas, no podré entender nada de lo que dices, ¿vale? —Supo que Abby estaba asintiendo sin necesidad de verla; su respiración subía y bajaba con el movimiento de su cabeza—. Bien, ahora con más calma. ¡¿De qué diablos me estás hablando?!

Abby respiró hondo e intentó que su voz sonara más calmada.

—Mi madre era un miembro de La Orden. No conoció a mi padre por casualidad, sino que lo preparó todo, el encuentro en el aeropuerto. Se hizo pasar por periodista y encandiló a mi padre, que la trajo hasta aquí. Tenía informaciones sobre mi tío Mason...

—¿Qué informaciones?

—No sé cuáles, no lo dice. Todo está muy esquematizado, me cuesta un poco entenderlo. Mi tío estaba haciendo algo que preocupaba a La Orden y ella tenía que averiguar si era peligroso o no. Se enamoró de mi padre, enseguida se quedó embarazada y empezó a tener visiones. ¡Visiones sobre mí, Pam! Me veía a mí en peligro, aquí en Lostwick, por eso se marchó. Ella creía que yo podía morir aquí.

—Es increíble.

—Y hay mucho más, páginas en las que se menciona a David Hale, a su esposa, también a Nathan. Pero no solo a ellos, los nombres de Moira y Brann también aparecen, Pam.

—No te muevas de ahí, voy para allá, y no le hables de esto a nadie. —Colgó y corrió hasta el coche.

Abby se sentó sobre la cama y continuó leyendo; una debilidad mortal se estaba apoderando de ella. Sintió una punzada rápida, dolorosa, como si le estuvieran arrancando algo de su interior. Pasó una página tras otra, mientras comenzaba a hiperventilar. Se detuvo en un párrafo y tragó saliva con una mueca de dolor. No era posible. Parpadeó y volvió a leerlo. La habitación comenzó a dar vueltas. Se produjo un sutil cambio en su interior, un ligero vaivén como el de un columpio que se eleva para alcanzar la luz y cae de nuevo sumiéndose en la oscuridad. Sintió que sus ojos se ponían fríos; así comenzó la visión.

Todo sucedió muy deprisa, y de repente se encontró corriendo por la orilla del río. Apretó a su hija contra el pecho y aferró la mano de Brann con fuerza, mientras huían de La Hermandad. Finalmente la habían encontrado, sola con la niña, mientras él estaba de caza.

—Creí que no llegaría a tiempo. Si te hubieran hecho daño... —dijo Brann con el rostro bañado por la sangre de los brujos que acababa de asesinar. Se giró un segundo y la besó.

—Sabía que me encontrarías —contestó ella.

—Bajaría al mismísimo infierno a buscarte.

No dejaron de correr mientras ascendían por uno de los senderos de rebaños. Alcanzaron la cima de la colina más alta y el bosque se abrió ante ellos. Debían llegar al acantilado, desde allí solo tendrían que bajar hasta la playa y subir al bote que él había escondido en la cueva. Moira temió que no lo pudieran conseguir. Apretó los dientes e ignoró el dolor que sentía en el costado. El brujo había lanzado su puñal, acertándole de lleno bajo las costillas; la muerte vendría a su encuentro en unas horas.

—Necesito parar —dijo con la respiración entrecortada.

—Ahora no, aguanta un poco más, solo un poco. Ven, deja que yo coja a tu hija —se ofreció él.

Moira sonrió y su pecho se infló de amor por aquel hombre que había aceptado a la hija de su esposo fallecido como propia.

—No creo que podamos ir a Francia. —Una mueca de dolor contrajo su rostro y le mostró la mano ensangrentada.

Brann se quedó helado, se arrodilló junto a ella y le examinó la herida.

—¿Por qué no me lo has dicho? No deberías haberte movido. ¡Por la diosa, estás perdiendo mucha sangre!

—No podremos escapar de ellos —susurró Moira—. Apenas me quedan fuerzas. No tardarán en darnos alcance.

—No vamos a rendirnos.

—No, por supuesto que no. Tú no te vas a rendir, vas a salir de aquí y pondrás a mi hija a salvo.

—Moira, saldremos de aquí juntos.

—La herida es mortal, lo sé, no hay nada que puedas hacer por mí. Pero aún puedes salvar a mi linaje.

—Moira, deja de hablar así. Usaré mi magia, te curaré.

—No, tienes que dejarme. Escúchame, es imposible que lo consigamos, son demasiados. Tú solo con un bebé y una moribunda no podrás vencerlos a todos. Y menos si derrochas tu fuerza en salvarme a mí. —Tragó saliva—. Me dijiste que tus hombres te esperarían cada luna llena junto a la atalaya que hay a medio día de aquí. Hay luna llena, estarán allí.

—Han pasado muchos meses, dudo que sigan volviendo, pensarán que he muerto.

—Sabes que no; volverán porque confían en ti y están convencidos de que acabarás regresando y que lo harás con la bruja. Conociéndote, sé que esos hombres te guardarían lealtad toda su vida.

Brann negó compulsivamente.

—Estoy muy débil, y necesito mis fuerzas —insistió ella. Acomodó la espalda contra un árbol—. Dame el grimorio.

—Él obedeció y le entregó el libro que llevaba en su bolsa—.

Ahora dame tu cuchillo y prométeme que harás lo que te pida sin cuestionarme.

—*Sé lo que pretendes.*

—*Entonces sabrás que es lo mejor. Vas a entregarme.* —*Se le partió el corazón cuando él gimió y las lágrimas resbalaron por su rostro*—. *Y les entregarás mi grimorio. La Hermandad no puede hacerse con él, ni tampoco conmigo o con mi hija.*

—*No, no puedo hacerlo.*

—*Lo harás. Dame tu cuchillo.*

Brann al final obedeció y le entregó el arma. Un puñal con símbolos mágicos grabados en la hoja y en la empuñadura. Moira lo tomó y hundió la punta afilada en la palma de su mano. Dibujó una estrella con una cruz en el centro. Tomó el libro y apretó los dientes, tratando de ignorar el dolor. Colocó la mano herida sobre la tapa y cerró los ojos.

—*Mi sangre es la llave, mi sangre es el sello, y solo la llave mostrará mis secretos.* —*Una luz dorada surgió de su mano, iluminando el libro. Resplandeció unos segundos, el cuero absorbió la sangre y se apagó*—. *Ya está. Ahora necesito una promesa.* —*Alargó la mano y acarició la mejilla del hombre*—. *Necesito que me prometas que cuidarás de mi linaje, tu sangre protegerá a mi sangre.*

—*Lo prometo, mi sangre guardará tu sangre* —*contestó, incapaz de levantar los ojos del suelo para mirarla.*

Moira tomó a su hija de los brazos de Brann. Sus pequeñas manos se agitaron en el aire y dejaron la piel de sus brazos al descubierto. Una mancha de nacimiento en el interior del codo captó la luz de las estrellas. Miró a Brann.

—*Te amo, deberíamos envejecer juntos como hemos hablado* —*susurró él.*

—*¡Y lo haremos, confía en el destino!* —*Se inclinó y lo besó en los labios*—. *Ni la muerte podrá separarme de ti, y lo sabes.*

—No puedo hacerte pasar por eso. Todo es culpa mía.

—Aunque tú no hubieras aparecido nunca, ellos me habrían encontrado de igual forma. Antes o después, se apoderarían del grimorio y nos usarían a mi hija y a mí para hacer el mal. No podría vivir así. —Le acarició el rostro—. Necesito que hagas este sacrificio por mí.

—El tuyo es mayor.

—No te preocupes, sé que no hemos terminado, lo siento aquí. —Se puso una mano a la altura del corazón. Cerró los ojos un instante, estaba tan cansada—. Cuida de mi pequeña llave —susurró, deseando sumirse en un profundo sueño que la liberara del dolor.

—Tu pequeña llave estará a salvo conmigo —musitó él, y se inclinó cerca de su oído—. Solo necesito una palabra, dila, pídemelo, y te sacaré de aquí.

Moira sonrió, su voz ejercía el efecto de un bálsamo sobre ella.

—No, no quiero que me salves.

Abby abrió los ojos de golpe, alguien la estaba zarandeando por los brazos. Tardó unos segundos en enfocar la mirada sobre el rostro borroso que tenía enfrente. Poco a poco adivinó los rasgos de Pam. Se lanzó a su cuello y la abrazó.

—¿Qué estabas haciendo? No te movías, apenas respirabas. ¡Me has dado un susto de muerte! —dijo Pamela, pálida como un cirio.

—Estaba..., estaba recordando... —Miró en derredor, como para asegurarse de que en realidad estaba en su habitación. De repente toda la información apareció en su cabeza como flashes. Imagen tras imagen la historia tomó forma, desde su primer recuerdo, los ojos de su madre, hasta el último, los ojos de Brann anegados por una súplica mientras ella ardía en la hoguera—. Lo recuerdo todo, hasta el último detalle...

—¿Qué quieres decir? ¿Qué recuerdas?

Abby se puso en pie y empezó a dar vueltas por la habitación. El pulso le martilleaba con tanta fuerza que casi no podía pensar. Notó que se le saltaban las lágrimas.

—Todo, lo recuerdo todo. Es cierto, soy ella..., ella y yo... somos la misma persona. Nos equivocamos, pensamos desde el principio que era mi madre... —Se llevó una mano al pecho tratando de controlar su respiración. Ahora todas las piezas encajaban, una a una las incógnitas habían encontrado su respuesta. La llave no era un objeto, la llave era la sangre Wise, y Brann había prometido que tanto él como su linaje la protegerían eternamente. Por eso los Hale siempre habían estado cerca de los Blackwell, durante siglos, para protegerlos. Y eso solo podía significar una cosa: Nathan no era su asesino, sino su Guardián. Abrumada, se sujetó la cabeza—. Recuerdo lo que ocurrió, qué pasó aquella noche, mi grimorio...

—¿Qué pasa con el grimorio?

—Tengo que recuperarlo, sé cómo encontrarlo y lo recuperaré —dijo, con una determinación y una seguridad que Pamela nunca le había visto—. Pero antes debo hablar con mi padre, también con Vivian, esa mujer va a pedirme perdón de rodillas...

—Abby, tranquilízate —pidió Pamela al ver el estado de nervios en el que se hallaba sumida su amiga—. Por qué no te sientas y me lo cuentas desde el principio.

—No tengo tiempo, primero tengo que llamar a Ray, tengo que hablar con él. ¿Has visto mi teléfono? —Lo divisó sobre la mesa y se acercó, se sentó en la silla; sentía las piernas tan gomosas que apenas podía tenerse en pie—. Tengo que contárselo todo para que localice a Nathan, tiene que encontrarlo y traerlo de vuelta antes de que se ponga en peligro. Está equivocado, las cosas no son como él cree, pero yo le ayudaré a recordar... —Cogió el teléfono y comenzó a marcar—. Por fin se acabará esta pesadilla —dijo casi sin aliento.

Estaba tan emocionada, frenética, que por eso no vio que Pamela rebuscaba en su bolso y sacaba una jeringa con un líquido amarillo, a la que quitó la capucha protectora dejando expuesta una aguja hipodérmica. Ni tampoco que se acercaba por la espalda con el sigilo de un gato acechando a un ratón.

—Sí, por fin acabará todo —susurró Pamela tras ella. Clavó la aguja en el cuello de Abby y apretó el émbolo hasta que todo el líquido penetró bajo la piel.

Tres latidos después, el líquido circulaba por su venas y ella se desplomó en el suelo. Pamela le quitó el teléfono de las manos y lo colgó. Miró a Abby y se arrodilló a su lado. Sus ojos habían dejado de ser cálidos sobre ella, ahora eran fríos e impasibles.

—Ray ya no está en casa, cariño.

Sacó su teléfono del bolsillo y marcó. Un segundo después, una voz contestó al otro lado.

—La tengo —dijo sin más.

—Ya sabes adónde debes llevarla —replicó la voz.

Pamela colgó y se quedó mirando el cuerpo inmóvil. La larga melena oscura desparramada sobre la alfombra, enmarcando un rostro blanco, hermoso, en el que destacaban una largas pestañas negras y unos labios carnosos del color de las cerezas maduras. Había envidiado aquella cara, aquel cuerpo, pero sobre todo, había envidiado quién era.

37

Nathan despertó de golpe, intentando recuperar el aliento. El corazón le iba a cien. Permaneció tumbado en la cama y el sueño se diluyó poco a poco. De nuevo había soñado con batallas. Luchaba a muerte contra brujos vestidos con capas negras; todos poseían el mismo colgante, una estrella invertida con un ojo en su interior. La Hermandad. Peleaba con desesperación tratando de poner a salvo algo que no conseguía ver. Todo estaba demasiado oscuro, pasillos de piedra donde el calor y la humedad apenas le dejaban respirar. Había alcanzado el exterior dejando un rastro de cuerpos chamuscados por la magia o ensartados por las dagas, y jurándose a sí mismo que volvería, encontraría al resto, y uno a uno todos pasarían por el filo de su espada. Sin embargo, antes debía ponerlos a salvo, pero ¿a quién?

Las luces de neón del cartel del hotel se colaban a través de la ventana tiñendo la habitación de azul y rojo. Nathan se incorporó hasta sentarse y enterró el rostro entre las manos. Se sentía frustrado por no poder controlar sus recuerdos. Se dormía pensando en la llave, en el grimorio, forzando a su mente a seguir esa estela, pero su mente vagaba sin control, imposible de controlar.

Se puso en pie y fue hasta la ventana, llovía. Recogió todas sus cosas en la bolsa de viaje y comprobó de nuevo la dirección que el tipo de la joyería le había dado. Quinientos dólares y había cantado como un pajarito.

Nathan aún no podía creer que hubiera tenido tanta suerte. A la desesperada había buscado cualquier referencia a una estrella invertida con un ojo en su interior, convencido de que no iba a encontrar nada. Los miembros de La Hermandad no iban a ser tan estúpidos como para aparecer en Google, ni siquiera sus símbolos. Pero aquel joyero había subido a internet fotografías de sus trabajos hechos a mano, y entre ellas, allí estaba la estrella. Apenas le enseñó el dinero y al tipo se le soltó la memoria y también la lengua. Un chico de unos veintitantos años había aparecido a principios de noviembre con un colgante de plata. El joven le había pedido al joyero un nuevo medallón similar a ese, pero hecho de oro y con incrustaciones de piedras preciosas. Todo un trabajo de artesano que pensaba regalar a su señor, así lo había llamado.

Nathan guardó la dirección en su bolsillo y se caló la gorra hasta las orejas. La imprudencia o la arrogancia de aquel brujo, porque estaba seguro de que lo era, le había dado una sola oportunidad y no podía desperdiciarla. Si no encontraba la llave, encontraría el grimorio.

Se masajeó el esternón, aún notaba algo extraño en su interior. La tarde anterior, de repente, había notado un dolor agudo, le faltó el aire y tuvo que agarrarse a la mesa. «Abby», pensó con un pálpito. Pero tan pronto como apareció la sensación, desapareció de la misma forma. Se quedó desconcertado, con la mirada fija en el suelo. Probablemente, la chica habría tenido otra pesadilla. Sí, con seguridad era eso. Para asegurarse había probado suerte con un hechizo, y este le mostró que Abby dormía; su conciencia se encontraba sumida en un sueño profundo. Aun así la inquietud no lo había abandonado durante la noche, sentía la necesidad imperiosa de volver a Lostwick a buscarla, y lo achacó a lo mucho que la echaba de menos.

Tomó aire y trató de pensar en el brujo al que debía encontrar.

Nathan nunca había estado en Filadelfia, y dio gracias al estupendo GPS del que disponía su coche. Aparcó frente al 1570 de Pine Street cuando el cielo comenzó a aclararse con la luz del alba, cerca de la casa que figuraba en la dirección. Al cabo de unos quince minutos, un tipo vestido con tejanos y un anorak salió del edificio. Nathan apenas tuvo que esforzarse en captar su aura, era un brujo. Echó a andar por la acera y a Nathan no le quedó más remedio que seguirle a pie. Manteniendo las distancias mientras trataba de caminar con calma, lo siguió hasta el cruce con la calle Broad. El brujo cruzó hasta un Starbucks y un par de minutos después salía con un vaso de café en la mano. Continuó hasta Spruce y giró a la derecha; en el cruce con la Doce volvió a girar, esta vez a la izquierda, y continuó andando. Se detuvo frente a un viejo edificio gris, miró con disimulo en derredor y entró dentro.

Nathan esperó unos segundos y empujó la puerta rezando para que estuviera abierta. Si usaba la magia, corría el riesgo de que notara su presencia. Entró en un vestíbulo oscuro y estrecho. Oyó pasos que subían la escalera y los siguió. De repente hubo un estruendo, gritos de alerta y un nuevo ruido de cristales al romperse. Un chispazo iluminó el hueco de la escalera. Magia. La piel de Nathan se erizó y todo su cuerpo se puso en tensión. Se llevó una mano a la espalda y se aseguró de que las dagas estaban allí antes de lanzarse corriendo escaleras arriba.

El chico al que había seguido apareció corriendo. En su cara se reflejaba el miedo y sus ojos se abrieron como platos al encontrarse con Nathan en el rellano. La duda asomó a ambos, vaciló una décima de segundo, considerando sus opciones. De súbito embistió a Nathan y los dos rodaron por la escalera. Nathan era más fuerte y mucho más rápido. Logró inmovilizar al chico contra el suelo con una mano en su pecho y con la otra creó una bola de fuego, sujetándola a la altura de su cara dispuesto a enterrarla en el cuerpo del brujo si se movía. Bajo la mano que tenía sobre el pecho, notó algo de metal, le giró el cuello y vio la cadena. Se la arrancó de un tirón y la levantó hasta la altura de sus ojos. La estrella giró, absorbiendo la poca luz que había.

—¿Quién eres? ¿Qué buscas? —preguntó el chico, completamente inmovilizado. Sus ojos volaban del rostro del brujo que tenía encima al hueco de la escalera. Los sonidos de pelea eran cada vez más fuertes en los pisos de arriba.

—Busco a la persona que te dio esto.

—Eso solo es un amuleto que me regaló mi madre, una baratija.

Nathan esbozó una sonrisa maliciosa; ladeó la cabeza como lo haría un depredador midiendo a su presa.

—Quiero a La Hermandad. Puedes ayudarme y salir de esta o puedo destrozarte. —La esfera de fuego osciló entre sus dedos—. Y aun así de nada servirá tu sacrificio porque los voy a encontrar.

—Me matarán.

—¿Y qué crees que voy a hacerte yo?

El brujo era un cobarde y apenas tardó un instante en rendirse.

—Vale, está bien, te lo diré... —Los ojos del brujo se abrieron de golpe y se quedaron fijos en el techo. Un pequeño hilo de sangre resbaló por la comisura de su boca. Nathan contempló el puñal que acababa de atravesarle el cuello y sus ojos volaron a la escalera. Un hombre de mediana edad con otro de aquellos colgantes al cuello acababa de lanzar un segundo cuchillo. Nathan lo desvió con apenas un

461

parpadeo, y lanzó la esfera de fuego contra él. Nada más hacerlo, se arrepintió de su impulso. El tipo atravesó la pared que daba al edificio contiguo y cayó muerto al suelo entre escombros. Nathan maldijo por haber perdido la posible información que el tipo podía guardar y corrió de nuevo escaleras arriba.

Una puerta del segundo piso estaba resquebrajada y carbonizada. Se asomó con cautela, el interior de la vivienda estaba destrozado. El silencio era absoluto, olía a electricidad, a magia y a sangre. Había un par de cuerpos en lo que parecía el salón y unas piernas asomaban a través de una puerta en el pasillo. Cerró los ojos y sondeó el espacio. Avanzó por el corredor sin hacer ruido; se detuvo junto a una de las puertas, pegándose a la pared.

Con la velocidad de una cobra se giró hacia el interior, su mano aferró el cuello de la persona que se ocultaba al otro lado de la pared y la estampó contra el suelo. La figura se retorció con una llave perfecta y quedó a horcajadas sobre Nathan tratando de inmovilizarlo. Un nuevo giro y esta vez fue él el que quedó arriba.

—Muévete y te arranco el corazón —masculló él.

El cuerpo bajo él se quedó inmóvil, y pudo ver que se trataba de una mujer morena, con el pelo corto a la altura de las orejas. Los ojos de la bruja se posaron en él y se abrieron como platos.

—¿Has hecho tú esto? —preguntó Nathan. La mujer asintió sin dejar de mirarlo, estupefacta. Ella alzó la mano muy despacio y lo sujetó por la muñeca con suavidad para que la soltara. Entonces él vio el anillo en la mano de ella, uno idéntico al que él había heredado de su padre, y que perteneció a Brann. Su mente se iluminó: ¡La Orden!

—¡Eres un miembro de La Orden! —Aflojó las manos pero no la soltó.

Ella asintió y tragó saliva para asegurarse de que su garganta seguía funcionando. Respiró profundamente un par de veces.

—Y tú eres Nathan, el hijo de David.

Nathan se dejó caer en el suelo y se recostó contra la pared, estudiando a la mujer sin dar crédito a que ella pudiera conocer su nombre.

—¿Cómo sabes quién soy?

—Aquí no —respondió ella. Sirenas de policía y de bomberos se oían por toda la calle. Las primeras voces dando órdenes ascendieron desde la entrada del edificio—. Tenemos que irnos.

Se puso en pie y salió al pasillo con Nathan pisándole los talones. Aprovecharon el hueco que el chico había hecho en la pared y cruzaron al edificio contiguo. Subieron hasta la última planta y salieron por una de las ventanas a una escalera de incendios. Segundos después subían a un Ford.

—¿Cómo puedes saber quién soy? —preguntó él una vez que el coche estuvo en marcha—. No te he visto nunca.

—¿Adónde te llevo? —preguntó ella a su vez.

—A la calle Pine, allí está mi coche. ¿Quién eres?

—Eso es algo que carece de importancia.

—¿Cómo sabes quién soy? ¿Y cómo sabes quién era mi padre?

—Yo sé muchas cosas. Como que tú no deberías estar aquí, sino en Lostwick. ¿Qué haces en Filadelfia?

—Necesito encontrar algo, y mi primera pista me trajo aquí.

—¿Y qué es ese algo? —preguntó, lanzándole rápidas miradas mientras serpenteaba entre el tráfico.

—Eso también carece de importancia —respondió él, cortante.

De repente la mujer frenó en seco, habían circulado tan deprisa que apenas había tardado unos minutos en llegar a

Pine. Nathan se percató de que se había detenido al lado de su todoterreno. Que también supiera qué coche conducía terminó de desconcertarlo.

—Mira, tienes que volver a Lostwick, tu sitio está allí —dijo ella. Se inclinó sobre él y le abrió la puerta, invitándolo a salir cuanto antes.

Nathan la cerró con un fuerte tirón.

—O me dices por qué sabes tantas cosas sobre mí o este encuentro va a dejar de ser tan civilizado.

La mujer se quedó mirándolo fijamente.

—No puedo, ahora no, y tampoco tengo tiempo que perder.

—¿Sabes qué? Yo tampoco tengo tiempo que perder —gruñó Nathan con una mueca de desprecio—. En el fondo no me importa por qué sabes tantas cosas sobre mí. Necesito encontrar a La Hermandad, tienen algo que no les pertenece. Te pediría ayuda, pero algo me dice que sería inútil. —Dicho esto, se bajó del coche.

—Nathan, espera. —Se bajó tras él—. Tienes que volver a Lostwick porque el brujo que controla a La Hermandad está allí, me lo han dicho esos tipos del edificio. Llevo meses tras él, intentando pararle los pies.

—¿Está allí? —El pánico se apoderó de él en un instante. Ella asintió—. ¡Entonces no puedo regresar!

—¿Por qué no? Hay que avisar a los brujos del pueblo, deben estar preparados para hacerle frente.

Vaciló al mirarla.

—Porque si vuelvo, haré daño a una persona que me importa mucho —dijo, sintiendo las emociones por su interior con tanta violencia que temió estallar, literalmente.

—¿Qué? ¿De qué estás hablando?

—Si perteneces a La Orden habrás oído hablar de Brann O'Connor y conocerás su historia, a Moira. —Ella movió la cabeza con un gesto afirmativo—. Puede que esto te parezca una locura, pero sus linajes siguen intactos. Esa persona que me importa es una bruja, hay una bruja Wise en Lostwick. Y mi apellido no es Hale, sino O'Connor, y soy algo más que su descendiente. Mi linaje ha custodiado durante siglos la llave que abre el grimorio. Ese grimorio...

—Fue robado hace diecisiete años por La Hermandad, lo sé, conozco la historia, pertenezco a La Orden, ¿recuerdas? —le espetó, impaciente. Tomó aire e hizo acopio de paciencia—. Escucha, cielo. Sé muy bien quién eres y sé quién es ella, sé que sois los vástagos de esos linajes. Por eso tienes que volver, la chica corre peligro y te necesita, lo sé.

—No lo entiendes, el peligro soy yo; si vuelvo tendré que matarla. Un hechizo me obliga.

Ella se quedó con la boca abierta.

—¿Quién te ha dicho eso?

—Mi madre me lo contó hace poco. No solo soy el Guardián de la llave, también estoy obligado a matar a cualquiera con una sola gota de sangre Wise en sus venas. Brann se encargó con un hechizo de que así fuera. El grimorio no puede caer en manos de ningún brujo. No me dijo nada antes para protegerme. —Sintió que el dolor le pegaba una puñalada, al recordar esa noche.

—¿Protegerte? ¿Te das cuenta de lo absurdo que suena lo que me estás contando? De ser así, habrías saltado sobre el cuello de esa chica la primera vez que la viste. ¿Y qué hay de su familia? Ellos también llevan la sangre Wise en sus venas, ya deberías haber hecho una masacre. No dudo que haya un hechizo, pero desde luego no ese.

—El linaje es por parte de madre, y esa mujer murió hace unos meses, yo nunca la vi.

—Su madre —repitió ella en un tono extraño. Sus ojos se entornaron y un atisbo de furia los iluminó.

—Sí, su madre. Huyó de Lostwick en cuanto supo... ¿Y por qué demonios te estoy dando explicaciones?

—Porque dentro de ti sabes que algo no encaja. ¿Por qué no mató tu padre a esa mujer, si estuvo en Lostwick?

Nathan apretó los dientes, la bruja había dado en el clavo. Desde el mismo instante en el que su madre le reveló la verdad, él había tenido la sensación de que faltaban piezas.

—¡Cállate, no tienes ni idea!

Ella dio una patada al suelo y se llevó las manos a la cabeza, resoplando por la nariz. Intentó ordenar sus ideas, llevaba años investigando, suponiendo, y estaba casi convencida, no, estaba segura de que tenía razón.

—¡No se puede engañar al destino, yo lo sé ahora, y ella también debería saberlo después de lo que le pasó a tu padre! Los secretos causan muertes y dolor. —Estrelló la palma de su mano contra el capó del coche—. Nathan, tienes que confiar en mí. Sé que no me conoces, pero has de hacerlo. Si de verdad te importa Abby, vuelve a Lostwick; dile a tu madre que te cuente la verdad. Oblígala si hace falta, pero que te la cuente.

—¿Qué verdad? ¿También conoces a mi madre para cuestionarla?

—¿Quieres dejar de hacer preguntas y escucharme? ¡Te comportas como un niño! ¿Qué pruebas tienes de que lo que te ha contado tu madre sea cierto?

Nathan soltó una carcajada lúgubre y desesperada. Abrió el maletero y sacó de su bolsa el diario.

—Tengo el diario de Brann. Me lo sé de memoria, hasta la última palabra —le espetó, lanzándoselo—. ¿Y cómo sabes que la chica se llama Abby? Yo no te lo he dicho.

Ella no le hizo caso y se concentró en el diario, lo abrió y lo ojeó. Extendió la palma de su mano sobre las hojas. Soltó una maldición.

—¿Y tú te llamas brujo? ¡Esto es un palimpsesto! —Susurró un pequeño conjuro y las hojas brillaron—. ¿Lo ves? Es un herbolario, alguien lo ha reescrito. Y este tipo de papel empezó a usarse un siglo después de que Brann desapareciera.

De repente, Nathan recordó a su madre sentada a la mesa del estudio de su padre. Con aquellos manuscritos antiguos que aseguraba estaba restaurando para la tienda de antigüedades. No era cierto. Tragó saliva con un nudo atenazándole la garganta.

—Lo que estás insinuando no me gusta.

—¡Oh, pobrecillo! —se burló de él—. Pues asúmelo y crece. Mami no es perfecta.

Nathan se inclinó sobre ella de forma amenazante.

—Asume tú esto: si ese diario es falso, mis recuerdos y los de Abby no lo son. Ella murió por mi culpa hace siglos, y volverá a ocurrir si no me alejo de ella.

—¿De qué estás hablando? ¿Qué recuerdos? —Se quedó helada, con los pistones de su cerebro trabajando a toda velocidad—. ¡Por la diosa, no sois vástagos!

Una sonrisa siniestra curvó los labios de Nathan. Ladeó la cabeza, observándola como lo haría un depredador segundos antes de darle caza.

—No, somos los originales. Hemos vuelto y la historia va a repetirse. ¿Lo entiendes ahora? —siseó.

—Sí. Claro que lo entiendo, mejor que nunca —respondió. Su cara reflejaba el esfuerzo de su mente por comprender. A lo largo de los años había conseguido reunir varias piezas; unas daban sentido a lo que imaginaba, otras desbarataban sus elucubraciones, y vuelta a empezar. Pero ahora esas piezas comenzaban a encajar—. Tienes que volver, ya. Ahora mismo, antes de que sea tarde.

—¿Has oído algo de lo que te he dicho?

El teléfono de la mujer empezó a sonar. Ella lo sacó y miró la pantalla. Todo su cuerpo se agitó con una descarga de adrenalina.

—Sí. Mira, sé que no me conoces, que no tienes por qué

confiar en mí, pero tendrás que hacerlo. Vuelve a casa y averigua la verdad. La Hermandad se infiltró hace semanas en Lostwick; si tu destino es matar a Abby, ¿por qué no lo has hecho aún? —Y continuó sin darle tiempo a responder—: Porque lo único que sientes es que quieres protegerla.

Nathan dio un paso atrás, frunciendo el ceño. Si eso era cierto, si había enemigos en Lostwick tal y como esa mujer afirmaba, el hechizo que pesaba sobre su sangre le habría obligado a... Las palabras vacilaron en su garganta.

—Dame una razón para creerte, no voy a arriesgar su vida sin más.

La mujer tomó aire y miró a Nathan a los ojos. Se pasó la mano por el pelo y arrastró la peluca negra hacia atrás, dejando a la vista una cabellera de rizos rojos como el fuego.

—Porque jamás pondría la vida de mi hija en manos de alguien en quien no confío. Tú no podrías herirla aunque quisieras, lo he visto.

Los ojos de Nathan se abrieron como platos al darse cuenta de quién era ella. Las rodillas le flojearon, y si no hubiera sido por el coche que tenía detrás, habría tenido serios problemas para mantenerse en pie.

—¡Eres su madre! —pudo decir tras la impresión—. Ella cree que estás muerta... ¿Te haces una idea de lo que está sufriendo?

—Este no es el momento —masculló ella a la defensiva. Le estampó el diario en el pecho a la vez que lo empujaba—. ¡Vete, ya! —gritó.

Subió al Ford y aceleró, despareciendo a toda velocidad.

Nathan apretó los puños y cerró los ojos un instante. Dejó de dudar.

38

Se adentró en la autopista zigzagueando entre los carriles atestados de coches que se dirigían a trabajar a primera hora de la mañana. Por delante tenía siete horas que se le iban a hacer eternas; cada minuto se le antojaba una hora y sentía el paso del tiempo estrujándole el estómago. Miró de reojo el diario y pensó en su propia madre, había muchas cosas que tendría que explicar. Y si de verdad le había mentido con respecto a Abby, si nunca había sido una amenaza para ella...

Condujo sin descanso y a unos veinte kilómetros de Lostwick apenas podía mantenerse quieto en el asiento. La carretera serpenteaba entre el bosque y la costa, y Nathan se obligó a prestar más atención al tramo de curvas cerradas. Cambiaba de marcha una y otra vez, aprovechando las escasas rectas para ganar algún minuto. Pensó en dirigirse directamente a la casa de los Blackwell, pero se obligó a seguir hasta su casa. Primero había algo que debía hacer. Aceleró al llegar al camino y levantó nubes de tierra. Cruzó la verja y detuvo el coche con un fuerte frenazo. Se bajó como una exhalación y entró en la casa, llamando a su madre a gritos. La señora Clare apareció en el vestíbulo.

—Nathan, por el amor de Dios, ¿dónde has estado todo este tiempo? Todos te están buscando.

—¿Dónde está mi madre? —preguntó sin mirarla, y empezó a subir las escaleras.

—No está, ha salido con tu tío, intentan encontrarte.

Nathan dio media vuelta y echó a correr hacia el estudio, seguro de que lo que necesitaba estaba allí.

—Nathan, espera —dijo la señora Clare tras él—. Hay algo que debes saber. —Sus palabras quedaron ahogadas por el golpe de la puerta al cerrarse ante sus narices.

Nathan cruzó el estudio y fue hasta el armario que su madre mantenía cerrado con llave. Trató de abrirlo, pero el hechizo que lo protegía no se lo permitió. Apretó los puños y tomó aire, pensando qué hacer. De repente su mano se iluminó, no tenía tiempo para adivinar contrahechizos. Golpeó el armario con la mano incandescente, una vez tras otra hasta que las puertas quedaron destrozadas. Una pequeña luz sonrosada escapó de la cerradura; el hechizo se había roto, y las puertas terminaron de abrirse. Rebuscó sin miramientos entre los libros; allí no había nada, solo el péndulo con la sangre de Moira; lo guardó en uno de sus bolsillos. Ahogó un grito de frustración y empezó a pasear por la habitación.

—Está bien, piensa —se dijo a sí mismo.

—Nat, déjame entrar, tengo que decirte algo —insistía la señora Clare tras la puerta.

Nathan la ignoró por completo, apenas podía oírla con claridad con las sienes palpitándole de aquella manera. Empezó a pensar dónde podría haber escondido su madre el diario. De pronto tuvo una idea que podría funcionar. El lugar donde siempre debió de estar escondido, el elegido por su padre. Su madre le había dicho que la noche en que su padre murió, él le había entregado el diario para que lo protegiera; quizá él también había estado en ese momento con ellos. Podría haber visto algo a través de sus ojitos de bebé. Cerró los ojos y se preparó para la regresión. Apenas tardó unos segundos en llegar allí. El sótano, la viga...

Salió del estudio como una exhalación, corrió a la cocina y bajó las escaleras del sótano. Empujó una caja hasta colocarla bajo la viga y se subió encima; tanteó con los dedos y allí estaba. Con manos temblorosas lo sacó de la hendidura y apartó la tela desgarrada y polvorienta que lo cubría. Apareció un viejo libro anudado con un cordón y un cuchillo con el dibujo de un lobo grabado en la empuñadura. Al tocarla, una ráfaga de aire frío escapó del suelo, envolviéndolo. Tragó saliva y giró el puñal bajo la luz; encajaba a la perfección en su mano. Lo guardó a la espalda, bajo su camiseta, y contempló el diario.

Rozó la piel de la tapa con las puntas de los dedos y todo su cuerpo se electrificó. A punto estuvo de caer de la caja cuando las primeras imágenes sacudieron su cerebro. Bajó de un salto. Lo abrió sin miramientos y empezó a leer, saltando páginas con ansiedad, buscando lo que de verdad necesitaba. Entonces su mente se abrió y no necesitó seguir leyendo. Los recuerdos le volvieron en una avalancha, como si alguien estuviera volcando una tina llena de ellos en su cabeza. La historia se desarrollaba viva ante sus ojos. Volvió en sí, cubierto de sudor, todo el cuerpo le temblaba. Había bajado de aquel barco con dos niños, uno era su hijo y el otro la hija de Moira. Había observado a aquel matrimonio de brujos que viajaban con él, los Blackwell; ya eran mayores y no tenían hijos. Parecían buenas personas, de firmes convicciones y eran poderosos. Y lo hizo, habló con ellos y les entregó a la hija de Moira para que la criaran como si fuera suya, a salvo.

Siempre atento a la niña, Brann cumplió su palabra, educó a su propio hijo y le contó la historia de su vida. Con él escribió el diario y con él dio forma al hechizo que uniría a los dos estirpes para siempre.

Nathan se pasó la mano por la cara, hasta el pelo, y lo revolvió con nerviosismo. Los descendientes habían cumplido con su promesa, protegiendo día y noche la llave. ¡La llave era...! No podía creerlo.

Unas hojas cayeron de entre las páginas del diario. Nathan las abrió con cuidado y vio la firma de su padre en la última. Con un nudo en el estómago comenzó a leer; de forma resumida le contaba la historia del diario. También de sus años como el último Guardián, de su profunda amistad con Aaron Blackwell, al que protegería hasta la muerte, no solo por el hechizo, sino porque se había convertido en su mejor amigo.

Pero aquella carta estaba escrita por un único motivo. Le hablaba de Michelle Riss, estaba convencido de que esa mujer había desaparecido de Lostwick, embarazada de Aaron Blackwell, por lo que dentro de ella se encontraba la auténtica llave que podría abrir el libro, una heredera con la fuerza suficiente como para hacerlo, ya que hasta la diosa había anunciado su nacimiento. Y no solo eso, creía que había algún lazo especial entre ellos, era imposible pasar por alto que hubieran nacido el mismo día, bajo los mismos augurios.

Nathan sonrió, su padre no tenía idea de hasta qué punto era auténtica y de cuál era ese lazo. Continuó leyendo, y con cada palabra, el corazón se le hacía pedazos. La carta era también una despedida. De alguna forma, el hombre presentía que su final estaba cerca. Más que sentirlo, era una certeza. Moriría pronto y lo atormentaba no poder cuidar de Nathan y prepararlo para su destino. «Devuélvele el colgante cuando la encuentres, era de Moira y le pertenece, es una especie de amuleto», leyó en la posdata. Nathan volvió a doblar las hojas y sonrió. Bueno, después de todo, no lo había hecho tan mal. La había encontrado y le había devuelto el amuleto; ahora solo debía cuidar de ella hasta su último aliento, y lo haría encantado.

La malsana tensión de su estómago regresó. Cerró los ojos y trató de percibir a Abby. Nada, silencio, demasiado silencio. Volvería arriba, recuperaría su teléfono para llamar a Ray e iría a casa de los Blackwell. Había llegado el momento de aclarar las cosas. Más tarde lo haría con su madre, y sabía que perdonarla le iba a resultar muy difícil.

Volvió arriba y encontró a la señora Clare en la cocina; estaba hecha un manojo de nervios. Nathan fue a disculparse y entonces vio un sobre negro sobre la mesa. Sin saber por qué, le dio mala espina.

—¿Qué es eso?

—Es para ti... Nat, hay algo que debo contarte.

Nathan rompió el sobre lacrado y extrajo un papel doblado. Al abrirlo el color abandonó su cara. No tenía que ser un genio para saber quiénes le habían hecho llegar aquella fotografía. Tenían a Ray, a Nick y a Bianca. Contempló la imagen y le entraron ganas de matar a alguien. Desde luego, habían averiguado cuál era su debilidad. Ya que no podían usar a Abby para hacerle chantaje, porque la necesitaban viva, habían recurrido al resto de personas importantes para él, aquellos por los que haría cualquier cosa sin dudar. Le dio la vuelta. Había una frase garabateada con un bolígrafo: «Ya sabes lo que quiero a cambio». Nathan apretó los dientes, pensando. Iría a por Abby, ella era su prioridad. La pondría a salvo y después recuperaría a sus amigos.

—¿Quién ha traído esto? —preguntó a la señora Clare.

—No lo sé, lo dejaron junto a la puerta y tras llamar, quien fuera, desapareció. ¡Por favor, Nathan, escucha, es sobre esa chica, Abby! —Alzó la voz al ver que él salía raudo de la cocina.

Nathan se paró en seco con la sangre congelada en las venas. Se giró muy despacio y la cara de la mujer terminó de desarmarlo.

—¿Qué pasa con ella?

—Desapareció ayer por la tarde —respondió.

A Nathan se le doblaron las rodillas, y recordó la punzada que había sentido en el pecho; había sido por Abby. Y después de aquello, silencio. El miedo de apoderó de él. Si se la habían llevado, ¿por qué no podía sentir nada, ninguna percepción ni sensación de peligro? El pánico lo sacudió, y si estaba..., no, se negaba a pensar en esa posibilidad.

—Desapareció de su casa sin dejar rastro —añadió la señora Clare—. El problema es que muchos de ellos creen que fuiste tú.

—¿Qué?

—Tu madre y tu tío están intentando aclarar este asunto, buscando pruebas que demuestren que tú no has tenido nada que ver.

Nathan ya había escuchado bastante. Le dio la espalda y echó a correr hacia la puerta principal, temblando, muerto de miedo. Sabía que había cometido el error más grande de su vida marchándose. Ahora lo único que quería era encontrarla. Cruzó la puerta con la llave del coche en la mano, pulsó el mando y las luces parpadearon. Notó un fuerte golpe en la nuca y todo se volvió negro.

39

Un terrible dolor de cabeza aporreaba las sienes de Abby. Trató de tragar saliva, pero aquel gesto le hizo pensar que en realidad lo que había tragado era un puñado de agujas. Tenía un sabor amargo en la boca y se sentía deshidratada. Poco a poco abrió los ojos, todo estaba borroso. Un escalofrío de desconfianza le recorrió la columna vertebral. Parpadeó para aclarar su visión y la imagen ante ella cobró nitidez de golpe. Estaba en el suelo, de lado, y le dolía la mejilla que tenía aplastada contra la piedra. Entonces el miedo le hizo reaccionar, no reconocía el lugar y estaba atada con las manos en la espalda. Trató de moverse y el dolor le hizo gemir. Tenía el cuerpo dormido, entumecido, y se preguntó cuánto tiempo llevaba allí.

Con grandes dosis de voluntad consiguió sentarse con la espalda contra la pared. Observó la habitación: había muebles cubiertos por sábanas blancas llenas de polvo, cajas apiladas en una esquina y un enorme crucifijo de madera apoyado contra una de las paredes. Un par de bancos rotos, como los que había en las iglesias, estaban arrinconados bajo una ventana tapiada. Abby estudió la ventana, apenas entraban unos débiles rayos de sol a través de los maderos. Empezó a forcejear con las ligaduras.

—Rómpete —susurró—. Rómpete, rómpete, por favor, por favor. Rómpete... —Ahogó un sollozo. Cada vez que daba una orden, las cadenas se tensaban más alrededor de su piel.

La puerta se abrió de golpe.

—No pierdas el tiempo, no podrás quitártelas. Están empapadas en acónito y cenizas de saúco. Ni siquiera tú podrías deshacerlas antes de que te mutilaran las manos —dijo Pamela desde el umbral. Suspiró y fue hasta Abby, la agarró de un brazo y la obligó a ponerse en pie con un fuerte tirón.

—¿Qué pasa, Pamela? ¿Qué estás haciendo?

—¿A ti qué te parece? —respondió, sacándola a empujones de la habitación.

Abby cerró los ojos al incidir el primer rayo de luz directamente en ellos. Parpadeó y poco a poco consiguió ver dónde estaba. Parecía una vieja iglesia abandonada, de gruesos muros de piedra. A pesar de la luz que entraba por las altas ventanas, a Abby se le antojó un espacio cavernoso, frío y húmedo. Recorrió con la mirada el espacio, se encontraba entre el altar y el retablo. De repente sus ojos se posaron en el objeto que reposaba sobre el altar. Lo reconoció inmediatamente, era su libro. Pudo ver la estrella de cinco puntas que su sangre había dibujado sobre la tapa, solo que ahora parecía un grabado a fuego. Tragó saliva y empezó a comprender. Pamela la espoleó y la forzó a avanzar hasta el primer banco. Le puso una mano en el hombro y la empujó hacia abajo obligándola a que se sentara.

—Creía que éramos amigas —dijo Abby.

Pamela se rio. Fue un sonido cristalino que la heló hasta los huesos. La bruja suspiró.

—¡Y lo fuimos! —Hizo una pausa y subió una ceja—. Durante un tiempo.

Se oyó el sonido de una puerta al abrirse y los pasos de

varias personas que se aproximaban. Abby se quedó de piedra al ver aparecer a tres hombres vestidos con capas negras hasta el suelo que obligaban a andar a empellones a tres personas con capuchas en la cabeza y maniatados. Por la ropa y la silueta de sus cuerpos, dos hombres y una mujer. Les obligaron a sentarse en el primer banco, al otro lado del pasillo, y les quitaron los sacos y las mordazas.

De no haber estado sentada, Abby se habría caído de la impresión. Ray, Nick y Bianca la miraron con la misma cara de sorpresa.

—¡Abby! —gritó Ray mientras se ponía en pie y se lanzaba hacia ella.

Uno de los hombres lo agarró por los hombros y lo obligó a sentarse de nuevo, con brusquedad.

—Os aconsejo que os portéis bien, si no tendré que volver a amordazaros y a poneros esos gorritos tan monos —dijo Pamela con una sonrisa mordaz, pero en su voz había una clara advertencia.

—¿Estás bien? ¿Te han hecho daño? —preguntó Ray desoyendo el consejo de la bruja. Se dobló hacia delante y tosió cuando uno de los hombres le clavó un puño en el estómago.

—No lo toques —gritó Nick, y recibió otro golpe.

—¿Por qué no me quitas las cadenas y lo intentas de nuevo? —replicó Ray en cuanto recuperó el aliento, retando con la mirada al tipo.

El brujo alzó la mano dispuesto a descargarla sobre su rostro.

—Basta —dijo Pamela de mal humor—. Por favor, lo digo en serio, vamos a estar aquí algún tiempo, ¿por qué no intentamos llevarnos bien? Lo haremos por las buenas o por las malas, vosotros decidís. —Sacó una pistola de su espalda y la hizo girar en la mano.

Hubo un tenso silencio y un intercambio de miradas asesinas. Fue Abby quien habló.

—Bien, pues aprovechemos el tiempo para hablar. Cuando fingías ser mi amiga, ¿ya estabas con ellos, con La Hermandad?

Pamela se encogió de hombros y fingió prestarle atención a su manicura.

—Pertenezco a La Hermandad desde que estaba en el vientre de mi madre.

—¿Y tu abuela? ¿También está involucrada?

—Ella es fiel a La Comunidad. —Rompió a reír—. Solo es una vieja que no ve nada más allá de sus propias narices. Tantos años rodeada de NO-MA la han vuelto descuidada.

Pamela paseó de un lado a otro, frente a los bancos, con el arma colgando de una de sus manos. Abby no la perdía de vista, salvo para lanzar rápidas miradas hacia su grimorio. Verlo allí, sobre el altar, le provocaba desasosiego, malestar, como si estuviera desnuda delante de un montón de gente.

—¿Por qué estás haciendo todo esto? —preguntó a la chica.

—Es evidente, ¿no? —respondió. Se acercó al altar y contempló el libro. Alargó una mano pero se detuvo antes de tocarlo, la apretó en un puño y lanzó una mirada de odio—. Tanto tiempo esperando. Estoy harta de este maldito pueblo.

—Pero me dijiste que llevabas aquí seis meses, ni siquiera me conocías, y mucho menos podías saber que acabaría viniendo aquí. Aunque tenías el libro, no podías estar segura de que yo...

Pamela soltó una carcajada.

—¿De verdad te crees tan importante? ¿Que el mundo gira a tu alrededor, alabándote? No vine aquí por ti, reina del baile, sino por él, por Nathan. Debía acercarme a él, hacerme su amiga, ganarme su confianza y averiguar si sabía algo de la llave, si la había encontrado o si al menos sabía qué aspecto tenía...

—Él jamás se hubiera acercado a ti —le espetó Ray.

—Es cierto, le gustan las huerfanitas tristes y desvalidas con problemas mentales y aires de princesa. —Se giró hacia Abby—. ¿No es así?

—Y todo este tiempo que me has estado ayudando para que pudiera ver a Nathan, siendo mi coartada, sabiendo quiénes éramos, que en cualquier momento él podría matarme..., ¿qué esperabas ganar con eso? —preguntó. Iba a mantener la idea de que él quería matarla para protegerlo.

—No te enteras, ¿verdad? Supe quién eras desde que pusiste un pie en este pueblo. Hubo señales: los cuervos, las tormentas surgidas de la nada, y la única persona recién llegada eras tú. No podíamos creer la suerte que estábamos teniendo. Pero algo fallaba, ni siquiera sabías que eras una bruja, y mucho menos nada sobre el libro de Moira. Nathan tampoco parecía estar al corriente de su auténtico linaje. Tuve otro golpe de suerte cuando te hiciste mi amiga y empezaste a confiar en mí. Ahora tenía la información de primera mano y podría intervenir a tiempo si las cosas se complicaban. Cuando me di cuenta de vuestros sentimientos, pensé que sería bueno usarlos, que quizá el estar juntos provocaría algún tipo de reacción.

»Por eso te ayudé, solo era cuestión de tener paciencia. David Hale era el Guardián, sabía que ese papel podría acarrearle la muerte incluso antes de que Nathan tuviera edad suficiente para saber quién era su padre. Así que era lógico pensar que en alguna parte dejó instrucciones para él, la llave necesita un Guardián. Pronto dará con ella; si tú has recordado, él no tardará en hacerlo. Respecto a ti, Moira —usó su antiguo nombre a propósito; esbozó una sonrisa despectiva—, no va a ser difícil lograr que leas ese libro para nosotros una vez sea abierto. ¡Aún me cuesta creer este golpe de suerte, que seáis los originales!

—Así que me has estado utilizando todo este tiempo. Te consideraba mi mejor amiga —dijo Abby.

—Voy a ponerme a llorar —se burló.

—Tú no tienes sentimientos —le espetó. Ladeó la cabeza y miró a los chicos, que no apartaban los ojos de ellas. Estaban haciendo verdaderos esfuerzos para mantenerse quietos y callados, conscientes de que cuanta más información pudieran conseguir de Pamela, más posibilidades tenían de averiguar cómo salir del aprieto—. ¿Y para qué los necesitas a ellos?

—En serio, tu poca perspectiva me sorprende. Tú no sirves para el canje en nuestras próximas negociaciones con Nathan. Te necesitamos para leer el libro, y él te rebanaría el cuello sin dudar. Pero por ellos es posible que atienda a razones, son la única familia que tiene, no hay nada que no haría por ellos. Tú misma lo dijiste.

Las palabras fueron como una bofetada para Abby. Ella los había puesto en peligro; si no hubiera abierto la boca, confiando en una persona a la que apenas conocía, ellos no estarían allí. De repente la puerta principal se abrió y un hombre entró corriendo. Abby puso los ojos como platos en cuanto reconoció al profesor Murray.

—¿Él es una de tus fichas?

—Necesitabas que alguien te refrescara la memoria, que creyeras de verdad en la historia de Moira. La reunión en su despacho fue divertida, deberían darnos un premio por la interpretación.

—¿Y qué saca él de esto? —preguntó Abby, haciendo un gesto con la barbilla hacia el hombre.

—Tenemos un problema —intervino el señor Murray.

—Murray cree en la magia y en la brujería, son su pasión. Haría cualquier cosa para conocer a auténticos brujos, y no es tan tonto como para no darse cuenta de que ciertas alianzas pueden proporcionarle muchos beneficios.

—¡Pamela, es importante! —insistió Murray.

La chica se apartó un poco para poder hablar con cierta

intimidad. Mientras el profesor le susurraba al oído, su cara se transformó con un ataque de ira.

—Parece que Nathan ha regresado a Lostwick —anunció ella. Abby dio un respingo y su pulso se aceleró hasta palpitarle en las sienes—. Aunque, por lo visto, le ha surgido un pequeño contratiempo y no podrá reunirse con nosotros a la hora prevista.

—¿Qué contratiempo? —preguntó Ray.

—Aaron Blackwell lo tiene encerrado y no piensa soltarlo hasta que confiese qué ha hecho contigo —explicó, clavando su mirada en Abby.

—Pero si ni siquiera estaba en el pueblo, ¿cómo pueden pensar que él...? —replicó Abby, desesperada.

—Parece que, después de todo, tu plan hace aguas —intervino Nick en tono socarrón.

Pamela lo fulminó con la mirada. Movió una mano y Nick salió volando por los aires hasta estrellarse contra la pared.

—¡No! —gritó Bianca, poniéndose en pie para ir hasta él.

—Siéntate —le ordenó Pamela, y con un nuevo movimiento la chica se hundió en el banco de forma violenta. Gimió al sentir sus huesos crujir.

—Estás estropeando la mercancía —dijo Ray, tratando de mantener la calma—. Nathan no hará ningún trato contigo si les haces daño.

Pamela frunció el ceño y sostuvo la mirada de Ray. Se midieron durante unos segundos. Ray sonrió.

—Tranquila, vendrá, no hay muros que puedan retenerlo cuando se propone algo.

—No sabe dónde estamos, no ha habido tiempo de facilitarle la información. Eso os coloca en una situación difícil; si no me sois útiles... sois prescindibles —amenazó con una sonrisa despiadada.

—Confía en mí. Nathan es un hombre de muchos recursos, sabrá encontrarnos —aseguró Ray, lanzando una mirada cargada de significado a Abby—. Entonces disfrutaré viendo cómo os reduce a polvo, porque... No habrás olvidado quién es en realidad, ¿verdad? —Esbozó una sonrisa siniestra, pura malicia, y añadió—: Auuuuuuuu.

40

Vivian Hale saltó del vehículo de su hermano antes de que este se hubiera detenido. Al ver el coche de su hijo aparcado en la entrada, el miedo y la felicidad se apoderaron de ella en igual medida. Se alegraba porque el chico había vuelto, pero era consciente de que media Comunidad lo estaba buscando, convencidos de que tenía algo que ver con la desaparición de la chica. Corrió hasta la puerta principal, sin importarle perder sus zapatos en el camino.

—¡Nathan! —gritó nada más cruzar el umbral—. ¡Nathan!

—No está —dijo la señora Clare desde la entrada, limpiándose con un pañuelo las lágrimas de sus mejillas.

—¿Cómo que no está? —intervino Russell, el hermano de Vivian.

—¿Adónde ha ido, Sophie? —preguntó Vivian, usando el nombre de pila de la mujer.

—Se lo han llevado, el hombre de confianza de Aaron Blackwell, ese de la cicatriz se lo llevó hace un par de horas. Lo golpeó, dejándolo inconsciente, y lo subió a una furgoneta.

Vivian tuvo que agarrarse a la barandilla para no caer al suelo. Su hermano corrió a sujetarla y la ayudó a sentarse.

—Tenemos que hacer algo, Russell, buscar la ayuda de

los Ancianos. Debe de haber alguien con quien podamos hablar que ayude a mi hijo. Aaron no se avendrá a razones, le hará daño, lo torturará hasta que hable, y mi niño no sabe nada —sollozó.

—Tranquila, vamos, empezaremos por hablar con Nora. Aaron la respeta.

—Espera, Vivian —intervino Sophie—. Ha venido una mujer. Insistía en que debía hablar cuanto antes contigo. Está esperando en el estudio.

—¿Qué mujer?

—No ha querido decir su nombre, pero me ha pedido que te diera esto. —Le entregó una nota.

Vivian desdobló el papel y leyó en silencio: «1 de septiembre de 1995. Yo también fui madre ese día».

Vivian palideció. El tiempo pareció ralentizarse y su rostro se transfiguró por el asombro. Apretó las manos, no dejaban de temblar. Se frotó las sienes, desesperada ante el nuevo e inesperado cariz que estaban tomando los acontecimientos.

—¿Qué pasa, Vivian? ¿Conoces a esa mujer? —preguntó Russell, percibiendo su nerviosismo.

Vivian ladeó la cabeza y clavó sus ojos verdes y brillantes en Russell. Asintió una vez. Abrió la boca para añadir algo más, pero decidió callárselo.

—Me reuniré con ella ahora. Sola —aclaró al ver que su hermano se movía con intención de seguirla.

Fue hasta el estudio con paso decidido. Entró y cerró la puerta tras ella. Una mujer pelirroja, vestida completamente de negro, se volvió y se apartó de la ventana por la que estaba contemplando el paisaje. Se quedaron mirándose en silencio, ninguna de las dos había cambiado.

—Hola, Vivian —dijo la mujer.

—Michelle.

—Ese no es mi verdadero nombre, tampoco Grace,

484

como piensa mi hija. —Esbozó una leve sonrisa, cagada de tristeza—. Me llamo Morgan.

—¿Y por qué me lo confiesas a mí?

—Las mentiras han puesto a nuestros hijos en esta situación. Mi hija ha desaparecido y culpan a tu hijo. Yo he aprendido la lección, ¿tú no?

—Creí que habías muerto.

—Cuando Seth me reconoció y vio a Abby, supe... Lo mejor será que empiece por el principio. ¿Puedo? —preguntó, señalando con un gesto el sillón junto a la chimenea. Vivian asintió, y ambas se sentaron. Una frente a la otra, pálidas, demacradas, unidas por el mismo dolor—. Tengo el don de la clarividencia. A través del tacto. —Los ojos de Vivian se abrieron de par en par—. Cuando apenas tenía doce años, La Orden apareció en el orfanato donde crecía como NO-MA y me reclutaron. Pensaron que mis habilidades les podían ser de utilidad.

—¿Puedes ver el futuro? ¿Sabes lo que va a ocurrir?

—No exactamente. Cuando toco a una persona puedo percibir imágenes de su futuro, pero no siempre tienen que cumplirse. La persona en cuestión puede elegir, siempre puede. Hace dieciocho años, nos llegaron rumores de que un brujo había comenzado a hacer preguntas sobre una vieja historia, casi convertida en leyenda. Esos rumores apuntaban a un apellido, Blackwell, y a que podía ser el mismo hombre que intentaba resucitar a La Hermandad. Me encargaron que averiguara qué había de cierto en ese rumor. Utilicé a Aaron para venir hasta aquí, lo engañé para acercarme a su familia.

»Al cabo de tres meses, no tenía nada. Aaron e Isaac eran dos benditos, pero tenía dudas sobre Mason. Siempre evitó tocarme, como si pudiera percibir en mí lo que podía hacer. Pero entonces todo se complicó, me enamoré de Aaron. Sabía que no era posible, nada sobrevive si está basado en mentiras, y aun así no me fui. Entonces me quedé embarazada. Las visiones comenzaron de inmediato, tan claras y nítidas como jamás las había tenido. Era el futuro de mi bebé, y lo que vi en ellas me asustó tanto que decidí huir y ponerla a salvo, donde ese futuro no pudiera encontrarla jamás. Mientras tanto, investigué todo lo que pude, guiándome por los datos que conseguía sacar de las visiones. Cuando Abby nació, desaparecieron, y nunca más logré leerla, pero había reunido suficiente información como para intentar resolver el misterio que había alrededor de mi pequeña.

Hizo una pausa para respirar hondo y continuó.

—Durante diecisiete años la he arrastrado por medio mundo, sin familia, sin amigos, sin hogar..., mintiéndole sobre quién era. La hechicé para que no aflorara su magia, convirtiéndola en una NO-MA a sabiendas de que nunca podría encajar entre ellos. Cuando Seth me descubrió y vio a Abby, supe dentro de mí que no había servido para nada todo aquel sacrificio, que el destino encontraría la forma de llegar a ella, porque eran sus decisiones y no las mías las que debían cambiar ese futuro que había visto. Y aun así volví a cometer el mismo error. Fingí mi muerte, convencida de que nadie se fijaría en un fantasma, y que así podría continuar protegiéndola. He regresado a La Orden, necesitaba de sus medios para terminar de atar cabos y evitar lo que vi entonces. Y lo he conseguido, Vivian, he atado cabos y lo sé todo. Nos hemos equivocado al mentirles, al apartarlos, esto es más grande de lo que imaginaba y los hemos dejado indefensos.

—No sé de qué me hablas...

Morgan la miró con dureza y sin pestañear.

—Deja de negarte a ti misma la verdad. Esta mañana me encontré a tu hijo en Filadelfia. Lo reconocí enseguida, por mis visiones. Iba tras un miembro de La Hermandad al que yo también perseguía.

Vivian abrió los ojos de par en par y se quedó totalmente petrificada.

—¿Por eso se marchó? Creí que era para alejarse de...

—Despierta, Vivian, estaba buscando el grimorio de Moira. Está desesperado por encontrar una salida que no lo aleje de Abby. No entiende cómo podrá hacerle daño cuando lo que siente es todo lo contrario, y ambas sabemos que no podría hacerle nada aunque quisiera, ¿verdad? Los descendientes de Brann y Moira están unidos para siempre a través de su sangre, no pueden separarse.

Vivian se puso en pie, la perplejidad y la irritación ahogaron su voz.

—Yo... por ese pacto de sangre perdí a mi marido. No voy a perder también a mi hijo y haré lo que sea para que no acabe muerto. Todos los hechizos se pueden romper, buscaré la forma. No dejaré que sufra.

—Ya sufre —dijo Morgan en tono compasivo—. Jamás renunciará a ella porque está en su sangre protegerla. Contra eso no puedes luchar con mentiras, y un palimpsesto no va a convencerlo. Sabe que las piezas no encajan. Regresó para descubrir la verdad, aunque en cierto modo él ya la sabe. Debes contársela.

La vida abandonó el rostro de Vivian, y entonces se percató del armario forzado y de los grimorios en el suelo. La impresión por la aparición de Michelle... Morgan, había hecho que no prestara atención al destrozo. De repente echó a correr.

—¡Por la diosa, que no lo haya encontrado, que no lo haya encontrado! —suplicó mientras abandonaba el estudio. Corrió a la cocina y bajó hasta el sótano. Vio la caja bajo la viga y el diario junto a la carta de David en el suelo. Se arrodilló y lo recogió—. ¿Cómo lo ha encontrado?

—Te lo he dicho, es inevitable. Si no lo hubiera encontrado, habría acabado recordando —dijo Morgan.

—¿Recordando? ¿Qué quieres decir?

—No son simples descendientes. No sé cómo ha pasado algo así, reencarnación... llámalo como quieras. Son ellos, ni siquiera la muerte los ha separado, ¿qué podríamos haber hecho tú y yo? Está pasando lo que tanto temíamos y no hemos podido evitarlo. Debemos dejar de interferir, no les estamos ayudando.

Vivian asintió, limpiándose las lágrimas del rostro con las manos. En cierto modo ya lo sospechaba, David y ella intuían esa verdad desde la noche en la que ambos niños nacieron bajo el augurio de tantas señales, y cobró fuerza cuando los caminos de los chicos se cruzaron y las señales volvieron a repetirse. Como si la madre de todo celebrara ese encuentro.

Se había equivocado durante todo ese tiempo, primero sumiéndose en aquella depresión que la había llevado a convertirse en una alcohólica incapaz de cuidar de sí misma. Después manipulándolo por miedo y puro egoísmo. Asumió el peligro el día que se casó con David, nunca la engañó respecto a quién era y quiénes serían sus hijos, si los tenían; y lo aceptó, prometiéndole que protegería ese legado y ayudaría a su linaje si él no podía hacerlo. Había roto su promesa, era hora de enmendar sus errores.

—No quiero saber qué viste en tus visiones; solo una cosa, ¿van a sobrevivir?

Morgan le sostuvo la mirada.

—Depende de sus decisiones. Pero sí estoy segura de algo. Necesitan estar juntos para ser fuertes, y solo lo conseguirán si se acaban las mentiras —contestó, convencida de lo que decía.

—Lo haré. ¿Podrás hacerlo tú?

Morgan asintió sin vacilar. Sabía perfectamente que se refería a Aaron, a si sería capaz de enfrentarse a él después de todo lo ocurrido. Por supuesto que sí.

41

Nathan tragó saliva con la garganta seca. Las rodillas se le doblaron antes de volver a soportar su peso. Apenas podía mantener la cabeza erguida, la visión se le aclaraba y oscurecía alternativamente. Decidido a mantenerse de pie, agarró con las manos las cadenas que sujetaban sus muñecas anclándolo a las paredes, y afianzó los pies en el suelo con las rodillas separadas. Recorrió con la mirada el lugar, el viejo sótano de la casa de reuniones, un sótano poco común debido a que en realidad era una amplia mazmorra. Vio a Damien en una esquina. Rowan lo mantenía parapetado tratando de contenerlo. Nathan lo miró con un odio profundo, él era el responsable de parte de los golpes que marcaban su cuerpo.

Cerca de la salida, junto a la escalera que ascendía, pudo reconocer al señor Baker, el padre de Ray, hablando con Seth. El padre de su amigo parecía conmocionado, gesticulaba deprisa, preocupado, y no paraba de señalar con la mano a Nathan. Por último, los ojos del chico se posaron en el hombre que tenía delante, cara a cara. Aaron Blackwell tenía las mangas de la camisa subidas hasta los codos, los botones entreabiertos, dejando a la vista su pecho cubierto de sudor. El pelo negro le caía sobre la frente despeinado, y su cara reflejaba infinidad de sentimientos. Lo que estaba haciendo le provocaba náuseas, remordimientos, pero debía hacerlo. Apretó los puños y dio un paso hacia Nathan. Lo miró de arriba abajo, entreteniéndose en el tatuaje de su hombro.

—¿Qué significa? —preguntó.

Nathan se encogió de hombros y el gesto le provocó calambres en los brazos. Respiró profunda y repetidamente, decidido a aguantar el nuevo golpe que seguro iba a recibir.

—¿Qué estás haciendo, Nathan? ¿Qué esperas conseguir con esto? Mira cómo acabó tu padre, ¿no has aprendido nada de él?

—Tú no le conocías, te hacías llamar su amigo, pero no le conocías. Si no nunca hubieras dudado de él.

La desesperación empezaba a hacer mella en la voluntad de Aaron.

—¿Haces esto por venganza? Intentas vengarte de mí a través de Abby porque maté a tu padre.

—Yo jamás le haría daño a Abby, no podría.

Aaron dio un paso hacia el chico con los puños apretados.

—Entonces dime dónde la tienes. ¿Qué vas a hacer, mantenerla secuestrada para siempre para castigarme?

—¡Yo no tengo a Abby, cuántas veces tengo que repetírtelo! —gritó, lanzándose hacia delante. Las cadenas se tensaron.

—Entonces, ¿dónde está? —gritó Aaron. Ambos estaban perdiendo la poca paciencia que tenían.

—¡No lo sé, ojalá lo supiera! Pero podría encontrarla si me sueltas. Estamos perdiendo el tiempo, hay que salir a buscarla.

—Ya la están buscando.

—No solo a ella, también a Ray, a Nick... Bianca. Soy el único que puedo encontrarlos.

—¿Y eso por qué? —preguntó Aaron con el ceño fruncido. Nathan guardó silencio. No podía decir que le había hecho un lazo de sangre a Abby, eso le haría parecer más culpable, demasiado premeditado—. ¿Sabes lo que creo? —continuó Aaron—. Que tus amigos tampoco aparecen porque son ellos los que tienen retenida a mi hija, por orden tuya.

Los ojos de Nathan se abrieron como platos, sorprendidos.

—Eso no es cierto. Te estás equivocando de principio a fin, y mientras tú torturas a ese chico, alguien tiene a nuestros hijos —gritó Haden Baker, tratando de liberarse de los brazos de Seth, que impedían que se abalanzara sobre él—. Conozco a Nathan como si fuera hijo mío, te equivocas con él.

—Aquí el único que se equivoca eres tú —intervino Damien, apuntando con el dedo a Haden—. Quizá tú también estás metido en esto.

—Ten cuidado con lo que dices, hijo —gruñó el padre de Ray.

—Seth, saca a Haden de aquí —ordenó Aaron.

El hombre de la cicatriz asintió y lo empujó hacia la salida.

—Estás ciego, Aaron. No quisiste ver entonces, cuando creíste las mentiras sobre David, y tampoco ahora, el chico es inocente —gritó Haden mientras ascendía.

Aaron le dio la espalda a Nathan y cerró los ojos, soltando el aire de forma entrecortada.

—Deja que nos encarguemos nosotros. Hablará —dijo Damien con fiereza. Aaron movió la cabeza con un gesto negativo.

—Salid de aquí.

—Pero...

—¡Ya! —gritó. Oyó un ruido, y cuando abrió los ojos

de nuevo, ya no estaban. Se dio la vuelta y hubo un largo silencio mientras Nathan y él se miraban fijamente—. Me miras con lástima, ¿por qué?

Nathan se humedeció los labios y tragó saliva con dificultad. Abrió la boca para contestar pero la voz de Seth desde la escalera los interrumpió.

—Su madre está aquí.

—Dile que se vaya.

—Asegura que es importante. Que si quieres recuperar a tu hija, vas a tener que escucharla a ella.

Aaron resopló por la boca, se apartó el pelo de la frente con la mano y fue hasta las escaleras. Sin prisa subió hasta el estudio de la segunda planta, el que usaba como despacho privado para los temas de La Comunidad. No tenía ánimo para aguantar las súplicas de Vivian, no pensaba ceder. Las únicas lágrimas que le preocupaban eran las que pudiera estar vertiendo su hija en ese momento. Se sentía impotente por no poder encontrarla, y a la vez culpable por haber torturado al chico buscando esa información. La imagen de David en el suelo, agonizante, regresó con fuerza. Y su hijo era tan parecido a él.

Se detuvo frente a la puerta del estudio, no quería entrar, pero se obligó a hacerlo. Sus ojos se encontraron con los de Vivian. La mujer parecía un fantasma, pálida y ojerosa. Ella desvió la vista a sus manos desnudas, a las mangas de la camisa fruncidas en los codos, y notó que contenía la respiración. Aaron también contempló sus nudillos enrojecidos y apretó los puños hasta que se pusieron blancos.

—Él no tiene a tu hija —dijo Vivian, tratando de permanecer entera.

—Yo no estoy tan seguro de eso —respondió. Rodeó el escritorio y se sentó en el sillón con descuido, las piernas abiertas y los codos sobre los reposabrazos. Se frotó la frente, cansado.

—Mi hijo no ha hecho nada.

—Vivian, no tengo tiempo ni estoy de humor, así que dime a qué has venido.

Los ojos de ella flamearon; sacó de su bolso el diario y lo tiró sobre la mesa.

—¿Qué es eso? —preguntó él.

—Algo que debí enseñarte hace mucho tiempo. Necesito que me escuches hasta el final. Prométeme que vas a escuchar hasta la última palabra.

—Vivian, por favor, no quiero ser grosero, ni..., por favor, no me obligues a hacer algo de lo que después me arrepentiré.

Los nervios y la tensión estaban haciendo estragos en ella; no pudo contenerse y explotó.

—¡Ya basta, Aaron Blackwell! Maldito orgulloso y arrogante, vas a escuchar lo que tengo que decir. Vas a hacerlo porque me lo debes, y vas a hacerlo por la memoria de David y por las veces que te salvó la vida. Así que prométeme que no te moverás de ahí hasta que termine.

En el silencio que se produjo a continuación, ambos se evaluaron. Vivian no apartó la vista en ningún momento, decidida. Aaron vaciló, asombrado por la reprimenda. Al final se cruzó de brazos y asintió con un gruñido.

—Bien, espero que tengas una mente realmente abierta, porque solo podrás salvar a tu hija si crees lo que te voy a contar —dijo ella—. Existe una sociedad secreta llamada La Orden...

—Vivian —la interrumpió Aaron, esbozando una sonrisa mordaz. Si esperaba que se iba a quedar allí sentado escuchando fantasías, estaba perdiendo el tiempo. Hizo ademán de levantarse.

—Me lo has prometido —le recordó ella, y continuó en cuanto él volvió a sentarse con los brazos cruzados sobre el pecho—. La Orden era un gremio que se encargaba de mantener a raya toda magia que pudiera suponer un peligro para los humanos y el anonimato de los brujos. Tenían un *modus operandi* algo especial, se deshacían de cualquier amenaza, incluso antes de que lo fuera. Les llegaron rumores que aseguraban que La Hermandad estaba tras los pasos de un linaje de brujas muy antiguo y poderoso. Esos rumores hablaban de una mujer llamada Moira y de su grimorio. La Orden envió a un cazador llamado Brann O'Connor a que pusiera fin al peligro que ella suponía. Moira acabó en la hoguera; el grimorio, en Roma, en el Vaticano. Y tras esto, Brann desapareció llevándose consigo algo muy valioso: la llave que rompía un hechizo, un hechizo que impedía que el grimorio pudiera abrirse.

»En 1747, un barco zarpó desde Inglaterra hasta el Nuevo Mundo, al puerto de Plymouth. En ese barco viajaban varias familias de brujos que huían de la caza de brujas que se había desatado en Essex. Junto a ellos también viajaba un hombre con dos bebés: un niño y una niña. Durante la travesía ese hombre, llamado Nathaniel Hale, entabló amistad con una de las familias, los Blackwell. —Hizo una pausa y vio que Aaron se removía en su asiento—. Los Blackwell no habían podido tener hijos y ya eran mayores como para mantener la esperanza de tenerlos algún día. Cuando el matrimonio bajó de ese barco, eran padres de una niña. Y los Blackwell y los Hale nunca se separaron.

El verdadero nombre de Nathaniel Hale era Brann, y la niña que les entregó a los Blackwell era la hija de Moira. Brann le juró a Moira que pondría a salvo y protegería su estirpe después de que ella muriera. Selló ese juramento con un hechizo de sangre que ha pasado a sus descendientes como un legado, y que están obligados a cumplir. Porque el linaje de Moira es la llave que abre ese grimorio. Y han cumplido su promesa desde entonces, los Blackwell han estado a salvo mientras un Hale ha estado cerca, protegiéndolos con su propia vida, tal y como hizo David. ¿Nunca te has preguntado por qué siempre estaba ahí, a tu lado? ¿O por qué su padre era la sombra del tuyo?

—Ya he oído suficiente —dijo Aaron, poniéndose en pie—. Te he escuchado y he sido muy paciente. Ahora vete.

—No he terminado.

—Sí lo has hecho, y si esperas que crea una sola cosa de las que has dicho, es porque estás aún más loca de lo que parece.

—Pues deberías creerla. Porque está diciendo la verdad —dijo una voz de mujer desde la puerta.

Aaron alzó la vista; el corazón le dio un vuelco y después se le paró durante unos largos segundos. Ella añadió:

—David Hale murió por no revelarle a La Hermandad que la llave era nuestra hija recién nacida. Y por esa misma razón, Nathan jamás le haría daño a Abby.

—Estás viva —susurró sin dar crédito a lo que veía. Ella se limitó a asentir—. ¿Por qué has hecho que todos crean que estás muerta?

—Pensaba que así protegía a Abby.

Aaron se recompuso inmediatamente. Aquella mujer era una mentirosa que había destrozado su vida, llenándola de sufrimiento, dudas y miedos. La había buscado durante años, hasta que no le quedó más remedio que rendirse. No podía volver a pasar por todo aquello otra vez, ni tampoco Abby. Qué iba a pasar con ella cuando supiera que su madre había fingido su propia muerte, causándole un dolor que jamás podría reparar.

—¿También la protegías a ella cuando desapareciste sin decirme que iba a ser padre? —inquirió con rencor.

—Sí. Sé que no lo puedes entender, pero lo hice por eso. No me conociste por casualidad en aquel aeropuerto. Soy miembro de La Orden, y vine aquí para espiar a tu familia, averiguar hasta qué punto suponíais una amenaza. Había rumores sobre uno de vosotros... pero te conocí y las cosas cambiaron..., yo..., yo nunca quise hacerte daño. Sabía que ibas a regalarme ese anillo y deseaba decir que sí, que me casaría contigo...

—¿Cómo sabes eso? —preguntó él. Nunca se lo había contado a nadie, salvo a Abby.

—Porque puedo ver cosas con solo tocar a las personas. Su futuro. Vi el futuro de nuestra hija, supe quién iba a ser, por eso me fui. También vi este momento. Aaron, por favor, créeme, ese chico no tiene a nuestra hija, la tiene La Hermandad. Saben que ella es una Wise, y si tú sigues aquí, si no han venido también a por ti, es porque creen que lo es por línea materna. Eso aún nos da ventaja.

—Esto es una locura. Se acabó. Fuera. Las dos.

—Aaron, piensa, recapacita —suplicó Vivian. Mi hijo quiere a Abby, está tan desesperado como tú por encontrarla.

—Cuando Abby desapareció, Nathan estaba en Filadelfia. Él solo seguía un rastro, tratando de encontrar a esos brujos antes de que ellos vinieran aquí a por ella, solo que ya era tarde. Yo misma le hice regresar esta mañana. Confía en mí.

—¿En quién debo confiar? ¿En Michelle, en Grace? ¿Alguno de esos es tu verdadero nombre?

—Morgan, mi verdadero nombre es Morgan.

—Pues Morgan, sal de mi vista. ¡Seth! ¡Seth! —gritó Aaron. El hombre apareció como una exhalación y se quedó de piedra al ver a Morgan—. Sácalas de aquí, no puedo perder más el tiempo, he de encontrar a mi hija.

—No des un paso, Seth. Me lo debes —le ordenó Morgan, apuntándole con el dedo. El hombre vaciló. Por un lado le debía lealtad a su amigo, pero por otro se sentía culpable respecto a la mujer. Ella aprovechó su indecisión y enfrentó de nuevo a Aaron—. Sé que es difícil, pero debes confiar en mí. Es Mason quien tiene a Abby, y hará lo que sea para conseguir abrir ese libro. Se la llevará de aquí y no volveremos a verla.

—¿Mason? ¿Te refieres a mi hermano? Mi hermano está muerto.

—Yo también, ¿no es así? —replicó ella. Vio en la mirada del hombre que había captado el mensaje, y por un momento la duda asomó a sus ojos. Lo aprovechó—. No fue David quien los asesinó esa noche, sino Mason. Lo hizo después de robar el grimorio de Moira y descubrir que David guardaba la llave. Ahora quiere volver a intentarlo; ¿quién más debe morir?

—Aaron, si quieres recuperar a tu hija, suelta a Nathan, él es el único que puede encontrarla —dijo Vivian. Él negó de nuevo—. Si Abby está en peligro, nada, ni siquiera esa celda, podrá retener a mi hijo. Te he avisado, lo que ocurra a partir de ahora será responsabilidad tuya. —Dio media vuelta y abandonó la habitación.

—Aaron, por favor, si alguna vez sentiste algo por mí, abre la tumba de tu hermano. Comprueba que está vacía.

Mientras Aaron caminaba entre las lápidas del cementerio con Morgan y Seth tras él, no daba crédito a lo que estaba a punto de hacer. Profanar el cuerpo de su hermano por las palabras de una mujer que le había mentido en todo.

Se paró frente a la lápida. Si Mason no estaba allí, eso significaría que todo era cierto y que no había acabado con la vida de su propio hermano aquella noche. Lanzó una mirada fugaz por encima de su hombro a las tumbas de los otros brujos que habían muerto, sus amigos. Sus ojos se cruzaron con los de Morgan, tan grises y brillantes que parecían perlas. Suspiró, obligándose a ignorar que lo que había sentido por ella cuando la conoció seguía más vivo que nunca en su interior, y se concentró en lo que tenía que hacer.

El viento sopló a su alrededor, ascendiendo. Los árboles comenzaron a mecerse, las hojas susurraban sacudidas por aquella brisa sobrenatural. La tierra vibró, el sonido de algo que reptaba bajo su pies llegó hasta sus oídos. El suelo comenzó a abrirse y el ataúd emergió empujado por las raíces de los árboles. Aaron lo miró fijamente; la respiración le silbaba en la garganta, mientras su pecho subía y bajaba. Dio la orden y la tapa se abrió. La visión lo sacudió como la descarga de un rayo. Se quedó allí, mirando fijamente el interior vacío. De repente, una bola de fuego apareció en su mano y con un grito de furia la lanzó contra la caja, que comenzó a arder con violencia mientras él daba media vuelta y se alejaba de allí.

42

Pamela seguía paseando de un lado a otro de la iglesia. La pistola continuaba en su mano. Abby sabía que estaba muy alterada y que era mejor guardar silencio y no provocarla. Miró hacia su derecha, Nick comenzaba a recuperar el sentido tras el fuerte golpe contra la pared. Estaba muy pálido y tenía una herida en la frente con mal aspecto. Sus ojos se encontraron con los de Ray; el chico le sonrió en un intento por infundirle tranquilidad, aunque no podía ocultar que estaba tan preocupado como ella. Abby le devolvió la sonrisa.

La puerta se abrió y el señor Murray entró; cruzó el pasillo central, conteniéndose para no hacerlo corriendo. Se acercó a Pamela y se inclinó sobre su oído.

—Está aquí —dijo muy nervioso.

Pamela se enderezó con un estremecimiento y clavó sus ojos en la puerta. Los tres brujos que la acompañaban cambiaron de posición, flanqueando el extremo del pasillo. La puerta se abrió de nuevo y permaneció así mientras unas figuras encapuchadas con una especie de túnica ceremonial y una cinta de cuero trenzada ciñéndoles la cintura cruzaban el umbral.

Abby no podía apartar los ojos de la extraña procesión, eran seis en dos filas de tres. Una séptima capucha apareció a través de la puerta y un terror irracional atenazó a Abby. El corazón le galopaba en el pecho al reconocer la presencia del hombre. Sabía que lo era por su tamaño y la anchura de sus hombros, la forma de moverse. No se lo había imaginado, esa sensación de sentirse perseguida, observada, no era producto de su cabeza. Aquel hombre que avanzaba envuelto en un halo de peligro emitía las mismas vibraciones que ella había percibido. Al pasar junto a su lado, la capucha se movió hacia ella, inclinándose levemente, y Abby pudo sentir el peso de una mirada que convertía su miedo en un destello cegador. Era peligroso, aquel hombre era muy peligroso.

Llegaron hasta el altar; los brujos se situaron formando una línea frente a los chicos. En el centro, el hombre que tanto alteraba a Abby se llevó las manos al rostro y echó la capucha de su túnica hacia atrás, dejando a la vista un cabellera negra que enmarcaba un rostro anguloso. Unos ojos de un verde imposible se clavaron en ella. Su boca generosa se curvó con una sonrisa. Abby dejó de respirar; aquel hombre era Mason Blackwell, lo sabía porque su casa estaba llena de fotografías de él.

—Mi pequeña bruja, no te haces una idea de lo mucho que he deseado y esperado este momento.

«Dios mío... Dios mío», pensó ella, encogiéndose, temblando, incapaz de moverse bajo aquella mirada cruel e insensible. Era la mirada de alguien sin alma, y alguien sin alma era capaz de cualquier cosa sin importarle el precio. Miró a sus amigos, ¿serían ellos el precio? Entonces pensó en Nathan; estaba segura de que acudiría, iría a buscarla. Y la desesperación desplazó su miedo.

Nathan había perdido la noción del tiempo, pero por el entumecimiento que sentía en los brazos, debía de llevar allí bastante. El hormigueo de sus dedos indicaba que la sangre ya no circulaba por ellos. No tenía idea de cómo iba a salir de allí, y en lo único que podía pensar era que sus amigos le necesitaban. Le aterraba imaginar qué les podrían estar haciendo, pero su miedo se multiplicaba al pensar en Abby. Ni una sensación, ni un pálpito, no lograba percibir nada de ella, como si no estuviera viva. Se negaba a aceptar que se quedaba sin tiempo. Sin embargo, así era.

—Abby —susurró, y dejó caer la cabeza como si le pesara una tonelada.

Abrió los ojos de golpe, como si al haber pronunciado su nombre, la hubiera invocado. Una oleada de sorpresa lo sacudió. Infinidad de sensaciones penetraron dentro de él con rapidez, ardientes; apenas si lograba identificarlas. Sintió dolor, desorientación y pánico, pero no era su propio miedo, sino el de ella, e iba en aumento. Embotaba sus sentidos, dominaba sus pensamientos, le quemaba por dentro, abriendo una terrible sima en su interior; y la desesperación se apoderó de él. Ella estaba en peligro.

Movió los brazos, dando una fuerte sacudida a las cadenas de hierro que lo mantenían atado a ambos lados de la celda. Volvió a tirar una vez tras otra hasta que su cuerpo se cubrió de sudor. Hierro, y además hechizado, para un brujo era como una tonelada de cemento atada a los pies de un humano bajo el mar. Imposible emerger.

Una nueva sacudida y pudo sentir a Abby con más claridad. Agarró los eslabones con fuerza y girando las manos los enredó en sus muñecas. Los tensó hasta que sintió los músculos de sus brazos a punto de desgarrarse, tomó aire y se concentró en el calor de su sangre, en el poder que nacía de ella. El miedo a perderla estaba despertando algo latente en su interior, podía sentirlo, cada vez más vivo.

El suelo comenzó a vibrar, las paredes de piedra se zarandeaban entre nubes de polvo. Las luces parpadeaban sacudidas por un viento frío que emergía a través de las tablas del piso.

—¿Qué demonios está pasando? —preguntó Rowan, poniéndose en pie.

—Viene de abajo —replicó Damien. Abrió la puerta y un fuerte olor a electricidad ascendió por las escaleras—. Sí, viene de abajo.

—No podemos bajar —le recordó Rowan, agarrándolo del brazo. Aaron lo había prohibido antes de marcharse.

—¿Y si se está escapando?

—¿De esas cadenas? Imposible.

El temblor se intensificó.

—Tengo que bajar —dijo Damien, y se lanzó escaleras abajo antes de que a Rowan le diera tiempo a detenerlo.

Bajó los peldaños, con su amigo pisándole los talones. De repente se detuvo sin dar crédito a lo que veía. Nathan estaba rodeado de una tenue luz, su pelo ondeaba bajo una brisa sobrenatural y el blanco de sus ojos había desaparecido bajo un velo que lo teñía de un negro absoluto. Pero lo que de verdad le llamó la atención fue el tatuaje de su cuerpo. Líneas brillantes como el fuego estaban trazando los contornos del dibujo. El chico susurraba algo que se asemejaba al latín, su voz grave reverberaba entre los muros a pesar de que apenas era un susurro.

De pronto hubo un crepitar, la temperatura bajó muchos grados, transformando su aliento en una nube de escarcha. Las cadenas que sujetaban a Nathan se cubrieron de una capa blanca, se habían transformado en hielo. El chico pegó un tirón, las cadenas se desintegraron en miles de trocitos y sus brazos quedaron libres. Rotó el cuello y los hombros para recuperar el movimiento y aliviar el hormigueo. Sin pararse a pensar, miró a su alrededor. Sobre una mesa vio su camiseta y el cuchillo que había encontrado junto al diario. Guardó el arma a su espalda y se dirigió a la escalera mientras se ponía la ropa, dándose de bruces con los dos chicos.

—¿Adónde crees que vas? —lo interceptó Damien. Su voz sonó con más fuerza de la que en realidad sentía, estaba impresionado por lo que acababa de ver, y sus ojos mostraron un atisbo de temor.

Nathan no contestó. Un lado de su boca se curvó, no era una sonrisa, sino un aviso. Movió su mano y Rowan se estampó contra la pared, cayó al suelo aturdido. Otro movimiento y Damien voló hasta estrellarse contra la mesa, reduciéndola a astillas. Sin detenerse, Nathan subió arriba y se dirigió a la salida.

Corrió hasta el coche de Damien, posó un dedo sobre el contacto y el motor se puso en marcha. Circulando marcha atrás enfiló el camino; sin detenerse, dio un volantazo y se incorporó a la carretera. El cielo nocturno estaba completamente despejado, cubierto de miles de estrellas. La niebla se abría paso entre los árboles que bordeaban la carretera y a través de ella pudo ver las siluetas de los lobos corriendo en su misma dirección.

Sacó el cuchillo de la cinturilla de su pantalón, lo colocó entre sus piernas, y mientras sujetaba el volante con una mano, con la otra desgarró la parte de arriba de su camiseta, dejando un buen trozo de piel a la vista. El corte fue limpio y lo suficientemente profundo para que la sangre fluyera. Dibujó la estrella sobre su pecho, bajó la ventanilla y apretó con fuerza la herida de su mano. Del puño goteó un hilillo, la tierra aceptó el sacrificio y la estrella desapareció de su piel bajo una luz azulada. ¡Saint Mary, la iglesia abandonada!

Detuvo el coche en el camino y cruzó la verja oxidada que rodeaba al edificio y el pequeño cementerio de la parte trasera. La hierba había invadido el lugar creciendo en los sitios más insospechados. Miró hacia arriba, los cuervos se habían concentrando sobre el edificio y no dejaban de volar en círculos ahogando el silencio con sus graznidos. Entre las sombras distinguió el destello de varios pares de ojos amarillos, que se acercaban y rodeaban la iglesia en ruinas. Se dirigió a la puerta. No tenía sentido esconderse, ellos lo estaban esperando. Apretó con fuerza la empuñadura del cuchillo.

Llenó sus pulmones de aire, que en ese momento le supo a ácido, y empujó las puertas. Mantuvo el gesto impasible, ocultando la sorpresa de encontrar allí a Pamela y al profesor Murray, y del lado equivocado. Sus ojos volaron a los brujos; eran un total de nueve. Ray, Bianca y Nick se encontraban a la derecha, en el primer banco; Abby, a la izquierda. Sus ojos se la bebieron, tratando de encontrar algún indicio de que estuviera herida; parecía estar bien. Y sin entretenerse en ella más de lo necesario para no perder la concentración, evaluó la situación. Para salir de allí iban a necesitar un milagro.

—Sin duda eres valiente —dijo una voz.

Nathan se fijó en un hombre del que no se había percatado hasta entonces. El brujo estaba apoyado bajo el retablo, se enderezó y rodeó el altar hasta colocarse frente a Nathan, cada uno en un extremo del pasillo. Vale, ahora eran siete, la situación empeoraba.

—Espero que hayas traído lo que necesito —continuó el brujo.

—Eso depende —respondió Nathan.

—Sí, eso depende de si has sido tan tonto y arrogante como para pensar que vas a salir de esta con todos tus amigos de una pieza. El trato es sencillo, la llave por ellos, y podréis marcharos a casa como si nada hubiera sucedido.

—¿Y Abby? —preguntó el chico. Ya sabía lo que pasaría con ella, pero necesitaba ganar tiempo, pensar en algo.

—Bueno, a ella no podré dejarla marchar. Verás, el libro que abre esa llave que tú tienes solo puede leerlo una bruja Wise, los hechizos no pueden ser pronunciados por nadie más, y ella es la única descendiente de ese linaje que tengo. No es que abunden, la verdad. Pero puedo asegurar que estará a salvo. Mientras haga lo que se le pide, vivirá como una princesa, mi princesa —puntualizó, clavando sus ojos verdes en ella.

Nathan apretó el cuchillo en su mano; era una locura, pero aquel tipo parecía desesperado bajo aquella aura de prepotencia. Alzó la mano, mostrando el cuchillo sobre su palma. Los ojos del brujo centellearon y dio un par de pasos hacia delante.

—¿Esa es? —preguntó con ansiedad el brujo—. Imaginaba otra cosa.

—Aquí está, ahora cumple tu parte, déjalos salir —replicó Nathan. Si colaba, con sus amigos fuera, solo tendría que preocuparse de Abby. Si lograba quitarle el hierro de las muñecas, uniendo sus poderes, podrían tener una posibilidad de salir de allí.

—Por supuesto, en cuanto compruebe que funciona —respondió el brujo.

Nathan advirtió una presencia a su espalda, pero ya era tarde. Sintió un golpe en las piernas, sus rodillas se doblaron y cayó sobre la piedra. Le sujetaron las manos a la espalda y le arrebataron el cuchillo. Entonces lo pusieron en pie, arrastrándolo por el pasillo hasta el altar. Uno de los brujos entregó el cuchillo al hombre que estaba al mando. Lo sopesó en la mano y lo hizo girar entre sus dedos.

—¿Acaso crees que soy idiota? —dijo el brujo. Sus ojos verdes centellearon con ira—. No hay magia en él, esta no es la llave. ¿Dónde la tienes?

Nathan no contestó y clavó la vista al frente, con la respiración agitada. No podía decírselo, aunque le costara la vida. El brujo dio unos cuantos pasos, hinchó el pecho con una profunda inspiración y entrecerró los ojos. Nick empezó a retorcerse y a gritar, miraba sus brazos enloquecido. Algo se movía bajo su piel, podía adivinar la cabeza y el cuerpo de una serpiente bajo ella, abriéndose paso hacia sus entrañas. Bianca gritó, trató de moverse para ayudarlo, pero una fuerza la elevó del suelo y la estampó contra la pared. Hilos invisibles le rodearon los brazos, las piernas y la garganta, interrumpiendo poco a poco el flujo de aire que llegaba a sus pulmones.

Abby se llevó la mano a la boca, conteniendo un grito. Bianca colgaba de la pared mientras se ahogaba.

El brujo se acercó hasta Nathan, se agachó junto a él y miró a Ray.

—Esta situación me trae muchos recuerdos. Otro lugar, otras personas, pero el mismo dilema. «Mason, no; Mason, no lo hagas», suplicaba, cuando el que tenía sus vidas en las manos era él —dijo, imitando la voz de David. Aún podía oírla resonar en sus oídos, jamás la olvidaría. Tampoco la marca deforme que había dejado en su pecho y que casi lo mata. Tomó aire y añadió—: ¿Serás tan iluso como tu padre y los dejarás morir? ¿O me darás la llave y los mantendrás con vida? He ahí la cuestión. Dime, ¿qué vas a hacer? —preguntó.

Nathan giró la cabeza de golpe y sus ojos se clavaron en el brujo; la compresión iluminó su mente. Aquel hombre era Mason Blackwell. Él era el traidor y estaba vivo. Eso era lo que había pasado diecisiete años antes, todas aquellas personas habían muerto porque su padre se negó a entregar la llave. Apretó los dientes y miró a su amigo, imaginó a su padre en aquella misma situación y recordó el resultado. Él no cedió al chantaje, nunca entregó la llave a pesar de lo que suponía no hacerlo. Por el rabillo del ojo podía ver a Abby; no paraba de forcejear, su cara reflejaba un dolor insoportable. Si continuaba moviéndose, las cadenas le partirían los huesos de las muñecas, y aun así no se detenía. Apartó la vista, él tampoco la entregaría. Su rostro se ensombreció ante la realidad y lo que ocurriría después. Ray pareció leer sus pensamientos, porque asintió de forma imperceptible y le sonrió con fiereza.

—Ya sabes lo que voy a hacer —respondió.

—Ya le has oído —dijo Ray. Su sonrisa de pillo le iluminó la cara y guiñó un ojo a su amigo. Estaba dispuesto a sacrificarse.

Mason no dudó, movió la mano y Ray se puso en pie en contra de su voluntad; se vio arrastrado hasta una columna donde quedó inmóvil. Unos cuantos bancos de madera comenzaron a resquebrajarse en trozos, la madera se amontonó a sus pies. En ese momento uno de los brujos se desplomó en el suelo. Nathan se dio cuenta de que Mason canalizaba la magia de aquellos hombres para aumentar su poder. Así que el tipo que había regresado de la muerte no era invencible.

—¿Has oído alguna vez cómo grita un hombre mientras su cuerpo arde? —le preguntó Mason a Nathan—. ¿Y cómo huele? El olor de la carne es vomitivo.

Nathan apretó los dientes. La ira se apoderó de él y se levantó, lanzándose contra Mason. Lo embistió y ambos cayeron al suelo. Los brujos se movieron con rapidez y consiguieron reducirlo, aplastándolo contra la fría piedra.

Mason esgrimió el cuchillo y con la punta hizo un corte sobre el pecho del chico. Abby gritó e intentó correr hacia ellos, pero unas manos la levantaron del suelo.

—¡No, suéltame!

—Quédate quieta —le dijo el profesor Murray al oído.

—No me obligues a hacerte daño —la amenazó Pamela, colocándose frente a ella.

Mason se inclinó sobre Nathan, hasta que su rostro fue lo único que el chico pudo ver.

—Solo necesito que conserves la lengua —susurró—, por lo que tus manos son prescindibles, también tus piernas..., tus ojos. ¿Por dónde quieres que empiece? —preguntó, acercando la punta del cuchillo a su ojo.

—Basta —gritó Abby—. Él no sabe nada de la llave.

—Cállate, Abby —dijo Nathan con vehemencia, temiendo qué podría decir.

—Él no tiene la llave, déjalo en paz, por favor —suplicó.

—¿Y por qué iba a hacer eso? —preguntó Mason con una sonrisa socarrona, divertido por la fuerza y el valor de la chica.

—Porque soy la única que puede darte la llave.

—¡Abby, no, no lo hagas! —suplicó Nathan. De repente comprendió que ella también había descubierto la verdad.

Mason se puso en pie con el ceño fruncido.

—Vaya, me has intrigado. ¿Y cómo es que tú puedes darme algo que solo podría tener él?

—Porque la historia es falsa. Los descendientes de Brann nunca tuvieron el deber de acabar con el linaje Wise; al contrario, debían protegerlo para que perdurara y eso han hecho. Deben proteger la llave... —Hizo una pausa y el aire escapó de sus pulmones de forma entrecortada.

—Abby, no —rogó Nathan. Se miraron a los ojos.

—Y yo soy esa llave —admitió. Vio que Nathan apretaba los párpados. Lo sentía, no había querido hacerlo, pero no podía permitir que le hicieran daño. Se sacrificaría por él en cada vida que tuvieran juntos, eso no iba a cambiar, porque su vida era lo único que le importaba. No hubo vacilación. Se acercó hasta Mason y extendió los brazos—. Tendrás que quitarme esto.

—¿Crees que nací ayer? Sé quién eres en realidad, y lo que puedes hacer. No me fío de ti.

—Por muy fuerte que sea, dudo que pueda enfrentarme sola a todos vosotros. —Se impacientó al ver que él dudaba. El tono de su voz se volvió duro, urgente—. Solo yo puedo abrir el libro, ¿lo quieres o no?

Mason la estudió un instante. Hizo un gesto a Pamela y la chica se acercó corriendo.

—Quítaselas.

Pamela obedeció, murmuró un hechizo y con dedos prestos deshizo el nudo de la cadena alrededor de las muñecas. Entonces Abby alargó la mano con la palma hacia arriba, mirando el cuchillo.

—Lo necesito, necesito mi sangre.

—Abby, por favor, no lo hagas —susurró Nathan. Estaba en pie, sujeto por dos de los brujos. Uno de ellos mantenía una daga en su cuello y la apretó contra la piel para que guardara silencio.

—Lo siento —dijo ella, poniendo todo el amor que sentía por él en esas dos palabras.

Mason puso el cuchillo en la mano de la chica y la observó mientras rodeaba el altar y se colocaba frente al libro. Abby miró el grimorio, lo rozó con los dedos y la sensación fue indescriptible. Si lo pensaba, jamás lo haría, iba a traicionar a su familia, su legado, al mundo entero entregando aquel grimorio. Pero no lo iba a entregar, ese no era su plan. El primer hechizo que pronunciaría en cuanto estuviera abierto ligaría su vida al libro. Entonces detendría su propio corazón y el grimorio desaparecería.

Puso la mano hacia arriba y agarró el cuchillo con decisión. Las lágrimas resbalaron por su rostro mientras grababa la estrella en su piel, hundiendo la punta afilada en su carne. Un viento cortante comenzó a soplar a su alrededor. Colocó la mano ensangrentada sobre la tapa, haciendo coincidir las dos estrellas.

—Mi sangre es la llave, mi sangre es el sello, y solo la llave mostrará mis secretos. Abre... —La palabra se perdió en su garganta. Las puertas se abrieron de golpe con un crujido, una explosión de furia penetró a través de ellas y varias personas ocuparon el umbral.

43

Desde donde estaba, Abby no podía ver de quién se trataba. A partir de entonces reinó el caos. Los cuerpos forcejeaban, se embestían y se golpeaban, se lanzaban hechizos que chocaban contra las paredes, rompiendo todo lo que encontraban a su paso. Se obligó a reaccionar; agarró el libro y el cuchillo y se tiró al suelo, gateando bajo el altar.

—Sal de aquí, ponte a salvo —oyó que le gritaba Nathan.

Se puso en pie y con el libro abrazado a su pecho trató de avanzar por el pasillo. Empezó a reconocer aquellos rostros: el señor Westwick, Sarabeth, Vivian Hale, otro hombre al que no había visto nunca, también Seth, y su padre. Su padre estaba allí; se dirigió hacia él, estaba luchando contra uno de aquellos brujos y el hombre lo tenía arrinconado. Iba a gritar su nombre cuando una imagen la desarmó. De las sombras surgió un cuerpo femenino, delgado y ágil como el de un gato, su melena roja y rizada flotaba alrededor de su cara, mientras esgrimía una daga que acabó hundiendo en el pecho del brujo que sujetaba a Aaron. Su padre aceptó la mano que la mujer le ofrecía y dejó que lo ayudara a ponerse en pie. Ambos se giraron hacia Abby.

—Mamá —susurró ella sin dar crédito, completamente inmóvil. El grimorio y el cuchillo resbalaron de sus manos.

Oyó que Nathan gritaba su nombre y vio cómo los rostros de sus padres se contraían con un grito. Sonó un disparo y la reverberación en la piedra le taladró los tímpanos. Se vio arrastrada hacia el suelo por un enorme cuerpo y vio la cara de Seth; el color abandonaba su rostro. Se desplomó a su lado. Abby tardó un segundo en comprender qué había ocurrido; se incorporó, arrodillándose junto a él. Vio la herida en su pecho, sangraba demasiado, y a Pamela todavía con el arma levantada. La onda expansiva de un hechizo golpeó a la chica lanzándola por los aires y la pistola cayó al suelo.

—Seth, Seth —lo llamó Abby, mientras presionaba con las manos la herida, intentando detener el flujo—. ¿Por qué lo has hecho?

El hombre abrió los ojos y la miró.

—Te lo debía —respondió, y perdió el sentido.

—No, no, no —sollozó Abby—. Me dijiste que podía pedirte cualquier cosa, sin importar qué. Vale, pues ahora cumple tu promesa, no te vayas, no te vayas —suplicó.

Nathan pensó por un momento que el disparo había acertado a Abby. Durante un segundo se quedó petrificado, pero entonces la vio moverse, y el alivio le devolvió los latidos a su corazón; y también algo más. Sus ojos se movieron evaluando la situación, y a partir de entonces el poderoso brujo que había en su interior se convirtió en dueño y señor de la situación. Mientras los atacaba se oía un tintineo, los vitrales vibraban. El sonido se convirtió en un rugido y la iglesia comenzó a temblar. El polvo caía de las vigas del techo formando una fina nieve que invadía el aire. En medio de aquella locura intentaba no perder de vista a Abby, que seguía arrodillada junto a Seth, con las manos en su pecho. Su madre se había arrodillado junto a ella y hablaban. Entonces Morgan también colocó las manos sobre el pecho de Seth, intentaban salvarlo.

En pocos segundos todo terminó. Nathan, envuelto en un halo de poder, mantenía su brazo extendido conteniendo a Mason Blackwell contra la pared, aprisionando su cuello con los dedos.

—Es curioso cómo las historias se repiten —dijo Mason, sacando un cuchillo de debajo de su capa. Nathan fue más rápido y detuvo su muñeca con la otra mano.

—¿Fue así cómo mataste a mi padre, a traición? Como un cobarde.

—Yo no maté a tu padre. Si no me falla la memoria, fue él —respondió, y sus ojos se posaron en Aaron—. Hola, hermanito, veo que has recuperado lo que perdiste —dijo, dedicándole una sonrisa de desprecio a Morgan—. Señorita Wise.

—¿Wise? —repitió ella—. Creo que te equivocas, es señor Wise. ¿Qué se siente al saber que lo has tenido durante tanto tiempo tan cerca, Mason? —preguntó ella.

Los ojos de Mason se abrieron por la sorpresa y miraron a Aaron. El hombre asintió con una sonrisita y le dio la espalda, dirigiéndose al encuentro de su hija y de Seth. Deseaba con todas sus fuerzas acabar con la vida del que había considerado su hermano, pero el privilegio no le correspondía a él. Se detuvo un momento y se giró.

—Nathan —lo llamó. El chico apenas ladeó la cabeza, pero sabía que le prestaba atención—. Lo siento, no puedo enmendar nada de lo que ha pasado hasta ahora, pero puedo darte esta satisfacción.

El chico asintió.

—No necesito más —respondió. Clavó sus ojos en las dos gemas verdes que eran los ojos de Mason, tragó saliva y su mano se convirtió en pura luz. Se inclinó un poco sobre su oído—. Nos veremos en el infierno —susurró, y con un fuerte grito le golpeó el pecho. Mason abrió los ojos desmesuradamente, una parte de él pensó que era a David a quien tenía delante. La luz entró en él, destelló un momento a través de sus ojos y en ellos se apagó la vida. Nathan lo soltó, y el cuerpo cayó al suelo como un trapo. Él también se dejó caer; quedó de rodillas con el rostro enterrado entre las manos, al límite de sus fuerzas.

Abby logró que el alma de Seth no abandonara su cuerpo. Entonces se puso en pie y buscó a Nathan. Nerviosa, recorrió el entorno medio derruido. Lo divisó de rodillas a un lado del altar, bajo el retablo, con los hombros hundidos.

—Nathan —gritó con una mezcla de alivio y angustia. Echó a correr por el pasillo central hacia él.

Aaron avanzaba por el corredor; se le iluminó la cara al verla y a punto estuvo de abrir los brazos para recibirla, pero se dio cuenta de que ni siquiera lo había visto, pasó por su lado como una exhalación, saltando por encima de los cuerpos de dos brujos de La Hermandad. Ladeó la cabeza y sonrió; solo una mujer había corrido hacia él con esa expresión en el rostro, y ahora la tenía delante, a pocos metros de distancia. Dudando si debía acercarse o sería rechazada, mientras colocaba unos mechones de pelo tan rojos como el fuego tras su oreja.

Nathan se puso en pie y fue al encuentro de Abby, y se fundieron en un abrazo. Él la besó en la sien, apretándola tan fuerte que sus labios se pusieron blancos. Se quedaron así unos instantes, sin dar crédito a que, después de todo, estaban realmente allí, vivos y juntos.

—Has venido —dijo ella, contemplando su rostro.

—¡Claro que sí! ¿Lo dudabas? —dijo Nathan, frunciendo el ceño. Le acarició la mejilla con el pulgar.

—Pero ha sido por ese hechizo. Si te hubiera ocurrido algo, yo... ¡Ojalá haya una forma de deshacerlo! —sollozó, apretando los labios para que la barbilla le dejara de temblar.

Él sonrió; la sostenía por los hombros y volvió a atraerla para abrazarla.

—Ese hechizo no me obliga a quererte. Y estoy aquí porque te quiero, porque estoy enamorado de ti. Perderte no era una opción. —Le acarició la espalda. Ella se acurrucó en su pecho y sintió sus lágrimas en la piel—. No llores —susurró.

—Pensaba que no volvería a verte.

—Esa tampoco era una opción —dijo él.

Abby sonrió y enterró la nariz bajo su cuello, aspirando su olor.

—Lo siento, Abby, lo siento muchísimo, todo lo que pasó. ¿Podrás perdonarme?

—No tengo nada que perdonarte. Intentabas protegerme —murmuró contra su hombro; se le hizo un nudo en la garganta.

Él suspiró.

—Alejarme de ti es lo más duro que he hecho nunca..., jamás volveré a hacerlo. Te lo prometo.

—Lo sé. —Se separaron un poco y él apoyó su frente en la de ella, mientras le acariciaba el rostro y le atusaba el cabello—. Todo ha valido la pena, cada instante, si podemos estar ahora así.

—Ha valido la pena —repitió él. Sentía las miradas sobre ellos, su madre, los padres de ella... no le importó. Con lentitud la tomó del rostro. Inclinó su cabeza y la besó, sus labios se detuvieron un instante y dibujaron una sonrisa sobre la de ella—. Te quiero, Abby, en esta y en cada una de nuestras vidas.

Ray apareció junto a ellos, cargaba con el peso de Nick sobre sus hombros. Bianca caminaba a su lado con una ligera cojera y una marca púrpura en el cuello.

—¿Estáis bien? —preguntó Nathan.

—De maravilla, tío. ¿Y vosotros?

Nathan asintió, esbozando una sonrisa, y palmeó el hombro de su amigo.

—Llévalos al hospital —dijo mientras evaluaba con la mirada el estado de sus amigos.

Nathan y Abby recorrieron con sus ojos el interior de la iglesia. Los cuerpos inertes de los brujos de La Hermandad yacían sobre el suelo de piedra. Por suerte, sus padres y amigos estaban bien. La mayoría tenía heridas y contusiones, unas más graves que otras, pero ninguna que pusiera en peligro sus vidas. Hasta Seth había comenzado a recuperarse. Cogidos de la mano se acercaron al brujo.

—¿Cómo estás? —preguntó Abby.

El hombre la miró y sonrió. Asintió levemente con la cabeza.

—Saldré de esta gracias a ti. Gracias, gracias por salvarme la vida.

Abby le dedicó una sonrisa y lo besó en la mejilla. Entonces vio a su padre caminando hacia ella, y sin poder contenerse se lanzó a sus brazos.

—¡Papá!

—Tranquila, todo ha terminado —dijo él, acunándola entre sus brazos. Clavó sus ojos en Nathan—. Gracias —susurró.

El chico hizo un gesto, aceptando su gratitud. Y se dispuso a ayudar a los demás a borrar las huellas de lo que allí había ocurrido, mientras daba instrucciones para que Pam y el profesor, atados y amordazados, fueran trasladados a un lugar seguro donde el Consejo se haría cargo de ellos.

Abby recogió su grimorio del suelo y salió de la iglesia, aspiró el aire frío de la noche y contempló las estrellas con el libro abrazado a su pecho. Un graznido sonó sobre su cabeza, miró al tejado y vio a los cuervos posados sobre él, también en los árboles, observándola.

—Abby —dijo Morgan. La chica se estremeció y muy

despacio se giró hacia su madre—. Tenemos mucho de que hablar. Sé que, probablemente, en este momento me odies por haberte hecho algo así, pero... si me escuchas, es posible que me llegues a comprender.

Abby miró fijamente a su madre. Jamás había experimentado un dolor tan grande como el que sintió al creer que ella había muerto. Incluso después de saber que le había mentido y manipulado su vida, y que ni siquiera era quien decía ser, no había dejado de quererla. Había soñado con que regresaba y que estaría ahí, junto a ella, en los momentos más importantes de su vida. Su deseo se había cumplido y allí estaba. Y por encima del miedo, el rencor y las preguntas, un único sentimiento se impuso. Sus ojos se llenaron de lágrimas, y un violento temblor recorrió su cuerpo.

—¡Mamá! —sollozó, lanzándose a sus brazos.

—Tranquila, pequeña, mamá está aquí y jamás volverá a dejarte.

Epílogo

Nathan aparcó el coche frente a la entrada de la casa de los Blackwell. Era sábado y había hecho una reserva en un bonito restaurante para cenar con Abby. Esa iba a ser su primera cita después de todo lo ocurrido, tras la vuelta a la supuesta normalidad. Se bajó del coche justo cuando la puerta de la casa se abría y Damien y Diandra la cruzaban. Se quedaron mirándose en un incómodo silencio.

Ahora todos sabían la verdad, lo que de verdad pasó diecisiete años antes entre sus padres. Ya no había cabida para el odio y el rencor, pero habían pasado tanto tiempo viviendo y respirando para esos sentimientos que casi formaban parte de ellos. Diandra dio el primer paso y se acercó a él sin prisa, Damien la siguió, y Nathan se esforzó en hacer otro tanto acortando la distancia.

—Hola —saludó ella.

—Hola —respondió Nathan.

Se miraron y ninguno fue capaz de decir nada más. Entonces los ojos de los dos chicos se encontraron; hubo otro momento de embarazoso silencio. Damien tomó aire, y poco a poco le tendió la mano. Nathan vaciló un instante, pero finalmente aceptó el gesto. Y cada uno siguió su camino. De repente, Damien se detuvo y se giró.

—¡Eh, Hale! —dijo. Nathan se paró y dio media vuelta—. Mañana, después de las prácticas, hemos quedado para ir a comer a la playa. Si te apetece, Abby y tú podríais... venir. Tus amigos también serían bienvenidos... si se han recuperado del todo.

—Sí —intervino Diandra—, cuantos más, mejor.

Nathan se quedó mudo por el ofrecimiento, tomó aire y asintió con la cabeza.

—Claro, estaría bien. Allí nos veremos —respondió. Se quedó parado, observando cómo los chicos subían al coche de Damien y salían a la carretera.

Arqueó las cejas y sacudió la cabeza. Eso sí que no lo había esperado, y solo la diosa sabía el trabajo que le había costado aceptar aquella mano, pero se sentía orgulloso de haberlo hecho.

Se dirigió a la entrada y tocó el timbre. Tomó aire; unos segundos después la puerta se abrió. Aaron Blackwell apareció al otro lado y sus labios se curvaron con una sonrisa.

—Señor Blackwell —dijo Nathan.

—Buenas noches, Nathan. Y, por favor, llámame Aaron.

Nathan asintió y guardó las manos en sus bolsillos, algo nervioso.

—Pasa, por favor. Abby está casi lista.

—No es necesario, puedo esperarla aquí, gracias.

—Por favor —insistió el hombre, y abrió la puerta de par en par, apartándose un poco para dejarle todo el espacio.

Nathan dudó un instante, pero al final entró. Sonaron unos pasos en la escalera y Morgan descendió los peldaños, enfundada en un vestido de lana tan rojo como su pelo; iba descalza y llevaba un libro en la mano.

—Hola, Nathan —saludó con una enorme sonrisa. Se acercó a él y lo abrazó—. ¿Cómo está tu madre?

—Está bien, gracias. Algo liada con la galería —respondió nervioso.

Sus ojos volaron a la escalera. Abby descendía por ella y los tres la contemplaron hasta que llegó al último peldaño. Iba preciosa con un vestidito negro, una rebeca gris y zapatos planos. Llevaba el abrigo en la mano.

—Hola. —Una sonrisa iluminó la cara de Abby al saludar al chico.

—Hola —respondió él, recorriéndola con la mirada de arriba abajo. Se dijo que era el tipo más afortunado de todo el universo—. ¿Estás lista? —preguntó.

Abby asintió y dejó que él la ayudara a ponerse el abrigo. Se despidieron de los adultos y abandonaron la casa a toda prisa. Oyeron la puerta cerrarse tras ellos, por fin estaban solos. Nathan cogió de la mano a Abby y caminaron muy juntos hasta el coche.

—Parece que las cosas van bien —dijo él.

Abby se detuvo y rodeó la cintura de él con sus brazos. Se lo quedó mirando unos segundos. Suspiró.

—Ella va a quedarse. Aún hay mucho de que hablar y que explicar. No va a ser fácil, pero creo que se siguen queriendo, así que... quién sabe qué podrá pasar. ¿Y qué tal van las cosas con tu madre?

Nathan se encogió de hombros.

—Tampoco está siendo fácil, yo... —Resopló e hizo una mueca que arrugó sus labios de una forma muy mona.

—Debes perdonarla, ella actuó así por miedo a perderte. No quería hacerte daño, esa no era su intención y lo sabes —dijo en tono condescendiente.

Nathan sonrió y le pasó los dedos por el rostro hasta el cuello. No se cansaba de mirarla.

—La he perdonado, en serio. No te preocupes.

—¿Y qué hay de nosotros? ¿Qué va ser de nuestras vidas ahora? —preguntó ella, mientras se pegaba a él de forma coqueta.

Nathan sonrió y levantó las cejas pensativo.

—Supongo que seguir con nuestros planes —respondió mientras le apartaba un mechón de la cara y lo recogía tras su oreja—. Terminaremos el instituto, iremos a California, buscaremos una bonita casa junto al mar... y te enseñaré a hacer surf. Mientras tanto, intentaré familiarizarme con mi nuevo trabajo, quiero hacerlo bien.

—¿Qué nuevo trabajo? —preguntó ella.

Los labios del chico se curvaron con una sonrisa burlona.

—Bueno, si no me falla la memoria, ahora soy tu Guardián, tu protector.

Abby se ruborizó hasta las orejas y un millón de mariposas le agitaron el estómago.

—Es cierto, había olvidado ese detalle.

—Yo no —dijo con expresión de deseo—. Sí, va a ser duro, todo el día junto a ti, vigilándote. No puedo perderte de vista, así que tendré que mantenerte cerca, muy, muy cerca —dijo ciñéndola por la cintura, y la pegó a su cuerpo con un tirón—. Nunca se sabe.

A Abby se le aceleró la respiración y sus ojos castaños brillaron con un repentino fulgor.

—Sí, nunca se sabe —susurró. Ladeó la cabeza, pensativa—. Quizá debamos evitar los sitios con gente, no sabemos qué peligros podría haber en la calle. He pensado que...

—¿Qué? —Esbozó una sonrisa astuta.

—Que... quizá, Ray pueda prestarnos de nuevo su cabaña. Está en un sitio apartado, sin gente, allí te sería mucho más fácil protegerme.

La sonrisa de Nathan se volvió más amplia. Carraspeó y adoptó un gesto más serio y concentrado.

—Sí, la verdad es que allí sería mucho más fácil. Pero ya

sabes que yo me tomo muy en serio mi trabajo. ¿Estás segura de que llevarás bien lo de tenerme todo el día pegado a ti? También la noche, claro, suelen ser las horas de mayor peligro.

—Sí, lo son —respondió, humedeciéndose los labios.

La mirada de él se posó allí.

—No te preocupes, cumpliré con mi trabajo. —Le guiñó un ojo—. Suelo ser muy concienzudo...

Abby rompió a reír, lo agarró de la cazadora y lo atrajo hacia sí.

—Cállate —susurró, atrapando su boca en un largo e intenso beso.

Agradecimientos

Quiero dar las gracias a Irene Lucas, mi maravillosa editora, por haberme ayudado a que esta historia encontrara su lugar.

A Editorial Planeta y a todas las personas que trabajan cada día para que pueda seguir cumpliendo mis sueños. Sois geniales.

A P., Celia y Andrea, por su amor incondicional e infinita paciencia. Os quiero mucho.

Gracias a todos los que me acompañáis en esta aventura, por elegirme siempre y avanzar conmigo historia tras historia.

Nunca olvidéis que la magia existe, y se esconde en los libros.

¡Descubre la nueva bilogía de María Martínez!

Emociónate con todas sus novelas...